Jack Vance

Ecce e la Vecchia Terra

Traduzione di Gianluigi Zuddas

I MONDI DI

JACK VANCE

Ecce e la Vecchia Terra

Le cronache di Cadwal

Volume II

Traduzione: Gianluigi Zuddas
Copertina: Luc Desmarchelier

Originally published as *Ecce and Old Earth,*
Underwood-Miller, Lancaster 1991

ISBN 978-1-61947-369-0

SPATTERLIGHT

www.spatterlight.nl

Jack Vance

Ecce e la Vecchia Terra

Introduzione

1 Il sistema della Rosa Purpurea

(Estratto da: *I Mondi dell'Uomo*, 48ª edizione)

A metà lunghezza del Braccio di Perseo, sul bordo della Distesa Gaeana, un capriccioso refolo di gravitazione galattica ha catturato diecimila stelle spingendole via per la tangente, in un ricciolo con un vortice all'estremità. Questo è lo sciame di Mircea.

Sull'esterno del vortice, ad apparente rischio di volar via nel vuoto, c'è il Sistema della Rosa Purpurea, composto da tre stelle: Lorca, Sing e Syrene. Lorca, una nana bianca, e Sing, una gigante rossa, ruotano assai vicine una intorno all'altra, come una delicata damigella biancovestita che danzi con un corpulento gentiluomo dal faccione rosso. Syrene, una stella bianco-gialla di normale grandezza e luminosità, orbita a discreta distanza dalla coppietta galante.

Syrene tiene intorno a sé tre pianeti fra i quali Cadwal, un mondo di tipo terrestre del diametro di 11.262 km e con una gravità quasi identica a quella della Terra.

(Qui omettiamo la lista dei parametri fisici e la loro analisi.)

2 La Società Naturalistica

Cadwal fu scoperto dall'esploratore R.J. Neirmann, membro della Società Naturalistica della Terra. Il suo rapporto indusse la Società a inviare una spedizione che, al suo ritorno sulla Terra, raccomandò che Cadwal fosse catalogato fra le riserve naturali protette, al sicuro dall'indiscriminata colonizzazione umana.

A questo scopo la Società registrò il pianeta a suo nome, e dopo aver ottenuto la Garanzia Perpetua divenne l'unica e definitiva proprietaria di Cadwal, senza che fossero necessarie altre formalità salvo il periodico rinnovo della Garanzia: incarico devoluto al segretario.

La Società emanò subito un decreto protettivo, la Grande Carta, a cui era accluso il Regolamento della Conservazione, lo strumento basilare della politica di Cadwal. La Carta, la Garanzia Perpetua e i certificati di registrazione furono riposti negli archivi della Società, e uno staff amministrativo fu inviato su Cadwal.

3 Il pianeta Cadwal

I panorami di Cadwal sono infinitamente vari, spesso spettacolari e quasi sempre – per la percezione umana – gradevoli, ispiratori, spaventevoli o idillicamente belli. I turisti che fanno il giro delle logge lasciano Cadwal con rimpianto e molti ritornano più volte.

La flora e la fauna comprendono specie differenziate quanto quelle della Vecchia Terra, e di conseguenza hanno messo alla prova generazioni di biologi e tassonomisti con la profusione delle loro varietà. Molti degli animali più grossi sono di natura selvaggia; altri esibiscono una specie di raziocinio e perfino quella che può sembrare una capacità estetica. Certi sottogeneri di andril hanno un linguaggio parlato che i linguisti, malgrado ogni tentativo, non sono mai riusciti a interpretare.

Cadwal ha tre continenti: Ecce, Deucas e Throy. Sono separati da vaste distese di oceano dove non affiora neppure un'isola, né un fazzoletto di terra, con poche insignificanti eccezioni.

Ecce, lungo e stretto, giace a cavalcioni dell'equatore: una piatta distesa di paludi e di giungle, intersecata da pigri corsi d'acqua. Ecce palpita di colori, odori selvatici e rapace vitalità. Feroci creature si aggirano ovunque in cerca di prede e rendono il territorio inadatto all'insediamento umano; i Naturalisti non hanno neppure tentato di costruire una loggia turistica su Ecce. Tre sole sporgenze montuose emergono sul panorama piatto: due vulcani attivi e uno dormiente.

I primi esploratori dedicarono a Ecce poca attenzione, appena un interesse accademico e, dopo un preliminare studio biologico e topografico, esso restò per la maggior parte una terra sconosciuta e abbandonata a se stessa.

Deucas, quattro volte più largo di Ecce, è situato nella fascia temperata sul lato opposto del pianeta; la sua zona più meridionale, una lunga penisola che culmina con Capo Journal, si spinge per 1700 km al di sotto dell'equatore. La fauna di Deucas, pur non grottesca o mostruosa come quella di Ecce, comprende tuttavia specie selvagge e formidabili e anche alcune semi-intelligenti. La flora somiglia in molti casi a quella della Vecchia Terra, al punto che i primi agronomi poterono introdurre piante terrestri utili come il bambù, le palme da cocco, la vite e altri alberi da frutta, senza timore di causare disastri ecologici.*

Throy, a sud di Deucas e con una superficie all'incirca uguale a quella di Ecce, giace tra la fascia temperata meridionale e la calotta antartica. È una terra dalla topografia spettacolare e drammatica. Picchi scoscesi incombono sui crepacci, le onde oceaniche percuotono altissime scogliere e le foreste ruggiscono nella violenza dei venti.

A distanza diversa dalla costa orientale di Deucas sorgono tre piccole isole, residui di antichi vulcani: l'Atollo Lutwen, l'Isola Thurben e l'Isola Oceano. Altrove, immense distese di mare profondo e deserto avvolgono il globo.

4 La stazione Araminta

La Società ha delimitato un insediamento di 160 km^2 sulla costa orientale di Deucas, a metà strada fra Capo Journal e il promontorio Marmion nel nord. Qui si trova Stazione Araminta, l'agenzia che sorveglia la Conservazione e fa rispettare gli articoli della Carta. Gli uffici preposti alle diverse funzioni sono sei:

Ufficio A: Registrazioni e Statistiche.
B: Polizia e Sorveglianza. Tribunale e servizi di sicurezza.

* Le tecniche per introdurre specie aliene senza pericoli per l'ambiente sono state da tempo perfezionate.

C: Tassonomia, Cartografia e Scienze Naturali.
D: Servizi Interni.
E: Affari Fiscali: esportazione e importazione.
F: Servizi Turistici.

I primi sei sovrintendenti furono: Deamus Wook, Shirray Clattuc, Saul Diffin, Claude Offaw, Marvell Veder e Condit Laverty. A ciascuno fu assegnato uno staff che non doveva superare le quaranta persone e, poiché avevano la facoltà di reclutare i dipendenti all'interno della famiglia e della parentela, ciò permise di ottenere fin dall'inizio una coesione amministrativa che altrimenti avrebbe potuto mancare.

Nei secoli successivi molte cose cambiarono, ma molte rimasero le stesse. La Carta rappresentava ancora la legge del territorio, ma varie fazioni cercavano di modificarne il significato. Altre – specialmente gli Yips dell'Atollo Lutwen – si limitavano a ignorarne l'esistenza. A Stazione Araminta l'insediamento originale diventò una cittadina dominata da sei palazzi imponenti, dove risiedevano i discendenti delle famiglie Wook, Offaw, Clattuc, Diffin, Veder e Laverty.

Col trascorrere del tempo ogni Casa sviluppò una sua esclusiva e distinta personalità, in genere condivisa dai suoi occupanti, cosicché i riflessivi Wook differivano dai fatui e leggeri Diffin, come i prudenti Offaw dagli avventati Clattuc.

Ben presto la Stazione ebbe un hotel per alloggiare i visitatori, l'aeroporto, un ospedale, la scuola e un teatro, l'Orpheum. Quando i finanziamenti della Vecchia Terra diminuirono fino a cessare del tutto, la necessità di scambi commerciali con l'estero assunse molta importanza. Nell'entroterra furono piantati vigneti per produrre vini pregiati da esportare, e i turisti vennero incoraggiati a visitare le logge costruite nei territori vergini e selvaggi e amministrate in modo da evitare l'interazione con l'ambiente.

Dopo alcuni secoli certi problemi s'erano tuttavia acutizzati. Come potevano tante imprese esser fatte funzionare da uno staff di sole duecentoquaranta persone? L'inevitabile risposta fu l'elasticità. Ai collaterali fu perciò concesso di assumere un rango intermedio.

Interpretando più liberamente il senso della Carta, i bambini, i pensionati, i domestici e i "lavoratori provvisori" in residenza non permanente furono esclusi dal numero chiuso delle quaranta persone. Il termine "lavoratore provvisorio" fu esteso a comprendere i contadini, il personale d'albergo, i meccanici dell'aeroporto – agli effetti pratici i dipendenti di ogni categoria – e, mentre costoro continuavano a essere lavoratori senza residenza permanente, il Conservatore fingeva di guardare da un'altra parte.

C'era bisogno di personale a buon mercato, senza pretese, da cui poter attingere in abbondanza senza bisogno di andare troppo lontano. Cosa poteva esserci di meglio degli abitanti dell'Atollo Lutwen, appena 480 km a nord-ovest di Stazione Araminta? Costoro erano gli Yips, discendenti di servi fuggiti, piccoli criminali, immigrati illegali e altra gente, che dapprima furtivamente e poi con aperta noncuranza aveva preso possesso dell'Atollo Lutwen.

Gli Yips sopperivano a una necessità, e di conseguenza fu loro concesso di lavorare a Stazione Araminta con permessi di soggiorno semestrali. A questo i Conservazionisti diedero il loro riluttante assenso, ma rifiutarono di cedere un passo di più.

5 Il Conservatore e i Naturalisti di Stroma

A Casa Riverview, un miglio a sud dell'agenzia, risiedeva il Conservatore, il Sovrintendente Esecutivo di Stazione Araminta. Come prescritto dalla Carta era un membro attivo della Società Naturalistica, nativo di Stroma, il piccolo insediamento di Throy dove abitavano i Naturalisti. Con l'allentarsi dei legami con la sede terrestre della Società, le sue direttive vennero interpretate più liberamente e – almeno in questo particolare, non essendoci nessuna vera alternativa – tutti i Naturalisti residenti a Stroma furono considerati equivalenti a membri della Società.

Una fazione che propugnava un'ideologia "progressista", il Partito Vita Pace e Libertà, si attribuì il ruolo di difensore della causa degli Yips, affermando che le loro condizioni erano una macchia intollerabile sulla coscienza della collettività: la situazione poteva essere raddrizzata solo permettendo agli Yips di stanziarsi nell'entroterra di Deucas. Un'altra fazione, i Cartisti, riconobbe l'esistenza del problema ma propose una soluzione che non violasse la Carta, ovvero il trasferimento dell'intera popolazione Yip su un altro pianeta. Irrazionale! dichiarò il VPL, e la sua critica alla Carta divenne ancor più categorica. I vielpini ritenevano la Conservazione un'idea sorpassata, inumana e in disaccordo con la filosofia del pensiero progressista. La Carta, insistevano, aveva il disperato bisogno di una revisione, se non altro per alleviare i gravi disagi sociali degli Yips.

I Cartisti, per contro, ribattevano che la Carta e la Conservazione erano e dovevano restare immutabili. Avanzavano il sarcastico sospetto che il fervore del VPL fosse ipocritamente strumentale, e che i vielpini volessero un insediamento Yips sulla Costa di Marmion solo per stabilire un precedente grazie a cui i Naturalisti di più vaste capacità – senza dubbio da scegliersi fra gli attivisti del VPL – avrebbero potuto farsi ricche tenute nell'accogliente interno di Deucas, dove avrebbero assunto gli Yips come servi e mezzadri e vissuto da gran signori. Alla reazione oltraggiata e veemente dei vielpini a questa accusa, i cartisti rincaravano la dose insinuando che a nessuno piaceva veder scoperte le sue mire occulte.

A Stazione Araminta l'ideologia "progressista" non era presa sul serio. Al problema Yip si riconoscevano aspetti reali e immediati, ma la soluzione del VPL veniva rifiutata, poiché ogni concessione avrebbe formalizzato la presenza Yips su Cadwal, mentre era preferibile estendere gli sforzi nella direzione opposta: trasferire il sovrappiù della popolazione Yip su pianeti dove essi sarebbero stati utili e desiderabili.

Quest'opinione fu rafforzata allorché Eustace Chilke, il direttore dell'aeroporto della Stazione, scoprì che gli Yips rubavano sistematicamente nei suoi magazzini. Il loro bottino consisteva soprattutto in parti di ricambio per gli aerei, casse di materiale che a Yipton veniva poi montato e assemblato. Gli inservienti

Yip trafugavano inoltre utensili, armi, munizioni e batterie energetiche, presumibilmente con la connivenza di un certo Namour co-Clattuc, dirigente dell'ufficio che regolava il traffico dei lavoratori provvisori. Inviperito dalle pesanti allusioni di Chilke, Namour si azzuffò con lui. Il loro scontro fu epico. Namour lottava con la veemenza e la tenacia dei Clattuc; Chilke adottava uno stile attinto dai vicoli: sbattere l'avversario contro il muro e riempirlo di botte fino a farlo rotolare per terra, conclusione di cui Namour dovette assaggiare l'amaro sapore.

Chilke era nato nella cittadina di Idola, sulle Grandi Pianure della Vecchia Terra. Sin da bambino aveva subito l'influenza di suo nonno Floyd Swaner, un eccentrico che collezionava animali imbalsamati, paccottiglia religiosa, strani oggetti d'antiquariato, libri rari e ogni altra cosa che colpisse la sua fantasia. Un giorno Floyd Swaner aveva regalato al nipote un poderoso Atlante dei mondi Gaeani, contenente carte Mercatore di tutti i pianeti della Distesa Gaeana, incluso Cadwal. L'atlante aveva stimolato il giovane Eustace a tal punto che era diventato un viaggiatore, metà vagabondo e metà emigrante capace di far tutti i mestieri. Il percorso che lo aveva fatto finire a Stazione Araminta era stato tortuoso, ma non del tutto accidentale. Un giorno egli descrisse così quella circostanza a Glawen Clattuc:

– All'epoca lavoravo come conduttore di bus per turisti nella zona delle Sette Città, su John Preston's Word... – E proseguì raccontando di come avesse notato la presenza di una "gentildonna alta, di pelle candida, con un largo cappello nero" che s'era unita al giro turistico del suo bus per quattro giorni di seguito. Infine era stata lei ad attaccare discorso, complimentandosi per la sua guida delicata e i modi simpatici che aveva coi turisti.

– Niente di speciale – aveva risposto modestamente lui. – È soltanto la merce che ho nel mio magazzino.

La donna s'era presentata come Madame Zigonie, vedova e proveniente da Rosalia, un pianeta dietro il Rettangolo di Pegaso. Dopo qualche minuto di conversazione aveva suggerito a Chilke di pranzare con lei: un invito che lui non aveva visto alcun motivo di rifiutare.

Madame Zigonie s'era decisa per un ristorante di classe, dove servivano menu sofisticati. Durante il pasto aveva incoraggiato Chilke a raccontare i suoi anni di vita nelle Grandi Pianure ed i fatti riguardanti la famiglia da cui proveniva. Infine, come per un impulso irresistibile, Madame Zigonie gli aveva confidato di possedere segreti poteri di chiaroveggenza, e che quando le accadeva di ignorarli questo era sempre a grave rischio per lei e per chi altro ignorasse le sue rivelazioni. – Forse ti sei chiesto il perché del mio interesse per te – gli aveva detto. – Il fatto è che io devo assumere un sovrintendente per il mio ranch, e questa misteriosa voce interiore grida che tu sei proprio la persona più adatta.

– Interessante – aveva risposto cautamente Chilke. – Spero che la tua voce abbia parlato anche di un alto salario.

– Posso offrire un salario di 10.000 sol all'anno, più il viaggio e le spese di alloggio – era stata la proposta della donna, e aveva poi aggiunto che ci sarebbe stato lo spazio perché lui trasferisse al ranch i suoi oggetti personali, inclusi quelli ereditati da Nonno Swaner, che nulla impediva di mandare a prelevare sulla Vecchia Terra.

Chilke era rimasto perplesso. L'osservazione era ambigua, così come ambiguo era il suo tono insinuante e sensuale. Madame Zigonie era corpulenta, abbigliata con eccessiva vistosità, e i suoi occhi troppo ravvicinati brillavano in una faccia larga color pastafrolla che mancava del minimo sex appeal.

L'offerta salariale della donna aveva tuttavia vinto la sua riluttanza, e Chilke era diventato sovrintendente al Ranch Valle Ombrosa, sul pianeta Rosalia.

Il suo incarico richiedeva che dirigesse un centinaio di lavoratori vincolati di una razza che non gli era familiare: giovanotti attraenti dalla pelle dorata, chiamati Yips, portati su Rosalia sotto contratto da uno straniero di nome Namour. La strana mentalità degli Yips gli aveva causato non pochi problemi, e ciò aveva distolto la sua attenzione dai continui viaggi di Madame Zigonie, che stava assente a lungo e per motivi sui quali era decisamente vaga. In quella situazione il disagio di Chilke era peggiorato ancora quando la donna, al ritorno da un viaggio in cui qualcosa sembrava esserle andato storto, gli aveva proposto di punto in bianco di sposarla. Chilke s'era detto immeritevole di quell'onore, e furibonda Madame Zigonie l'aveva licenziato in tronco, rifiutando anche di pagargli il salario arretrato che gli doveva.

Mentre aspettava un imbarco allo scalo spaziale di Saliceto, sulla riva del Grande Fiume Fangoso, Chilke era stato avvicinato da Namour che, visti inutili gli sforzi per farlo tornare al ranch, gli aveva offerto un lavoro come direttore dell'aeroporto a Stazione Araminta. Con quella proposta Namour s'era sbilanciato oltre la sua autorità, ma una volta insediato nel nuovo incarico Chilke era riuscito a farsi stimare e a mettere salde radici su Cadwal. I viaggi di Madame Zigonie, i suoi strani interessi e il rapporto poco chiaro fra lei e Namour erano misteri di cui non vedeva la soluzione; del resto stavano affiorando problemi assai più urgenti: quanti aerei possedevano gli Yips, costruiti in segreto con le parti rubate? Quanti ne avevano acquistati altrove con espedienti illegali? E se c'erano, dove li tenevano nascosti?

Il sovrintendente dell'Ufficio B era Bodwyn Wook, un ometto calvo e segaligno, di pelle giallastra, con due occhi acuti ed energico come un furetto. Bodwyn Wook era conosciuto per la sua freddezza, il suo sarcasmo tagliente e un'assoluta indifferenza ai dettami estetici della moda. La scoperta che gli Yips rubavano parti di ricambio lo indusse a reagire senza esitazioni: durante il raid dell'Ufficio B a Yipton furono distrutti due velivoli e l'officina segreta in cui erano stati montati.

Alla prima scoperta ne era seguita subito una ancor più sinistra: i dipendenti Yips di Stazione Araminta possedevano armi nascoste, come se si preparassero a massacrare il personale dell'agenzia.

I permessi di lavoro vennero immediatamente revocati; gli Yips furono rimandati a Yipton. Interrogato, Namour si limitò a scrollare le spalle negando ogni complicità con la congiura. Nessuno poté dimostrare il contrario, e in effetti sembrava incredibile che il popolare ed estroverso Namour fosse coinvolto in un crimine tanto orrendo, così il sospetto restò latente e col tempo fu dimenticato. In quanto a lui continuò nelle sue attività, indifferente ai dubbi altrui.

Namour era una persona difficile da catalogare. Dotato di un'eleganza innata e di un fisico robusto, aveva un volto attraente dai lineamenti classici. Vestiva alla moda e sembrava sapere tutto ciò che un uomo di mondo doveva sapere. Non c'era occasione in cui mancasse di agire con sottigliezza e intuito, e dava l'impressione di saper tenere sotto controllo le sue passioni, attributo questo che molte donne trovavano affascinante. E in effetti Namour aveva all'attivo diverse relazioni piccanti, incluse quelle con Spanchetta e con Smonny, che lui manovrava a metà fra l'interesse finanziario e la passione, con soddisfazione di entrambe.

Namour aveva però almeno altrettanti denigratori, specialmente all'Ufficio B. I suoi critici lo giudicavano un opportunista dal cuore di pietra, capace di compiere qualsiasi atto criminoso senza rimorsi. Questa opinione alla fine si rivelò corretta, ma prima che lo si potesse mettere di fronte alle sue colpe Namour si dileguò silenziosamente da Stazione Araminta, con immenso rammarico di Bodwyn Wook.

6 Gli Yips e Yipton

Il tipico Yip non è sgradevole d'aspetto né di modi. Al contrario, coi suoi grandi occhi cerulei, i capelli e la pelle della stessa tonalità dorata, i lineamenti regolari e il fisico eccellente, sa suscitare sentimenti positivi. Le ragazze sono famose nello sciame di Mircea per la loro avvenenza, il carattere mite e disponibile, e anche per l'assoluta castità di cui danno prova finché non vengono adeguatamente pagate.

Per ragioni mai ben accertate gli Yips e i comuni gaeani non possono avere unioni fertili. Alcuni biologi ipotizzano che gli Yips rappresentino una mutazione, una nuova varietà della razza umana; altri sono dell'avviso che la causa di ciò sia la loro dieta, ricca di molluschi pescati nella lurida fanghiglia che si stratifica sotto la città di Yipton, e fanno osservare che gli Yips trasportati su altri pianeti riacquistano, dopo qualche anno, una normale capacità procreativa.

Yipton ha saputo organizzarsi come una località turistica, non avendo mai avuto altre entrate. Il traghetto giornaliero fra Stazione Araminta e l'Atollo Lutwen è sempre pieno di visitatori che vengono alloggiati alla Locanda Arkady, una fatiscente struttura a cinque piani costruita interamente in bambù e foglie di palma. Sulla terrazza le cameriere Yips servono punch al rum, gin bollente, aperitivi, sbroscia Trelawny, birra di malto e vino di cocco, tutte bevande fabbricate a Yipton con materie prime sulla cui natura nessuno si è mai curato d'indagare. Le guide conducono gruppi di turisti in giri organizzati nei caotici ma affascinanti canali di Yipton, e in altri luoghi d'interesse particolare, come il Caglioro, le Vasche delle Ragazze, la Galleria degli Anziani Gladiatori e il Cimitero Marino. Intrattenimenti di genere più particolare per uomini e donne sono forniti al Pussycat Palace, a cinque minuti di strada dalla Locanda Arkady lungo traballanti ponteggi di bambù. Il personale del Pussycat è mite e servizievole, e sebbene manchi di spontaneità le sue prestazioni sono effettuate con metodo. Niente è gratis. Nei ristoranti di Yipton chi domanda uno stuzzicadenti se lo ritrova elencato sul conto.

Oltre ai profitti derivati dal turismo, l'ultimo Oomphaw degli Yips, Titus Pompo, incamerava denaro affittando gruppi di lavoratori ad altri pianeti. Namour co-Clattuc era associato all'Oomphaw sia in quella particolare impresa che in altre meno commendevoli.

7 Stroma

Nei primi anni della Conservazione, quando i membri della Società Naturalistica visitavano Cadwal, essi si presentavano a Casa Riverview aspettandosi di ricevere doverosa ospitalità. A volte il Conservatore si vedeva costretto ad alloggiare una dozzina di ospiti contemporaneamente, e alcuni di costoro venivano per restare a tempo indefinito, per effettuare studi ecologici non meno che per godersi le novità dell'ambiente di Cadwal.

Inevitabilmente, uno dei Conservatori si ribellò a quell'usanza, e i Naturalisti in visita furono invitati ad alloggiare in tende sulla spiaggia, dove avrebbero apprezzato meglio l'ambiente cucinandosi i pasti da soli su fuochi di legna.

Al successivo congresso annuale della Società furono presentate numerose proposte per ovviare al problema. Quasi tutte incontrarono però l'opposizione dei più rigidi Conservazionisti, secondo i quali si trattava di espedienti truffaldini per calpestare questo o quell'articolo della Carta. Altri replicarono: – Ben detto, certo, ma quando ci rechiamo a Cadwal per le nostre ricerche o una legittima vacanza dobbiamo forse tremare in una squallida tenda? Dopotutto siamo membri della Società!

Alla fine il congresso adottò una soluzione di ripiego buttata lì da uno dei Conservazionisti più accesi. Il piano autorizzava un nuovo insediamento in una località dove esso non avrebbe alterato l'ambiente. La località risultò essere il pendio di una collina sovrastante il gelido e tempestoso Stroma Fjord, su Throy. La zona era disagiata e irraggiungibile in modo quasi comico, e fu evidente che la si era scelta col preciso scopo di scoraggiare i fautori dal mettere in atto il progetto.

La sfida, comunque, fu accettata. Così nacque Stroma: una cittadina dalle case alte e strette, talora stranamente contorte, nere o grigio scuro, le cui porte e finestre sono dipinte con cura in bianco, rosso e azzurro. Viste dall'altro lato del fiordo, le case di Stroma sembrano attaccate alla roccia come mitili.

Molti membri della Società, tuttavia, dopo aver soggiornato a Stroma, trovarono che la vita in quell'ambiente duro aveva un suo fascino, e col pretesto d'intraprendere lunghe ricerche divennero il nucleo di una popolazione stabile che attualmente supera le milleduecento anime.

Sulla Terra, la Società Naturalistica cadde preda di una gestione incompetente, di una generale mancanza di iniziative e infine del peculato di un segretario disonesto. Al congresso in cui fu sciolta, le registrazioni e i documenti vennero trasferiti alla Biblioteca degli Archivi e il presidente in carica aggiornò la riunione per l'ultima volta.

Su Cadwal, i Naturalisti di Stroma non presero ufficialmente atto di quel crack organizzativo, benché i loro unici introiti fossero ormai gli investimenti dei singoli su altri pianeti. La Carta restò la legge fondamentale di Cadwal, e Stazione Araminta continuò a tirare avanti come al solito.

8 Persone di rilievo, residenti a Stazione Araminta, Stroma e altrove

A Casa Clattuc, le sorelle Simonetta e Spanchetta Clattuc erano più simili di quanto ci si potesse aspettare da due consanguinee, benché Spanchetta fosse più materialista e Simonetta – Smonny, il suo nomignolo – più inquieta e immaginativa. Entrambe erano donne ben pasciute e dal volto florido, con una prorompente massa di riccioli neri e palpebre pesanti. Entrambe erano emotive, avide, prepotenti e vanitose. Entrambe erano energiche e prive di freni inibitori. Durante la giovinezza sia Spanny che Smonny s'erano incapricciate in modo ossessivo di Scharde Clattuc, e senza alcun ritegno avevano cercato di sposarlo, o di sedurlo, o comunque di legarlo a loro. Ma con gran dispetto delle due sorelle Scharde le trovava ugualmente sgradevoli, se non ripugnanti, ed evitava le loro manovre amorose con tutta la cortesia possibile, o con freddo disdegno quando la cortesia non era più possibile.

Scharde fu mandato in missione d'addestramento dal CCPI* a Sarsenopolis, su Alphecca Nove. Qui conobbe Marya Atene, una giovane dai capelli neri dolce e affettuosa, intelligente e riservata, e fra loro nacque un amore profondo. I due si sposarono a Sarsenopolis, e al termine della missione di Scharde tornarono insieme a Stazione Araminta.

Spanchetta e Smonny se ne sentirono offese in modo insopportabile. Il comportamento di Scharde rappresentava un oltraggio alla loro femminilità e – a un livello più psicologico – una sfida e un rifiuto di sottomettersi. A stento riuscirono a controllare la loro rabbia; ma trovarono l'occasione di razionalizzarla quando

* CCPI: la Compagnia Coordinazione Polizia Intermondi, spesso definita come l'istituzione più importante della Distesa Gaeana. L'Ufficio B di Stazione Araminta era affiliato ad essa e il suo personale qualificato apparteneva dunque, in teoria e agli effetti pratici, al CCPI.

Smonny fu respinta all'esame di maturità del Lyceum e non potendo avere un I. R. ("Indice di Rango" ufficiale di Agente) inferiore al 40 passò fra i collaterali e fu costretta a lasciare Casa Clattuc. Ciò accadde proprio in coincidenza con l'arrivo di Marya, cosicché le due sorelle poterono incolpare lei e Scharde se uno dei quaranta posti riservati ai Clattuc era stato usurpato dalla nuova venuta.

Amareggiata e piena d'odio Smonny partì da Cadwal. Per un po' di tempo girò in lungo e in largo nella Distesa Gaeana, dedicandosi a diverse attività. Infine sposò Titus Zigonie, che possedeva il Ranch Valle Ombrosa e 40.000 km^2 di terreno sul pianeta Rosalia, oltreché uno yacht spaziale modello Clayhacker.

Per le necessità del suo ranch Titus Zigonie, dietro suggerimento di Smonny, cominciò ad assumere gruppi di lavoranti Yips presi sotto contratto e portati su Rosalia da un lontano parente di lei, Namour co-Clattuc, che in quest'attività era già in affari con Calyactus, l'Oomphaw di Yipton.

Dietro invito di Namour, Calyactus andò in visita al Ranch Valle Ombrosa su Rosalia, e qui fu assassinato da Smonny o dallo stesso Namour, o da entrambi insieme. Fu così che Titus Zigonie, un ometto inoffensivo, divenne Titus Pompo l'Oomphaw, benché tutta l'autorità fosse detenuta da Smonny.

La donna non aveva mai dimenticato l'oltraggio fattole da Stazione Araminta in generale e da Scharde Clattuc in particolare, e il suo più grande desiderio restava quello di vendicarsi atrocemente su entrambi; mentre Namour, con notevole sangue freddo, riprendeva la sua opportunistica relazione sia con Spanchetta che con Smonny.

Nel frattempo Marya aveva dato a Scharde un figlio, Glawen. Ma quando il bambino aveva due anni, Marya annegò durante una gita in barca, in circostanze mai ben chiarite. Due domestici Yips, Selious e Catterline, erano piuttosto vicini al luogo della disgrazia. Entrambi dichiararono che avevano tralasciato di soccorrere Marya per l'ovvio motivo che gettarsi in acqua a stomaco pieno significava rischiare una congestione, e che dopotutto quello non era affar loro. Così la gioia e la serenità scomparvero dalla vita di Scharde. A lungo egli interrogò Selious e Catterline, ma i due gli opposero una stolida incomprensione e alla fine Scharde, disgustato, li fece rimandare a Yipton.

Glawen passò attraverso un'infanzia e un'adolescenza tranquille; a sedici anni ottenne – a dispetto di un'illecita manovra di Spanchetta – un I. R. che poteva promettere bene per il suo futuro, e a ventun anni raggiunse l'età legale. Come Scharde, anch'egli aveva scelto di prestare servizio all'Ufficio B. E somigliava al padre anche per molti altri versi. Ambedue avevano un fisico asciutto, non di muscolatura massiccia ma solido, con fianchi stretti e spalle quadrate. I lineamenti di Glawen, come quelli di Scharde, erano duri e severi, ma in un volto ovale che mitigava quell'espressione; portava i capelli neri tagliati corti, e la sua pelle, benché sempre un po' abbronzata, non aveva l'aspetto scabro e olivastro di quella del padre. Entrambi erano uomini parchi di movimenti; entrambi sembravano avere qualcosa di scettico e sardonico, ma il loro carattere era assai meno aspro di quello che la prima impressione poteva far credere. In effetti, l'immagine che Glawen aveva di suo padre era quella di un uomo gentile e tollerante, con un fermo senso dell'onore e indiscutibilmente coraggioso. E quando Scharde pensava a suo figlio trovava difficile trattenere un impeto d'orgoglio e di affetto.

L'attuale Conservatore, Egon Tamm, si trasferì da Stroma a Casa Riverview con sua moglie Cora e i loro due figli, Milo e Wayness, al tempo in cui fu eletto a quella carica. Una dozzina di giovanotti della Stazione, compreso Glawen, s'innamorarono fin dall'inizio di Wayness, una fanciulla bruna e flessuosa, con grandi occhi grigi e un volto illuminato da un'intelligenza vivace.

Il suo corteggiatore più qualificato era però Julian Bohost, anch'egli di Stroma: un giovane di spiccata indole membro del VPL. La madre di Wayness, Cora, che ne approvava i modi impeccabili e il puntiglio intellettuale, lo favoriva apertamente. Fra gli amici di Julian il suo importante futuro politico era dato per scontato. Su questa base la donna l'aveva incoraggiato a corteggiare Wayness, benché la figlia li avesse accuratamente resi edotti entrambi che i suoi sentimenti tendevano piuttosto a indirizzarla altrove. Julian tollerava con un sorriso paziente le sue affermazioni, e continuava a fare ben meditati progetti per il loro futuro.

La zia di Julian era Dama Clytie Vergence, una Custode di Stroma e accesa sostenitrice del VPL. Dama Clytie, una donna alta e robusta, con una mentalità pratica e a senso unico, era convinta che gli ideali progressisti del VPL un giorno si sarebbero affermati, sconfiggendo ogni opposizione e a dispetto dei dogmatici articoli di "quel meschino e retrogrado foglio ingiallito dal tempo", così si riferiva alla Carta quando dichiarava: – È sopravvissuta alla sua utilità! Dobbiamo spazzare via la muffa dalle nostre leggi, e aprire le porte al pensiero avanzato!

Nonostante ciò il VPL non aveva mai visto approvata una sola delle sue riforme, poiché la Carta rappresentava la costituzione e non una semplice legge che i progressisti potessero far modificare.

A una riunione del VPL fu quindi progettato un sottile complotto. Le orde dei banjee migranti si scontravano regolarmente presso la Loggia di Montematto in terribili battaglie, e i vielpini decisero che questo periodico massacro doveva essere fermato, anche a costo di distruggere l'equilibrio ecologico della regione. Lì c'era la possibilità di stabilire un precedente politico, dissero i teorici del VPL, poiché ogni persona civile poteva essere indotta a sostenere una causa del genere, anche se comprometteva i principi della Conservazione.

In veste di rappresentante di Dama Clytie, Julian Bohost pretese di effettuare un'ispezione ufficiale a Montematto, per esaminare i fatti e l'ambiente prima di fare raccomandazioni specifiche. E chiese a Milo e Wayness di unirsi a lui per la gita. Wayness, dato che l'occasione imponeva l'uso di un velivolo dell'Ufficio B, fece in modo che il pilota fosse Glawen, con gran disgusto di Julian che non lo poteva vedere.

La gita informativa si concluse assai sgradevolmente per tutti. Quella sera stessa Wayness informò senza mezzi termini Julian che il suo interesse per lei doveva cessare. Il giorno dopo Milo fu ucciso in un incidente organizzato da tre Yips, forse dietro deliberata istigazione di Julian, anche se le circostanze restarono oscure.

Di ritorno a Stazione Araminta, Wayness confermò a Glawen che era sempre intenzionata a partire per la Vecchia Terra, dove avrebbe abitato per qualche tempo con suo zio Pirie Tamm, uno degli ultimi membri della Società Naturalistica. Avrebbe dovuto accompagnarla Milo, ma ormai suo fratello era morto, e la giovane donna, dinnanzi alla possibilità che qualcosa accadesse anche a lei, fu costretta a condividere con Glawen un segreto di enorme importanza.

Durante una precedente visita sulla Terra, Wayness aveva scoperto per caso che l'originale della Carta e la Garanzia Perpetua – il certificato di registrazione che determinava in effetti l'identità dei proprietari di Cadwal – erano scomparsi. Ora ella intendeva cercare i documenti perduti prima che qualcuno li trovasse... e alcuni elementi facevano credere che altre persone fossero già impegnate in quella ricerca.

Morto il fratello, Wayness dovette partire da sola. Glawen si sarebbe offerto volentieri di accompagnarla, ma i suoi doveri all'Ufficio B e la mancanza di fondi lo impedivano. Promise alla ragazza che avrebbe fatto il possibile per raggiungerla al più presto; poi non gli restò che raccomandarle la massima prudenza.

A Stazione Araminta un personaggio dallo stile eclettico e notevole creatività estetica, Floreste co-Laverty, aveva da lungo tempo fondato i Pantomimi, una troupe di attori reclutati fra i giovani più versatili della città. Floreste sapeva addestrarli e infondere in loro l'entusiasmo dell'arte, e i Pantomimi effettuavano tournée teatrali in tutto lo Sciame di Mircea e oltre, con discreto successo.

Il più grande sogno di Floreste era la costruzione di un magnifico Nuovo Orpheum, in sostituzione dell'antiquata sala dove la compagnia dava i suoi spettacoli. Tutto il denaro incassato dai Pantomimi finiva in un conto bancario aperto a quello scopo, e lui non perdeva occasione per sollecitare contributi.

Ma una serie di orrendi delitti venne alla luce sull'isola Thurben, un fazzoletto di terra sperduto nell'oceano a sud-est dell'Atollo Lutwen. I crimini avevano la loro origine su un altro pianeta, e Glawen fu incaricato di eseguire le indagini. Quando tornò su Cadwal aveva le prove che il responsabile degli omicidi, in combutta con Namour e con Smonny, era Floreste. Namour lasciò Stazione Araminta appena in tempo per evitare l'arresto; Simonetta era momentaneamente irreperibile a Yipton, ma Floreste fu incarcerato e condannato a morte.

Durante l'assenza di Glawen dal pianeta, suo padre Scharde, partito per un normale volo di pattuglia, era scomparso. Nessuna chiamata di soccorso era stata ricevuta; nessun rottame d'aereo era stato individuato. Ma Glawen non riusciva a credere che Scharde fosse morto, e in un colloquio nel carcere Floreste gli lasciò intendere che i suoi sospetti erano fondati. L'uomo accettò di rivelare a Glawen ciò che sapeva, a patto che lui garantisse che il denaro depositato sul suo conto fosse usato come lui aveva sempre sognato: la costruzione di un nuovo Orpheum. Glawen fu d'accordo, e Floreste stilò un testamento in cui lo nominava erede delle sue sostanze.

Il denaro di Floreste era depositato alla Banca di Mircea, nella città di Soumjiana, sul vicino pianeta Soum. E Smonny, per comodità, aveva tenuto anche il suo sullo stesso conto. Era un espediente temporaneo, ma Smonny aveva tardato a cautelarsi: alla morte del commediografo l'intero conto passò nelle mani di Glawen.

L'ultimo gesto di Floreste fu la stesura di una lettera nella quale rivelava ciò che era a sua conoscenza sulla sorte di Scharde.

Quella sera, sulla spiaggia, dopo un altro tragico atto di quel dramma, Glawen seppe dalle prime righe di quel documento che suo padre, a quanto ne sapeva Floreste, era ancora vivo. Dove? Nelle mani di chi? Non l'avrebbe saputo finché non avesse letto il resto della lettera.

Parte I

1

Il sole era tramontato. Bagnato e tremante, Glawen volse le spalle all'oceano e corse su per via Wansey nella penombra della sera. Giunto a Casa Clattuc oltrepassò il portone d'ingresso e quando fu nell'atrio scoprì, senza alcun entusiasmo, che ai piedi della grande scalinata c'era Spanchetta.

La donna non si degnò di commentare le sue condizioni. Quella sera aveva drappeggiato il suo petto monumentale in una blusa di taffetà nera drammaticamente striata di rosso, con gonna dello stesso colore e scarpette d'argento. Un filo di perle nere spiraleggiava più volte intorno alla sua matassa di riccioli corvini; perle più grosse le pendevano dagli orecchi. Spanchetta rallentò il passo un istante per guardarlo da capo a piedi; poi storse sdegnosamente il naso e si affrettò verso la sala da pranzo.

Glawen proseguì per le camere che divideva con suo padre Scharde. Si tolse subito gli indumenti inzuppati, fece una doccia calda e stava cominciando a vestirsi quando fu interrotto dal ronzio del telefono. – Ci sono! – gli ordinò ad alta voce.

La faccia di Bodwyn Wook apparve sullo schermo. – È buio da un pezzo – lo informò in tono aspro. – Era necessario ponderare così a lungo sulla lettera di Floreste? Aspettavo la tua chiamata.

Glawen ebbe una risata secca. – Ho letto soltanto due righe di quei tre fogli. Sembra che mio padre sia ancora vivo.

– Questa è una buona notizia. Perché hai tardato tanto?

– Sulla spiaggia ho subito un'aggressione, che si è conclusa fra le onde. Io sono sopravvissuto. Kirdy è annegato.

L'uomo si portò una mano alla fronte. – Non dirmi altro! Questa è una dolorosa sorpresa. Dopotutto era un Wook.

– In ogni caso, stavo giusto per telefonarle.

Bodwyn Wook si concesse un sospiro triste. – Nel tuo rapporto lo definirai un annegamento accidentale, e dimenticherai l'intero spiacevole affare. È chiaro questo?

– Sì, signore.

– Non approvo affatto il tuo comportamento. Avresti dovuto prevedere ed evitare la sua aggressione.

– La prevedevo, signore; è per questo che sono sceso alla spiaggia. Kirdy ha sempre avuto una fobia per il mare, e ho pensato che ne sarebbe stato alla larga. Direi che è morto della morte che temeva di più.

– Hmf – borbottò Bodwyn Wook. – Hai la sensibilità di un macigno. E se ti avesse sparato da un cespuglio? Dubito molto che dalla tua salma avrei recuperato almeno la lettera di Floreste.

– Non era nello stile di Kirdy. Voleva guardarmi bene in faccia mentre mi ammazzava.

– E se Kirdy avesse modificato le sue consuetudini per questa particolare occasione?

Glawen ci pensò, poi scosse le spalle. – In tal caso il suo rimprovero sarebbe stato giusto e meritato.

– Hmf. – L'uomo fece una smorfia. – Io propendo per la severità, è vero, ma non sono mai arrivato a rimproverare un cadavere. – Si appoggiò allo schienale della poltrona. – Inutile dilungarsi ancora sull'accaduto. Porta la lettera nel mio ufficio, e la leggeremo insieme.

– Come desidera, signore.

Appena pronto Glawen si diresse alla porta, ma con la mano sulla maniglia si fermò. Rifletté qualche istante, poi tornò indietro e andò nel locale che serviva da ufficio e stanza di sgombero. Stampò una copia della lettera di Floreste e la mise in un cassetto; quindi ripiegò l'originale in tasca e uscì.

Dieci minuti dopo fece il suo ingresso all'Ufficio B, al primo piano della Nuova Agenzia, e fu immediatamente ammesso nell'ufficio privato del direttore. Bodwyn Wook sedeva, come al solito, sulla sua massiccia poltrona di pelle scura. Allungò una mano. – Se non ti spiace. – Glawen gli consegnò la lettera. L'uomo gli indicò una sedia. – Siediti.

Lui ubbidì alla richiesta. Bodwyn Wook estrasse la lettera dalla busta e cominciò a leggerla ad alta voce, in un tono burocratico per nulla adatto al linguaggio stravagante e discorsivo di Floreste.

La sua lettera era verbosa, e divagava in spiegazioni più o meno filosofiche. Il commediografo si diceva, *pro forma*, contrito dei suoi peccati, ma con parole che mancavano di convinzione, e il senso della lettera sembrava piuttosto quello di giustificare razionalmente le sue azioni. – Non lo si può mettere in discussione, e lo dichiaro con serena obiettività – scriveva Floreste. – Io sono uno dei pochissimi individui a cui si deve applicare il termine di "uomo universale"; raro esemplare nella società odierna! Nel mio caso, le consuete restrizioni della morale comune non possono essere applicate, poiché interferirebbero con l'eccelso principio che vuole l'artista superiore e immune da tali ceppi. Ma ahimè! Io non sono più libero di un pesce in una vasca, nuoto con gli altri pesci, e devo adeguarmi alle loro rigide procedure se non voglio che mi azzannino le pinne!

Floreste ammetteva che la sua dedizione all'Arte l'aveva indotto a certe irregolarità. – Ho tagliato su terreni impervi per abbreviare la lunga e tediosa strada verso alti traguardi; sono stato colto in fallo, e ora giaccio preda dei miei azzannatori.

"Se dovessi ricominciare daccapo – si lamentava Floreste – oh, sicuramente sarei più cauto! L'artista creativo può senza dubbio far sì che la società lo esalti mentre egli sbandiera senza esitazioni i dogmi sacri che sono la sua stessa anima! Sotto questo aspetto la società è un animale a cui piace essere accarezzato contropelo; più uno la scrolla rudemente, più gli si striscia addosso avida delle sue carezze. Ah, be', ormai è tardi per deprecare le ingenuità della mia condotta.

Più avanti ponderava sui suoi delitti. – L'illegalità delle mie azioni è problematica da soppesare su un'esatta scala di valori, anche ponendo sull'altro piatto della bilancia i benefici derivati dai cosiddetti "crimini". Il raggiungimento del mio superlativo traguardo poteva ben giustificare il sacrificio di questa effimera frazione dell'umanità, che altrimenti non sarebbe servita ad alcuno scopo.

Bodwyn Wook fece una pausa per voltare pagina. Glawen osservò: – Questa "effimera frazione" potrebbe obiettare sulla correttezza del suo ragionamento.

– Ovvio – annuì il direttore. – In linea generale la sua tesi è opinabile. Comunque non possiamo permettere a ogni schizofrenico figlio di puttana che si definisce un "artista" di ammazzare dozzine di ragazzi inermi mentre persegue le ispirazioni della sua musa.

Floreste dedicava poi numerosi paragrafi a Simonetta; la donna gli aveva rivelato molto su di sé. Dopo la sua tempestosa e furibonda partenza da Stazione Araminta s'era aggirata in varie località della Distesa Gaeana, vivendo di espedienti, sposandosi e risposandosi, seducendo e raggirando, e in genere conducendo una vita indipendente e avventurosa. Al Seminario del Culto Monomantico aveva incontrato Zadine Babbs, o "Zaa" come preferiva esser chiamata, e una donna brutale di nome Sibil de Velia. Le tre avevano stretto alleanza, erano divenute Adepte e avevano assunto il controllo del Culto.

Ben presto Smonny s'era stancata delle restrizioni e delle regole, e aveva abbandonato il monastero. Un mese dopo aveva conosciuto Titus Zigonie, un ometto grassoccio dal carattere mite. Costui possedeva un grosso ranch sul pianeta Rosalia e un lussuoso yacht spaziale, attributi che Smonny trovò irresistibili, e Titus Zigonie si trovò irresistibilmente sposato a lei prima di capire cos'era successo.

Qualche anno dopo Smonny era andata a fare la turista sulla Vecchia Terra, dove aveva fatto in modo di incontrare un certo Kelvin Kilduc, l'attuale Segretario della Società Naturalistica. L'uomo le aveva parlato dell'ex segretario Frons Nisfit e dei suoi peculati. Kilduc sospettava che Nisfit si fosse spinto al punto di vendere l'originale della Carta a un collezionista di documenti antichi. – Non che faccia qualche differenza – s'era affrettato ad aggiungere. – La Conservazione si mantiene tale con le sue sole forze, e così farà sempre, Carta o non Carta. Almeno, a quanto mi è stato assicurato.

– Naturalmente – aveva detto Smonny. – Questo è certo! Mi chiedo chi sia l'ingenuo che Nisfit ha coinvolto nella sua truffa. Forse è doveroso informarlo che si è reso colpevole di ricettazione.

– Purtroppo è difficile immaginarne l'identità.

Smonny aveva svolto un'indagine fra gli antiquari e scoperto uno dei documenti rubati. Era stato parte di un lotto venduto a un collezionista di nome Floyd Swaner. La donna ne aveva rintracciato il luogo di provenienza, ma troppo tardi: il vecchio Swaner era morto. E del suo nipote e unico erede, Eustace Chilke, si sapeva solo che era un vagabondo con poca voglia di far bene, sempre in giro per posti strani. Il suo attuale indirizzo era sconosciuto.

Su Rosalia il lavoro scarseggiava. Smonny tuttavia s'era accordata con Namour per prendere sotto contratto dei gruppi di Yips, e in questo modo aveva riaperto i suoi contatti con Cadwal.

I due s'erano trovati d'accordo su un'idea luminosa, basata sul fatto che Calyactus, l'Oomphaw di Yipton, era diventato vecchio e sciocco. Namour l'aveva persuaso a recarsi su Rosalia per sottoporsi a un trattamento medico che lo avrebbe ringiovanito; ma al Ranch Valle Ombrosa gli era stato propinato un medicinale dagli effetti molto meno curativi. E il signor Zigonie, assunto prudenzialmente il nome di Titus Pompo, era diventato Oomphaw in sua vece.

Gli investigatori assunti da Smonny avevano finalmente localizzato Eustace Chilke alle Sette Città di John Preston's Word, dove guidava un autobus per turisti. Appena possibile Smonny s'era recata di persona a circuirlo e l'aveva assunto come sovrintendente a Valle Ombrosa. Più tardi s'era risolta a chiedergli di sposarla, ma Chilke aveva declinato l'onore. Inviperita, Smonny l'aveva messo alla porta sui due piedi, cosicché era dovuto intervenire Namour, che per non farselo sfuggire del tutto gli aveva proposto un buon impiego a Stazione Araminta.

– Smonny e Namour sono una coppia sorprendente – scriveva Floreste. – Ritenerli capaci di qualche scrupolo sarebbe fare un grave torto alle loro capacità d'infrangere la morale comune, nonostante Namour sappia ben atteggiarsi a gentiluomo colto e sia un notevole personaggio dotato d'insolite e singolari competenze. Sa costringere la carne del suo corpo a ubbidire all'acciaio della sua volontà. Pensate! Riesce a essere l'amante di Spanchetta e di Smonny allo stesso tempo, e alle loro spalle intesse ancora altre relazioni con sapienza e freddezza sopraffina. Namour, non fosse altro che per il superbo ardire con cui osi tanto, io ti saluto!

«Così scarso è il tempo che mi è rimasto! Se potessi vivere comporrei un balletto eroico per tre attori protagonisti, che sulla scena rappresenterebbero Smonny, Spanchetta e Namour! Ah, che spinta darei all'evoluzione della mia arte! Già ne vedo il primo atto con chiarezza: essi piroettano, intrecciano drammi, vanno e vengono, tallonati dalla spaventosa Giustizia del Fato vestita di nero! Sento la musica con l'orecchio della mente: è pregna di vibrazioni, e i costumi sono straordinari! Le danze hanno pause catartiche, e i tre personaggi proiettano stimoli acuti conducendo con cura sottile ogni preambolo. Li ho dinnanzi agli occhi: si spostano dalla luce viva all'ombra insinuante, tramando in ogni angolo del palcoscenico, ciascuno teso ai propri fini. Come potrei risolvere il finale?

«Ma che fantasie vane! Con che coraggio obero la mia mente di simili interrogativi? Io non sarò lì per mettere in scena alcuno spettacolo!

Bodwyn Wook alzò lo sguardo dal foglio. – Forse avremmo dovuto dare a Floreste il tempo di scrivere quest'ultima sceneggiatura. Si prospetta affascinante!

– A me sembra stucchevole – commentò Glawen.

– Tu sei troppo giovane o troppo materialista per apprezzarla. Nella mente di Floreste allignavano inquietanti trame.

– Si sta prendendo un'inquietante quantità di tempo per arrivare al sodo, questo è certo.

– Aha! Non dal punto di vista di Floreste! Questo è il suo testamento spirituale, il riassunto del suo essere. Ciò che senti non sono frivolezze casuali, ma i gemiti di un animo in pena. – Bodwyn Wook riabbassò gli occhi sul foglio. – Proseguiamo. Forse da qui in poi cambierà umore e spiattellerà qualcosa di concreto.

Il tono di Floreste era infatti più scarno. Prima del ritorno di Glawen a Stazione Araminta, il commediografo era andato a Yipton per pianificare una nuova serie di intrattenimenti particolari. L'isola Thurben era ormai troppo sporca di sangue, e si doveva trovare un'altra località adatta. Durante una conversazione, Titus Pompo, reso ciarliero da troppe sbroscie Trelawny, aveva rivelato che Smonny era almeno riuscita a pagare un vecchio conto. Aveva catturato e messo in una prigione sicura Scharde Clattuc, e confiscato il suo aereo. L'espressione di Titus Pompo s'era fatta funerea nell'affermare che Scharde si sarebbe pentito molto amaramente dei torti fatti a Smonny. In quanto all'aereo, esso costituiva un parziale risarcimento per quelli distrutti dal raid dell'Ufficio B. E dopo aver buttato giù un altro bicchiere aveva proclamato che non sarebbe stato l'ultimo velivolo a essere confiscato.

– Questo lo vedremo – commentò Bodwyn Wook.

Scharde era stato portato nella più strana di tutte le prigioni, dove il "fuori" era "dentro" e il "dentro" era "fuori", e da cui i prigionieri erano liberi di tentare la fuga, se erano dell'umore giusto per provarci.

Bodwyn fece una pausa per versarsi due dita di ginger.

– Strana o non strana – borbottò Glawen – a me preme sapere dov'è. Lo dice?

– Ora vedremo. Può darsi che Floreste fosse un tipo distratto, ma escludo che dimenticherebbe un dettaglio così importante.

L'uomo proseguì la lettura. Quasi subito Floreste rivelò che la singolare prigione era un vulcano estinto al centro di Ecce: lo Shattorak, un largo cono lavico che sovrastava di ottocento metri le paludi e la giungla. I prigionieri occupavano una striscia di terreno all'esterno della palizzata che ne circondava la sommità e proteggeva la prigione vera e propria. I lunghi versanti erano fitti di giungla; i prigionieri dormivano in capanne arboree o dietro staccionate costruite alla meglio per tenere lontani i predatori della boscaglia. Se Scharde non era stato ucciso subito lo doveva al fatto che una vendetta troppo rapida non poteva soddisfare nessuno, concetto che Floreste definiva eticamente inoppugnabile.

Ormai completamente ubriaco, Titus Pompo s'era spinto a sussurrare che a Shattorak erano nascosti anche cinque aerei, insieme a una certa quantità di armi. Di tanto in tanto, quando Smonny era in viaggio su altri pianeti, Titus Pompo faceva atterrare il suo yacht spaziale a Shattorak, attento a evitare il radar di Stazione Araminta. L'individuo era piuttosto soddisfatto del suo stile di vita a Yipton: cibarie d'importazione, liquori in abbondanza, svaghi di varia natura, e belle cameriere Yips che gli praticavano massaggi non esclusivamente terapeutici.

– Questo è tutto ciò che so – scriveva Floreste. – Malgrado i miei felici rapporti con Stazione Araminta, dove avevo sperato di edificare un monumento alla mia memoria, io sento, a torto o a ragione, che rivelando le confidenze fatte da Titus Pompo in stato di ubriachezza non lo tradisco: verrebbero comunque a conoscenza di molti senza bisogno della mia intercessione. Dovete considerare che si tratta di un ometto malinconico e piagnucoloso. Voi certo pensate che il "giusto" sia "giusto", e che ogni deviazione o mancanza di volontà nel propugnare le attività virtuose sia "ingiusta". Al momento non voglio criticare questa tesi.

«Per concedervi una palese dimostrazione a mio beneficio, voglio puntualizzare di non essere né infedele né ingrato. Quando possibile ho sempre ottemperato ai miei obblighi verso Namour, cosa che lui non avrebbe fatto con me. Fra tutti quelli che conosco è sicuramente l'uomo meno pietoso, e non è meno colpevole di me. Tuttavia, nella mia sciocca e misconosciuta onestà, ho fatto in modo di dargli il tempo per fuggire. Confido che non voglia più disturbare Stazione Araminta, poiché questo è un luogo caro al mio cuore, dove sognavo di creare il Centro Araminta per le Arti Teatrali, il Nuovo Orpheum. In questo ho fallito, ma in questo trovano giustificazione i miei peccati.

«È troppo tardi per le lacrime di pentimento. Nessuno le riterrebbe del tutto sincere... neppure io stesso. Eppure, quando tutto ormai è stato detto e fatto, vedo che non muoio tanto per la mia venalità quanto per la mia follia. E voglio scrivere le parole più tristi conosciute dall'uomo: Ah, cosa sarebbe successo se solo fossi stato più saggio!

«Questa è la mia apologia. Potete accettarla o rifiutarla. Io sono sopraffatto dalla stanchezza e dalla malinconia, e non ho altro da aggiungere.

2

Bodwyn Wook ripiegò accuratamente la lettera sulla sua scrivania. – E così Floreste ha detto la sua. Bisogna riconoscergli che sapeva trovare scuse elaborate per se stesso. Ma ora: procediamo. Le circostanze sono complesse e dobbiamo pianificare attentamente la nostra reazione. Sì, Glawen? Stavi per esprimere un'opinione?

– Bisogna attaccare immediatamente Shattorak.

– Perché dici questo?

– Per salvare mio padre, naturalmente!

Bodwyn Wook annuì con calma. – Hai espresso un concetto se non altro semplice e lineare. Devo riconoscertene il merito.

– Buono a sapersi. E dov'è che quest'idea fa acqua?

– È un riflesso, innescato dall'emotività dei Clattuc invece che dal freddo intelletto dei Wook. – Glawen borbottò qualcosa fra i denti.

Bodwyn Wook lo ignorò. – Ti ricordo che l'Ufficio B è essenzialmente un ente per la sorveglianza ambientale, strutturato per svolgere mansioni aggiuntive di polizia giudiziaria. Al più possiamo disporre di due o tre dozzine di agenti operativi; personale altamente addestrato e quindi prezioso. E quanti sono gli Yips? Sessantamila? Ottantamila, centomila? Un po' troppi.

«Veniamo al dunque. Floreste parla di cinque aerei nascosti a Shattorak; assai più di quanti mi sarei aspettato. Noi possiamo mettere in volo sette o otto aerei, nessuno dei quali con armi pesanti. Il vulcano è senza dubbio difeso da batterie piazzate al suolo. Facciamo l'ipotesi di una massiccia incursione bellica: nel peggiore dei casi subiremmo perdite disastrose per l'Ufficio B, e la settimana dopo gli Yips sbarcherebbero indisturbati su tutta la costa orientale. E nel caso migliore? Dovremmo vedercela intanto con le spie di Spanchetta. Potremmo abbatterci in forze su Shattorak, atterrare in grande stile, e scoprire solo baracche vuote, depositi abbandonati, e una buca piena di cadaveri. Niente Scharde, niente aerei, niente di niente. Un fallimento.

Glawen fece una smorfia insoddisfatta. – Questo non mi sembra il "caso migliore".

– Lo è, nei termini della tua proposta.

– Allora cosa suggerisce?

– Primo, considerare ogni alternativa di cui disponiamo. Secondo: ricognizione. Terzo, un attacco organizzato in segreto. – Accese uno schermo a parete e chiamò una mappa del territorio. – Come vedi, Shattorak è un puntino attorniato da immensi territori acquitrinosi. In effetti supera gli ottocento metri e i suoi versanti si estendono per chilometri; una zona vasta e dirupata. Il fiume a sud è il Vertes. – L'immagine s'ingrandì, zumando sul vulcano: un territorio più spoglio di quello circostante, quasi discoidale, chiazzato da distese di sabbia grigiastra e sporgenze di nera roccia lavica. Un laghetto d'acqua azzurra occupava il centro del cratere. – Questa è un'immagine ripresa almeno cent'anni fa – disse Bodwyn Wook. – Non credo che l'Ufficio B abbia mai mandato qualcuno laggiù, da allora.

– Sembra un posto arido e caldo.

– Un'analisi che condivido. Ora inclinerò la prospettiva. Così. Si può notare una striscia di terreno più regolare tutto intorno alla sommità, dove comincia l'inclinazione dei versanti. Qui vedo pochi alberi e macigni. Più in basso, giungla sempre più fitta. Se Floreste non ha mentito, questo dovrebbe essere il luogo in cui risiedono i prigionieri. Probabilmente chi desidera provarci è davvero libero di fuggire attraverso le paludi.

Glawen studiò l'immagine in silenzio.

– Dovremo ispezionare il terreno con cura – disse Bodwyn Wook – e solo allora si potrà procedere. Siamo d'accordo?

– Sì – rispose lui. – Siamo d'accordo.

Bodwyn Wook batté un dito sulla lettera. – Il modo in cui Floreste porta in gioco Chilke mi stupisce. Sembra che si trovi qui a Stazione Araminta solo perché Smonny complotta per avere il controllo della Carta. Mi chiedo cosa stia facendo la Società, sulla Vecchia Terra. Perché non si adoperano per localizzare i documenti perduti?

– Non sono rimasti più molti membri. Così mi è stato detto.

– E sono indifferenti alla Conservazione? Questo è difficile da credersi! Chi è l'attuale Segretario?

– Credo – rispose cautamente Glawen – che sia un cugino del nostro Conservatore, un certo Pirie Tamm.

– Mmh. Ma la ragazza Tamm non è partita per la Terra?

– Sì, infatti.

– Bene! Ora, perciò... uh, qual è il suo nome?

– Wayness.

– Già, Wayness. Dal momento che la figlia di Tamm si trova sulla Vecchia Terra, forse potrà collaborare con noi riguardo a questi documenti spariti dagli archivi della Società. Scrivile, e chiedile di fare almeno un tentativo d'indagine a tale scopo. Sottolinea che dovrà comportarsi con assoluta discrezione ed evitare che qualcuno intuisca cosa c'è sotto. Se vuoi saperlo, temo di capire come questa faccenda potrebbe avere un risvolto assai grave.

Glawen annuì pensosamente. – In effetti, Wayness sta già indagando su questa storia.

– Ah. E cos'ha appreso, se non è chiedere troppo?

– Non lo so. Non ho ricevuto posta da lei.

Bodwyn Wook inarcò un sopracciglio. – Non ti ha scritto?

– Sono sicuro che ha scritto. Ma non ho ricevuto le sue lettere.

– Strano. Forse il portiere di Casa Clattuc le avrà lasciate cadere dietro il frigorifero, come fa il nostro quando non le getta via con gli opuscoli pubblicitari.

– È una possibilità, ma sto cominciando a sospettare di un'altra persona. In ogni caso, penso che appena risolta la situazione a Shattorak dovrò consigliarmi con Chilke, e poi andare sulla Terra alla ricerca di questi documenti.

– Hmf, sì. Ahem. Ma prima le necessità immediate, il che significa Shattorak. A tempo debito parleremo ancora dell'altro argomento. – Bodwyn Wook riprese la lettera di Floreste. – Questa la terrò io in custodia.

Glawen non ebbe nulla in contrario, e lasciò la Nuova Agenzia. A passi svelti, talora anche correndo, fece ritorno a Casa Clattuc e attraversò l'atrio del pianterreno. Sulla sinistra c'erano un paio di piccole stanze occupate da Alarion co-Clattuc, il portiere, e un'anticamera da cui l'uomo poteva sorvegliare il passaggio degli inquilini. Fra i doveri di Alarion c'era la registrazione della posta elettronica, il ritiro della corrispondenza normale e la sua suddivisione nelle caselle o la distribuzione diretta agli appartamenti per le cose più urgenti.

Glawen suonò il campanello e dal suo alloggio privato uscì Alarion, un uomo dai capelli bianchi, magro e curvo, la cui unica concessione alla vanità era una barbetta a punta. – Salve, Glawen. Cosa posso fare per te questa sera?

– Potresti illuminarmi su una o più lettere che dovrebbero essermi arrivate dalla Vecchia Terra.

– Io posso informarti solo su ciò che è a mia precisa conoscenza – disse Alarion. – Non chiedere però che ti costruisca ipotesi su dove possono essere finiti messaggi incisi su tavolette d'oro che aspetti di ricevere dall'arcangelo Sersimanthes, o cose simili.

– Devo dedurne che non è arrivato niente?

Alarion si volse a guardare le caselle appese al muro. – No, Glawen. Ma neppure conti da pagare, se può consolarti.

– Come sai, io sono stato assente dalla Stazione per diversi mesi. Durante questo periodo avrei dovuto ricevere delle lettere da fuori Cadwal. Ricordi se qualcosa del genere è stato recapitato mentre ero in viaggio?

Alarion si accarezzò la barbetta. – Credo che alcune buste mi siano passate per le mani, sì. Le ho portate al vostro appartamento... questo anche dopo la sfortunata scomparsa di Scharde. Come al solito, le ho infilate nell'apposita fessura della porta. Poi, tuttavia, Arles si è trasferito nel vostro appartamento ed ha abitato lì per qualche giorno, prima che tu tornassi a dirimere ogni equivoco. Ma è da escludere che abbia gettato via la tua posta. Non c'è dubbio che abbia conservato quelle lettere in un posto o nell'altro.

– Non c'è dubbio – annuì Glawen. – Grazie per l'informazione.

Mentre andava alle scale si accorse d'essere affamato; non ne fu sorpreso, dato che non mangiava da quel mattino. La sala da pranzo era quasi vuota; buttò giù in fretta un po' di minestra, carne ai ferri con contorno di fagioli, pane scuro, una fetta di cocomero, e salì nel suo appartamento. Poi andò a sedere davanti al telefono e compose un numero, ma a rispondergli fu una fredda voce burocratica: – Lei sta chiamando un canale codificato. Non può essere messo in linea senza previa autorizzazione.

– Io sono il capitano Glawen Clattuc. Ufficio B. Questa è un'autorizzazione sufficiente?

– Spiacente, capitano Clattuc. Il suo nome non è sulla lista.

– Allora lo metta sulla lista. Se lo faccia confermare da Bodwyn Wook, se crede.

Ci fu una lunga pausa, poi la voce disse: – Il suo nome è ora in lista, signore. Chi desidera chiamare?

– Arles Clattuc.

Trascorsero cinque minuti prima che il largo volto di Arles apparisse, con aria speranzosa, sullo schermo. Alla vista di Glawen il sorriso seducente che s'era preparato a rivolgere a una ragazza si raggelò in una smorfia. – Cosa vuoi? T'informo che trovo già abbastanza sgradevole questo soggiorno senza bisogno di ricordare che tu esisti.

– Potresti trovarlo ancor più sgradevole, Arles. Dipende da ciò che è successo alla mia posta.

– La tua posta?

– Sì, la mia posta. Era stata consegnata in questo appartamento, e ora è scomparsa. Cosa ne hai fatto?

Arles aggrottò le sopracciglia mentre focalizzava i pensieri su quella seccatura inaspettata. In tono petulante replicò: – Non ricordo nessuna lettera. C'erano un sacco di porcherie inutili. Quelle stanze erano un porcile quando io e mia madre ci siamo trasferiti lì.

– In tribunale hai detto di averla rimandata al mittente. Io dubito che tu sia stato così urbano, dato il costo dell'affrancatura.

– Non ricordo cos'ho detto durante quella farsa di processo. Glawen rise ferocemente. – Se hai buttato via la mia posta dovrai spaccare sassi per ben più di ottantacinque giorni! Pensaci bene, Arles!

– Non permetterti questo tono con me! Se c'era della posta sarà stata imballata in qualche scatola con l'altra vostra roba.

– Quando ho vuotato le scatole non c'erano lettere. E noi sappiamo il perché. Tu le avevi aperte e lette.

– Stupidaggini! Non di proposito, comunque. Se vedessi una busta col cognome "Clattuc" potrei aprirla automaticamente prima di accorgermi che il nome non è il mio. Ma non è successo.

– E allora cosa ne hai fatto?

– Te lo ripeto per l'ultima volta: non ricordo!

– Le hai date a tua madre per farle leggere a lei?

Arles si mordicchiò un labbro. – Potrebbe averle tenute in custodia lei. Mia madre è molto scrupolosa in certe cose.

– E dopo averle aperte le ha lette in tua presenza.

– Non ho detto questo. Ho detto che non ricordo. Comunque io non posso star sempre a guardare quello che fa mia madre. Ci sono altre curiosità che ti pungono, stasera?

– Forse, ma saprò trattenerle finché non avrò scoperto cosa ne è stato di quelle lettere. – Glawen interruppe la comunicazione.

Per un poco restò a ruminare, al centro della stanza; poi indossò l'uniforme e la cappa dell'Ufficio B, si mise il berretto e uscì in corridoio, dirigendosi all'appartamento di Spanchetta.

La cameriera che gli aprì la porta lo condusse in un vasto salotto, una stanza ottagonale al cui centro campeggiava un divano, anch'esso ottagonale, rivestito di seta verde. In quattro alcove altrettante urne di cinabro ospitavano alti mazzi di viole porporine. Spanchetta entrò spostando una tenda di perline fosforescenti. Quella sera aveva deciso di sveltire il suo corpo pesante con un liscio abito nero da ammaliatrice, ornato solo da un bottone d'argento. La gonna sfiorava il pavimento.

Aveva guanti neri lunghi fino al gomito, i capelli sollevati in una stupefacente piramide di riccioli alta mezzo metro e sulla faccia un fondo tinta bianco e scintillante. Per dieci secondi restò sulla soglia, fissando Glawen con occhi simili a pezzi di vetro nero, quindi avanzò nella stanza. – Quando fai visita a chi abita in Casa Clattuc non c'è bisogno che ti presenti con quella mascheratura.

– Questa è semplicemente la mia uniforme, e io sono qui per un'indagine ufficiale.

Spanchetta non trattenne una risata di scherno. – E di cos'altro ti salta in mente di accusarmi, stavolta?

– Desidero la tua deposizione circa un episodio di appropriazione indebita e furto aggravato di posta. Per la precisione, la posta arrivata durante la mia assenza.

Spanchetta fece un gesto sprezzante. – Cosa dovrei saperne io della tua posta?

– Ho appena parlato con Arles. A meno che tu non produca subito queste lettere, ordinerò una perquisizione immediata di questo alloggio. In tal caso dovrai rispondere in tribunale, sia che la posta si trovi che se non si trovi, perché c'è una registrazione in cui Arles dichiara di averla lasciata in tua custodia.

Spanchetta rifletté un momento, poi si girò bruscamente e uscì dal salotto. Glawen la seguì a ruota. Lei si fermò di scatto. – Stai invadendo un domicilio privato! Questa è un'offesa punibile dalla legge!

– Non in queste circostanze. Voglio vedere dove tieni le lettere. Inoltre non mi va di aspettare un'ora o due in quel salotto mentre tu fai i tuoi comodi.

La donna lo compatì con un sorriso sdegnoso e proseguì. Nel corridoio c'era un'alta credenza. Da uno dei cassetti tolse un pacchetto di lettere legate con un nastro. – Ecco quello che stai cercando. Mi ero dimenticata della loro esistenza, tutto qui.

Lui sciolse il nastro. Si trattava di quattro lettere, e tutte erano state aperte. Spanchetta lo guardò senza far commenti.

Glawen non trovava nulla di adeguato da dire per esprimere il suo sdegno. Inalò una lunga boccata d'aria. – Può darsi che si debba riparlare di questa faccenda.

Il silenzio di Spanchetta era più offensivo delle parole. Glawen le volse le spalle e se ne andò, preferendo non dire e non fare niente che compromettesse la sua dignità. La cameriera gli aprì educatamente la porta e lui uscì a passi lunghi nel corridoio.

3

Quando fu nel suo appartamento Glawen si fermò al centro del soggiorno, tremando di furia. La sfacciata disonestà di Spanchetta era indescrivibile, era intollerabile. E come al solito, dopo esser stato offeso da lei restava con l'impressione che reagire duramente non fosse dignitoso. Per anni e anni quella rassegnata constatazione era stata fatta: – Spanchetta è Spanchetta. È come una forza della natura, inutile prenderla di petto. Lasciatela cuocere nel suo brodo, non c'è altro da fare.

Guardò le buste che aveva in mano. Erano state aperte e richiuse rozzamente, senza alcun tentativo di mascherare l'effrazione; una vista che violentava, più che offendere, la sua sensibilità. Ma c'era poco da fare; non poteva certo gettarle via. Non gli restava che inghiottire l'umiliazione.

– Devo essere pratico – si disse. Andò a gettarsi sul divano ed esaminò le buste una dopo l'altra.

La prima era stata imbucata ad Andromeda 6011 IV, il crocevia dove Wayness aveva atteso la coincidenza con un transgalattico della Glistmar Explorer Route. Era datata appena due giorni dopo quella che Glawen aveva ricevuto la primavera precedente, anch'essa spedita dalla stazione di transito. La seconda e la terza avevano il timbro di Yssinges, una frazione in provincia di Shillawy, sulla Terra. La quarta era stata imbucata in un posto chiamato Mirky Porod, a Draczeny.

Lesse le lettere rapidamente, una dopo l'altra, poi le rilesse con più attenzione. Nella prima lettera la ragazza descriveva il viaggio lungo lo Sciame fino a Porto Lampadablu, su Andromeda 6011 IV. Con la seconda gli dava conferma del suo arrivo sulla Terra, e parlava di Pirie Tamm e dell'affascinante vecchia dimora alla periferia di Yssinges. Poco era cambiato dalla sua ultima visita, e lei aveva avuto quasi la sensazione di un ritorno a casa. Pirie Tamm era stato addolorato dalla morte di Milo, e aveva espresso vaghi timori per la situazione politica di Cadwal. "Zio Pirie è stato ben poco felice della nomina a segretario della Società. Con me fa il possibile per non parlarne, e probabilmente pensa che io sia un po' troppo curiosa, o addirittura indiscreta. Perché, ha l'aria di chiedersi, una ragazza della mia età s'interessa tanto di vecchie scartoffie e noiose vicissitudini legali? A volte diventa un po' brusco, e allora devo muovermi con cautela. Mi dà l'impressione che stia cercando di spazzare il problema sotto il tappeto, in base alla teoria che un problema preoccupante smette d'essere un problema se uno smette di preoccuparsene. Temo che il cervello di zio Pirie stia invecchiando male."

Wayness accennava con circospezione alle sue "ricerche" e alle difficoltà e agli imprevisti che continuava a incontrare. C'erano altre circostanze che trovava talvolta incomprensibili e talvolta spaventose, forse perché non riusciva a decifrarne il senso o a convincersi della loro realtà. La Vecchia Terra, gli scriveva, era per molti versi fresca e innocente come nell'antichità, ma talora le appariva fosca e tenebrosa, piena di misteri. E avrebbe voluto che lui le fosse accanto, per più di una ragione.

– Non temere – disse Glawen alla lettera. – Appena sarà possibile mi metterò in viaggio!

Nella terza lettera Wayness si diceva preoccupata per la mancanza di sue notizie. Parlava di ciò che stava facendo con cautela ancor maggiore, accennando che la cosa avrebbe potuto condurla in diverse parti del pianeta. "I fatti strani che ho menzionato continuano a succedere" scriveva. "Sono quasi certa che… ma no. Non voglio dirlo. Non voglio neppure pensarlo."

Glawen fece una smorfia. – Cosa può essere successo? Perché non è più prudente? Perché non aspetta almeno che io la raggiunga?

La quarta lettera era la più breve e la più allarmante di tutte, e solo il timbro di Draczeny, nel Moholc, lasciava intuire la sua attività. "Non ti scriverò più, salvo che non riceva tue notizie! O le mie lettere e le tue vanno perdute, oppure ti è successo qualcosa di terribile!" Non accludeva nessun indirizzo per la risposta, e spiegava: "Domani partirò da qui, anche se in questo momento non so bene dove mi convenga andare. Appena saprò qualcosa di certo lo scriverò a mio padre, e lui te lo farà sapere. Non oso dirti nulla di specifico per timore che queste lettere cadano nelle mani sbagliate."

Le mani di Spanchetta erano peggio che sbagliate, pensò Glawen. Nelle lettere non c'era nulla che lasciasse capire quali fossero le "ricerche" di Wayness, anche se le sue allusioni erano più che sufficienti a far girare gli ingranaggi di una mente come quella di Spanchetta.

Wayness faceva un solo riferimento alla Carta, ma in connessione con la moribonda Società Naturalistica. Un riferimento innocuo, stabilì Glawen. Scriveva con tristezza di come Pirie Tamm aveva perso le sue illusioni sulle teorie conservazioniste che, mugolava l'uomo, avevano fatto il loro tempo, almeno a Cadwal, dove generazioni di Naturalisti senza spina dorsale erano ricaduti da un compromesso all'altro fino all'attuale crisi. "Zio Pirie è pessimista" scriveva Wayness. "Pensa che i conservazionisti di Cadwal dovrebbero tutelare la Carta con le proprie forze, visto che l'odierna Società Naturalista non ha più i mezzi e la volontà di assisterli. L'ho sentito dichiarare che la Conservazione, per sua stessa natura, può essere solo una fase transitoria per un mondo come Cadwal. Io ho cercato di discutere, puntualizzando che non ci sono motivi intrinseci per cui un Conservatore equilibrato non potrebbe mantenere in vigore la Carta per sempre, e che le odierne difficoltà derivano dall'avarizia di precedenti amministratori dalla vista corta. Essi volevano una fonte di lavoratori a basso costo e così hanno permesso agli Yips di restare all'Atollo Lutwen, in chiara violazione della Carta, ed è questa generazione a doverne pagare il prezzo e trovare i rimedi. Come? Ovviamente gli Yips devono essere trasferiti da Cadwal a un pianeta consimile dove possano vivere meglio; un processo doloroso, difficile, costoso, e al momento superiore alle nostre possibilità. Zio Pirie ascolta solo con un orecchio, come se le mie meditate ipotesi fossero il balbettio di una bambina ingenua. Povero zio Pirie! Vorrei che fosse più allegro. Vorrei essere io più allegra! Ma soprattutto vorrei che tu fossi qui."

Glawen telefonò a Casa Riverview, e attese che la faccia di Egon Tamm apparisse a schermo. – Qui Glawen Clattuc. Ho letto soltanto adesso le lettere che Wayness mi ha scritto dalla Terra. Spanchetta le aveva intercettate e nascoste. Non era minimamente intenzionata a darmele.

Egon Tamm scosse il capo, sbalordito. – Che strana donna. Perché mai avrà fatto una cosa del genere?

– Non tralascia occasione di mostrare disprezzo per tutto ciò che concerne me e mio padre.

– Ma questo sconfina nell'irrazionalità! Non passa giorno senza che il mondo mi deluda. Wayness è incomprensibile per me; la sua condotta oltrepassa le mie capacità di analisi. E rifiuta di confidarsi con me, spingendosi a insinuare che io non saprei tener la bocca chiusa. – Egon Tamm considerò Glawen con sguardo indagatore. – E tu? Sicuramente devi avere almeno un indizio di ciò che sta succedendo!

Lui aggirò la domanda. – Non ho idea di dove si trovi o di cosa stia facendo. Da me non ha ricevuto nessuna lettera; ovviamente per ragioni insormontabili, e ora dice che non scriverà più finché non avrà avuto mie notizie.

– Qui non abbiamo ricevuto nulla, di recente. Del resto, Wayness mi direbbe ben poco in ogni caso. Tuttavia sento una costrizione, una forza che la spinge dove di sua volontà preferirebbe non andare. È troppo giovane e inesperta per cavarsela, se avesse dei guai. Non ti nascondo d'essere molto preoccupato.

– Io ho la stessa sensazione – disse Glawen sottovoce.

– Perché fa tanto la misteriosa?

– Evidentemente ha saputo qualcosa che sarebbe pericoloso se fosse a conoscenza di qualcun altro. Comunque, se posso darle un suggerimento...

– Suggerisci tutto ciò che vuoi!

– ... sarebbe opportuno se nessuno di noi speculasse in pubblico su ciò che riguarda Wayness.

– Questa è un'idea che approvo, anche se non sono certo di capire quali allusioni contiene. La metterò in pratica... ma non posso fare a meno di chiedermi cosa mai possa aver eccitato la ragazza per spingerla tanto lontano da qui. I nostri problemi sono innegabili, forse anche pressanti, ma localizzati su Cadwal.

– Sono sicuro che Wayness ha ottime ragioni per ciò che fa – lo consolò Glawen, a disagio.

– Senza dubbio! La sua prossima lettera ci fornirà qualche altro particolare.

– E anche il suo attuale indirizzo, spero. A proposito di lettere, suppongo che Bodwyn Wook le abbia parlato del testamento di Floreste.

– Me ne ha descritto la sostanza, raccomandando che io ne studi i particolari. Il fatto è... lascia che ti spieghi in che situazione sono qui a Casa Riverview. Ogni anno devo far sottoporre le mie attività amministrative a un controllo ufficiale, da parte di due Custodi. Quest'anno gli esaminatori sono Wilder Fargus e Dama Clytie Vergence. Quest'ultima l'hai conosciuta, mi pare. Anche suo nipote Julian Bohost si trova qui.

– Li ricordo perfettamente.

– Impossibile evitarli. Ho altri ospiti insoliti... cioè, insoliti nel contesto di Casa Riverview. Si tratta di Lewyn Barduys e della sua compagna di viaggio: una creatura non priva di attrattive, che ci è stata presentata come "Flitz".

– Soltanto Flitz?

– Né più né meno. Barduys è un uomo ricco e può permettersi certi capricci. Non so niente di lui, salvo che si direbbe un amico di Dama Clytie.

– La Custode Vergence ha sempre le stesse opinioni?

– Più che mai. Di recente ha conferito a Titus Pompo il rango di eroe popolare: un nobile e disinteressato rivoluzionario, difensore dei deboli e degli oppressi.

– Ma fa sul serio?

– Ti è parsa una che scherza su queste cose?

Glawen sorrise pensosamente. – Floreste ha descritto alcuni aspetti rimarchevoli di Titus Pompo.

– Mi piacerebbe leggere quella lettera – disse Egon Tamm. – Anche i miei ospiti ne sarebbero interessati. Forse potresti venire qui a pranzo, domani, e leggere quel documento a tutti noi.

– Sarà un piacere.

– Ottimo! A domani, allora, qualche minuto prima di mezzogiorno.

4

Il mattino dopo Glawen telefonò all'aeroporto e chiese di parlare col direttore. – Buongiorno, Glawen – lo salutò Chilke. – Come ti vanno le cose?

– Mi piacerebbe fare due chiacchiere con te, quando ti sarà comodo.

– Un'ora vale l'altra.

– Quand'è così, vengo subito.

Giunto all'aeroporto Glawen entrò nell'hangar e si avviò verso l'ufficio dalle pareti di vetro che ne occupava un angolo. Lì c'era Chilke, un uomo dai modi noncuranti reduce da un'imprecisa quantità di luoghi e di esperienze, ad alcune delle quali doveva una certa robustezza fisica, mentre altre avevano aggiunto una piega amara al suo sogghigno. La passione per i motori unti di grasso e l'abitudine di pettinarsi con le dita i capelli color paglia non ne faceva uno degli uomini più eleganti di Cadwal.

In quel momento era davanti a un tavolino laterale e controllava il contenuto di una teiera automatica. Quando lui aprì la porta si volse a mezzo. – Prenditi una sedia, Glawen. Ti va un po' di thè?

– Sì, se non ti spiace.

Chilke riempì un'altra tazza. – Questa è roba autentica, ragazzo. Viene dalle colline della Vecchia Terra, non da un impianto di riciclaggio delle alghe come la brodaglia che bevete qui. – Andò a sedersi dietro la scrivania ingombra di oggetti. – Allora, cos'è che ti fa alzare così presto, stamattina?

Glawen accennò verso i pannelli di vetro che separavano l'ufficio dall'hangar. – Possiamo parlare senza che ci ascoltino?

– Penso di sì. Non vedo orecchi incollati alla porta. Questo è il vantaggio delle pareti trasparenti, purché uno sia disposto a rinunciare all'abitudine di orinare in una lattina di birra dietro la scrivania e cose simili.

– Microspie? Laser sonici?

Chilke si girò ad accendere uno stereo collegato a un'emittente locale e alzò il volume della musica. – Questa è la cura universale per le pulci elettroniche, a meno che non ti metta a cantare anche tu. Cosa c'è di tanto segreto?

– Questa è una copia della lettera che Floreste ha scritto ieri pomeriggio. Dice che mio padre è ancora vivo. Parla anche di te. – Gli porse i tre fogli fitti di scrittura. – Dacci uno sguardo.

Chilke prese la lettera, si appoggiò allo schienale e la lesse. A metà del secondo foglio rialzò gli occhi. – Smonny è ancora convinta che io abbia ereditato chissà cosa da mio nonno Swaner! Non è il colmo?

– Lo sarebbe, se non ti avesse lasciato nulla. Hai ereditato?

– Solo un ottimista userebbe questa parola.

– Non hai mai fatto un inventario, in quella fattoria?

– Perché dovrei preoccuparmene? Ci sono soltanto vecchi mobili e un granaio pieno di cianfrusaglie. Smonny lo sa bene. Mi risulta che sia penetrata abusivamente là dentro quattro volte.

– Sei sicuro che fosse Smonny ogni volta?

– Nessun altro ha mai mostrato un briciolo d'interesse per quella roba. Purché si calmasse sarei disposto a comprarle io stesso il bordello che prima o poi finirà per dirigere. Mi rende nervoso essere oggetto della sua avidità, del suo affetto, della sua rabbia... e di qualunque altra cosa. – Tornò alla lettera. Quando ebbe finito ponderò un momento, poi la restituì a Glawen. – Ora fremi dalla voglia di precipitarti là e liberare Sharde, eh?

– Qualcosa del genere.

– E Bodwyn Wook ti spalleggerà in grande stile?

– Ne dubito. Sta sfoderando una prudenza eccessiva.

– Per buone ragioni, immagino.

Glawen scosse le spalle. – È convinto che lo Shattorak sia difeso come una fortezza, e che un attacco dall'aria ci costerebbe cinque o sei aerei e decine di morti.

– Tu lo chiami prudente, ma potresti anche chiamarlo avveduto.

– Non è detto che si debba rischiare un raid dall'aria. Potremmo atterrare da qualche parte sui versanti e attaccarli dal suolo. Lui vede imprevisti in agguato dappertutto.

– Anch'io soffro di questo genere di paranoia – disse Chilke. – In che punto vorresti atterrare? Nella giungla?

– In qualche radura. Ce ne sarà pure una adatta.

– Può darsi. Ma prima dovremmo riadattare i getti per l'atterraggio verticale di tutti i nostri aerei perché gli incursori non ne escano in mezzo a una foresta in fiamme, e numerose spie ne prenderebbero doverosamente nota. Anche il decollo sarebbe osservato, e Smonny avrebbe il tempo di portare lì cinquecento Yips armati.

– Credevo che tu avessi ripulito questo posto da tutti gli elementi infidi.

Chilke agitò una mano in un vago gesto d'impotenza. – Sai cosa faccio quando il permesso di soggiorno di uno dei miei operai scade?

Assumo il primo che capita, ecco cosa faccio. So di avere delle spie qui, come un cane sa di avere le pulci. So perfino chi sono. Lo vedi quello là in fondo, che grida ordini al carrello automatizzato? È Benjamie. Sta qui da diversi mesi, ormai.

Glawen scrutò il meccanico senza voltare la testa. Era un ragazzone dal fisico superbo, faccia attraente, riccioli neri e pelle abbronzatissima. Si dava da fare con aria energica. – Cosa ti fa pensare che sia una spia?

– Lavora sodo, ubbidisce agli ordini, sorride più del necessario e non lo trovi mai addormentato dietro un bancone. È così che identifico le spie, e ti dirò che le apprezzo: fanno di tutto per lavorare bene, non danno guai... a parte il loro crimine, voglio dire. Se fossi un po' più cinico assumerei soltanto spie.

Glawen considerò ancora Benjamie. – Non sembra una tipica spia.

– Forse no. Ma è ancora meno un lavoratore tipico. E ti dirò una cosa: secondo me è stato Benjamie a preparare la trappola per tuo padre. Me lo sento nelle ossa.

– Ma non hai prove.

– Se avessi le prove, Benjamie non sarebbe laggiù a sorridere.

– Be', visto che per il momento Benjamie non ci sente, ecco cos'avrei in mente. – Glawen spiegò la sua idea. Chilke ascoltò con aria dubbiosa, poi disse: – Per quel che riguarda me, la cosa è fattibile. Ma io non posso neanche sputare verso lo Shattorak senza il permesso di Bodwyn Wook.

Glawen annuì seccamente. – Sapevo che avresti detto questo. Molto bene. Appena uscito di qui vado direttamente da lui.

Glawen scese lungo via Wansey fino alla Nuova Agenzia, e qui fu informato da Hilda, la magra e acida segretaria dell'ufficio amministrazione, che Bodwyn Wook non aveva ancora fatto la sua comparsa. La donna aveva un istinto che le permetteva di annusare all'istante se qualche agente stava meditando di estorcere facilitazioni, aumenti, rimborsi spese o altri folli privilegi, e ciò la rendeva ostile. L'espressione di Glawen le fece suonare un campanello d'allarme nella testa. – Se lei vuole parlargli dovrà aspettarlo, esattamente come chiunque altro – disse.

Glawen fu costretto a scaldare una poltrona dell'atrio per quasi un'ora prima che il direttore arrivasse. Ignorando la sua presenza Bodwyn Wook andò a chinarsi sulla scrivania di Hilda e le mormorò qualche parola; poi oltrepassò Glawen a passo di marcia, senza guardare né a destra né a sinistra.

Lui attese per altri dieci minuti, poi si alzò e disse a Hilda: – Può annunciare al sovrintendente che il capitano Glawen Clattuc è arrivato e desidera parlare con lui.

– Il sovrintendente sa già che lei è qui.

– Non posso aspettare oltre.

– Strano – disse ironicamente Hilda. Controllò un foglio. – Qui non risulta che lei abbia incarichi di particolare urgenza, oggi. Dal suo rientro dall'ultima missione lei pesa sulle finanze dell'Ufficio B, nella lista degli agenti in attesa.

– A mezzogiorno devo essere a pranzo dal Conservatore, a Casa Riverview.

Hilda scrollò le spalle; poi si girò verso l'interfono. Lui notò che non accendeva l'apparecchio. – Signore, il capitano Clattuc sta diventando impaziente.

La risposta di Bodwyn Wook fu un brontolio incomprensibile. Hilda si volse a Glawen. – Va bene, può entrare.

A passi dignitosamente calmi lui si avviò verso l'ufficio interno. Bodwyn Wook alzò lo sguardo dal fascicolo che stava consultando e gli indicò una sedia. – Accomodati pure. Cos'è questa storia del pranzo a casa del Conservatore?

– Dovevo dire qualcosa, altrimenti la sua segretaria mi avrebbe fatto aspettare tutto il giorno. È chiaro che quella donna mi detesta.

– Sciocchezze – dichiarò Bodwyn Wook. – Sul lavoro Hilda ignora doverosamente i suoi sentimenti personali. In realtà ti adora.

– Mi scusi, ma trovo difficile crederlo.

– Non importa! Non sprecare il mio tempo discutendo delle capacità affettive di Hilda. Perché sei qui? Hai delle novità da riferirmi? In caso contrario, t'informo che ho da fare.

Glawen tenne la voce sotto controllo. – Vorrei chiederle quali sono i suoi piani per l'azione sullo Shattorak.

– L'argomento è già sotto esame – disse brusco Bodwyn Wook. – Al momento non è ancora stata presa nessuna decisione.

Lui inarcò le sopracciglia, sorpreso. – Avrei pensato che fosse un'azione urgente, con la massima priorità.

– Abbiamo dozzine di azioni urgenti. Fra le altre, ora m'interessa particolarmente la possibilità di distruggere lo yacht spaziale di Titus Pompo... o, meglio ancora, di catturarlo.

– Ma lei non sta progettando nessuna azione immediata per salvare mio padre?

Bodwyn Wook alzò le braccia al cielo. – Pretendi che io agisca come una donnetta isterica e scateni tutte le nostre forze in un attacco in massa, senza riflettere sulle conseguenze? Non oggi, comunque. Né domani.

– Come pensa di agire?

– Non te l'ho spiegato? Dovremo studiare il terreno con la massima circospezione. È così che procede l'Ufficio B, dove il raziocinio domina gli isterismi. Qualche volta, almeno.

– Io ho un'idea che può accordarsi con questa procedura.

– Sì? Ah! Se consiste in un attacco privato, condito con la tipica avventatezza dei Clattuc, risparmia il fiato. Non abbiamo aerei da gettare via in missioni così rischiose e improvvisate.

– Non intendo attaccare nessuno, signore. E non userei un aereo dell'Ufficio B.

– Pensi di andare a nuoto attraverso gli acquitrini?

– No, signore. Dietro l'hangar dell'aeroporto c'è un vecchio Skyrie da carico. La carlinga è stata scoperchiata; in effetti è poco più di una piattaforma volante. Chilke lo adopera a volte per portare i rifornimenti giù a Capo Journal. Penso che possa bastare per quello che ho in mente.

– Il che sarebbe, per la precisione?

– Avvicinerò Ecce volando al livello del mare e seguirò il corso del Vertes fino ai piedi dello Shattorak. Qui lascerò lo Skyrie in un luogo sicuro; poi risalirò verso la prigione e perlustrerò la zona.

– Mio caro Glawen, non è a me che devi chiedere il permesso. I soli che possono calorosamente apprezzare un progetto simile sono i carnivori di cui pullulano gli acquitrini.

Lui scosse il capo, sorridendo. – Spero di poterli evitare.

– E come? Loro saranno animati dalla tendenza opposta.

– Chilke mi aiuterà a equipaggiare lo Skyrie.

– Aha! Così hai coinvolto Chilke nel tuo piano!

– Era necessario. Installeremo dei galleggianti, una copertura nella sezione di prua, e un paio di mitraglie girevoli o di G-ZR.

– E quando avrai lasciato lo Skyrie, pensi che potrai semplicemente incamminarti su per i versanti? La giungla è insidiosa quanto gli acquitrini.

– Da quanto ne sappiamo, la maggior parte dei predatori diventano torpidi nel pomeriggio.

– Perché fa un caldo infernale. Anche tu diventerai torpido.

– Caricherò sul retro dello Skyrie un piccolo veicolo da palude. Dovrebbe rendermi più facile, e forse anche più sicuro, il percorso su per lo Shattorak.

– Termini come "facile" e "sicuro" non si applicano a Ecce. Glawen guardò fuori dalla finestra. – Io spero di sopravvivere.

– Questo l'avevo intuito.

– Significa che approva il piano?

– Non tanta fretta. Presumiamo che tu riesca ad arrivare vivo sullo Shattorak: cosa credi di poter fare, una volta lì?

– Mi avvicinerò alla striscia di terreno esterno alla staccionata, dove tengono i prigionieri. Cercherò mio padre e poi torneremo giù insieme, col minor chiasso possibile. Se la sua assenza sarà notata, penseranno che sta tentando di scappare attraverso la giungla.

Bodwyn Wook fece udire un grugnito aspro. – Questa è l'ipotesi più favorevole. Potrebbero vederti, o avere un sistema d'allarme, o esserci varie specie di trappole mortali.

– Questo sarebbe vero anche nei cauti preliminari ricognitivi per cui lei propende.

Bodwyn Wook scosse il capo. – Scharde è un uomo fortunato. Se io fossi catturato, mi chiedo chi verrebbe a salvarmi.

– Io mi precipiterei, signore.

– Molto bene, Glawen. Vedo che sei deciso a fare a modo tuo. Usa la prudenza! Non sfidare troppo la sorte. L'ardimento dei Clattuc è improduttivo in posto come lo Shattorak. In ogni caso, se non riuscirai a salvare tuo padre, cerca di portare qui qualcuno che possa fornirci informazioni utili.

– D'accordo, signore. E per i contatti via radio?

– Non abbiamo peepers;* non c'è mai stato bisogno di attrezzature simili. Dovrai farne a meno. Bene, c'è altro?

– È necessario che lei chiami Chilke e lo autorizzi a preparare lo Skyrie.

– Lo farò. E ora, se hai finito...

– Devo informarla di una cosa. Egon Tamm desidera che oggi, a Casa Riverview, io legga la lettera di Floreste a Dama Clytie Vergence e altri esponenti del VPL.

– Hmf. Sei diventato un uomo di società. Suppongo che tu voglia una copia della lettera.

– Ne ho già una, signore.

– Non c'è altro, Glawen! Abbi cura di te!

5

Poco prima di mezzogiorno Glawen arrivò a Casa Riverview, e a farlo passare nella fresca penombra dell'atrio fu il suo ospite in persona. Egon Tamm sembrava sensibilmente invecchiato in quegli ultimi mesi. Le sfumature grigie alle tempie s'erano fatte più larghe; la sua carnagione un po' olivastra aveva assunto un pallore invernale. Lo accolse con modi assai più cordiali che in passato. – In tutta franchezza, Glawen, oggi ho una compagnia che non mi rilassa affatto. Trovo difficile mantenere l'imparzialità che ci si aspetta dalla mia persona.

– Ne deduco che Dama Clytie sia ancora in buona forma.

– La migliore. È là che va avanti e indietro per il salotto, denunciando criminali, proclamando slogan ed esponendo gli ultimi risvolti della filosofia vielpina. Julian sottolinea la sua retorica con un "Udite! Udite!" di tanto in tanto, ed esibisce un'espressione intellettuale nella speranza che Flitz lo noti. Lewyn Barduys ascolta con un orecchio solo. Non mi è possibile immaginare cosa stia pensando; la sua mente è imperscrutabile. Il Custode Fergus e Dama Larica sono persone

* Peepers = trasmettitori in grado di codificare e comprimere un messaggio in un peep di un miliardesimo di secondo, che può essere trasmesso sfuggendo a ogni rilevazione.

tranquille e siedono in dignitoso silenzio. In quanto a me, cerco d'essere discreto; non sono ansioso di attrarre gli strali di Dama Clytie.

– Il Custode Ballinder non è venuto, allora.

– Purtroppo no. Dama Clytie domina il campo senza avversari.

– Mmh – disse Glawen. – Forse il mio arrivo la distrarrà. Egon Tamm sorrise. – A distrarla sarà la lettera di Floreste. L'hai portata, voglio sperare.

– Ce l'ho in tasca.

– Andiamo, allora. È quasi ora di pranzo.

I due oltrepassarono un ingresso ad arco. Sulla sinistra si apriva un vasto e arioso salotto, con alte finestre a sud e a ovest da cui si vedeva il lago. Le pareti erano in smalto bianco e così il soffitto, attraversato da travi di legno scuro. Tre sottili tappeti a disegni verdi, neri e rosa coprivano parte del pavimento; le poltrone e i divani avevano piatte imbottiture in lino sintetico verde smorto. Sul lato interno si allineavano scaffali e credenze in cui era esposta un'affascinante varietà di soprammobili, oggetti d'artigianato e bizzarri souvenir accumulati da un centinaio di Conservatori precedenti. Sul tavolo all'estremità occidentale – quello a cui Julian Bohost appoggiava l'anca destra con elegante noncuranza – c'erano libri, riviste, e un largo vaso di ceramica color turchese da cui spuntavano una ventina di camelie rosa.

Nel salotto c'erano sei persone. Dama Clytie andava avanti e indietro con le mani dietro la schiena, mentre Julian insisteva nel tenere la posizione che s'era studiato. Davanti a una finestra era seduta una giovane donna dai lisci capelli argentei, impeccabilmente bella e assorta nei suoi pensieri, che non prestava a Julian la benché minima attenzione. Indossava aderentissimi pantaloni metallizzati, una camicetta nera simile a un largo bolero e sandali, sempre neri, sui piedi nudi. Accanto a lei stava in piedi un uomo di bassa statura, con un fisico massiccio quasi privo di collo, naso tozzo e una piccola testa calva. Il Custode Fergus e Dama Larica sedevano rigidamente su un divano e fissavano Dama Clytie con l'espressione di due uccelli di fronte a un serpente. Erano coniugi di mezz'età, vestiti nello stile sobrio di Stroma.

Dama Clytie fece dietro-front, a testa bassa. – ... inevitabile, e necessario! Non tutti ne saranno soddisfatti, ma che importanza ha? Noi sappiamo bene quanto siano superficiali e prevenute le loro opinioni.

L'inarrestabile marea del progresso... – Accorgendosi della presenza di Glawen si arrestò di colpo. – Oh, guarda guarda, chi abbiamo qua.

Con l'anca appoggiata al tavolo e un calice di vino sollevato a metà strada verso la bocca, Julian Bohost inarcò un sopracciglio. – Per i Nove Dei e i Diciassette Demoni! Ma è proprio Glawen, il solerte guardiano che ci difende dai feroci Yips!

Glawen non gli prestò attenzione. Egon Tamm lo presentò prima alla coppia di mezz'età. – Il Custode Wilder Fergus e Dama Larica Fergus. – Lui s'inchinò educatamente. Il Conservatore proseguì: – Qui accanto, la signorina Flitz, luminosa nella luce del sole. – Flitz prese atto della sua persona con un breve sguardo in tralice, poi continuò a contemplare i suoi sandali neri.

Egon Tamm fece un passo di lato. – Sulla destra di Flitz, ecco il suo amico e socio d'affari Lewyn Barduys. Entrambi sono attualmente ospiti di Dama Clytie, a Stroma.

Barduys salutò Glawen con cortesia. Da vicino lui poté notare che non era affatto calvo: una rarefatta e cortissima peluria chiara gli copriva il cranio. I suoi movimenti erano energici e decisi; dava un'impressione di pulizia asettica.

Dopo il primo commento dovuto alla sorpresa, Dama Clytie aveva rivolto alla finestra uno sguardo pietrificato. Egon Tamm disse, pulitamente: – Dama Clytie, lei ricorda il capitano Clattuc? Mi sembra che vi siate già incontrati, diversi mesi fa.

– Naturalmente, lo ricordo benissimo. È un secondino della locale polizia segreta, o comunque si chiami.

Glawen sorrise appena. – Di solito lo chiamiamo Ufficio B. Siamo da tempo affiliati al CCPI.

– Ma non mi dica! Julian, tu lo sapevi?

– In effetti ho sentito qualcosa del genere.

– Strano. Ero convinta che il CCPI imponesse severi standard per l'assunzione del suo personale.

– La sua convinzione è corretta – disse Glawen. – Sarà sollevata nel sapere che la qualifica degli agenti dell'Ufficio B è ottenuta secondo gli stessi severi parametri.

Julian rise. – Cara zia, credo proprio che tu sia caduta in una piccola trappola.

– Non mi fa né caldo né freddo – grugnì lei, e tornò a guardare fuori.

– Ebbene, Glawen – esclamò Julian. – Cosa ti porta qui? La maggiore attrazione è assente: da qualche parte sulla Terra, ci è stato detto. Tu sai dove, per caso?

– Sono in visita al Conservatore e a Dama Cora – rispose lui. – Trovare qui te e Dama Clytie è una gradita sorpresa.

– Ben detto! Ma hai evitato la mia domanda.

– Riguardo a Wayness? A quanto ne so è in vacanza da suo zio Pirie Tamm, a Yssinges.

– Ah. – Julian sorseggiò il vino. – Dama Cora mi ha detto che anche tu hai fatto una bella vacanza in giro per lo Sciame.

– Ho viaggiato qua e là, sì. Per motivi di lavoro.

Julian ridacchiò. – Capisco! Vuoi dire che sei riuscito a viaggiare sul conto spese dell'Ufficio B?

– È ovvio. Non sarei stato molto entusiasta se avessi avuto l'ordine di pagare di tasca mia.

– Allora la tua escursione su altri mondi è stata un fallimento?

– Ho condotto un'indagine e mi reputo fortunato d'esserne uscito vivo. Ho scoperto che l'impresario Floreste era complice di orribili delitti. Ora ha pagato con la vita. La mia missione ha ottenuto risultati concreti.

Dama Clytie si volse di scatto. – Lei ha ucciso Floreste, il più famoso dei nostri artisti?

– Non io personalmente. Un gas letale è stato immesso nella sua cella, dopo la condanna. In realtà, se vuole saperlo, Floreste mi ha nominato suo erede universale.

– Questo è veramente singolare!

Glawen annuì. – Floreste ha spiegato i suoi motivi in una lettera... dove parla anche di certe iniziative di Titus Pompo. I due si conoscevano bene.

– Sul serio! Sarei curiosa di leggere quella lettera.

– Per combinazione l'ho ancora nella tasca della giacca. Dopo pranzo sarò lieto di leggergliela.

Dama Clytie allungò una mano. – La leggerò adesso. Le spiace?

Glawen scosse il capo, con un sorriso. – Alcune parti di essa sono da ritenersi confidenziali.

La donna riprese a camminare su e giù. – Una lettera non può dirci nulla che non sappiamo già. Titus Pompo è un uomo paziente, ma la pazienza ha un limite. Io prevedo un avvenire tragico, a meno che non si passi all'azione!

– Questo è abbastanza vero – disse Glawen.

Dama Clytie lo guardò insospettita. – Per questo motivo, alla prossima riunione plenaria io intendo proporre un programma pilota di riassestamento.

– Sarebbe prematuro – disse Glawen. – Innanzitutto vanno risolte alcune questioni pratiche.

– E sarebbero?

– Non possiamo trasferire gli Yips in altri luoghi se prima non troviamo un pianeta disposto ad accettarli e ad assorbire la loro cultura. Poi c'è il problema rappresentato dal trasporto.

Dama Clytie lo fissò, incredula. – Lei non dice sul serio!

– È ovvio che per gli Yips sarebbe un cambiamento drastico, ma non ci sono alternative.

– L'alternativa è una fiorente colonia sulla costa di Marmion, dove gli Yips stabilirebbero una società democratica e civile. – Si volse a Egon Tamm. – Lei non è d'accordo?

Il Custode Fergus intervenne, indignato: – Il Conservatore, come lei sa bene, dove attenersi agli articoli della Carta!

– Noi dobbiamo attenerci ai fatti della vita – ribatté Dama Clytie. – Il VPL propone riforme democratiche. Nessuna persona civile può essere in disaccordo con noi!

– Io sono in disaccordo con voi – disse seccamente Dama Larica Fergus. – E deploro soprattutto l'ipocrisia dei pelvici.

– Vielpini, se non le spiace – la corresse Julian.

Dama Clytie si accigliò, irritata e perplessa. – Come può definirmi un'ipocrita? Non sono abbastanza evidenti le mie aspirazioni?

– Più che evidenti, infatti. I pelvini si stanno già suddividendo le proprietà terriere che potrebbero reclamare dopo aver calpestato la Carta!

– Quest'affermazione è tendenziosa e irresponsabile! – gridò Dama Clytie. – Inoltre è una calunnia!

– Tuttavia è vera. Io stessa ho sentito questi discorsi. Julian Bohost, suo nipote, ha parlato di alcune zone che considera molto attraenti.

Julian inarcò un sopracciglio. – Invero, Dama Larica, lei dà peso eccessivo a poche osservazioni casuali. Di una goccia d'acqua ne fa una tempesta.

Dama Clytie aggiunse: – La questione non è attinente all'argomento in oggetto, e non dovrebbe essere neppure menzionata.

– Perché no, se i pelvini vogliono distruggere la Conservazione? Non c'è da stupirsi se spalleggiate gli Yips.

– In effetti, Dama Larica – disse Julian, – lei fraintende. I membri del Partito VPL (vielpini, se non le spiace, non "pelvini") sono degli idealisti pratici. Noi facciamo un passo alla volta. Prima di cucinare la zuppa ci assicuriamo di avere una pentola!

– Ben detto, Julian! – approvò Dama Clytie. – Non ho mai sentito insinuazioni più grottesche e stupefacenti!

Julian fece spiraleggiare ariosamente il calice di vino. – In un mondo dove le scelte sono infinite, tutto è possibile. La realtà è un liquido fluttuante. Nulla è fisso.

Lewyn Barduys guardò Flitz. – Julian sta parlando per astrazioni. Questo ti confonde?

– No.

– Mi complimento con lei – disse Julian. – È già familiarizzata con questi concetti?

– Non stavo ascoltando.

Julian si ritrasse, sconcertato. – È un vero peccato, e me ne rammarico altamente! Lei si è persa alcune delle mie osservazioni politiche più pregnanti!

– Forse le ripeterà in un'altra occasione.

Egon Tamm si fece avanti. – Vedo che Dama Cora sta per chiamarci a tavola. Vi ricordo che non gradisce accenni a questioni politiche durante il pranzo.

Il gruppo si trasferì fra le quattro fronzute marquesine che ombreggiavano la terrazza, una struttura in travi d'olmo costruita sopra le acque del lago. Sulla tovaglia in tessuto verde pallido erano disposti piatti e vassoi in porcellana verde scuro, e alti calici di cristallo rosso sangue.

Dama Cora distribuì i posti con amabile noncuranza per le loro preferenze personali, cosicché Glawen si trovò seduto accanto a Dama Clytie e di fronte a Julian, con Dama Cora alla sua sinistra.

Durante il pranzo nessuno parlò molto. Poco più tardi, mentre veniva servito il dessert, i primi tentativi di conversazione toccarono diversi argomenti casuali, a nessuno dei quali Dama Clytie si mostrò interessata. Poi Julian portò il discorso su Wayness: – Quando possiamo aspettarci di rivederla a casa?

– Quella benedetta ragazza è un enigma per me – disse Dama Cora. – Dice di avere una grande nostalgia di casa, eppure non ha stabilito una data per il ritorno. Evidentemente le sue ricerche la tengono molto occupata.

Barduys chiese: – Di quale genere di ricerca si occupa?

– Presumo che stia studiando i vari tentativi naturalistici di conservazione del passato, per comprendere perché alcuni hanno avuto successo e altri sono falliti.

– Interessante – commentò Barduys. – Sembrerebbe un progetto di vasta portata.

– Questa è anche la mia impressione – disse Dama Cora.

– Tuttavia – disse Egon Tamm – un po' di cultura non le farà male, e in seguito ne godrà i benefici. Io sono convinto che chiunque ne abbia i mezzi dovrebbe andare in pellegrinaggio alla Vecchia Terra, almeno una volta nella vita.

– La Terra è la sorgente della nostra cultura – disse Dama Cora.

– Temo però – osservò Dama Clytie – che la Vecchia Terra sia stanca, decadente, e moralmente alla bancarotta.

– Penso che lei stia esagerando certe chiacchiere – disse Dama Cora. – Io conosco Pirie Tamm e le assicuro che non è decadente né immorale. Stanco sì, forse, ma solo perché è anziano.

Julian batté il cucchiaio sul bicchiere per richiedere attenzione. – Io sono pervenuto alla conclusione che tutto ciò che si dice sulla Vecchia Terra è vero e falso allo stesso tempo. Mi piacerebbe visitarla di persona.

Egon Tamm si volse a Barduys. – Qual è la sua opinione?

– Di rado formulo opinioni su individui, luoghi e fatti – rispose l'uomo. – Se non altro, ciò riduce il rischio di fare affermazioni sbagliate.

Julian strinse le labbra. – Ciò malgrado, l'esperto viaggiatore conosce la differenza fra un luogo e l'altro. Tale percettività è nota come "discriminazione".

– Non voglio darle torto. Tu che ne pensi, Flitz?

– Ti prego di versarmi ancora un po' di vino.

– Buona idea. Contiene anche un'allusione, presumo.

– Lei che ha viaggiato molto – chiese Dama Cora a Barduys – è mai stato sulla Terra?

– Ma certo! In numerose occasioni.

Dama Cora scosse il capo, meravigliata. – Mi sorprende che lei e la sua amica Flitz abbiate deciso di visitare anche questo remoto angoletto dello Sciame.

– Noi siamo essenzialmente due turisti. Cadwal non manca della reputazione d'essere unico e singolare per molti versi.

– E che tipo di attività svolgete, in genere?

– Essenzialmente, io sono un uomo d'affari vecchia maniera, e spesso mi valgo dell'assistenza tecnica di Flitz. Ha un'astuzia demoniaca.

Tutti guardarono Flitz e la giovane donna rise, mettendo in mostra una dentatura di perfezione abbagliante.

Dama Cora le domandò: – E il nome "Flitz" è l'unico che usa?

Lei annuì. – Soltanto questo.

– Flitz ha scoperto – spiegò Barduys, – che un solo nome basta e avanza per le sue necessità, e non vede ragione di trascinarsi dietro un sovraccarico di sillabe inutili.

– È un nome insolito – commentò Dama Cora. – Mi chiedo da quale altro derivi.

Julian alzò un dito verso la ragazza. – Il suo cognome era forse in origine "Flitzenpoof" o qualcosa del genere?

Flitz gli diede un breve sguardo di traverso. – No – disse, e tornò a contemplare il suo bicchiere. Dama Cora insisté con Barduys: – C'è un particolare campo degli affari a cui siete interessati?

– In un certo senso – annuì l'uomo. – Per anni mi sono occupato della logica del trasporto pubblico, e ho partecipato alla progettazione di percorsi tubolari sottomarini. Da qualche tempo mi dedico invece ad alberghi e locande del tipo che io chiamo "a tema ambientale".

– Noi ne abbiamo parecchie qui e a Deucas – disse Egon Tamm. – Le chiamiamo "logge".

– Se avremo tempo ne visiteremo alcune – disse Barduys. – Ho già esaminato l'Hotel Araminta. Purtroppo devo dire che manca di personalità, ed è anche un po' antiquato.

– Come tutto quanto, a Stazione Araminta – sbuffò Dama Clytie.

– L'Hotel, in effetti – disse Glawen – ha delle lacune. È stato ingrandito a pezzi e bocconi, un'ala alla volta. Un giorno dovremo costruirne un altro. Ma prima credo che vedremo sorgere il Nuovo Orpheum, se non altro perché Floreste ha raccolto buona parte della somma necessaria.

Egon Tamm gli fece un cenno. – Glawen, forse questo è un momento buono quanto un altro per leggere la lettera di Floreste.

– Certamente, se a qualcuno interessa.

– Io sono interessata – disse Dama Clytie.

– Anch'io – approvò Julian.

– Come volete. – Glawen tirò fuori la busta. – Ci sono dei paragrafi che dovrò saltare, per una ragione o per l'altra, ma spero che nel complesso resti abbastanza illustrativa.

Dama Clytie fece una smorfia seccata. – Legga il testo completo della lettera, prego. Non vedo motivo di omettere e censurare. Noi siamo pubblici ufficiali, o persone di elevata moralità.

Julian sorrise. – Mia cara zia, non sempre la prima qualifica implica la presenza della seconda.

Glawen ignorò l'allusione. – Leggerò la maggior parte possibile della lettera. – Aprì la busta, ne tolse i fogli e cominciò a leggere, saltando la parte relativa allo Shattorak e i paragrafi che si dilungavano su Chilke.

Julian ascoltava con un sorrisetto altero; Dama Clytie emetteva ogni tanto qualche suono fra i denti; Barduys esibiva un educato interesse, e Flitz osservava l'altra riva del lago. Il Custode Fergus e Dama Larica non repressero due o tre esclamazioni sbigottite.

Glawen giunse al termine della lettera. La piegò e se la rimise in tasca. Il Custode Fergus si volse a Dama Clytie. – E questi abominevoli individui sono i vostri alleati? Voi e gli altri pelvini siete dei folli!

– Vielpini, se non le spiace – mormorò Julian.

Dama Clytie disse, aspra: – Di rado io m'inganno nel valutare la condizione umana! Evidentemente Floreste ha annotato i fatti in modo scorretto, oppure ha scritto su ordine dell'Ufficio B. La lettera potrebbe essere una smaccata contraffazione.

Egon Tamm raddrizzò le spalle. – Dama Clytie, non dovrebbe avanzare un'accusa simile senza prove. In effetti lei sta calunniando il capitano Clattuc.

– Hmf. Contraffazione a parte, le cose scritte in quella lettera non si accordano alla mia visione dei fatti.

Glawen domandò, pacatamente: – Lei conosce Titus Zigonie o sua moglie Simonetta... nata, mi spiace dirlo, in Casa Clattuc?

– Non conosco personalmente nessuno dei due. I loro nobili atti bastano a fornirmi tutte le prove di cui ho bisogno. È chiaro che stanno conducendo una degna e meritevole battaglia per la giustizia e la democrazia!

Glawen si volse a Egon Tamm. – Signore, se vuole scusarmi ora devo rientrare alla Stazione. Dama Cora, la ringrazio, il pranzo era delizioso. – Salutò gli altri con un breve inchino e uscì.

Parte II

1

Due ore dopo la mezzanotte Stazione Araminta era silenziosa e buia, a parte i pochi lampioni gialli su via Wansey e lungo la strada che seguiva la spiaggia. Lorca e Sing erano già tramontate dietro le colline; lo Sciame di Mircea era una nebulosa pennellata di lucciole sul firmamento nero.

Nell'ombra dietro l'hangar principale dell'aeroporto ci fu un movimento furtivo. Una porta si aprì; Glawen e Chilke spinsero fuori lo Skyrie modificato. Alla carrozzeria erano stati saldati due galleggianti e una cabina; sul pianale del carico campeggiava un cingolato da palude; il resto dell'attrezzatura era imbullonato alla meglio in ogni posto libero.

Glawen girò intorno al velivolo e scrutò verso la recinzione del campo; non vide niente di sospetto. Chilke lo raggiunse. – Un'ultima cosa, Glawen. In ufficio ho una bottiglia di Damar Amber, un vero nettare, costa un occhio. Al tuo ritorno potremmo farci una bella bevuta, no?

– Questa è un'ottima idea.

– Già. Tuttavia... ripensandoci, forse potremmo stapparla ora; tanto per essere sicuri di vuotarla insieme, voglio dire.

– Preferisco conservare intatta la speranza di tornare vivo.

– Questo è un approccio più positivo – annuì Chilke. – Bene, non perdere altro tempo. La strada è lunga, e lo Skyrie è lento. Io terrò Benjamie inchiodato in magazzino con l'inventario, così da quella direzione non avremo sorprese.

Glawen salì in cabina. Salutò Chilke con un cenno e fece decollare lo Skyrie.

Le luci di Stazione Araminta si allontanarono sotto di lui. Giunto a duecento metri di quota inserì nel pilota automatico una rotta che lo avrebbe portato a ovest lungo i Monti di Muldoon, sul continente di Deucas, e poi attraverso il Grande Oceano Occidentale fino alla costa di Ecce.

Le luci rimpicciolirono e scomparvero a oriente; lo Skyrie stava volando nella notte alla sua massima velocità. Non avendo di meglio da fare Glawen inclinò il sedile all'indietro, si avvolse nel mantello dell'uniforme e cercò di dormire.

Lo svegliarono i primi raggi del sole. Guardò dal finestrino e vide sotto di sé una distesa di colline boscose, i Syndic, secondo la carta, con il Monte Pam Pameijer che si levava alto più a sud.

Nel primo pomeriggio sorvolò la costa occidentale di Deucas, una linea di alture ai cui piedi s'infrangevano pigri treni di onde. Sulla destra si allungava Capo Tierney Thys. Più oltre c'era soltanto acqua a perdita d'occhio. Glawen scese di quota. Il velivolo proseguì verso sud-ovest a cinquanta metri dalle lunghe onde azzurre dell'Oceano Occidentale. Quella rotta avrebbe dovuto portarlo sulla costa orientale di Ecce, nel punto in cui il Grande Fiume Vertes si gettava in mare.

Il pomeriggio trascorse. Syrene scese sotto l'orizzonte limpido, lasciando alla bianca Lorca e alla rossa e pomposa Sing il dominio del cielo occidentale. Un paio d'ore più tardi anche le altre due stelle tramontarono, e in breve fu di nuovo notte.

Glawen controllò gli strumenti, verificò la sua posizione reale rispetto alla rotta programmata e sintonizzò uno schermo sul satellite in cerca di un programma abbastanza noioso da farlo addormentare.

Il giorno seguente, verso le undici di mattina, notò in lontananza una pesante formazione nuvolosa che sembrava spostarsi a ovest. Un'ora dopo all'orizzonte si materializzò una linea scura: la costa di Ecce. Glawen fece di nuovo il punto ed ebbe la conferma che proprio davanti a lui c'era l'estuario del Grande Fiume Vertes, in quel punto largo forse una ventina di chilometri. Misure più precise erano impossibili, data l'ingannevole e sempre mutevole differenza fra acque e terre emerse in quella zona così acquitrinosa.

Il mare sotto di lui aveva già cambiato colore, facendosi di un polveroso verde-oliva. Poco dopo riuscì a vedere l'estuario a occhio nudo e deviò a nord, per tenersi accanto alla riva settentrionale del Vertes. Nella corrente galleggiavano alberi sradicati, tronchi, fogliame, e ammassi di canne e di radici. Sotto di lui passò il primo banco di fango, una poltiglia giallastra da cui spuntavano grovigli di rami; era arrivato a Ecce.

Il fiume scorreva in un caos primordiale di paludi dove allignavano piante dal fogliame azzurro, o verdastro, o rosso fegato; qua e là emergevano lunghissime strisce di terreno su cui potevano radicarsi alberi che innalzavano al cielo chiome poderose. Centinaia di specie di esseri viventi svolazzavano e saettavano nell'aria, a volte piombando nell'acqua per emergerne con un'anguilla bianca nel becco, a volte tuffandosi nella fanghiglia, e a volte lottando fra loro. In mezzo al fiume galleggiava un albero morto, fra i cui rami era appollaiata una scimmia del fango: una specie di andoril dalla forma antropoide alto tre metri, con lunghi arti ossuti e la testa piatta. Ciuffi di pelame bianco orlavano un muso costituito da una serie di cartilagini contorte e piastre cornee, con due occhi peduncolati e una proboscide che gli spuntava dal petto. D'un tratto la corrente accanto all'albero si agitò; una pesante testa sorretta da un collo lungo e sottile s'inarcò sulla superficie. L'andoril squittì inorridito; la sua proboscide pettorale schizzò fluido repellente verso l'aggressore, ma invano. Il bestione spalancò la bocca, rivelando le profondità giallastre di un gozzo cavernoso; strappò via l'andoril dal ramo come fosse un frutto e senza fretta s'immerse di nuovo nell'acqua torbida. Glawen fece una smorfia e regolò il pilota automatico in modo che lo Skyrie non potesse scendere a meno di cinquanta metri dal fiume.

Era già l'ora del giorno in cui l'afa raggiungeva il suo opprimente massimo, e gli abitanti di Ecce tendevano a diventare inattivi. Anche Glawen cominciava a sentirsi a disagio; l'umidità metteva a dura prova il condizionatore installato da Chilke. Cercò d'ignorare la calura e di concentrarsi su ciò che avrebbe dovuto fare. Lo Shattorak distava ancora 1800 chilometri verso ovest; non poteva sperare di raggiungerlo prima del buio, e la notte non era il momento migliore per arrivare là. Decise di rallentare sotto i 170 km/h, e ciò gli diede se non altro la possibilità di osservare il territorio.

Per un po' il panorama consisté solo nel fiume verde-oliva sulla sinistra, e in vasti acquitrini a destra. Nella zona si spostavano famiglie di erbivori grigi a sei zampe, forniti di piedi palmati per camminare sul fango. Pascolavano germogli di canne, aggirandosi pigramente qua e là finché dalla melma non sbucava un tentacolo terminante con un grosso occhio; ma ogni volta sapevano balzare via a velocità sorprendente, e il tentacolo non poteva far altro che agitarsi a vuoto.

Il fiume deviò a sud in una serie di anse lunghissime, e quindi ci fu un'altra interminabile serie di meandri verso nord. Glawen consultò la carta e decise di tagliarle passando all'interno, per lo più costituito da fitta boscaglia. Ogni tanto piccole alture terrose si levavano di qualche decina di metri. Alcune avevano la sommità spoglia di vegetazione, e in questi casi su di esse sostavano bestioni grigi e scagliosi dalla testa massiccia, che a Glawen parvero simili ai bar dicanti di Deucas. Mentre lo Skyrie li oltrepassava, notò che la cima di quei monticelli era mantenuta libera da torme di roditori spinosi come ricci. Le tigri-delle-rocce osservavano con pigro distacco e passavano oltre, evidentemente perché giudicavano poco appetitosi quegli animali. Glawen ne fu sorpreso; su Deucas i bardicanti aggredivano tutto ciò che si trovava sulla loro strada, con indiscriminata voracità.

Da occidente apparve una pesante nuvolaglia grigia che trascinava cortine di pioggia sul continente. Un acquazzone improvviso investì lo Skyrie e lo scosse, facendolo oscillare; poi s'intensificò al punto che Glawen riusciva appena a vedere il fiume sotto di lui.

Per un'ora la pioggia spazzò il territorio; infine si allontanò a est e il cielo tornò piuttosto sgombro. Syrene si abbassava verso un'altra minacciosa formazione di nuvole nere; Lorca e Sing continuavano a danzare lentamente una intorno all'altra. Guardando a nord-ovest Glawen riuscì a distinguere sull'orizzonte il profilo dello Shattorak: appena un'ombra scura nella foschia. Fece abbassare lo Skyrie e proseguì lungo la riva destra quasi sfiorando l'acqua, per evitare il più possibile i detector che avrebbero potuto essere sulla cima del vulcano spento.

Syrene scese dietro una barriera di nuvole. Il letto del fiume, in quel punto, era largo tre chilometri e mezzo. Sulle piatte sponde di fanghiglia grigia crescevano canne dal pennacchio azzurro, e dendroni spugnosi che alzavano ciascuno due vaste masse separate di fogliame nero. Alla superficie dell'acqua nuotavano piccoli rettili e anfibi a sei zampe, in cerca di insetti. Sotto il fango erano in attesa predatori d'altro genere, invisibili salvo un occhio periscopico che sporgeva appena o si alzava fra le canne. Quando un anfibio arrivava alla sua portata, il tentacolo gli si avvolgeva attorno e lo trascinava sotto la superficie melmosa. L'intervallo di torpore pomeridiano era finito; gli abitanti di Ecce tornavano in piena attività, pascolando, aggredendo, fuggendo, appostandosi, ognuno secondo le caratteristiche che gli davano la vita e di cui qualcun altro approfittava per dargli la morte.

Branchi di scimmie del fango, esseri vagamente antropomorfi della stessa razza degli andril e degli andoril, si arrampicavano sugli alberi o vagavano negli acquitrini su piedi spugnosi, saggiando la fanghiglia con lunghe lance nella speranza d'infilare e tirare fuori un verme della melma o qualcos'altro. Erano bipedi efficienti, le cui molte specie e sottospecie vivevano in ogni zona di Cadwal. Quelle particolari scimmie del fango, alte non più di due metri e mezzo, avevano gambe a doppia articolazione. Le loro teste strette, verticali, erano ornate da corone di foglie colorate che indicavano il rango, o la casta. Ciuffi di pelame nero spuntavano dalle loro schiene rafforzate da piastre chitinose talora color lavanda e talaltra dai riflessi bruno-dorati. Malgrado l'apparente mancanza di ordine e disciplina, il branco ispezionava accuratamente ogni tratto di riva prima di avventurarsi allo scoperto. Quando trovavano un occhio periscopico squittivano oltraggiati e lo colpivano coi bastoni o coi piedi, o lo spruzzavano col fluido repellente delle loro proboscidi, finché il tentacolo non si ritraeva nella melma. Alla vista di un predatore più grosso esibivano quella che sembrava un'audacia sfrontata; lo prendevano a sassate, cercavano di colpirlo con le lance, correvano qua e là con balzi incredibilmente lunghi e facevano un baccano indiavolato, finché il predatore, irritato e confuso, tornava a immergersi nel fiume o nella boscaglia. Il risultato di quella tattica era meno positivo quando il predatore li aggirava e piombava addosso ai piccoli, che seguivano il branco.

Questa era la vita quotidiana di Ecce, il continente che Glawen sorvolava nella luce arancione scuro del tardo pomeriggio. Syrene tramontò; Lorca e Sing sparsero la loro debole luce nella foschia rosata che aleggiava sul fiume, e poco prima che sparissero anch'esse Glawen giunse al punto in cui il Vertes passava più vicino allo Shattorak.

Glawen vide sulla riva opposta un basso monticello sassoso, che a un'ispezione più ravvicinata non rivelò la presenza di tane di tigri-delle-rocce. Fece atterrare cautamente lo Skyrie e lo circondò con un recinto elettrificato, abbastanza potente da uccidere una tigre-delle-rocce e stordire qualsiasi animale più grosso.

Per qualche minuto si guardò attorno nel crepuscolo, con gli orecchi tesi, studiando la vegetazione, oppresso dal caldo e dall'umidità. Nell'atmosfera stagnava un puzzo acido, così intenso che gli stava già dando la nausea. Se quella era l'aria normale di Ecce, pensò, avrebbe fatto meglio a portarsi dietro una maschera a filtro. Ma poi la brezza girò dalla parte del fiume, dove l'odore prevalente era quello marcio delle paludi, e Glawen decise che il puzzo si levava dal terreno stesso di quel monticello. Rientrò nella cabina dello Skyrie e si isolò dall'ambiente esterno.

La notte trascorse. Glawen dormì profondamente e fu disturbato solo una volta, quando un animale venne a contatto del recinto elettrico. A svegliarlo fu il ronzio della scarica, seguito da un'esplosione soffocata.

Accese uno dei fari superiori per illuminare la zona e guardò dal finestrino. Sul terreno giaceva un corpo da cui si alzavano veli di fumo, uno dei grossi roditori spinosi che aveva visto brucare su un altro monticello. Il calore della scarica gli aveva arrostito la testa. Una dozzina di animali simili si stavano nutrendo di foglie un po' più in là, per nulla impressionati dall'incidente.

Il recinto non aveva subito danni. Glawen si distese di nuovo nel suo scomodo giaciglio.

Per qualche minuto rimase sveglio ad ascoltare la notte. Da ogni direzione giungevano suoni di diversa specie: brontolii rauchi, grugniti simili a colpi di tosse, ululati, strida, fischi, gemiti spiacevolmente simili a voci umane... Glawen si addormentò senza accorgersene, e quando riaprì gli occhi Syrene era già nel cielo.

Raddrizzò il sedile e fece una rapida colazione a base di cibo in scatola, chiedendosi come gli conveniva procedere. Sopra le chiome degli alberi al di là del fiume si levava lo Shattorak, un cono dalle pendici molto allungate coperto di giungla fino a due terzi della sua altezza.

Glawen disinnestò il recinto elettrificato e uscì dalla carlinga per arrotolarlo. All'istante fu preso alla gola da un puzzo così intenso che dovette subito rientrare nello Skyrie, tossendo e col fiato mozzo. Quando ebbe ripreso fiato guardò fuori, e fu il corpo dell'animale morto a dargli una spiegazione: non era stato aggredito dai mangiatori di carogne, e nelle sue immediate vicinanze non si vedevano uccelli, rettili, e neppure insetti. Possibile che il puzzo bastasse a tenere alla larga quelle creature? Glawen rifletté qualche momento, poi consultò l'almanacco tassonomico incluso nel sistema d'informazione dello Skyrie. Il roditore morto, scoprì, era uno "sharloc", una specie poco diffusa e abbastanza unica anche per Ecce. Secondo l'almanacco lo sharloc era noto per "un'essudazione odorosa, secreta da glandole ossee contenute nelle spine epiteliali. L'essudazione è sgradevole e contiene sostanze repulsive".

Glawen decise che era il caso di indossare la tuta da giungla: un indumento a protezione integrale di tessuto a due strati, fra i quali scorreva un flusso d'aria fredda prodotto dal condizionatore. Uscì dal velivolo e con un coltello da giungla tagliò il corpo dello sharloc in quattro pezzi, grato ai filtri del respiratore che lasciavano passare solo una traccia di quell'odore terribile. Poi legò uno dei pezzi alla prua dello Skyrie con una corda lunga sei metri, e ne fissò un secondo alla poppa nello stesso modo; gli altri due li chiuse in un sacco di plastica che gettò sul pianale di carico.

Syrene era ormai al termine della prima ora della sua ascesa. Glawen guardò a nord, al di là del fiume, in quel punto largo circa tre chilometri e ancora costellato di detriti galleggianti. Oltre i canneti della riva s'infittiva una giungla acquitrinosa dove la morte era in agguato sotto molteplici forme, e la mole isolata dello Shattorak emergeva sinistra e spettrale da quei miasmi.

Glawen risalì sullo Skyrie, lo fece decollare e attraversò il fiume a bassa quota, coi quarti posteriori dello sharloc che penzolavano sotto i galleggianti. In uno dei tratti dove la palude si confondeva col fiume vide una tribù di scimmie del fango in marcia. I grossi bipedi procedevano a velocità molto maggiore del solito, a salti e scivoloni, spesso correndo da un mucchio di fanghiglia all'altro, fermandosi appena un istante per affondare le lance nei punti più promettenti della fanghiglia. Il motivo di quella fretta era alle loro spalle: una creatura bassa e nera, fornita di molte zampe, che scivolava avanti nella melma con poderosa sicurezza. Quello, pensò Glawen, poteva essere un test adatto per la sua ipotesi. Cambiò rotta e volò in direzione del predatore nero, coi pezzi dello sharloc che oscillavano quasi a livello del suolo. Il predatore si fermò di scatto, poi s'infilò in un canneto e scomparve alla vista; le scimmie del fango fuggirono invece sulla destra e si fermarono a distanza di sicurezza, sorvegliando i movimenti dello Skyrie con una confusa e stupefatta agitazione.

Il test, concluse Glawen, aveva dato risultati indecifrabili. Proseguì il volo verso la parete scura dei dendroni e delle piante acquatiche, dove la palude sembrava confinare con la giungla. Su uno degli alberi notò un mostruoso serpente del diametro di oltre un metro e lungo una dozzina, con una bocca piena di zanne acuminate e un artiglio da scorpione all'estremità della coda. Stava strisciando lentamente su un ramo, con la testa penzoloni verso il suolo. Glawen si fermò sulla verticale dell'albero. Il rettile snodò le sue spire, avventò la coda artigliata verso l'alto e poi scivolò via in tutta fretta.

In questo caso, si disse Glawen, l'esperimento sembrava aver ottenuto un effetto migliore.

Sorvolando le chiome degli alberi esplorò la zona, e da lì a poco notò un sauriano testa-di-martello in una radura giusto sulla sua rotta. Fece abbassare lo Skyrie verso il massiccio dorso a scaglie nere e verdi, finché i pezzi dello sharloc ballarono a un metro sopra la testa dell'animale. Il sauriano guardò a destra e a sinistra, agitando nervosamente la coda; poi ruggì con rabbia e partì alla carica contro un albero. Le fronde si scossero con violenza; spezzata alla base la pianta si abbatté sui cespugli; il bestione mandò un muggito di vittoria e si allontanò.

Anche in questo caso il test poteva essere interpretato positivamente, comunque Glawen stabilì per prudenza di non muoversi verso lo Shattorak prima di mezzogiorno, l'ora in cui si diceva che gli animali di Ecce diventavano torpidi. Nel frattempo doveva cercare un posto in cui lasciare lo Skyrie con una certa sicurezza di ritrovarlo intatto. Tornò sul confine della giungla e atterrò in una piccola radura. Le scimmie del fango avevano osservato quelle manovre commentandole con acuti squittii e gesti concitati. Con grottesca celerità la tribù si spostò sopravvento rispetto allo Skyrie; poi i grossi bipedi si avvicinarono lentamente, battendo il terreno con le lance e rizzando ciuffi di setole rosse per comunicare irosa contrarietà. A una ventina di metri di distanza si fermarono e cominciarono a scagliare rami e palle di fango contro il velivolo. Esasperato, lui decollò di nuovo e tornò verso il fiume. Un chilometro più a monte vide un'insenatura e fece abbassare lo Skyrie sull'acqua; i pontoni tubolari lo tennero a galla senza difficoltà. Glawen usò il motore per spingerlo verso una fila di grosse radici muschiose, ma le sue operazioni di ormeggio furono interrotte da uno sciame di insetti assai aggressivi e per nulla disturbati dal puzzo dello sharloc, la cui efficacia era tuttavia compromessa dal fatto che si trovava sott'acqua.

Glawen lasciò che la corrente lo spostasse fino all'altezza di un banco su cui crescevano alcuni giovani dendroni, non più alti di una decina di metri ma abbastanza solidi per le sue necessità. Legò una cima a quello che gli parve più resistente e fece il punto della situazione: non era né migliore né peggiore di quella che aveva pronosticato. Il cielo si stava rannuvolando; c'era da aspettarsi un acquazzone, ma la pioggia non lo preoccupava. In quanto ai predatori, agli insetti molesti e ai pericoli che impestavano quelle terre primordiali, l'esperienza gli aveva consentito di prepararsi nel miglior modo possibile e ora avrebbe dovuto giocare le sue carte.

Sganciò le flange che fissavano al pianale il cingolato da palude. Le prove sembravano indicare che lo sharloc avesse un potere repellente effettivo, così lui legò gli altri due pezzi di carne sul davanti e sul retro del veicolo; mise in moto, innestò la retromarcia e lo fece scendere nell'acqua finché anch'esso galleggiò sui suoi pontoni. Gettò lo zaino sul resto dell'equipaggiamento, prelevò dallo Skyrie alcuni oggetti utili, quindi saltò a bordo del cingolato e lo girò verso la riva.

Ciò che vide lo fece imprecare astiosamente: la tribù di scimmie del fango stava arrivando sulla scena, e i repellenti antropoidi agitavano le lance e rizzavano i ciuffi di setole rosse con ostilità ancor maggiore di prima. Glawen sterzò per salire a riva sottovento, in modo che l'odore di sharloc li dissuadesse dall'avvicinarsi. Non voleva usare le armi; quegli esseri erano semi-intelligenti, e un atto di violenza poteva avere conseguenze imprevedibili. Sarebbero fuggiti, ma nulla escludeva che decidessero di seguirlo per cercare poi di vendicarsi furiosamente nel folto della giungla. Fermò il fuoristrada a una settantina di metri dalla riva e lasciò che la corrente lo spostasse di lato. Come aveva sperato, il puzzo che investì le scimmie del fango le dissuase da altre manifestazioni ostili. Gli antropoidi squittirono insulti, scagliarono palle di fango e alla fine se ne andarono. Naturalmente, pensò Glawen, era possibile che fossero solo annoiati e stanchi di lui.

Cautamente si avvicinò alla riva. Syrene era ormai alta nel cielo, e la calura sarebbe stata debilitante per un essere umano senza la tuta da giungla. Nell'acquitrino era caduto un silenzio mortale, rotto soltanto dal ronzio degli insetti. Glawen notò che anche questi si tenevano alla larga dal cingolato, il che gli risparmiò la necessità di usare il nebulizzatore di insetticida.

I cingoli fecero presa sul fondale fangoso e il veicolo cominciò a procedere fra le canne. Lui attivò le armi su entrambi i lati e regolò a venti metri il raggio di risposta automatica. Fu un gesto tempestivo, perché a una dozzina di metri sulla destra un tentacolo munito di occhio sbucò dal fango e balzò in alto. All'istante la centralina captò il movimento e il proiettore girò da quella parte, distruggendo il tentacolo in una vampata di energia. Il fango si sollevò e si riabbassò, mentre la creatura che si rintanava lì sotto cercava di capire cos'era successo. Da un centinaio di metri di distanza le scimmie del fango presero atto con stupore dell'avvenimento; poi ricominciarono a stridere insulti furibondi e a scagliare pezzi di legno. Il loro tiro era troppo corto, e Glawen li ignorò.

Il veicolo attraversò l'acquitrino e senza altri contrattempi penetrò nella fascia esterna della giungla. Qui lo attendeva un problema nuovo: il cingolato era in grado di passare sopra grossi cespugli e sfondare i rampicanti, e avrebbe anche potuto abbattere piccoli alberi. Tuttavia, quando le piante s'infittirono, Glawen si trovò davanti insormontabili grovigli di grosse radici e di tronchi, e ciò lo costrinse a continue e stressanti deviazioni. Stava perdendo tempo, e inoltre dovette accorgersi che c'erano pericoli da cui né il puzzo dello sharloc, né il torpore dell'afa, né le armi a risposta automatica avrebbero potuto proteggerlo. Fu per caso che notò, accovacciato su un tronco proprio davanti a lui, un grosso animale nero e chitinoso tutto artigli e zanne. Era completamente immobile, e i sensori non captarono la sua presenza. Se gli fosse passato sotto avrebbe potuto lasciarglisi cadere addosso e il suo peso sarebbe bastato a stritolarlo, anche se le armi l'avessero ucciso ben prima di quel momento. Glawen estrasse la pistola dalla fondina e lo ammazzò, quindi proseguì con cautela molto maggiore.

Il cingolato cominciò a inerpicarsi su per il lungo versante dello Shattorak. Di tanto in tanto brevi canaloni alluvionali consentivano di percorrere cinquanta o cento metri in linea retta, ma più spesso Glawen era costretto a girare intorno a spunzoni di lava, a uscire da strettoie fangose, a slittare di lato su pendii sassosi, e la sua velocità di avvicinamento era assai inferiore a quella che avrebbe desiderato.

La pioggia pomeridiana non mancò all'appuntamento e si abbatté con violenza sulla giungla. La visibilità si ridusse molto, i canaloni divennero quasi impraticabili, ma il caldo non diminuì. Infine, verso metà del pomeriggio, il cingolato si trovò in una gola piena di vegetazione troppo fitta e robusta. Da lì era visibile la sommità del vulcano, distante ancora un chilometro e mezzo. Rassegnato Glawen smontò dal veicolo, si mise lo zaino in spalla, controllò le armi e proseguì a piedi. S'inerpicò fra le piante e i sassi, sparò a una lunga creatura grigia che sbucò dall'oscurità di una tana, lottò contro uno sciame d'insetti pungenti a cui aveva distrutto il nido, e quando arrivò all'estremità superiore della gola era senza fiato. Da lì in poi il versante era meglio transitabile, con una vegetazione abbastanza rada e la possibilità di una visuale più ampia.

Glawen avanzò su un terreno reso molle dalla pioggia, fra le chiome pendute dei nastrifogli e i tronchi degli alberi-botte talora larghi fino a sei metri.

Avvicinandosi alla vetta cominciò a trovare sporgenze di lava nerastra coperte da muschio scivoloso, e infine, fermandosi in un boschetto di dendroni da sughero, poté scorgere una fascia di terreno polveroso larga un centinaio di passi, che una staccionata alta tre metri e mezzo separava dalla piatta sommità del vulcano. Lungo la fascia aperta erano visibili numerose rustiche capanne, costruite sia sulla forcella degli alberi che al suolo. Queste ultime erano protette da recinti improvvisati con rami e intrecci di liane. Alcune avevano l'aria d'essere abitate; altre erano ridotte in vari stati di disfacimento dagli assalti della pioggia e del vento. In vari punti il terreno era stato dissodato alla meglio per piantare orticelli striminziti. Quella, decise Glawen, era una prigione condotta con un preciso senso dell'economia. E ora: dove poteva essere Scharde?

Quasi tutte le capanne ancora in uso sorgevano nelle immediate vicinanze di un cancello di assi. Quelle più lontane apparivano in condizioni sempre peggiori.

Glawen si tenne nell'ombra e avanzò sulla destra, avvicinandosi al cancello fin dove poté osare.

Da quella posizione riuscì a contare sei uomini. Uno di loro stava approfittando delle nuvole pomeridiane che attenuavano i raggi di Syrene per riparare il tetto. Due lavoravano fiaccamente nel loro piccolo orto. Gli altri sedevano con la schiena poggiata al tronco degli alberi-botte, lo sguardo perso nel vuoto. Cinque di quei prigionieri sembravano Yips. L'uomo che lavorava sul tetto della capanna arborea era alto e magro, bruno di capelli e di barba, con una carnagione chiara che faceva risaltare l'insano gonfiore violaceo delle sue occhiaie.

Scharde non era in vista. Che fosse in una delle capanne? Glawen si spostò per poterle osservare meglio una dopo l'altra, ma non scoprì niente di significativo.

La pioggia riprese a cadere sullo Shattorak, con un tamburellare soffocato che riempiva l'atmosfera. Senza fretta i prigionieri si spostarono e andarono a sedersi sulla soglia dei miseri abituri, con l'acqua che sgocciolava sulle loro facce e dentro una collezione di recipienti disposti attorno.

Glawen approfittò del temporale per salire furtivamente lungo il pendio fino a una delle baracche abbandonate, che bene o male forniva ancora un po' di riparo. Nei pressi ce n'era un'altra, costruita sulla prima forcella di rami di un albero-botte, a circa dieci metri d'altezza; questa gli avrebbe fornito un punto d'osservazione più favorevole. Corse dietro il tronco, si arrampicò sui pioli di legno piantati nella corteccia tenera e arrivato al rustico pianale scrutò dentro. Non c'era nessuno.

La capanna offriva un'ottima visibilità, anche oltre la palizzata e lungo la sommità del vulcano spento. La pioggia era fitta, ma Glawen poté vedere un gruppo di baracche costruite in rami giallastri, non molto migliori delle capanne esterne. Si trovavano sulla destra rispetto a lui, sul lato orientale della vetta. A sinistra il terreno scendeva in una serie di costoni rocciosi e lasciava scorgere il piccolo lago che s'era formato nel cratere, largo appena una cinquantina di metri. Non si vedeva un'anima viva.

Glawen cercò di mettersi comodo e si dispose ad aspettare. Trascorsero due ore. La pioggia cessò; il sole basso lampeggiò per qualche minuto fra le nuvole. Il periodo di torpore era finito, e i predatori di Ecce potevano riprendere le attività quotidiane: aggredire, insidiare, mordere, pungere, avvelenare e sbranare, oppure evitare queste eventualità con qualsiasi tattica disperata potesse farli restare vivi un altro po'. Da quell'osservatorio lo sguardo di Glawen spaziava sulla giungla che si stendeva intorno alle anse del Grande Fiume Vertes e più oltre a sud, verso territori non meno paludosi e selvaggi. Dai versanti dello Shattorak saliva una quantità di versi, alcuni lontani, altri minacciosamente vicini: mugolii, ruggiti tonanti, grugniti, strida acute e rumori che echeggiavano come raffiche di tamburo.

L'uomo magro dai capelli neri scese dal suo albero, e con l'aria di chi si appresta a fare qualcosa andò al cancello della palizzata. Infilò una mano fra le assi e tirò un catenaccio; il cancello si aprì. L'uomo entrò e salì fino a una delle baracche interne, dove scomparve. Strano, pensò Glawen.

Ora che non pioveva più riusciva a vedere nitidamente l'interno del campo, ma non notò niente di particolare, salvo che la costruzione eretta nel punto più elevato sulla sinistra era in buona posizione per ospitare un impianto radar. Attraverso le finestre non si scorgeva alcun movimento; doveva trattarsi di un'installazione automatizzata. Glawen studiò la zona con cura. A detta di Floreste sullo Shattorak erano stati portati cinque aerei. Lì non ce n'era traccia, anche se trovarli allo scoperto lo avrebbe meravigliato. Le baracche e la staccionata avevano un aspetto così sconnesso e raffazzonato che dal cielo potevano sfuggire allo sguardo anche di giorno; i detector a infrarossi e d'altro genere non avrebbero dato letture probanti sulla cima di un vulcano. E le irregolarità del suolo non sembravano granché come nascondiglio, anche se le antiche bocche di sfogo della lava dovevano aver lasciato una quantità di caverne.

Glawen notò che sul terreno nel lato occidentale della zona interna c'era un rigonfiamento un po' troppo regolare; nulla escludeva che si trattasse di un hangar dal tetto ricoperto di terriccio e sassi. Come a conferma di quel sospetto, poco dopo due uomini fecero la loro comparsa da qualche punto dietro il monticello e risalirono a passi svelti verso la baracca che secondo lui ospitava il radar. Non gli parvero Yips. Due minuti dopo, però, quattro Yips arrivarono dal versante opposto dello Shattorak e si diressero alla baracca in cui era entrato l'uomo magro dai capelli neri. Glawen osservò che avevano pesanti pistole a raggi appese ai cinturoni.

Trascorse mezzora. I due uomini entrati nella baracca più elevata erano ancora dentro. I quattro Yips se ne andarono lungo la stessa strada per cui erano venuti, oltrepassarono la sommità e Glawen li perse di vista.

I due che avevano probabilmente consultato il radar uscirono, scesero sul bordo del piccolo lago e si volsero a guardare il cielo verso nord.

Dopo cinque minuti apparve un aereo, che si avvicinò a bassa quota e venne ad atterrare sulla riva dello specchio d'acqua. Ne scesero due uomini, uno Yip e un individuo snello e bruno, con una barbetta nera. Costoro tirarono giù dal velivolo un terzo passeggero, che aveva le mani legate dietro la schiena e la testa nascosta da un cappuccio. I due che erano in attesa li raggiunsero e il gruppetto si avviò in direzione della baracca più grande, spintonando senza complimenti il prigioniero incappucciato.

Passò un'altra mezzora. Lo Yip e il non-Yip barbuto uscirono dalla baracca, risalirono subito sull'aereo e decollarono verso nord. Gli altri due portarono il prigioniero dall'altra parte del cratere e sparirono con lui giù per il versante opposto.

Poco dopo la porta della baracca interna più vicina al cancello si aprì, e il prigioniero magro dalle occhiaie scure ne venne fuori tenendo per il manico quattro secchi fumanti. Glawen capì che aveva mansioni di cuoco, e che era andato a preparare da mangiare. L'uomo uscì dal cancello, poggiò i secchi su un'asse e con un mestolo di legno batté sonoramente il segnale della cena. I prigionieri fecero la loro comparsa, muniti di ciotole e barattoli di latta. Il cuoco distribuì con efficienza quello che sembrava minestrone di verdura pieno di grumi e poi tornò in cucina.

Qualche minuto dopo l'uomo uscì di nuovo, con due barattoli assai più piccoli. Stavolta s'incamminò dalla parte opposta, sullo stesso percorso per cui era stato portato via il prigioniero, e sparì alla vista dietro uno spunzone di roccia. Quando fece ritorno alla sua baracca anche i due barattoli erano vuoti.

Era ormai tardo pomeriggio. Dalla zona di prigione al di là del cratere sopraggiunsero altri uomini, due o tre alla volta. Glawen calcolò che i sorveglianti non dovevano essere più di una decina. Costoro cenarono nella baracca del cuoco e poi fecero ritorno sull'altro versante.

Syrene calò sotto l'orizzonte. La luce fioca che Lorca e Sing spandevano sulla boscaglia paludosa diminuì bruscamente quando le nuvole s'infittirono, e di nuovo la pioggia si abbatté su Ecce. Glawen scese subito al suolo, salì sulla capanna arborea che aveva preso di mira e attese.

Da lì a venti minuti le nuvole cessarono di scaricare acqua e sotto di esse restò una tenebra pesante, rotta solo dalla luce di poche lampade gialle nelle baracche del campo e di tre fluorobulbi appesi sopra il cancello di legno, che illuminavano un breve tratto della fascia esterna. Il magro cuoco-prigioniero uscì dal cucinotto, andò al cancello e lo aprì. Prima di passare all'esterno si accertò che nella zona non ci fossero bestie feroci, poi lo chiuse a catenaccio e si affrettò a salire sull'albero che sosteneva la sua capanna. Una volta che fu sulla piattaforma di rami l'uomo fece una pausa per orinare nel vuoto sottostante, quindi si volse per entrare dalla porta. E s'immobilizzò di colpo.

– Non una parola. Vieni dentro – ordinò Glawen.

– Chi sei? – ansimò il cuoco, con voce rauca. E poi, in tono più secco: – Che cosa vuoi?

– Entra, e te lo dirò.

A passi esitanti l'uomo venne dentro, ma si fermò prudentemente appena oltre la soglia, dove la fioca luce dei fluorobulbi lasciava in ombra metà del suo volto magro. Cercò di mantenere un tono risoluto: – Chi sei, tu?

– Il mio nome non ti direbbe niente – rispose lui. – Sono venuto per Scharde Clattuc. Dov'è?

Il cuoco restò rigido per qualche istante, poi accennò con un pollice verso la staccionata. – Dentro.

– Perché lo tengono dentro?

– Ah! – rise seccamente l'uomo. – Quando vogliono punire qualcuno lo mettono in una sala d'attesa.

– E cosa sarebbe?

L'ombra si mosse sulla faccia del cuoco quando la sua bocca si torse in un sogghigno. – È una fossa profonda due metri e mezzo e larga uno, con una grata di sbarre alla sommità, aperta al sole e alla pioggia. C'è una sola cosa che puoi attendere là dentro, a parte il mio minestrone di carciofi neri, ma Clattuc non è ancora stato sollevato dalle sue pene mortali.

Per un momento Glawen tacque. Poi chiese: – E tu? Chi sei tu?

– Io non sono qui per mia scelta, te l'assicuro!

– La mia domanda non era questa.

– Che differenza fa una domanda o l'altra? Qui nulla cambia. Io mi chiamo Kathcar. Sono un Naturalista di Stroma. Ma ogni giorno diventa più difficile ricordare che esistono altri posti.

– Perché ti trovi qui sullo Shattorak?

Kathcar emise un borbottio. – Tu per quale motivo credi? Sono incorso nel dispiacere dell'Oomphaw, e mi è stato fatto uno sporco scherzetto. Poi mi hanno lasciato due possibilità: lavorare come cuoco, oppure finire in una sala d'attesa. – Si passò una mano sulla faccia. – Non è una prepotenza, questa?

– Senza dubbio. L'Oomphaw è un prepotente. Ma per il momento, come possiamo fare per tirare fuori Scharde Clattuc da quella buca?

L'uso di quel plurale non piacque a Kathcar, che aprì la bocca per protestare. Poi ci ripensò. Dopo qualche secondo inclinò la testa di lato e disse, sottovoce: – Devo supporre che tu stia progettando di liberare Clattuc e portarlo via?

– Né più, né meno.

– E come pensi di attraversare la giungla?

– C'è un velivolo che mi aspetta, non lontano.

Kathcar si accarezzò ancora la barba. – È un progetto pericoloso. Rischia di concludersi in una sala d'attesa.

– Sarà pericoloso innanzitutto per chi cercherà di fermarmi... o di dare l'allarme nella speranza di guadagnarci qualcosa.

Kathcar scosse la testa, sbuffando, e gettò all'esterno un'occhiata nervosa. Poi abbassò la voce ancor di più. – Se ti aiuto, tu devi portarmi fuori di qui.

– È una richiesta ragionevole.

– Ho la tua parola?

– Puoi contarci. Quelle fosse sono sorvegliate?

– Nessuno e tutti le sorvegliano. Il campo è piccolo. I secondini sono di pessimo umore e scattano per un nonnulla. Ho visto accadere cose spiacevoli.

– Allora qual è il momento migliore per agire?

Kathcar ci pensò un poco. – Per le sale d'attesa, un momento vale l'altro. Ma i glat cominceranno a salire dalla giungla fra un'ora o due, e allora nessuno potrà scendere dagli alberi, perché i glat si confondono con l'ombra e non si può dire se sono qui finché non è troppo tardi.

– Allora meglio andare subito a cercare Scharde.

Di nuovo Kathcar parve esitare, e gettò un altro sguardo dietro di sé. – Non c'è motivo di aspettare, già – disse, rauco. Si volse e uscì furtivamente sulla piattaforma. – Non dobbiamo lasciarci vedere dagli altri; potrebbero mettersi a far baccano tanto per rabbia. – Sbirciò a destra e a sinistra nella fascia aperta, fra le capanne. Non c'era niente da vedere, neppure l'ondeggiare di una frasca bagnata. Le stelle erano nascoste da una pesante coltre di nuvole. Gli odori della vegetazione stagnavano densi nell'aria umida. A una trentina di metri di distanza dai fluorobulbi della palizzata il buio diventava una parete impenetrabile. Finalmente rassicurato, Kathcar discese lungo i pioli, seguito da Glawen.

– Muoviamoci, ora – sussurrò l'uomo. – Qualche volta i glat arrivano prima. Hai una pistola in quella fondina?

– Naturalmente.

– Tienila pronta. – Piegato in due Kathcar corse fino al cancello, infilò un braccio fra le assi e tirò cautamente il catenaccio; poi mise dentro la testa e si guardò attorno. – Sembra che in giro non ci sia nessuno – sussurrò. – Seguimi verso le rocce, di qua. – Scivolò via lungo la staccionata, scomparendo del tutto fra le ombre. Glawen gli tenne dietro a tentoni e lo raggiunse al termine di un lungo declivio, accanto a un macigno. – Questo era il tratto pericoloso. Dalla baracca più alta avrebbero potuto vederci, sullo sfondo del terreno chiaro.

– Dove sono le fosse?

– Qui vicino, lungo quel cornicione roccioso. Ora dobbiamo camminare a quattro zampe. – Si accovacciò e per un attimo Glawen lo perse di vista. L'aveva appena affiancato che lo vide gettarsi pancia a terra. Lui lo imitò. – Che sta succedendo?

– Ascolta!

Glawen ascoltò, ma non sentì niente. Kathcar disse, in un soffio: – Ci sono delle voci.

Glawen tese gli orecchi e gli parve di sentire il mormorio di una conversazione, che tacque però quasi subito.

Kathcar proseguì carponi per una ventina di metri. Poi si fermò, e abbassando la testa chiamò sottovoce: – Scharde Clattuc! Mi senti? Scharde? Scharde Clattuc?

Dal basso gli rispose un borbottio indecifrabile. Glawen si precipitò avanti. Sotto le mani sentì un'inferriata metallica. – Padre! Sono io, Glawen.

– Glawen? Diavolo... sono vivo, ragazzo. O almeno credo.

– Ti tirerò fuori di qui. – Si volse a Kathcar. – Come si fa a sollevare le sbarre?

– Sopra ogni angolo c'è un pezzo di roccia.

Glawen girò sulla sinistra e tolse di mezzo due pesanti sassi, mentre Kathcar faceva lo stesso dall'altra parte. Poi alzarono la grata e la spostarono. Lui si sporse verso il basso. – Dammi le mani.

Due mani bagnate di fango annasparono in cerca delle sue. Glawen le afferrò e issò con tutta la sua energia. Scharde Clattuc emerse dalla buca e giacque accanto a lui, ansando. – Ah, ragazzo! – mormorò, stringendogli una spalla. – Sapevo che saresti venuto. Speravo solo di restare vivo abbastanza a lungo.

Kathcar intervenne con un sussurro teso: – Muoviamoci. Ma prima rimettiamo a posto la grata e i pesi, così nessuno noterà niente.

La fossa fu coperta di nuovo. I tre uomini si allontanarono dal cornicione roccioso, con Kathcar in testa, Scharde in mezzo e Glawen per ultimo. A qualche metro dalla palizzata fecero una sosta per esaminare il campo. Un lontano riflesso di luce schiarì il volto di Scharde, e Glawen trattenne il fiato a quella vista. L'uomo aveva occhiaie profonde, la pelle tesa sulle ossa, le guance incavate. Scharde si accorse del suo sguardo e fece un sogghigno spettrale. – Suppongo di avere un aspetto non molto sano.

– Non molto sano, già. Te la senti di camminare?

– Ce la farò. Come hai scoperto dove mi tenevano?

– È una lunga storia. Sono tornato a Cadwal una settimana fa. Le informazioni sono state fornite da Floreste.

– Sarà un piacere poterlo ringraziare.

– Troppo tardi! È morto.

Kathcar gli diede di gomito. – Al cancello, adesso. Tenetevi contro la staccionata.

Spostandosi in silenzio come ombre i tre arrivarono al cancello senza contrattempi e uscirono. Il solo rumore nelle vicinanze era il fruscio del vento fra gli alberi e le rozze costruzioni, ma a Glawen quel silenzio non piacque affatto. Kathcar scrutò a lungo il terreno prima di consentire agli altri due di muoversi. – Svelti, ora! – sibilò poi. – All'albero, subito! – Corse avanti a lunghi passi e raggiunse i pioli piantati nel tronco. Scharde lo seguì con andatura assai più lenta e vacillante, mentre Glawen controllava i dintorni, e salì per secondo. Una volta in cima Kathcar gli diede una mano, e quando l'ebbe tirato sulla piattaforma si sporse a chiamare Glawen. – Sbrigati. C'è un esapode che viene da questa parte!

Lui si affrettò a salire. Kathcar sganciò una pesante matassa di rovi spinosi dalla balaustra e la spostò in corrispondenza della scala a pioli. Dal basso provenne un rumore di unghioni che grattavano sul legno, e un respiro pesante interrotto da sibili catarrosi. Glawen guardò Kathcar. – Devo spararglì?

– No! I mangiatori di carogne resterebbero qui attorno anche dopo averlo finito. Lascia che se ne vada. Vieni dentro.

All'interno della capanna i tre si disposero ad aspettare. Fra i rami filtrava la luce dei fluorobulbi, non molta ma abbastanza da illuminare il profilo di Scharde, e Glawen provò un vuoto allo stomaco nel vederlo così smagrito. – Ho molte cose da dirti. Sono tornato alla Stazione una settimana fa, e tutti ti davano per morto. Poi Floreste si è deciso a parlare, e allora ho agito più in fretta che potevo. Mi spiace di non essere potuto venire prima.

– Ma sei venuto. E sapevo che l'avresti fatto.

– Cosa ti è successo?

– Mi hanno ingannato e poi preso in trappola, e io ci sono cascato come un idiota. Alla Stazione c'è qualcuno che ci tradisce.

– Chi è? L'hai saputo?

– No, purtroppo. Ero uscito per un giro d'ispezione, e sulla Costa di Marmion ho avvistato un aereo che volava verso est. Non era uno dei nostri, e avrei giurato che veniva da Yipton. Così sono sceso di quota e l'ho seguito a distanza, cercando di tenermi fuori vista.

«L'aereo si è diretto a est intorno ai Colli Wyndom e oltre la Piana degli Alberi Morti. Poi è atterrato in una piccola valle. Io ho aggirato la zona in cerca di un posto dove scendere inosservato. La mia intenzione era di catturare i passeggeri, recuperare il velivolo e se possibile scoprire cosa s'erano proposti di fare. Ho trovato un luogo praticamente ideale un paio di chilometri a nord, dietro un'altura. Così ho lasciato lì l'aereo e mi sono avviato a piedi verso sud. Il percorso sembrava facile, fin troppo. Mentre passavo fra le rocce tre Yips mi sono balzati addosso e mi hanno disarmato; quindi sono stato portato direttamente sullo Shattorak. Anche il mio aereo è qui. Era una trappola semplice e ben riuscita. Alla Stazione c'è una spia che ha accesso ai programmi di volo delle nostre pattuglie, questo è evidente.

– Credo che si tratti di un certo Benjamie – annuì Glawen. – E poi cos'è successo?

– Non molto. Mi hanno gettato in quella fossa e sono rimasto lì. Ma dopo due o tre giorni una persona è venuta a guardarmi. Non sono riuscito a vederla chiaramente; era solo una figura stagliata contro la luce del sole. Mi ha rivolto la parola, e con una voce che ho odiato all'istante... come se l'avessi già sentita. Una voce che ridacchiava. Purtroppo io ero stordito. Mi ha detto: "Scharde Clattuc, ora sei qui e ci resterai per sempre. Questa è la tua punizione." Io ho chiesto: "Punizione per cosa?" La risposta è stata: "C'è bisogno di chiederlo? Pensa ai torti che hai fatto alle tue vittime innocenti!" Io non ho detto altro; non avevo niente da dire. Poi la persona se n'è andata, e quello è stato il mio ultimo contatto con chiunque.

– Chi pensi che fosse?

– Non lo so. Ma quando mi sono accorto che ero troppo confuso per capirlo ho cominciato a fare degli esercizi, per mantenere la mente lucida. In un certo senso, perciò, mi ha aiutato a resistere.

– Ti racconterò quello che è successo a me, se vuoi – disse Glawen. – Ma è una storia lunga, e forse preferisci riposare.

– Finora non ho fatto altro. Sono stanco di riposarmi.

– Hai fame? Ho delle razioni nello zaino.

– Salvo il minestrone di carciofi neri, mangerei qualunque cosa.

Glawen gli consegnò una confezione di salsicce, pane biscottato, formaggio, e la borraccia. – Dunque, ecco cos'è successo dopo che io e Kirdy Wook siamo partiti da Cadwal...

Glawen parlò per un'ora, e terminò la sua narrazione con un breve riassunto della lettera di Floreste. – Non sarei sorpreso se la persona che è venuta a vederti fosse la stessa Smonny – disse.

– Può darsi. La voce aveva un timbro strano.

Stava ricominciando a piovere. Le gocce si appesantirono fino a investire il tetto con una solida cascata d'acqua. Kathcar guardò fuori. – Questo temporale va e viene peggio del solito.

Scharde riuscì a ridere. – Sono uscito appena in tempo da quella buca. A volte l'acqua mi arrivava ai fianchi.

Glawen si volse a Kathcar. – Quante fosse ci sono?

– Tre. Ma una sola era occupata. Oggi pomeriggio, invece, hanno portato un altro inquilino. Gli ho servito il pasto, la stessa razione di tuo padre.

– Chi è? – volle sapere lui.

L'uomo ebbe un gesto vago. – Io ubbidisco agli ordini e non faccio domande. Ho capito che è una buona tattica per sopravvivere.

– Comunque, devi averlo visto.

– Per vederlo, l'ho visto. – Kathcar esitò.

– Continua. L'hai riconosciuto? Hai sentito il suo nome?

L'altro fece un grugnito. – In effetti hanno pronunciato il suo nome, in cucina. Ridevano, come se fosse uno scherzo divertente.

– Ebbene? Come si chiama?

– È un certo Shilche, o Cilque.

– Chilke! Nella fossa?

– Sì, proprio lui.

Glawen andò alla porta. La pioggia oscurava tutto; l'unica cosa visibile erano i fluorobulbi sopra il cancello. Pensò a Bodwyn Wook e ai suoi cauti progetti. Lui invece metteva su un piatto della bilancia i rischi e sull'altro i suoi impulsi emotivi, ma l'intero processo si svolgeva in pochi secondi. Aprì lo zaino e diede una delle sue pistole a Scharde.

– Il cingolato è a un chilometro e mezzo da questa parte, in fondo alla prima gola, quella con un albero lanciafiamme all'imbocco. Dritto nella stessa direzione, in una rientranza del fiume, è ormeggiato uno Skyrie. Questo nel caso che io non tornassi indietro.

Scharde prese la pistola senza commenti. Glawen fece un cenno a Kathcar. – Andiamo.

L'uomo si ritrasse. – Non dobbiamo forzare la mano alla fortuna! – gemette. – Se prigioniero è tuo amico, sarebbe il primo a vietarti un rischio così assurdo. Nel vederti temerà per la tua vita, oltre che per la sua. Perché dargli altre preoccupazioni?

– Muoviamoci. – Glawen cominciò a scendere.

– Aspetta! – protestò Kathcar. – Prima guardiamo se c'è qualche bestia feroce!

– Piove troppo – disse lui. – Non vedremmo niente. E loro non potranno vedere noi.

Imprecando fra i denti Kathcar lo seguì giù per la scaletta. – Un solo imprudente può mettere a repentaglio la vita di molti. Avrei dovuto pensarci prima di aiutarti.

Glawen non gli prestò attenzione. Corse fino alla staccionata sotto la pioggia battente, mentre alle sue spalle l'altro ansimava lamentele che si perdevano nel rumore dell'acquazzone. I due riaprirono il cancello ed entrarono.

– A volte i sorveglianti attivano il sensore di movimenti anche quando piove – disse Kathcar. – Meglio tenerci bassi, come prima. Sei pronto? Allora, cautela! Alla roccia!

Piegati in due costeggiarono la lunga palizzata, con la pioggia che li percuoteva sulla schiena. Dietro la sporgenza rocciosa fecero una sosta. – A terra! – ordinò Kathcar. – Come prima! Seguimi da vicino, o ci perderemo di vista.

A quattro zampe avanzarono nel fango giallastro. Aggirata la prima fossa Kathcar scese per un breve pendio e si accostò al cornicione di lava. Il terreno era pieno di sassi. – Ci siamo. È qui.

Glawen cercò la grata di sbarre e spinse lo sguardo nel buio sottostante. – Chilke! Sei qui? Puoi sentirmi, Chilke?

Dal basso una voce rispose: – Chi chiama Chilke, a quest'ora? Non posso far niente per voi. Ripassate domani.

– Chilke, sono Glawen! Alzati in piedi e allunga le braccia.

– Sono in piedi. Se fossi seduto sarei già affogato.

Glawen e Kathcar spostarono l'inferriata e issarono il prigioniero in superficie. – Ci fa un tempo da cani, da queste parti – disse Chilke. – Hai trovato tuo padre?

Glawen gli fece un rapido resoconto, mentre Kathcar annaspava nel fango per rimettere a posto le sbarre. I tre risalirono lungo la staccionata e raggiunsero il cancello, tenendo d'occhio le baracche. Quando uscirono la pioggia stava calando d'intensità. Kathcar si guardò attorno e mandò un gemito: – C'è un glat, laggiù! Svelti, all'albero!

Tallonato dagli altri due l'uomo corse alla scala a pioli e salì con fretta disperata. Poi si affannò a sbarrare l'ingresso con la pesante matassa di spine, proprio mentre il tronco vibrava sotto un urto violento. Si volse a Glawen, rigido per l'ira. – Spero che tu non abbia altri amici fra i prigionieri! – sbottò.

Lui ignorò il rimprovero e spinse Chilke nella capanna, dove li attendeva suo padre. – Che cosa ti è successo?

– Niente di complicato – disse Chilke, dopo aver salutato Scharde. – Ieri mattina due figli di buonadonna mi sono saltati addosso; mi hanno legato le mani, infilato un sacco sulla testa e gettato a bordo del nostro nuovo J-2. La manovra di decollo è stata uno schifo. Ho dormito qualche ora, poi mi hanno tirato giù. Uno dei due furfanti, comunque, era Benjamie. Ho riconosciuto l'odore della sua brillantina. E pensare che gli avevo promesso un aumento. Appena torniamo alla Stazione dovrò informarlo che se l'è giocato.

– Poi cosa ti hanno fatto?

– Ho sentito diverse voci nuove. Sono stato spinto in una baracca e mi hanno tolto il sacco dalla testa. Qui sono accadute alcune cose singolari su cui dovrò riflettere. Subito dopo mi hanno condotto a quella buca e ho dovuto saltarci dentro. Questo gentiluomo mi ha servito una minestra di carciofi su cui non farò commenti. Ha chiesto il mio nome e ha detto che più tardi sarebbe piovuto. Dopo di che sono rimasto solo, finché non ho avuto la sorpresa di sentire una voce amica.

– Strano – disse Glawen.

– Ora che si fa?

– Appena potremo vedere a un palmo dal naso, ce ne andremo.

La nostra assenza non sarà notata fino all'ora di colazione, quando si accorgeranno che Kathcar non c'è.

Chilke si volse, nella penombra. – Tu ti chiami Kathcar?

– Esatto – rispose scontrosamente lui.

– Avevi ragione, sulla pioggia.

– È una tempesta insolita – disse l'uomo. – La peggiore che abbia mai visto.

– Sei qui da molto?

– Non molto, tutto considerato.

– Quanto tempo?

– Circa un paio di mesi.

– Per quale crimine sei stato punito?

Kathcar scrollò le spalle. – Non sono sicuro del motivo preciso per cui mi trovo qui. Evidentemente ho offeso Titus Pompo, o qualcosa del genere.

– Kathcar è un Naturalista di Stroma – disse Glawen a Scharde e a Chilke.

– Interessante! – commentò Scharde. – E com'è che avevi a che fare con Titus Pompo?

– È una faccenda complicata. Al momento non ha importanza.

Scharde non disse nulla. Glawen gli domandò: – Sei stanco? Vuoi dormire?

– Sto meglio di quello che sembra – rispose lui, con voce debole. – Penso che cercherò di dormire un po', sì.

– Dai la pistola a Chilke.

Scharde consegnò l'arma, si distese sul rozzo pavimento di rami e sembrò addormentarsi quasi subito.

La pioggia si alleggerì fino a far credere che sarebbe cessata, ma dopo un paio di minuti riprese a tempestare intensamente la capanna. L'acqua entrava a rivoli da tutti i buchi. – Questa bufera è proprio incredibile – si meravigliò ancora Kathcar.

– Scharde è qui da due mesi. Chi è arrivato prima, tu o lui? – gli domandò Chilke.

L'uomo parve seccato da quella curiosità. La sua risposta fu sintetica come le altre: – Scharde c'era già, al mio arrivo.

– E nessuno ti ha spiegato perché ti portavano qui?

– No.

– La tua famiglia e i tuoi amici, a Stroma, hanno un'idea di dove ti trovi?

Kathcar fece una smorfia amara. – Su questo non posso fare neppure un'ipotesi.

Glawen chiese: – Tu facevi parte del VPL? O sei un Cartista?

L'altro lo fissò intensamente. – Perché me lo chiedi?

– Potrebbe far luce sul motivo per cui ti hanno portato qui,

– Ne dubito.

– Se sei incorso nell'ira di Titus Pompo – lo sondò Chilke – vuol dire che sei un Cartista.

– Come ogni vero progressista di Stroma, io condivido gli ideali del Partito VPL – lo informò freddamente l'uomo.

– Strano, davvero! – dichiarò Chilke. – Sei stato messo in prigione dai tuoi migliori amici e dai loro grandi alleati. Mi riferisco, ovviamente, agli Yips.

– Senza dubbio c'è stato un errore, o un malinteso – disse Kathcar. – Ma non è il caso di approfondire l'argomento, e io ho deciso di mettere una pietra sul passato.

– Voi vielpini avete uno spirito aperto e tollerante – annuì Chilke. – In quanto a me, confesso di preferire la vendetta.

– Presumo che tu conosca Dama Clytie Vergence, no? – domandò Glawen.

– Conosco la persona che hai menzionato, certo.

– E Julian Bohost?

– Sarebbe difficile non conoscerlo. Un tempo era considerato uno dei teorici più influenti del partito.

– E ora non più?

Kathcar pesò con cura le parole. – Io ero in disaccordo con lui su alcuni punti significativi.

– Cosa mi dici di Lewyn Barduys, e di Flitz?

– Non ho il piacere di conoscerli personalmente. E ora, se volete scusarmi, ho bisogno di riposare. – Kathcar si sdraiò sul suo giaciglio.

Pochi minuti dopo la pioggia cessò, lasciando un silenzio in cui si udiva solo lo sgocciolio dell'acqua dagli alberi. Nell'aria c'era una calma vibrante di tensione.

Un accecante fulmine bianco e rosso incrinò il cielo. Un momento di pausa dopo la vampa di luce... poi un tuono esplosivo i cui echi rotolarono lontano. Dalla giungla s'innalzò una risposta fatta di strida d'ogni genere, ruggiti furibondi e ululati.

Di nuovo silenzio, un pesante intervallo d'attesa, poi un'altra saetta squarciò la notte inchiodando i più piccoli dettagli del campo in una luce livida. Il tuono percosse ancora la terra. E subito dopo le cateratte del cielo tornarono ad aprirsi.

Glawen domandò a Chilke: – Puoi parlarmi della cosa singolare che ti è capitata in quella baracca?

– Io vivo una vita singolare – disse lui. – Se la vedi in questa luce, il fatto a cui ho alluso è solo un incidente tipico, anche se l'uomo medio potrebbe considerarlo stupefacente.

– Cos'è successo?

– Un Yip in uniforme nera mi ha tolto il sacco dalla testa. Ho visto un tavolo con dei documenti allineati in ordine. Lo Yip mi ha ordinato di sedermi, e io ho ubbidito. Subito dopo mi sono accorto che di fronte a me c'era la lente di una telecamera. Dall'altoparlante è uscita una voce: "Tu sei Eustace Chilke, nato presso la città di Idola sulla Vecchia Terra?"

«Io ho risposto che quello era il mio nome, e ho chiesto con chi stavo parlando.

«La voce ha detto: "La sola cosa di cui ti devi preoccupare adesso sono i documenti che hai davanti. Firmali in calce."

«Era una voce rauca, contraffatta, e per nulla amichevole. Io ho detto: "Presumo che sarebbe superfluo protestare per esser stato picchiato e rapito. Chi è che mi sta facendo questo oltraggio?"

«La voce ha risposto: "Eustace Chilke, tu sei stato portato qui per ottime e valide ragioni. Firma quei documenti, e senza farmi perdere altro tempo!"

«Io ho osservato: "Da come parli, ti riconosco per Madame Zigonie. Puoi smetterla di fingere. Dove sono i soldi che mi devi ancora per sei mesi di lavoro?"

«La voce ha detto: "Firma subito, o sarà peggio per te."

«Io ho esaminato i documenti. Il primo era un atto di cessione per tutte le mie proprietà, senza eccezioni e riserve, a Simonetta Zigonie. Il secondo era una lettera con cui autorizzavo il portatore a disporre subito di tutti i miei beni. Il terzo, che ho letto con piacere, era il mio testamento, nel quale nominavo erede universale la mia amica Simonetta Zigonie. Ho cercato di tergiversare, dichiarando: "Vorrei pensarci sopra, se non ti spiace. Suggerisco di tornare a Stazione Araminta e risolvere la cosa con un accordo vantaggioso per entrambi."

«"Firma i fogli, se ci tieni alla vita!" ha gridato la voce.

«Non c'era modo di ragionare con quella donna. Ho risposto: "Se proprio insisti, firmerò. Ma non ti nascondo che questo mi stupisce. Io possiedo poco più dei vestiti che ho addosso."

«"E gli articoli che hai ereditato da tuo nonno?"

«"Non c'è da ricavarne molto. La roba di stoffa e i dipinti su tela avranno fatto una brutta fine in quel clima secco. C'è una piccola collezione di rocce, reperti geologici di un centinaio di pianeti, e qualche scaffale con ammucchiati sopra oggetti vari, soprammobili e alcuni vasi rossi. Nel granaio c'è altra paccottiglia dello stesso genere. Però mi sembra di ricordare un bellissimo gufo imbalsamato con un topo nel becco. Se t'interessa."

«"Che altro c'è?"

«"Difficile dirlo. Quel granaio è stato visitato dai ladri tante volte che ho quasi vergogna a offrirti ciò che resta."

«"Non perdiamo altro tempo. Firma i documenti, e fai presto."

«Io ho firmato i tre fogli. La voce allora ha detto: "Eustace Chilke, hai salvato la tua vita. Di conseguenza la utilizzerai per pentirti della tua insulsa mancanza di galanteria, e per aver ferito la sensibilità di chi ti aveva offerto la sua amicizia."

«Io ho deciso che Madame Zigonie si riferiva al mio comportamento piuttosto evasivo nei suoi confronti al Ranch Valle Ombrosa. Così le ho chiesto se sarebbe stata disposta ad accettare le mie scuse; ma lei ha detto che era troppo tardi, e che aveva altro da fare che parlare con me. Poi mi hanno portato fuori e costretto a saltare in quella fossa, dove ho subito cominciato a pentirmi proprio come voleva lei. Sentire la tua voce è stato un sollievo, credimi.

– Hai un'idea di cosa stia cercando? – domandò Glawen.

– Suppongo che alcune cose di mio nonno valgano più di quel che pensavo. Vorrei che ne avesse parlato di più, quand'era vivo.

– Qualcuno deve sapere qualcosa. Chi può essere?

– Hmf. Difficile dirlo. Nonno Swaner trattava con un sacco di strana gente; venditori ambulanti, ladri, antiquari, commercianti di libri usati. Ricordo un tipo in particolare, che era suo amico e rivale nello stesso tempo. Credo che fossero entrambi membri della Società Naturalistica. Diede a mio nonno una partita di penne di uccelli esotici e tre maschere-anima Pandango per una valigia piena di libri e documenti antichi. Se qualcuno conosceva l'attività di Nonno Swaner dentro e fuori, era costui.

– Dov'è, adesso?

– Non saprei dirlo. Si mise nei guai con degli scavatori di tombe e dovette lasciare il pianeta per evitare il processo.

Glawen si rese conto che Kathcar non dormiva. Era evidente che stava ascoltando la loro conversazione. Diede a Chilke lo zaino da usare come cuscino e cercò di appisolarsi. La pioggia s'intensificò di nuovo, e continuò ad andare e venire fino all'alba.

Un pallore grigio dilagò sulle nuvole, a oriente, illuminando fiocamente il terreno e la palizzata. I quattro uomini lasciarono la capanna e si avviarono giù per il versante, fra la vegetazione bagnata. Glawen e Chilke procedevano in testa, con le pistole pronte. Quando giunsero alla gola la trovarono invasa dall'acqua corrente. Nel fango sguazzavano grossi protovermi resi aggressivi dalla distruzione delle loro tane, e per tenerli lontani dovettero farsi precedere da scariche di energia a bassa intensità.

Il cingolato era ancora dove Glawen l'aveva lasciato. Salirono a bordo e lo misero in moto lungo il pendio, lentamente per non rischiare incidenti su quel terreno franoso. Quasi subito furono attaccati da un esapode dai piedi a spatola, grosso quanto il veicolo e fornito di una serie di gozzi che proiettavano un liquido corrosivo per accecare la preda. Chilke uccise il bestione mentre galoppava giù per una scarpata e il corpo rotolò fino al cingolato, spandendo torrenti del suo acido organico nella melma.

Un centinaio di metri più avanti Glawen fece una sosta per studiare un percorso migliore, e nel silenzio un terrificante muggito esplose tra la vegetazione. Scharde mandò un grido; Glawen alzò lo sguardo e vide una testa triangolare lunga due metri abbassarsi a zanne spalancate attraverso il fogliame, all'estremità di un lunghissimo collo arcuato. Glawen e Chilke spararono freneticamente; uno dei loro colpi andò a segno e fece esplodere quella bocca cavernosa in una poltiglia di sangue. Dopo alcuni secondi d'intervallo ci fu il tonfo di un peso enorme che si abbatteva sui cespugli.

Glawen rinunciò a cercare i pochi punti di riferimento di cui aveva preso nota all'andata. Mezzora dopo erano sul terreno piano, e la parete vegetale s'infittì. Il veicolo ondeggiava scavalcando masse di cespugli semisommersi dalle acque del fiume, che erano salite. Una tribù di scimmie del fango li seguì per un poco, in un coro di strida ostili. Poi l'acqua si fece più profonda e il cingolato perse contatto col fondale, cominciando a galleggiare.

A una trentina di metri dalla riva Glawen lo fermò. Si volse e indicò ai suoi tre compagni un banco di sabbia su cui crescevano alcuni dendroni. – È lì che avevo lasciato lo Skyrie, ormeggiato a un albero. La corrente deve averlo sradicato, e ha portato via tutto quanto.

– Questa è una brutta notizia – disse Chilke. Guardò a oriente, lungo l'immenso fiume fangoso. – Vedo un sacco di alberi sradicati, ma nessun velivolo.

Kathcar fece udire un gemito cupo. – Stavamo meglio in prigione. Almeno eravamo vivi.

– Non ti do torto – annuì Glawen. – Scendi pure. Sei libero di tornare indietro quando vuoi.

Kathcar tacque, offeso.

Con aria pensosa Chilke mormorò: – Se avessi qualche utensile potrei ricavare una radio dal pannello dei comandi. Ma non abbiamo neppure un cacciavite.

– È un disastro! – si lamentò Kathcar. – Siamo finiti!

– Non ancora – lo azzittì Scharde.

– Come puoi essere così ottimista?

– Ho notato che la corrente ha una velocità di circa sei chilometri all'ora. Se l'albero ha ceduto a metà della nottata, diciamo sei ore fa, può aver percorso trentasei chilometri al massimo. Il cingolato può fare dodici nodi, nell'acqua. Quindici con la corrente. Se ci muoviamo subito possiamo raggiungere lo Skyrie fra tre ore e mezzo, forse prima.

Senza commenti Glawen rimise in moto l'elica e partirono verso valle.

Il cingolato andava avanti liscio malgrado i gorghi e le onde, immerso nella calura riflessa dalla superficie dell'acqua; l'umidità era così intensa da mozzare il fiato, e ogni movimento sembrava costare energia e concentrazione. Man mano che Syrene si alzava, l'afa diventava un tormentoso nemico. Glawen e Chilke costruirono un baldacchino usando il fogliame di un albero divelto che galleggiava sulla corrente, dopo aver scosso via gli insetti e i serpentelli annidati fra i rami. L'espediente servì a dar loro un certo sollievo. Di tanto in tanto grosse teste o bulbosità oculari emergevano dall'acqua, con intenzioni sempre molto minacciose. La tragedia, sempre in agguato, richiedeva una vigilanza costante.

Per tre ore il cingolato navigò sul fiume, oltrepassando tronchi, detriti e zattere di cannicci aggrovigliati. Malgrado le loro attente e ansiose ricerche, dello Skyrie non c'era traccia. Infine Kathcar chiese: – E se proseguissimo per altre due ore senza trovare niente?

– Allora dovremmo riflettere bene sul da farsi – disse Chilke.

– Io ho già riflettuto – replicò cupamente Kathcar. – E posso informarti che in questo caso ogni riflessione è inutile.

Il fiume si allargò. Glawen si tenne fuori dal flusso più veloce della corrente, a circa un chilometro dalla riva destra.

Trascorse un'altra ora; aggirarono un'ansa e sullo sfondo di un canneto apparve una macchiolina bianca: lo Skyrie. Glawen fece un gran sospiro e si diresse a riva, sentendosi grato alle leggi del Fato che anche in una terra così selvaggia lasciavano all'uomo qualche possibilità. Suo padre gli mise un braccio intorno alle spalle. – Ci sono giorni in cui va tutto storto dalla mattina alla sera. Ma bastano cinque minuti buoni, e sai che puoi farcela.

– Non ringraziare la fortuna troppo presto – lo avvertì Chilke. – Sembra che a bordo del velivolo ci sia qualcuno.

– Scimmie del fango! – esclamò Glawen.

Il cingolato si accostò allo Skyrie. L'albero a cui era ancora legato era finito su un bassofondo, incastrandosi fra i sassi della riva. Una tribù di scimmie del fango, incuriosita da quell'oggetto insolito, aveva guadato l'acquitrino per affollarsi attorno a esso. Alcuni di loro avevano scoperto i due quarti posteriori dello sharloc, e li stavano gettando nel fiume. La brezza che spirava verso il cingolato fece imprecare Chilke.

– Cosa accidenti è questo puzzo ripugnante?

– Pezzi di carne di sharloc – rispose lui. – Li ho lasciati sul pianale per tenere alla larga quelle bestie, ma sembra che servano a poco. – Salì sul cofano del veicolo e agitò le braccia. – Via di qui! Via, via andatevene! – gridò.

In risposta le scimmie del fango stridettero furiosamente e scagliarono bastoni e sassi verso di loro. Glawen puntò la pistola contro l'albero sradicato e bruciò un ramo con una scarica. Stupiti, i grossi bipedi si allontanarono a balzi nell'acqua melmosa, pompando furiosamente su e giù con le gambe a doppia articolazione. A un centinaio di metri da lì si fermarono e diedero inizio a un intenso lancio di palle di fango, senza nessun effetto.

I quattro uomini salirono sullo Skyrie. Chilke gettò qualche secchiata d'acqua sul pianale per togliere l'odore dello sharloc e la melma lasciata dagli antropoidi. Il cingolato fu tirato a bordo e assicurato alle flange. – Addio, Grande Fiume Vertes – disse Glawen. – Nessuna fogna costruita dall'uomo ti sta a pari, perciò ti saluto con rispetto. – Andò ai comandi, fece decollare lo Skyrie e partì verso oriente tenendosi a bassa quota.

Al tramonto i quattro mangiarono una parte delle razioni rimaste. La costa acquitrinosa di Ecce passò sotto di loro, e mentre Lorca e Sing sparivano sotto l'orizzonte lo Skyrie cominciò la traversata dell'Oceano Occidentale, alla luce delle stelle.

Glawen disse a Kathcar: – Ancora non mi è chiaro il motivo per cui ti trovavi sullo Shattorak. Devi aver danneggiato in qualche modo Smonny, visto che Titus Pompo conta poco o nulla.

– È una faccenda chiusa – disse freddamente lui – e non vedo l'utilità di rivangarla.

– Tuttavia non ti nascondo che m'interessa. Se volessi esporcela nei particolari, sarebbe un buon modo per ingannare il tempo.

– Può darsi – disse Kathcar. – Però si tratta di cose personali.

– Date le circostanze – gli fece notare Scharde – non penso che tu possa chiedere di tenere segreti i fatti, personali o meno. Quello che hai da dire ci riguarda troppo da vicino, e potrebbe essere importante.

Chilke alzò un dito ammonitore. – Ti faccio presente che Scharde e Glawen sono agenti dell'Ufficio B, e le loro domande non vanno prese alla leggera. In quanto a me, devo scoprire quanto basta per poter presentare il conto a Smonny, a Namour, a Benjamie, e a quanti altri pensavano che fosse lecito farmi crepare in fondo a una buca.

– Malgrado la mia doverosa imparzialità ufficiale – aggiunse Scharde – anch'io stento a tenere la rabbia sotto controllo.

– Tutto considerato – disse Glawen – è meglio che tu ci racconti quello che vogliamo sapere.

Kathcar li guardò, immusonito. Glawen proseguì: – Sei un membro del VPL di Stroma. Come sei giunto in contatto con Smonny Clattuc, o Madame Zigonie, o qualunque sia il nome che le piace usare?

– Non c'è nulla di sorprendente in questo – rispose Kathcar con gran dignità. – Il Partito VLP si preoccupa delle condizioni sociali di Yipton, e desidera che Cadwal esca dal suo sonno secolare per portarsi all'altezza dei tempi.

– Già. E sei andato a Yipton?

– Naturalmente. Desideravo esaminare la situazione reale.

– Ci sei andato da solo?

Di nuovo Kathcar si mostrò evasivo. – Che differenza può fare se ho viaggiato da solo o con altri?

– Enumera queste persone, e lascia giudicare a noi.

– Ho viaggiato con una delegazione di Stroma.

– Chi faceva parte della delegazione?

– Diversi membri del VPL.

– Fra loro c'era Dama Clytie?

Kathcar restò muto per una decina di secondi. Poi ebbe un rabbioso gesto di frustrazione. – Se proprio vuoi saperlo, sì!

– Anche Julian?

– Naturalmente. – Kathcar sbuffò. – Julian è energico e insistente. C'è chi lo definisce un presuntuoso, anche se forse io non userei questo termine.

– Noi siamo persone discrete, e non riporteremo a Julian le tue osservazioni – disse Scharde con un sogghigno. – Dunque, cos'è successo a Yipton?

– Voi dovete capire che, sebbene il VPL sia unanime e compatto nel suo nobile impeto progressista, ci sono alcuni concetti su cui manca la convergenza ideologica. Dama Clytie propugna una di queste filosofie, mentre io ne rappresento un'altra, e i nostri dialoghi non sono precisamente armoniosi.

Glawen domandò: – Su quali punti non andate d'accordo?

– È una questione di filosofia organizzativa. Io propendo per una struttura accuratamente programmata per il nuovo Cadwal, e ne ho ampiamente dettagliato lo schema. Dama Clytie, temo, è alquanto poco pratica e immagina di dar vita a un'idilliaca società agreste, con allegri contadini che cantano in coro nei campi, saltellano sui sentieri fioriti suonando il flauto, e ogni tanto si recano in paese per illuminare sindaco e consiglieri con la loro bucolica saggezza. Tutti dovrebbero essere cantastorie o musicisti, tutti dovrebbero produrre deliziosi oggetti artigianali nel tempo libero. E come sarebbe governata una simile comunità? Secondo il concetto di Dama Clytie tutti, bambini e vecchi, stolti e saggi, dovrebbero riunirsi in conclave per dibattere i problemi politici, votandoli poi per acclamazione: applausi, fischi e hurrà. In breve, Dama Clytie è per una democrazia pura, nella sua versione più amorfa.

– E gli animali selvaggi? – chiese Glawen. – Come vi regolereste con loro?

Kathcar scrollò le spalle. – Gli animali selvatici? Dama Clytie non è troppo interessata al problema. Dovranno imparare a convivere col nuovo ordine. Le creature più repellenti e di maggiore disturbo saranno deportate altrove o sterminate.

– E tu sei dello stesso avviso?

– Sotto molti aspetti, sì. Io propongo una centralità strutturata, con una gerarchia burocratica che formuli la politica e imponga i regolamenti.

– Così, tu e Dama Clytie avete accantonato le divergenze tecniche e siete andati insieme a Yipton.

Kathcar storse la bocca in un sogghigno, metà amaro e metà sardonico. – Il viaggio a Yipton non è stato una mia idea. Non so chi lo abbia proposto in origine, ma so che Julian (che fra due intrighi loschi sceglie sempre il più complicato) fu a favore fin dal principio. So che durante una visita a Stazione Araminta aveva contattato un certo Namour, facendo poi ballare certe ipotesi davanti al naso di Dama Clytie. Comunque sia, il progetto fu messo in tavola. Quando mi accorsi del vento che tirava insistei per unirmi alla delegazione, per esser certo che i miei punti di vista fossero resi noti.

«Andammo a Yipton in volo. Io non sapevo niente di Simonetta e del suo rango; pensavo che avremmo conferito con Titus Pompo, perciò restai sbalordito quando fummo ricevuti invece da Simonetta. Né Julian né Dama Clytie mostrarono la stessa sorpresa, e sono sicuro che Namour li aveva già informati su cosa aspettarsi. Naturalmente io fui offeso da quella che consideravo una stortura diplomatica, e mi ripromisi d'esprimere le mie rimostranze alla prima occasione.

«In ogni caso, Namour ci scortò in un ufficio col pavimento in stuoie di bambù, pareti di bambù e un soffitto in legno scolpito di provenienza certo continentale. Aspettammo ben quindici minuti prima che Simonetta facesse la sua comparsa, un'indelicatezza che irritò Dama Clytie, a quanto vidi.

«Finalmente Simonetta si degnò di entrare, e come ho già detto fui molto sorpreso. Invece del dignitoso Titus Pompo, il difensore dei diritti del popolo che m'ero atteso, qui c'era una donna goffa e corpulenta quanto Dama Clytie, e devo dire inoltre piuttosto strana. Questa Simonetta aveva i capelli attorcigliati sopra la testa come un rotolo di vecchie gomene, epidermide cerea, e occhi simili a piccoli fagioli rossi. Mi comunicava un inquietante senso di scarsa affidabilità. Si tratta evidentemente di una donna animata da forti passioni, che controlla solo il minimo necessario. La sua voce è rauca e aspra, ma se vuole sa gorgheggiare in toni suadenti. Più che dall'intelletto sembra mossa da un istinto viscerale, un raziocinio uterino come quello di Dama Clytie, benché in quella circostanza le due donne non mostrassero alcuna affabilità reciproca e fossero anzi piuttosto formali. Comunque noi non eravamo venuti a Yipton per una visita di cortesia; nostra intenzione era soltanto trovare un modo di coordinare le attività verso un traguardo comune.

«Come membro più anziano della delegazione, io mi feci avanti per parlare e cominciai a esprimere la filosofia del VPL nel modo più ordinato e coerente, affinché Simonetta non cadesse in pericolosi equivoci sui nostri obiettivi e punti di vista. Ma Dama Clytie si intromise con una volgarità assolutamente insopportabile, mi interruppe più volte e si mise anche a gridare, quando io affermai che stavo parlando a nome dell'autorevole maggioranza del VPL. Per azzittirmi con la prepotenza cercò l'appoggio di Simonetta, fingendo di considerarla una virtuosa compagna d'armi e una paladina nella causa della verità. Io tentai ancora di portare la discussione sul binario più tecnicamente funzionale; ma Simonetta mi ordinò di chiudere la bocca, con una brutalità che anche un selvaggio avrebbe trovato stupefacente. E Dama Clytie, invece di prendere nota dell'insulto che mi veniva fatto, sparse sale sulla ferita dicendo: "Ottima idea. Se Kathcar riuscisse a tacere per qualche minuto potremmo passare al concreto." O qualcosa del genere.

«In ogni caso, Dama Clytie cominciò a parlare. Simonetta la ascoltò per un poco, ma poi interruppe con impazienza: "Sarò franca! La gente di Stazione Araminta mi ha fatto dei gravi torti, e il solo scopo della mia vita è farglieli pagare. Io intendo piombare su Deucas come l'Angelo dell'Ira, e poi diventerò la Signora di Stazione Araminta. La vendetta sarà così dolce da trascendere tutti gli altri piaceri che ho conosciuto! La mia furia non risparmierà nulla e nessuno!"

«Dama Clytie fu costretta a correggerla, anche se con una cautela che trovai eccessiva. "Questo non è esattamente lo scopo morale del VPL. Noi vogliamo infrangere la tirannia della Carta, e consentire allo spirito umano di sbocciare e fiorire liberamente."

«"Può darsi" disse Simonetta "ma infine la Carta dovrà essere sostituita dal Credo Monomantico, che guiderà il futuro di Cadwal."

«Dama Clytie disse: "Io non so niente di questo Credo, e non potrò approvare l'introduzione di culti bislacchi."

«"Questa è una definizione scortese" disse Simonetta. "Il Credo Monomantico è la Sintosofia ultima, la Dualistica Via dell'Esistenza e della Perfezione Vitale."

«A queste parole Dama Clytie tacque, perplessa. Julian fu svelto ad approfittare della pausa. Cominciò a descrivere il nuovo Cadwal e dichiarò che, una volta instaurata la vera democrazia, qualunque fede o credenza sarebbe stata libera e rispettata. Poi giurò che lui personalmente avrebbe lottato a morte per difendere questo diritto. Simonetta tamburellava con le dita sul tavolo e ascoltava come se pensasse ad altro. Io vidi dove tirava il vento: dritto verso i sentimenti ostili e le recriminazioni. Decisi di mettere in chiaro le cose una volta per tutte. Puntualizzai che la democrazia assoluta, talora nota come "nichilismo", equivale all'assoluta confusione. E che inoltre, come sanno tutti, essere governati da un comitato è poco meno inefficiente che esserlo da una folla. Per il vero progresso, l'autorità va esercitata da un uomo risoluto, le cui virtù siano accettate senza discutere. Poi annunciai che io, pur non avendo ambizioni di potere, mi vedevo costretto dalle esigenze della situazione ad assumere le responsabilità del comando, con tutti i duri sacrifici personali che esso comporta. Dissi che in quel momento sentivo che eravamo tutti d'accordo sul mio programma, e li esortai a procedere con ogni nostra energia in quella direzione.

«Simonetta, seduta alla scrivania, mi guardò e con voce gradevole chiese se fossi definitivamente convinto che la persona al potere doveva essere un uomo.

«Io risposi affermativamente. "Questa" dissi "è la lezione della storia. Le donne sono un'utile aggiunta alla società, con funzioni uniche e istinti insostituibili. Nell'uomo tuttavia albergano le peculiari virtù della saggezza, della forza e della perseveranza indispensabili in un condottiero carismatico."

«Simonetta domandò: "E quale incarico prospetta per Dama Clytie nel suo regno mascolino?"

«Io compresi d'essermi espresso con troppa espansività, proponendo la mia persona forse prematuramente. Risposi che "regno" mascolino non era la terminologia corretta, e che avevo senza dubbio un profondo rispetto per le due signore presenti. Dama Clytie avrebbe potuto occuparsi del Ministero delle Belle Arti, e Simonetta forse di quello dell'Educazione, cariche entrambe prestigiose.

Chilke rise. – Kathcar, parola mia sei unico.

– Mi sono limitato a esporre soltanto quelli che considero truismi universalmente accettati.

– Sarà – disse Chilke. – Ma un'insalata di truismi stracotti va almeno servita in un vassoio d'argento.

– In retrospettiva, capisco di aver superato i limiti della prudenza. Avevo presunto che Dama Clytie e Simonetta fossero persone razionali e realistiche, consce delle basilari lezioni della storia. Mi sbagliavo.

– Così pare – annuì Chilke. – Poi cos'è successo?

– Julian disse che, avendo ciascuno espresso il suo punto di vista, non restava che trovare un compromesso per le divergenze secondarie.

Il nostro scopo comune era eliminare il peso morto della Carta, e non sarebbe stata una cosa semplice. Simonetta parve d'accordo e propose di aggiornare la riunione a dopo pranzo. Uscimmo su una terrazza prospiciente la laguna, e qui ci furono serviti mitili alla crema, pasta di pesce, pane di farina d'alghe e plankton, e vino di Stazione Araminta. Evidentemente io bevvi più del solito, o forse il vino era drogato. Io ogni caso, mi addormentai profondamente.

«Quando mi svegliai, ero su un aereo. Supposi che mi stessero riportando a Stroma, anche se Julian e Dama Clytie non erano a bordo. Ma il viaggio fu lungo, e con mio gran sbalordimento terminò sullo Shattorak. Protestai con ferma indignazione; ciò malgrado fui messo in una delle tre sale d'aspetto e chiuso sotto la grata. Dopo alcuni giorni mi fu chiesto se preferivo restare lì dentro o svolgere mansioni di cuoco. Decisi di accettare il lavoro. Questo, essenzialmente, è tutto.

– Dove tengono gli aerei?

Kathcar fece una smorfia. – Questo è un segreto di proprietà altrui. La correttezza mi vieta di parlarne.

Scharde disse, con calma: – Tu sei un uomo ragionevole, è così?

– Ovviamente! Speravo di averlo già chiarito.

– Ci sarà un attacco allo Shattorak, portato da tutte le forze di cui disponiamo. Se tu mancassi di fornirci informazioni dettagliate e precise, e un solo membro del nostro personale morisse, saresti accusato di complicità in omicidio e condannato a morte.

– Questo non è giusto! – gridò Kathcar.

– Pensala come ti pare. All'Ufficio B interpretiamo la giustizia nei termini prescritti dalla Carta.

– Ma io sono un esponente del partito progressista, il VLP. E considero la Carta una reliquia da gettarsi nella spazzatura!

– Allora noi ti giudicheremo non solo per omicidio ma anche per alto tradimento, e le condanne a morte saranno due.

– Bah – mugolò Kathcar. – In ogni caso, fa poca differenza. Gli aerei sono in un hangar sotterraneo sul pendio orientale dello Shattorak, ricavato nelle caverne scavate dalla lava.

– Che genere di sorveglianza c'è?

– Non posso dirlo, perché non mi sono mai avventurato in quella direzione. E non so neanche quanti aerei ci siano.

– Quanti uomini lavorano al campo?

– Una dozzina o poco più.

– Tutti Yips?

– No. I meccanici migliori sono gente di fuori. Non so molto di loro.

– E lo yacht spaziale di Titus Pompo? Quante volte è atterrato sul vulcano?

– Un paio, durante la mia permanenza.

– Hai visto Namour, dopo il viaggio a Yipton con Dama Clytie?

– No.

– E Barduys? Qual è la sua parte in tutto questo?

– Come ho già detto – rispose aspramente Kathcar – non so niente di quella persona.

– Dama Clytie lo presenta come un suo amico.

– Allora sarà così.

– Hmf – disse Glawen. – Può darsi che Dama Clytie non sia così democratica come vorrebbe far credere.

Kathcar lo guardò stupito. – Perché dici questo?

– Nella vostra nuova società di uguali, probabilmente lei accarezza l'idea di essere più uguale degli altri.

– Non afferro il significato di questo concetto – disse Kathcar con dignità. – Comunque, ho il sospetto che voi stiate denigrando gli ideali del VPL.

– È possibile – disse Glawen.

2

Lo Skyrie arrivò a Stazione Araminta da sud-ovest, volando basso per non farsi notare, e atterrò nella zona boscosa a meridione del fiume Wan.

Poco dopo il tramonto Glawen giunse a Casa Riverview, e bussò al portone principale. A farlo entrare fu una delle cameriere, che andò subito ad annunciarlo a Egon Tamm. – Sei tornato sano e salvo! – si congratulò il Conservatore. – Com'è andata la tua missione?

Glawen gettò uno sguardo alla cameriera, rimasta nell'atrio. Egon Tamm disse: – Andiamo a parlare nel mio ufficio. Gradisci qualcosa da bere?

– Non mi dispiacerebbe una tazza di thè forte.

Il Conservatore diede istruzioni alla cameriera e precedette Glawen nel suo ufficio. – Dunque... è andato tutto bene?

– Sì. Ho liberato non solo mio padre, ma anche Chilke e un altro prigioniero, un Naturalista di nome Kathcar. Sono qui fuori che aspettano, nel buio. Non volevo portarli dentro e lasciarli vedere ai suoi ospiti.

– Sì? Comunque, sono partiti ieri.

– Vorrei che informasse Bodwyn Wook e gli chiedesse di venire qui a Casa Riverview. Subito, se non ha cose più urgenti da fare.

Egon Tamm andò al telefono e fece il numero di Bodwyn Wook. – C'è qui Glawen – gli disse. – Sembra che tutto sia andato bene, tuttavia chiede se lei può venire qui per ascoltare il suo rapporto.

– Sarò lì fra un quarto d'ora.

La cameriera entrò col thè e i biscotti. Poggiò il vassoio sulla scrivania. – Desidera altro, signore?

– Nient'altro. Puoi ritirarti per la notte.

La cameriera uscì. Glawen aspettò che chiudesse la porta. – Può essere onesta e innocente, ma nulla esclude che sia una spia di Smonny. Sembra che ne abbia dappertutto. Ed è essenziale non farle sapere che Scharde, Chilke e Kathcar hanno lasciato lo Shattorak.

– La loro fuga sarà stata scoperta da un pezzo, ormai!

– Forse. Ma Smonny non può sapere se abbiano semplicemente tentato la sorte nella giungla, o se siano rimasti nascosti là intorno nella speranza di rubare un aereo.

– Portali dentro dall'ingresso posteriore. Io farò in modo che Esme resti nell'ala opposta della casa.

Bodwyn Wook arrivò e fu accolto da Egon Tamm, che lo accompagnò nel suo ufficio. Guardò i presenti uno dopo l'altro. – Scharde! Sono lieto di vederti vivo, anche se sembri alquanto giù di forma, devo dire. Salve, Chilke. E questo gentiluomo chi è?

– Un vielpino di Stroma – rispose Glawen. – Si chiama Rufo Kathcar, e rappresenta una fazione non del tutto allineata con quella di Dama Clytie.

– Interessante. Bene, sentiamo le ultime novità.

Glawen parlò per mezz'ora. Bodwyn Wook si volse a Scharde. – Cosa ci conviene fare, secondo te?

– Penso che si debba colpire duro e al più presto possibile. Se Smonny ha già motivo di sospettare che conosciamo i suoi segreti, potrebbe essere troppo tardi. Non possiamo perdere tempo.

– Lo Shattorak è difeso?

Glawen guardò Kathcar. – Cosa puoi dirci? L'uomo parlò in tono querulo e astioso: – Voi mi avete messo in una posizione antipatica. Anche se sono stato maltrattato da Simonetta, non posso affermare che i miei interessi siano paralleli ai vostri. Basilarmente io intendo infrangere la tirannia della Carta, mentre voi mirate a prolungare il più possibile questo sistema.

– In effetti noi speriamo di non dover svendere la Conservazione, nella nostra ignoranza di ingenui provinciali – disse Bodwyn Wook. – Bene. Vedo un'unica soluzione buona per tutti. Lei non ci deve niente, così la riporteremo allo Shattorak e la lasceremo dove è stato trovato. Chilke, quanti aerei possiamo mettere in volo?

– Quattro di quelli nuovi, tre da addestramento, due trasporti multiuso e lo Skyrie. Il nostro problema è lo spionaggio. Smonny sarà informata delle nostre mosse e la troveremo pronta. Comunque fra poco andrò a cercare Benjamie e ci sarà subito una spia di meno.

Bodwyn Wook disse a Egon Tamm: – Kathcar dev'essere considerato un nemico. Lo terremo ai ceppi finché non potremo rilasciarlo, nella giungla di Ecce.

– Lo chiuderò nella rimessa – annuì il Conservatore. – Lì sarà al sicuro. Avanti, Kathcar, si muova. Temo che dovrò legarla, per impedirle di suicidarsi col detergente per la mia auto.

– No! – gridò disperatamente Kathcar. – Non ho intenzione di bere liquidi velenosi, e non desidero essere riportato sullo Shattorak. Vi dirò quello che volete sapere.

– Come preferisce – disse Bodwyn Wook. – Dove sono piazzate le difese antiaeree?

– Ci sono due batterie di lanciaraggi ai lati della baracca delle comunicazioni. Altre due sono a destra e a sinistra dell'hangar. Se vi avvicinate al vulcano lungo il percorso seguito da Glawen, a bassa quota sul fiume e poi su per il versante, è probabile che il radar non vi scopra e che possiate distruggere la baracca e gli impianti prima che abbiano il tempo di usare le armi. Questo è tutto ciò che posso fare per voi, visto che non so altro.

– Molto bene – disse Bodwyn Wook. – Lei non sarà riportato sullo Shattorak. Ma resterà confinato fino al nostro ritorno, per ovvie ragioni.

Kathcar continuò a protestare verbosamente, ma non ottenne altro. Egon Tamm e Glawen lo chiusero a chiave nella rimessa, sul retro di Casa Riverview.

Nel frattempo Bodwyn Wook mandò una squadra di agenti dell'Ufficio B ad arrestare Benjamie; ma con disappunto di Chilke l'individuo non fu trovato nel suo alloggio, e risultò che era appena partito insieme ai turisti di una nave da crociera, la *Dioscamedes Translux*, diretta oltre lo Sciame al crocevia di Acquatica, su Andromeda 6011 IV.

– Ahimè – commentò Chilke. – Benjamie è astuto e pericoloso come un crotalo di palude. Dubito molto che lo rivedremo mai più.

3

Durante le ore più buie e quiete fra la mezzanotte e l'alba, quattro aerei armati di tutte le armi disponibili decollarono da Stazione Araminta. Alla massima velocità girarono lungo la curvatura del pianeta, sorvolando Deucas e l'Oceano Occidentale, e prima di raggiungere Ecce scesero a quota molto bassa. Poi risalirono il Grande Fiume Vertes sfiorando la superficie dell'acqua, per restare invisibili ai detector che operavano dalla vetta del Monte Shattorak.

Nel punto dove Glawen aveva ormeggiato lo Skyrie, gli aerei virarono attraverso gli acquitrini e su per il lungo pendio del vulcano spento, piombando sulle installazioni.

Venti minuti più tardi l'operazione era già finita. La baracca con le apparecchiature fu investita da una scarica di raggi a esplosione che distrusse le centraline dei laser a lunga gittata, e subito dopo la stessa sorte toccò alle altre postazioni. Nell'hangar c'erano sette aerei, inclusi i due sottratti di recente a Stazione Araminta. Il personale della base non oppose resistenza, e furono catturati dodici individui: nove Yips della polizia privata dell'Oomphaw, in uniforme nera, e tre tecnici assoldati fuori Cadwal. Fu loro chiesto perché si fossero lasciati sorprendere così facilmente. Nessuno degli Yips volle rispondere, ma uno dei tecnici stranieri riferì che la fuga di Scharde e Chilke, e la scomparsa di Kathcar, non avevano destato alcun sospetto né s'era fatta la supposizione che fosse necessario aumentare la vigilanza. Il personale si sentiva al sicuro in quel luogo così isolato, e considerava insuperabili i pericoli da cui i prigionieri fuggiti erano attesi. Inoltre, l'incursione aerea precedeva di una settimana o due lo sbarco in grande stile degli Yips sulla Costa di Marmion, e gli addetti alla base avevano avuto l'ordine di montare sugli aerei tutte le armi che c'erano. In breve, ammise il tecnico, l'attacco allo Shattorak non avrebbe potuto avvenire in un momento più delicato per loro.

4

A Stazione Araminta, il Conservatore e Bodwyn Wook sottoposero Rufo Kathcar a un lungo e accurato interrogatorio.

Fatto ciò, Egon Tamm stabilì di convocare i sei Custodi di Stroma a Casa Riverview, per discutere una questione d'insolita gravità.

La riunione ebbe luogo nel salotto della casa, subito dopo l'arrivo dei Custodi. Erano presenti, su espressa richiesta del Conservatore, anche Bodwyn Wook, Scharde e Glawen. I Custodi Ballinger, Gelvink e Fergus sedettero sul lato interno, fronteggiando Dama Clytie Vergence e Jori Siskin (entrambi vielpini) e Lona Yone (neutrale) che davano le spalle alle finestre.

Il Conservatore, che indossava la toga formale, chiese il silenzio in tono autoritario. – Questa è forse la più importante seduta a cui abbiate partecipato – disse ai Custodi. – Siamo stati aggrediti da un pericolo senza precedenti, e abbiamo potuto respingerlo, ma solo provvisoriamente. Mi riferisco all'attacco armato preparato a Yipton contro Stazione Araminta, attacco che avrebbe dovuto essere seguito dall'invasione di migliaia di Yips sul territorio di Marmion, ciò allo scopo di mettere fine alla Conservazione, con la violenza e lo spargimento di molto sangue.

«Come ho detto, abbiamo invece bloccato sul nascere questa brutale aggressione, catturando sette aerei Yips e un notevole quantitativo di armi da guerra.

«A questo riguardo, devo informarvi con rammarico che una persona nominata all'incarico di Custode si è associata a questi criminali, con atti molto vicini al tradimento, anche se indubbiamente dirà di aver agito per motivi idealistici. Dama Clytie Vergence è la persona in questione, e io la espello seduta stante dalla carica di Custode.

– Questo è illegale, e perciò impossibile – ribatté Dama Clytie. – Io sono stata eletta coi voti del popolo.

– Ciò malgrado, è un incarico prescritto dalla Carta. Lei non può operare per la distruzione della Carta e ottenere grazie a essa una carica ufficiale nello stesso tempo. La stessa considerazione si applica a Jory Siskin, anch'egli vielpino e anch'egli estromesso dall'incarico con effetto immediato. In quanto a lei, Custode Yone, mi aspetto che sostenga la Carta senza riserve in tutti i suoi aspetti. In caso contrario, mi presenterà le sue dimissioni. Non possiamo più permetterci il lusso dei dissensi e delle controversie. La Carta è in pericolo, e dobbiamo agire con decisione.

Lona Yone, una donna alta e magra già oltre la mezza età, con corti capelli bianchi e una faccia ossuta, disse: – I modi autoritari che lei ha assunto non mi piacciono, e sono sdegnata dinnanzi a questo tentativo di determinare il mio atteggiamento politico. Tuttavia capisco che non si tratta di una circostanza normale e che dovrò schierarmi con una parte o con l'altra. Molto bene, allora. Io mi ritengo indipendente e non compromessa con intrighi e manovre di parte, ma dichiaro che sosterrò la Carta e la Conservazione. Credo tuttavia che i precetti della Carta non siano applicati con rigore, e che il caso attuale ne sia un triste esempio.

Lona Yone aspirò una lunga boccata d'aria, e stava per continuare il discorso quando Egon Tamm la interruppe. – Questo è abbastanza chiaro, e direi che può bastare.

Dama Clytie disse, sprezzante: – Lei può proclamare ciò che vuole. Resta il fatto che io rappresento una larga percentuale di Naturalisti e di elettori, e tutti noi sfidiamo i vostri principi duri e disumani.

– Allora io avverto lei e i suoi elettori che se tenterete di interferire con le leggi della Conservazione o di infrangerle sarete processati in base a tali leggi. Questo accadrà a chiunque si renderà complice di Simonetta Zigonie o ne faciliterà i crimini.

– Lei non può impedirmi di frequentare chi desidero.

– Stiamo parlando di una donna colpevole, fra l'altro, di sequestro di persona plurimo e aggravato. Scharde Clattuc, qui presente, è una delle sue vittime. Il suo collega Rufo Kathcar è un'altra.

Dama Clytie rise. – Se è davvero colpevole, perché non l'avete assicurata alla giustizia?

– Se potessimo tirarla fuori da Yipton senza violenza e spargimenti di sangue, darei l'ordine all'istante – disse Egon Tamm. Si volse a Bodwyn Wook. – Lei ha qualche idea sull'argomento?

– Se cominciamo a deportare gli Yips sul pianeta Chamanita, dove c'è richiesta di lavoranti a contratto, prima o poi metteremo le mani su Smonny.

– Questo è un proposito spietato – disse Dama Clytie. – Come intendete persuadere gli Yips a lasciare Yipton?

– "Persuadere" non è la parola adatta, temo. – Bodwyn Wook si accigliò. – Fra l'altro, dov'è suo nipote? Mi sarei aspettato di vederlo fra i presenti.

– Julian ha lasciato provvisoriamente Cadwal, per affari.

– La avverto che dovrà ubbidire alla Carta – disse Bodwyn Wook. – Altrimenti anche lei lascerà Cadwal, ma non provvisoriamente.

– Bah! – sbottò Dama Clytie. – Prima dovete dimostrare che quel decrepito pasticcio di pregiudizi esiste realmente, e non è soltanto una voce.

– Sì? Questo è abbastanza facile. Osservi la cornice appesa alla parete di fondo. Contiene un facsimile della Carta. Ce n'è uno in ogni edificio pubblico.

– Non dirò una parola di più.

5

Su Casa Riverview scesero le ombre della sera. I Custodi ed ex Custodi erano ripartiti per Stroma. Anche Rufo Kathcar avrebbe voluto tornare a casa sua, ma Bodwyn Wook era convinto che l'individuo non avesse ancora rivelato interamente ciò che sapeva, e soprattutto ciò che sospettava.

Dopo cena il Conservatore, il sovrintendente, Scharde e Glawen restarono seduti a tavola, bevvero vino e discussero di ciò che era successo quel giorno. Bodwyn Wook fece notare che Dama Clytie non aveva mostrato molta sorpresa a quella svolta degli avvenimenti. – E ancor meno rimorso – borbottò.

– La carica di Custode è praticamente un incarico onorario – spiegò Egon Tamm. – Non comprende molte responsabilità, e non conferisce particolari benefici. Dama Clytie era una Custode di Stroma perché sembrava adatta a quel posto, nel senso che esso legalizzava la sua tendenza a ficcare il naso negli affari degli altri.

– Ha detto una cosa molto singolare – fece notare Scharde. – Ho avuto l'impressione che abbia ceduto alla tentazione di parlare, e che avrebbe preferito tenere la bocca chiusa.

Egon Tamm si accigliò, perplesso. – A quale delle sue affermazioni si riferisce?

– Ha ventilato l'ipotesi che la Carta sia immaginaria, una voce, una leggenda, un ricordo artefatto o qualcosa del genere.

Bodwyn Wook sogghignò e bevve con gusto un lungo sorso di vino. – Quella donna sembra credere che riuscirà a eliminare l'esistenza del documento col semplice esercizio della forza di volontà.

Glawen fece per parlare, ma ci ripensò e tacque. Aveva promesso a Wayness di non dire una parola sulla scomparsa della Carta dagli archivi della Società, ma ormai era chiaro che il silenzio non proteggeva affatto le ricerche della giovane donna. Gli sforzi di Smonny per ottenere le proprietà di Chilke e l'astiosa osservazione di Dama Clytie facevano anzi pensare che il segreto era rimasto tale soltanto per i Conservazionisti.

Glawen decise che portare la cosa alla luce del sole era, a quel punto, nell'interesse di tutti. Si schiarì la voce. – Può darsi che l'allusione di Dama Clytie sia più significativa di quel che sospettate.

Bodwyn Wook lo fissò, accigliato. – Sì? Forse sai qualcosa di questa faccenda?

– Ne so abbastanza da trovare preoccupanti le parole di Dama Clytie. Ancor più preoccupanti ora che Julian Bohost ha lasciato Cadwal.

Bodwyn Wook sospirò. – Come al solito, viene fuori che le notizie sui disastri imminenti, le emergenze e le manovre occulte sono già a conoscenza di tutti, fuorché dell'Ufficio B.

– Vorrei suggerirti, Glawen – disse Egon Tamm – di spiegarci cosa sta succedendo.

– D'accordo – annuì lui. – Finora non l'ho fatto perché ero legato dall'obbligo di mantenere il segreto.

– Mantenere il segreto coi tuoi superiori? – ruggì Bodwyn Wook. – Sei forse convinto di saperla più lunga di tutti noi?

– Niente affatto, signore! Ho semplicemente dovuto convenire con la mia informatrice che il segreto era a vantaggio di tutti.

– Aha! E chi sarebbe questa supremamente cauta informatrice?

– Be', signore, si tratta di Wayness.

– Wayness!

– Sì. È sulla Terra, come sapete.

– Continua.

– In breve, per non tediarvi con una lunga storia: durante un suo precedente soggiorno sulla Terra Wayness ha scoperto che la Carta e la Garanzia Perpetua sono sparite. Sessant'anni fa un segretario della Società, un certo Frons Nisfit, colpevole di vari atti di peculato, vendette segretamente a dei collezionisti tutti i documenti di valore, inclusa, così sembra, la Carta. Wayness spera di riuscire a rintracciare la persona da cui fu acquistata, e la sua idea era che sarebbe stato più facile se eventuali malintenzionati non avessero saputo che la Carta era introvabile.

– Questo è abbastanza comprensibile – disse Scharde. – Ma non si è accollata una responsabilità eccessiva?

– Giusta o sbagliata, questa è stata la sua decisione. Ma ormai è chiaro che Smonny è al corrente della situazione, e forse ne sa perfino più di Wayness.

– Perché dici questo?

– In seguito ho saputo che numerosi documenti della Società furono acquistati da un collezionista di nome Floyd Swaner. L'uomo morì, e lasciò tutto in eredità a suo nipote, Eustace Chilke. Smonny fece rintracciare Chilke, che all'epoca lavorava altrove, e lo convinse a trasferirsi sul pianeta Rosalia, al ranch di Titus Zigonie. In seguito litigarono, ma Namour riuscì a portarlo qui. Nel frattempo Smonny cercò di scoprire dove il nonno di Chilke aveva nascosto la Carta, ma non ebbe successo. Ultimamente ha quindi deciso di rapire Chilke, e alla prigione sullo Shattorak lo ha costretto a firmare degli atti con cui egli le cede tutti i suoi beni. Sembra che Smonny e i suoi alleati, gli Yips, facciano molto sul serio.

– Sì, ma... e Dama Clytie? Quanto ne sa, lei?

– Suggerisco di fare due chiacchiere con Kathcar – disse Glawen. Egon Tamm chiamò una cameriera e le disse di far uscire l'uomo dalla stanza in cui era stato rinchiuso.

Kathcar sopraggiunse un paio di minuti dopo e si fermò sulla soglia, esaminando le persone che lo attendevano. S'era pettinato accuratamente i capelli neri e la barba, e indossava un sobrio abito marrone scuro nello stile conservatore di Stroma. I suoi occhi corsero dall'uno all'altro, poi fece qualche passo avanti. – Che altro c'è, signori? Vi ho già detto tutto ciò che so, e ogni ulteriore domanda è solo una biasimevole perdita di tempo.

Egon Tamm gli fece un cenno. – Si sieda, Rufo. Gradisce un po' di vino?

Kathcar sedette, ma scostò con fermezza il bicchiere che l'altro gli porgeva. – Io non sono avvezzo a consumare liquori vinosi.

– Ci stavamo chiedendo se lei può illuminarci su una circostanza problematica che riguarda Dama Clytie.

– Non riesco a immaginare cosa potrei dirvi.

– Quando la delegazione parlò con Smonny Zigonie, furono fatti accenni a Eustace Chilke?

– Non in mia presenza.

– Ha sentito menzionare il nome «Swaner»?

– Swaner? No, mai.

– Strano – borbottò Bodwyn Wook.

Glawen disse: – Dama Clytie o Julian Bohost si sono messi in contatto con Spanchetta, la sorella di Smonny, qui a Stazione Araminta. Tu eri al corrente di questo?

Rufo Kathcar fece una smorfia petulante. – Julian parlò con qualcuno, qui alla Stazione, ma non so con chi. Fece rapporto sul fatto a Dama Clytie, e mi sembra ricordare che nell'occasione pronunciò il nome "Spanchetta". Era piuttosto eccitato, e Dama Clytie gli disse: "Credo che tu debba investigare su questa cosa. Potrebbe rivelarsi di enorme importanza" o una frase simile. Poi si accorsero che io ero a portata d'orecchio e tacquero.

– Nient'altro?

– Immediatamente dopo Julian se ne andò, non so dove.

– Grazie, Rufo.

– È tutto qui ciò che volevate?

– Per ora, sì.

Kathcar uscì a passi lunghi e tornò di sopra. Glawen disse agli altri: – Spanchetta ha mostrato a Julian le lettere che Wayness mi aveva scritto. In esse non faceva riferimenti diretti alla Carta, ma c'era abbastanza per far capire a Spanchetta molte cose.

Egon Tamm chiese: – Se Spanchetta avesse voluto mettere al corrente Smonny, ne avrebbe informato Namour. Può darsi che per il futuro preferisca i piani di Dama Clytie a quelli di sua sorella.

Glawen si alzò in piedi. Si rivolse a Bodwyn Wook. – Signore, vorrei che l'Ufficio B mi concedesse un periodo di aspettativa, a decorrere da domani.

– Hmf. Perché questo improvviso desiderio?

– Non è improvviso, signore. L'operazione sullo Shattorak ha avuto successo, e sono ansioso di dedicarmi a un'altra faccenda.

– La tua richiesta è respinta – disse Bodwyn Wook. – Intendo assegnarti una missione speciale. Dovrai recarti sulla Terra alla massima velocità, e mettere in chiaro la questione di cui abbiamo parlato, dedicando a essa tutto il tuo impegno.

– Sì, signore – annuì Glawen. – In tal caso, suppongo che dovrò ritirare la mia richiesta.

– Supponi giusto – grugnì Bodwyn Wook.

Parte III

1

Wayness era arrivata con il transgalattico *Zaphorosia Naiad* allo spazioporto di Grand Flamurjes sulla Vecchia Terra, e da lì s'era recata direttamente a Fair Winds, la residenza di suo zio Pirie Tamm a Yssinges, presso la cittadina di Tierens, una settantina di chilometri a sud di Shillawy.

La giovane donna aveva oltrepassato il cancello di Fair Winds con un fremito d'incertezza, non del tutto sicura di ciò che avrebbe trovato, senza sapere neanche quale genere di accoglienza poteva aspettarsi. I suoi ricordi della calda stagione in cui aveva soggiornato lì erano ancora vividi. Fair Winds era un'antica dimora costruita in pietra e legno scuro, piacevolmente malridotta e comoda, circondata da una dozzina di massicci cedri himalaiani. Pirie Tamm, un vedovo, vi abitava con le due figlie, Challis e Moira, entrambe più anziane di Wayness e abbastanza attive nella società della contea. A quel tempo la casa risuonava di voci ed era frequentata; c'erano spesso ospiti a cena, party nel giardino e un ballo in maschera una volta all'anno. Lei ricordava Pirie Tamm come un uomo onesto e di buon cuore, a volte brusco ma sincero, dai modi puntigliosamente corretti. Lei e Milo avevano trovato in lui un ospite generoso, anche se un po' troppo formale.

Entrando a Fair Winds per la seconda volta, Wayness aveva trovato molti cambiamenti. Challis e Moira avevano preso marito ed erano andate ad abitare altrove. Pirie Tamm ora viveva lì da solo, con un paio di domestici, e la grande vecchia dimora sembrava stranamente silenziosa. Suo zio, come poté subito vedere, era dimagrito, e aveva i capelli completamente bianchi; le sue guance qualche anno addietro rubiconde erano pallide e infossate; anche i suoi movimenti apparivano parchi, calcolati, e non camminava più col passo rapido e sicuro di una volta. Mostrava una reticenza quasi rigida circa il suo stato di salute, ma Wayness avrebbe presto appreso dai domestici che l'uomo era caduto da una scala fratturandosi il bacino, e che in seguito non s'era più ripreso bene, trascinandosi dietro disturbi e complicazioni d'ogni genere.

Pirie Tamm l'aveva tuttavia accolta con calore. – È davvero un piacere rivederti! – le disse di nuovo, quando uscirono dal salotto. Era serio in viso, ma solo perché la notizia della morte di Milo l'aveva addolorato molto. – Quanto pensi di trattenerti, mia cara? Voglio sperare che tu non abbia fretta di viaggiare chissà dove. Fair Winds è troppo quieta, ormai, perfino per i miei gusti!

– Non ho un programma ben preciso – disse Wayness.

– Meglio così! Bene, penso che Agnes abbia dato aria alla tua camera. Se vuoi rinfrescarti prima di cena, hai giusto il tempo di fare una doccia.

Wayness ricordava che la cena a Fair Winds era sempre un'occasione formale, cosicché indossò una lunga gonna pieghettata color bronzo, camicetta di seta grigia e arancione, e giacca nera a spalle quadre, stile aggiornatissimo e che si adattava ammirevolmente a una bruna snella dall'incarnato leggermente olivastro.

Quando fece il suo ingresso in sala da pranzo, Pirie Tamm la guardò con palese approvazione. – Ti ricordavo come un'adolescente quieta e riservata ma non certo destinata a far da tappezzeria ai balli, e devo dire che hai mantenuto le promesse... dubito che qualche signora alla moda ti definirebbe una provinciale.

– Oh, non bado molto a queste cose – mentì modestamente lei. – Cerco di fare con quel poco che ho.

– Non c'è dubbio che sia più che sufficiente – disse Pirie Tamm. Scostò una sedia per Wayness all'estremità del lungo tavolo di noce e andò a sedersi dalla parte opposta.

La cena fu servita con immutato rituale dalla domestica Agnes, in uniforme: aragosta rosolata in salsa di datteri, insalata di mare, cubetti di pollo marinati nell'aglio, prosciutto di cinghiale fatto venire dalla Riserva di Gran Transilvania e vino bianco. Pirie Tamm le chiese della morte di Milo, e Wayness gli raccontò i particolari della disgrazia. L'uomo ne fu sconvolto. – È incredibile che cose simili accadano su Cadwal, una Conservazione, un luogo che dovrebbe essere di tranquillità idilliaca.

Wayness rise amaramente. – Idilliaco è un termine che non si addice a Cadwal, credimi pure.

– Forse io sono un idealista con la testa fra le nuvole; forse mi aspetto troppo dalle creature umane. Tuttavia non nascondo che nel guardare agli anni della mia vita trovo poco di che confortarmi. Non ho mai trovato la vera giustizia, l'onestà cristallina, la pura innocenza. La società è fatta di fiori che marciscono in fretta. Non posso neppure fidarmi che i bottegai non m'imbroglino sul resto, e sono gente che io ho visto nascere.

Wayness sorseggiò il vino, non molto certa di cosa rispondere al lamento di suo zio. Aveva l'impressione che gli anni avessero ottuso la mente di Pirie Tamm, che le appariva svagato.

Ma l'uomo non si aspettava alcun commento. Si alzò e andò a sedersi in poltrona, all'altro capo della stanza. Dopo qualche momento Wayness domandò: – Dunque, cosa mi dici della Società Naturalistica? Sei sempre il segretario?

– Sicuro! Ed è un lavoro ingrato, nel senso più letterale della parola, dal momento che nessuno apprezza i miei sforzi o mi offre la sua assistenza.

– Mi spiace sentirlo dire! E Challis, e Moira?

Pirie Tamm fece un gesto come per tagliar corto. – Sono occupate con i fatti loro, e questo evidentemente esclude tutto il resto. Suppongo che sia così che debbano andare le cose... anche se vorrei che fosse diverso.

Wayness domandò, cautamente: – Si sono sposate bene?

– Abbastanza bene, suppongo. Dipende dai punti di vista. Moira si è presa un individuo pedante e ciarliero; insegna non so che materie bislacche all'università: "Psicologia delle rane arboree usbeke", o forse "Miti della Creazione degli antichi esquimesi". Il marito di Challis non è migliore: ha sposato un agente delle assicurazioni. Nessuno di loro ha mai messo piede fuori dalla Terra, e a nessuno di loro importa un fico secco della Società. Quando mi azzardo a tirare in ballo in lavoro che ci sarebbe da fare, cambiano argomento così in fretta che non riesco a finire la frase. Varbert, il marito di Moira, la definisce "il Club dei Vecchi Chiacchieroni".

– Questo non è soltanto scortese, ma anche sciocco! – dichiarò Wayness, indignata.

Pirie Tamm parve sentirla appena. – Ho cercato di rimproverarli per il loro provincialismo, ma non si prendono neanche la briga di darmi torto, e questo lo trovo esasperante. Di conseguenza, ormai vengono raramente a farmi visita.

– È un peccato – disse Wayness. – Evidentemente, tuttavia, neanche tu ti interessi alle loro attività.

Pirie Tamm grugnì disgustato. – Non apprezzo le barzellette volgari, né le discussioni sulla condotta privata di attori e politicanti. È uno spreco di tempo. Ho fin troppo da fare con le ricerche per la mia monografia, che è un lavoro tedioso, e devo inoltre occuparmi degli affari della Società.

– Sicuramente ci sono altri membri che potrebbero aiutarti.

Pirie Tamm fece una risata secca. – Resta sì e no una mezza dozzina di membri, e sono quasi tutti o senili o inchiodati al letto.

– Non si è iscritto nessun nuovo membro?

Pirie Tamm la fissò, incredulo. – Stai scherzando? Cosa può offrire la Società per attirare nuovi iscritti?

– Le idee hanno lo stesso valore, oggi come mille anni fa.

– Teorie! Ideali polverosi! Gloriose reminiscenze! Cos'altro resta quando la volontà e la forza sono scomparse? Io sono l'ultimo segretario della Società, e presto essa, come me, sarà soltanto un ricordo.

– Io sono certa che ti sbagli – disse Wayness. – La Società ha bisogno di sangue nuovo e di nuove idee.

– Ho già sentito altre nobili proposte. – Pirie Tamm le indicò un tavolino laterale su cui erano poggiate due urne di terracotta, dal rozzo colore arancione, con una fascia orizzontale bianca e nera. Il ceramista aveva inciso su di esse le figure di antichi guerrieri ellenici a duello. Le urne erano alte circa sessanta centimetri, e Wayness le trovava deliziosamente belle.

– Le ho avute per duemila sol. Un vero affare. Sempre che siano autentiche.

– Mmh – disse Wayness. – Quanto a questo, non hanno l'aria molto antica.

– Vero. E non nego che sia un dettaglio sospetto. Mi sono state vendute l'anno scorso da Adrian Moncurio, un ladro di tombe di professione. Anche lui ammise che erano eccessivamente ben conservate.

– Forse dovresti farle autenticare.

Pirie Tamm guardò dubbiosamente le due urne. – Forse. È un dilemma spiacevole. Moncurio affermò di averle scoperte in una località segreta della Moldavia, dove per qualche miracolo sono rimaste indisturbate per millenni. Se è vero, io ho illegalmente ricettato due tesori archeologici non catalogati. Se lui mentiva, sono il proprietario di due legali per quanto molto costosi ornamenti da giardino. In effetti Moncurio è capacissimo sia di trovare sepolcri autentici che di truffare atrocemente chiunque, e in questo momento è in giro a fare una cosa o l'altra.

– Sembrerebbe un'occupazione avventurosa.

– È quella che meglio si addice a Moncurio. È un uomo forte e astuto, completamente privo di scrupoli, il che rende assai difficile mercanteggiare con lui.

– Ma allora perché ti ha venduto le due urne a un prezzo così basso?

Pirie Tamm ebbe ancora un'espressione dubbiosa. – Una volta era membro della Società, e in quell'occasione parlò della possibilità di tornare a farne parte.

– E lo ha fatto?

– No. Secondo me manca della dedizione necessaria al Naturalista. Siamo stati d'accordo che la Società avrebbe bisogno di nuova linfa, anche se lui disse: "Resta ben poco a cui ridare vita." E poi mi chiese: "La Carta di Cadwal e la Garanzia Perpetua sono al sicuro, e questo è dimostrabile, è così?"

– E tu cos'hai risposto?

– Gli dissi che al momento non era necessario pensare a Cadwal, e che tutti i nostri sforzi dovrebbero tendere a ricostruire la Società qui, sulla Terra.

«"Prima, però" obiettò Moncurio "dovete migliorare l'immagine pubblica che ora proiettate: pochi tremuli ottuagenari che passano i pomeriggi sonnecchiando su cigolanti sedie a dondolo."

«Io cercai di protestare, ma lui continuò: "Dovete mettervi al passo con la cultura odierna. Dovete finanziare un programma d'intrattenimento divulgativo che catturi l'attenzione del pubblico. Questa attività sarebbe periferica rispetto a quella della Società, ma alimenterebbe l'entusiasmo degli iscritti." E poi fece degli esempi di tali attività: feste da ballo, banchetti a base di piatti esotici, un'emittente che trasmettesse video impostati sull'avventura archeologica, giochi a premi e promozione di viaggi per sfruttare il potenziale turistico di Cadwal.

«Io precisai, temo un po' troppo duramente, che nessuna di queste proposte teneva presenti gli obiettivi a breve o a lungo termine della Società.

«"Controsensi!" dichiarò Moncurio. "Inoltre dovreste organizzare un grande concorso di bellezza, con ragazze attraenti reclutate su ogni pianeta raggiungibile. Avrebbero titoli come Miss Naturalista della Terra, o Miss Naturalista di Alcyone, o Miss Naturalista di Lirwan, e così via."

«Io respinsi la proposta col maggior tatto possibile. "Queste sono piazzate da mass media, fuori moda da secoli."

«Moncurio mi contraddisse con calore: "Niente affatto! Un petto ben tornito, un culetto sbarazzino, un sorriso fascinoso: questo non sarà mai fuori moda, sia qui che nella Distesa Gaeana!"

«Io risposi, seccamente: "Un uomo della sua età dovrebbe limitarsi a restare attivo come ladro di tombe. Lasci che siano i giovani dal cuore robusto, o i mezzani privi di ideali, a occuparsi delle miss dei concorsi di bellezza."

«Moncurio s'indignò. "Non dimentichi mai: una bella ragazza è parte della Natura quanto un verme cieco dal muso a bottiglia delle caverne di Procione IX."

«"La sua obiezione è valida" risposi "tuttavia pronostico che la Società andrà verso il futuro su strade meno tangenziali. Ora, comunque, se vuole iscriversi, può pagarmi quattordici sol e riempire il questionario."

«"Ho tutte le intenzioni di iscrivermi alla Società" disse Moncurio. "In effetti, è per questo che sono qui. Ma io sono un uomo cauto, e prima voglio vedere cose più tangibili. Sarebbe così gentile da mostrarmi i resoconti finanziari e, ancor più importante, la Carta di Cadwal e la Garanzia Perpetua?"

«"A dire il vero mi scomoda alquanto" risposi. "Quei documenti sono tenuti in custodia nel sotterraneo di una banca."

«"Ho sentito voci di furti e peculati. Devo insistere per vedere la Carta e la Garanzia, prima di iscrivermi."

«"La nostra attività non si basa su questo" replicai io. "Lei deve sostenere la Società per una questione di principio, non perché ciò è scritto su un vecchio documento."

«Moncurio disse che in tal caso ci avrebbe riflettuto, e se ne andò.

– Ho la sensazione che sospettasse che la Carta e la Garanzia non c'erano più – disse Wayness.

– Presumo anch'io che frequentando gli antiquari avesse udito qualche voce. Questa è la spiegazione più probabile. – Pirie Tamm ridacchiò tristemente. – Un anno fa, quando Moira e Challis erano qui coi loro mariti, parlai di Moncurio e delle sue proposte per rivitalizzare la Società. Tutti e quattro dissero che le idee di quell'uomo erano pratiche e intelligenti. Oh, be', non importa. – Guardò Wayness, con un sospiro. – E tu? Hai mai pensato a iscriverti?

Wayness scosse il capo. – A Stroma ci definiamo "Naturalisti", ma è soltanto un nome. Suppongo che i miei concittadini si considerino membri onorari della Società.

– Ah! Non esiste una simile categoria. Uno è membro quando ha fatto la domanda ed è stato accettato dal segretario, e dopo che ha pagato la tassa d'iscrizione.

– In questo caso è semplice – disse Wayness. – Io faccio domanda. Sono accettata?

– Certamente – annuì Pirie Tamm. – Ma devi pagare l'iscrizione e il rinnovo per il primo anno in anticipo. Fanno quattordici sol.

– Verserò la somma subito dopo cena – disse Wayness.

Pirie Tamm fece una risatina burbera. – Devo avvisarti che stai per unirti a un'organizzazione assai indigente. Uno dei segretari, un certo Frons Nisfit, vendette tutto ciò che si poteva staccare dai muri della vecchia sede, e sparì col denaro. La Società è rimasta priva delle rendite su cui si reggeva in piedi.

– Non avete mai cercato di recuperare la Carta?

– Non fattivamente. L'impresa sembrava senza speranza. E dopo tutti quegli anni ogni traccia era ormai fredda.

– E i segretari succeduti a Nisfit? Non hanno tentato nulla?

Pirie Tamm fece un grugnito sprezzante. – Nils Myhack fu nominato segretario dopo Nisfit, e mantenne l'incarico per quarant'anni. Sospetto che non abbia mai saputo che i documenti erano scomparsi. A lui seguì Kelvin Kilduc, e sono quasi certo che anch'egli ignorasse la perdita. In mia presenza non espresse mai dubbi sulla presenza della Carta in quell'archivio blindato. D'altra parte, non posso dire che sia mai stato un segretario molto scrupoloso.

– Dunque, se il segretario Myhack e il segretario Kilduc non fecero nulla per cercare la Carta, tu non hai idea di chi la acquistò?

– Neppure il più pallido indizio.

– Ma da qualche parte deve pur essere. Mi domando dove.

– Non c'è modo di scoprirlo. Se i miei mezzi l'avessero consentito, avrei assunto un investigatore.

– È un'idea interessante – disse Wayness. – Forse me ne occuperò io stessa.

Pirie Tamm corrugò le sopracciglia. – Tu, una ragazza giovane e per di più una straniera?

– Perché no? Se ritrovassi la Carta e la Garanzia, sono sicura che ne saresti molto felice.

– Questo è certo, ma l'ipotesi che fai è impensabile. Oserei dire grottesca.

– Non capisco perché.

– Tu non sei stata addestrata alle procedure investigative!

– Mi sembra che basterebbe essenzialmente agire con perseveranza, oltreché con un modesto grado di intelligenza.

– Non lo nego! Ma chi si occupa di investigazioni non è sempre ben visto, e deve frequentare ambienti sgradevoli. Chi può dire dove ti porterebbe una simile ricerca? Questo è un lavoro per un uomo duro e pieno di risorse, non per una fanciulla ingenua e vulnerabile, non importa quanto perseverante e intelligente sia. Sulla Vecchia Terra ci sono ancora molti pericoli... talvolta sotto spoglie insolite e inaspettate.

– Spero che tu stia esagerando, perché se si tratta di pericoli fisici io sono vergognosamente codarda.

Pirie Tamm restò accigliato. – Sono lieto di sentirtelo dire. In una ragazza inerme è una dote, non già un difetto. Ma mi sembra che tu stia parlando sul serio.

– Sono serissima, naturalmente.

– E come ti proponi di condurre l'indagine?

Wayness rifletté un poco. – Suppongo che farò una lista di posti in cui cercare: pinacoteche, collezionisti, commercianti di documenti antichi, e procederò depennando un indirizzo dopo l'altro.

Pirie Tamm scosse il capo, sconsolato. – Mia cara giovane signora, soltanto sulla Terra ci sono migliaia di posti in cui cercare.

Wayness annuì pensosamente. – Sembra un lavoro che richiederà del tempo. Ma chi sa? Potrei trovare indizi lungo la strada. Non c'è una direzione centrale in cui gli archivi e le pinacoteche e simili sono elencati, con notizie circa il loro contenuto?

– Ma si capisce! L'università ha accesso a questi banchi di dati. E a Shillawy c'è anche la Biblioteca degli Antichi Archivi. – Pirie Tamm si alzò in piedi. – Andiamo a parlarne nello studio. Ho bisogno di un cordiale.

L'uomo scortò Wayness lungo il corridoio e la fece passare nel suo studio, una larga stanza con un caminetto centrale, acceso, e sul fondo un paio di scrivanie parallele. Pubblicazioni d'ogni genere riempivano gli scaffali, e fra le due scrivanie, coperte di fogli e di fascicoli, c'era una poltroncina girevole. Pirie Tamm gliela indicò. – Ecco la mia vita negli ultimi anni. La trascorro seduto su questa giostra: mi volto da una parte per lavorare alla monografia, e quando ho bisogno di distrazione mi volto dall'altra per occuparmi degli affari della Società. – Wayness gli concesse un mormorio di commiserazione. – Ma non importa. Sono fortunato a non avere più di due occupazioni e due scrivanie; se ne avessi tre, o quattro, passerei le giornate girando come una trottola. Già, suppongo che la mia attrezzatura ti sembri primitiva, eh? Molti scrivono senza nessun bisogno di uno studio; vanno in giro con laringofoni o telecuffie, e quando rientrano trovano che la loro paccottiglia elettronica gli ha registrato e stampato il materiale, o lo ha già spedito all'altro capo della galassia. Io invece preferisco essere antiquato. Vieni, sediamoci qui davanti al caminetto.

Wayness non era della stessa opinione, ma riconobbe che l'antiquata poltrona barocca rivestita di velluto verde era molto comoda. Pirie

Tamm versò dello sherry rosso scuro in due piccoli bicchieri e ne porse uno a lei. – Questo è Amarenis Tincture distillato dalle nostre parti, e ti garantisco che riporterà la tinta della buona salute sulle tue guance.

– Allora meglio che ci vada piano – disse Wayness. – Una faccia arrossata non mi si addice, e un naso rosso meno ancora.

– Bevi senza paura! Naso rosso o no, la tua compagnia sarà gradita lo stesso. Di rado ricevo ospiti, ormai. A dire il vero, ho pochi conoscenti e pochissimi amici. Challis dice che ho gli umori e le opinioni di un vecchio avvoltoio appollaiato su un ramo secco, ma sospetto che questa frase le sia stata messa in bocca dal marito. Moira la pensa come lei, e afferma che tacendo i miei pensieri eviterei di mettere gli altri di cattivo umore. "Mio padre non è più a contatto con la realtà" dice a suo marito, come per scusarmi. Forse hanno ragione. Ma non posso fingere d'essere felice vedendo come va il mondo. "Prenditela comoda" è la parola d'ordine di moda oggi, e nessuno vuole sacrificarsi per fare bene il suo lavoro. Le cose erano diverse, cinquant'anni fa. Allora ci insegnavano a essere orgogliosi di quello che facevamo, e sentirmi dire che il mio lavoro era solo "abbastanza buono" mi avrebbe umiliato. – Le gettò un'occhiata di traverso. – Ma tu stai ridendo di me.

– Non è vero, credimi, zio. Anch'io, nel breve corso della mia vita, ho notato tristi cambiamenti su Cadwal. Tutti sono ormai certi che qualcosa di terribile sta per accadere.

Pirie Tamm inarcò le sopracciglia. – Com'è possibile? Ho sempre pensato che Cadwal fosse un luogo di bucolico languore, dove nulla cambia mai.

– Questa opinione è ormai datata – disse Wayness. – A Stroma, metà della popolazione è convinta che la Carta sia un intralcio sulla via del progresso, e vorrebbe cambiare tutto.

L'uomo sbatté le palpebre, stupito. – Ma si renderanno conto, voglio sperare, che ciò distruggerebbe la Conservazione.

– Questa è la loro più dolce speranza! Sono diventati inquieti, e credono che la Conservazione abbia fatto il suo tempo.

– Assurdo! I giovani spesso vogliono cambiare soltanto per amore del cambiamento, contando che ciò basti a dare significato e completezza alla loro vita. È la forma più irresponsabile di egoismo. In ogni caso, su Cadwal la Carta è la legge, e non può essere violata.

Wayness scosse mestamente il capo. – Certo, certo. Ma dov'è la Carta? È per rispondere a questa domanda che sono venuta sulla Vecchia Terra.

Pirie Tamm riempì di nuovo i bicchieri. Per alcuni lunghi secondi guardò i ceppi accesi. – Penso di doverti informare di una cosa – disse infine. – C'è almeno un'altra persona che sa che la Carta e la Garanzia non sono più in nostro possesso.

Wayness si appoggiò allo schienale. – Chi è questa persona?

– Meglio che ti racconti tutto dal principio. È una storia strana, e non pretendo di aver capito tutto. Come sai, dopo Nisfit ci sono stati solo tre segretari: Nils Myhack, Kelvin Kilduc e io. Myhack divenne segretario subito dopo la fuga di Nisfit.

– Permetti che ti chieda una cosa – lo interruppe lei. – Perché il nuovo segretario, questo Myhack, non si accorse immediatamente che la Carta era scomparsa?

– Per due ragioni. Myhack era un tipo simpatico e cordiale, ma decisamente impreciso, e incline a prendere ogni cosa con allegra fiducia, per così dire. La Carta e la Garanzia erano in una cartella di plastica dentro una pesante busta di materiale protettivo, chiusa con cura e sigillata con un nastro speciale rosso e nero. La busta era rimasta nel sotterraneo della Banca di Margravia con altri documenti e attestati che Nisfit non aveva potuto convertire in denaro sonante. Quando fece quel primo e indispensabile inventario per chiarire cosa restava, Myhack trovò la busta intatta, sempre sigillata con nastro rosso e nero, e quindi la lasciò dov'era. Non lo si può rimproverare se suppose che la Carta fosse al sicuro.

«Dopo essere restato in carica molti anni, Nils Myhack divenne praticamente un invalido, con una vista debolissima. Il suo lavoro era svolto da un assistente dopo l'altro, e l'ultima di costoro fu una femmina dall'energia formidabile, nativa di qualche pianeta lontano, che si iscrisse alla Società e riuscì a rendersi così indispensabile da convincere Myhack a nominarla prima assistente. Sembrava che costei amasse il suo lavoro, e non perdeva occasione di dire che sarebbe stata lieta di diventare segretaria dopo il ritiro di Myhack. Si chiamava Monette; una donna corpacciuta, grintosa, competente, coi modi bruschi di una virago. Personalmente la trovavo antipatica; aveva uno sguardo duro, che finiva per mettere chiunque a disagio. Ma Myhack era soddisfatto di lei, e non faceva che cantare i suoi elogi. "Monette è insostituibile!" affermava. "Questo ufficio non potrebbe funzionare senza di lei." E un giorno ci disse: "Monette ha lo sguardo di un'aquila! Ha trovato delle imprecisioni nella contabilità, e insiste che bisogna rifare l'inventario per essere certi che tutto sia in ordine. Io non posso permettermi questo sforzo, così domani la manderò in banca con le chiavi del deposito di sicurezza e una nota per il direttore."

«Kelvin Kilduc e io protestammo con veemenza, e dichiarammo che una simile iniziativa era del tutto irregolare. Myhack s'immusonì, ma alla fine fu d'accordo che avremmo dovuto andare in banca tutti insieme. Così facemmo, e la cosa non piacque affatto a Monette; ci seguì con una faccia così scura e tempestosa che osavamo appena rivolgerle la parola.

«Il deposito di sicurezza fu aperto, e Monette fece l'elenco del contenuto: alcuni contratti e registrazioni, un pacchetto di azioni di valore puramente nominale, e la grossa busta della Carta, ancora ben chiusa dal nastro rosso e nero. Non mancava nulla e tutti furono soddisfatti. Tutti salvo Monette. Prima che potessimo fermarla, la donna strappò i nastri della busta e ruppe i sigilli. Kilduc esclamò: "Ehi, ehi! Che stai facendo?" Monette replicò, con voce secca: "Controllo il contenuto di questo plico, ecco cosa sto facendo!" Aprì la cartella di plastica, ci guardò dentro, poi la chiuse e la rimise nella busta. Kilduc domandò: "E allora, Monette? Sei soddisfatta?" Lei rispose: "Sì. Completamente."

«Detto questo applicò di nuovo i nastri rossi e neri, e rimise la busta nel deposito di sicurezza. Nessuno trovò di che obiettare per la sua pignoleria. Tutto, apparentemente, era come doveva essere, e tanto bastava.

«Il giorno dopo Monette partì, senza una parola di saluto o di spiegazione, e non fu rivista mai più. Poco tempo dopo Kelvin Kilduc divenne segretario, e mantenne la carica per qualche anno finché, alla sua morte, dovetti sobbarcarmi io quell'incarico. Come sai, quindi, tu e io andammo insieme alla Banca di Margravia a esaminare il deposito di sicurezza, e fu allora che aprendo la busta ebbi la sgradita sorpresa di trovarci dentro solo una fotocopia della Carta, e nessuna traccia della Garanzia.

«A volte mi accade di ripensare a Monette. Sono convinto che il suo scopo era di assicurarsi che la Carta fosse lì. Se avesse trovato l'originale e la Garanzia Perpetua, una volta succeduta a Myhack come segretaria si sarebbe appropriata di entrambi i documenti per i suoi scopi. Dopo essersi data tanto da fare dev'essere rimasta sconvolta nel trovarsi davanti agli occhi una rozza copia. Sono ancora sbalordito dalla fredda padronanza con cui riuscì a restare impassibile.

«Questa è la storia. Monette sa da molti anni che la Carta non c'è più. Cosa fece da allora, non posso immaginarlo.

Wayness sedeva in silenzio, guardando il fuoco.

Dopo qualche momento Pirie Tamm continuò: – Questo significa che Nisfit vendette la Carta, assieme a un pacco d'altri documenti che avevano soltanto valore d'antiquariato. Per fortuna l'attuale proprietario non ha pensato di registrare la Garanzia a suo nome, come avrebbe il diritto di fare in piena legalità. Tuttavia all'orizzonte si affaccia un altro fattore inquietante.

– Di che si tratta?

– La Garanzia dev'essere convalidata e rinnovata almeno una volta ogni secolo. In caso contrario la registrazione di proprietà scade e la Garanzia stessa viene annullata.

Wayness lo fissò, sbalordita. – Io non sapevo nulla di questo! Quanto tempo ci rimane?

– Dieci anni circa. Non c'è un'urgenza pressante, ma la Garanzia dovrà essere ritrovata.

– Farò del mio meglio – disse Wayness.

2

Il mattino dopo Wayness si alzò di buon'ora. Indossò una camicetta azzurra, un paio di pantaloni blu lunghi fino alle ginocchia e un pullover aperto di morbida lana grigia, caldo e ben intonato ai suoi capelli neri.

Quando si fu truccata scese al piano di sotto. A quell'ora su Fair Winds stagnava una quiete irreale. Durante la notte gli odori interni s'erano sparsi nell'aria immobile della casa: una miscellanea di profumi floreali da decine di vasi, l'aroma della canfora e del sanuchi che filtrava dagli armadi, quello della cera e del lucido per i mobili, sentore di vecchi tappeti, accenni di lavanda e di bergamotto presso le tende fresche di bucato.

Wayness attraversò il soggiorno e andò a sedersi al tavolo da colazione, oltre un'arcata. Le alte finestre si aprivano su un panorama di prati verdi, alberi e siepi, coi tetti rossi e i camini di Tierens sullo sfondo. Quella mattina il tempo si prospettava instabile. Piccole nuvole correvano veloci verso est sulla spinta del vento, occludendo il sole e subito dopo lasciandone di nuovo liberi i raggi. La luce di Sol, pensò Wayness, specialmente lì nella zona temperata, era pallida, nebulosa, assai diversa da quella intensa e dorata di Syrene. Era una luce che metteva in particolare risalto gli azzurri e i verdi, e forse anche i mutevoli colori delle nubi, che Syrene tingeva prevalentemente di rosso e di arancione.

La domestica, Agnes, mise fuori la testa dalla cucina; poi servì a Wayness un uovo sodo, fette di pane, marmellata di fragole, spicchi di arancia e un caffè espresso denso e scuro.

Poco più tardi fece la sua comparsa Pirie Tamm, con una vecchia giacca sportiva di tweed, camicia a strisce nere e grigie, e larghi pantaloni di velluto marrone: uno stile casual che rivelava la sua scarsa attenzione per la moda. Malgrado ciò emanava un'aura di decoro e austerità. Per un momento si fermò sotto l'arcata, esaminando Wayness con l'austero distacco di un ufficiale in ispezione alla sua truppa. Lei gli lanciò un'occhiata civettuola. – Buongiorno, zio Pirie. Spero di non averti disturbato, saltando giù dal letto a un'ora così mattutina.

– Naturalmente no – dichiarò lui. – Alzarsi presto al mattino è un precetto che ho rispettato ogni giorno della mia vita. – Venne avanti, si mise a sedere e aprì il suo tovagliolo. – La matematica mi conforta in quest'abitudine. Un'ora di sonno in più tutti i giorni ci ruba un anno ogni ventiquattro. Su cento anni di vita media questo significa gettarne via ben quattro. Pensa che spreco! Ancora peggio, quando un uomo sente che la sua esistenza mortale è già troppo corta per i traguardi che si era imposto. Chi fu che disse: "Avrò tempo per dormire quando sarò morto?"

– Baron Bodissey, probabilmente. Sembra che lui abbia detto più o meno tutto. Soltanto quando affermo "il mio nome è Wayness Tamm" ho la confortevole sicurezza di non citare un suo motto.

– Fanciulla perspicace! – Pirie Tamm s'infilò un angolo del tovagliolo nel colletto della camicia. – Stamattina appari acuta e sveglia... perfino allegra.

Wayness scrollò le spalle. – Acuta e sveglia, forse.

– Ma non allegra?

– Non posso dire che Monette e le sue attività mi siano giunte come una lieta sorpresa.

– Ah, be', l'episodio è avvenuto molti anni fa, e chissà cosa ne è stato ormai di quella donna. A mio parere avrà finito per dimenticare tutta la faccenda.

– Forse. Lo spero.

– Ricorda: la Garanzia non è mai stata registrata da altri. – Pirie Tamm osservò la tavola. – Noto che non consenti alle preoccupazioni di guastarti l'appetito. Vedo dei gusci d'uovo, un piatto pieno di briciole, e cos'altro?

– Fette d'arancia.

– Eccellente. Una colazione giusta, che ti darà energia fino all'ora di pranzo. Agnes? Dove diavolo ti sei nascosta?

– Dove potrei essere? Pensa che mi troverà addormentata in cantina con una bottiglia in mano? Sono qui che preparo il suo thè.

– Di' al cuoco che prenderò un'omelette ai funghi, prataioli, con molto prezzemolo. E pane di farina d'orzo. L'omelette dovrà essere fatta con le uova, non con la suola di una scarpa!

– Glielo dirò. Sarà contento di non dover andare in giro scalzo. – Agnes depose il vassoio sulla tavola e uscì in fretta.

Pirie Tamm guardò nella teiera e fece una smorfia. – Suppongo che non sia meno leggero del solito. – Riempì una tazza, bevve, sbatté le palpebre, poi riportò la sua attenzione su Wayness. La ragazza aveva deposto sulla tavola quattordici sol e li stava spingendo verso di lui.

– Ieri sera me n'ero dimenticata. Sono membro della Società Naturalistica, ora?

– Appena avrò controllato la tua identità e scritto il tuo nome nel rotolo di papiro. Per il controllo non prevedo difficoltà, visto che citerò me stesso come garante.

Wayness sorrise. – Ho sentito che sulla Vecchia Terra con una buona raccomandazione si può ottenere tutto.

– Increscioso, ma ahimè quasi sempre vero. Io comunque non dispongo di maniglie di nessun genere, e quando ho bisogno di ottenere qualcosa devo andare a chiederla col cappello in mano. Secondo i mariti delle mie figlie questa è inefficienza pura. Ma non importa. Suppongo che tu abbia riflettuto sul progetto di cui mi hai parlato ieri sera.

– Sì. Ho continuato a parlarne a me stessa tutta la notte.

– Bene. Questo mi autorizza a presumere che tu ci abbia ripensato, decidendo di rinunciare all'idea?

Wayness lo guardò, stupita. – Perché dici questo?

– Perché le circostanze sono ovvie! – esclamò Pirie Tamm. – Il compito eccede le capacità di una ragazza giovane, per quanto ella sappia essere attraente e persuasiva.

– Guardala in questo modo – disse Wayness. – La Carta si trova in una località, io mi trovo in un'altra località: quindi partiamo da basi analoghe.

– Bah! Non sono in vena di apprezzare filosofie così sofisticate. Ammetto di sentirmi frustrato da una salute cagionevole che mi impedisce di indagare personalmente su... ah, ecco la mia omelette. Bene. Vediamo se il cuoco ha imparato i primi elementi dal lavoro per cui lo pago. A un primo sguardo tutto appare in ordine. È sorprendente quali difficoltà vi siano in pietanze così semplici per uno specialista lautamente remunerato. Ora... di cosa stavamo parlando? Ah, sì, la tua proposta. Mia cara Wayness, l'impegno è monumentale! Va al di là di quelli che sono i tuoi propositi.

– Non credo – disse lei. – Se mi proponessi di camminare da qui fino a Timbuctu, comincerei mettendo avanti un passo, poi un secondo, un terzo, e così via altri ancora, e a un certo punto mi troverei ad attraversare il Niger sul ponte di Hamshatt.

– Aha! Ometti di menzionare la zona fra il terzo passo e l'ultimo, vale a dire il territorio compreso fra il giardino di Fair Winds e il fiume Niger. In altre parole, trascuri l'intero deserto del Sahara. E lungo la strada potresti essere mandata in direzioni erronee, o essere rapita, o cadere in un precipizio, o sposarti e divorziare.

– Zio Pirie! La tua immaginazione è eccessiva!

– Hmf. Vorrei saper immaginare un programma che ti consenta di apprendere ciò che vuoi senza troppi rischi.

– Ho già un piano – disse Wayness. – Esaminerò gli archivi della Società, con speciale riguardo al periodo in cui Nisfit ne era il segretario, e forse troverò qualche indizio che ci condurrà più avanti.

– Mia cara giovane signora, questo già è un compito formidabile! Sarai aggredita dalla noia e dalla tristezza, ti verrà voglia di uscire al sole e proverai il bisogno di incontrare giovani della tua età per andare a divertirti! E un bel giorno alzerai le braccia al cielo con un grido, e correrai fuori di casa, e questa sarà la fine del tuo grande progetto.

Wayness cercò di tenere la voce sotto controllo. – Zio Pirie, non solo la tua immaginazione è eccessiva, ma è anche eccessivamente pessimista.

Pirie Tamm la guardò di traverso. – Non ti ho scoraggiata?

– Ho sentito solo ciò che mi aspettavo di sentire, e ne avevo già tenuto conto. Io devo trovare la Carta e la Garanzia; non posso pensare a nient'altro. Se avrò successo, la mia vita sarà servita a uno scopo. Se fallirò, potrò dire di aver fatto del mio meglio.

Pirie Tamm tacque un poco, poi la sua bocca si piegò in un sorriso mesto. – Successo o fallimento, la tua vita è preziosa. Non c'è dubbio su questo.

– Io voglio riuscirci.

– Va bene. Farò tutto ciò che posso per aiutarti.

– Grazie, zio Pirie.

3

Pirie Tamm condusse Wayness in una stanza dal soffitto alto, adiacente allo studio. Un paio di finestrelle oblunghe lasciavano entrare la luce filtrata dal fogliame dei rampicanti che pendevano da un balcone. Armadietti e scaffali erano stracolmi di un caotico assortimento di libri, nastri, opuscoli, incartamenti ingialliti e articoli di cancelleria. Alle pareti erano fissate centinaia di fotografie, stampe e carte geografiche. In un'alcova c'era una console vecchio stile con uno schermo tridimensionale largo un metro e venti. – Questo era il mio rifugio segreto – disse l'uomo. – Lavoravo qui, quando le ragazze abitavano ancora in casa e usavano il mio studio come centro sociale. Questa era nota come la "Tana del Lupo". – Fece un sorrisetto acre. – Benché Varbert, allora fidanzato di Moira, preferisse nomi faceti come "Rifugio Ecologico del Vecchio Struzzo" e simili.

– Questa è un'intollerabile mancanza di rispetto.

– Esattamente la mia opinione. In ogni caso, quando chiudevo la porta potevo contare che almeno la mia intimità sarebbe stata rispettata.

Wayness si guardò attorno. – Sembra che ci sia, come dire, un po' di disorganizzazione. Non c'è la possibilità che la Carta sia qui, sepolta fra tutti questi scartafacci?

– Escludilo pure – la tranquillizzò lui. – Se la Carta fosse qui sarebbe più introvabile che nelle giungle oltre il Niger dove avventurosamente sognavi di trovarla. Temo che la tua ricerca non sarà affatto così romantica.

Wayness andò a esaminare la console. Pirie Tamm disse: – È un modello standard, e non dovrebbe darti difficoltà. Una volta c'era anche un simulatore centrato su questa piattaforma qui a destra. Moira lo usava per studiare i modelli di abiti delle riviste su una sua immagine tridimensionale.

– Ingegnoso! – disse Wayness. – A Cadwal arrivano pubblicazioni da molti pianeti, ma non abbiamo riviste di moda-dati.

– Vorrei che non le avessimo neppure qui. Una sera, quando Moira aveva circa la tua età, le ragazze diedero un party. Moira indossava un abito elegante, e si comportava con tutta la dignità possibile; ma dopo un po' cominciammo a chiederci dove fossero finiti metà dei giovanotti. Li trovammo qui, con una replica alta un metro e mezzo di Moira completamente nuda che si muoveva sotto il simulatore. Lei ne fu molto seccata, e io sospetto che fosse stata Challis a dare un allettante indizio a quei suoi amici.

– Anche Varbert faceva parte del gruppo? In tal caso ciò che vide dev'essergli piaciuto.

– Quando si tratta di scherzi pesanti, Varbert fa sempre parte del gruppo. – Pirie Tamm scosse tristemente il capo. – Come sono fuggiti in fretta questi anni. Sì, siediti pure. Stai comoda?

– A sufficienza. – Wayness accese lo schermo. – Dove trovo l'archivio della Società?

– Batti ARC, e avrai un indice completo. Se darai all'interfaccia vocale i parametri della tua voce farai prima che con la tastiera, per stampare o registrare i dati che ti interessano. È semplice.

– La corrispondenza della Società è stata registrata?

– Fino all'ultima parola, virgola e firma. E per due ragioni: una pignoleria paranoica e il fatto che negli ultimi decenni non c'era di meglio da fare. Stai certa che vi troverai poco di interessante. E ora ti lascio a te stessa.

Pirie Tamm uscì dalla stanza. Wayness s'impegnò alacremente nell'esplorazione degli archivi della Società Naturalistica.

Dopo una mezzora aveva un quadro del metodo con cui erano organizzate le registrazioni. Per la quasi totalità riguardavano eventi del lontano passato. Wayness decise di ignorare questo materiale e cominciò la sua indagine dalla data in cui Frons Nisfit era arrivato sulla scena. Istruì il programma di mettere da parte i file fino al giorno in cui le malefatte dell'individuo erano venute alla luce. Poi isolò i periodi in cui la segreteria era stata tenuta da Nils Myhack, Kelvin Kilduc e Pirie Tamm. Per qualche ora aprì i file a caso uno dopo l'altro, esaminando documentazioni finanziarie, registrazioni di sedute mensili e riunioni annuali, elenchi di membri iscritti o dimissionari. Ogni anno l'ammontare delle tasse di iscrizione era più esiguo e la lista più corta, e in questo si leggeva un triste messaggio: la Società Naturalistica era nella fase finale della sua estinzione. Diede una scorsa ai file della corrispondenza: richieste di informazioni, note su incarichi già svolti o da svolgere, notizie su decessi e cambiamenti di indirizzo, articoli, critiche e saggi mandati in lettura per essere pubblicati sul bollettino mensile.

Nel tardo pomeriggio, col sole basso nel cielo, Wayness si appoggiò allo schienale con la certezza che per quel giorno ne aveva abbastanza della Società Naturalistica. – Ed è solo l'inizio – disse a se stessa. – Evidentemente il perfetto investigatore è una persona che della monotona perseveranza ne fa una ragione di vita, seconda nelle sue ambizioni solo alla noia più atroce.

Lasciò la penombra dello studio e salì in camera sua. Fece il bagno, poi indossò un completo verde scuro adatto alla formalità della cena a Fair Winds. – Sarà meglio che acquisti qualcosa di più sportivo – si disse – altrimenti zio Pirie penserà che vado a cena in uniforme.

Mise la testa in un acconciatore appartenuto a Challis, dopo averlo regolato in modo completamente diverso, e fermò i capelli con una sottilissima catena d'argento intorno alla fronte. In soggiorno, mentre guardava distrattamente un notiziario serale, fu raggiunta da Pirie Tamm. L'uomo la salutò con l'abituale cortesia. – E ora, in omaggio alle consolidate abitudini di Fair Winds, l'aperitivo. Vuoi ritentare col mio ottimo sherry?

– Sì, se non ti spiace.

Pirie Tamm prese da una credenza due piccoli boccali di peltro. – Nota la sfumatura verde della patina. A volte è un buon indizio per stabilirne l'età.

– Quanto sono antichi?

– Almeno tremila anni.

– La fattura è straordinaria.

– Non per caso! Dopo la fusione in una forma provvisoria sono stati riscaldati per ammorbidire il metallo, e poi piegati, distorti, gonfiati, battuti, compressi, martellati e incisi. Non ne esistono due uguali.

– Sono piccoli oggetti affascinanti – disse Wayness. – Anche lo sherry è ottimo. Oltre ai vini ne produciamo uno simile, a Stazione Araminta, ma penso che questo sia migliore.

– Voglio sperarlo – commentò Pirie Tamm. – Dopotutto, da queste parti abbiamo un'esperienza vinicola assai più antica. Ci sediamo sulla veranda? La serata è tiepida, e il sole sta tramontando.

Pirie Tamm aprì la porta. I due uscirono sulla veranda e andarono ad appoggiarsi alla balaustra. Dopo un poco l'uomo disse: – Mi sembri pensierosa. La mole del lavoro che hai intrapreso ti sta scoraggiando?

– Oh, no. Per il momento, almeno, ho licenziato Nisfit e la Società dalla mia mente. Stavo ammirando il tramonto. Mi chiedo se qualcuno abbia mai fatto uno studio comparato sui tramonti, come appaiono su pianeti diversi. Devono essercene interessanti varietà.

– Senza dubbio! – dichiarò Pirie Tamm. – Sui due piedi potrei citarti una dozzina di esempi straordinari. In particolare ricordo i tramonti su Delora, nel quadrante di Columba, dove feci una ricerca di cui parlerò nella mia monografia. Ogni sera venivo coinvolto in un meraviglioso spettacolo di verdi e di azzurri, attraversati da dardi scarlatti. Memorabili sono anche i tramonti su Pranilla, filtrati dalle tempeste elettriche dell'alta atmosfera.

– I tramonti di Cadwal sono imprevedibili – disse lei. – I colori esplodono all'improvviso da dietro le nuvole, e sono spesso assurdi, anche se l'effetto è gradevole. Sulla Terra è diverso. Ricordo di aver visto tramonti grandiosi, o che ispiravano la creatività; ma poi i colori svaniscono con quieta rassegnazione nella penombra viola, e lasciano l'animo esposto alla malinconia.

Pirie Tamm ispezionò il cielo con lo sguardo. – L'effetto di cui parli è reale. Tuttavia l'umore malinconico non dura molto, e si dissolve quando appaiono le stelle. Specialmente – aggiunse, dopo una pausa – se nelle vicinanze c'è una tavola imbandita e aromi appetitosi di cucina. Allora lo spirito si solleva come un'allodola sulle ali del vento. Rientriamo?

Pirie Tamm non tralasciò di scostare la sedia per Wayness e prese posto all'altra estremità del lungo tavolo di noce. – Permettimi di ripetere che è un piacere averti qui – disse. – Sono costretto a notare che indossi un abito affascinante, fra l'altro.

– Grazie, zio Pirie. Sfortunatamente è il mio unico abito da cena, e presto dovrò rifornire il mio guardaroba, o il mio aspetto finirà per annoiarti.

– E un'eventualità che puoi escludere con certezza. Comunque ci sono due o tre buoni negozi in paese, e se vuoi potrò accompagnarti io stesso. A proposito, Moira e Challis sanno che sei qui. Mi aspetto di vederle arrivare ben presto, per sottoporti ad attento scrutinio. Se decideranno che prometti bene, ti introdurranno negli ambienti che frequentano.

Wayness si strinse nelle spalle. – Anni fa, quando eravamo qui, né Moira né Challis mi consideravano troppo benevolmente. Le sentii parlare di me. Moira disse che sembravo un piccolo zingaro vestito con gli abiti di sua sorella. Challis rise, ma osservò che la descrizione non mi calzava: a suo avviso io ero una verginella legnosa con la faccia di una gattina spaventata.

Pirie Tamm mandò un'esclamazione contrariata. – Parola mia, quelle ragazze tagliano l'acciaio con la lingua! E quanti anni fa accadeva questo?

– Cinque anni e mezzo, più o meno.

– Hmf. Posso elencare non pochi incidenti simili. Un giorno sentii che Varbert mi stava descrivendo come "un improbabile ibrido fra un fenicottero impagliato e un gufo di palude". In un'altra occasione Ussery parlò di me come di uno "spettro da vecchio maniero", e suggerì che qualcuno mi desse una catena da trascinarmi dietro per le scale.

Wayness ebbe qualche difficoltà a reprimere un sogghigno. – Un paragone piuttosto offensivo.

– E infatti mi offesi. Tre giorni dopo convocai entrambe le famiglie, col pretesto di chiedere il loro parere su una questione legale. Dissi che stavo cambiando il mio testamento, e che non sapevo decidere se lasciare tutto alla Società per la Protezione dei Fenicotteri Impagliati oppure all'Unione Sportiva Gufi di Palude. Nella stanza calò un silenzio di gelo. Infine Challis si schiarì la gola e suggerì cautamente che certo esistevano altre possibilità. Io risposi che questo era sicuro, e che ci avrei riflettuto bene. Poi mi alzai. Moira chiese perché mi fossi arrotolato una catena intorno alla cintura, e io risposi che era per rispetto a chi era infastidito dal fatto che andassi in silenzio su e giù per le scale. – Pirie Tamm ridacchiò. – Da allora Varbert e Ussery sono diventati più educati. Li ho visti abbastanza entusiasti quando hanno saputo che saresti venuta in visita. Hanno detto che penseranno loro a farti conoscere persone adatte... qualsiasi cosa ciò significhi.

– Significa che sarò vivisezionata, e che poi, se risulterò la stessa inadeguata provinciale di un tempo, mi accoppieranno con l'assistente dell'accalappiacani. Dubito che sarebbero lieti nel vedere che l'unica è di presentarmi a un ricco e affascinante intellettuale. Più probabilmente stanno pensando a un impiegatuccio dell'ufficio di Ussery. Mi sarà chiesto se la Vecchia Terra risveglia in me ricordi atavici, e dovrò spiegare dove si trova Cadwal... che ovviamente nessuno ha mai sentito nominare.

Pirie Tamm rise. – Ovviamente, già. A meno che non ti accada di incontrare un membro della Società, cosa improbabile visto che ce ne sono soltanto otto al mondo.

– Soltanto nove, zio Pirie! Non dimenticare di contare me!

– Ti ho contato, non temere. Ma da oggi dovremo omettere Sir Regis Everard dalla lista. Ho appena saputo della sua morte.

– Questa è una notizia triste – disse Wayness.

– Ahimè, sì – Pirie Tamm lanciò un'occhiata dietro di sé. – Là nel buio aspetta un'entità silenziosa che ci conta sulle dita.

Wayness guardò verso la finestra. – E una di quelle dita sono io? Non farmi rabbrividire, ti prego.

– Ah, uhm. – Pirie Tamm annuì. – Vero. Meglio parlare con distacco di questi argomenti. Del resto la società richiede la presenza di una moltitudine di individui per cui l'aldilà è una solida professione: preti, mistici, becchini, compositori di elegie funebri e poemi eroici, e inoltre dottori, boia, impiegati delle pompe funebri, costruttori di tombe e ladri di tombe... il che mi porta a chiederti se oggi sei capitata sul nome di Adrian Moncurio. No? Presto o tardi lo troverai, dato che è un ex membro. Come ricorderai, è stato Moncurio a vendermi quelle due belle urne.

– Anche l'amicizia di un ladro di tombe ha i suoi vantaggi – disse Wayness.

4

Trascorsero due settimane. Una sera le figlie di Pirie Tamm, Moira e Challis, coi loro mariti Varbert e Ussery, vennero a cena. Per l'occasione Wayness sfoggiò uno dei suoi nuovi abiti, un completo in seta di ragno color turchese a maniche lunghe, molto scollato, con un altissimo colletto a mezzaluna e la gonna composta di strisce che ondeggiavano a ogni passo come una nebbia. Quando la vide scendere le scale, Pirie Tamm alzò le braccia. – Per la mia anima, Wayness! Spero che non tu non voglia metterti a cantare su uno scoglio, o stasera ci sarà un cataclisma di navi naufragate!

Lei lo baciò su una guancia. – Mi farai diventare vanitosa, zio Pirie.

L'uomo sbuffò, divertito. – Sono sicuro che non hai complessi di inferiorità a cui io debba porre rimedio.

– Cerco di essere positiva, infatti – disse lei.

Gli ospiti arrivarono e furono accolti alla porta da Pirie Tamm. Per un po' ci furono saluti e frasi di rito, poi un nuovo coro di esclamazioni quando Wayness uscì dal soggiorno per farsi incontro alle cugine. Moira e Challis non persero tempo per analizzarla da capo a piedi, e subito fecero i loro commenti a gran voce: – Santo cielo, si direbbe che tu sia diventata donna! Carino il tuo abituccio. Cos'è, mussola sintetica? Un po' leggero per questa stagione, ma c'è chi dice che le maniche lunghe vanno ancora di moda. Be'... Challis, avresti mai riconosciuto la nostra piccola Waynie?

– Mi sembra che non somigli molto a quella divertente creatura un po' smarrita che trovava la Terra tanto strana e spaventosa.

Wayness sorrise pensosamente. – Il tempo cambia le persone, è vero. Anche voi siete diverse dall'ultima volta che ci siamo viste.

– È la durezza della vita che conducono – commentò Pirie Tamm. – Occorre una forte tempra per sopportare il ritmo stressante delle riunioni sociali.

– Papà! Che cosa, da dire! – si offese Moira.

– Non badargli, Wayness cara! – esclamò Challis. – Noi siamo esponenti per nulla notevoli dell'alta società.

Varbert e Ussery si fecero avanti e furono presentati. Varbert, alto e magro, col naso a becco, aveva radi capelli biondi e un mento sfuggente. Ussery era un po' più basso, con guance rotonde, una voce mielata e modi complimentosi con cui cercava d'ispirare cameratismo e complicità. Varbert parlava con lo stile disincantato di un esteta che ormai non s'illude di trovare la perfezione capace di soddisfarlo. Ussery, alquanto più tollerante nelle sue opinioni, sembrava sapere che il compito di alleggerire l'atmosfera con un po' di giovialità toccava a lui. – E così questa è l'encomiabile Wayness, che io sentii descrivere come una maschietta col naso appiccicato ai libri! Dico, Varbert, non sembra anche a te di trovarti di fronte qualcosa di diverso?

– Io cerco di evitare i giudizi affrettati – li informò con distacco Varbert.

– Aha! – approvò Pirie Tamm. – Questo è il sintomo rivelatore di una mente disciplinata. Suppongo.

– Voglio sperarlo. Io sono sempre pronto ad aspettarmi tutto, in ogni più indecifrabile circostanza. E chi può dire quali foglie porta su questa Terra il vento dei pianeti di periferia?

– Stasera – disse Wayness – dato che si tratta di una circostanza particolare, mi sono messa le scarpe.

– Che strana ragazza! – mormorò Varbert a Moira, quasi sotto la soglia dell'udibilità.

– Andiamo – li invitò burberamente Pirie Tamm. – Beviamo un bicchierino di sherry, prima di cena.

Il gruppo si trasferì in salotto, dove Agnes servì lo sherry e Wayness continuò a essere al centro dell'attenzione.

– Perché visiti la Terra, questa volta? – domandò Moira. – C'è un motivo particolare?

– Sto facendo ricerche sulla storia della Società Naturalistica. Penso inoltre di fare qualche breve viaggio, qua e là.

– Da sola? – si stupì Challis, inarcando le sopracciglia. – Non è saggio, per una ragazza inesperta, viaggiare senza compagnia.

– Probabilmente non resterà sola molto a lungo – osservò Ussery in tono discorsivo.

Challis sparò nelle pupille del marito un'occhiata gelida. – Moira ha ragione, temo. Questo è un buon vecchio pianeta, ma non si può negare che abbondi di posti sgradevoli e personaggi strani.

Pirie fece un gesto vago. – Finché costoro avranno bottiglie da scolare al Club degli Ex Studenti, all'università, i vicoli bui non saranno pericolosi.

Varbert s'impermalì. – Andiamo, Pirie, santo cielo! Io vado al Club degli Ex Studenti ogni giorno. I soci sono tutti persone di moralità specchiata!

Pirie Tamm scrollò le spalle. – Ammetto d'essere incline a un certo cinismo. Ma alcuni, come il mio amico Adrian Moncurio, sono assai più rudi nei loro giudizi. Lui giura che tutta la gente onesta è emigrata su altri pianeti, lasciando sulla Terra solo delinquenti, buoni a nulla, intellettuali pazzoidi, attori e cantanti.

– Queste sono assurdità – sbottò Moira. – Nessuno di noi appartiene a queste categorie.

Ussery cambiò argomento. – A proposito di cantanti, Moira, pensi di salire sul palcoscenico alla festa sul prato?

– Mi è stato chiesto di partecipare al programma, sì – rispose contegnosamente Moira. – Penso che canterò Requiem per una Sirena Morta e La Canzone degli Uccelli Migratori.

– Mi piace specialmente la tua Canzone degli Uccelli – osservò Challis. – È così malinconica.

– Sembra che avremo uno spettacolo d'alta classe – disse Ussery. – Penso che brinderò al tuo successo con un altro bicchierino di quest'ottimo sherry. Challis, hai invitato Wayness alla festa?

– Naturalmente, sarà la benvenuta. Ma non ci sarà molta gente giovane, e dubito che la troverà eccitante o in qualche modo interessante.

– Non importa – disse Wayness. – Se cercassi le compagnie eccitanti e divertenti sarei restata a casa mia su Cadwal.

– Davvero? – commentò Moira. – Pensavo che Cadwal fosse una riserva naturale dove l'attività sociale più movimentata sta nel curare le bestie selvatiche ammalate.

– Un giorno o l'altro dovresti visitare Cadwal – le consigliò Wayness. – Credo che ti sorprenderebbe.

– Non ne dubito, ma non sono portata alle avventure boschive. E meno ancora alle scomodità della vita agreste, al cibo salutista e agli sciami di insetti.

– Condivido i tuoi sentimenti – annuì Varbert. – Dal punto di vista filosofico appoggio la teoria secondo cui i mondi extraterrestri non erano fatti per le creature terrestri, e che quindi la Distesa Gaeana rappresenta una zona contronatura.

Ussery fece una risatina divertita. – Comunque sia, noi terrestri abbiamo la fortuna di evitare certe malattie pittoresche, come la Febbre Eruttiva di Daniel Numero Tre, o il Gonfia Occhi, o la Gamba Ballerina, o il Chang Chang.

– Per non parlare dei pirati, dei mercanti di schiavi, e di tutte le cose terribili che succedono nel Dilà.

Agnes apparve sulla porta. – La cena è servita.

La serata terminò su una nota di educata cortesia. Ussery ricordò galantemente a Wayness l'invito alla festa sul prato, ma prima che lei potesse rispondere Challis esclamò: – Ussy, abbi pietà. Diamo a questa povera ragazza il tempo di fare mente locale. Se vorrà intervenire, sono certa che ce lo farà sapere.

– Penso che questa sia un'ottima idea – disse Wayness senza compromettersi. – Bene... buonanotte a tutti, allora.

Gli ospiti se ne andarono. Pirie Tamm e Wayness indugiarono in salotto per il tempo di bere una camomilla. – Non sono malvagi – borbottò l'uomo, poco soddisfatto. – Sono tipici terrestri di oggi. Ma non chiedermi di definire il terrestre tipico: è troppo mutevole, spesso sorprendente. E sa essere sgradevole e pericoloso, come Moira ha osservato. La Terra è un vecchio mondo, e strane vecchie cose allignano ancora in molti posti.

I giorni e le settimane trascorsero. Wayness lesse documenti d'ogni sorta, compreso lo statuto della Società, arricchito dagli emendamenti e dai commi aggiunti nel corso dei secoli. Le regole erano quasi ingenue nella loro semplicità, e sembravano basate sul presupposto che l'altruismo fosse una dote universale.

Wayness discusse le regole con suo zio. – Sono di un'elegante semplicità, ma sembrano quasi invitare il segretario a ogni raggiro. Mi meraviglia che Nisfit non abbia fatto di peggio.

– Il segretario è, innanzitutto, un membro della Società – spiegò Pirie Tamm. – In altre parole, è un probo gentiluomo quasi per definizione. Noi Naturalisti ci siamo sempre considerati eticamente più sani del resto della popolazione, e nessuno, prima di Nisfit, aveva mai smentito questo concetto.

– C'è un'altra cosa che mi sorprende. Perché nel corso degli anni l'interesse per la Società è così drammaticamente calato?

– Ci sono state molte riflessioni e autocritiche su questo punto – disse lui. – Si possono avanzare vari motivi: carenza di nuove idee, presunzione e autocompiacimento, perdita di entusiasmo. La gente cominciò a vederci come un club di vecchi pedanti e noiosi, e noi non facevamo niente di avventuroso e stupefacente per correggere quest'immagine. Ogni nuovo iscritto doveva essere raccomandato da quattro membri attivi, o in mancanza di ciò (come nel caso di chi provenisse da un altro pianeta) era tenuto a presentare una tesi, un curriculum professionale e un attestato d'identità completo di fedina penale. Una seccatura scoraggiante.

– Mi chiedo perché Nisfit sia stato accettato come membro.

– In quell'occasione il sistema ci ha tradito.

Wayness continuò le sue ricerche. Trovò una lista di oggetti che Nisfit aveva venduto. Era stata compilata dal suo successore, Nils Myhack, che vi aveva vergato un commento: "Lo sciacallo ha razziato con astuzia contorta! Cosa, in nome di tutti gli intrighi, significa Produzioni assegnate al Conto Beni-Attività BZ 2? Ci sarebbe da ridere, se non fossimo di fronte a un crimine vergognoso! Per fortuna, la Carta e la Garanzia sono al sicuro in banca."

Da quella nota, pensò Wayness, era forse derivata la convinzione di Monette – o meglio, la speranza – che la Carta fosse ancora nel deposito di sicurezza.

Fra gli articoli venduti da Nisfit c'erano le cose più diverse: dipinti e opere video create dai Naturalisti durante spedizioni su altri mondi; oggetti artigianali prodotti da forme di vita non umana, comprese molte tavolette Myrriche ancora indecifrabili, statue termovegetali di un pianeta del Quadrante dell'Orsa Minore, vasi e altri recipienti sottratti dalle caverne arboree dei Ninarchi. C'era una vasta collezione di piccole forme di vita in cubetti di cristallosio; una cassa con un centinaio di pietre magiche e tavolette incise dai banjee di Cadwal, ninnoli scolpiti dagli Scorridori della Melma di Gemini 333 IV. In un altro elenco apparivano gli incartamenti della Società di qualche interesse per i collezionisti di documenti antichi: edizioni pregiate, fascicoli su litocarta nera incisi in simboli microscopici, libri antichi, fotografie stampate con le tecniche più diverse, cronache di ogni epoca, lettere firmate da personaggi di rilievo, e una gran quantità di materiale cartaceo ben databile.

L'estrema diversità di quegli articoli fece pensare a Wayness che non potevano esser stati ceduti a un solo individuo, per quanto vasta fosse la sua capacità di rivenderli altrove. Studiò la posta di Nisfit con attenzione. Poi passò ad altro: incarichi assegnati a vari membri; note su espulsioni dalla Società; irregolarità venute alla luce; corrispondenza con avvocati che s'erano occupati di alcune controversie; fondi assegnati a progetti di studio e a ricerche e viaggi; e tutta la documentazione relativa alle rendite e agli investimenti che per secoli erano stato il solo introito dei Naturalisti di Stroma.

La marea di materiale registrato era di una vastità sopraffacente. Wayness aveva cominciato a dividere tutto per categorie, e si stava ancora concentrando su quelle che riteneva più promettenti. Con l'uso di un programma di ricerca basato sulla parola "Carta" non scoprì nulla d'interessante fra la corrispondenza.

Tuttavia decise di passare al vaglio le registrazioni delle sedute del periodo in cui Nisfit era in carica, e qui, fra molte altre cose insignificanti, il programma la portò su qualcosa che le parve più significativo.

L'occasione era il conclave annuale, con la data dell'ultimo anno del segretariato di Nisfit. Della registrazione faceva parte un dialogo avvenuto fra Jaimes Jamers, presidente del Comitato per le Attività, e Frons Nisfit, segretario.

Jamers: Signor segretario, è evidente che questo non rientra nelle mie competenze, così mi rivolgo a lei nella speranza che voglia chiarire alcuni particolari per me incomprensibili. Ad esempio, cosa significa il termine "soprassessivo"?

Nisfit: È abbastanza semplice, signore. Categorizza un articolo sul cui uso o valore la Società può soprassedere.

Jamers: La sua terminologia, qui, è un po' troppo creativa. Vorrei, signor segretario, che si esprimesse in modo più intelligibile.

Nisfit: Terrò nel dovuto conto la sua osservazione, signore.

Jamers: Mi consenta di esprimerne un'altra: cosa significa questa... "Assegnazione a Potenziali Gruppi d'Assetto"?

Nisfit: È una definizione derivata dalla terminologia finanziaria.

Jamers: Ma cosa significa?

Nisfit: In senso generico, proventi derivati dal riciclaggio di materiale in eccesso, o altrimenti inutilizzabile, trasformati in un fondo dall'utilizzazione più versatile: investimenti, studi, procedure di emergenza e simili. Da esso inoltre attingiamo per pagare le spese, i servizi e le tasse, come il rinnovo annuale della Carta di Cadwal, che dev'essere regolarmente pagato.

Jamers: Capisco. Lei osserva scrupolosamente quest'obbligo?

Nisfit: È ovvio, signore.

Jamers: Posso chiederle perché la Carta di Cadwal non è più nella sua solita cornice?

Nisfit: L'ho fatta riporre nella Banca di Margravio, con altri documenti insostituibili.

Jamers: Tutto questo mi sembra alquanto anticonvenzionale, e troppo sfuggente a un controllo immediato da parte dei soci. Penso che dovremo fare l'inventario delle nostre proprietà, per vedere a che punto siamo.

Nisfit: Molto bene, signore. Provvedere che l'inventario sia fatto quanto prima.

Ma prima ancora dell'inventario, la settimana successiva al conclave, Nisfit provvide a trasferire se stesso e il denaro che aveva rubato in qualche altra località, e non fu mai più rivisto.

A Wayness sovvenne un pensiero che eccitò la sua curiosità. Frons Nisfit era entrato a far parte della Società con poco riguardo per le rigide procedure di ammissione. Chi aveva appoggiato la sua iscrizione? La ragazza investigò nei file e scoprì nomi che non significavano nulla per lei. E chi aveva presentato Monette, che era stata accolta nella Società trent'anni dopo? Con un sospiro riprese a spulciare le registrazioni.

Durante quel periodo non risultava iscritta nessuna donna il cui nome di battesimo fosse Monette.

Strano, pensò Wayness. Approfondì l'indagine con maggiore diligenza e fu così che s'imbatté in una notizia sorprendente.

Più tardi, quel giorno, riferì a Pirie Tamm ciò che aveva scoperto. – Monette, la donna di cui mi hai parlato, era una straniera. Quando fece domanda di ammissione le fu richiesto un certificato di identità, che venne registrato. Il suo nome completo era Simonetta Clattuc.

5

Wayness disse a Pirie Tamm ciò che ricordava degli episodi che casualmente Glawen le aveva raccontato su Simonetta Clattuc. – Sembra che fosse nota per il suo temperamento acceso, e ogni più piccolo torto provocava la sua furiosa vendetta. Quand'era ancora giovane fu frustrata in certe sue aspettative amorose, e nello stesso periodo venne espulsa da Casa Clattuc a causa di un Indice di Rango insufficiente. Irritata e offesa lasciò Stazione Araminta, e nessuno sentì più parlare di lei.

– Finché non divenne l'assistente di Nils Myhack – mormorò Pirie

Tamm. – Mi chiedo a cosa mirasse. Non poteva aver saputo che la Carta e la Garanzia erano scomparse.

– Fu per accertarsene che volle aprire il deposito di sicurezza.

– Naturalmente. Ma non trovò nulla, né lì né altrove, poiché non risulta che la Carta sia stata registrata a nome di altri dopo esser stata venduta da Nisfit.

– Questo, almeno, è un conforto. D'altra parte lei deve aver cercato nei file, proprio come sto facendo io, e senz'altro con lo stesso scopo.

– Non necessariamente! Finché sospettava che la Carta e la Garanzia fossero nel sotterraneo della banca, non si sarebbe sobbarcata il compito d'ispezionare i file.

– Spero che tu abbia ragione – disse Wayness – altrimenti non ho fatto che sprecare il mio tempo frugando dove ha già frugato lei.

Pirie Tamm non commentò quella frase; evidentemente pensava che lei lo stesse sprecando in ogni caso.

Nonostante ciò Wayness proseguì il suo lavoro. Ma nulla di quel che c'era negli archivi della Società gettava un barlume di luce sulle manovre occulte di Nisfit.

I giorni e le settimane si susseguivano. Wayness cominciò a conoscere momenti di cupo sconforto. La sua scoperta più interessante era stata una fotografia di Nisfit: un individuo biondo e magro di età indefinibile, con la fronte stretta, due baffetti con l'estremità arricciolata e una bocca sottile. Non era un volto fatto per ispirare simpatia, e nella sua frustrazione lei lo trovava l'immagine stessa di tutti i loro guai.

Trascorsero altre settimane, e in lei crebbe la convinzione che avrebbe potuto spendere le sue energie altrove con maggior successo. Ciò malgrado perseverò, e giorno dopo giorno esaminò nuovi documenti, lettere, bollettini, ricevute di pagamento, lamentele, suggerimenti, proposte e rapporti. Tutto senza risultato. Nisfit aveva tenuto ben coperte le sue manovre.

Un pomeriggio sul tardi, con le palpebre che le cadevano sugli occhi e una gran voglia di uscire da quella stanza, Wayness capitò su un brano che evidentemente era sfuggito alla vigilanza di Nisfit. Si trattava di poche frasi al termine di una lettera che gli era stata spedita da un certo Ector van Broude, residente nella città di Sancelade, trecento chilometri a nord-ovest di Shillawy. L'uomo gli scriveva a proposito della valutazione di una proprietà e, in fondo, aggiungeva come post scriptum:

"Il mio amico Ernst Faldeker, impiegato presso la sede della Mischap & Doorn, ha criticato le transazioni che lei, come segretario della Società Naturalistica, ha voluto intraprendere. Io sono seriamente perplesso sulla saggezza di questa iniziativa: è davvero mirata al futuro e nel migliore interesse della Società? La prego di spiegarmi i motivi di queste insolite transazioni."

Eccitata, Wayness corse da suo zio e lo informò della scoperta.

– Questa è un'informazione interessante – disse Pirie Tamm. – La Mischap & Doorn a Sancelade, eh? Penso di aver già sentito questo nome, ma al momento non lo identifico. Lasciami consultare l'elenco delle ditte commerciali.

L'uomo incaricò il terminale del suo studio di effettuare la ricerca e in pochi secondi ebbe l'indirizzo. – Mischap & Doorn, Agenzia Immobiliare, Consulenze, Ricerche e Mediazioni. La ditta esiste ancora, e ha sempre sede in Sancelade. Così un punto di partenza ce l'hai.

Parte IV

1

– Forse potremo risolvere il problema nei prossimi cinque minuti – disse Pirie Tamm. Andò al telefono e fece il numero della Mischap & Doorn, a Sancelade. Lo schermo s'illuminò; in alto apparve l'emblema rosso e azzurro della ditta, e nella cornice inferiore fu inquadrata a mezzo busto una donna giovane, con un lungo naso sottile e i capelli biondi tagliati corti in uno stile che Wayness giudicò piuttosto eccentrico. I suoi occhi danzavano animati da una strana vitalità nervosa, ma quando parlò la sua voce era piatta come quella di una macchina: – Sì? Nome e cognome, prego. Specifichi inoltre la sua occupazione e il luogo da cui chiama.

Pirie Tamm si identificò e disse che chiamava dall'ufficio della Società Naturalistica.

– Attenda l'accertamento, prego. – L'impiegata bionda uscì dal quadro e ricomparve dopo un paio di minuti. – Molto bene. Ora esprima ciò che desidera, se non le spiace.

Pirie Tamm corrugò le sopracciglia, contrariato da quei modi. Si sforzò di esibire un tono cortese: – Circa quarant'anni fa un certo signor Ernst Faldeker faceva parte della vostra ditta. Suppongo che ormai sia andato in pensione, è così?

– Non saprei. Comunque nessuna persona con questo nome lavora con noi, attualmente. C'è altro?

– Forse lei sarà così gentile da comunicarmi il suo indirizzo.

– Attenda, prego. – La giovane donna scomparve di nuovo.

Pirie Tamm si girò a mormorare a Wayness: – Stupefacente, no? Questi funzionari si considerano santi eletti nella fulgida luce dei loro altari, mentre gli altri non sono che postulanti in attesa di presentare le proprie suppliche.

– Sembra molto conscia di se stessa – annuì Wayness. – Presumo che se fosse troppo sentimentale potrebbe trovare dei problemi nel suo lavoro.

– Può darsi – brontolò lui.

L'impiegata fece ritorno. – Io non sono autorizzata a dare questo genere di informazioni.

– Be', allora... chi lo è?

– Il direttore di sezione è il signor Berle Buffums. Vuole parlare con lui? Oggi non ha niente di meglio da fare.

Wayness pensò che quella era una strana osservazione. – Sì, me lo passi, per favore – disse Pirie Tamm.

L'inquadratura inferiore si spense. Poco dopo la bionda la riaccese. – Il signor Buffums al momento è in riunione. Non può essere disturbato.

Pirie Tamm non represse un borbottio seccato. – Forse una cosa può dirmela lei, allora. La vostra ditta si è occupata di una mediazione per conto della Società Naturalistica, circa... mi lasci pensare, dev'essere stato più di quarant'anni fa. È necessario che io abbia qualche notizia dei beni che furono oggetto di compravendita.

L'impiegata rise seccamente. – Se lasciassi filtrare informazioni di questo genere al primo che chiama, "Bullo" Buffums avrebbe la mia testa su un vassoio. È alquanto... diciamo pure ossessionante sulla sacralità del segreto professionale. L'unica cosa che mi salva dal sospetto di ricevere bustarelle è che Bullo Buffums tiene chiuse sotto chiave le registrazioni confidenziali.

– È un peccato. Perché è così riservato?

– Non lo so. Lui non spiega a nessuno il perché dei suoi editti. Tantomeno a me.

– Grazie per la sua cortesia. – Pirie Tamm chiuse la comunicazione. – Lentamente si volse a Wayness. – C'è qualcosa d'insolito in questa ditta, anche per la Vecchia Terra. Forse perché ha sede in Sancelade, che è una città piuttosto insolita.

– Almeno abbiamo un indizio, o un punto di partenza, o comunque lo si voglia chiamare.

– Vero. È un primo passo.

– Andrò subito a Sancelade. Forse, in un modo o in un altro, potrò persuadere Berle Buffums a darmi l'informazione.

Pirie Tamm fece un sospiro triste. – Ah, se tu sapessi quanto odio questa maledetta artrosi che mi indebolisce le ossa! La mia salute non è più tornata la stessa. Mi sento un vecchio rottame inutile che ciabatta stancamente dalla poltrona al letto, mentre tu, una ragazza fragile, fai il lavoro che dovrebbe spettare a un uomo!

– Ti prego, zio Pirie! Non dire queste cose. Tu fai ciò che puoi, e se io posso fare qualcosa è perché tu sei la solida base su cui mi appoggio.

Pirie Tamm le strinse dolcemente una spalla; una delle sue rare manifestazioni d'affetto. – Non dirò altro. Il nostro obiettivo è più grande di te e di me. Ma non voglio che tu corra dei pericoli, o che qualcosa ti minacci, o anche solo ti spaventi.

– Io sono molto prudente, zio Pirie. Quasi sempre, almeno. Ora non mi resta che andare a Sancelade per aggiungere elementi utili al poco che sappiamo.

– Elementi utili, già – mormorò Pirie Tamm, senza convinzione. – Non c'è bisogno di dire che potresti trovarti di fronte a certe insidie... non ultime quelle di Berle Buffums.

Wayness fece una risatina nervosa. – Spero di uscirne viva anche nel peggiore dei casi, e... chissà, forse con la Carta.

Pirie Tamm mandò un grugnito. – Devo sottolineare che Sancelade è una città insolita, con una sua storia particolare – ripeté, e poi le riassunse alcuni fatti salienti. La città vecchia, disse, era stata completamente distrutta durante la cosiddetta «Rivolta degli Emarginati».* Per duecento anni il territorio era rimasto una desolata distesa di macerie, finché l'autocrate Tybalt Pimm aveva decretato che su quelle rovine fosse costruita un'altra città. Ogni più piccolo dettaglio della nuova Sancelade era stato specificato e prescritto da lui, secondo una variante della stessa architettura messa in opera nei sei distretti.

A quell'epoca i grandi progetti di Tybalt Pimm avevano destato

* Rimpatriati da altri mondi, incapaci di inserirsi nella cultura della Vecchia Terra, che d'improvviso erano stati preda di una psicosi di massa. Riunitisi in bande che proclamavano slogan isterici, s'erano scatenati in una selvaggia frenesia distruttiva per punire la società che secondo loro li aveva maltrattati.

altrove ironica perplessità e disprezzo, ma dopo qualche decennio le critiche derisorie s'erano azzittite, e col tempo Sancelade era stata definita il capolavoro di un genio, frutto dell'immaginazione, dell'energia e dei fondi illimitati.

Le teorie architettoniche e le visioni di Pimm avevano mantenuto un certo vigore, anche se non tutto era andato secondo le previsioni. Il quartiere Kypriano, ad esempio, che Pimm aveva destinato alla piccola industria, alle scuole commerciali, ai ristoranti alla buona e alle istituzioni sociali secondarie, era stato invaso da artisti di ogni genere, vagabondi, filosofi squattrinati, adepti di scienze mistiche e altri spostati che si davano convegno in centinaia di piccoli caffè, botteghe, club privati, studi d'arte e simili. Infine Sancelade era diventata un posto dove, si diceva, chiunque poteva diventare un nababbo oppure uno straccione, assaporare la pienezza della vita o maledirne ogni aspetto, ma comunque fare sempre ciò che gli piaceva, purché fosse discreto. E anche se non lo era.

2

Wayness viaggiò con un'elettrovia di superficie fino a Shillawy, attraverso una campagna cosparsa di piccole fattorie e di paesetti dove nulla sembrava esser cambiato dall'inizio del tempo. A Shillawy prese un treno sotterraneo che due ore dopo la depositò alla stazione centrale di Sancelade.

Un'auto pubblica la portò all'albergo che Pirie Tamm le aveva raccomandato, il Marsac Hotel, situato fra la prestigiosa Gouldenerie e il quartiere Kypriano. Il Marsac era un vecchio edificio da cui si dipartivano molte ali, con tre ristoranti e quattro sale da ballo sospese sulle acque del fiume Taing. Wayness si trovò immersa in un'atmosfera d'indifferente eleganza, poco esibita ma consapevole, di un genere che non aveva mai trovato nella Distesa Gaeana. Fu condotta in una camera dal soffitto alto, con le pareti sfumate di beige. Un morbido tappeto sayriano a losanghe ocra e nere copriva il pavimento del terrazzo; mazzi di fiori freschi ornavano i comodini ai due lati del letto.

Wayness indossò un completo liscio marrone scuro, lo stile migliore per indicare che si trovava lì solo per affari, quindi scese nell'atrio. Il direttore diurno la informò che la Mischap & Doorn aveva sede nel Palazzo Flaviano, in Piazza Alixtre, sull'altro lato della Gouldenerie.

Era ormai l'una e mezzo del pomeriggio. Wayness pranzò alla Tavernetta del Lido e poi lasciò vagare lo sguardo sulle acque del fiume, riflettendo sul modo migliore di affrontare la situazione.

Alla fine decise per un piano semplice e diretto: si sarebbe presentata negli uffici della Mischap & Doorn chiedendo di parlare col signor Buffums, e col maggior garbo possibile avrebbe domandato le informazioni che le occorrevano. – La Mischap & Doorn è una ditta antica e conosciuta – si disse. – Non avranno nulla in contrario a esaudire una richiesta così piccola.

Dopo una passeggiata sul lido per far venire l'ora dell'apertura degli uffici attraversò la Gouldenerie fino a Piazza Alixtre, un vasto giardino chiuso fra edifici a quattro piani che, pur non essendocene due uguali, formavano un insieme architettonico in accordo con i precetti estetici di Tybalt Pimm.

La Mischap & Doorn occupava il primo piano del Palazzo Flaviano, sul lato settentrionale della piazza. Wayness salì a piedi e passò in un giardinetto pensile dove crescevano felci e palme. Una serie di targhe di giada informava sulle varie sezioni della ditta: Direzione, Ufficio del Personale, Ragioneria, Consulenze Tecniche, Locazioni e Acquisti, Proprietà Extra-Terrestri, e numerose altre. Wayness si avviò verso gli uffici della Direzione. La porta automatica scivolò di lato e le diede accesso in un ufficio spazioso dove avrebbero potuto lavorare otto o dieci persone, in quel momento occupato solo da due donne. L'impiegata bionda dai capelli corti sedeva a una scrivania nel centro esatto della stanza. Una targhetta informava sul suo nome e rango:

GILJIN LEEPE

▪ Assistente del Direttore Esecutivo ▪

L'altra donna, più anziana e dal fisico pesante, occupava un lungo tavolo laterale coperto di libri, strumenti ottici ed elettronici, e si stava dedicando all'esame di alcuni piccoli oggetti.

Giljin Leepe dimostrava una dozzina d'anni più di Wayness e

sembrava piuttosto alta, forse a causa del fisico sottile e ossuto, quasi privo di seni. I suoi occhi azzurro-mare, quand'erano spalancati, la facevano apparire ingenua e innocente, mentre le bastava abbassare le palpebre per assumere all'istante un'aria cinica e smaliziata quasi comica. Malgrado ciò il suo volto, sotto quel casco di capelli biondo cenere che sembravano tagliati con la tazza, era tutt'altro che attraente. Una strana creatura, pensò Wayness, e probabilmente un tipo da trattare con le molle. Giljin Leepe la esaminò con uguale interesse, inarcando un sopracciglio come a chiedersi "Be', e adesso chi diavolo abbiamo, qui?". Ma a voce disse: – Sì, signora? Questi sono gli uffici della Mischap & Doorn; è sicura d'essere arrivata nel posto giusto?

– Lo spero. Vorrei un'informazione, se non le spiace. Forse lei può fornirmela.

– Vuole comprare o vendere? – chiese Giljin Leepe. Le porse un opuscolo. – Ecco, qui ci sono le proprietà che trattiamo al momento. Così può farsi un'idea.

– Non sono una cliente – disse Wayness in tono di scusa. – Sto cercando di rintracciare alcuni beni passati attraverso la vostra mediazione circa quarant'anni fa.

– Mmh. Non ha già telefonato qualcuno, ieri, a questo proposito?

– Sì, suppongo di sì.

– Mi spiace doverla informare che qui è cambiato poco da allora, salvo che io sono un giorno più vecchia. Nelda no, c'è da supporre, visto che ogni giorno i suoi capelli rigenerano una sfumatura più scura.

– Ah, ah! – rise sprezzante l'altra donna. – Se non altro io me li pettino. E tu?

– Evidentemente io ho chi me li spettina.

Wayness non poteva fare a meno di fissare affascinata la bocca di Giljin Leepe, che era larga, con labbra sottili e rosee in continuo movimento: si torcevano, piegavano in alto prima un angolo e poi l'altro, oppure si curvavano entrambe su e giù.

– In ogni caso – disse la bionda, – la loquacità di Bullo Buffums circa le sue cose resta quella di ieri.

Wayness gettò un'occhiata verso la porta interna, che portava presumibilmente all'ufficio privato di Buffums. – Perché è tanto riservato?

– È l'unico incarico che ha. La Mischap & Doorn va avanti da sola, e gli altri direttori lo hanno pregato di non interferire con questo fatto. Così si occupa della sua collezione d'arte, visto che...

– Arte, hai detto? – s'intromise Nelda. – Io la chiamerei in un altro modo. E tu sai quale.

– È un collezionista? – domandò Wayness.

– Diciamo che ogni tanto gli capita di ricevere un cliente di riguardo e ne approfitta per mostrargli la sua collezione d'arte, se presume con ciò di destare una certa impressione su di lui, o su di lei.

– Pensa che potrebbe fare un'eccezione per me, se gli spiegassi quello che desidero e perché?

– Probabilmente no. Ma lei può provarci.

– Almeno avvertila su ciò che l'aspetta – consigliò Nelda.

– Non c'è molto di cui avvertirla. Ovviamente potrebbe diventare un tantino noioso.

Wayness guardò dubbiosamente la porta del signor Buffums. – Cosa intende per "noioso", e quanto sarebbe "un tantino"?

– Penso di non essere indiscreta se le rivelo che non sempre Bullo è spigliato in compagnia delle ragazze avvenenti. Alcune lo fanno sentire a disagio, forse. Comunque i suoi umori vanno su e giù.

– Specialmente dopo che ha mangiato cibi piccanti – disse Nelda.

– È una teoria valida quanto un'altra – annuì Giljin Leepe. – In effetti Bullo Buffums è imprevedibile.

Wayness si mordicchiò un labbro. – In tal caso vorrei pregarla di annunciarmi. Cercherò di essere il più cortese possibile, così il signor Buffums non sarà a disagio con me.

Giljin Leepe assentì, indifferente. – Chi devo annunciare?

– Sono Wayness Tamm, assistente del segretario della Società Naturalistica.

La porta in fondo al locale si aprì. Sulla soglia apparve un uomo alto e grassoccio. – Ebbene, che succede qui, Giljin? – domandò severamente. – Non hai altro da fare che ricevere le tue amiche?

In tono piatto come la banchisa artica la bionda lo informò: – Non è un'amica. Rappresenta un importante cliente della nostra ditta, e desidera alcune notizie su una transazione.

– Chi è il cliente, e di che transazione si tratta?

– Io sono l'assistente del segretario della Società Naturalistica.

Vorrei essere informata su una vendita di beni fatta diversi anni fa da un nostro ex segretario.

Il signor Buffums si fece avanti. Era un uomo di età matura, alquanto sovrappeso, con un volto rotondo e lunghi capelli biondi arrotolati in due pesanti boccoli sopra gli orecchi, nello stile chiamato "doppio sacco". – Molto strano – dichiarò. – Ricordo un'altra donna venuta in questo ufficio... quanti anni fa? Dieci? Dodici? Anche lei in cerca della stessa informazione.

– Davvero? – chiese Wayness. – Le disse come si chiamava?

– Probabilmente. Ma l'ho dimenticato.

– E lei le ha dato quell'informazione?

Il signor Buffums inarcò severamente un sopracciglio, in contrasto con la frivolezza della sua acconciatura, e considerò Wayness coi suoi pallidi occhi azzurri. Poi, in tono pesante e un po' nasale, disse: – Io considero confidenziale ogni trattativa coi clienti. Non c'è altro modo lecito di condurre gli affari. Se però desidera consultarmi, può accomodarsi nel mio ufficio – Si volse e torno nella stanza da cui era uscito. Wayness interrogò Giljin Leepe con lo sguardo e la scrollata di spalle con cui lei rispose non le parve affatto incoraggiante. A spalle curve, sospirando su ogni passo come un prigioniero invitato a tornare nella sua cella, Wayness seguì il funzionario.

Il signor Buffums chiuse la porta; poi, dopo aver scelto una delle molte chiavi infilate su un anello metallico, diede due o tre giri alla serratura.

– Io sono un appassionato di lucchetti vecchio stile. Li metto a tutte le porte. A lei piacciono? – domandò l'uomo con un sorriso improvvisamente ansioso. – Non è facile trovare i modelli più pregiati, sa?

– Lo immagino – concesse Wayness. – Purché vengano usati nel luogo e nel momento appropriato.

– Ah! Capisco cosa sta suggerendo. Be', ammetto d'essere pignolo sul lavoro. Quando conduco una conversazione d'affari non tollero che mi si distragga. Penso che lei sia dello stesso avviso. Le sembra che io abbia ragione?

Wayness ricordò a se stessa che doveva essere affabile, in modo che quell'uomo non si sentisse a disagio. Sorrise educatamente. – Lei ha più esperienza di me, signor Buffums. Immagino che sappia come trattare con i clienti.

Lui annuì. – Lei è una giovane donna molto intraprendente. Io so riconoscere le persone di valore, e non dubito che avrà i più alti successi nella sua carriera.

– La ringrazio, signor Buffums. Sono lieta di sentirle dire questo. E le sarei grata se volesse darmi il suo aiuto.

L'uomo fece un ampio gesto. – Naturalmente! Perché no? – Andò alla scrivania e vi si appoggiò con un'anca. Non sembrava particolarmente a disagio, si disse Wayness; era un buon segno, o il contrario? In lui c'era qualcosa di sconcertante, forse a causa del temperamento assai mutevole: un momento prima severo e accigliato, un momento dopo complimentoso, quasi garrulo. La ragazza si guardò attorno. Sulla sinistra un alto paravento scorrevole nascondeva quasi metà della stanza; a destra c'erano la scrivania, alcune poltroncine, una console di comunicazione, scaffali a muro e alcuni schedari. Quattro strette finestre guardavano su un giardino interno.

– Lei mi trova in uno dei miei momenti di... mmh, concentrazione distensiva – disse il signor Buffums. – Io sono, se così posso definirmi, un abile amministratore, il che significa che le operazioni di routine della nostra ditta procedono senza la mia costante supervisione. Questo è positivo, poiché mi lascia un certo tempo da dedicare ai miei interessi privati. Per caso lei ha studiato la psicologia dell'estetica?

– Temo di non averne avuto l'opportunità.

– Tuttavia, come rappresentante della Società Naturalistica, le interesserà senza dubbio l'estetica del corpo umano. Io mi sono specializzato in uno dei più profondi e universali aspetti di questa materia, anche se per una ragione o per l'altra alcuni suppongono di poterle dedicare scarsa attenzione scientifica. Mi riferisco, come lei avrà capito, all'arte erotica.

– Ah! – Wayness sbatté le palpebre. – Per la verità il naturismo non ha nulla a che fare con l'attività della Società Naturalistica. Direi piuttosto il contrario.

Il signor Buffums parve non averla sentita. – La mia collezione di Arte Erotica Curiosa non è del tutto esauriente. Si tratta di una materia troppo vasta. Ma posso vantarmi della sua superba qualità. Di tanto in tanto la mostro a persone in cui intuisco la sensibilità artistica del vero intenditore. Ho visto giusto in lei?

Wayness pesò con cura le parole. – Come le ho detto, non ho mai studiato l'argomento. Dalle mie parti sarebbe anzi considerato poco confacente a una giovane di buona famiglia...

Il signor Buffums la interruppe agitando una mano. – Non importa, glielo assicuro! Io penso di poterla giudicare un'appassionata, con molte interessanti possibilità.

– Non dubito del suo giudizio, ma...

– Guardi! – L'uomo sfiorò un interruttore. Il paravento che divideva la stanza scivolò via ripiegandosi a soffietto e scomparve nel muro. Lo spazio che venne alla luce era stato convertito dal signor Buffums in una sorta di museo dell'arte erotica: oggetti simbolici, attrezzi e manufatti, dipinti, statue, statuette, miniature e un'inclassificabile miscellanea di materiale più o meno collegabile a qualche genere di attività sessuale. In primo piano campeggiava la statua a grandezza naturale di un Eroe nudo, con la virilità in stato di acuto priapismo. Dall'altra parte della stanza un'altra rappresentava una fanciulla preoccupata delle rapaci attenzioni di un demone.

Wayness percorse la collezione con uno sguardo lento e una certa sensazione di vuoto allo stomaco, ma il suo impulso più urgente era quello di ridere. Una simile reazione avrebbe però offeso Buffums, così cancellò con cura ogni espressione dalla sua faccia, mostrando solo un distaccato interesse per quell'esibizione.

Evidentemente ciò non era abbastanza. Buffums, che aveva continuato a scrutarla a occhi socchiusi, non nascose una smorfia poco soddisfatta. Wayness si chiese cos'avesse fatto di sbagliato per provocarla. In lei si fece strada un'intuizione: "Ora capisco! È un esibizionista! Se io mi mostrassi affascinata, oppure scandalizzata, o se comunque la mia bocca avesse appena un fremito, questo lo ecciterebbe." Rifletté un momento. "Certo, è necessario che io sia gentile con questo signor Buffums e lo predisponga a un umore conciliante." Ma... Ma non in quel modo. Non si confaceva alla sua dignità.

Buffums proclamò, in tono pomposo: – Nella nobile dimora dell'Arte ci sono molte camere, alcune grandi, alcune piccole, altre pervase dai flussi intensi dell'arcobaleno. Qualcuna si rivela illuminata da sfumature sottili, ma pregnanti e ispiratrici. Altre sono visibili soltanto agli occhi che sanno discriminare l'eterno dall'effimero. Io sono uno di questi ultimi, e il mio campo peculiare è l'espressione erotica. Ne ho esplorato le spiagge più vicine e quelle più esotiche e lontane. Ne conosco ogni risvolto, ogni permutazione, ogni stravaganza.

– Questo è davvero notevole. Ora, per quando riguarda il motivo che mi ha indotto a disturbarla...

– Nessun disturbo! – affermò Buffums. – Come può ben vedere, sono purtroppo a corto di spazio. Ciò mi costringe a dedicare solo un'attenzione secondaria alla musica erotica, al vasto campo dell'erotismo prenatale, ai profumi sessuali, e simili. – Si volse a guardarla, spostando una ciocca di capelli biondi che (in strano contrasto con le sopracciglia nerissime) gli era ricaduta sulla fronte. – Tuttavia, se vuole, la ungerò con una goccia dell'essenza a cui la leggendaria Amuille pose nome "Il Richiamo della Preda".

– Non credo che si adatterebbe al mio programma per il pomeriggio – disse Wayness. Si augurò che Buffums non cominciasse a irritarsi della sua evasività. – Forse un'altra volta.

Buffums annuì appena. – Forse. Dunque, che ne pensa della mia collezione?

Lei mantenne un'espressione compunta. – Nei limiti della mia personale esperienza, posso definirla esauriente.

Buffums la fissò con rimprovero. – Nient'altro? Niente di più? Lasci che le illustri alcuni oggetti. Persone dotate d'immaginazione ne sono state affascinate, perfino eccitate.

Wayness scosse il capo con un sorriso. – Non voglio farle perdere troppo tempo, signor Buffums.

– Nessuna perdita di tempo! Trovo anzi difficile trattenere il mio entusiasmo. – Si avvicinò a uno degli scaffali. – Gli articoli che vede qui, ad esempio: così comuni, così ordinari, e così spesso misconosciuti.

Wayness guardò lo scaffale e cercò qualcosa da dire, visto che Buffums sembrava aspettarsi un commento intelligente. – Non vedo come qualcuno potrebbe misconoscerli. Si direbbero palesi.

– Sì, può darsi. Mancano di sottigliezza, in quanto rivelano la rude e sanguigna propensione mascolina. Forse qui sta il loro fascino... ha detto qualcosa?

– Nulla d'importante.

– Rappresentano le emozioni più materialistiche della vera arte popolare, comunque – continuò Buffums. – Oggetti simili pervadono tutta la storia umana, in tutte le classi sociali, e hanno svolto molteplici funzioni: rituali della pubertà, sortilegi voodoo, cerimonie della fertilità, scherzi carnevaleschi, e varie attività fantasiose. I migliori sono scolpiti in legno. Come vede ce ne sono di tutti i colori e di tutte le dimensioni, nei più diversi stadi di tumescenza.

Buffums attese ancora un commento di Wayness. Con cautela lei azzardò: – Io non li definirei "arte popolare".

– No? E come li chiamerebbe?

Wayness esitò. – Ora che ci penso, "arte popolare" può essere un nome buono come un altro.

– Infatti. Questi articoli stimolanti svolgono comunque la loro umile funzione quotidiana anche presso chi è digiuno di filosofia estetica. Ad esempio questo, fornito di cinghie per indossarlo, più o meno così... – Buffums prese uno degli articoli e, sorridendo modestamente, se lo applicò alla meglio tirandosi le cinghie intorno ai fianchi. – Ecco, in questo modo. Che ne pensa?

Wayness lo esaminò criticamente. – Forse si addice poco alla sua complessione, che non è negroide. Quello piccolo e rosa, lì accanto, potrebbe intonarsi meglio al suo aspetto generale.

Accigliandosi Buffums mise via l'oggetto e scosse il capo. Wayness si rese conto di averlo contrariato, malgrado ogni suo sforzo.

L'uomo fece qualche passo verso un tavolo. Poi si fermò e borbottò qualcosa fra sé. – Be', se questa è la sua opinione, signora... mh, come ha detto che si chiama?

– Wayness Tamm, e sono qui per conto della Società Naturalistica.

Buffums inarcò le sopracciglia scure. – È uno scherzo? A quanto ne so io, la Società Naturalistica è defunta.

– La sede locale è scarsamente attiva – ammise lei – ma ci sono progetti per rivitalizzare la Società. È per questo motivo che stiamo cercando certi documenti affidati a suo tempo alla Mischap & Doorn dall'allora segretario Frons Nisfit. Se lei potesse dirci a chi furono venduti, gliene saremmo grati.

Buffums andò ad appoggiarsi alla scrivania. – Certo, capisco. Ma da sette generazioni questa ditta mantiene una reputazione inalterata di serietà professionale. Non possiamo disporre a nostro piacere delle informazioni confidenziali che riguardano i nostri clienti. Questo potrebbe procurarci gravi sanzioni legali.

– Ma non c'è motivo di temere una cosa simile! Nisfit era autorizzato a disporre dei beni della Società, e certamente nessuno potrebbe discutere la condotta della Mischap & Doorn.

– Questa notizia mi solleva – disse seccamente Buffums.

– Come le ho detto, stiamo soltanto cercando di rintracciare alcuni oggetti che vorremmo riacquistare.

L'altro scosse il capo. – Si tratta di oggetti sicuramente ormai rivenduti o portati chissà dove, e irreperibili. Questa, almeno, è la mia opinione.

– Lei fa l'ipotesi peggiore – disse Wayness. – È possibile che tutto sia ancora nelle mani di un singolo collezionista.

– Ammetto che lei sa essere persuasiva – disse Buffums.

Lei non poté trattenere un impeto di speranzosa emozione. – Cerco soltanto di farle notare quanto le sarei grata del suo aiuto.

La bocca di Buffums si piegò lentamente in un sorriso. – E fino a che punto è disposta a essermene grata?

Wayness si sentì fermare il cuore. La scintilla che brillava negli occhi dell'uomo era chiara quanto le sue parole. – Sono venuta fino a Sancelade per parlarle di persona e per conoscerla, se è questo che intende.

– Non mi sembra sufficiente. Io faccio un favore a lei, e lei fa un favore a me. È quel si chiama un affare onesto, no?

– Non ne sono sicura. Quale genere di favore avrebbe in mente?

– Devo spiegarle che io sono un compositore teatrale per vocazione e, me lo lasci dire, un compositore di non inconsistenti qualità naturali. Ho al mio attivo già numerose rappresentazioni che giudico di ottima levatura tecnica.

– E con ciò?

– Al momento sto creando una miscellanea di scene varie, che una volta assemblate e ristrutturate, potranno generare un'atmosfera di straordinaria presa artistica. Ma veniamo al concreto. Sono alle prese con una certa sequenza che finora non ho potuto ben inserire nella sceneggiatura. Penso che lei potrebbe aiutarmi in questo.

– Ah. Cosa dovrei fare?

– È abbastanza semplice. Ho preso lo spunto da un'antica leggenda. La ninfa Ellione s'innamora perdutamente di una statua raffigurante l'eroe Leausalas, e cerca di portare alla vita l'immagine marmorea con le sue carezze. Qui accanto lei può notare una statua che per il momento potrà sostituire ottimamente quella dell'eroe. Ignori il priapismo della sua virilità. La trama prevede che quella dell'eroe Leausalas sia dapprima rilassata, per essere poi gradualmente sollevata dalle attenzioni della ninfa Ellione; senza dubbio io troverò un modo per ovviare a questo problema secondario. Ottenuto ciò, la ninfa Ellione è incoraggiata a sperare in un miracolo ancor maggiore... per il momento non le racconto altro. Io la riprenderò mentre lei reciterà la scena dall'inizio. Se è d'accordo, può spogliarsi dietro il paravento. Intanto io piazzo la videocamera e correggo le luci.

Wayness cercò di parlare, ma Buffums non le prestò attenzione e puntualizzò severamente: – Lei uscirà da dietro il paravento con alcuni indumenti intimi ancora indosso, a passi lenti, e nel procedere si libererà del tutto dall'impaccio della stoffa. Quando sarà nuda le darò altre istruzioni. La videocamera è pronta. Possiamo cominciare subito con le riprese.

Wayness restò dov'era, rigida e tesa. Era sempre stata consapevole che durante la sua ricerca le avrebbero presentato scelte di quel genere, o assai peggiori, e non aveva ancora deciso fin dove sarebbe riuscita a sostenere la situazione prima di sentirsi obbligata a rinunciare. Ma una cosa era certa: in quel momento trovava Buffums offensivo, e per nulla divertente. La sua risposta fu ferma: – Sono spiacente, signor Buffums. Per quanto lei veda in me doti di attrice e danzatrice nuda, dubito che i miei genitori approverebbero questo tipo di carriera.

L'uomo scosse la testa con disapprovazione così energica che uno dei suoi grandi boccoli biondi si disfece. – Pfah! La sua presunzione è sorprendente. Non ho affatto detto di vedere in lei doti che non possiede. Benissimo, sia pure, e non parliamone più! Non le auguro alcuna sfortuna, ma non sopporto le donne di umore così tiepido. E ora mi lasci, per favore. Ha già rubato fin troppo del mio tempo! – A passi lunghi andò alla porta, tirò fuori la chiave e aprì. – La signorina Leepe le mostrerà l'uscita – disse ad alta voce. Mise fuori la testa. – Signorina

Leepe, questa cliente non ha bisogno della Mischap & Doorn. Conto su di lei per non rivederla mai più. Sono stato chiaro? – Attese che lei uscisse, quindi chiuse la porta con un tonfo sordo.

Wayness attraversò l'ufficio esterno a denti stretti. Di fronte alla scrivania di Giljin Leepe si fermò, gettò un'occhiata dietro di sé, fece per dire qualcosa ma poi ci ripensò.

La bionda mosse una mano in un gesto d'invito. – Dica pure quello che vuole, senza paura di urtare i nostri sentimenti. Chiunque conosca Bullo Buffums è sempre lieto di sentire qualche definizione nuova e originale da appioppargli.

– Sono così furiosa che non riesco a pensare a niente.

Giljin Leepe la guardò con aria compassionevole. – Il colloquio non è andato come lei sperava?

Wayness scosse il capo. – Non esattamente. Il vostro direttore mi ha mostrato la sua collezione d'arte, poi ha detto che mi avrebbe dato quell'informazione, a patto che danzassi nuda con una statua. Penso di non averlo preso dal lato giusto. Quando gli ho detto che non ero una brava ballerina il suo umore si è guastato e mi ha mandato via.

– Un colloquio con Bullo Buffums è comunque un'esperienza – disse Giljin Leepe. – Ogni volta ha qualcosa di nuovo in mente, e noi ci meravigliamo della sua estrosità.

Dal tavolo all'altro lato della stanza Nelda disse: – Secondo me è un impotente, ecco cos'è.

– Sia chiaro che né io né Nelda abbiamo elementi per dimostrarlo o provare il contrario – disse Giljin Leepe.

Wayness sospirò rumorosamente e guardò sconsolata la porta dell'ufficio di Buffums. – Probabilmente ho fatto uno sbaglio. Non posso permettermi d'essere così indecisa. Ma non so se sarei capace di spogliarmi davanti a quell'uomo. Ha qualcosa che desta in me una reazione allergica.

Giljin Leepe la scrutò con occhi brillanti e inquisitori. – Lo farebbe, se non ci fosse altro modo di avere quell'informazione?

– Suppongo di sì – disse Wayness. – Dopotutto, ballare per qualche minuto vestita della sola pelle non mi ucciderebbe. – Fece una pausa. – Ma sono sicura che non sarebbe finita lì. Sospetto che volesse, ecco, farmi fare l'amore con una statua.

– Ed è qui che lei tirerebbe la linea?

Wayness si strinse nelle spalle. – Non lo so. Cinque minuti? Dieci minuti? Quanto si può sopportare un brutto sogno? Dev'esserci un altro modo.

– So di che statua parla – disse Giljin Leepe. – Non è priva di attrattive, nel suo genere. Se io volessi darci un'occhiata, potrei farlo facilmente. – Aprì il cassetto della scrivania. – Ho qui una chiave dell'ufficio di Bullo Buffums, vede? Lui pensa di averla perduta. Noti bene: è questa, con il marchio nero... non che a lei possa interessare, no? – Diede un'occhiata all'orologio. – Nelda e io smontiamo fra mezzora. Bullo, di solito, se ne va subito dopo.

Wayness annuì. – Questo, naturalmente, a me non può interessare.

– Naturalmente. Cosa sperava di sapere da Bullo Buffums? Wayness le spiegò quello che le serviva.

– Quarant'anni fa? Deve trovarsi in uno dei file CON-A di Bullo. Si può avere a schermo con il codice AV, per "Affari Vecchi", seguito da N per "Naturalistica". E ora... – Giljin Leepe si alzò in piedi. – Io devo andare alla toilette. Nelda, come noterà, ha la schiena voltata e si sta concentrando sul suo lavoro. Quando tornerò, sarò certa che lei ha lasciato il palazzo... benché, devo ammetterlo, se invece si fosse nascosta dietro quello scaffale alto io non potrei accorgermene. Perciò... la saluto e le auguro buona fortuna.

– Grazie per i suoi consigli – disse Wayness. – Grazie, Nelda.

– Ora dovrebbe avviarsi verso la porta; così, se Bullo mi chiederà qualcosa, potrò giurare di averla vista uscire.

3

Giljin Leepe e Nelda se n'erano andate. Il piano del Palazzo Flaviano occupato dalla Mischap & Doorn era silenzioso. Occorse mezzora prima che il signor Buffums uscisse dal suo ufficio privato. L'uomo tolse di tasca l'anello da cui pendevano una ventina di chiavi antiquate e chiuse la porta. Poi attraversò l'altro locale a lunghi passi e uscì. Il rumore dei suoi passi svanì nel giardino pensile, verso le scale, e gli uffici della direzione restarono vuoti.

Non del tutto. Nello spazio dietro un alto scaffale un'ombra si mosse e cambiò posizione. Trascorsero dieci minuti e l'ombra cominciò a diventare impaziente. Ciò malgrado si costrinse a un ulteriore periodo di attesa, nel caso che il signor Buffums scoprisse di aver dimenticato un documento importante e tornasse a prenderlo.

Altri quindici minuti se ne andarono. Wayness uscì furtivamente nella penombra. – Questa non è più Wayness Tamm, la Naturalista – disse ai mobili silenziosi. – È Wayness Tamm la ladra. Ma meglio ladra che danzare per il signor Buffums. – Si avvicinò alla scrivania di Giljin Leepe e prelevò la chiave col marchio nero. La vista della console telefonica le diede il malizioso impulso di chiamare suo zio Pirie per annunciargli l'eccitante vocazione che s'era scoperta. Ma subito una voce interna la redarguì: – Stai tremando e cominciando a sragionare. Probabilmente è un attacco di isteria nervosa. Devi controllarti, sciocca.

Wayness andò alla porta interna. Infilò la chiave nella serratura e pian piano, centimetro per centimetro, aprì la porta. Con la pelle percorsa da fremiti tese gli orecchi, ma udì soltanto il silenzio; la collezione erotica, per quanto impregnata di intense emozioni secolari, non produceva alcun suono.

Wayness scivolò nell'ufficio di Buffums. Tolse la chiave dalla serratura, chiuse di nuovo dall'interno, gratificò la statua marmorea di una breve occhiata sdegnosa e andò subito alla scrivania.

Sedette davanti alla console elettronica e per qualche momento studiò l'apparecchiatura; aveva tutto l'aspetto di un modello standard. Ignorò l'interfaccia vocale, sicuramente bloccato sui parametri della voce di Buffums, e usò la tastiera per battere CON-A e quindi AV, facendo apparire a schermo una direttrice contenente solo i nomi di altre sottodirettrici in ordine alfabetico. Per entrare in una di esse batté N, poi "Società Naturalistica", e ottenne un elenco che includeva quattro categorie: "Corrispondenza", "Lotti, Descrizione", "Lotti, Destinazione" e "Avvertenze".

Wayness aprì la sottodirettrice "Lotti, Descrizione" e quasi subito scoprì in uno dei file gli oggetti per cui la Mischap & Doorn aveva funto da mediatrice fra Nisfit e qualcun altro. L'elenco era lungo, e terminava con "Documenti e carte di vario genere".

Un inserto in fondo alla Usta, etichettato "Commenti" conteneva la nota: *Ho fatto presente a Ector van Broude, membro della Società, che queste transazioni non sono affatto sagge. – E. Faldeker*

Wayness portò a schermo la categoria "Lotti, Destinazione". Il suo contenuto era una singola frase: *L'intero lotto è stato consegnato alla Galleria Gohoon.*

Wayness fissò quelle parole. Ecco quello che aveva cercato! – Nisfit ha venduto alla Galleria Gohoon!

Girò la testa di scatto: che cos'era? Una vibrazione? Il ronzio quasi inaudibile dell'ascensore? Restò immobile, con gli orecchi tesi.

Silenzio assoluto.

Era stato un rumore esterno, pensò. Si volse di nuovo allo schermo e richiamò la categoria "Avvertenze". Conteneva soltanto due voci. La prima era datata dodici anni addietro, e diceva: *Richiesta di informazioni fatta da una donna di provenienza non terrestre, che si è identificata come Violja Fanfarides. Nessun conflitto di interessi. Richiesta accettata.*

La seconda aveva la data di quel giorno, e lei lesse: *Richiesta di informazioni fatta da una giovane donna dall'accento straniero che si è identificata come Wayness Tamm, assistente del segretario della Società Naturalistica. Circostanze sospette. Richiesta respinta.*

Wayness rilesse le due note e si sentì furiosa e indignata. Di nuovo si girò ad ascoltare. Stavolta non potevano esserci dubbi: alla porta c'era qualcuno. Con un movimento svelto Wayness spense lo schermo e s'inginocchiò dietro la scrivania.

La porta si aprì con energia; il signor Buffums entrò nel suo ufficio con un grosso pacco sulle braccia. Wayness si acquattò, facendosi più piccina possibile. Se l'uomo fosse venuto verso la scrivania l'avrebbe scoperta all'istante.

Oberato dal pacco, il signor Buffums aveva lasciato la porta aperta. Wayness tese i muscoli, pronta a scappare verso l'ufficio esterno; ma l'uomo s'era voltato nella direzione opposta. Sbirciando di lato la ragazza vide che Buffums era andato dietro il paravento, e dal rumore capì che stava scartando il suo pacco.

Wayness trattenne il fiato; sembrava che la sorte le regalasse qualche secondo prezioso. Si alzò da dietro la scrivania, attraversò l'ufficio in punta di piedi e con immenso sollievo ne fu fuori. Notando che nella serratura era ancora infilata una delle chiavi appese all'anello, la ragazza accostò la porta con grande cautela e la chiuse a doppia mandata. Le parve uno scherzo fin troppo gentile da giocare al signor Buffums; e si augurò che gli causasse un bel po' di disagio e di sonni inquieti.

Andò alla scrivania di Giljin Leepe e rimise al suo posto la chiave. Di nuovo il suo sguardo cadde sulla console telefonica; dopo un'esitazione aprì il pannello posteriore e studiò lo schema dei collegamenti. Poi usò un righello di plastica per staccare un filo elettrico dalla vite di fissaggio: ora il signor Buffums non avrebbe potuto usare il suo telefono per chiamare aiuto. Wayness ridacchiò. Quella era stata una buona giornata di lavoro, dopotutto.

Uscì dal Palazzo Flaviano e tornò al Marsac Hotel. Quando fu in camera consultò l'elenco e telefonò a Giljin Leepe, lasciando lo schermo spento.

– Ebbene? – disse la voce di lei, seccata. – Chi parla?

– Questa è una chiamata anonima. Potrebbe interessarle sapere che, per una circostanza imprevedibile, il signor Buffums è rimasto chiuso nel suo ufficio, con le chiavi all'esterno. Di conseguenza rischia di trascorrere la notte là dentro.

– Sì – disse Giljin Leepe. – La considero una notizia interessante. Istruirò il mio telefono di rispondere che non sono in casa, e dirò a Nelda di fare lo stesso; altrimenti lui potrebbe insistere per farsi liberare da una di noi.

– Aggiungerò un particolare significativo. Pare che il suo telefono sia collegato a quello dell'ufficio adiacente, dove un contatto si è malauguratamente staccato. Temo che non potrà comunicare le sue necessità finché non arriverà qualcuno, domani mattina.

– Che singolare incidente! – disse Giljin Leepe. – Il signor Buffums sarà senza dubbio di pessimo umore, visto che stasera aveva appuntamento a cena con non so chi. Ha motivo di sospettare che in ufficio ci fosse qualcuno, oltre a lui?

– Non che io sappia.

– Bene. Domattina darò un'occhiata io a quel telefono. I contatti ogni tanto si logorano; il signor Buffums dovrà riconoscere che questo è un fatto triste ma inevitabile.

4

Dopo aver chiamato Giljin Leepe, Wayness consultò ancora l'elenco e apprese che la Galleria Gohoon era ancora in affari, si occupava di vendite all'asta e aveva sede a Sancelade, dunque a portata delle sue indagini, che sarebbero riprese l'indomani.

Era pomeriggio inoltrato. Wayness oziò nella sua camera d'albergo, sfogliando alcune riviste di moda su un lettore. Ma era inquieta, così finì per indossare il suo mantello grigio e uscì a passeggio nel viale che girava sulla riva del Pang. Da occidente, dove il sole stava calando, tirava una brezza fresca che scuoteva i bordi del mantello e faceva svolazzare le foglie secche oltre la spalletta del fiume, offuscando l'acqua di sottili increspature.

Wayness camminò lentamente, guardando il profilo delle colline verso cui si dirigeva il sole. Con l'abbassarsi della temperatura la brezza si affievolì; le piccole onde morirono sulla corrente, che si fece morbida e opaca come il peltro. Sul lungofiume c'era altra gente: coppie anziane, amanti che s'erano dati appuntamento sotto i vecchi platani, persone solitarie che portavano a passeggio animali da compagnia della più diversa provenienza.

Wayness si fermò a guardare verso l'altra sponda, dove il pallido grigio-lavanda del cielo si rifletteva nel fiume. Gettò un sasso nell'acqua e osservò il lento svanire dei circoletti scuri. Si sentiva stranamente inquieta. *Ho avuto successo, è innegabile. Non sono del tutto inefficiente, e suppongo di poter essere soddisfatta di me stessa. Ma, a parte questo...* Il nome "Violja Fanfarides" s'intromise nei suoi pensieri. Mi chiedo... Fece una smorfia. *Strano. Mi sento rimescolare dentro, come se avessi bevuto*. Per qualche momento rifletté su quel nome, poi lo mise da parte. *Sospetto che il signor Buffums e i suoi oggetti erotici mi abbiano colpita più di quel che vorrei ammettere. Spero che ciò non lasci effetti residui sulla mia personalità.*

Andò a sedersi su una panchina e guardò i colori che svanivano dal cielo, ripensando alla conversazione sui tramonti con suo zio Pirie. Sicuramente aveva visto anche su Cadwal colori altrettanto miti e sereni! Forse. Quella particolare sfumatura di grigio, dopotutto, poteva benissimo avere una gemella altrove. Però una sarebbe stata figlia della Terra, e l'altra di Cadwal.

Si stavano accendendo le stelle. Wayness frugò il cielo con lo sguardo sperando di trovare la W di Cassiopea, che le avrebbe indicato la posizione di Perseo, ma il fogliame del platano più vicino le occludeva la visuale.

Si alzò in piedi e tornò verso l'albergo. D'un tratto scoperse d'essere di umore più pratico. *Farò il bagno e indosserò qualcosa di frivolo. Poi sarà l'ora di cena, e comincio già ad avere un certo appetito.*

5

Il mattino dopo Wayness indossò ancora il completo marrone scuro, e dopo aver fatto colazione prese la monorotaia per il quartiere Clarmond, alla periferia occidentale di Sancelade. In quella zona i rigorosi precetti architettonici di Tybalt Pimm erano stati sovvertiti da altre esigenze. Attorno a Largo Baiderbecke sorgevano palazzi alti anche dieci o dodici piani. La Galleria Gohoon occupava i primi tre piani di uno di quegli edifici.

All'ingresso due guardie in uniforme, un uomo e una donna, la fotografarono da tre lati e le chiesero i documenti, prendendo nota di nome, età, residenza e luogo di nascita. Wayness chiese il perché di tutte quelle precauzioni.

– Non è un'arbitraria pignoleria della direzione, signora – le fu spiegato. – Noi esponiamo molti articoli di valore, che i clienti possono esaminare prima dell'asta. Alcuni sono piccoli e possono restare impigliati a un polsino o rotolare in qualche borsa. Ci sono telecamere che registrano tali irregolarità, e noi possiamo quindi porre subito rimedio alla distrazione del cliente.

– Interessante – disse Wayness. – Io non sono vittima di questo tipo di distrazioni, ma ora sono certa che saprò evitarle con molta cura.

– Questo è proprio l'effetto che ci proponiamo di ottenere!

– Tuttavia a me non interessa l'asta. Vorrei avere alcune informazioni. Dove posso rivolgermi?

– Informazioni riguardo a cosa?

– Una vendita fatta diversi anni fa.

– Provi all'Ufficio Registrazioni, al terzo piano.

– Grazie.

Wayness salì al terzo piano, attraversò un atrio e un'ampia arcata la condusse all'Ufficio Registrazioni, una sala di grandi dimensioni che un lungo banco divideva in due parti. Dieci e dodici persone erano intente a consultare grossi registri rilegati in nero o stavano aspettando d'essere servite dall'unico sportellista, un impiegato basso e segaligno dai capelli bianchi. Malgrado l'età avanzata l'ometto si muoveva con nervosa destrezza, ascoltando le richieste e poi sparendo in una stanza posteriore, da cui riemergeva con uno o due pesanti volumi neri. Un'altra impiegata, una donna altrettanto anziana, faceva ogni tanto la sua comparsa spingendo un carrello, su cui caricava i registri già consultati per riportarli al loro posto.

L'impiegato dai capelli bianchi correva avanti e indietro come se avesse paura di perdere il posto, anche se dava l'impressione di fare il lavoro di tre uomini. Wayness si mise in fila, e quando fu il suo turno l'ometto non perse tempo: – Sì, signora?

– Mi interessano alcuni lotti, consegnati dalla Mischap & Doorn e subito dopo messi all'asta.

– Suppongo che questo sia accaduto in una certa data. Tutto accade in una data o nell'altra, sa? La conosciamo?

– La transazione si è svolta numerosi anni fa, forse quaranta o più.

– Qual era la natura di questi lotti?

– Materiale appartenuto alla Società Naturalistica.

– Non vedo la sua autorizzazione. Non mi dica che non ce l'ha, o il nostro colloquio finisce qui.

Wayness sorrise. – Io sono l'assistente del segretario della Società, e posso scrivergliene una sui due piedi, se vuole.

L'impiegato sollevò platealmente le bianche sopracciglia. – Oh, vedo che sto trattando con un personaggio importante. Allora basterà un suo documento d'identità.

Wayness gli mostrò il passaporto e la carta intestata che Pirie Tamm aveva timbrato e firmato. L'ometto lesse tutto con notevole rapidità. – Cadwal, eh? Dove sarebbe questo posto?

– Al di là di Perseo, in fondo allo Sciame di Mircea.

– Mai sentito. Dev'essere una bella cosa viaggiare in lungo e in largo per la galassia. Ma un uomo non può andare dappertutto. – Accigliato si sfilò una penna da sopra un orecchio. – Anche se qui dentro, qualche volta, ho l'impressione di essere in diversi posti nello stesso tempo. – Scrisse qualche parola su un foglietto. – Vediamo cosa posso trovare – disse, e si allontanò a passo di marcia. Due minuti dopo ricomparve con un pesante volume nero, che piazzò di fronte a Wayness. Applicata a esso c'era una scheda. La sfilò. – Annoti qui le sue generalità, prego. Non scriva un romanzo, che le giornate sono brevi e non bastano per tutto quello che c'è da fare qui dentro.

Wayness prese la penna e guardò gli altri nomi scritti sulla scheda. I primi, cinque o sei, non le dissero niente. L'ultimo, accanto al quale c'era una data di dodici anni addietro, era "Simonetta Clattuc".

L'impiegato tamburellò con le dita sul banco. Appena Wayness lo ebbe accontentato, si fece restituire penna e scheda e le accennò di spostarsi al tavolo delle consultazioni. – Sì, signore? – disse all'uomo in attesa dietro di lei.

Con mani nervose la giovane donna sfogliò le larghe pagine del registro, e poco dopo ne trovò una la cui intestazione diceva:

Codice: 777-ARP, sub-codice: M/D.
Società Naturalistica/Frons Nisfit, Segretario.
Agenti: Mischap & Doorn
Tre lotti:
(1) Oggetti d'arte, Stampe, Curiosità.
(2) Libri, Testi, Materiale Video.
(3) Documenti Vari.
LISTA DEGLI ARTICOLI: Lotto (1)

Wayness percorse con lo sguardo il resto della pagina e quella successiva, su cui era elencato un gran numero di oggetti. Ciascuno recava il prezzo che aveva raggiunto all'asta, il nome e l'indirizzo dell'acquirente, e talvolta una nota in codice.

Nella terza pagina c'era la lista degli articoli del Lotto (2). Wayness corse subito alla quarta, dove avrebbe dovuto apparire il contenuto del Lotto (3), e quello che trovò fu un elenco di vetture usate fatte mettere all'asta da un certo Jahaim Nestor.

La ragazza tornò alle pagine precedenti, le rilesse e le sfogliò, ma senza risultato. La pagina che riguardava il Lotto (3) Documenti Vari mancava all'appello.

Avvicinando il naso alla parte interna Wayness notò che qualcosa di essa era tuttavia rimasto: una lama affilata l'aveva tagliata da cima a fondo, lasciando lì solo il pezzo fissato alla costola.

Lo sportellista dai capelli bianchi terminò di occuparsi di un altro cliente e inarcò un sopracciglio alla vista del volume che Wayness gli deponeva davanti. – Non mi chieda di spiegarle cosa significa questo o quello. Se sa leggere una parola scritta, le ipotesi che lei può fare su di essa valgono quanto le mie.

– Vorrei sapere se esistono duplicati delle registrazioni.

L'impiegato rise aspramente. – Questo stimola la mia curiosità, lo ammetto. Perché vorrebbe vedere l'esatta replica di ciò che ha qui davanti agli occhi?

In tono mite Wayness spiegò: – Se una registrazione fosse scorretta o incompleta, un duplicato ovvierebbe all'inconveniente.

– Se tutti volessero vedere anche i duplicati, io dovrei correre avanti e indietro due volte. E se scoprissimo una differenza fra le due copie, chi potrebbe mai dire qual è quella esatta? Ci troveremmo per le mani un'incertezza disastrosa, forse anche gravi conseguenze legali. Non sia mai detto! Un errore in un documento è come una mosca nella minestra: il buongustaio saggio sa come girarci attorno con il cucchiaio. No, signora! Questo è un ufficio disposto a dare informazioni, non la Terra dei Sogni dove tutto si realizza!

Wayness tornò al tavolo e guardò ancora il registro, sconfortata. La sua pista finiva nel nulla, e lei restava senza neppure una vaga traccia da seguire.

Per un poco restò lì a sedere, poi si alzò. Non c'era altro da fare né altro da cercare, lì dentro. Vedendo arrivare l'impiegata con il carrello le chiese un ultimo servizio; poi le lasciò un paio di sol per il disturbo e se ne andò.

Parte V

1

– Un triste epilogo per la tua indagine – disse Pirie Tamm. – Tuttavia essa ha illuminato un fatto concreto.

Wayness non fece commenti. L'uomo si spiegò: – Mi riferisco a questo: Monette, Violja Fanfarides, Simonetta Clattuc, o comunque le piaccia farsi chiamare, ha ottenuto informazioni che tu avresti ritenuto importanti, ma esse non le hanno portato alcun vantaggio. Lo dimostra il fatto che la Carta non è stata ancora registrata. Di conseguenza anche tu stavi seguendo una pista improduttiva.

– Improduttiva o no, ce n'era una sola. E strappando via quella pagina lei l'ha troncata.

Pirie Tamm prese una pera dal vassoio al centro della tavola e cominciò a sbucciarla. – Di conseguenza – la sondò – ora pensi di ritornare a Cadwal?

Wayness lo guardò con aria di sfida. – Naturalmente no! Ormai dovresti conoscermi meglio!

Pirie Tamm fece un sospiro. – Ed è così. Tu sei una creatura molto determinata. Ma la determinazione da sola non basta.

– Non sono completamente senza risorse – puntualizzò Wayness. – Ho fatto fotocopiare le pagine dei Lotti Uno e Due.

– Davvero? E perché?

– In quel momento non mi chiedevo il perché; forse era all'opera il mio subconscio. Ora invece sto pensando che se qualcuno ha acquistato oggetti dal Lotto Uno e Due, potrebbe averne acquistati anche dal Lotto Tre.

– Un'acuta supposizione, benché le premesse non siano luminose.

È trascorso molto tempo, e non pochi degli individui presenti a quell'asta saranno impossibili da rintracciare.

– Sono la mia ultima possibilità. – Wayness gli mostrò le copie. – Qui sono registrati acquisti fatti da cinque istituzioni diverse: una fondazione, un'università e tre musei.

– Domattina indagheremo per via telefonica – disse Pirie Tamm. – Non sarò io a rifiutare una goccia d'acqua a questo debole seme di speranza.

2

Il mattino dopo Wayness consultò l'elenco telefonico mondiale, e venne a sapere che le cinque istituzioni di cui lei aveva il nome erano tutte ancora attive. Le chiamò una dopo l'altra, e ad ogni centralino chiese d'essere messa in linea con chi si occupava delle collezioni particolari.

Dalla Fondazione Berwash per lo Studio della Biologia Alternativa fu informata che la collezione comprendeva molti saggi firmati da soci della Società Naturalistica, tutte descrizioni anatomiche di creature viventi non terrestri, più tre volumi rari di William Charles Schultz: "La prima e l'ultima equazione, e tutto il resto"; "Discordia: tormento e sollievo. Perché i matematici e i cosmologi non vanno d'accordo"; e il "Pan-Mathematikon". Il curatore volle sapere: – La Società Naturalistica sta forse pensando di fare un'altra donazione?

– Non per il momento – rispose Wayness.

Il Museo Cornelis Palmeijer di Storia Naturale possedeva un set di sei volumi in cui erano descritte sei forme di vita aliena omologa creata dalla dinamica dell'evoluzione parallela, curati e pubblicati dalla Società Naturalistica. Non aveva nient'altro, né carte né documenti, della stessa provenienza.

Il Museo Pitagorico aveva quattro monografie su un unico astruso soggetto: la musica non umana ed il simbolismo sonico, scritti da Peter Bullis, Eli Newberger, Stanford Vincent, e il Capitano R. Pilsbury.

La Biblioteca dell'Università Bodleiana era in possesso di un solo volume: disegni a mano libera rappresentanti la formazione dei cristalli pseudoviventi del pianeta Tranque, su Bellatrix V.

Il Museo Commemorativo Funusti di Kiev, al confine della Grande

Steppa Altaica, non aveva un ufficio attrezzato per fornire informazioni, ma dopo un breve dialogo fra alcuni funzionari Wayness fu messa in linea con un giovane curatore dal volto magro e pallido, austero, con capelli nerissimi pettinati severamente all'indietro. Malgrado la sua riservatezza, il giovanotto parve apprezzare i modi cortesi – e l'aspetto – di Wayness. La ascoltò con estrema attenzione e fu in grado di risponderle subito in modo esauriente. Sì, le numerosissime collezioni del Museo comprendevano parecchi trattati scritti da membri della Società Naturalistica, riguardanti le forme di comunicazione non terrestri. Oltre a ciò era presente una collezione separata di documenti antichi, non ancora del tutto catalogati ma fra i quali esistevano senza dubbio registrazioni e incartamenti vari della Società Naturalistica. La collezione non era ancora pronta per essere esposta al pubblico, ma per un membro della Società Naturalistica era diverso, e Wayness poteva senz'altro avere il permesso di esaminare il materiale a suo comodo.

In tal caso lei ne avrebbe approfittato immediatamente, dichiarò Wayness, poiché stava compilando una bibliografia generale di tutta la documentazione, in vista del futuro riassetto della Società. Il curatore approvò l'idea e si presentò come Lefaun Zadoury. Al momento del suo arrivo, assicurò a Wayness, le avrebbe dato ogni possibile assistenza.

– Lasci che le domandi un'ultima cosa – disse Wayness. – Negli ultimi dodici anni questo stesso materiale è stato per caso esaminato da una donna di nome Simonetta Clattuc, o forse Violja Fanfarides, o anche Monette?

Lefaun Zadoury, forse pensando che lei scherzasse, inarcò un sopracciglio. Poi si girò a consultare un altro schermo. – Qui non risulta.

– Questa è una buona notizia – disse Wayness, e il colloquio si concluse su basi cordiali.

3

D'umore quasi effervescente per la speranza, Wayness sopportò senza lamentarsi il lungo viaggio in monorotaia verso oriente. Passò sotto innumerevoli catene di montagne, aggirò laghi, superò vallate e burroni, e infine fu nella Grande Steppa Altaica dove sorgeva l'antica città di Kiev.

Il Museo Funusti aveva sede nell'ex Palazzo Konevitsky, su Colle Muroum, dietro la Città Vecchia. Wayness prese alloggio all'Albergo Mazeppa e si vide assegnare un'intera serie di stanze rivestite in pannelli di noce, qua e là decorati d'incisioni floreali rosse e azzurre. Le finestre si aprivano su Piazza Principe Bogdan Yurevich Kolsky, una vasta area pentagonale pavimentata in lastre di granito rosa. Su tre lati di essa, due cattedrali e un monastero, splendidamente restaurati o forse del tutto ricostruiti in stile antico, alzavano al cielo dozzine di cupole a forma di cipolla, rivestite in sfoglia dorata o dipinte in rosso, azzurro, verde o a strisce spiraliformi.

Wayness poté leggere da un opuscolo che trovò sul tavolo:

> "Gli edifici che sorgono ai lati di Piazza Kolsky sono repliche esatte degli originali, accuratamente ricostruiti in Stile Slavico Antico e con gli stessi metodi e materiali dell'epoca.
>
> "Sulla destra si leva la Cattedrale di Santa Sofia, con le sue diciannove cupole. Al centro c'è la Chiesa di Sant'Andrea, con undici cupole, e a sinistra il Monastero di San Michele, con nove cupole. La cattedrale e la chiesa sono riccamente adorne di mosaici e statue, con molti interni decorati in oro e pietre preziose. La vecchia Kiev sofferse molte devastazioni, e Piazza Kolsky fu teatro di innumerevoli atti di violenza. Ma oggi i turisti provenienti da tutta la Distesa Gaeana possono ammirare con meraviglia i gioielli architettonici che la fede popolare seppe erigere in una terra a quel tempo così povera."

Era pomeriggio, e una luce dai toni un po' foschi illuminava la vecchia piazza. C'erano molti passanti, anche se quasi tutti avvolti in pesanti mantelli e soprabiti per il vento freddo che soffiava dalle colline. Wayness stava per telefonare al Museo Funusti, poi ci ripensò; a quell'ora era troppo tardi per ottenere qualcosa. Lefaun Zadoury era stato cortese, ma lei non voleva approfittarne per suggerire che le sarebbe piaciuto farsi mostrare le bellezze della città.

Uscì da sola e per un'ora si aggirò nell'interno della Cattedrale di Santa Sofia, apprezzandone l'atmosfera densa di storia. Poi cenò al Ristorante Carpazia, ordinando zuppa di lenticchie, prosciutto di cinghiale, funghi misti e torta di nocciole. Il menu, per fortuna, non era nella strana lingua – il cirillico, informava l'opuscolo – di cui aveva visto esempi nella cattedrale. Soltanto la grafia di molti nomi restava a ricordare ai visitatori che sulla Vecchia Terra era esistito un numero incredibile di lingue diverse.

Uscendo dal ristorante Wayness trovò la città immersa nel grigiore del crepuscolo. Piazza Kolsky era buia e deserta, spazzata dal vento; la attraversò verso l'ingresso dell'albergo Mazeppa senza vedere un'anima in giro. – È quasi come attraversare l'oceano su una barchetta – disse a se stessa.

Quella sera guardò uno spettacolo folcloristico che l'albergo mandava in onda nelle camere, ma era stanca e andò a letto presto. Al mattino telefonò a Lefaun Zadoury, al Museo Funusti. Come l'altra volta il giovanotto indossava un largo grembiule nero, che le parve vecchio e frusto. – Qui Wayness Tamm – disse al suo volto sobrio e allungato. – Forse ricorderà la mia chiamata da Fair Winds, presso Shillawy. Ora sono in città.

– Ma certo che la ricordo! È arrivata prima di quel che pensassi. Sta per venire al museo?

– Se non disturbo.

– È un momento buono quanto un altro. Non vedo l'ora che sia qui. Le verrò incontro nella loggia.

L'entusiasmo di Lefaun Zadoury, per quanto corretto, confermò a Wayness che la sua decisione di non chiamarlo la sera prima era stata saggia.

In strada c'erano delle vetture automatiche, ma lei ne preferì una con l'autista. Gli fornì l'indirizzo e l'auto scivolò verso nord su Sorka Boulevard, col fiume Dniepr sulla destra e alti palazzi in vetro e cemento sulla destra. Dietro di essi il fianco della collina era fitto di caseggiati più o meno simili. L'auto prese una traversa, risalì la collina fino alla sommità e rallentò di fronte a un grande edificio che sovrastava il panorama del fiume e della steppa al di là di esso.

– Ecco il Museo Funusti – annunciò l'autista. – Un tempo era la reggia del Principe Konevitsky, dove i grandi signori e le loro eleganti dame cenavano con anatra all'arancia e danzavano il fandango fino a notte tarda. Ora è silenzioso come una tomba; un posto dove tutti camminano in punta di piedi e indossano grembiuli neri. Se a un visitatore sfuggisse un rutto, sentirebbe l'impulso di nascondersi sotto un tavolo. Cos'è meglio, dunque? Le gioie e gli splendori della dissolutezza, o il silenzio misero e pedante dei morigerati studiosi? La domanda contiene già la sua risposta.

Wayness scese dall'auto e si fermò accanto al posto di guida. – Vedo che lei è una specie di filosofo.

– Sono un poeta! E non c'è poeta che non si ubriachi di filosofia. Ma prima di tutto sappia che sono un cosacco!

– E cosa sarebbe un cosacco?

– Per la barba di San Michele! – esclamò l'uomo. – Devo credere ai miei orecchi? Ma già, lei parla con un accento poco terrestre. Ebbene, signora, sappia che un cosacco è l'aristocratico della natura: non teme nulla, va dritto per la sua strada, e non c'è spada abbastanza affilata da farlo deviare d'un passo. Anche un conducente di auto pubbliche si comporta con la dignità del vero cosacco. Alla fine di un percorso non si degna di guardare il tassametro: egli chiede la prima cifra che gli passa per la testa. Se il passeggero sceglie di non pagare, ebbene: che importa? Il conducente volge su di lui uno sguardo sprezzante, e si allontana sdegnato.

– Interessante. E quale tariffa sta pensando di chiedermi?

– Tre sol.

– Sono decisamente troppi. Questo è un sol. Lei può accettarlo oppure andarsene sdegnato.

– Poiché lei è una straniera e non capisce queste cose, prenderò il denaro. Devo aspettarla? Lì dentro non c'è niente di eccitante; fra dieci minuti ne uscirà tramortita dalla noia.

– Dovrò dominare questo impulso – disse Wayness. – Sono qui per studiare dei vecchi documenti, e non ho idea di quanto dovrò trattenermi.

– Come preferisce.

Wayness attraversò il giardino anteriore ed entrò in una loggia marmorea non meno vasta, dove il solo rumore era l'eco dei suoi passi. Lungo le pareti si ergevano colonne dorate; dal soffitto pendeva un immenso candelabro formato da almeno diecimila cristalli. Guardò a destra e a sinistra ma non vide traccia di Lefaun Zadoury. Poi una figura alta e magra, avvolta in un indumento nero che gli ondeggiava attorno, sbucò in silenzio da un corridoio marciando a lunghi passi. Venne a fermarsi davanti a Wayness e abbassò lo sguardo su di lei. I suoi capelli neri pettinati con cura, le sopracciglia nere e gli occhi neri facevano un netto contrasto col candore della sua pelle. – Penso di poter supporre che lei sia Wayness Tamm – disse, con voce priva di accento.

– La supposizione è esatta. E lei è Lefaun Zadoury.

Il curatore annuì appena. La studiò da capo a piedi, poi ebbe un lieve sospiro e scosse il capo. – Stupefacente quanto ingannino quegli schermi.

– Sembro tanto diversa?

– Lei è più giovane e meno autoritaria della persona che mi ero aspettato.

– La prossima volta manderò mia madre.

La mandibola ossuta di Lefaun Zadoury si abbassò di colpo. – Ho parlato incautamente! In effetti mi fa piacere che...

– Non importa. – Wayness girò lo sguardo sulla loggia ottagonale. – È un atrio molto appariscente. Non immaginavo questa imponenza.

– Be', ammetto che sia d'effetto. – Lefaun Zadoury guardò il locale come se lo vedesse per la prima volta. – Il candeliere è assurdo, naturalmente... un dinosauro per la manutenzione, un topolino per l'illuminazione. Un giorno o l'altro precipiterà al suolo e le schegge ammazzeranno chiunque ci sia qui dentro.

– Sarebbe un peccato.

– Sì, senza dubbio. Ma in genere i Konevitsky mancavano di buon gusto. Le colonne sono eccessive, e non ce n'è una dello stesso diametro.

– Davvero? Non l'avevo notato.

– Il museo comunque trascende queste deficienze. Abbiamo la più bella collezione del mondo di intagli Sassaniani, una gran quantità di cristalleria Minoa prima maniera, e la serie completa delle miniature di Leonie Bismaie. Anche la nostra Sezione Equivalenze Semantiche è considerata eccellente.

– Dev'essere bello lavorare in un'atmosfera così colta – disse educatamente lei.

Lefaun Zadoury fece un gesto che poteva significare qualsiasi cosa o il contrario. – Bene. Allora... vogliamo passare agli affari?

– Sì, gliene sarei grata.

– Mi segua, prego. Dobbiamo innanzitutto fornirla di un grembiule adeguato, come il mio. Questa è l'uniforme di lavoro del museo. Non mi chieda di spiegarle il perché. Tutto ciò che so è che chiunque non la indossi dà noiosamente nell'occhio.

– Se lo ritiene indispensabile. – Wayness lo seguì in una stanza all'inizio del corridoio. Da un lungo attaccapanni a muro Lefaun Zadoury prelevò un grembiale e glielo misurò addosso. – Troppo lungo – stabilì, e ne cercò un altro. – Sì, questo può andare, anche se la stoffa e il taglio lasciano molto a desiderare.

Wayness lo indossò e lo abbottonò da cima a fondo. – Mi sento già alquanto diversa.

– Fingeremo che sia un abito da sera di seta Kuriana, all'ultima moda. Le va una tazza di thè e una pizza alle mandorle? O vuole mettersi subito al lavoro?

– Sono ansiosa di vedere quel materiale – disse Wayness. – Più tardi, forse, prenderò una tazza di thè.

– Così sia. La collezione è al secondo piano.

Lefaun Zadoury la precedette su per una larga scala marmorea, poi in un lunghissimo corridoio pieno di scaffalature allineate che terminava in una sala. Numerosi curatori e altro personale del museo sedevano al grande tavolo centrale, leggendo documenti e prendendo note; altri lavoravano a terminali di computer sistemati in alcove laterali o andavano avanti e indietro portando libri, fascicoli e piccoli oggetti d'arte. Nonostante quell'attività la sala era silenziosa; non si udiva nulla che non fosse il fruscio dei fogli e il lieve scalpiccio delle scarpe di gomma sul pavimento. Zadoury condusse Wayness in una stanza laterale e chiuse la porta – Ora possiamo parlare senza disturbare nessuno. – Le diede un foglio. – Ho fatto una lista degli articoli della nostra collezione Naturalistica. Sono suddivisi in tre categorie. Se lei mi spiegasse ciò che le interessa, forse potrò aiutarla a lavorare con più efficienza.

– È una storia complicata – disse Wayness. – Quarant'anni fa, un segretario della Società vendette alcuni documenti a quell'epoca non indispensabili, fra cui ricevute e fatture, che oggi vengono messi in discussione. Se potessi rintracciarli, la Società ne trarrebbe un grande beneficio.

– Capisco perfettamente. Se mi può descrivere questi documenti la aiuterò a cercarli.

Wayness sorrise e scosse il capo. – Li riconoscerò solo quando li vedrò. Temo che dovrò sobbarcarmi personalmente tutto il lavoro.

– Bene – annuì Lefaun Zadoury. – La prima categoria, come vede, consiste di sedici monografie dedicate a ricerche semantiche.

Wayness riconobbe in quei volumi gli articoli venduti al museo dalla Galleria Gohoon.

– La seconda categoria riguarda la genealogia dei Conti de Flamanges. La terza categoria, "Miscellanea di Carte e Documenti Vari" non è ancora stata catalogata ed è, suppongo, quella che le interessa di più. Ho ragione?

– Ha ragione.

– In questo caso, andrò a prelevare il materiale e lo porterò qui. Abbia pazienza qualche minuto, se non le spiace.

Lefaun Zadoury uscì, e da lì a non molto fece ritorno spingendo un carrello su cui c'erano tre casse di legno. Le depose sul tavolo. – Non si spaventi – disse, con sollecitudine quasi comica. – Nessuna cassa è piena fino all'orlo. E ora, visto che il mio aiuto non le serve, la lascio a se stessa.

Prima di uscire dalla porta il giovanotto sfiorò una piastra, e al centro di essa s'accese una spia rossa. – Mi è stato chiesto di attivare i monitor. In passato abbiamo avuto alcune sfortunate esperienze.

Wayness scrollò le spalle. – Monitorate finché volete. Le mie intenzioni sono oneste.

– E io non ne ho alcun dubbio – disse lui. – Ma non tutti hanno le molte virtù che si comprendono in lei.

Wayness gli concesse uno sguardo speculativo. – Lei è molto galante! Ma ora devo mettermi al lavoro.

Lefaun Zadoury lasciò la stanza, evidentemente compiaciuto di se stesso. Wayness si volse al tavolo. – Potrei non essere più così onesta e piena di virtù, se trovassi la Carta o la Garanzia, pensò. Be', vedremo.

Nella prima cassa c'erano trentacinque grossi volumi accuratamente rilegati, ciascuno con notizie e studi biografici su uno dei fondatori della Società Naturalistica.

– Che tristezza – commentò Wayness. – Queste cose dovrebbero tornare in possesso della Società, dove almeno c'è la vaga ipotesi che in futuro un essere umano le legga.

Cinque o sei volumi, comunque, mostravano d'esser stati sfogliati molto spesso, e in alcuni casi sui bordi delle pagine erano scritte delle note a mano. I nomi di quei soci non avevano alcun significato per lei.

Wayness dedicò la sua attenzione alla seconda cassa. Conteneva numerose pubblicazioni di ogni forma e dimensione, tutte riguardanti la genealogia e la storia dei Conti de Flamanges nel corso di ben duemila anni.

La ragazza le scartò con una smorfia di disappunto e passò alla terza cassa, ma le sue speranze di trovare qualcosa erano già calate di più dei due terzi. Dentro di essa c'erano molti fogli scritti o stampati, articoli di giornale, e fotografie riguardanti il progetto di un bell'edificio arioso, la sede di quelli che avrebbero dovuto essere i nuovi uffici della Società Naturalistica. Nel suo interno un ampio spazio era dedicato al Collegio delle Scienze, della Filosofia e delle Arti Naturalistiche; inoltre ci sarebbe stato un museo gratuito aperto al pubblico, e forse anche un vivaio per ospitare e studiare nel loro ambiente creature di molti pianeti. I fautori del progetto parlavano della reputazione e del futuro della Società; gli oppositori sottolineavano il costo elevato e si chiedevano quale fosse l'utilità pratica di quelle strutture. Molti soci si dicevano disposti a offrire somme notevoli per realizzare il progetto; il Conte Blaise de Flamanges s'era impegnato a donare trecento acri appartenenti a una sua proprietà nel Moholc.

L'entusiasmo per il progetto aveva raggiunto il climax pochi anni prima dell'arrivo sulla scena di Frons Nisfit; poi, quando i fondi necessari per l'intera opera s'erano rivelati introvabili, era pian piano svanito. Alla fine anche il Conte Blaise de Flamanges aveva ritirato la sua offerta, e l'idea era stata abbandonata.

Wayness si appoggiò allo schienale della sedia, seccata e depressa. Non aveva trovato assolutamente niente che riguardasse Cadwal, o la Carta e la Garanzia Perpetua. Ancora una volta la sua pista finiva in un vicolo cieco.

Lefaun Zadoury mise dentro la testa. Osservò Wayness e il materiale sparso sul tavolo. – Come vanno le sue ricerche?

– Non molto bene.

Il giovanotto si accostò al tavolo. Guardò nelle casse, sfogliò alcuni dei libri e dei fascicoli. – Interessante... o almeno credo. Questi argomenti non sono la mia specialità. In ogni caso, è l'ora di una salutare pausa. È pronta per una tazza di buon thè giallo con i biscotti? Questi piccoli piaceri migliorano l'esistenza!

– Sono disposta a migliorare la mia esistenza. Possiamo lasciare i documenti in disordine? O ai monitor è collegato un raggio mortale che mi punirà?

Lefaun Zadoury guardò la placca a lato della porta. La spia rossa non si vedeva più. – Sembra che il sistema abbia avuto un guasto. Lei avrebbe potuto far venire una fila di autocarri per svuotare il museo, e nessuno se ne sarebbe accorto. Andiamocene pure; questi documenti non fuggiranno da qui.

Il giovanotto la scortò in una piccola e rumorosa sala-mensa, dove il personale del museo sedeva intorno a strettissimi tavolini a bere thè o analcolici. Tutti indossavano il grembiule nero, e Wayness constatò che in effetti senza l'uniforme lei sarebbe balzata molto all'occhio.

L'aspetto funereo di quegli indumenti non influiva però sul volume e sul ritmo delle conversazioni: tutti parlavano con energia, interrompendosi solo per il tempo d'ingollare grandi sorsi di thè da capaci tazze di ceramica colorata.

Lefaun Zadoury trovò un tavolino vuoto, e il cameriere della mensa servì loro thè e paste. Il giovane curatore accennò attorno a sé con aria di scusa. – Lo splendore e il lusso, insieme alla pasticceria migliore, sono riservati ai direttori di sezione, che usano la grande sala da pranzo del Principe Konevitsky. Li ho visti. Usano quattro forchette e tre coltelli diversi per mangiare le aringhe, e si asciugano il sugo dalla faccia con tovaglioli di un metro quadro. Gli impiegatucci come noi devono accontentarsi di meno, anche se paghiamo quindici pence per un pasto.

– Io sono una straniera – disse Wayness – e forse ignorante, ma non mi sembra così grave. Per dirne una, in questa pasta ho trovato non meno di quattro uvette!

Lefaun Zadoury emise un grugnito cupo. – L'argomento è troppo complesso per poterlo sviscerare senza un'accurata analisi.

Wayness non fece commenti, e i due continuarono a bere il thè in silenzio. Un individuo dal fisico così gracile che sembrava perdersi nel largo grembiule nero si chinò accanto a Zadoury per mormorargli qualcosa in un orecchio. Ciocche sudaticce di capelli biondi gli ricadevano sulla fronte, e la sua pelle aveva un grigiore malsano. Wayness si chiese se non fosse ammalato. Parlava con intensità febbrile, battendosi un dito sul palmo dell'altra mano.

I pensieri di Wayness vagarono in regioni dove regnava un'uggiosa mestizia. Dal lavoro di quel mattino non era emerso un solo nuovo indizio, e la pista che l'aveva condotta al Museo Funusti s'era rivelata illusoria. E adesso? In teoria avrebbe potuto dedicarsi ad altri nomi che apparivano sulla lista della Galleria Gohoon, nel caso che anche uno di loro avesse acquistato oggetti dal Lotto Tre, ma era un lavoro così vasto e con possibilità di successo così piccole che scacciò dalla mente quell'idea. Distrattamente si accorse che Lefaun Zadoury e il suo amico stavano parlando di lei; ciascuno mormorava un commento nell'orecchio dell'altro, a turno, e poi si voltava a soppesarla con lo sguardo come per trovare conferma alla sua opinione. Lei rifletté sul progetto del magnifico edificio in cui avrebbe dovuto trasferirsi la Società Naturalistica. Peccato che fosse finito nel nulla! Quasi certamente ciò avrebbe lasciato ben poco capitale sfruttabile per le ruberie di Nisfit. Continuò a pensarci e una nuova ipotesi prese forma.

L'amico di Lefaun Zadoury andò per i fatti suoi, facendo ciondolare le braccia come fossero disarticolate.

Il giovanotto la stava guardando. – Un tipo a posto, quello. Si chiama Tadiew Skander. Ne ha mai sentito parlare?

– No, che io ricordi.

Lefaun Zadoury ebbe un gesto condiscendente. – Deve sapere che ci sono...

– Mi scusi un momento – lo interruppe lei. – Devo controllare una nota.

– Prego. – Zadoury si appoggiò all'indietro e incrociò le braccia sul petto, fissandola con spassionata curiosità.

Wayness frugò nella sua voluminosa borsetta e ne tirò fuori le fotocopie fatte alla Galleria Gohoon, la lista del contenuto dei Lotti Uno e Due. Gettò un'occhiata da sotto in su a Lefaun Zadoury: l'espressione con cui la scrutava era attenta, concentrata. Wayness si agitò sulla sedia, a disagio; quell'esame le stava facendo prudere la pelle. Si accigliò, storse il naso e ignorò la presenza del curatore meglio che poté.

Studiò di nuovo la lista attentamente, un articolo dopo l'altro, e fu soddisfatta di scoprire che la memoria non l'aveva tradita: nessuna delle tre casse da lei esaminate nella stanza da lavoro conteneva materiale di quanto era stato messo all'asta dalla Gohoon. Non c'erano genealogie, né studi biografici, né progetti edilizi della nuova sede per la Società Naturalistica.

Strano, pensò. Perché gli articoli non corrispondevano?

D'improvviso le implicazioni di quella scoperta le diedero un fremito d'eccitazione. Dato che il materiale non proveniva dalla Galleria Gohoon, a cederlo al museo era stato qualcun altro.

Chi, dunque?

E non meno importante: quando? Se era stato acquisito dal museo Funusti prima dell'epoca di Nisfit, la cosa non avrebbe rivestito alcun interesse.

Wayness rimise le copie nella borsa e tornò a volgersi a Lefaun Zadoury, che sostenne il suo sguardo con la stessa imperturbabile flemma di poco prima.

– Devo tornare al lavoro.

– Come preferisce. – il curatore si alzò in piedi. – Non ci sono extra. Può lasciare sul tavolo trenta pence.

Wayness inarcò un sopracciglio, ma non fece commenti e depose tre monete da dieci sul tavolino. I due tornarono nella stanza da lavoro. Lefaun Zadoury le indicò il tavolo con un largo gesto. – Osservi pure, prego! È come le ho detto. Nulla è scomparso!

– È un vero sollievo – disse lei. – Se qualcosa risultasse mancante, sono certa che sarei giudicata responsabile e punita severamente.

Il giovanotto agitò una mano. – Le leggi locali sono indulgenti verso gli stranieri. Per un furto d'opere d'arte se la caverebbe con quattro anni e mezzo di carcere, con la possibilità di scontare la pena all'impianto di pulitura del pesce. Qui produciamo un ottimo caviale.

– È una fortuna godere dell'opinione di una persona così esperta – disse Wayness. – Sembra che le sue conoscenze spazino in molti campi.

– Se non altro – disse con serietà Zadoury – cerco di essere competente circa ogni aspetto della mia professione.

– Lei sa in che data il museo ha acquisito questo materiale?

Il giovanotto si masticò un labbro. – Mmh, no. Ma posso scoprirlo in fretta, se le interessa.

– Mi interessa.

– Un minuto, allora. – Lefaun Zadoury uscì nella sala adiacente e andò a sedersi davanti a uno dei terminali. Inserì dei comandi, osservò lo schermo, poi ebbe un cenno d'assenso per segnalare che l'informazione era passata nella sua testa. Wayness lo guardava dalla soglia.

Il giovanotto si alzò e rientrò nella stanza da lavoro. Chiuse accuratamente la porta e si accarezzò la mandibola, come ruminando su un'intera serie di idee complicate. Wayness attese con pazienza. Alla fine domandò: – Cos'ha saputo?

– Niente.

Lei cercò di non parlare con voce stridula. – Niente?

– Ho saputo che l'informazione non è disponibile, se questo le suona meglio. Stiamo lavorando su materiale acquisito da un donatore anonimo.

– Ridicolo! – brontolò Wayness. – Non capisco la logica di queste misure di segretezza!

– Né l'universo in generale, né il Museo Funusti in particolare, sono templi della logica – sentenziò Lefaun Zadoury. – Ha finito con questi documenti?

– Non ancora. Devo riflettere.

Il giovane rimase nella stanza, con l'aria di averne abbastanza, o così parve a Wayness. Fin dove avrebbe potuto spingersi con lui? Lo sondò con una domanda: – L'informazione è nota a qualcuno, qui al museo?

Lefaun Zadoury alzò gli occhi al cielo. – Posso supporre che qualche funzionario del DRP, l'Ufficio Doni Rendite e Procure, abbia un compendio. È evidente che sono dati abbastanza inaccessibili.

Wayness disse, pensosamente: – Io potrei offrire una piccola donazione al museo, se mi fosse fornita quest'unica notizia.

– Anche le cose inaccessibili sono concepibili – disse Lefaun Zadoury. – Ma ora stiamo parlando di personaggi che siedono in alto loco. E difficilmente si prenderebbero il disturbo di sputare in terra per meno di un migliaio di sol.

– Ah! È del tutto fuori questione. Io posso rinunciare a dieci sol, più altri dieci per la sua assistenza tecnica.

Zadoury sollevò drammaticamente le braccia. – Come potrei nominare una cifra così grottesca all'alto personaggio che dovrei andare a consultare?

– Mi sembra molto semplice. Puntualizzi che poche parole per dieci sol sono meglio che un silenzio di tomba e nessun sol.

– Vero – ammise lui. – Ebbene, così sia. In virtù della nostra amichevole associazione rischierò di fare la figura dell'idiota. Mi scusi per qualche minuto. – Il giovanotto uscì dalla stanza. Wayness tornò al tavolo e guardò le tre casse. Biografie dei primi trentacinque Naturalisti, dati genealogici, documenti relativi alla mai avvenuta costruzione di una nuova sede: nulla che valesse la pena di esaminare una seconda volta.

Trascorsero dieci minuti. Lefaun Zadoury fece ritorno, si gettò un'occhiata alle spalle e chiuse la porta. Per qualche secondo considerò Wayness con uno sguardo saturnino che la mise a disagio. Se fosse chiunque altro, pensò lei, lo prenderei per cinico compiacimento da esaltato, ma credo proprio che Zadoury stia solo tentando di presentare un'acuta e affabile immagine di sé. A voce chiese: – Mi sembra soddisfatto. Cos'ha appreso?

L'altro si fece avanti. – Avevo ragione, naturalmente. Il funzionario ha sbuffato e mi ha chiesto se fossi nato ieri. Io gli ho dato a bere che stavo cercando d'essere cavalleresco con un'attraente giovane donna. Si è subito ammorbidito, ma ha insistito che l'intera somma di venti sol fosse pagata a lui. L'unica ovvia scelta era di essere d'accordo. Presumo che lei voglia indennizzarmi della perdita. – Attese, ma Wayness non disse nulla, e il suo sorrisetto lasciò di nuovo il posto alla solita espressione tetra. – In ogni caso, ora lei deve pagarmi la somma stipulata.

Wayness inarcò le sopracciglia. – Lei dice, signor Zadoury! Ma non è così che si conducono gli affari!

– E come?

– Quando lei mi porterà l'informazione, e io l'avrò verificata, le pagherò il dovuto compenso.

– Bah! – grugnì lui. – Qual è lo scopo di tanta pignoleria?

– Semplice. Una volta che la cifra sarà stata pagata, nessuno avrà più fretta. E io dovrò pagare il conto dell'Albergo Mazeppa per chissà quanti altri giorni.

– Hmf – sbuffò Lefaun. – Perché il nome del donatore è così importante?

Wayness esibì un tono paziente. – Ci occorre l'aiuto di tutte le antiche famiglie di Naturalisti, allo scopo di dare nuova linfa alla Società.

– Questi nomi non sono nei vostri archivi?

– Gli archivi sono stati danneggiati tempo fa da un segretario irresponsabile. Ora stiamo cercando di riparare i danni.

– Distruggere le registrazioni è un crimine da irresponsabili. Ma tutto ciò che è stato scritto una volta, probabilmente si trova scritto da chissà quante altre parti.

– Così spero – disse Wayness. – È per questo che sono qui.

Lefaun ponderò qualche istante, poi nella sua voce s'insinuò una nota quasi aspra: – La faccenda è più complicata di quel che lei pensa. L'informazione non potrà essermi data fino a stasera.

– Questa è una seccatura.

– Non necessariamente! – dichiarò lui, con improvviso entusiasmo. – Io approfitterò della circostanza per mostrarle il fascino e i misteri della Vecchia Kiev. Sarà una serata interessante, che lei non dimenticherà mai più!

Wayness, sentendo il bisogno di un appoggio fisico, indietreggiò contro il tavolo. – Non voglio essere fonte di tanto disturbo per lei. Potrà portarmi l'informazione all'albergo, oppure verrò io al museo domani mattina.

Lefaun sollevò una mano. – Non una parola di più. Per me sarà un grande piacere!

Wayness sospirò. – Che genere di programma ha in mente?

– Come inizio, ceneremo al Pripetskaya, la cui specialità sono le Quaglie allo Sputo. Ma prima, un bel vassoio di anguille marinate al caviale, con abbondante contorno di ostriche e insalata di tartufi. E non dimenticheremo di assaggiare il cosciotto di cervo Mingreliano in salsa piccante.

– Sembra un menu costoso – commentò Wayness. – Chi paga?

Lefaun Zadoury sbatté le palpebre. – Ho pensato che in effetti, dato che lei ha le spese pagate dalla Società...

– Ma io non sto spendendo il denaro della Società.

– Be', allora divideremo le spese. Questa è la mia abitudine di persona semplice, quando ceno con gli amici.

– Io ho un'idea migliore – disse lei. – Di rado mangio molto a cena, e certo non anguille, ostriche e selvaggina esotica. Lei però non si formalizzi: vuol dire che ci faremo fare conti separati.

– Ripensandoci, credo che andremo al Bistro di Lena, dove si possono gustare polpette di cavolo saporite e fragranti.

Wayness riflettè filosoficamente che dopotutto non aveva di meglio da fare. – D'accordo. Quando e dove riceveremo l'informazione?

– L'informazione? – Lefaun parve un attimo stupito. – Ah, sì. Da Lena; quello sarà il posto.

– Perché da Lena? Perché non qui e subito?

– Queste cose vanno organizzate. È una faccenda delicata. Wayness esitò, dubbiosa. – Mi sembra molto peculiare. In ogni caso, devo rientrare presto all'albergo.

Lefaun assunse un tono allegro. – Non uccidiamo il toro prima che la vacca sia gravida! Vediamo cosa ci prospetta la serata!

Wayness strinse le labbra. – Forse è meglio che io venga qui domattina, semplicemente. Così stasera lei potrà far tardi finché vuole. Ricordi che ho bisogno di una verifica, a meno che lei non mi porti i dati su carta intestata del museo.

Lefaun s'inchinò con esagerata deferenza. – Verrò a prenderla al suo albergo questa sera alle otto, se le va bene.

– È troppo tardi.

– Non a Kiev. A quell'ora la città è appena sveglia. Be', se ci tiene... alle sette può andare?

– Va bene. Sarà necessario che io rientri alle nove.

Lefaun ebbe un mormorio ambiguo. Si guardò attorno. – Ora devo tornare al mio lavoro. Quando avrà finito con questi incartamenti, ne informi un impiegato o un'impiegata nell'altra sala, e il portiere s'incaricherà di mettere via il materiale. Alle sette, allora.

Lefaun Zadoury lasciò la stanza a lunghi passi, facendo svolazzare il grembiule nero. Wayness si girò verso il tavolo. Biografie, genealogie, un progetto edilizio. Sulle casse c'era un numero di codice, lo stesso per tutte e tre; forse era stato stampigliato dal museo dopo l'arrivo della donazione, ma questo non le diceva niente.

Wayness rifletté per un poco, poi aprì la porta e guardò fuori. La sala era mezza vuota, e alcuni degli impiegati rimasti sembravano prepararsi ad andarsene.

La ragazza richiuse, tornò al tavolo e copiò il numero stampato sulle tre casse.

Dalla città vennero i rintocchi di centinaia di campane, vicine e lontane, che suonavano il mezzogiorno. Wayness si appoggiò al tavolo e attese. Cinque minuti. Dieci minuti. Di nuovo aprì la porta e guardò in sala; erano usciti tutti, salvo un paio di curatori che sembravano molto occupati. A passi decisi andò all'alcova più vicina, sedette al terminale e lo accese. L'interfaccia le fornì un menu di scelte. Lei attivò "Ricerca" e "Società Naturalistica", e lo schermo le fornì subito i dati disponibili su due acquisizioni diverse: la prima comprendeva solo trattati semantici e linguistici comprati all'asta alla Galleria Gohoon, e la seconda riguardava le tre casse identificate dal codice che lei aveva appena copiato. Il donatore era la "Beneficenza Aeolus" con sede nella città di Croy. Il materiale era arrivato al museo quindici anni prima.

Wayness ricopiò l'indirizzo e spense il terminale. Per un poco restò lì a pensare. Possibile che quanto aveva fatto fosse al di là dell'immaginazione di Lefaun Zadoury? Lei credeva di no.

Si alzò dalla poltroncina. – Non voglio essere cinica – disse a se stessa – ma finché non troverò una filosofia migliore vedo che dovrò adattarmi alla legge della giungla. – Pensando alla sfacciataggine di Lefaun Zadoury non trattenne una smorfia. – Ho appena risparmiato venti sol, perciò è stata un'utile mattinata di lavoro.

Si avvicinò a uno dei curatori rimasti in sala e gli chiese di notificare al portiere che nell'altra stanza c'erano tre casse da riportare al loro posto. L'uomo replicò, poco cordialmente: – Lo informi lei stessa. Non vede che sono occupato?

– E come posso informarlo?

– Spinga il pulsante rosso accanto alla porta. Può darsi che il portiere abbia voglia di salire. Oppure potrebbe non averne voglia, ma questi sono affari suoi.

– Grazie. – Wayness attraversò la sala, spinse il pulsante rosso e uscì. Al pianterreno si tolse il grembiule e lo appese nella stanza prima della loggia. Questo fece risalire il suo umore di qualche altro punto.

Poiché non aveva di meglio da fare decise di andare a piedi e scese dalla collina fin sul viale che costeggiava il Dniepr. All'imboccatura del Ponte di Santa Ekaterina c'era un'allegra bancarella dipinta a strisce rosse e azzurre, che le parve più invitante dei self-service automatici. La ragazzina bionda dal volto florido che la gestiva le preparò un panino caldo imbottito di carne e un cartoccio conico pieno di patatine fritte. Wayness andò a sedersi su una panchina e mangiò, guardando le rapide acque del Dniepr. Cosa doveva fare con Lefaun Zadoury e i suoi senza dubbio equivoci progetti per la serata? Non riuscì a prendere una decisione; malgrado le sue contorte manovre il giovanotto era una compagnia abbastanza divertente.

Quand'ebbe finito di mangiare si avviò sul lungofiume, attraversò Piazza Principe Kolsky e rientrò all'albergo Mazeppa. Al banco fece alcune domande e venne a sapere che non ci sarebbero state partenze con coincidenze accettabili per Croy fino al mattino dopo. In tal caso, sospirò fra sé, cenerò al Bistro di Lena, dopotutto. Se non altro per il piacere di mettere in imbarazzo quel furfante di Lefaun Zadoury.

Si avviò all'ascensore con l'idea di salire in camera e telefonare a suo zio Pirie, ma poi esitò. C'erano argomenti che andavano sempre in due direzioni. Pirie Tamm era prolisso nell'elencare pericoli ed elargire dotte raccomandazioni.

Wayness colse un'immagine di sé in uno specchio e decise che i suoi capelli erano troppo lunghi. Ripensò a Giljin Leepe e al suo taglio corto, spettinato, forse anche sensuale, ma poi decise che no: decisamente questo l'avrebbe fatta sentire troppo conscia di sé.

Wayness scese dal parrucchiere al pianterreno, dove i suoi capelli neri furono tagliati all'altezza della mandibola e acconciati alla paggio.

Quando fu pronta salì in camera sua, di umore più deciso, e subito fece il numero di Fair Winds.

Pirie Tamm le rispose dal suo studio. Le sue prime domande furono quelle che c'era da aspettarsi, e Wayness lo tranquillizzò meglio che poté: – Ho preso alloggio in un albergo elegante e rispettabile. Il tempo è bello, e io sono in perfetta salute.

– Mi sembri un po' tesa, diversa.

– Dev'essere perché mi sono appena tagliata i capelli.

– Ah! Questo spiega tutto! Pensavo che tu avessi mangiato troppi cibi locali e che il tuo stomaco ne avesse sofferto.

– Non ancora. Ma stasera cenerò al Bistro di Lena, a base di polpette di cavolo. Credo che sia un locale caratteristico.

– Spesso questa parola è solo sinonimo di "antigienico".

– Non devi preoccuparti tanto. Tutto sta andando bene. Non sono stata sedotta, né rapita, né assassinata, né trascinata più morta che viva in una cella.

– Certo, finora tutto va bene. Ma una qualsiasi di queste cose potrebbe capitarti quando meno te l'aspetti!

– In quanto a essere sedotta, presumo che potrò accorgermene con un certo anticipo. Io sono piuttosto timida, e posso impiegare diversi minuti, forse perfino mezzora, prima di provocare un uomo.

– Non dovresti scherzare su queste cose! Con certi uomini basta concedersi un'imprudenza, e poi può essere troppo tardi.

– Hai ragione, naturalmente, zio Pirie. Non temere, saprò essere riservata. Ora lascia che ti dica ciò che ho scoperto. È abbastanza importante, in effetti. Parte della Collezione Naturalistica del Museo Funusti proviene dalla Galleria Gohoon. Ma un'altra parte è stata donata quindici anni fa dalla Beneficenza Aeolus, di Croy.

– Ah, mmh. Questo è interessante, sì. – Il tono di Pirie Tamm era mutato in modo impercettibile. – A proposito, uno dei tuoi amici di Cadwal è arrivato giusto ieri, ed è mio ospite.

Wayness si sentì balzare il cuore in petto. – Chi è? Glawen?

– No, mia cara – disse un'altra voce. E un secondo volto entrò nell'inquadratura dello schermo. – Sono Julian.

– Oh, Dio! – sussurrò Wayness, irrigidendosi. E poi, ad alta voce: – Che stai facendo qui?

– Esattamente quello che fai tu: cerco la Carta e la Garanzia. Pine e io pensiamo che sarebbe saggio unire le nostre forze.

– Julian dice bene – affermò Pirie Tamm con energia. – Dobbiamo agire insieme! Il lavoro è troppo impegnativo per una ragazza sola, come ti ho detto fin dall'inizio.

– Finora ho fatto benissimo anche da sola. Zio Pirie, manda Julian fuori dal tuo studio. Voglio parlarti in privato.

– Santo cielo – buttò lì Julian. – Il tatto non è il tuo forte, oggi, a quanto pare.

– Non so cos'altro dire, per farti uscire fuori portata d'orecchio.

– Molto bene. Se è questo che vuoi, me ne vado. – Pirie Tamm attese che fosse uscito, poi si volse di nuovo allo schermo. – Be', Wayness, questo tuo atteggiamento mi sorprende molto!

– Io non sono soltanto sorpresa di te, zio Pirie, ma inorridita! Hai lasciato che quell'uomo ascoltasse informazioni confidenziali! Julian Bohost è un fervente membro del VPL; intende distruggere la Conservazione e lasciar scorrazzare liberamente gli Yips su tutto Cadwal! Se Julian trovasse la Carta e la Garanzia prima di me, potrai dare alla Conservazione il bacio di addio!

Pirie Tamm abbassò la voce. – Mi ha detto che tu e lui avete... be', un rapporto sentimentale, e che è venuto ad aiutarti.

– Ha mentito.

– E ora cosa pensi di fare?

– Domani mattina partirò per Croy. Non posso fare altri piani prima di sapere cosa troverò laggiù.

– Wayness, mi dispiace.

– Non importa, ormai. Solo, non dire niente a nessun altro, con l'eccezione di Glawen Clattuc, nel caso che arrivasse.

– Sì, va bene. – Pirie Tamm esitò, poi disse: – Telefonami subito, appena puoi. Io sarò più cauto; questo te lo assicuro.

– Non prendertela, zio Pirie. Forse le cose non vanno così male, dopotutto.

– Questa è la mia più fervida speranza.

4

Wayness restò seduta per lunghe ore nella sua stanza, senza guardare niente e incapace di pensare. L'intensità dell'emozione l'aveva presa allo stomaco, dandole i sudori freddi, e un sapore acido le era salito in gola.

Poi la reazione fisica era passata, lasciandola priva d'energia e col morale a pezzi.

Il danno era stato fatto, e nel modo peggiore. Inutile fingere di nascondersene la gravità. Julian poteva precederla a Croy di un giorno intero; più che a sufficienza per ottenere tutte le informazioni che voleva e mettere lei nell'impossibilità di procurarsele. Era stato astuto.

Quel pensiero fece nascere in lei un impeto di rabbia. Si sforzò di controllarsi. L'emozione confondeva le idee e non l'avrebbe portata a nulla. Fece alcuni profondi respiri e poggiò le mani sui braccioli.

La vita continuava. Considerò la serata da cui era attesa. L'informazione che Lefaun Zadoury progettava di venderle era già in possesso di tutti, e la prospettiva di divertirsi a sue spese non la divertiva più. Allo stesso modo, il pensiero di mangiare polpette di cavolo al Bistro di Lena in compagnia dell'avido e parsimonioso curatore aveva perso qualunque attrattiva potesse aver avuto. Ciò malgrado, in mancanza d'altro, andò a fare il bagno e poi indossò una tutablusa grigio perla lunga fino al ginocchio, con un piccolo colletto nero e larghi polsini di pizzo.

Era pomeriggio inoltrato. Ripensando al caffè all'aperto di fronte all'albergo, andò alla finestra e guardò la piazza. I raggi del sole spiovevano obliquamente sull'antica pavimentazione di granito. I soprabiti e i mantelli dei passanti svolazzavano alle raffiche del vento della steppa. Wayness si gettò sulle spalle il suo morbido mantello grigio e scese; poi andò a sedersi a uno dei tavolini e ordinò vermouth Daghestani e un piattino di amaretti.

A dispetto di ogni suo sforzo non poté impedirsi di ruminare su Julian Bohost e il modo in cui aveva raggirato Pirie Tamm. Una domanda la tormentava: come aveva saputo Julian che la Carta e la Garanzia erano scomparse? Impossibile immaginarlo. In ogni caso, il segreto non era più un segreto... né, pensò, lo era stato in quegli ultimi dodici anni.

Seduta dietro i vasi di sempreverdi guardò la gente di Kiev che andava per i fatti suoi. Il sole si abbassò ancora e le ombre dei campanili e delle cupole invasero la piazza. Wayness rabbrividì e rientrò nell'atrio. Scelse una comoda poltrona e chiuse gli occhi, finendo con l'appisolarsi. Quando si svegliò si accorse che le sei erano passate da un pezzo. Si raddrizzò e girò lo sguardo nell'atrio. Lefaun Zadoury non era ancora in vista. Mise in un lettore il dischetto di una rivista archeologica e lesse il resoconto degli ultimi scavi in una località del Kharesm, gettando ogni tanto un'occhiata verso la porta.

Stava osservando le foto di alcune corrose monete del ventesimo secolo quando si accorse che in piedi accanto a lei c'era qualcuno e sussultò, alzando lo sguardo. Era Lefaun Zadoury, ma vestito in una foggia che lo rendeva quasi irriconoscibile. Indossava larghissimi pantaloni a strisce bianche e nere, camicia rosa confetto con una cravatta di nastri verdi arricciati, scarpe poligonali e una giacca verde bottiglia aperta sul davanti. La sua fronte era nascosta dalla tesa pendula di un cappello di lana color ocra.

Wayness stentò a nascondere un'espressione divertita. Il giovanotto studiò sospettosamente la sua reazione, poi si strinse nelle spalle. – Devo dire che stasera lei è molto elegante.

– Grazie. – Wayness si alzò. – Dapprima non l'avevo riconosciuto. Lei non è in uniforme.

La lunga faccia di Lefaun si torse in un sorrisetto sarcastico. – Si aspettava di vedermi arrivare in grembiule nero?

– Be', no. Ma non mi aspettavo neppure uno stile così... anticonformista?

– La moda è un controsenso! Io indosso i primi capi di vestiario che mi vedo davanti. Solo così ho la certezza di trascurare i canoni di ogni scelta prefabbricata.

– Mmh. – Wayness lo esaminò dalle scarpe nere poligonali al floscio berrettone di lana. – Non ne sia tanto certo. Lei ha già fatto una scelta, quando ha comprato questi vestiti.

– Mai! Tutto ciò che indosso viene dalle bancarelle dei cosacchi Altaj, che acquistano e rubano nei posti più diversi. Mi limito a cercare indumenti della mia misura, capaci di ripararmi dal vento. Bene. Ora possiamo andare? – E in tono sofferente aggiunse: – Lei era ansiosa di rientrare quasi prima del tramonto, così sono venuto con un po' d'anticipo, per mostrarle qualcosa della città.

– Sia pure come vuole.

Fuori dall'albergo Lefaun si fermò. – Prima di tutto: la piazza. Lei avrà già notato le chiese, che sono state ricostruite una dozzina di volte e forse più. Tuttavia, noi amiamo dire che sono affascinanti. Lei conosce la storia del passato?

– Non particolarmente bene.

– Ha mai studiato le antiche religioni?

– No.

– Allora non vedrà alcun significato nelle chiese. In quanto a me, ormai mi annoiano a morte, cupole dorate e tutto. Esploreremo in altre direzioni.

– Quali, ad esempio? Neppure io voglio annoiarmi a morte.

– Aha! Non abbia questo timore! Lei è in mia compagnia!

I due attraversarono diagonalmente la piazza verso le colline della Città Vecchia. Lefaun indicava a Wayness questo o quel particolare. – Le lastre di granito su cui sta camminando – disse – sono state estratte da una cava nel Pontus e portate qui in barca. Si dice che sotto ognuna di esse siano sepolti quattro uomini. – Si volse a guardarla, perplesso. – Perché saltella in questo modo, adesso?

– Non so più dove mettere i piedi.

Lefaun agitò una mano. – Ignori i sentimentalismi, e cammini dove le pare. Comunque, erano gente di bassa estrazione. Lei pensa alla strage di vacche nei macelli quando mangia una bistecca?

– Cerco di non farlo.

Lefaun annuì. – Qui a sinistra, quella che sembra un'inferriata orizzontale: è la griglia su cui Ivan Grodzny arrostiva i criminali di Kiev colpevoli di vari misfatti. Questo accadde molto tempo fa, naturalmente, e la griglia è una ricostruzione. Lì a sinistra può vedere una bancarella dove vendono salsicce alla griglia di forma umana, cosa che io trovo alquanto di cattivo gusto.

– Sì, alquanto.

Lefaun si fermò e le indicò la cima di una collina dietro la Città Vecchia. – Vede quella colonna? È alta trenta metri. Per cinque anni Omshats l'Eretico visse sulla sua sommità, gridando insulti atroci a tutti quelli che passavano là sotto. Si narrano due versioni della sua misteriosa scomparsa: alcuni dicono che fu completamente incenerito da un fulmine, altri che qualcuno ne ebbe abbastanza e gli sparò.

– Forse la seconda versione non manca di plausibilità.

– Può darsi. In ogni caso, ora siamo al centro della piazza. A sinistra c'è il Quartiere dei Mercanti di Spezie, a destra la Merceria. Entrambi sarebbero posti di considerevole interesse.

– Ma noi stiamo andando altrove?

– Sì, anche se potremmo incontrare certe complicazioni che lei, essendo straniera, forse troverebbe incomprensibili.

– Finora non ho incontrato difficoltà nel comprendere lei. Lefaun ignorò l'allusione. – Lasci che cerchi di istruirla. Intanto, una premessa: Kiev ha una lunga tradizione di creatività artistica e intellettuale, come lei ha sicuramente notato.

Wayness emise un mugolio ambiguo. – Continui.

– Tutto ciò è vivo nel suo ambiente culturale. La nostra città ha saputo diventare uno dei più avanzati centri di pensiero creativo della Distesa Gaeana.

– Apprenderlo è una lieta sorpresa.

– Kiev è come un grande laboratorio, dove il rispetto per le dottrine estetiche del passato si scontra con il disprezzo per quelle stesse dottrine, talvolta entro lo stesso individuo, e la collisione produce un fuoco d'artificio di pensieri nuovi.

– Questo dove avrebbe luogo? – domandò Wayness. – Fra le mura del Museo Funusti?

– Non necessariamente, benché il Circolo dei Prodromi, un gruppo altamente selezionato, annoveri membri come Tadiew Skander, che lei ha incontrato oggi, e il sottoscritto. In generale la fonte di questi fermenti è la Città Vecchia, dove li si può assaporare e vivere in locali come il Bobadyl, il Nym, il Bistro di Lena, o lo Sporco Edvarde, dove fegato e cipolle vengono serviti nei piatti sporchi del giorno prima. Al Fiore di Pietra il motivo conduttore sono gli scarafaggi, e se ne trovano degli esemplari notevoli! All'Universo tutti si aggirano nudi e collezionano sulla pelle nuda quante più firme possibile. Alcuni fortunati individui sono stati firmati l'anno scorso da Zoncha Temblada, e da allora non hanno più fatto il bagno.

– E dove sono i fuochi d'artificio intellettuali? Finora non ho sentito menzionare che scarafaggi e piatti sporchi.

– Sto cercando di spiegarglielo. Deve sapere che ogni singolo effetto ottenibile tramite le permutazioni del colore, del suono e della forma è già stato ottenuto. Di conseguenza ogni sforzo teso a plasmare una novità è tempo sprecato. L'unica risorsa sempre fresca e rinnovabile e mutevole è il pensiero umano in se stesso, espresso con l'interfaccia degli schemi fonetici fra gli individui.

Wayness si accigliò, perplessa. – Si riferisce alle chiacchiere?

– Suppongo che "chiacchiere" sia una definizione adeguata.

– Se non altro è una forma d'arte poco costosa.

– Esatto. Il che la rende la più democratica di tutte le discipline creative!

– Sono contenta che lei mi abbia spiegato questo – disse Wayness. – Dunque, ora stiamo andando al Bistro di Lena?

– Sì. Le polpette di cavolo sono il piatto forte, e là incontreremo la persona da cui avrò quell'informazione, anche se non so di preciso a che ora arriverà. – Lefaun le gettò un'occhiata. – Perché mi sta fissando in questo modo?

– Come la sto fissando?

– Quand'ero piccolo, mia nonna scoprì che avevo vestito il nostro grosso cane con il suo soprabito migliore. Non posso descrivere la sua espressione: una specie di fatalistica e rassegnata meraviglia al pensiero di cos'altro avrei potuto fare. Così… perché mi sta fissando in questo modo?

– Forse glielo spiegherò più tardi.

– Bah! – Lefaun alzò le mani per inclinare ancora di più la visiera del berretto sopra la faccia. – Non capisco i suoi indovinelli. Ha il denaro con sé?

– Ho quanto basta.

– Molto bene. Non è molto lontano: basta oltrepassare l'Arco Varanj, e poi qualche passo su per la collina.

I due continuarono ad attraversare la piazza; Lefaun a lunghi passi e Wayness quasi correndo per tenere la sua andatura. Girarono intorno al Quartiere dei Mercanti di Spezie, passarono una grande arcata di pietra e si avviarono su per un intreccio di viuzze fra costruzioni a due piani, così strette da occludere il cielo quasi del tutto. Alla sommità di una scalinata altrettanto angusta sbucarono in una piccola piazza. Lefaun indicò più avanti. – Ecco il Bistro di Lena. Giusto dietro l'angolo c'è il bar di Mopo, mentre il Nym è all'inizio di Viale Pyadogorsk. Questo è il luogo votato dalla maggioranza dei membri del Circolo dei Prodromi come "L'utero Creativo della Distesa Gaeana". Che ne pensa?

– In effetti è una piazza alquanto uterina.

Lefaun la scrutò pensosamente. – A volte ho l'impressione che lei stia ridendo di me.

– Questa sera potrei ridere di qualsiasi cosa – disse Wayness. – Se lei mi sospettasse d'essere isterica, forse non sarebbe lontano dal vero. Si chiede il perché? È perché oggi pomeriggio ho avuto una sconvolgente esperienza.

Lefaun sollevò ironicamente le sopracciglia. – Si è accorta di avere un buco in tasca e che per poco non stava perdendo una moneta da mezzo sol.

– Peggio. Se ci ripenso, mi sento tremare.

– Per adesso non ci pensi – disse Lefaun. – Entriamo, prima che arrivi il grosso della clientela. Mi racconterà tutto davanti a un bicchiere di birra.

Lefaun spinse una porticina stretta incorniciata da arabeschi di ferro nero, e i due entrarono in un locale di modeste dimensioni ammobiliato con tavoli di legno, panche e sedie. L'illuminazione era a gas, fornita da alte lingue di fiamma gialla che lambivano le pareti, e Wayness si disse che se l'edificio non aveva ancora preso fuoco forse anche quella serata non si sarebbe conclusa in una tragedia.

Lefaun le diede le istruzioni: – Acquisti i gettoni alla cassa, poi vada al distributore e guardi le immagini. Quando vede quello che desidera inserisca i gettoni e uscirà un vassoio. La quantità del cibo dipende dal numero dei gettoni. È semplice e c'è una vasta scelta di pietanze: da quelle costose come lo zampone di maiale con cavolo trifolato, a quelle modeste come pane e formaggio.

– Ormai ho deciso per le polpette di cavolo – disse Wayness.

– In questo caso mi segua e le mostrerò come si fa.

I due ordinarono polpette di cavolo, fiocchi d'avena fritti, birra, e portarono i loro vassoi a un tavolo. Lefaun le indicò i pochi altri avventori. – È ancora presto. Non vedo nessun amico; perciò ceneremo da soli come una coppietta clandestina.

– Io non mi sento affatto clandestina – disse Wayness. – Lei ha paura della solitudine?

– Naturalmente no! Spesso siedo qui da solo. Inoltre io faccio parte del gruppo noto come i Lupi Corridori. Ogni anno usciamo nella steppa e corriamo per grandi distanze, destando la meraviglia dei villici che ci vedono passare. Al tramonto ceniamo con pane e pancetta arrostita su un tripode, poi ci sdraiamo a riposare. E io guardo le stelle, chiedendomi come vanno le cose in quei posti lontani.

– Perché non va a vedere di persona, invece di venire ogni sera qui da Lena? – suggerì Wayness.

– Io non vengo qui ogni sera – la informò dignitosamente lui. – A volte vado allo Spasimo, o da Mopo, o al Convolvolo. In ogni caso, perché andare altrove quando qui siamo alla fonte dell'intelligenza umana?

– Se lo dice lei. – Wayness si dedicò alle polpette di cavolo, che risultarono passabili, e bevve mezzo bicchiere di birra. I clienti del locale cominciarono ad arrivare in forze. Alcuni erano amici di Lefaun e si avvicinarono al loro tavolo. Wayness fu presentata a più gente di quanta potesse tenere a mente: Fedor, che ipnotizzava gli uccelli; le sorelle Euphrosyne e Eudoxia; Grande Wuf e Piccolo Wuf; Hortense il campanaro; Dagleg, che parlava soltanto di quelle che chiamava "immanenze"; e Marya, una terapista sessuale che a detta di Lefaun aveva molti aneddoti bizzarri da raccontare. – Se ha bisogno di consigli su questo argomento, la chiamerò qui e potrà domandarle quello che vuole.

– Ne farò a meno – disse Wayness. – Le cose che non so, sono cose che preferisco non sapere.

– Hmf. Capisco.

Il Bistro di Lena si riempì; tutti i tavoli furono occupati. Dopo un po' Wayness disse a Lefaun: – Ho ascoltato attentamente, ma finora l'unico argomento di cui sento conversare i clienti è il cibo che hanno nel piatto.

– È ancora presto – disse Lefaun. – A tempo debito ci saranno fin troppe conversazioni. – Le diede di gomito. – Ad esempio, noti Alexei, qui accanto.

Girandosi, Wayness vide un ragazzone corpulento con la faccia rotonda, capelli biondi a spazzola e una barbetta appuntita.

– Alexei è unico – disse Lefaun. – Lui vive la poesia, sogna poesia, pensa poesia, e più tardi reciterà una poesia. Ma lei non lo capirà, poiché la sua poesia, così afferma, è una rivelazione così intima che la esprime in vocaboli comprensibili soltanto a lui.

– Lo sospettavo già – annuì Wayness. – Poco fa l'ho sentito parlare, e non ho capito una parola.

– È naturale. Alexei ha creato un linguaggio di centoventimila vocaboli controllati da un'elaborata sintassi. Questa lingua, così dice, è flessibile e superbamente adattabile alle metafore e alle allusioni. È un peccato che nessuno possa apprezzarla, ma lui rifiuta di tradurre una sola parola.

– Potrebbe essere la soluzione migliore, specialmente se le sue poesie non fossero eccezionali.

– Può darsi. È stato tacciato di narcisismo e di ostentazione, ma questo non lo offende. È solo il tipico artista, secondo lui, che ha bisogno degli applausi e dell'adulazione per avere il rispetto di se stesso. Alexei si vede come un solitario, indifferente alle critiche e agli elogi.

Wayness si girò ancora. – Adesso sta suonando un'armonica a bocca e con l'altra mano tocca la fiamma del becco a gas. Lei che ne pensa di questo?

– Alexei è in uno dei suoi momenti bizzarri; non significa niente. – Lefaun gridò a un uomo dall'altra parte del locale: – Ehi, Lixman! Dove sei stato?

– Vengo adesso da Suzdal, e sono felice d'esserne partito.

– Si capisce! A Suzdal l'atmosfera intellettuale è gelida come il clima.

– Vero. La loro praticamente unica risorsa è un posto chiamato Janiska Bar, dove ho avuto una strana esperienza.

– Raccontaci tutto. Ma prima, gradisci un bicchiere di birra?

– Volentieri. – L'uomo si avvicinò.

– Forse Wayness ha intenzione di acquistarne un paio di bottiglie per noi.

– No, penso di no.

Lefaun emise un mugolio. – Allora per il mio borsellino sarà una serata dura... a meno che qualcuno non faccia un'offerta. Tu che ne dici, Lixman?

– Se ben ricordi, sei stato tu a offrire da bere a me.

– Sì, ora lo ricordo. Cosa ci stavi dicendo di Suzdal?

– Mentre sedevo a un tavolo dello Janiska ho conosciuto una donna. Costei mi ha rivelato che io ero accompagnato ovunque dal corpo astrale di mia nonna, che era ansiosa di aiutarmi. In quel momento stavo giocando a dadi, cosicché dissi: "Benissimo. Allora, Nonna, cosa devo puntare per questo lancio?" "Lei dice che devi puntare tutto sul doppio tre" fu la risposta. Così feci. Puntai sul doppio tre e vinsi. Mi guardai intorno per avere un altro suggerimento, ma la donna era scomparsa. E ora mi sento incerto e nervoso; non oso fare niente che mia nonna potrebbe disapprovare.

– Ammetto che la tua è una situazione imbarazzante – annuì Lefaun. – Wayness, lei cosa potrebbe consigliare?

– Penso che se sua nonna ha un minimo di tatto potrebbe lasciargli alcuni momenti di intimità, di tanto in tanto. Specialmente se la cosa le fosse spiegata in termini adatti a un corpo astrale di buoni costumi.

– Non posso suggerire niente di meglio – fu d'accordo Lefaun.

– Ci rifletterò sopra – disse Lixman, e si allontanò.

Lefaun si alzò in piedi. – Sembra che alla birra dovrò pensarci io, dopotutto. E lei, Wayness? Il suo bicchiere è vuoto.

Lei scosse il capo. – È già tardi, e domattina dovrò partire di buon'ora. Credo che saprò tornare all'albergo da sola.

Il giovanotto la fissò a bocca aperta, inarcando le sopracciglia. – E l'informazione che lei sta aspettando? Non le serve più?

Wayness si costrinse a guardarlo dritto negli occhi. – Ho cercato un modo di dirglielo senza usare le parole "furfante" e "ingannatore". A mezzogiorno non avrei esitato a farlo, ma ora mi sento apatica e svuotata. Oggi ho telefonato a mio zio, spiegandogli tutto ciò che sapevo. Ma un uomo di nome Julian Bohost ci stava ascoltando... e le conseguenze potrebbero essere tragiche!

– Ora capisco! È Julian Bohost il furfante ingannatore.

– Non è di meglio. Ma con queste parole io mi stavo riferendo a lei.

Lefaun sbatté le palpebre. – Possibile? Perché mai?

– Perché lei ha cercato di vendermi un'informazione che era invece in grado di procurarsi in un minuto.

– Aha! Un sospetto comprensibile. Ma le ipotesi sono ipotesi, e i fatti sono fatti. Per quale delle due cose lei è disposta a spendere il suo denaro?

– Nessuna delle due. Ho trovato l'informazione da sola.

Lefaun non parve eccessivamente turbato. – Mi sorprende che le sia occorso tanto tempo per arrivare a dirmelo.

– Mi è bastato poco per scoprirlo, usando uno dei terminali in sala. E lei non ci ha messo di più. Ma ha preferito impacchettare la cosa nel mistero, per cantarmi la canzoncina dei venti sol.

Lefaun chiuse gli occhi, alzò le mani ad afferrare i bordi del berretto e li tirò giù fino a coprirsi gli orecchi. – Ahi, ahi, ahi – disse sottovoce. – Allora sono in disgrazia?

– Temo di sì.

– Ahimè! Ho preparato per una cenetta a lume di candela nel mio modesto alloggio; ho sparso petali di rose sul pavimento e tolto la polvere dalla mia migliore bottiglia di vino. Tutto per deliziare lei. E ora… sta dicendo che non verrà?

– Questo non l'avrei fatto neppure se lei avesse spolverato dieci bottiglie. Non ho alcuna fiducia nei Lupi Corridori della steppa.

– È un peccato! Ma ecco là Tadiew Skander, mio partner nelle gloriose galoppate e nell'affare che le ho proposto. Tadiew, siamo qui! Hai avuto l'informazione?

– L'ho avuta. Ma mi è costata più del previsto. Ho dovuto spargere il sale sulla coda a Vecchia Palandrana in persona.

Wayness rise. – Bravissimo, signor Skander! La sua entrata in scena è stata ben calcolata, la battuta recitata a dovere, e ora l'ingenua straniera pronta a farsi gabbare pagherà tutto ciò che volete!

Lefaun alzò una mano. – Wayness, scriva l'informazione da lei scoperta su un pezzo di carta. Faremo un test, per determinare se Tadiew ci sta imbrogliando o meno. – Attese che lei lo accontentasse, di malavoglia, poi si volse all'amico. – Sei pronto a giocarti la tua parte dei venti sol, Tadiew?

– Venti sol? – protestò l'altro. – L'accordo finale è stato per ventiquattro!

– Al tempo, Tadiew! Hai messo per iscritto la costosa informazione da te ottenuta?

– L'ho fatto.

– Appoggia il biglietto a faccia in giù sul tavolo. Così, bene. Ora: hai comunicato a qualcuno questa informazione?

– No, naturalmente. È così che ci eravamo messi d'accordo a mezzogiorno.

– Infatti.

Wayness li guardò con una smorfia fredda. – Mi chiedo cosa state cercando di dimostrare.

– Tadiew e io siamo furfanti ingannatori; confessiamo di aver corrotto un innocente funzionario. Io voglio che lui ammetta di essere più furfante e più ingannatore di me.

– Capisco. Ma questo paragone non riveste alcuna importanza per me. E ora, se volete scusarmi…

– Un momento! Voglio anch'io mettere sul tavolo un frammento di informazione... un'intuizione che ho avuto esaminando quelle casse. Mi dia un pezzo di carta, prego... – Lefaun scrisse in fretta qualcosa. – Ecco fatto! Tre foglietti di carta giacciono davanti a noi. E ora abbiamo bisogno di un arbitro esperto che sia estraneo alla nostra discussione... e vedo là giusto la persona che fa per noi. Il suo nome è Natalinya Harmin, di professione curatrice anziana del museo. – Indicò una donna dal fisico imponente, con due occhi acuti e una mandibola pesante, che portava i capelli biondi annodati in un concio sopra la testa. Wayness la giudicò una persona con cui non si poteva scherzare, sul lavoro. Lefaun la chiamò: – Madame Harmin! Può avere la gentilezza di venire qui per qualche momento?

Natalinya Harmin si volse, vide Lefaun che le faceva cenno, mormorò qualcosa all'uomo con cui stava cenando e si alzò per venire da loro. – Eccoti accontentato, Lefaun. Ma vuoi dirmi perché ti metti a gridare in questo modo in un locale pubblico?

Il giovanotto si poggiò una mano sul petto. – Mi sono rivolto a te in modo adeguato al vocio in cui ci troviamo immersi.

– Va bene. Ti ho visto, e ora puoi rilassarti. Cosa vuoi?

– Questa è Wayness Tamm, una bella e gentile persona venuta da un pianeta lontano, ansiosa di esplorare le meraviglie dell'antica Kiev. Devo precisare che ha una mente sveglia, ma è ingenua, e sospetta che tutti la vogliano ingannare turpemente.

– Ah, sì? Questa non è ingenuità, ma buon senso. E soprattutto, giovane signora, non vada a correre nella steppa con Lefaun Zadoury. I contadini caricano a sale i loro fucili, e per una turista sarebbe un'esperienza culturale troppo gravida di imprevisti.

– La ringrazio – disse Wayness. – Questo è un buon consiglio.

– È tutto? – chiese Natalinya Harmin. – In tal caso...

– Non tutto! – disse Lefaun. – Tadiew e io abbiamo messo in gioco la nostra serietà, e tu devi fungere da arbitro della situazione. Dico bene, Tadiew?

– Dici bene. Madame Harmin è nota per la sua illibata moralità.

– Illibata, eh? Aspettarsi troppo dalla mia illibatezza è come aprire il Vaso di Pandora. Potresti avere più di quel che hai chiesto.

– Correremo il rischio. Sei pronta?

– Sono pronta. Parla.

– Noi vogliamo che tu identifichi queste parole nel loro pieno significato. – Prese il biglietto davanti a Wayness e lo diede a Natalinya Harmin. La donna lesse: – "Beneficenza Aeolus, di Croy". Hmf.

– Ti è nota questa istituzione?

– Naturalmente. È un particolare delle routine del museo a cui non diamo molta pubblicità.

Lefaun si volse a Wayness. – Madame Harmin ci sta dicendo che quando una donazione anonima giunge al museo noi la cataloghiamo come proveniente dalla "Beneficenza Aeolus, di Croy", allo scopo di semplificarne l'aspetto fiscale. Ho ragione, Madame Harmin?

Natalinya Harmin annuì seccamente. – In effetti, è così.

– Perciò, se uno chiama l'archivio a schermo e trova che una cosa è stata donata dalla "Beneficenza Aeolus", deve intendere che la voce è priva di significato?

– Esattamente. È il nostro modo di scrivere "Donatore Anonimo" – disse Natalinya Harmin. – Cos'altro vuoi sapere, Lefaun? Non avrai un aumento di paga se questi sono gli argomenti a cui ti dedichi.

Wayness era ricaduta contro lo schienale, come indebolita dalla gioia. Julian Bohost, qualunque fosse la ragione della sua presenza a Fair Winds, era stato mandato su una falsa pista, e nel più convincente dei modi.

– Un'altra domanda – disse Lefaun. – Per amore di discussione, se qualcuno venisse a chiederci la vera fonte di una donazione anonima, dove dovrebbe rivolgersi?

– Alla porta da cui è entrato, che gli sarebbe fatta attraversare educatamente ma con fermezza, e nessuno ascolterebbe le sue lamentele. L'intimità dei donatori anonimi è sacra, e tali dati sono inaccessibili perfino a me. C'è altro?

– No, grazie – disse Lefaun. – Lei ci ha fornito un arbitraggio preciso e imparziale.

Natalinya Harmin fece ritorno al suo tavolo. – Ora – disse Lefaun – procediamo col passo successivo. Io ho scritto alcune parole sul mio biglietto. Non c'è mistero in esse. Si sono formate nella mia mente per un semplice processo deduttivo. Questa mattina, guardando nelle tre casse, ho notato che gli studi genealogici della seconda cassa riguardano la discendenza dei Conti de Flamanges, con particolare riguardo a quelli legati alla Società Naturalistica. Fra le biografie della prima cassa il solo volume che sembra consultato molto spesso è quello del Conte de Flamanges. La terza cassa conteneva molto materiale concernente il Conte de Flamanges e la sua offerta di trecento acri di terreno alla Società Naturalistica. In breve, sembra che le casse siano state donate da qualcuno collegato con i de Flamanges. – Lefaun girò il suo biglietto. – Di conseguenza: "Conte de Flamanges, Castello di Mirky Porod, presso Draczeny, nel Moholc". Queste sono le parole che lei può leggere qui. – Prese il suo bicchiere di birra; trovandolo vuoto, lo depose con un tonfo. – Questo vetro è asciutto. Tadiew, prestami cinque gettoni.

– Mai. Me ne devi già undici.

Wayness spinse subito alcuni gettoni verso di lui. – Prenda questi; sono troppi per me.

– Grazie. – Lefaun si avviò. Tadiew gli gridò dietro: – In tal caso, a me un boccale di quella scura!

Lefaun tornò dal distributore automatico con due grossi boccali incappucciati di schiuma, e si sedette. – Non mi faccio bello delle mie deduzioni; i fatti sembravano parlare da soli. Ora, Tadiew, tu cos'altro puoi dirci?

– Primo, che le mie tasche lamentano ancora l'assenza di quattordici sol. E secondo, che ho dovuto usare ogni trucco del mio repertorio per aprire i file dell'archivio legale.

Lefaun si volse a Wayness. – Come vede, avere una relazione intima con la segretaria del direttore generale serve a poco. Tadiew avrà dovuto minacciarla con un coltello alla gola.

– Non deprecare i miei sforzi! – sbottò Tadiew. – Abbiamo rischiato di brutto, e ho dovuto perfino nascondermi sotto una scrivania.

– Non dubitavo che avresti saputo eccitarla con una situazione così romantica, Tadiew! Personalmente, invidio le tue sottili capacità. Ora puoi meravigliarci coi lumi della sorprendente informazione che ti sei procurato.

– Sorprendente o meno, il suo valore in sol non cambia. – Tadiew girò il suo biglietto e lesse un nome: – "Contessa Ottilie de Flamanges". La donazione è stata fatta una ventina d'anni fa, dopo la morte del

Conte. Lei vive ancora al castello, da sola, a parte la servitù e i cani. Si dice che sia un'eccentrica.

Wayness aprì il suo borsellino. – Questi sono trenta sol. Io non so nulla dei vostri accordi finanziari, né cosa vada pagato a chi. Potrete regolare questi particolari fra voi. E ora... – Si alzò in piedi. – Devo rientrare all'albergo.

– Cosa? – gemette Lefaun. – Ma non siamo ancora andati da Mopo, e neppure all'Aquila Nera!

Wayness sorrise. – Nonostante ciò, devo andare.

– Non ha visto il mio dente di dinosauro, non ha assaggiato la mia zafferana fatta in casa, e non ha neppure ascoltato le melodie che il mio criceto compone correndo nella ruota musicale!

– Rimpiango di doverne fare a meno... ma è inevitabile! Lefaun sospirò rumorosamente e si alzò in piedi. – Tadiew, sorveglia la mia sedia; tornerò fra breve.

5

Per tutta la strada fino all'Albergo Mazeppa, Wayness ebbe il suo daffare per rintuzzare le proposte di Lefaun e controbattere le sue argomentazioni, insistenti e piene d'inventiva: –... pochissima distanza da qui al mio alloggio: una gradevole passeggiata attraverso il quartiere più pittoresco di Kiev!

E: – Non dovremmo mai rifiutare ciò che la vita generosamente ci offre! L'esistenza è come una foglia al vento, e se due foglie si scontrano, cessano di svolazzare casualmente e si adagiano insieme nell'erba profumata!

E: – Io mi meraviglio, io sono sbalordito, io fremo per lo stupore quando cerco di calcolare le probabilità di un incontro come il nostro: lei, la donzella di un mondo perdutamente lontano, e io, un gentiluomo della Vecchia Terra!

«Sembra un atto di predestinazione che non potremmo ignorare se non con immenso rammarico. Poco importa quanto l'anima implori il Fato: le nostre opportunità perdute non torneranno mai più!

A queste osservazioni Wayness replicò: – Su e giù per la collina, inciampando nell'acciottolato sconnesso, ciancicando con le scarpe nei rigagnoli, vagando come topi nell'oscurità dei vicoli? No, grazie. Neppure se il suo criceto suonasse il clavicembalo in equilibrio sulla testa.

E: – Non mi sento affatto come una foglia al vento. Pensi a me piuttosto come un'edera ben salda dove cresce, o una comune cipolla, o un piatto di lenticchie.

E: – Sono d'accordo che le probabilità contrarie al nostro incontro erano enormi. Da ciò si direbbe che il Fato le prospetti opportunità più favorevoli altrove... diciamo con Natalinya Harmin, che ha alluso in modo forse significativo alla sua illibatezza e a un aumento di paga.

Alla fine Lefaun si diede per vinto e la lasciò entrare all'albergo mormorando uno sconsolato: – Buonanotte.

– Buonanotte, Lefaun.

Wayness attraversò l'atrio a passi svelti e salì subito in camera sua. Per qualche momento rifletté, poi accese il telefono e formò il numero di Fair Winds.

Il volto insonnolito di suo zio apparve sullo schermo. – Sì?

– Sono io. Sei solo?

– Oh, Wayness, cara. Sì, abbastanza solo.

– Ne sei sicuro? Dov'è Julian?

– Probabilmente a Ybarra. Oggi ha telefonato a qualcuno; poi ha detto che gli dispiaceva lasciare Fair Winds così d'improvviso, ma doveva visitare un amico che partirà dallo spazioporto di Ybarra fra un paio di giorni. Mezzora dopo era già andato via. Non ho gradito particolarmente la sua compagnia. Ci sono novità?

– Ce n'è una, in effetti, abbastanza buona – disse Wayness. – Abbiamo mandato Julian a caccia di farfalle. Suppongo che sia partito per Croy.

– A caccia di farfalle, in che senso?

Lei glielo spiegò. – Ho pensato di chiamarti perché non volevo che ti preoccupassi per tutta la notte.

– Ti ringrazio, Wayness. Ora dormirò meglio, stanne certa. Cosa pensi di fare?

– Ancora non so, di preciso. Dovrò pensarci sopra. Forse andrò direttamente in un luogo non lontano da qui...

Parte VI

1

Nella sua camera all'Albergo Mazeppa, Wayness studiò una carta stradale. La città di Draczeny, nel Moholc, non distava troppo da Kiev in linea d'aria, ma i collegamenti erano tutt'altro che diretti. Il castello di Mirky Porod, di cui non era indicata la posizione, sembrava trovarsi in una zona colma di bellezze naturali a salutare distanza dai più frequentati percorsi commerciali e turistici.

Wayness ponderò sulle sue opzioni. Julian era stato sconfitto, almeno temporaneamente. C'erano scarse possibilità che riapparisse a casa di suo zio. Il mattino dopo, di conseguenza, la giovane donna prese un volo diretto per Shillawy e arrivò a Fair Winds nel primo pomeriggio.

Per Pirie Tamm fu un sollievo rivederla in carne e ossa. – Mi sembra come se tu sia stata assente per mesi!

– Anch'io provo la stessa sensazione. Ma non posso prendermela comoda. Julian ha un brutto carattere, e odia essere ingannato.

– Cosa potrebbe fare? Assai poco, o almeno credo.

– Se scoprisse che "Beneficenza Aeolus" è un espediente usato dal Museo Funusti, potrebbe fare molto. Io ho speso trenta sol; Julian potrebbe investire cifre maggiori, e avere come minimo le stesse informazioni. Perciò... non oso indugiare oltre.

– Quali sono i tuoi piani, allora?

– In questo particolare momento ciò che voglio è saperne di più sui Conti de Flamanges, così non mi presenterò a Mirky Porod in stato di completa ignoranza.

– Buona idea – annuì Pirie Tamm. – Se vuoi, mentre ti cambi per la cena cercherò nel nostro archivio e vedrò quali notizie abbiamo.

– Questo mi sarebbe d'aiuto.

A tavola Pirie Tamm le annunciò di aver trovato una considerevole mole di informazioni. – Probabilmente più di quel che ti serve. Comunque suggerisco di parlarne dopo cena, dato che a tavola io tendo alla prolissità e il cibo si fredda. Assapora il profumo di questa zuppiera! Ci è stata servita un'antica pietanza: stufato d'anatra con budino di mele e porri.

– Come preferisci, zio Pirie.

– Ti premetto solo questo: nel corso dei secoli la famiglia non ha conosciuto una vita spenta né movimentata, ma ha prodotto la sua parte di eccentrici e di avventurieri, e di tanto in tanto altri validi studiosi. Non sono mancati gli scandali. Al momento questa peculiare caratteristica sembra però assente. La persona con cui tratterai, la Contessa Ottilie, è una donna anziana.

Wayness assorbì quelle informazioni in silenzio. Poi le sovvenne un dubbio. – Hai detto che Julian ha telefonato a un amico, prima di andarsene?

– Sì, ieri mattina.

– Di chi si tratta? Lo sai?

– Non ne ho la minima idea.

– Strano. Julian non ha mai detto di avere amici sulla Terra... ed è un argomento di cui avrebbe senz'altro parlato in ogni salotto.

– In effetti è un conversatore instancabile – Pirie Tamm fece una smorfia acre. – È molto critico verso Stazione Araminta e le conseguenze, sulla società e sull'ambiente, della sua politica.

– C'è ampio spazio per le critiche; su questo siamo tutti d'accordo – disse Wayness. – Se l'amministrazione avesse risolto meglio le difficoltà economiche dei secoli scorsi, ora non ci sarebbero Yips a Yipton, né problemi umanitari e ambientali.

– Mmh. Julian ha parlato a lungo di una "soluzione democratica".

– Il significato della sua terminologia è diverso da quello che puoi credere. I Conservazionisti vogliono trasferire gli Yips su un altro pianeta, e mantenere intatta la Conservazione. I membri del VPL (non amano esser chiamati vielpini, anche se è più facile) vogliono lasciare gli Yips liberi di colonizzare i territori fertili, dove vivrebbero, così affermano, in bucolica semplicità, da una festa campestre all'altra, celebrando il passaggio delle stagioni con canti e danze.

– Questo è più o meno il quadro che mi ha fatto Julian.

– E nel frattempo i vielpini prenderebbero possesso delle terre migliori, trasformandosi in signorotti locali. Quando accennano alla cosa parlano di "servizio pubblico" e di "doveri»" e di "necessità amministrative". Ma io ho visto il progetto di Julian per il maniero di campagna che spera di costruire un giorno... usando manodopera Yips a basso costo, ovviamente.

– Ha usato spesso la parola "democrazia".

– La usa nel significato vielpino. Agli Yips spettano i diritti civili, e al VLP il potere di stabilire quali debbano essere. Oh, be', basta con Julian. Servo io lo stufato?

Dopo cena i due passarono nel tinello e sedettero davanti al fuoco. – Ora – cominciò Pirie Tamm – ti darò un riassunto di ciò che ho trovato sui Conti de Flamanges. È una famiglia molto antica, almeno tre o quattromila anni. Mirky Porod fu costruito dove sorgeva una fortezza medievale, e per un certo tempo usato come tenuta per la caccia. Il luogo ha una storia colorita: il solito miscuglio di duelli al chiar di luna, intrighi e tradimenti, scappatelle amorose a centinaia. Né manca del suo lato macabro. Il Principe Pust, per trent'anni almeno, rapì una gran quantità di fanciulle e le uccise nei modi più diversi e orribili; le vittime della sua fantasia malata, che non vacillò mai, ammontarono a oltre duemila. Il Conte Bodor, uno dei primi Flamanges, praticava rituali demoniaci che poi divennero orge della peggior specie. Io ho trovato queste notizie in un libro intitolato "Racconti Insoliti del Moholc". L'autore annota che gli spettri di Mirky Porod sono quindi di origine incerta, e possono essere attribuiti al tempo del Conte Pust, o a quello del Conte Bodor, o forse ad altri ormai dimenticati dalla storia.

Wayness domandò: – Quanto tempo fa è stato scritto quel libro?

– Credo che sia abbastanza recente. Posso ritrovarlo, se dovesse interessarti uno dei casi in particolare.

– No, non preoccuparti.

Pirie Tamm annuì placidamente e continuò a raccontare: – In generale, sembra che i Conti di Flamanges siano stati persone di buon carattere, a parte occasionali pecore nere come il Conte Bodor. Un migliaio d'anni fa il Conte Saber fu fra i fondatori della Società Naturalistica; la famiglia è per tradizione associata alle cause ambientaliste. Il

Conte Lesmund si offrì di donare una vasta area di terreno per la nuova sede della Società, ma sfortunatamente quel progetto finì nel nulla. Il Conte Raul è stato un nostro socio e un forte sostenitore fino alla sua tragica morte, vent'anni fa. La sua vedova, la Contessa Ottilie, abita a Mirky Porod da sola. Non ha avuto figli, cosicché oggi l'erede è un nipote del Conte Raul, il Barone Trembath, che risiede sul Lago Fon dove ha una scuola di equitazione.

«La Contessa Ottilie, come ho detto, vive molto appartata, riceve solo il medico personale e i veterinari per i suoi cani. Si dice che sia estremamente avara, benché disponga di una rendita notevole. Non manca chi la definisce un'eccentrica. Corre voce che quando uno dei suoi cani morì, lei percosse il veterinario col bastone da passeggio e lo fece buttare fuori. Il veterinario la prese con filosofia; quando i giornalisti gli chiesero se intendeva farle causa, lui scrollò le spalle e disse che le bastonate e i morsi erano rischi calcolati della sua professione, e la cosa non ebbe seguito.

«Il Conte Raul elargiva contributi generosi alla Società, fatto questo che la Contessa deprecava aspramente.

«Mirky Porod sorge in un luogo stupendo, all'estremità superiore di una valle, con il lago Jerest a pochi passi. Ci sono colline allo stato naturale sul retro della valle, e verdi foreste a destra e a sinistra. Non è una costruzione molto grande; ho fatto copie delle fotografie e della pianta del pianterreno, se ti interessa.

– Sì, molto.

Pirie Tamm si alzò e le consegnò una busta col materiale. Poi si accigliò. – Mi piacerebbe capire meglio cos'hai in mente. È chiaro che la Carta e la Garanzia non si trovano certo a Mirky Porod.

– Perché dici questo?

– Se quei documenti fossero entrati in possesso del Conte Raul, li avrebbe senza dubbio restituiti alla Società.

– Credo anch'io. Tuttavia ci sono alcune possibilità alternative. Ad esempio: se quando ha ricevuto i documenti fosse stato malato, o comunque non avesse avuto il tempo di esaminarli? A occuparsene potrebbe esser stato qualcun altro, in seguito. Forse chi ha curato la sua eredità li ha messi da parte. O forse li ha trovati la Contessa Ottilie e li ha gettati nel fuoco.

– Come hai detto, tutto è possibile. Però il Conte Raul non può aver comprato quel materiale a un'asta della Gohoon o direttamente da Nisfit; ciò l'avrebbe reso suo complice, ed è un'eventualità che va scartata. In altre parole, è stato qualcun altro ad acquistare la Carta e la Garanzia Perpetua, perciò la tua indagine non ti sta conducendo in quella direzione ma da tutt'altra parte.

– Non esattamente – obiettò Wayness. – Fai conto che la Carta si trovi a metà di una scala: nella nostra ricerca possiamo trovarla sia salendo dal basso che scendendo dall'alto.

– È una bella analogia – annuì Pirie Tamm. – Ha una sola pecca: è incomprensibile.

– In questo caso lo spiegherò di nuovo, ma senza analogie. Nisfit ruba beni e documenti; essi passano dalla Mischap & Doorn alla Galleria Gohoon, quindi a un acquirente che chiameremo A. Simonetta Clattuc apprende l'identità di A, ma non riesce a trovarlo, oppure A ha già passato il materiale a B, il quale potrebbe averlo ceduto a C che magari lo ha dato a D, il quale a sua volta lo ha venduto ad E che lo ha infine regalato a F. Da qualche parte lungo questo percorso, Simonetta Clattuc ha trovato un intoppo. Partiamo ora dall'alto, e diciamo che il Museo Funusti sia F, che il Conte de Flamanges sia E, e che noi si voglia ora scoprire l'identità di D. In altre parole, noi seguiamo a ritroso la pista finché arriveremo a chi ha la Carta. Simonetta è partita da A, e sembra aver trovato difficoltà superiori perfino alla sua astuzia. Poi c'è Julian, che si accinge a partire da X, diciamo, cioè dalla Beneficenza Aeolus di Croy. Dove arriverà da lì, non posso assolutamente immaginarlo. In ogni caso, non abbiamo tempo da perdere; la Contessa Ottilie potrebbe rivelarsi completamente inutile.

Pirie Tamm strinse i denti. – Se solo avessi la salute di una volta, quanto volentieri ti toglierei questo peso dalle spalle!

– Tu mi sei già di grandissimo aiuto – disse Wayness. – Non potrei far niente senza di te.

– Molto gentile da parte tua.

2

Da Fair Winds alle profondità del Moholc, Wayness viaggiò su una varietà di mezzi pubblici: con un autobus a cuscino d'aria fino a

Shillawy e poi in ferrovia sotterranea da lì ad Anthelm, dove prese la monorotaia per Passau; qui fece in tempo a saltare sull'aerobus diretto a Draczeny, e infine uno scalcinato omnibus a ruote la portò su per i vasti paesaggi del Moholc, lungo le Montagne di Carnat.

A pomeriggio inoltrato, col vento che faceva roteare nuvole di polvere giallastra dietro di loro, il veicolo arrivò al villaggio di Tzem, sulla riva del Sogor, chiuso fra ripide pendici di colline fittamente alberate. Le nuvole correvano veloci nel vento; una raffica le schiacciò il vestito contro le gambe mentre scendeva dall'omnibus. Con la grossa borsa da viaggio a tracolla Wayness si scostò di qualche passo e guardò verso ovest per controllare se qualcuno l'avesse seguita; la strada era deserta fino in fondo alla valle.

L'omnibus s'era fermato davanti all'unica locanda del villaggio, il Porco d'Acciaio, se l'arabescato corsivo dell'insegna che oscillava sopra la porta poteva esser letto così. La strada principale seguiva la sponda del fiume, attraversato da un ponte di pietra a tre archi quasi di fronte alla locanda. Al centro del ponte, tre vecchi vestiti con rustici calzoni di tela azzurra e alti berretti da cacciatore stavano pescando alla lenza. Per riscaldarsi le ossa bevevano ogni tanto da grosse bottiglie verdi che tenevano accanto alle esche, senza cessare un momento di gridarsi consigli, o di maledire la perversità dei pesci o il vento o qualunque altra cosa saltasse loro in mente.

Wayness entrò al Porco d'Acciaio e prese una camera, quindi uscì a esplorare il villaggio. Sulla strada principale scoprì l'esistenza di un forno, un supermarket riservato ai generi alimentari, un negozio di utensili dove si vendevano anche salsicce, un vinaio, l'ufficio postale e un certo numero di botteghe che non lottavano per farsi notare. Wayness entrò nella libreria-cartoleria, un piccolo locale pieno di scaffali. La proprietaria, una gioviale donna di mezz'età, appoggiata al banco stava chiacchierando con due amiche sedute su una panca di fronte a lei. Quella, pensò Wayness, poteva essere una buona fonte di informazioni. Comprò un giornale e lo aprì, fingendo di mettersi a leggere; ma le chiacchiere delle donne s'erano animate alla sua comparsa, e un paio di commenti sulle notizie del giorno le consentirono di unirsi alla conversazione. Una volta rotto il ghiaccio disse di essere una studiosa che indagava sulle antichità della regione. La proprietaria allargò le mani. – Allora è capitata nel posto giusto: qui siamo in tre, una più antica dell'altra.

Wayness accettò una tazza di thè e fu presentata alla compagnia. La padrona del negozio era madame Katrin; le sue amiche erano madame Esme e madame Stasia.

Dopo qualche minuto Wayness nominò Mirky Porod, e come aveva previsto ciò diede la stura a un flusso d'informazioni spicciole.

Madame Katrin ebbe un sospiro di rimpianto. – Oggi non è più come una volta! Quando eravamo ragazze, Mirky Porod era al centro della nostra attenzione, e stia certa che c'era da divertirsi, fra balli e banchetti e festicciole di tutti i generi! Ora è più insipido e silenzioso di uno stagno.

– A quell'epoca il Conte Raul era ancora vivo – spiegò madame Esme a Wayness.

– E lui era un uomo importante! – aggiunse madame Katrin. – A Mirky Porod c'era continuamente gente di fuori in visita... anche se non sempre si trattava di ospiti molto morigerati, se una è disposta a credere ai pettegolezzi piccanti.

– Aha! – dichiarò madame Stasia. – Io ci credo, e più piccanti sono più li do per veri. La natura umana è quella che è.

– Io sarò l'ultima a negare che la gente in vista, col suo rango e i suoi soldi, si permette di avere più "natura umana" degli altri – disse madame Katrin.

– Parole sante – annuì saggiamente madame Esme. – Dove c'è gente ricca e titolata, gli scandali fioccano. E Mirky Porod non ha mai fatto eccezione alla regola.

Wayness domandò: – E la Contessa Ottilie? Come poteva sopportare gli scandali?

– Mia cara! – esclamò madame Stasia. – Era lei a crearli!

– La Contessa e i suoi cani! – sbuffò madame Katrin. – Fra l'una e gli altri, so io chi ha condotto alla morte il povero Conte!

– Possibile? – si stupì Wayness.

– Naturalmente non c'è nulla di certo, ma si dice che il Conte, in un ultimo e inutile sforzo di farla ragionare, proibì alla Contessa di portare i suoi cani in sala da pranzo. Il giorno dopo si suicidò, gettandosi da una finestra della Torre Nord. La Contessa Ottilie disse che era stravolto dal rimorso per la crudeltà dimostrata verso di lei e i suoi piccoli amici.

Le tre donne ridacchiarono. Madame Katrin disse: – E oggi Mirky Porod è tranquillo come un sepolcro. Ogni sabato pomeriggio la Contessa riceve le sue amiche. Giocano a carte, puntando minuscole somme, e se la Contessa perde più di pochi pence si arrabbia al punto di rendere la vita impossibile alla servitù.

– Se facessi una telefonata – chiese Wayness – pensate che la Contessa accetterebbe di ricevermi?

– Dipende dal suo umore del momento – disse madame Stasia.

– Ad esempio – spiegò madame Esme – non ci provi neppure di domenica, dopo che ha perso un sol o due a quel gioco.

– Inoltre, più importante ancora – aggiunse madame Katrin – non vada là portandosi dietro un cane. L'anno scorso suo nipote, il giovane Barone Parter, passò da Mirky Porod con il suo mastino. Appena le altre bestie lo videro scoppiò una zuffa tremenda: morsi e ululati e confusione come non s'era mai visto. Tre o quattro cani della Contessa ne uscirono malconci, e il Barone Parter fu cacciato via in malo modo, lui e il suo mastino.

– Questi sono due buoni suggerimenti – disse Wayness. – Ne avete qualcun altro?

Madame Esme rispose: – Non c'è scopo a tacere la verità: la Contessa è una vecchia strega, bisbetica e insopportabile.

– E avara no, forse? – esclamò madame Katrin alzando le braccia. – Compra da me giornali e riviste, ma solo dopo un mese, quando vendo le rimanenze a metà prezzo. In questo modo è sempre un mese indietro rispetto alla vita della gente normale.

– È ridicolo, no? – commentò madame Stasia. – Se arrivasse la fine del mondo, la Contessa Ottilie lo saprebbe soltanto un mese dopo.

– È l'ora di chiudere bottega – disse madame Katrin. – Adesso devo mettere in pentola qualcosa per Leppold. È stato tutto il giorno a pescare, e scommetto che ha preso soltanto un raffreddore. Gli farò anche un piatto di sgombri. Quelli li pesco io, usando un'esca di sei pence per ogni scatoletta.

Wayness si accomiatò dalle sue nuove amiche e tornò alla locanda. In camera non c'era telefono, così dovette usare quello in un angolo dell'atrio. Fece il numero di Fair Winds e sullo schermo apparve la faccia di Pirie Tamm.

La ragazza lo aggiornò sulla situazione. – La Contessa Ottilie sembra poco incline ai rapporti umani, e dubito che vorrà essermi di qualche aiuto.

– Lasciami riflettere – disse Pirie Tamm. – Ti richiamo appena avrò escogitato qualcosa.

– Va bene. Però, vorrei... – Wayness sentì la porta aprirsi e si volse di scatto a guardare il cliente appena entrato. A Fair Winds il suo volto era scomparso dallo schermo.

Pirie Tamm alzò la voce: – Wayness? Sei ancora lì? La ragazza tornò a farsi inquadrare. – Sono qui. Per un momento ho quasi creduto che... – Esitò.

– Hai creduto cosa? – domandò seccamente Pirie Tamm.

– Sono nervosa. – Lei si guardò di nuovo alle spalle. – Stamattina, uscendo da Fair Winds, ho avuto l'impressione che qualcuno mi seguisse... almeno per un po'.

– Spiegati, per favore.

– Non c'è molto da spiegare... forse niente. Quando sono salita sull'auto pubblica che mi ha portato a Tierens, un veicolo mi ha tenuto dietro per tutta la strada. Ho visto che alla guida c'era un uomo coi baffi. Alla stazione di Shillawy ho fatto in modo di passare davanti a uno specchio e l'ho visto chiaramente: un uomo piccolo e robusto, insignificante, con due baffi neri. Ma quando sono scesa ad Anthelm non c'era più.

– Ah – disse Pirie Tamm, perplesso. – Comunque sia, non rallentare mai la vigilanza.

– È lo stesso consiglio che sto cercando di dare a me stessa – annuì Wayness. – Da Anthelm in poi non ho più avuto l'impressione d'essere seguita, ma questo non significa niente. Ho letto che esistono minuscole apparecchiature-spia molto insidiose, e ci ho pensato sopra. A Draczeny ho esaminato accuratamente il mio mantello, e ho trovato una cosa che mi è parsa sospetta: una specie di guscio di conchiglia largo come un'unghia, ficcato in una cucitura. Al ristorante dell'aeroporto mi sono fermata davanti all'attaccapanni e l'ho messo nella tasca del soprabito di una turista. Poi ho preso l'omnibus per Tzem. La turista ha proseguito in aereo per Zagabria o qualche posto del genere.

– Ben fatto. Ma non riesco a immaginare chi potrebbe seguirti.

– Julian. Se fosse insoddisfatto di ciò che ha trovato a Croy. – Pirie Tamm ebbe un borbottio dubbioso. – Ad ogni modo, sembra che tu gli sia sfuggita brillantemente. Ma anch'io mi sono dato da fare, oggi, e spero che tu approverai ciò che ho organizzato per te. Come forse non sai ancora, il Conte Raul era un orticultore esperto e raffinato; proprio per questa ragione si appassionava tanto anche alla Società Naturalistica. In breve: ho preso contatto con le poche conoscenze che mi restano, e non senza risultato. Questa sera il Barone Stam, un cugino della Contessa Ottilie, ti procurerà un appuntamento con lei. Ti chiamerò dopo cena per darti i particolari; comunque dovrai presentarti come una studiosa di botanica, e dirai di essere interessata alla vasta documentazione che il Conte Raul possedeva sull'argomento. Se riuscirai a entrare nelle grazie della Contessa Ottilie, non c'è dubbio che avrai l'opportunità di sondarla anche sul materiale che interessa a noi.

– Mi sembra un'ottima idea – approvò Wayness. – Quando pensi che potrò presentarmi al castello?

– Domani, presumo. Questa sera ti darò la conferma.

– E il mio nome è sempre Wayness Tamm?

– Non vedo motivo di rischiare con un'identità che non corrisponde ai tuoi documenti. A ogni modo, evita di rivelarti molto legata alla Società Naturalistica.

– Capisco.

3

Era mattino inoltrato quando Wayness salì a bordo del cigolante omnibus che collegava Tzem ad altri lontani villaggi sparsi verso est. Dopo un percorso di cinque chilometri su e giù per le alture boscose, in parte lungo la riva del Sogor, la ragazza fu scaricata davanti a un massiccio cancello di ferro da cui prendeva inizio un viale alberato. Il cancello era aperto, e nella loggia del guardiano non c'era nessuno; Wayness si avviò lungo il viale e un centinaio di metri più avanti, dopo aver aggirato un boschetto di abeti, poté vedere meglio la facciata di Mirky Porod.

Wayness aveva spesso notato nelle vecchie case una caratteristica che trascendeva la forma per diventare quasi una sorta di essenza viva primordiale. S'era chiesta spesso di quella sensazione: era reale? Possibile che una costruzione assorbisse vitalità attraverso gli anni, forse dai suoi stessi occupanti? O era una caratteristica immaginaria, una proiezione della mente umana?

Pigramente immerso nella luce del mattino, Mirky Porod sembrava emanare quell'aura: una silenziosa e tragica grandezza, vivacizzata da una certa frivola insolenza, come se fosse stanco e annoiato da quell'esistenza pigra ma troppo orgoglioso per lamentarsene.

La sua architettura, notò Wayness, né convenzionale né bizzarra, dava piuttosto l'impressione d'essere innocentemente all'oscuro delle norme estetiche prevalenti nelle ricche magioni lì o altrove. Gli eccessi di mole e le esagerazioni erano subito controbilanciate da prolungamenti delle forme; sottili sorprese attendevano lo sguardo un po' dovunque. Le due torri, a nord e a sud, erano troppo larghe e pesanti, con tetti eccessivamente alti e ripidi. Il tetto della costruzione centrale aveva tre livelli sovrapposti, ciascuno fornito di una lunga balconata. I giardini laterali non avevano nulla di notevole, ma un vasto prato si estendeva dalla terrazza fino a una lontana fila di cipressi. Era come se qualcuno dal temperamento romantico avesse buttato giù uno schizzo su un foglio, e poi ordinato all'architetto una struttura con gli stessi rapporti fra le linee e le dimensioni, ispirata a un vecchio dipinto o forse all'illustrazione di un libro di favole per bambini.

Wayness tirò la catena del campanello. La porta le fu aperta quasi subito da una cameriera dalle forme generose, non molto più anziana di lei. Indossava un'uniforme nera, e i suoi capelli biondi erano contenuti da una cuffietta di pizzo bianco. Aveva uno sguardo seccato, fra superbioso e scostante, ma il tono in cui le si rivolse fu educato: – Sì, signora?

– Il mio nome è Wayness Tamm. Ho un appuntamento con la Contessa Ottilie alle undici in punto.

Gli occhi azzurri della cameriera si allargarono per la sorpresa. – Dice davvero? Non abbiamo avuto molte visite, negli ultimi tempi. La Contessa non le gradisce; pensa che tutti vogliano farsi dare dei soldi, o venderle gioielli falsi, o rubacchiare qualcosa. La maggior parte delle volte, naturalmente, è così. Questo almeno è il mio punto di vista.

Wayness rise. – Io non vendo niente, e sono troppo maldestra per sgraffignare ninnoli e soprammobili.

La cameriera si strinse nelle spalle e uscì. – Io non ci rimetto niente a crederci. Venga pure, la condurrò dalla vecchia carampana, per quello che potrà servirle. Si rivolga a lei chiamandola "mia signora" o "Vostra Grazia", e faccia complimenti ai suoi cani. Come ha detto che si chiama?

– Wayness Tamm.

– Mi segua da questa parte. A quest'ora fa colazione sul prato.

Wayness le tenne dietro lungo la terrazza, e poi giù sul prato. A una cinquantina di metri dall'edificio, solitaria come su un'isoletta in un oceano di smeraldo, la Contessa sedeva a un tavolo apparecchiato con una tovaglia bianca, all'ombra di un parasole giallo e blu. Impugnava un bastone da passeggio ed era circondata da un branco di cagnolini grassi, variamente tosati, pigramente distesi sull'erba.

La Contessa Ottilie era una donna alta e magra dal volto ossuto, con la bocca sottile e un lungo naso a becco. I suoi capelli bianchi, divisi da una scriminatura centrale, erano annodati in due stretti conci sopra gli orecchi. Indossava un abito a gonna di stoffa blu che le arrivava alle caviglie, e una giacchetta rosa.

Alla vista di Wayness e della cameriera, agitò il bastone e gridò: – Sophie! Vieni subito qui!

Sophie si limitò ad accelerare il passo. L'anziana donna attese in silenzio il loro arrivo.

– Mia signora, questa è madame Wayness Tamm – disse la cameriera. – Dice di avere un appuntamento con Vostra Grazia.

La Contessa ignorò Wayness. – Si può sapere dov'eri? Ti ho già chiamato due volte!

– Stavo rispondendo alla porta.

– Ah, sì? Te la sei presa comoda! E dov'è andata Lenk? Dovrebbe essere lei a svolgere queste mansioni.

– Madame Lenk ha forti dolori alla schiena, questa mattina. Si sta applicando un impacco.

– Queste sono sciocchezze! Madame Lenk si fa sempre venire i suoi dolori nei momenti più intollerabili! E intanto io sono qui da sola, senza servitù che mi accudisca. Tanto varrebbe che mi rivolgessi ai passeri o a un albero, quando voglio qualcosa!

– Chiedo scusa. Se Vostra Grazia vuol dirmi cosa desidera...

– Il thè era troppo leggero, e appena caldo!

Il volto florido di Sophie era rigido. – Non sono io a fare il thè. Io mi limito a portarlo in tavola.

– Butta via questa porcheria fredda! E porta qui all'istante una teiera di thè caldo appena fatto!

– All'istante non sarà possibile – disse aspramente Sophie. – Vostra Grazia dovrà aspettare che l'acqua bolla.

Negli occhi della Contessa Ottilie si accese una luce dura, e il suo bastone cominciò a battere minacciosi colpetti sull'erba. Sophie prese il vassoio con la tazza e la teiera; ma nell'avvicinarsi al tavolo aveva pestato la coda di uno dei cani, che appena s'accorse dell'oltraggio mandò un uggiolio vibrante. Sophie reagì con uno strillo di sorpresa, fece un passo indietro e lasciò cadere il vassoio. La teiera sbatté di traverso sul tavolo, e alcune gocce del thè che ne schizzò fuori bagnarono una mano della Contessa Ottilie, la quale mandò un grido. – Bestia senza cervello! Mi hai ustionato! – berciò, lasciandole andare una violenta bastonata alle gambe. Ma Sophie balzò da parte con l'agilità di una ballerina, evitando destramente quel colpo maligno.

– Lei ha detto che era freddo! – urlò la ragazza.

La Contessa Ottilie s'era quasi slogata un polso, ed era più furibonda che mai. – Ah, dannata stupida! Hai calpestato il povero Mikki e osi protestare la tua innocenza! È mostruoso! Vieni subito qui!

– Perché lei possa picchiarmi? Mai!

La Contessa si alzò in piedi e sollevò ancora il bastone, ma Sophie era troppo svelta per lei. Con due salti si portò a distanza di sicurezza, e poi le mostrò teatralmente la lingua. – Non mi fai un baffo! Ecco cosa penso di te, brutta vecchia cornacchia che non sei altro!

La Contessa Ottilie ansimò. – Da questo preciso istante sei licenziata! Vattene immediatamente da qui!

Sophie girò le spalle, si tirò su la gonna e le rivolse un inchino derisorio, facendo ancheggiare le natiche ben tornite. Poi ebbe una spallucciata altezzosa e si allontanò a lunghi passi.

Wayness aveva assistito alla scena, fra sbalordita, preoccupata e divertita. Dopo che Sophie fu scomparsa oltre l'angolo della terrazza, si fece avanti con cautela, raccolse il vassoio e gli altri oggetti e li depose sul tavolo. La Contessa le rivolse un gesto seccato. – Può andarsene. Non ho bisogno neanche di lei.

– Se vuole. Però avevamo appuntamento a quest'ora, per un colloquio.

– Hmpf! – La Contessa sedette sulla poltrona di vimini bianco. – Suppongo che lei voglia dei soldi da me, come tutti quanti!

Wayness si rese conto che stava partendo col piede sbagliato. – Mi spiace aver interrotto la sua colazione. Forse è meglio che torni in un altro momento, quando sarà più riposata.

– Riposata? Io non ho nessun bisogno di riposare. È il povero piccolo Mikki che è stato ferito alla coda. Mikki... Mikki, dove sei andato?

Wayness alzò la tovaglia e guardò sotto il tavolo. – È qui che mangia un biscotto. Sembra che non se la sia presa troppo a male.

– In tal caso è una preoccupazione risparmiata. – La donna esaminò Wayness freddamente, con occhi sepolti fra le grinze delle palpebre come quelli di una tartaruga. – Comunque, lei è qui. Cosa vuole? Mi sembra che il Barone Stam abbia detto qualcosa circa la botanica. È esatto?

– Sì, è così. Sua Grazia il Conte Raul era famoso in questo campo, e alcune delle sue scoperte non sono mai state ben documentate. Col suo permesso, vorrei poter esaminare gli appunti del Conte. Stia certa che le causerò il minor disturbo possibile.

Le labbra della Contessa s'erano strette in una linea sottile. – La botanica era un altro dei costosi capricci del Conte Raul. Andava famoso per le sue mani bucate. Lo definivano un filantropo, ma era qualcos'altro: era uno sciocco!

– Sono certa che... fosse molto stimato – balbettò Wayness, sbalordita da quell'acredine.

La Contessa batté il bastone sull'erba. – Questa è la mia opinione. Lei presume di darmi torto?

– No, naturalmente, ma...

– Eravamo continuamente assillati da sfruttatori e professorucoli squattrinati. Ogni giorno ne ricevevamo a stuoli, coi loro sorrisi untuosi e le loro mani lunghe. E i peggiori erano i suoi amici della Società dalla Natura.

– La Società Naturalistica?

– Quelli erano buoni! Detesto perfino il nome! Lui dava, dava, e loro non facevano altro che succhiargli il sangue. E non desistevano mai: ogni giorno un contributo, una tassa, una spesa. Ci crederebbe? L'avevano perfino convinto a regalargli la nostra tenuta più bella, per costruirci sopra un palazzo e vivere lì da gran signori!

– Che sfacciataggine! – disse Wayness, sentendosi ipocrita e traditrice. – È davvero incredibile.

– Ma io li ho messi a posto. Ne stia pur certa. Non hanno avuto niente!

Osando ancor di più Wayness disse, pensosamente: – Il Conte Raul fece un lavoro interessante per conto della Società Naturalistica. Sa per caso se fra i suoi documenti ce ne sono alcuni che riguardano la Società?

– Niente! Non le basta ciò che ho detto di quella gente? Ho vuotato tutto quello che c'era in una cassa e l'ho messa via, dove non potrà più ricordarmi quei soldi spesi così dissennatamente.

Wayness si mostrò d'accordo con un sorrisetto cortese. Il colloquio stava fruttando poco. – In quanto a me, stia sicura che non le costerò niente. E il mio lavoro non potrà che giovare alla reputazione del Conte.

La Contessa Ottilie sbuffò, sprezzante. – Reputazione? Non mi faccia ridere. A me non importa niente della mia, figuriamoci di quella del Conte Raul.

Wayness si costrinse a sorridere. – Tuttavia il nome del Conte Raul è tenuto in alta considerazione all'università. Senza dubbio lui dovette molto all'incoraggiamento della sua consorte.

– Senza dubbio.

– Forse potrei dedicare la mia tesi "al Conte Raul de Flamanges e alla Contessa Ottilie".

– Come le pare. Se era venuta per questo, ora può andare.

Wayness ignorò l'invito. – Il Conte Raul teneva un resoconto dei suoi acquisti e delle sue collezioni, oltreché delle ricerche da lui fatte?

– Naturalmente. Se non altro era meticoloso.

– Per la mia tesi sarebbe utile poter vedere le sue registrazioni, per chiarire certe perplessità che…

– Impossibile! Quelle cose sono state messe via da tempo.

Il suo rifiuto era proprio ciò che Wayness ormai s'aspettava. – Sarebbe nell'interesse della scienza, e mi aiuterebbe a cominciare bene la carriera. Le prometto che lei non avrebbe il minimo incomodo a causa mia.

La Contessa Ottilie batté al suolo l'estremità del bastone. – Non una parola di più. L'uscita è da quella parte. Se ne vada da qui com'è venuta, e subito!

Wayness esitò, riluttante ad accettare una sconfitta così completa. – Posso tornare un altro giorno, quando si sentirà meglio?

La Contessa Ottilie si alzò ed erse le spalle, rivelandosi più alta di quello che era parso poco prima. – Non mi ha sentito? Non voglio più attorno gente come voi, buoni solo a mettere il naso dappertutto e a frugare nelle mie cose!

Wayness girò sui tacchi e si allontanò rabbiosamente verso il cancello.

4

Era quasi mezzogiorno. Wayness aveva lasciato sbollire la rabbia camminando su e giù di fronte al cancello di Mirky Porod, in attesa dell'omnibus che, secondo l'orario, doveva passare ogni ora. Guardò lungo la strada, verso est; ancora niente in vista. L'unico rumore era il ronzio degli insetti.

Con un sospiro andò a sedersi su una consunta panchina di granito. La situazione era più o meno come l'aveva prevista; malgrado ciò si sentiva svuotata e depressa.

E ora cos'avrebbe fatto? Si sforzò di riflettere. C'erano idee che le venivano di getto, ma potevano suddividersi in tre categorie: illegali, immorali, o pericolose. Anche quella di più facile realizzazione (rapimento di cani a scopo di ricatto) era troppo piena d'incognite.

Dal viale che portava a Mirky Porod sbucò Sophie, vestita con un semplice abito azzurro e appesantita da due valigie rigonfie. L'ex cameriera vide Wayness e deviò verso di lei. – Bene, eccoci qua. Com'è andato il suo colloquio?

– Non come mi sarebbe piaciuto.

– Avrei potuto dirglielo fin dall'inizio. – Sophie mise giù le valigie e sedette accanto a lei. – In quanto a me, ho chiuso, per sempre e senza rimpianti. Ho sofferto abbastanza per quella vecchia megera e le sue soperchierie.

Wayness annuì sobriamente. – Ha un temperamento instabile.

– Oh, è fin troppo stabile, per questo: sempre fra grandine e tempesta

– disse Sophie. – Paga il meno possibile, e pretende d'essere servita a tutte le ore del giorno e della notte. Non c'è da meravigliarsi che abbia sempre difficoltà a trovare il personale. Ma quelli del suo rango non si accontentano di un robot, naturalmente: vogliono delle persone a cui sentirsi superiori.

– Quanti dipendenti ha?

– Vediamo... il signor Lenk e madame Lenk, la cuoca, uno sguattero di cucina, quattro cameriere, un uomo tuttofare che si occupa dei cani e fa da autista, due giardinieri e un garzone. Una cosa posso dirla: il signor Lenk fa in modo che tutti mangino bene, e che nessuno lavori troppo. A volte Lenk allunga le mani, ma per metterlo a posto basta fare il nome di madame Lenk, che lo tiene al guinzaglio quasi al punto che quel poveretto mi fa pena. Però è un demonio astuto, e una dev'essere svelta per non farsi chiudere in un angolo, altrimenti non si salva.

– Sembra che Lenk tenga tutti di umore allegro, a Mirky Porod.

– Fa del suo meglio, devo riconoscerlo. Ha un buon carattere, e se una gli molla una sberla non tiene il broncio.

– È vero che nel castello ci sono i fantasmi?

– Questa è una faccenda seria. Tutti quelli che sentono o vedono qualcosa dicono di aver visto o sentito qualcosa, se capisce cosa voglio dire. In quanto a me, nelle notti di luna piena neppure incatenata avrebbero potuto trascinarmi vicino alla Torre Nord.

– E la Contessa Ottilie cosa pensa dei fantasmi?

– Dice che è stato uno di loro a spingere il Conte Raul giù dalla finestra, e suppongo che lei lo sappia meglio di me.

– È probabile.

Arrivò l'omnibus, e le due ragazze partirono per Tzem. Appena Wayness entrò al Porco d'Acciaio andò subito al telefono e fece il numero di Mirky Porod. Sullo schermo apparve il volto di un uomo di mezz'età, snello e ben curato, con lisci capelli neri, palpebre pesanti abbassate sugli occhi e un sottile paio di baffi.

– Buongiorno. Parlo col signor Lenk? – chiese lei.

Dalla sua estremità della linea Lenk osservò con approvazione l'immagine di Wayness, e si sfiorò i baffi con due dita. – Proprio così! Sono Gustav Lenk. Prego, mi dica: in che modo posso avere il piacere di mettermi a sua disposizione?

– È abbastanza semplice, signor Lenk. Ho parlato con Sophie, che ha appena rassegnato le sue dimissioni a Mirky Porod.

– Sì, sfortunatamente oggi è accaduto questo.

– Io vorrei essere assunta al suo posto, se è ancora libero.

– È ancora libero, infatti. Ho avuto a malapena il tempo di apprendere che la cameriera personale della Contessa ha lasciato il posto. – Lenk si schiarì la gola ed esaminò l'immagine di Wayness con attenzione ancora maggiore. – Lei ha esperienza in questo genere di lavoro?

– Non molta. Ma sono certa che col suo aiuto non avrò problemi.

– In circostanze normali – disse cautamente Lenk – questo sarebbe giusto. Tuttavia, se Sophie le ha fornito qualche accenno sulla signora Contessa e sul...

– Ne ha parlato diffusamente, e con una certa emotività.

– In tal caso lei si renderà conto che il problema non sta nel lavoro domestico, per cui ci sono altre tre cameriere, ma piuttosto nelle esigenze della signora Contessa e dei suoi piccoli amici.

– Me ne rendo conto chiaramente, signor Lenk.

– Lei non ha avversioni particolari verso i cani?

Wayness si strinse nelle spalle. – Penso che saprò trattarli nel modo dovuto.

Lenk annuì. – In tal caso, lei può presentarsi subito, così ci occuperemo dei dettagli necessari oggi stesso. Il suo nome?

– Io mi chiamo... – Wayness esitò un attimo. – Marya Smitt.

– Il suo precedente datore di lavoro?

– Non ho referenze immediatamente disponibili, signor Lenk.

– Nel suo caso vedremo se è possibile fare un'eccezione. Comunque dovremo parlare di persona. La aspetto.

Wayness salì in camera sua. Si pettinò con i capelli strettamente tirati dietro la nuca e li legò con un nastro; indossò un abito semplice e si rifece il trucco. Controllò l'opera allo specchio. Il cambiamento, cercò di dirsi, la faceva apparire più anziana e le dava un tocco di serietà e di competenza.

Nelle prime ore del pomeriggio pagò il conto alla locanda, salì sul primo omnibus per Mirky Porod e, ora tormentata da apprensioni e incertezze, portò la sua grossa borsa da viaggio su per il viale fino a un'entrata laterale del castello.

Lenk era più alto e pesante di quel che le era parso, ed emanava la distaccata dignità richiesta dalla sua carica di maggiordomo. Ciò malgrado ricevette Wayness con modi affabili e la condusse in un locale di servizio sul retro del maniero, dove la ragazza fece la conoscenza di madame Lenk: una donna robusta dai corti capelli grigi, con mani larghe come prosciutti e modi sbrigativi.

Parlando un po' ciascuno, il signor Lenk e madame Lenk istruirono Wayness sui suoi nuovi doveri. In generale, avrebbe dovuto accudire personalmente la Contessa Ottilie e prendere gli ordini direttamente da lei, senza far caso all'asprezza dei suoi modi e sempre pronta a evitare un occasionale colpo di bastone. – È solo una reazione nervosa – le assicurò Lenk. – Fa così tanto per comunicare alla servitù che in quel momento non è di buonumore.

– Tuttavia io non approvo il suo metodo – disse madame Lenk. – Una volta, mi ero chinata per raccogliere un giornale che aveva lasciato cadere, e senza che avessi neanche il tempo di accorgermene mi arrivò una bastonata dove non batte il sole. Io ne fui umiliata e offesa, e domandai a Sua Grazia perché mi avesse colpito. "Per una questione di regolarità" rispose. Io feci per protestare, ma lei agitò il bastone e mi disse di fare un elenco dei misfatti per cui non ero stata punita, e di tirarci una riga sopra.

– In breve – concluse Lenk. – Non distrarti mai, Marya. E tieni sempre d'occhio il suo bastone da passeggio.

– Già che parliamo di precauzioni – disse madame Lenk – ti segnalo che il signor Lenk tende a essere troppo amichevole con le ragazze, e qualche volta dimentica la buona creanza.

– Via, via, mia cara. – Lenk fece un gesto tollerante. – Ora esageri, e avrai spaventato la povera Marya al punto che scapperà solo a vedermi.

– Questa è un'opzione che non le sconsiglio. – Madame Lenk si rivolse a Wayness. – Se il signor Lenk mostrasse di avere intenzione di prendersi qualche libertà, ti basterà mormorare le parole "Inferno sulla Terra".

– Inferno sulla Terra? È una specie di messaggio occulto?

– Esattamente! E se il signor Lenk non ne capirà subito il significato, ci penserò io a spiegarglielo nei particolari.

Lenk sorrise, a disagio. – Naturalmente avrai capito che madame

Lenk sta scherzando. A Mirky Porod la servitù va d'accordo e vive in armonia.

– Salvo nei nostri rapporti personali con la Contessa, che non si cura di andare d'accordo col personale. Non dovrai mai discutere o tantomeno contraddire quello che le esce di bocca, non importa quanto insensato ti sembri. Farai finta di apprezzare ogni latrato dei suoi cani, e pulirai la porcheria che lasciano in terra con un sorriso sul volto, come se fosse una cosa molto divertente.

– Farò del mio meglio – annuì Wayness.

Madame Lenk le fece indossare la stessa tenuta che lei aveva visto indosso a Sophie: uniforme nera, cuffietta e grembiulino bordati di pizzo bianco, scarpe nere e calzettoni bianchi al ginocchio. Esaminandosi allo specchio Wayness si sentì abbastanza certa che la Contessa Ottilie non avrebbe riconosciuto in lei la studiosa venuta a importunarla quel mattino.

Poiché la padrona stava riposando, madame Lenk ne approfittò per condurla in giro per il castello; ma davanti all'ingresso della Torre Nord tirò diritto. – Lì non c'è niente, spiriti disincarnati a parte, o così si dice. Io non ne ho mai visti, anche se a dire il vero ho sentito strani rumori che probabilmente erano causati da topi o pipistrelli. In ogni caso, tu non dovrai occuparti della Torre Nord. E ora passiamo in biblioteca. Là dietro quella porta a due battenti c'è il vecchio studio del Conte Raul, che però viene usato di rado, e la serratura è sempre chiusa a chiave. Ah, sento che la signora Contessa è scesa. Muoviamoci. Si starà chiedendo cosa aspetto a presentarti a lei.

L'anziana nobildonna ispezionò Wayness da capo a piedi e poi andò a sedersi su una sedia di legno intarsiato. – Ti chiami Marya, eh? Molto bene, Marya! Troverai in me una padrona indulgente... forse troppo indulgente. Io sono una vecchia signora di poche pretese. Data la mia età, sarà chiesto a te di correre qua e là per ogni occorrenza, e dovrai imparare dove tengo le mie cose. La routine giornaliera è sempre la stessa, salvo il sabato, quando ricevo le persone con cui gioco a carte, e ogni primo del mese, allorché mi reco a Draczeny per fare acquisti. Apprenderai presto ciò che devi fare in ciascuna occasione, poiché non è difficile.

«E ora conoscerai i miei piccoli amici, che sono molto importanti per me. – Tenendo l'altra mano poggiata sul pomo del bastone da passeggio, puntò verso i cagnolini un indice distorto dall'artrosi: – Eccoli qui: Chusk, Porter, Mikki, Toop... e laggiù Sammy, quella che si sta grattando, e Dimpkin e... smettila subito, tu! Questo è Fotsel, il più disordinato. Piccolo sciocco, non devi alzare la gamba dentro casa! Ora Marya dovrà asciugare dove hai bagnato. E là sotto la sedia, infine, c'è Raffis. – La Contessa si appoggiò allo schienale. – Ripetimi i loro nomi, Marya, così saprò se sei stata attenta.

– Oh, sì. – Wayness li indicò. – Questo è Mikki, e questo è il disordinato Fotsel alle cui disattenzioni dovrò provvedere. Sotto la sedia c'è Raffis. Questo con la macchia sul muso è Chusk, credo, e quella che si gratta è Sammy, e... gli altri non ricordo.

– Sei stata abbastanza attenta – disse la Contessa – anche se hai dimenticato Porter, Toop e Dimpkin. Sono tutti cani di razza e di carattere nobile.

– Non ne dubito, Vostra Grazia – annuì Wayness. – Madame Lenk, se vuole indicarmi dove sono lo straccio e il secchio asciugherò subito per terra.

– Noi pensiamo che una spugna sia più efficiente per una piccola chiazza di bagnato – disse la donna. – Troverai il necessario nello stanzino delle scope, a ogni piano.

Così Wayness fu presa a servizio e divenne la cameriera personale della Contessa Ottilie. Ogni giorno era diverso dall'altro, anche se ognuno seguiva teoricamente la stessa routine. Alle otto in punto, tutte le mattine, Wayness entrava nella camera da letto di Sua Grazia per accendere il fuoco di legna nel caminetto, anche se il castello era adeguatamente riscaldato da un sistema ergotermico computerizzato. Sua Grazia dormiva in un enorme letto a baldacchino, fra una dozzina di grossi cuscini ricamati di seta azzurra, gialla e rosa. Per i cani c'era una fila di box lussuosamente imbottiti, lungo una parete, ciascuno col suo nome, e guai a quello che osava addormentarsi sul cuscino di un altro.

Per prima cosa Wayness doveva aprire le tende; la Contessa esigeva che la sera fossero ermeticamente chiuse contro ogni luce esterna, e detestava in particolar modo il chiarore lunare riflesso nei vetri. Una volta acceso il fuoco doveva aiutare la Contessa a sollevarsi a sedere in mezzo ai cuscini, fra una serie di gemiti, rimproveri, accuse e imprecazioni: – Marya, non puoi stare più attenta quando mi tocchi la spalla? No, non così! Ora mi stai facendo male alle reni con quella stupida mano! Io non sono fatta di legno, sai? Spostami più a destra; sai benissimo che non mi sento comoda in questa posizione! Ora mettimi quel cuscino dietro la schiena; sì, quello rosa... ah! Un po' di sollievo, finalmente! Portami il thè. I cani stanno tutti bene?

– Tutti in perfetta salute, Vostra Grazia. Dimpkin sta facendo le sue cose in un angolo, come al solito. Penso che stamattina Chusk abbia qualche motivo di rancore verso Porter.

– Gli passerà. Portami il thè, ora; non stare lì a ciondolare da un piede all'altro come una marionetta.

– Sì, Vostra Grazia.

Dopo aver piazzato il vassoio del thè sulle ginocchia della nobildonna, con un commento particolareggiato sulle condizioni atmosferiche, Wayness suonava il campanello tre volte. Quello era il segnale per Fosco, l'uomo tuttofare, che prelevava gli otto cani per portarli in cucina a mangiare e quindi nel cortile posteriore, dove esaudivano le loro necessità corporali.

Appena la vasta stanza aveva raggiunto la temperatura giusta Wayness aiutava la Contessa nella sua vestizione mattutina, di nuovo con l'accompagnamento di mugolii, proteste rabbiose, avvertimenti e recriminazioni, a cui lei non prestava molta attenzione, almeno finché la mano artrosica della donna non si protendeva ad afferrare il bastone da passeggio. Quando la Contessa era stata vestita e aiutata a sedersi a tavola, Wayness suonava il campanello e una delle cameriere – in genere Fyllis, che era diplomata alla Scuola Alberghiera e si occupava della sala da pranzo – arrivava con la prima colazione. La ragazza aveva scoperto senza alcuna sorpresa che le tre colleghe non invidiavano affatto le sue mansioni, una delle quali era di fungere da cuscinetto fra la Contessa e loro. E l'altra cameriera non si avvicinava al tavolo senza averla prudentemente interrogata con lo sguardo sugli umori della padrona.

Durante la colazione, la Contessa Ottilie dettava alcune note circa le attività di quel giorno.

Alle dieci in punto usava il suo ascensore privato per scendere al pianterreno e si recava subito in biblioteca, dove leggeva la posta, sfogliava una rivista o due, e quindi consultava Fosco sulle condizioni dei cani, che nutriti e ripuliti venivano introdotti alla sua presenza. Fosco aveva il compito di fornire una meditata opinione sullo stato di salute e sulle condizioni psicologiche di ogni animale, e spesso la discussione si protraeva a lungo. Fosco non si spazientiva mai, né aveva motivo di farlo, dato che quello era in pratica il suo unico lavoro, a parte guidare l'auto in occasione delle brevi e poco frequenti uscite della Contessa da Mirky Porod.

Durante quell'intervallo Wayness poteva lasciare la biblioteca finché la padrona non la richiamava. Di solito ingannava il tempo nei locali da lavoro della servitù, chiacchierando e bevendo il thè con le altre cameriere e madame Lenk, e talvolta il signor Lenk.

La chiamata della Contessa arrivava in genere qualche minuto prima delle undici. Se fuori c'era nebbia o pioveva, l'anziana donna restava in biblioteca accanto al caminetto acceso. Se il tempo era buono, usciva dalla porta a vetri che dava sulla terrazza e scendeva sul prato.

A seconda del suo umore – e Wayness aveva puntualmente conferma che il suo umore era imprevedibile – la Contessa poteva avviarsi a piedi verso il tavolo, che la attendeva apparecchiato a una cinquantina di metri dalla terrazza come un'isoletta di colori vivaci in un oceano verde, oppure decidere per una passeggiata. In questo caso saliva a bordo di un veicolo elettrico e partiva in viaggio d'esplorazione verso l'angolo occidentale del grande prato, con i cani che la seguivano in fila: il più agile in testa, il più anziano e sbuffante alla retroguardia. Wayness doveva allora caricare il tavolo, la sedia e il parasole su un altro veicolo elettrico, tenerle dietro, scaricare il tutto nella località prescelta e servire il thè.

Spesso in quelle occasioni la Contessa desiderava restare sola, e Wayness veniva rimandata in biblioteca o altrove, in attesa che una nota del suo avvisatore da polso la informasse che c'era di nuovo bisogno di lei.

Un giorno, dopo esser stata lasciata libera in quel modo, fece un giro intorno all'angolo della Torre Nord, dove non le era mai capitato d'avventurarsi. Oltrepassò una fitta siepe di tassofrassini e si vide davanti un minuscolo cimitero, con non più di venticinque o trenta piccole tombe. Su alcune delle lapidi l'incisione era scolpita a rilievo; alcune avevano targhe di bronzo, e su altre ancora c'erano statue di marmo raffiguranti cagnolini di varie razze in nobile atteggiamento. Accanto a ogni tomba crescevano garofani e margherite rosa. La curiosità di Wayness si spense all'istante; tornò subito in biblioteca e attese lì la chiamata della Contessa. Come ogni volta che ne aveva l'occasione saggiò la maniglia della porta dello studio, e come sempre la trovò chiusa... e, come sempre, provò una stretta allo stomaco: i giorni passavano, e altrove erano in moto eventi che lei non poteva controllare.

Ormai sapeva dove si trovavano le chiavi dello studio. Una pendeva dal tintinnante anello del signor Lenk, e un'altra da un portachiavi gemello in possesso della nobildonna. Wayness aveva fatto il possibile per capire se l'uno o l'altra avevano dei comportamenti fissi su cui poter contare. Di giorno la Contessa teneva le chiavi con sé, ma senza far molto caso a dove le metteva, e in una di queste occasioni il mazzo di chiavi era scivolato fra due cuscini. Poco dopo tutte le cameriere erano state costrette a una ricerca affannosa, punteggiata dai rimproveri e dagli aspri incitamenti della Contessa, finché l'oggetto non era stato ritrovato.

Di sera la donna metteva il portachiavi nel cassetto del comodino di legno laccato alla destra del letto.

Una notte, mentre la Contessa russava fra i suoi cuscini, Wayness scivolò dentro in punta di piedi e aggirò il letto verso il comodino, muovendosi con cautela nel buio. Stava già per aprire il cassetto allorché Toop si svegliò con un ringhio minaccioso e cominciò ad abbaiare. All'istante tutti gli altri cani si unirono a lui in un'orgia di latrati. Wayness corse fuori dalla stanza prima che la Contessa accendesse la luce per vedere cos'aveva provocato quel baccano. Dal corridoio, tremante e col fiato mozzo per lo spavento, sentì l'anziana donna brontolare: – Basta così, razza di stupidi! Solo perché uno di voi ha mal di pancia dovete lamentarvi tutti? Fate silenzio, ho detto!

Scoraggiata, Wayness tornò a letto.

Due giorni dopo Fosco, l'uomo tuttofare, rassegnò le dimissioni. Lenk cercò di affidare la cura dei cani a Wayness, che dichiarò con energia di non poter rubare un solo momento di tempo agli altri suoi doveri mattutini; allora cercò di convincere Fyllis, e quindi Natosha e Rosenka, ma la prima gli fece ragionevolmente osservare: – Se pensa che mia madre mi abbia fatto andare alla Scuola Alberghiera nella speranza che un giorno avessi l'alto privilegio di pulire il sedere a otto sudicie bestie ringhiose, lei ha i vermi nella testa, caro signore! – In quanto a Rosenka, che un mese prima era stata morsa da Mikki, la sua reazione fu così disperata e sconvolta che madame Lenk dovette darle un bicchierino di acquavite per farle tornare il colore sulle guance.

Lenk dovette mestamente accudire le bestie lui stesso per un paio di giorni, finché dopo molte telefonate non riuscì a far arrivare a Mirky Porod un altro uomo tuttofare, un giovanotto attraente di nome Baro, che aveva l'aria d'essere reduce da ambigue esperienze di autista con ricche signore non così oltre la menopausa e accettò il lavoro con palese mancanza di entusiasmo.

Fino ad allora la condotta del signor Lenk verso Wayness era stata irreprensibile, anche se non scevra di piccoli favori e cortesie che equivalevano a furtive strizzatine d'occhio. Ma ogni giorno diventava un po' più amichevole, finché un giorno decise di tastare il terreno, letteralmente, e come per gioco e allegro spirito cameratesco lasciò andare una pacca sulle curve posteriori dalla ragazza. Wayness comprese che i programmi del maggiordomo dovevano essere ridimensionati fin da quell'inizio, e si scostò con espressione offesa. – Signor Lenk! Sono costretta a farle notare che questo suo comportamento mi sorprende!

– È del tutto comprensibile, invece – ridacchiò lui. – La mia mano è stata irresistibilmente attratta da una parte della sua avvenenza dotata di una forte capacità magnetica, a causa della quale si era caricata di energia fisiologica.

– In tal caso apprenda a tenere la sua mano sotto controllo, o la fornisca di un guanto isolante.

Lenk si strinse nelle spalle. – Non è solo la mia mano a riempirsi di energia – disse, accarezzandosi i baffetti. – In ultima analisi cos'è un po' di magnetismo corporeo fra amici? Non è forse questo che dà un risvolto gradevole alla vera amicizia?

– Tutto ciò è troppo astruso per la mia comprensione – replicò Wayness. – Forse dovremmo chiedere un parere scientifico a madame Lenk.

– Questo è un suggerimento ingrato – sospirò l'uomo, e se ne andò per i fatti suoi.

Di tanto in tanto, solitamente nel tardo pomeriggio, la Contessa cadeva preda di un umore abbastanza particolare: il suo volto si allungava e restava immobile, gli occhi si stringevano facendosi duri e opachi come pezzi di vetro, e rifiutava di rivolgere la parola a chiunque la avvicinasse. La prima volta che Wayness notò quel modo di fare, madame Lenk la prese da parte e le spiegò: – La Contessa è insoddisfatta di come vanno le cose nel mondo, e sta riflettendo su quello che lei può fare per cambiarle.

In tali occasioni, spesso senza badare minimamente alle condizioni meteorologiche, capitava che la Contessa uscisse sul prato e andasse a sedersi al tavolo; poi tirava fuori un mazzo di carte speciali ed eseguiva quello che poteva apparire un elaborato solitario. Lo giocava più volte, aprendo e chiudendo le mani ossute e lasciandosi andare a gesti repentini, chinandosi avanti con aria insospettita, borbottando, fischiando fra i denti, scoprendo i denti in un ringhio o in un sorriso di esultanza, e continuava in quel modo finché le carte sembravano piegarsi alla sua volontà oppure il sole tramontava lasciandola senza luce.

La seconda volta che questo accadde si era levato un vento freddo, e Wayness uscì a portarle uno scialle; ma la Contessa lo rifiutò con un gesto irritato della mano.

Più tardi, nel grigiore del crepuscolo, la nobildonna restò a lungo immobile a fissare le carte, se depressa o trionfante Wayness non poté capirlo. Poi la donna si alzò e il suo portachiavi cadde tintinnando nell'erba; ma lei s'era già incamminata e non se ne accorse. Wayness andò a sparecchiare e ne approfittò per mettersi in tasca il mazzo di chiavi. Poi raccolse le carte e lo scialle, e seguì la Contessa attraverso il prato.

Con sua sorpresa Wayness vide che non si avviava verso la terrazza, bensì in direzione della Torre Nord. Le tenne dietro a una decina di passi di distanza. La Contessa non le prestò alcuna attenzione.

Sulla zona stagnava già una fitta penombra, e un vento freddo faceva ondeggiare le cime degli abeti che crescevano sulle colline. La destinazione della Contessa fu chiara quand'ebbe girato l'angolo: il piccolo cimitero a lato della Torre Nord. Vi entrò attraverso un varco nella siepe di tassofrassini e si aggirò fra le tombe, fermandosi qua e là a mormorare frasi incoraggianti alle statue dei cani: – È passato molto tempo, ah, quanto tempo! Ma non disperare, mia dolce Snoyard: la tua lealtà e la tua fiducia saranno premiate! E per te, Peppin, sarà lo stesso. Quant'eri chiassoso! E la cara piccola Corly, dal musetto così morbido. Soffro ancora per la tua mancanza! Ma noi ci incontreremo ancora, e sarà un giorno felice. Non uggiolare così, Myrdal; lo so, tutte le tombe sono buie...

Nell'ombra della siepe Wayness fu percorsa da un brivido. Era come se fosse penetrata in un macabro sogno che non apparteneva a lei. Si volse e corse via nella semioscurità, con una mano premuta sulla tasca per non far tintinnare le chiavi. Quando fu sulla terrazza si fermò e rimase ad aspettare.

Qualche minuto dopo vide la forma scura della Contessa che si avvicinava a passi lenti, appoggiandosi al suo bastone. Wayness la attese in silenzio. La donna la oltrepassò come se lei fosse invisibile, attraversò la terrazza ed entrò dalla porta a vetri della biblioteca.

Il resto della serata trascorse senza che accadesse nulla. Mentre la Contessa cenava, Wayness si appartò per esaminare le chiavi e constatò soddisfatta che ognuna aveva una piccola etichetta. Ecco quella più importante: "Studio", la chiave che lei aveva atteso a lungo di avere fra le mani! Non era impreparata. Gettò uno sguardo all'orologio e andò nel retrocucina, dove c'era un bancone da lavoro e tutto un insieme di strumenti e oggetti vari fra cui lei aveva notato anche una scatola di vecchie chiavi. La rovesciò sul banco e frugò fra esse finché non ne trovò una di tipo analogo, con i fori diamagnetici nella stessa posizione, e se la mise in tasca.

Uno scalpiccio sulla soglia! Wayness si girò di scatto. Era Baro, il nuovo autista tuttofare: un giovanotto atletico dai capelli neri, con occhi azzurri assai espressivi e lineamenti perfetti. Sapeva muoversi con elegante noncuranza, e la sua voce dall'accento indefinibile poteva assumere note seducenti. Ma pur riconoscendo in lui un uomo attraente Wayness lo giudicava vanesio, presuntuoso, e con uno sguardo gli aveva subito comunicato di mantenere le distanze. Interpretando la sua ritrosia come una sfida Baro ne era parso divertito e aveva preso a corteggiarla con atteggiamenti complimentosi, concedendole comunque il privilegio di evitarlo senza difficoltà. Ma s'era fatto abile a trovarla da sola. E adesso le stava bloccando la porta. – Marya, principessa di tutte le delizie! – esclamò, entrando. – Cosa porta una creatura come te nelle cucine dove ciabattano le sguattere?

Wayness trattenne una risposta ironica, che lo avrebbe soltanto stimolato. Disse la prima cosa che le venne in mente: – Stavo cercando un pezzo di spago.

– Eccone qua uno – disse Baro. – Proprio sopra questo scaffale. – Nel passarle accanto le poggiò una mano su una spalla e le aderì con un fianco, facendole sentire il suo calore animale. Lei dovette notare il suo profumo, un gradevole misto di lavanda e altri fiori esotici, probabilmente d'importazione extraterrestre.

– Ti sono molto grata, ma ora devo andare – disse, afferrando il rotolo di spago. Si chinò per passargli sotto il braccio, scivolò svelta intorno al suo corpo invadente e raggiunse la porta della lavanderia, avviandosi in fretta verso la cucina. Baro le tenne dietro alla stessa velocità, con un sorrisetto blando.

La giovane donna andò a sedersi nel locale di riposo della servitù, dove c'erano madame Lenk e Natosha. Si sentiva seccata e a disagio. Il contatto fisico con Baro aveva provocato una reazione in lei, ma anche uno strano fremito di timore e di repulsione a livello quasi subconscio. Baro entrò nella stanza. Wayness s'irrigidì e prese una rivista dal portagiornali. Il giovanotto sedette sul divano al suo fianco. Lei non gli prestò alcuna attenzione.

– Dimmi, io ti piaccio? – chiese Baro in tono suadente.

Wayness lo considerò con uno sguardo spassionato. Lasciò passare alcuni freddi secondi prima di rispondere: – È un argomento a cui non ho dedicato i miei pensieri, signore. E dubito che lo farò.

– Uch! – sbuffò Baro, come se avesse ricevuto un pugno nello stomaco. – Parola mia, sei di ghiaccio dentro e fuori!

Wayness girò una pagina del giornale e non gli diede risposta.

Il giovanotto ridacchiò, scrutandola. – Se ti rilassassi un poco, potresti scoprire che dopotutto non sono un tipo malvagio.

Wayness lo gratificò di un altro sguardo inespressivo, depose il giornale, si alzò in piedi e andò a sedersi accanto a madame Lenk, ma in quel momento il suo avvisatore da polso suonò una nota. – Ti sta chiamando dalla biblioteca – commentò madame Lenk. – È l'ora della partita a pallone... ehilà! Senti come piove. Bisogna che mandi il signor Lenk a controllare il caminetto.

La Contessa era in biblioteca con i suoi cani. Fuori dalle finestre la pioggia scrosciava sulla terrazza e sul prato, e al di sopra delle colline si accendeva di tanto in tanto il fulgore azzurrino di un fulmine.

La partita era diretta dalla Contessa, che manovrava la palla. Gli otto cani correvano furiosamente dietro di essa, latrando a tutto spiano e mordendosi a vicenda finché Wayness, che aveva il compito di recuperare la palla, riusciva a strapparla fuori dalla mischia e a riportarla alla padrona.

Dopo dieci minuti la Contessa si stancò del gioco, ma lasciò il posto a Wayness e le ordinò di continuare da sola.

Poco più tardi l'anziana donna smise di prestare attenzione ai cani e si appisolò. Wayness, in piedi dietro la sua sedia, colse l'occasione per togliere dall'anello la chiave dello studio e la sostituì con quella trovata nella scatola, a cui applicò la piccola etichetta adesiva dell'altra. Fatto ciò nascose il portachiavi nel terriccio di un grosso vaso da fiori, in un angolo della stanza, e andò in cucina a preparare la pozione serale della Contessa: uno sgradevole miscuglio di chiaro d'uovo, burro e cherry, con l'aggiunta di una polvere medicinale contro l'artrosi.

Quando rientrò la Contessa Ottilie s'era svegliata, e di umore capriccioso. – Dove sei stata? – la rimbrottò. – Non devi lasciarmi sola a questo modo! Stavo per chiamarti!

– Stavo miscelando la pozione di Vostra Grazia.

– Hmf. Bah! Dammela, allora. – La Contessa si mostrò parzialmente raddolcita. – È un mistero per me il modo in cui svolazzi qua e là appena ti si perde d'occhio, mai ferma, come una piuma al vento!

Portò alle labbra il grosso bicchiere e inghiottì la pozione. – E adesso è di nuovo l'ora di andare a letto. Mi sono guadagnata un altro giorno su questa terra, a dispetto di chi vuole dividersi le mie sostanze. Non è facile sopravvivere alle insidie di quella gente, alla mia età. Specialmente quando si conosce la vita!

– Ne sono certa, Vostra Grazia.

– Da ogni parte... mani avide e dita svelte a sgraffignare! Da ogni parte lo sguardo attento di occhi predaci, come quelli che circondano il fuoco acceso nella steppa dagli avventurieri solitari! Io combatto una guerra incessante e spietata: la meschinità e l'avarizia sono i miei nemici giurati!

– Ma Vostra Grazia è armata di un carattere forte.

– Sì, questo è vero. – Afferrandosi ai braccioli della sedia la donna lottò per tirarsi in piedi. Wayness corse avanti per aiutarla, ma lei l'allontanò con un gesto iroso e ricadde a sedere. – Non è necessario che tu faccia così! Io non sono un'invalida!

– Questo non l'ho mai pensato, Vostra Grazia.

– Non equivale forse a dire: ecco qui una vecchia donna che può morire da un giorno all'altro: chissà che non accada ora? – La Contessa tacque, fissandola attentamente. – Hai sentito parlare gli spettri della Torre Nord?

Wayness scosse il capo. – Sono ben lieta di poter dire che non mi è mai successo, Vostra Grazia.

– Capisco. Be', non dirò altro. È l'ora di andare a letto. Aiutami ad alzarmi, non startene lì impalata. E stai attenta quando mi tocchi la schiena! La pozione contro i dolori non ha ancora fatto effetto!

Durante la complicata routine di preparazione notturna, la Contessa scoprì la mancanza del portachiavi. – Ah! Peste, vomito e maledizione! Perché devo sopportare queste prove? Marya, dove sono le mie chiavi?

– Dove Vostra Grazia le tiene di solito, o almeno credo.

– No, le ho perdute! Sono rimaste sul prato, dove qualsiasi ladrone notturno può trovarle. Chiama subito Lenk!

Il maggiordomo fu convocato e informato dello smarrimento delle chiavi. – Sono certa che devono essermi cadute sul prato – dichiarò la Contessa. – Devi andare a cercarle, subito!

– Nel buio? Sotto queste raffiche di pioggia torrenziale? Vostra Grazia, sarebbe un tentativo poco pratico.

La nobildonna lo fulminò con lo sguardo e batté il bastone da passeggio sul pavimento. – Sono io che decido cosa sia pratico a Mirky Porod! Non presumere d'insegnarmelo. Ho insegnato questa verità ad altri, prima di voi!

Lenk si volse di scatto verso la finestra e indicò fuori, con aria sbalordita. La Contessa Ottilie strillò: – Cos'hai sentito?

– Non lo so, Vostra Grazia. Avrebbe potuto essere il gemito di uno spettro.

– Uno spettro! Marya, tu l'hai sentito?

– Ho sentito qualcosa, ma penso che fosse uno dei cani.

– Naturalmente. Ecco: stavolta l'ho sentito anch'io! È Porter, che soffre per la sua bronchite.

Lenk s'inchinò. – Come crede Vostra Grazia.

– E le mie chiavi?

– Sono certo che domattina potremo trovarle, appena ci sarà un po' di luce. – Lenk s'inchinò di nuovo e uscì. La Contessa borbottò e sbuffò, ma alla fine si decise ad andare a letto. Quella sera era incontentabile ancor più del solito, e Wayness dovette cambiare posizione ai cuscini una dozzina di volte prima che la stanchezza avesse la meglio e l'anziana donna si addormentasse.

Wayness andò in camera sua. Si tolse il grembiule e la cuffietta, e sostituì le scarpe con due pantofole dalla suola morbida. Poi si mise in tasca un foglio di carta, una penna e una torcia elettrica.

A mezzanotte uscì nel corridoio. La grande casa era addormentata. Wayness attese qualche minuto per prudenza; quindi fece appello al suo coraggio, scese al pianterreno e in fondo alle scale si fermò ad ascoltare.

Silenzio.

Attraversò la biblioteca e raggiunse la porta in fondo al vasto locale. Infilò la chiave e a ogni giro sentì un piccolo clangore metallico; il battente di destra si lasciò spingere avanti, con un lieve cigolio. Wayness studiò la serratura, per accertarsi che non vi fosse il rischio di restare chiusa accidentalmente nello studio. Ma il meccanismo era accessibile sui due lati. Entrò e chiuse a chiave dall'interno; poi si guardò attorno alla luce della torcia. Il centro della stanza era occupato da una larga scrivania, con gli schermi di una console elettronica e del telefono. Fuori dalla finestra la pioggia continuava a cadere, ma non fitta come prima, ogni tanto squarciata dalla luce cruda di un lampo. Sulla destra una colonnetta sosteneva un grosso mappamondo. Sugli scaffali c'era una notevole quantità di libri, nastri, curiosità e soprammobili; a sei larghi pannelli erano applicate armi bianche di varia origine. Wayness esaminò i libri. Nessuno sembrava il registro in cui il Conte Raul aveva tenuto i suoi conti. Rivolse la sua attenzione alla console. Probabilmente nessuno usava quel terminale da molti anni; forse era stato disattivato.

La ragazza sedette e sfiorò l'interruttore generale. Con sua gran soddisfazione lo schermo si accese subito e su di esso apparve lo stemma dei Conti de Flamanges: un'aquila a due teste in piedi su un globo azzurro irretito di meridiani e paralleli.

Il sistema operativo era il solito; Wayness chiamò l'elenco delle direttrici e cercò di capire dove il Conte Raul avesse registrato le informazioni che servivano a lei. La ricerca poteva essere facile, se era stato davvero un uomo preciso e metodico.

Trascorse mezzora. La ragazza seguì e scartò una dozzina di strade senza uscita prima di individuare la serie di file che stava cercando.

Il Conte Raul non aveva mai acquistato niente dalla Galleria Gohoon. Inoltre, la sua collezione di materiale della Società Naturalistica era stata composta soltanto da ciò che lei aveva trovato al Museo Funusti. Wayness sospirò aspramente, delusa. Aveva sperato – una speranza così segreta che non aveva osato ammetterla neppure con se stessa – di trovare la Carta e la Garanzia in quello studio, forse proprio in un cassetto di quella scrivania.

Niente di più illusorio. Comunque un dato c'era: il Conte Raul aveva acquistato il suo materiale da un commerciante di nome Xantief, nella vecchia città di Trieste.

Fu in quel momento che Wayness sentì il rumore: un lieve cigolio, metallo che strideva sul metallo. Si volse e vide la maniglia della porta della terrazza muoversi su e giù, saggiata da qualcuno che si trovava all'esterno.

La ragazza deglutì un groppo di saliva ma non si mosse. Cambiò il nome di Xantief in "Chuffe", quello di Trieste in "Croy" e mandò in atto una ricerca automatica per assicurarsi che non apparissero anche in altri file. Nel frattempo guardò la finestra. L'immensa vampa azzurrina di un lampo illuminò il cielo; stagliata su quel chiarore Wayness vide la silhouette di un uomo fuori dalla finestra. Aveva le braccia alzate; sembrava occupato a maneggiare un utensile. Poi si spostò sulla destra e scomparve. La ragazza si alzò senza fretta e andò alla porta che dava sulla biblioteca. Dall'esterno provenne un tonfo, come se qualcosa avesse ceduto, e poi uno scalpiccio. Wayness seppe che l'individuo aveva forzato la porta della terrazza per entrare in biblioteca, e che ora si trovava al di là del battente che lei aveva davanti, pronto a intercettarla appena avesse osato uscire dallo studio. O forse l'avrebbe spinta dentro, e una volta solo con lei... cosa le avrebbe fatto?

Niente di piacevole, pensò Wayness, e un brivido di spavento la percorse dalla testa ai piedi.

Era in trappola. Poteva aprire la porta della terrazza per fuggire da quella strada, ma l'uomo l'avrebbe sicuramente sentita uscire e presa al volo come una farfalla.

Dalla porta dello studio provenne un terribile rumore raschiante, cupo e profondo, mentre l'utensile dell'uomo attaccava l'acciaio della serratura.

Wayness si guardò disperatamente attorno. Alle pareti c'erano delle armi: scimitarre, kriss, yatagan, fruste, tirapugni, daghe e stiletti. Sfortunatamente erano fissate ai pannelli con fascette d'ottone. I suoi occhi si fermarono sul telefono.

La ragazza corse allo schermo, lo accese e premette il numero 9.

Dopo qualche istante qualcosa si mosse sullo sfondo di una camera poco illuminata. – Sì? – disse la voce del signor Lenk. Era insonnolita, ma Wayness sapeva di averlo messo in allarme. – Signor Lenk, sono Marya! – sussurrò, col fiato mozzo. – Mi trovo sulle scale. Ci sono degli strani rumori giù in biblioteca! Venga subito, prima che la Contessa si svegli!

– Ah! Sì, sì, la tenga tranquilla, santo cielo! In biblioteca, ha detto?

– Credo che ci sia un ladro! Porti con sé la pistola!

Wayness tornò alla porta e attese. Dalla biblioteca non proveniva alcun rumore; il malvivente, o chiunque fosse, s'era fatto più cauto. Poi ci fu uno scalpiccio di passi che si avvicinavano, e nel locale si udì la voce di Lenk: – Chi c'è qui? Cosa succede?

Wayness attese qualche secondo e aprì la porta. Il maggiordomo era uscito sulla terrazza e si guardava attorno nel buio, con la pistola in mano. Approfittando dello scrosciare della pioggia la ragazza uscì e chiuse a chiave. Quando Lenk si volse lei era sulla porta del corridoio. – Non abbia paura, Marya – disse. – L'intruso è scappato quando mi ha sentito arrivare. Credo sia inutile inseguirlo. Ha lasciato un trapano là in terra. È molto strano.

Wayness rientrò in biblioteca. – Forse è meglio non dire niente alla Contessa. Si preoccuperebbe senza scopo, e non farebbe che renderci la vita più difficile.

– Vero – annuì Lenk, accigliato. – Parlargliene non servirebbe a nulla. E poi continuerebbe a tirare in ballo la faccenda delle sue chiavi, dando la colpa a me che non sono andato a cercarle.

– Io non le dirò niente, allora.

– Brava ragazza! Mi chiedo chi fosse quel furfante.

– Non oserà farsi vivo un'altra volta. Non dopo aver visto la sua pistola. Ma sento che sta arrivando madame Lenk. Meglio che lei le racconti quel che è successo finché sono qui io a confermare le sue parole.

– Non credo che sia indispensabile – disse lui con un sorriso aspro. – Anche lei ha sentito la sua telefonata. Ma non capisco come abbia potuto chiamarmi senza svegliare la Contessa.

– Ho parlato sottovoce, se ricorda bene. E poi stava tuonando.

– Già, naturalmente. Mmh, penso che avrei dovuto chiamare Baro. Così almeno avrebbe potuto rendersi utile.

– Forse. Però, meno siamo a saperlo e meglio è.

Il mattino successivo tutto si svolse secondo la solita routine. Prima di colazione Wayness scese a recuperare il portachiavi, rimise al suo posto la chiave dello studio e uscì sul prato. Dieci minuti dopo rientrò nella camera della Contessa e le mostrò le chiavi con un sorriso trionfante.

La nobildonna ne fu moderatamente compiaciuta. – È quello che avresti dovuto fare ieri sera, per risparmiarmi queste ore d'ansia. Non ho chiuso occhio per la preoccupazione.

Mentre Baro era occupato a nutrire i cani Wayness prese la sua borsa da viaggio e abbandonò Mirky Porod, in tempo per prendere l'omnibus delle dieci diretto a Tzem. Dall'atrio del Porco d'Acciaio telefonò al castello. Sullo schermo apparve Lenk, che nel vedere la sua immagine restò a bocca aperta per lo stupore. – Marya? Ma da dove chiama?

– Signor Lenk, è una storia complicata, e mi spiace molto avervi lasciato così all'improvviso, ma ho ricevuto un messaggio urgente che non posso ignorare. La prego di fare le mie scuse alla Contessa e di spiegarle che non potrò più tornare.

– Ma ne resterà sconvolta! Ormai aveva imparato ad apprezzare il suo lavoro, come tutti noi!

– Mi spiace, signor Lenk, ma ora vedo che sta arrivando l'omnibus e devo proprio andare.

Parte VII

1

Wayness viaggiò in omnibus da Tzem a Draczeny, e fu abbastanza certa che nessuno poteva averla seguita. In città salì su una littorina automatica e la magnetovia la portò a gran velocità verso ovest.

Nel tardo pomeriggio la littorina fece sosta a Pagnitz, uno dei crocevia sulla linea che attraversava il continente fino ad Ambeules. Wayness finse d'ignorare il rallentamento e restò seduta al suo posto fino all'ultimo istante, poi corse alla porta e saltò sulla piattaforma della stazione. Per un poco restò a fissare le vetture che riprendevano la corsa, ma nessuno ne scese, almeno da quella parte, e sull'altro lato l'unico viaggiatore in vista era un ometto grassoccio e pallido, con due mustacchi neri e l'aria stanca del pendolare.

Wayness prese alloggio all'Ostello dei Tre Fiumi, e da lì telefonò a suo zio a Fair Winds.

Pirie Tamm fu sollevato di vederla. – Ah, Wayness! È bello sapere che non hai dimenticato la mia esistenza! Da dove chiami?

– Per il momento sono a Castaing, ma sto partendo per Maudry dove intendo visitare la Biblioteca Storica. Ti richiamerò appena avrò scoperto quello che spero. Ora ho fretta.

– Molto bene. Non voglio tenerti in linea. Ci sentiamo domani.

Mezz'ora dopo la ragazza fece una seconda chiamata, stavolta alla Banca di Yssinges, e chiese che le passassero Pirie Tamm.

L'uomo apparve davanti allo schermo con aria sbalordita. – Ah, ragazza, non avrei mai sospettato che il mio telefono fosse asservito a codici segreti! È un dannato oltraggio, sai?

– Scusami, zio Pirie. So che ti sto dando preoccupazioni a non finire.

Pirie Tamm alzò una mano. – Sciocchezze, figliola! Stai facendo il contrario, se mai! È l'incertezza che mi rovina la digestione. Dopo che quel signore se n'è andato ho fatto esaminare da un esperto tutti i sistemi. Non ha trovato niente. Però non mi ha garantito niente. E a quanto pare ci sono molti metodi per intervenire da lontano nel mio telefono, perciò meglio continuare a prendere ogni precauzione, almeno per un po'. Dunque, cos'hai fatto?

Wayness gli diede un riassunto delle sue attività a Mirky Porod. – Ora sto andando a Trieste, dove spero di trovare questo Xantief, chiunque sia.

Pirie Tamm emise un grugnito insoddisfatto, ma si sforzò di tenere a freno i suoi sentimenti. – Sembra che tu abbia salito (o sceso?) un altro gradino della tua scala. Dobbiamo considerarlo un passo avanti di qualche genere?

– Lo spero. La scala può essere più lunga di quel che vorrei.

– Hmf. Così parrebbe. Resta in linea un momento intanto che chiedo notizie di questa persona. La banca dovrebbe saperne qualcosa.

Wayness attese. Trascorsero due o tre minuti, poi Pirie Tamm apparve di nuovo sullo schermo. – Alcide Xantief, questo è il nome completo. C'è l'indirizzo della sua attività commerciale, ma non quello di casa: via Malthus 26, Porto Vecchio, Trieste. La ditta si chiama "Arcana", qualunque cosa ciò possa significare.

Wayness prese nota dell'indirizzo. – Vorrei potermi liberare dalla stupida sensazione d'essere seguita.

– Ah! Forse c'è davvero qualcuno, e la tua sensazione deriva da questo.

Lei rise senza allegria. – Continuo a immaginare nitidamente figure furtive che mi pedinano nell'ombra, ma quando mi volto non vedo mai nessuno. Forse sto diventando nevrotica.

– La mia diagnosi non è così pessimista. Dopotutto hai ottime ragioni per essere nervosa.

– Questo è ciò che continuo a dirmi. Ma non è un gran conforto. Preferirei essere nevrotica, credo, e minacciata solo dalla mia immaginazione.

– Certe tecniche di sorveglianza sono difficili da evitare – disse Pirie Tamm. – Comunque, mi sono aggiornato sulle microspie e i sistemi di ascolto a distanza... – Le suggerì poi varie procedure di sicurezza, insistendo che le mettesse per iscritto, e concluse: – Tuttavia, come è stato detto a me, non ti garantisco niente.

– Farò quello che posso – annuì lei. – Per adesso ti saluto, zio Pirie.

Quella sera Wayness fece il bagno, si lavò la testa e spazzolò le scarpe, la borsa da viaggio e la borsetta, per togliere eventuali spray odoriferi o radianti di cui potevano esser state spruzzate. Mandò alla lavanderia dell'ostello la biancheria e si accertò che negli altri indumenti non fossero inseriti corpi estranei.

Il mattino successivo usò tutti gli espedienti prescritti da Pirie Tamm e altri di sua invenzione per eludere possibili pedinatori o microspie fluttuanti, e alla fine partì in ferrovia sotterranea per Trieste.

A mezzogiorno scese al Terminal Centrale della città, che serviva Nuova Trieste, nel nord del Carso, una delle poche zone urbane ancora strutturate secondo il Paradigma Tecnico: estese costruzioni di vetro e cemento, rettilinee e identiche a parte il numero dei piani. Durante la Seconda Rinascita Ecologica, Nuova Trieste era stata edificata secondo quei rigorosi dettami architettonici, ma già trent'anni dopo il Paradigma Tecnico era rifiutato in ogni altra località della Terra in favore di altri stili meno intellettuali ed efficienti.

Dal Terminal Centrale Wayness prese una linea metropolitana che la portò venti chilometri più a sud, alla stazione della Vecchia Trieste: una gigantesca cupola di ferro nero e vetro verde che ricopriva cinque acri di corsie per il traffico, negozi e bar, animati da una folla di facchini, scolaresche in giro per il continente, venditori, suonatori ambulanti, e una quantità di viaggiatori in arrivo e in partenza.

Wayness acquistò una carta della città a un chiosco e poi andò a sedersi in un caffè-ristorante isolato dietro una siepe di piante in vaso. Ordinò involtini di prosciutto con contorno di funghi in salsa piccante, e mentre pranzava studiò la mappa. Sulla sua copertina l'editore aveva inserito una citazione:

> Se vuoi conoscere i segreti dell'antica Trieste, che sono molti, e spesso strani, e spesso affascinanti, devi scoprirli con riverenza e dando tempo al tempo, non come il grasso turista che si getta nella piscina, ma piuttosto come il devoto si approssima a un altare.
>
> — A. Bellor Foxterhude

Wayness spiegò la carta e dopo qualche perplesso tentativo di capirci qualcosa decise che la stava tenendo al contrario. La girò, ma tutto le apparve ancor più misterioso: evidentemente il modo giusto era il primo. Di nuovo girò la mappa e la orientò secondo i quattro punti cardinali, con il mare Adriatico alla sua sinistra. Per alcuni minuti studiò il groviglio di simboli intrecciati su di essa. A quanto dicevano le istruzioni si trattava di bacini, canali minori o maggiori, vie d'acqua speciali, camminamenti speciali, ponti, e poi viali, piazze, vicoli, sottopassaggi, parchi, edifici pubblici e altro. Ogni singolo punto della città era identificato da un nome, e sembrava che a tutte le strade più brevi fossero stati assegnati tutti i nomi più lunghi. A Wayness bastò attraversarla con lo sguardo da sinistra a destra per sentirsi girare la testa. Aveva già deciso di riportarla al chiosco per farsene dare una più semplice quando notò per caso via Malthus, sulla riva occidentale del Canal Bartolo Seppi, nel quartiere del Porto Vecchio.

La ragazza ripiegò la carta e volse lo sguardo sugli altri tavolini del caffè-ristorante. Non c'era nessun tipo dall'aria equivoca coi baffi neri; nessuno sembrava prestarle un'attenzione insolita. Facendosi notare il meno possibile pagò il conto e uscì dalla grande cupola della stazione, scoprendo che il sole era nascosto da una scura coltre di nuvole e che dall'Adriatico soffiavano gelide raffiche di vento.

Wayness restò un momento sul marciapiede, con il mantello che le sbatteva contro le gambe; poi raggiunse di corsa il posteggio delle auto pubbliche e si avvicinò al conducente di quella in testa alla fila, un veicolo di plastivetro a tre ruote che sembrava molto comune nella zona. Gli mostrò la carta, indicò via Malthus e disse che voleva esser portata in un albergo decoroso nelle immediate vicinanze. L'uomo la rassicurò con un sorriso: – Il Porto Vecchio è pieno di fascino! La condurrò all'Hotel Sireneuse. Penso che lo troverà decente e comodo, e i suoi prezzi non sono una rapina.

Wayness salì a bordo e l'auto ronzò via nelle strade della Vecchia Trieste, una città dal carattere unico, costruita per metà su una lingua di terra sotto le colline rocciose, e per metà su immense palafitte di pilastri conficcati nel fondale dell'Adriatico. Ovunque s'intrecciavano canali di acqua grigiastra, e le onde s'infrangevano contro le fondamenta delle case alte e strette. Un'oscura e misteriosa città, pensò Wayness.

Sterzando di continuo in questa e quella stradicciola, ogni tanto balzando via di traverso sopra un ponte, il veicolo la portò attraverso Piazza Dalmazia, in via Condottiere e poi via Strada. Wayness era completamente incapace di seguire il percorso sulla mappa, cosicché se il conducente avesse aggiunto qualche chilometro in più per fare cifra tonda lei non l'avrebbe mai saputo. Alla fine l'auto svoltò in via Severin, oltrepassò il Canal Fiacco su Ponte Fidelius e penetrò in un quartiere di stradicciole e di canali ancora più fitti, sotto la mole contorta di un grattacielo fatto di mille angoli e forme. Quello era il Porto Vecchio, pieno di moli stretti, un quartiere silenzioso di notte quanto nelle ore diurne era animato dalla folla degli abitanti e dei turisti, in un flusso prevedibile come la marea.

Lungo il Canal Bartolo Seppi scorreva la via dei Dieci Pantologi, su cui erano allineati caffè, ristoranti, fiorai, e bancarelle dove si vendevano molluschi fritti e cartocci di patatine fragranti. Nelle traverse c'erano botteghe in cui si potevano trovare articoli particolari: antichità, oggetti d'artigianato extraterrestre, curiosità, soprammobili locali o esotici, armi rare e strumenti musicali dalle forme bizzarre e complicate. Certi negozi erano specializzati in oggetti enigmatici, puzzle, crittografie e iscrizioni in linguaggi sconosciuti. Altri vendevano monete antiche, insetti sotto vetro, autografi, minerali scavati dalla superficie di stelle morte. Altri si occupavano di robot non convenzionali: bambole umane programmate per compiere azioni che potevano essere lecite e decenti ma più spesso non lo erano affatto. I negozi di alimentari offrivano un'impressionante varietà di condimenti, spezie e cibi di ogni provenienza; ma c'erano anche pasticcerie in cui si facevano torte e paste introvabili in qualsiasi altro luogo della Terra, e così anche liquori, frutta secca e dolciumi. Non poche vetrine esponevano modellini di navi, treni e auto antiche; in altre ancora erano visibili quelli di astronavi di tutta la galassia.

L'autista scaricò Wayness davanti all'Hotel Sireneuse, una vasta costruzione priva d'ogni grazia architettonica che nei secoli era straripata a inglobarne altre, ed ora si estendeva nell'intero tratto fra via dei Dieci Pantologi e la riva dell'Adriatico. A Wayness fu assegnata una camera dal soffitto altissimo, sul retro del secondo piano. Era una stanza abbastanza gradevole, con una tappezzeria di carta a fiori gialli e rosa, un candeliere di cristallo e una porta a vetri che si apriva su un piccolo balcone. Un'altra porta dava nel bagno, arredato in divertente stile rococò. Sul buffet la ragazza trovò lo schermo del telefono, quello più grosso collegato alle emittenti del sistema solare, e numerosi libri, compresa un'edizione di Vita, la monumentale opera in dieci volumi di Baron Bodissey. C'erano anche Racconti della Vecchia Trieste, di Fea della Rema, e La Tassonomia dei Demoni, di Miris Ovic. Sul tavolo erano deposti un menu del ristorante dell'albergo, un cestino di uva verde, e un vassoio con una bottiglia di vino rosso e due bicchieri.

Wayness mangiò un po' d'uva, si versò mezzo bicchiere di vino rosso e uscì sul balcone. Quasi sotto di lei c'era una spiaggetta, dove le onde dell'Adriatico si allungavano a lambire i sassi affondati nella sabbia, e di lato un molo semicircolare che riparava una dozzina di barche da pesca. Più oltre si stendeva soltanto il mare, grigio sotto la pioggia. A nord il panorama era chiuso da una lunga linea costiera velata di foschia. Per alcuni minuti la giovane donna rimase lì, sorseggiando l'aspro vino da pasto. Il vento le portava sul volto l'odore delle alghe, delle reti da pesca e della pioggia. Quella era la Vecchia Terra, pensò, in uno dei suoi angoli più gravidi di storia. Da qualche parte lì attorno, probabilmente nel raggio di poche centinaia di chilometri, c'erano le tombe dei suoi lontanissimi antenati. In nessun luogo fra le stelle del cosmo c'era un panorama che offrisse la stessa sensazione.

Il vento si fece più freddo. Wayness rientrò e chiuse la porta a vetri. Fece la doccia, s'infilò un paio di pantaloni grigi stretti alle caviglie, una maglietta e un'aderente giacca nera. Dopo aver riflettuto un poco telefonò a Fair Winds, e disse solo alcune cose prive di significato. Suo zio le diede il numero di un locale pubblico, e lei lo richiamò là un'ora più tardi.

– Bene, vedo che sei arrivata sana e salva – disse Pirie Tamm. – Ti hanno seguita?

– Non credo. Ma non posso esserne certa.

– Allora... cosa puoi dirmi?

– Uscirò a cercare questo signor Xantief. Il suo indirizzo non è lontano da qui. Se saprò qualcosa d'interessante ti informerò subito. In caso contrario potrei fermarmi qui ancora un poco. Ma ho il sospetto che le nostre telefonate possano essere intercettate.

– Hmpf! – grugnì Pirie Tamm. – Per quanto ne so io, questo non è possibile.

– Forse hai ragione. Suppongo che tu non abbia più avuto notizie di Julian… o di altri. È così?

– Di Julian no. Ma stamattina è arrivata una lettera dei tuoi genitori. Ce l'ho in tasca. Posso leggerla?

– Sì, per favore!

La lettera riferiva del ritorno di Glawen su Cadwal, di come Floreste era stato scoperto e condannato a morte, e della partenza di Glawen per una missione solitaria nella zona dello Shattorak, su Ecce. Al momento in cui la lettera era stata spedita, Glawen non era ancora rientrato.

Wayness non cercò di nascondere la sua preoccupazione. – Ogni volta che penso a cosa stia facendo Glawen sento un vuoto allo stomaco – confidò sottovoce a suo zio. – Non che sia un imprudente, ma quando c'è una cosa che va fatta lui la fa, senza badare al pericolo.

– Gli sei molto affezionata, vero?

– Sì, molto.

– È un uomo fortunato.

– È bello dir questo da parte tua, zio Pirie. Ma la fortunata sarò io… se esce vivo dalla faccenda in cui si è cacciato.

– Al momento è meglio che ti preoccupi di te stessa. Immagino che Glawen Clattuc sarebbe d'accordo con questo consiglio.

– Suppongo di sì. Bene, arrivederci, zio Pirie.

Wayness scese nell'atrio. L'albergo era pieno di gente che andava e veniva. Molti avevano appuntamento lì con amici o amiche. Lei si guardò attorno ma non riconobbe nessuna faccia già vista.

Erano le tre di un pomeriggio sempre più umido e grigio. La ragazza uscì e s'incamminò su via dei Dieci Pantologi. Sulle pendici della collina si scorgevano vaghi refoli di nebbia, che il vento spazzava qua e là. Sul Canal Bartolo Seppi l'aria era piena di odori, e vecchi edifici dai toni pastellosi chiudevano il panorama in ogni direzione.

Da lì a poco un lieve brivido nella nuca distrasse Wayness dai suoi pensieri. Possibile che di nuovo qualcuno la stesse seguendo? O il suo subconscio aveva visto qualcosa, o quella stava diventando un'ossessione patologica. Si fermò e finse d'interessarsi alla vetrina di un negozio, gettando occhiate di soppiatto lungo il marciapiede. Come al solito non vide nulla che corroborasse i suoi sospetti.

Ancora insoddisfatta cambiò direzione e tornò indietro, guardando bene tutti i passanti che incrociava. Nessuno le sembrava familiare, benché... quell'ometto grassoccio, un po' calvo, con una faccia arrossata da cherubino: poteva essersi levato il cerone, la parrucca e i baffi con cui l'aveva ingannata durante il viaggio? Non era da escludersi. E quel turista giovane dalle spalle larghe, coi lunghi capelli biondi: nascondeva il sinistro individuo che s'era introdotto a Mirky Porod col nome emblematico di Baro? Wayness fece una smorfia. In quei giorni tutto era possibile. Il travestimento era un'arte a cui chiunque poteva ricorrere con effetti tali da ingannare chiunque altro. Conoscersi bene non significava nulla. Il solo modo per identificare un pedinatore era quello di studiare il suo comportamento.

Wayness decise di mettere alla prova quella teoria. Girò in una stradicciola secondaria, e dieci passi più avanti balzò dentro un portone, nascondendosi alla vista.

Trascorse il tempo: cinque minuti, poi dieci minuti. Non accadde nulla di notevole. Nessuno entrò nella traversa né si fermò a guardare lungo di essa. Wayness cominciò a pensare che i suoi nervi, come un sistema d'allarme invaso dall'umidità, avessero perduto la giusta taratura. Uscì dal nascondiglio e tornò in via dei Dieci Pantologi. Aveva appena girato l'angolo che una donna bruna, alta e magra, le si parò davanti. La sconosciuta inarcò un sopracciglio, la squadrò da capo a piedi, sbuffò con aria sprezzante e si allontanò a passi lunghi.

Strano, pensò Wayness. O forse strano soltanto per lei. La donna poteva aver creduto che si fosse appartata lì per fare qualcosa d'illecito o poco pulito. Questo, almeno, era ciò che la sua espressione le aveva comunicato, anche se pur sforzandosi lei non riusciva a immaginare cosa. Che si trattasse di una strada con una fama equivoca?

Wayness abbandonò la scena con tutta la sveltezza che la sua dignità rendeva possibile.

Duecento metri più avanti la strada girava, in corrispondenza dell'incrocio fra Canal Bartolo Seppi e Canal Daciano. Un ponte, il Ponte Orsini, consentiva di passare sull'altra sponda, su via Malthus. La ragazza controllò i numeri delle case e si avviò verso destra. Dopo una cinquantina di passi trovò una piccola bottega oscura con una modesta insegna sopra la porta. Su sfondo nero campeggiava una scritta in corsivo a lettere dorate:

Xantief

ARCANA

La porta era chiusa; attraverso la piccola vetrina non si vedeva nessuno. Wayness fece un passo indietro e strinse le labbra, seccata. – Dannazione a te – mugolò. – Pensi che io abbia fatto tutta questa strada per starmene fuori dalla tua porta sotto l'acqua? – La nebbia s'era infatti trasformata in una pioggerellina fredda.

Appoggiò il naso alla vetrina per cercare di scorgere qualcosa nell'interno, ma era tutto in ombra. Forse Xantief era uscito un momento, e presto sarebbe ritornato. Si alzò il colletto della giacca per impedire all'acqua di sgocciolarle nel collo e guardò il negozio sulla destra, che vendeva prodotti d'erboristeria ricavati da piante extraterrestri. Quello di sinistra sembrava specializzato in medaglioni di giada, tutti molto grossi, a meno che non fossero piattini o fibbie per cinturoni.

Tenendosi sotto la grondaia Wayness percorse via Malthus fino all'estremità a mare, sulla spiaggia riparata da un frangiflutti di cemento. Lì si fermò e guardò a destra e a sinistra. Nessuno sembrava interessato ai suoi movimenti. Allora tornò indietro e andò a fermarsi davanti alla bottega che vendeva medaglioni di giada. Un cartello appeso dietro al vetro informava:

ALVINA C'È
Entrate!

Wayness spinse la porta ed entrò nel locale. Dietro una scrivania sulla destra sedeva una donna sottile, di mezz'età, con un berretto da pescatore sui riccioli grigio-rosa. Indossava un grosso maglione di lana grigio-chiara e una gonna pieghettata grigio-scura: due vivaci occhi grigio-verdi esaminarono Wayness, incuriositi. – Vedo che lei è nuova di Trieste; in caso contrario oggi non sarebbe mai uscita senza l'ombrello.

Wayness rise. – È vero, la pioggia mi ha colto impreparata. Ma speravo di poter entrare nel negozio accanto, che però è chiuso. Lei sa qual è l'orario del signor Xantief?

– È presto detto. Xantief apre il suo negozio tre volte alla settimana, a mezzanotte in punto e per tre ore soltanto. Stanotte sarà aperto, se le interessa.

Wayness restò a bocca aperta. – Ma è un orario assurdo!

Alvina sorrise. – Quando conoscerà Xantief ne capirà il motivo.

– Può anche darsi, ma certo non favorisce i suoi clienti! O la loro opinione non gli interessa?

Alvina scosse il capo, sempre sorridendo. – Xantief è un uomo non privo di alcune affascinanti caratteristiche. Fra le altre, è un negoziante dalla psicologia sottile: finge di non voler vendere la sua mercanzia, implicando che è troppo buona per la gente qualsiasi, oppure lascia capire che sarebbe costretto a fare un prezzo troppo basso e che quindi preferisce lasciar perdere. Il che, naturalmente, è un controsenso... suppongo.

– La bottega è sua, e immagino che possa fare come gli piace. Anche se ciò che gli piace è far piangere i clienti. – Wayness aveva parlato in tono discorsivo, ma l'orecchio sensibile di Alvina captò una sfumatura di emozione.

– Trattandosi di lui, l'umore dei clienti conta poco. Xantief è un patrizio.

– Be', non voglio disturbarla oltre – disse Wayness con dignità. – Comunque, grazie. Terrò presente ciò che mi ha detto. – Si volse alla porta, ma la pioggia era diventata un acquazzone.

Visto che Alvina non sembrava affatto ansiosa di liberarsi di lei, decise di chiedere: – Xantief è qui da molto tempo?

La donna annuì. – È nato in un castello, un centinaio di chilometri a est di qui. Suo padre, il trentatreesimo barone, morì quando lui andava ancora a scuola. E sul letto di morte il vecchio gli disse: "Mio caro Alcide, tu ed io ci siamo divertiti insieme molti anni, ma ormai è venuta la mia ora. Io muoio felice, perché ti ho lasciato un'eredità di valore incalcolabile: prima di tutto un discernimento e un certo buon gusto che molti potrebbero invidiarti. Poi l'istintiva consapevolezza della nobiltà, delle doti e dell'onore che accompagneranno la tua vita come trentaquattresimo barone. E infine la baronia stessa, con le sue terre e i suoi tesori e il suo antico valore. Ora perciò io ti impongo questo: il mio trapasso non dovrà essere l'occasione per dissipazioni e baldorie. Tuttavia sappi che neppure dovrai addolorarti troppo, perché io ti sarò sempre accanto pronto ad assisterti nel momento del bisogno." Detto questo il vecchio morì. Xantief divenne il trentaquattresimo barone, e poiché conosceva già il suo buon gusto in fatto di vino, donne e locali alla moda non aveva mai dubitato dei propri meriti, perciò fece subito l'elenco dei beni che gli appartenevano. Scoprì che non erano troppi: un vecchio castello, pochi acri di terra fangosa, due dozzine di ulivi contorti e un gregge di capre.

«Xantief cercò di trarre il meglio da questa eredità. Aprì il suo negozio, lo riempì con i tappeti, i libri, i quadri e i soprammobili del suo castello, e fin dall'inizio riuscì a prosperare. Questa, almeno, è la storia che lui racconta.

– Mmh. Sembra che lei lo conosca bene.

– Abbastanza. Ogni volta che capita qui durante il giorno si mette a esaminare gli emblemi. È sensitivo riguardo a essi, e talvolta io seguo i suoi consigli. – Alvina fece una breve risata. – Questo è uno strano commercio. Xantief può toccare gli emblemi e saggiare la loro forza, ma la stessa cosa non è concessa a me, né a lei.

Wayness si volse a guardare i medaglioni verdi, o fibbie, o qualunque cosa fossero, in mostra nella vetrina, ciascuno su un piccolo piedistallo di velluto nero. Avevano un aspetto simile, ma non ce n'erano due uguali.

– Sono oggetti graziosi. Di giada, suppongo?

– Nefrite, per la precisione. La giadeite dà una sensazione diversa al tatto, non così liscia. Se li sfiorasse, ma la prego di non farlo, li sentirebbe freddi e untuosi, come burro verde.

– A cosa servono?

– Io li vendo ai collezionisti – disse Alvina. – Tutti gli emblemi autentici sono antichi, e molto preziosi, poiché un emblema nuovo è privo d'energia come una contraffazione.

– Ma da dove vengono? Cosa sono?

– In origine erano spille per capelli, portate dai guerrieri di un pianeta lontano. Quando uno di loro uccideva un nemico gli prendeva la spilla e se ne ornava lui. A questo modo gli emblemi divennero trofei. Ma gli emblemi di un eroe sono qualcosa di più: veri e propri talismani! C'è una terminologia speciale che definisce centinaia delle loro singolari particolarità, il che li rende un soggetto affascinante, quando uno è contagiato dalla passione. Esiste un numero di emblemi relativamente limitato, a dispetto degli sforzi di chi li falsifica, e ciascuno di quelli noti è registrato col suo nome e le sue caratteristiche. Tutti quanti hanno un valore notevole, ma i più antichi sono letteralmente senza prezzo. La serie di cinque o sei emblemi di un eroe è così pregna di "mana" che quasi scintilla. Io presto molta attenzione a non toccarli direttamente: basta sfiorarli per alterarne la patina e rovinare il mana.

– Poof! – disse Wayness. – Chi si accorgerebbe della differenza?

– Un esperto, ecco chi. Potrei raccontarle aneddoti per ore e ore. – Alvina fece un sospiro. – Gliene dirò uno che riguarda un famoso emblema di nome Kanaw Dodici. Un appassionato collezionista, un certo Jadoukh Ibrasil, era stato per molti anni dietro a Kanaw Dodici, e finalmente, dopo complicate contrattazioni, riuscì ad entrarne in possesso. Quella sera stessa diede una gran festa da ballo. Ma accadde che la sua bella e amata sposa, Dilre Lagoum, vide l'emblema e ingenuamente se lo applicò ai capelli, scendendo poi fra gli invitati. Jadoukh Ibrasil raggiunse la sposa in sala e le fece i complimenti per la sua eleganza; poi notò Kanaw Dodici sulle chiome di lei. Chi era presente alla scena disse che il suo volto impallidì mortalmente. Ma l'uomo sapeva cosa fare, e lo fece. Con gentilezza prese sottobraccio Dilre Lagoum e la condusse in giardino, e quando furono fra le siepi di odalischi rosa le diede un bacio e le tagliò la gola. Poi si piantò il pugnale nel cuore. Tutti i collezionisti sanno di questo triste episodio. L'opinione generale è che Jadoukh Ibrasil non aveva nessun'altra scelta, anche se a questo punto le discussioni diventano metafisiche. Lei che ne pensa?

– Non saprei – disse cautamente Wayness. – Può darsi che tutti i collezionisti siano dei pazzi.

– Ah, be', questo è un truismo!

– Suppongo che lavorare fra oggetti così carichi di simbologia finisca per essere stressante.

– Qualche volta lo è – ammise Alvina. – Tuttavia posso consolarmi coi prezzi elevatissimi che riesco a spuntare. – Si alzò in piedi. – Le lascerò toccare una buona contraffazione, se vuole. Non ci sarà alcun danno.

Wayness scosse il capo. – Non importa. Temo che non saprei apprezzare né un falso né un originale.

– In tal caso farò una tazza di thè... a meno che lei non abbia fretta.

Lei guardò fuori dalla vetrina e vide che aveva smesso di piovere, almeno per il momento. – No, grazie. Meglio che approfitti di questa pausa per tornare di corsa al mio albergo.

2

Fuori dal negozio di Alvina, Wayness si fermò un momento. Raggi di sole squarciavano le nuvole sull'Adriatico. In Via Malthus stagnava l'odore di pietra umida, misto a quelli del canale e al salmastro proveniente dal mare. Accanto alla spalletta un vecchio con un berretto a coda di velluto rosso portava in giro un cagnolino. Sulla soglia di una casa lì accanto una donna anziana stava conversando con una vicina ferma sul marciapiede. Entrambe indossavano gonne-tuta nere e scialli di broccato, e nel parlare guardavano con palese disapprovazione l'uomo che passeggiava lentamente col suo piccolo cane; sembrava che ne provassero disprezzo, per un motivo al di là della comprensione di Wayness. Nessuno dei tre poteva avere qualcosa di sospetto. La ragazza raggiunse il ponte a passo svelto, lanciando ogni tanto qualche occhiata furtiva alle sue spalle, e oltre il canale si avviò in via dei Dieci Pantologi. Arrivò all'Hotel Sireneuse senza incidenti e salì subito in camera sua.

A occidente si allargavano squarci di sereno, e molti grigi del panorama cominciavano ad apparire bianchi. Wayness restò sul balcone per qualche minuto, poi entrò e sedette in poltrona a riflettere su ciò che aveva saputo. Quasi tutto, benché interessante, sembrava estraneo alla sua indagine. Accorgendosi che le si chiudevano gli occhi si gettò sul letto per un pisolino.

A svegliarla di soprassalto fu una sensazione di urgenza, ma subito constatò che erano appena le otto e un quarto. Indossò il suo completo marrone scuro, ritoccò il trucco e scese al ristorante. Mangiò a base di goulash, con insalata di lattuga e cavoli rossi, e una mezza caraffa del corposo vino locale.

Dopo cena prese un caffè al bar e andò a sedersi in un angolo dell'atrio, un po' fingendo d'interessarsi a ciò che trasmetteva uno schermo e un po' tenendo d'occhio chi entrava o usciva.

Le ore trascorsero lente. A mezzanotte meno venti Wayness si alzò, uscì sul marciapiede e guardò lungo la strada. Tutto taceva, e la notte era abbastanza oscura. I lampioni gettavano isole di luce sulle rive del canale, e ogni tanto un velivolo della polizia passava a bassa quota. Sul versante della collina la nebbia assorbiva e smorzava migliaia di altre luci, vaghe come stelle affogate nel latte. A quanto lei poteva vedere in via dei Dieci Pantologi non c'erano passanti, ma esitò e rientrò nell'atrio. Al banco del portiere notturno c'era una ragazza all'inarca della sua età, che stava guardando un servizio giornalistico sulle rotte spaziali seguite dai criminali nel Dilà. Al suo avvicinarsi schioccò le dita per abbassare l'audio. Wayness cercò di assumere un tono molto casuale: – Dovrei uscire a incontrare una persona, per una questione di affari. Le strade sono sicure a quest'ora?

– Le strade sono strade. Le percorrono in molti. La faccia che lei si troverà davanti oltre la cantonata può essere quella di un maniaco o quella di suo padre. O entrambe le cose, se lei ha un padre che di notte gira per le stradicciole buie.

– Mio padre abita lontano. Sarei piuttosto sorpresa di scoprire che frequenta i vicoli della Vecchia Trieste.

– Allora fra le due ipotesi le resterà solo quella del maniaco. Mia madre si preoccupa allo spasimo quando io esco di notte. "Una donna non è al sicuro neanche nella sua cucina", mi ha detto tempo fa. "L'altra settimana tua nonna ha chiamato l'idraulico, e sai cos'è successo? Quell'uomo l'ha insultata!" Io ho detto che la prossima volta che chiama l'idraulico Nonna farà meglio a scendere in strada, anche se è tardi, invece di ciondolare avanti e indietro per la cucina.

Wayness cominciò ad allontanarsi dal banco. – Sembra che dovrò accettare i miei rischi.

– Un momento – disse l'impiegata. – Lei sta uscendo con l'uniforme sbagliata. Si metta un foulard sui capelli. Quando una ragazza va fuori a testa nuda è segno che cerca avventure eccitanti.

– L'ultima cosa che voglio è un'avventura eccitante – dichiarò lei. – Non ha qualcosa da prestarmi per un'oretta?

– Sì, naturalmente. – La ragazza tirò fuori un largo fazzoletto di lana nera e verde e glielo consegnò. – Questo dovrebbe andare. Pensa di rientrare tardi?

– Non credo. La persona che devo vedere riceve da mezzanotte alle tre.

– Bene. Io posso aspettarla fino alle due. Dopo quell'ora, se vuole qualcuno che non sia un robot, dovrà suonare il campanello.

– Cercherò di rientrare prima.

Wayness si annodò il fazzoletto sui capelli e uscì. Di notte le Strade del Porto Vecchio non le piacevano più tanto. Da dietro le imposte delle finestre chiuse giungevano rumori che, pur quasi inaudibili, sembravano contenere significati sinistri. Sul Ponte Orsini, l'arco di vetro che sovrastava Canal Daciano, c'era una donna alta vestita di nero. Un brivido freddo corse nella schiena di Wayness. Era la stessa persona che l'aveva squadrata con ostilità quel pomeriggio? Possibile che avesse deciso di punirla per il torto, vero o immaginario, che l'aveva offesa?

Ma la donna non era la stessa, e Wayness si costrinse a sorridere dei suoi sciocchi timori. La sconosciuta appoggiata alla spalletta del ponte stava cantando sottovoce, così piano che lei, rallentando il passo, riuscì appena a udirla: un ritornello allegro, ipnotico come una cantilena infantile, e Wayness si augurò che non restasse a echeggiarle nei pensieri come un fantasma.

Girando in via Malthus continuò a guardarsi attorno e alle spalle. Era a una trentina di metri dall'insegna "Arcana" quando un uomo che camminava svelto arrivò da via dei Dieci Pantologi. Indossava un mantello nero col cappuccio; sceso dal ponte si fermò un attimo, la vide e accelerò il passo verso di lei.

Col cuore in gola Wayness si girò e raggiunse di corsa il negozio di Xantief. Dietro la vetrina era accesa la luce; lei afferrò la maniglia e spinse la porta. Era chiusa. Con un gemito disperato provò di nuovo, invano; allora batté i pugni sul vetro e si attaccò al campanello. Voltando la testa vide che l'individuo, alto e minaccioso, veniva verso di lei con aria decisa. Wayness sbarrò gli occhi. Le si piegavano le ginocchia; si sentiva debole e inerme, in trappola. La porta a vetri si aprì; accanto a lei apparve un uomo dai capelli bianchi, snello e non molto alto, ma eretto e calmo. L'uomo si fece da parte e Wayness, barcollando e inciampandogli addosso, attraversò la soglia.

Lo sconosciuto col cappuccio nero attraversò lo spazio illuminato davanti alla vetrina, senza prendersi neanche il disturbo di voltare la testa. Si allontanò lungo via Malthus e sparì nell'ombra.

Xantief chiuse la porta e le indicò una sedia. – Lei sembra scossa. Perché non si riposa qualche minuto?

Wayness si afflosciò sulla sedia. Dopo qualche secondo cercò di assumere una posa più eretta, e visto che l'uomo la guardava con aria d'attesa decise che toccava a lei dire qualcosa. Perché non la verità, allora? Forse era la cosa migliore; inventare bugie richiedeva una prontezza di mente che in quel momento lei non aveva. Quando aprì bocca scoprì con sorpresa di avere una voce esile e tremante: – Mi scusi, ma... ero spaventata.

Xantief annuì cortesemente. – Io avevo raggiunto la stessa conclusione, benché, suppongo, per motivi diversi.

Wayness considerò quell'osservazione senza capirla bene; tuttavia sorrise, e ciò parve compiacere Xantief. Trasse un lungo sospiro e si guardò attorno. Più che un negozio, pensò, quello sembrava il salotto di una residenza privata. Qualunque fosse la merce che la ditta "Arcana" metteva in vendita, lì non ne era esposto neppure un campione. Xantief corrispondeva abbastanza all'immagine che lei se n'era fatta dalle parole di Alvina. I suoi modi avevano una sfumatura sdegnosa e formale che si poteva definire aristocratica; era un uomo pallido e dai movimenti morbidi, molto calcolati, con i capelli candidi tagliati alla paggio. Vestiva senza ostentazione una tuta di lucida seta nera, con una camicia bianca e un nastrino di velluto vede intorno al collo.

– Per il momento, tuttavia, la sua paura sembra sotto controllo – disse Xantief. – Quale ne era la causa, se posso chiederlo?

– La verità è banale – disse Wayness. – Ho paura della morte.

Xantief annuì. – Un'angoscia che molti condividono. Ma pochi corrono a mezzanotte nel mio negozio per sfuggire a essa.

Wayness parlò come a un bambino ottuso: – Non è questa la ragione per cui sono qui.

– Ah! Vuol dire che non è entrata per caso?

– No.

– Procediamo un passo alla volta. Lei non è, diciamo così, un relitto umano, una donna senza nome?

La ragazza alzò il mento. – Non riesco a immaginare di cosa stia parlando. Io mi chiamo Wayness Tamm.

– Ah! Questo spiega tutto! Deve perdonare la mia diffidenza. La Vecchia Trieste non è mai a corto di episodi sorprendenti, talora ridicoli, talora tragici. Ad esempio, dopo una visita come la sua e a un'ora così inconvenzionale, il padrone di casa può scoprire che un neonato in un cestello gli è stato lasciato sulla soglia.

– Può risparmiarsi questa preoccupazione – disse freddamente Wayness. – Sono stata costretta a uscire di notte soltanto perché è a quest'ora che lei svolge i suoi affari.

Xantief s'inchinò. – Questo mi rassicura. Il suo nome è Wayness Tamm? Le si addice bene. Ma la prego di togliersi dalla testa la coperta del gatto, o lo straccio per spolverare, o qualunque cosa sia. Ecco: così va meglio. Posso offrirle un cordiale? No? Una tazza di thè, allora? L'ho appena fatto. – La osservò inclinando il capo. – Lei è di provenienza non terrestre, giusto?

Wayness assentì. – Per la precisione, faccio parte della Società Naturalistica. Mio zio, Pirie Tamm, ne è il segretario.

– Conosco la Società Naturalistica – disse Xantief. – Pensavo che fosse ormai solo un ricordo del passato.

– Non esattamente. – Wayness esitò. – Se le dicessi tutto ci vorrebbero ore. Cercherò di essere breve.

– La ringrazio. Io non sono un buon ascoltatore.

– Molti anni fa, non sono sicura della data esatta, un segretario di nome Frons Nisfit vendette molti beni e documenti della Società, e ne sconvolse l'assetto.

«Oggi stiamo cercando di ristrutturarla, e abbiamo bisogno dei documenti perduti. Io ho scoperto che una ventina d'anni fa lei ha venduto materiale dei Naturalisti al Conte Raul de Flamanges. Questo è il motivo per cui sono venuta qui.

– Ricordo quella transazione – disse Xantief. – Dunque?

– Mi chiedo se lei non possieda altre cose della Società. In particolare documenti che riguardano la Conservazione di Cadwal.

Xantief stava andando a prendere il vassoio con la teiera e le tazze. Si volse e scosse il capo. – Neppure uno. Fu un puro caso se mi capitò di intromettermi in quell'affare.

Wayness si appoggiò stancamente allo schienale. – Allora forse può dirmi come giunse in suo possesso quel materiale, in modo che io possa proseguire altrove la mia indagine.

– Certamente. Come ho detto, queste cose non rientrano nel mio genere di affari. Acquistai i documenti soltanto per farli avere al Conte Raul, che consideravo un altruista, un vero gentiluomo, e in effetti un amico. Ecco, le verso un po' di thè.

– Grazie. Perché sta ridendo?

– Il suo desiderio di sapere queste cose sfiora l'angoscia.

Wayness sbatté le palpebre, ma le lacrime giunsero troppo veloci perché potesse controllarle. Ciò che desiderava era d'essere a casa sua, al sicuro, vicino ai suoi genitori, e dimenticarsi di tutto. Quel bisogno così pressante l'aveva sopraffatta.

Xantief era chino accanto a lei e le stava asciugando le lacrime con un fazzolettino profumato di lavanda. – Mi scusi. Di solito non sono così insensibile. È chiaro che lei è sottoposta a una grande tensione.

– Temo d'esser stata seguita... da gente pericolosa. Ho cercato di non farmi pedinare fino qui, ma non posso esserne sicura.

– Cosa le fa pensare che la stiano seguendo?

– Proprio mentre mi apriva la porta un uomo è passato qui davanti. Aveva un mantello col cappuccio. Dove averlo visto anche lei.

– L'ho visto. Passa di qui ogni notte a quest'ora.

– Lo conosce?

– Abbastanza da poter dire che non stava seguendo lei.

– Ma io so che mi spiano. Sento il loro sguardo sulla schiena.

– Può essere – ammise Xantief. – Ho conosciuto gente assai infida nella mia vita. Tuttavia... – Scrollò le spalle. – Se i suoi pedinatori sono dei dilettanti, può liberarsene facilmente. Nel caso che fossero professionisti sarebbe un'altra faccenda. Se si trattasse di esperti, la sua pelle irradierebbe segnali in codice, o sarebbe tallonata da microspie fluttuanti non più grosse di una goccia d'acqua, capaci di seguirla dentro una vettura o di aderire ai suoi indumenti.

– Allora potrebbero essere entrate in questa stessa stanza!

– Non credo – disse Xantief. – Durante i miei affari sono costretto a prendere precauzioni, e ho installato strumenti che mi avrebbero già avvertito fin dal primo istante. Parte dei suoi timori derivano certo dalla tensione nervosa e, presumo, dalla stanchezza fisica.

– Spero che abbia ragione.

– Veniamo ora ai miei rapporti con quelle carte della Società Naturalistica. È una storia insolita. Fra l'altro, lei ha notato il negozio accanto a questo?

– Se intende quello di Alvina, sì. È stata lei a informarmi del suo orario.

– Vent'anni fa Alvina fu contattata da un signore di nome Adrian Moncurio, che desiderava vendere un lotto di quattordici emblemi. Alvina convocò un esperto, il quale dichiarò che si trattava di emblemi non solo autentici ma di grande valore. Di conseguenza accettò di metterli in vendita a nome di Moncurio, trattenendo una percentuale per sé, e costui, una specie di avventuriero, partì per i suoi affari. Mesi dopo fece ritorno con altri venti emblemi. Questi però furono dichiarati falsi dall'esperto. Moncurio cercò di convincere Alvina a venderli lo stesso, ma lei si rifiutò. Lui allora prese i suoi emblemi contraffatti e lasciò Trieste, prima che l'Associazione intervenisse per sequestrarglieli.

«Per un po' non accadde altro, ma poi si venne a sapere che Moncurio, fingendosi un vecchio rimbecillito, aveva venduto gli emblemi a collezionisti inesperti, convinti che stavano imbrogliando un povero idiota. Prima che l'Associazione Emblemi ne fosse informata, Moncurio li aveva smerciati tutti ed era scomparso.

– Questo che c'entra coi documenti della Società Naturalistica?

Xantief le accennò di avere pazienza. – La prima volta che Moncurio contattò Alvina cercò di venderle anche altre cose, fra cui questo materiale della Società. Lei sapeva della mia amicizia con il Conte Raul e dei suoi interessi, cosicché mi fece intervenire. Io ero interessato solo alle carte riguardanti i de Flamanges, ma Moncurio insisteva per vendere tutto o niente. Così acquistai l'intero lotto per una cifra non elevata e lo mandai al Conte, che fu ben felice di rimborsarmi la spesa.

– Non c'era nulla circa il pianeta Cadwal? Nessun contratto legale, nessun certificato o titolo di proprietà?

– No, niente di questo genere.

Wayness incurvò le spalle. Dopo un momento chiese: – Moncurio non parlò della provenienza di quel materiale? Dove lo aveva trovato, o chi glielo aveva venduto?

Xantief scosse il capo. – No, per quanto posso ricordare.

– Mi chiedo dove sia.

– Moncurio? Non ne ho idea. Se è qui sulla Terra, certo non dà pubblicità alla cosa.

– Se Alvina gli mandava la sua parte del ricavato per ognuno di quei quattordici emblemi, doveva avere un indirizzo a cui raggiungerlo.

– Mmh. Se è così, non ne informò l'Associazione... ma forse si disse che era una notizia riservata. – Xantief ci pensò un momento. – Se vuole, le telefonerò subito. Alvina è abituata a fare le ore piccole, come me.

– Oh, sì, la prego! – Wayness si alzò in piedi, ansiosamente. – Vorrei dirle tutto... ma sappia questo: se fallisco nella mia ricerca, il pianeta Cadwal potrebbe passare in altre mani, e il suo stato ecologico di Conservazione sarebbe distrutto.

– Aha. Comincio a capire – annuì Xantief. Andò al telefono e compose un numero. Sullo schermo apparvero alcune parole scritte a mano su una lavagna elettronica. "Torno più tardi. Non domandatemi quando". Erano firmate "Alvina". Xantief si strinse nelle spalle e spense lo schermo. – Be', non è necessario che lei aspetti qui. – Raccolse il fazzoletto verde e nero e glielo mise sui capelli. – Dove alloggia?

– All'Hotel Sireneuse.

– Allora rientri pure. Se saprò qualcosa di utile le telefonerò entro un'ora. Altrimenti vada a dormire, e ne parleremo domani.

– Sì. La ringrazio molto.

Xantief le aprì la porta, e Wayness uscì in strada. L'uomo guardò a destra e a sinistra. – Sembra tutto tranquillo. In genere questo quartiere è più sicuro di notte che di giorno.

Wayness si avviò a passi svelti lungo via Malthus. Al ponte si voltò e vide che Xantief era ancora sulla soglia del negozio. Gli fece un cenno di saluto e proseguì per via dei Dieci Pantologi. La notte sembrava più buia di prima. La donna che canticchiava fra sé sul Ponte Orsini se n'era andata. Nell'aria c'erano l'odore della pioggia e quello degli scarichi fognari della Vecchia Trieste.

La ragazza s'incamminò sul marciapiede, accompagnata solo dal rumore dei suoi tacchi. Da dietro una finestra chiusa provenne un mormorio di voci rabbiose, seguito dal gemito di una donna. Per un momento lei rallentò l'andatura; poi si affrettò via. Più avanti c'era l'imbocco oscuro di un vicolo che scendeva verso i moli al di là di quell'isolato. Mentre la ragazza lo oltrepassava, dall'ombra uscì all'improvviso un uomo alto vestito di scuro, con un largo berretto nero. L'individuo circondò Wayness con un braccio e la sollevò come una bambola, trasportandola di peso giù nel vicolo. Lei aprì la bocca per gridare, ma una mano larga le coprì la faccia. Per qualche secondo si sentì soffocare, e il terrore le tolse le forze. Poi cominciò a mordere e a scalciare. Una voce dura e indifferente disse: – Smettila, o dovrò farti male.

Wayness si abbandonò inerte. Poco più avanti l'uomo svoltò sui vecchi moli di pietra e inciampò in qualcosa; ci fu un rumore di barattoli che rotolavano al suolo. Wayness ne approfittò per contorcersi con violenza e riuscì a sfuggirgli di mano. Si liberò con un ultimo strattone che la fece barcollare contro il muro e corse via con tutta la velocità delle sue gambe. Di fronte ai moli c'erano numerose piccole costruzioni di legno, magazzini e depositi, uno dei quali aveva la porta aperta. Non sapendo cos'altro fare lei entrò; nella penombra riuscì a scorgere un minuscolo catenaccio, e appena ebbe chiuso la porta annaspò freneticamente per tirarlo. Il battente rimbombò sotto una spallata che fece cigolare tutta la parete. L'uomo vi si gettò contro una seconda volta; la porta era così sottile che non avrebbe mai potuto tenerlo fuori. Tremando di spavento Wayness annaspò alla cieca contro uno scaffale finché le sue mani incontrarono una bottiglia piena, e la impugnò per il collo. Pochi secondi dopo la porta ricevette una terza spallata, e stavolta il catenaccio si schiantò; l'uomo entrò e protese le braccia, guardandosi attorno nel buio. Wayness fece un passo avanti e lo colpì alla testa con la bottiglia. Lo vide cadere in ginocchio e scuotere il capo, con un grugnito di rabbia. Prima che lui si rialzasse la ragazza corse fuori e girò a destra. – Aiuto! Aiuto! – gridò, fuggendo verso il vicolo. La paura le mise le ali ai piedi su per la salita che portava in via dei Dieci Pantologi, e quando fu in cima si girò a guardare indietro. Il suo inseguitore non c'era.

Wayness continuò a correre verso l'ingresso dell'albergo, e rallentò al passo soltanto negli ultimi venti metri.

Sugli scalini fuori dalla larga porta piena di luce si fermò a riprendere fiato, senza distogliere lo sguardo dalla strada. L'impatto psichico dell'episodio cominciava a farle effetto, e le dava un tremito incontrollabile.

Non le sembrava d'esser mai stata tanto spaventata in vita sua, anche se in alcuni momenti, come quando aveva colpito l'uomo alla testa, la sua paura aveva lasciato il posto a una specie di folle esultanza. In meno di cinque minuti era rimbalzata avanti e indietro fra una serie di emozioni diverse, tutte assai violente.

Rabbrividì ancora, stavolta per il freddo. Poi entrò nell'albergo e attraversò l'atrio verso il bancone. L'impiegata le sorrise e abbassò l'audio del suo teleschermo. – Non è stata fuori molto – disse. La guardò incuriosita. – Ha corso?

– Per la verità, sì – disse Wayness, cercando di tenere il respiro sotto controllo. Gettò un'occhiata alle sue spalle. – Temo di essermi un po' spaventata.

– Che sciocchezze! – ridacchiò l'impiegata. – Ma lei non si è coperta la testa come le ho raccomandato. Questa è un'imprudenza, se non desidera essere oggetto di attenzioni galanti.

Il fazzoletto era scivolato giù dai capelli di Wayness, che ora lo aveva al collo come una sciarpa. – La prossima volta starò più attenta. – Se lo tolse e glielo restituì. – La ringrazio molto.

– Di niente. Sono contenta quando posso rendermi utile.

La ragazza salì in camera sua. Cadde a sedere in poltrona e restò lì a pensare a ciò che era accaduto. Era stata aggredita da un bruto in cerca di una vittima qualsiasi, o da qualcuno che voleva proprio Wayness Tamm? Nessun elemento avvalorava un'ipotesi più dell'altra, ma il suo intuito non aveva bisogno di prove. O forse c'erano prove che lei aveva notato solo a livello subliminale. Il timbro di quella voce le era parso familiare. E inoltre, a meno che non fosse stata lei a immaginarlo, l'individuo emanava un profumo misto di lavanda e altri fiori esotici, probabilmente non terrestre. Ma non se la sentiva di pensare a lui; non in quel momento.

Trascorsero una ventina di minuti. Wayness s'era alzata e si stava cambiando per andare a letto quando il telefono suonò, facendola sussultare. Si avvicinò subito all'apparecchio, ma quando vide che il suo schermo riceveva solo il segnale video della centrale anche lei tenne spento il video, per prudenza. – Chi è? – domandò.

Il segnale standard fu sostituito dalla faccia di Alcide Xantief. – Sono io. È sola? – chiese il mercante.

Wayness sedette e accese lo schermo anche dalla sua parte. Xantief le sorrise. – Spero di non disturbarla.

– No, naturalmente. Mi dica.

– Ho parlato con Alvina. Sembra che lei le abbia fatto una buona impressione. Le ho spiegato che il suo aiuto potrebbe servire a una causa degna... o se non altro a far felice un'affascinante giovane donna di nome Wayness Tamm. Alvina ha detto che farà per lei tutto ciò che potrà. La aspetta domani in negozio, verso mezzogiorno.

– Questa è una buona notizia, signor Xantief!

– Prima che lei si culli con troppe speranze: Alvina dice di non conoscere l'attuale indirizzo di Moncurio, ma soltanto quello che le fu dato parecchi anni fa.

– Sempre meglio di niente.

– Proprio così. Bene, ora devo riattaccare. Questo è il mio orario di lavoro, come sa. – Guardò di lato. – Anzi, ho un cliente alla porta giusto adesso. Buona notte.

3

Quando Wayness si svegliò, l'Adriatico scintillava di riflessi sotto i raggi del sole mattutino. La colazione le fu servita in camera da un giovanissimo fattorino che la valutò da capo a piedi con sfacciata ammirazione e le si presentò come Felix. Dopo averlo squadrato con la giusta dose di sdegno lei stabilì che il ragazzo poteva prestarsi bene ai suoi scopi. Felix era magro e svelto, con una ciocca di capelli neri che gli ricadeva sulla fronte e due occhi che sembravano saperla lunga. Fu subito d'accordo sulla possibilità di prestarle qualsiasi servizio le fosse occorso, e Wayness gli pagò un sol per cementare il patto.

– Prima di tutto – stabilì – sia chiaro che ogni nostra parola è confidenziale. Nessuno deve saperne niente. Questo è molto più importante di quello che credi.

– Non c'è bisogno di dirlo! – dichiarò Felix. – È così che io svolgo normalmente i miei affari. Godo fama d'essere la discrezione personificata!

– Bene. Allora, ecco quale sarà la tua prima missione al mio servizio. – Wayness lo mandò sui moli dove c'erano i magazzini e le piccole rimesse dei pescatori. Mezz'ora dopo Felix tornò con un pacco dall'aspetto anonimo, che una volta aperto rivelò il suo contenuto: una vecchia giacca di pelle, una tuta da lavoro grigia olezzante di pesce, un paio di stivaloni usati di gomma e un malconcio berretto da pescatore fornito di paraorecchi.

Wayness indossò gli indumenti appena acquistati e controllò il suo aspetto nello specchio. Come lupo di mare non risultava convincente, ma se non altro era poco riconoscibile, specialmente col fondo tinta che aveva usato per scurirsi la faccia.

Felix fu della stessa opinione. – Non so a cosa lei voglia somigliare, ma se cercasse di tornare in albergo così conciata si ritroverebbe in strada prima di aver fatto un passo nell'atrio.

– Ma immagino che ci sia un ingresso posteriore, no? – Wayness gli mostrò il portamonete, prima di metterselo in tasca.

Gli occhi del ragazzo scintillarono. – Ci può scommettere. So io di quale ci serviremo!

Venti minuti prima di mezzogiorno Felix la condusse giù per le scale di servizio, prima nello scantinato e poi lungo uno stretto corridoio dal soffitto a volta che terminava con un portoncino di legno. Scesero ancora una trentina di gradini umidi e da lì una breve galleria li portò su una spiaggetta sul retro dell'albergo, larga appena pochi metri e chiusa fra vecchi muri di cemento. Le onde dell'Adriatico si rompevano fra i sassi, pieni di alghe e di detriti.

I due seguirono la base del muraglione per un centinaio di passi fino a una rugginosa scala a pioli. Si arrampicarono su di essa e scavalcata la balaustra furono in strada, a poca distanza dal Ponte Orsini. Giunti qui, Felix disse che doveva tornare indietro. Ma Wayness protestò: – Non ancora! Mi sento più sicura quando sei con me!

– È tutta immaginazione – diagnosticò lui. Si guardò attorno. – Nessuno può averci seguito. E se le persone di cui ha paura la aggredissero io dovrei darmela a gambe. Ho l'ordine tassativo di rientrare a casa salvo ogni sera.

– Vieni con me lo stesso – ordinò Wayness. – Non presumo che tu rischi la vita per me. Però sono dell'opinione che se tu riuscissi a scappare e chiamare aiuto le mie possibilità di cavarmela sarebbero alquanto superiori.

– Umpf! – sbuffò il ragazzo. – Lei ha più sangue freddo di me. Se devo correre questo rischio, mi aspetto una gratifica di un sol.

– Lo avrai.

All'angolo di via Malthus, sul lungomare, c'era un ristorante di poche pretese dove mangiavano i lavoratori portuali, i pescatori e chiunque apprezzasse lo stufato e la minestra di pesce, i frutti di mare, il pesce fritto e le specialità più casarecce della cucina locale. Wayness entrò e andò a sedersi in un separé. Di nuovo Felix disse che doveva tornare al lavoro, ma lei non volle saperne e gli diede accurate istruzioni: – Devi andare su per via Malthus, fino a un negozio dove vendono dei grossi medaglioni di giada verde.

– Lo conosco. È quello di una donna un po' bislacca di nome Alvina.

– Tu entrerai e dirai ad Alvina che Wayness Tamm la aspetta qui, in questo ristorante. Assicurati che nessun altro ti senta. Se non può lasciare il negozio, ti darà un messaggio da portarmi.

– Prima la paga che mi spetta.

Wayness scosse il capo. – Non sono nata ieri. Sarai pagato quando tornerai con Alvina.

Felix uscì. Trascorsero dieci minuti; poi la porta si aprì e nel locale entrò Alvina, seguita dal fattorino. Wayness aveva scelto una posizione poco visibile, e la donna si guardò attorno perplessa finché Felix non la mise sulla strada giusta. Appena l'ebbe condotta al tavolo, la ragazza gli pagò i suoi tre sol. – Mi raccomando: non una parola di questo con nessuno – aggiunse. – E ricordati di lasciare aperta la porta dello scantinato, in modo che io possa rientrare per la stessa strada.

Felix se ne andò, facendo tintinnare allegramente le monete. Alvina esaminò Wayness con sguardo accigliato. – Vedo che ha preso tutte le precauzioni possibili, salvo gli occhiali neri e la barba.

– Alla barba non ho pensato.

– Non importa. Credo che pochi la riconoscerebbero, così com'è.

– Lo spero. Ieri notte, mentre tornavo dal negozio di Xantief, mi hanno aggredita. Sono riuscita a scappare per miracolo.

Alvina inarcò le sopracciglia. – Santo cielo, è terribile!

Wayness si chiese se la donna la stesse prendendo sul serio. Forse pensava che lei esagerasse tanto per drammatizzare.

Un carrello automatico con un mezzobusto in giacchetta bianca a un'estremità venne a prendere l'ordinazione. Il robot porse il menu alle due donne e apparecchiò il tavolo con gesti svelti. Alvina scelse la zuppa di pesce; Wayness la imitò.

– È disposta a dirmi cosa c'è dietro questa sua ricerca? – volle sapere Alvina.

– Certamente. Un migliaio d'anni fa la Società Naturalistica scoprì il pianeta Cadwal, e dopo aver considerato le sue bellezze naturali e l'immensa varietà delle sue forme di vita decise di farne una Conservazione perpetua, al sicuro dalla colonizzazione umana. Oggi la Conservazione è in grave pericolo, perché alcuni decenni fa l'ex segretario vendette a collezionisti e antiquari molti documenti della Società, comprese la Carta di Cadwal originale e la Garanzia Perpetua. Questo documenti sono scomparsi: dove, non si sa. Ma se cadessero nelle mani sbagliate la Società perderebbe il possesso di Cadwal.

– E lei come entra in questo quadro?

– Mio padre è il Conservatore di Cadwal e vive a Stazione Araminta, uno dei due insediamenti umani autorizzati. Mio zio Pirie è il segretario della Società qui sulla Terra, ma è vecchio e malandato, e salvo me non c'è nessuno che possa fare ciò che va fatto. Anche altri stanno cercando la Garanzia Perpetua; qualcuno è pericoloso, qualcuno soltanto sciocco, ma vogliono distruggere la Conservazione e quindi sono miei nemici. Io credo che uno di loro mi abbia seguito fino a Trieste, malgrado ogni precauzione. Ho paura per la mia vita. E ho paura per il destino di Cadwal, che è vulnerabile. Se non trovo quei documenti la Conservazione non sopravvivrà. Forse sono vicina alla meta... ma i miei nemici lo sanno e mi ucciderebbero senza alcuno scrupolo. E io non voglio morire.

– Già, lo immagino. – Alvina tamburellò con le dita sul tavolo. – Allora non ha sentito le notizie locali, stamattina?

Wayness sbatté le palpebre, irrigidendosi. – Quali notizie?

– Questa notte Xantief è stato assassinato. Hanno trovato il suo corpo a galla nel canale.

Il tempo parve congelarsi. Tutto sfumò in una nebbia, salvo gli occhi grigioverdi di Alvina. Alla fine Wayness riuscì a balbettare: – Ma è... terribile. Io non avevo idea che... ed è colpa mia! Sono stata io a portarli da Xantief!

Alvina annuì cupamente. – Dev'essere andata così. O forse no. Chi può saperlo? Non che faccia qualche differenza, ormai.

Dopo una lunga pausa Wayness mormorò. – È vero. Per lui non fa più nessuna differenza. – Si asciugò le lacrime dal viso. Il carrello automatico uscì dalla cucina, e il mezzobusto-robot servì la minestra di pesce pescando col mestolo in una zuppiera fumante. Alvina gli fece togliere i crostacei dal suo piatto e chiese delle fette di pane per inzupparle nel sugo. Wayness bevve e restò con gli occhi fissi nel fondo del bicchiere, senza vederlo.

– Mangi la zuppa – disse Alvina. – Dovrà pagarla comunque.

Wayness scostò il piatto. – Cos'è successo?

– Non mi va di parlarne. È una cosa brutta. La polizia dice che qualcuno gli ha spaccato le dita… forse qualcuno che voleva informazioni. Ed è probabilmente così. Ma lui non aveva niente da dire, salvo quello che aveva già riferito a lei. Senza dubbio ha parlato subito, però non devono avergli creduto. E poi lo hanno gettato nel canale. – Alvina si dedicò alla sua zuppa. Dopo un po' aggiunse: – È chiaro che non ha parlato di me, comunque.

– Come lo sa?

– Questa mattina ho aperto il negozio come al solito, e nessuno è venuto a cercarmi. Mangi. Soffrire a stomaco vuoto non è diverso che a stomaco pieno.

Wayness fece un sospiro. Trasse di nuovo il piatto davanti a sé e cominciò a mangiare. Alvina fece un sorriso aspro. – Quando una tragedia mi colpisce, io reagisco svagandomi: bevo vino costoso, ordino prelibatezze che non potrei permettermi, entro nel negozio più caro che trovo e faccio acquisti folli. Di solito è così che rinnovo il guardaroba.

Lei rise stancamente. – E il sistema funziona?

– Mai. Finisca la sua zuppa.

Dopo qualche momento Wayness mormorò: – Devo imparare a diventare insensibile. Non posso permettermi d'essere debole.

– Non credo che lei sia debole. Ma non c'è nessuno che possa aiutarla?

– Sì, ma sono lontani. Tempo fa speravo che un mio amico, Glawen Clattuc, potesse venire. Poi ho saputo che è nei guai…

– Non ha armi con sé?

– No. Speravo di non averne bisogno.

– Mi aspetti qui. – Alvina uscì dal ristorante. Quando tornò, pochi minuti dopo, aveva due oggetti tubolari lunghi un palmo. – Questi le saranno di conforto, se non altro – disse, e gliene spiegò l'uso.

– Grazie – annuì Wayness. – Posso pagarglieli?

– No. Ma se li userà contro chi ha ucciso Xantief, la prego di farmelo sapere.

– Glielo prometto. – Wayness mise i due oggetti in una tasca della giacca di pelle.

– E ora, agli affari. – Alvina tirò fuori un foglietto. – Non posso dirle dov'è Moncurio oggi; probabilmente non sulla Terra. Non ho mai saputo quali posti frequenti, ma mi lasciò un indirizzo a cui mandare il denaro ricavato dalla vendita di certi emblemi.

– È ancora valido? – chiese Wayness, dubbiosa.

– Lo era fino all'anno scorso, quando spedii l'ultimo assegno ed ebbi finalmente una ricevuta.

– Da Moncurio?

Alvina scosse il capo. – Mandai la somma a Irena Portils, che pare sia la moglie di Moncurio. O forse la compagna, o un'amica... non ne ho idea. È una donna difficile, sospettosa. Non si aspetti che le dia facilmente, per amore o per forza, l'ultimo indirizzo di Moncurio. Non voleva neppure mandarmi una ricevuta per i pagamenti; disse che non desiderava che il nome di lui fosse collegabile col suo. Io replicai che era una sciocchezza: Moncurio stesso aveva già rivelato questo collegamento, e la avvertii che se non mi mandava una ricevuta firmata da lei come sua procuratrice non le avrei più spedito neanche un soldo. Ah! La sua avidità fu più forte di quelle strane paranoie e mi spedì la ricevuta, accompagnata da un biglietto gelidamente sarcastico per irritarmi.

– Forse non è una cattiva persona, quando non ha questi timori – disse Wayness, senza convinzione.

– Tutto è possibile. Ma non le sarà facile trattare con lei, e meno ancora estorcerle informazioni.

– Dovrò rifletterci sopra. Forse tenterò un approccio indiretto, più sottile.

– Le auguro buona fortuna. Questo è l'indirizzo. – Le consegnò il foglietto. Wayness lesse:

Sig.ra Irena Portils
Casa Lucasta
Calle Maduro 31
Pombareales, Patagonia

4

Wayness tornò all'Hotel Sireneuse ripercorrendo la stessa strada: giù per la scaletta a pioli, lungo il muraglione che costeggiava la spiaggia e poi attraverso il passaggio che portava nelle viscere umide dell'albergo. Qui perse la strada e per un poco vagò avanti e indietro in corridoi oscuri dove stagnava l'odore di vino acido, muschio, pesce e avanzi di cucina. Finalmente, dietro una porta che le era sfuggita più volte trovò le scale di servizio e salì al secondo piano, rientrando frettolosamente in camera. Si liberò della sua mascheratura, fece il bagno e indossò un abito pulito. Quando andò a sedersi in terrazzo restò a lungo con gli occhi fissi sul mare, cercando di fare il punto della situazione.

Dolore e rabbia non servivano a niente; le davano solo una vuota frustrazione. La paura era altrettanto inutile... ma assai più difficile da tenere sotto controllo.

Si sentiva inquieta. C'erano troppe cose a cui pensare, e troppe incognite. Perdere tempo a ruminarvi sopra la rendeva ancor più vulnerabile; poteva proteggersi soltanto con l'attività e il movimento.

Andò al telefono e chiamò Fair Winds. Le rispose Agnese, che poi uscì in giardino ad avvertire Pirie Tamm. – Ah, Wayness. – L'uomo la mise in guardia con un'occhiata. – Stavo giusto per uscire. Ho da sbrigare una cosa in banca, a Tierens. Ti secca richiamarmi là fra un'oretta?

– Se puoi dedicarmi un minuto, avrei una cosa da dirti – rispose Wayness cercando di assumere un tono casuale, ma la sua voce suonava tesa e sforzata anche a lei.

– Se insisti, va bene. Ci sono novità?

– Buone e cattive. Ieri ho parlato con un certo Alcide Xantief. Non sapeva niente di preciso, però mi ha fatto il nome di un magazzino a Bangalore. Stamattina ho telefonato là, e sembra proprio che abbiano i documenti che stiamo cercando. Possono essere prelevati senza difficoltà.

– Straordinario! – Pirie Tamm sbatté le palpebre, perplesso.

– C'è anche dell'altro, purtroppo. Comunque ti ho mandato una lettera, e ho scritto anche a mio padre e a Glawen, in modo che se mi accadesse qualcosa l'informazione non vada perduta.

– Perché dovrebbe accaderti qualcosa?

– Questa notte ho avuto un'esperienza molto sgradevole. Può essersi trattato di un errore d'identità, o di un rapinatore, o di un maniaco, fatto sta che un uomo mi ha aggredito. Per fortuna sono riuscita a sfuggirgli subito.

Pirie Tamm non trattenne un'esclamazione furibonda. – Ma è mostruoso! Questa tua iniziativa mi piace sempre meno! Non è giusto che tu faccia un lavoro per cui occorre un uomo!

– Giusto o sbagliato, il lavoro dev'essere fatto. E l'unica che può occuparsene sono io.

– Sì, sì – grugnì lui. – Ne abbiamo già parlato.

– Ti assicuro che sto prendendo ogni precauzione, zio Pirie. E ora ti lascio ai tuoi affari. Ah, già che passi dalla banca, per favore, chiedi se è arrivato il versamento che aspetto da casa.

– Sì, ci penso io. Ma ora che intendi fare?

– Sto partendo per Bangalore. Non so ancora quali coincidenze potrò trovare, ma cercherò di essere là al più presto.

– Quando pensi di richiamarmi?

– Dopo il mio arrivo a Bangalore, o appena possibile.

– Allora arrivederci. E abbi cura di te.

– Arrivederci, zio Pirie.

Tre quarti d'ora dopo Wayness chiamò la banca, a Tierens, da un telefono pubblico nell'atrio dell'albergo. Pirie Tamm doveva essere accanto all'apparecchio, perché rispose subito. – Oh, finalmente. Ora forse possiamo parlare senza timori.

– Lo spero. Non mi fido più neanche del telefono in camera mia. Sono certa d'esser stata seguita fin qui a Trieste. – Wayness decise di non parlare dell'assassinio di Xantief.

– Allora immagino che Bangalore non sia la tua destinazione.

– Immagini giusto, zio Pirie. Se possiamo mandare qualcuno a caccia di farfalle, tanto di guadagnato.

– Insomma, cos'hai ottenuto lì a Trieste?

– Ho sceso un altro gradino della scala. E saresti sorpreso di sapere chi ho trovato.

– E chi hai trovato?

– Il tuo amico ladro di tombe. Adrian Moncurio.

– Ah! – Pirie Tamm rifletté un poco, accigliato. – Sono sorpreso, sì… anche se non quanto suppongo che dovrei essere.

– Hai un'idea del suo indirizzo attuale?

– Neppure l'ombra.

– Conosci qualche suo amico?

– Non abbiamo amici in comune. E dato che non ho sue notizie da tempo sospetto che sia su qualche altro pianeta, o morto.

– In ogni caso dovrò seguire questa pista. Potrebbe anche portarmi fuori dal sistema solare.

– Fuori dal sistema solare dove?

– Ancora non lo so.

– Allora dove andrai, dopo aver lasciato Trieste?

– Non ho il coraggio di dirtelo. Temo che anche qui ci siano dei microfoni puntati su di me. Sono nell'atrio dell'albergo, e chiunque potrebbe fingersi un cliente.

– Hai ragione! Non fidarti di niente e di nessuno!

Wayness sospirò, ripensando alla generosità di Xantief e all'aiuto che le avevano dato Alvina e altre persone. – Comunque, zio Pirie, non ti ho chiesto di passare in banca per niente. Mi restano circa trecento sol, ma se dovrò lasciare la Terra non basteranno. Puoi mandarmene un migliaio?

– Naturalmente! Duemila, se vuoi!

– In questo caso ti ringrazio doppiamente. Te li restituirò appena possibile.

– Non devi preoccuparti del denaro. Se non altro, è denaro speso per la Conservazione. Te lo mando in albergo?

– No. Chiedi con quale banca di Trieste la tua ha rapporti diretti. Vorrei poter prelevare la somma immediatamente.

– Ah, non immagini quanto sono in ansia per te – si lamentò Pirie Tamm. – Ragazza mia, quando penso che…

– Ti prego, zio Pirie! – esclamò lei. – Per adesso non corro alcun pericolo, se sono riuscita a mandarli a Bangalore. Quando scopriranno che era un trucco s'irriteranno molto, ma per allora conto d'essere lontana.

– E quando mi darai di nuovo tue notizie?

– In questo momento non riesco neppure a immaginarlo.

5

Wayness pagò il conto al banco dell'atrio e risalì in camera sua. I fatti accaduti a Trieste erano serviti a più di uno scopo. Il suo concetto dalla malvagità, prima astratto, ormai poggiava su basi reali. Adesso conosceva la mentalità dei suoi avversari. Erano gente malvagia, cinica, rotta a ogni esperienza. Se l'avessero presa non avrebbero esitato a ucciderla, e questo sarebbe stato un evento tragico... dal suo punto di vista, almeno: significava la fine di quella vivace e piacevole intelligenza nota come Wayness, con tutta la grazia e la natura affettuosa e l'ironico umorismo che i suoi cari apprezzavano in lei. Che tragedia, davvero!

Tirò fuori dalla cesta della roba sporca i vestiti di quel mattino e si chiese se fosse il caso di usarli ancora. Decise per un compromesso; indossò la giacca di pelle e si calcò il berretto da pescatore sui riccioli neri. Tastò le armi che Alvina le aveva dato e si sentì alquanto più sicura.

Era pronta a partire. Mise a tracolla la borsa da viaggio, aprì la porta e sbirciò fuori cautamente. Non era affatto improbabile che qualcuno la aspettasse al varco perfino lì, per trascinarla di nuovo in camera sua e disporre di lei con tutto comodo. Al pensiero ebbe una smorfia.

Il corridoio era vuoto. Wayness scese dalla scala di servizio, e lasciò l'albergo dalla porta che si apriva sulla piccola spiaggia posteriore ingombra di detriti.

6

Per tre giorni e tre notti Wayness mise in atto ogni tattica di evasione, dissimulazione e mascheramento che la sua fantasia poté immaginare, comprese molte piccole trappole per liberarsi di eventuali pedinatori o microspie fluttuanti. Fece rapide uscite e passaggi tra la folla; tornò indietro più volte su percorsi complessi e prese attenta nota di ogni persona che così facendo incrociava; a Genova saltò su un autobus che s'era fermato per caso a un semaforo; e lasciò Marsiglia su un omnibus pieno di operai diretto verso ovest. A Lisbona, sulla costa atlantica, partì sulla magnetovia diretta verso nord solo per saltare giù alla prima fermata; poi risalì in un'altra vettura e si chiuse nella toelette toilette delle donne fino alla fermata successiva, dove scese e affittò un'auto che guidò personalmente in direzione opposta, superando lo stretto e arrivando a Tangeri verso sera. Qui cambiò il proprio aspetto, togliendosi il mantello verde e la parrucca bionda che aveva acquistato a Genova, e si unì a un gruppo di giovani turisti tutti vestiti in pantaloncini sportivi e giacche grigie. Trascorse la notte in un albergo di Tangeri. Il mattino dopo acquistò un biglietto per l'aerotreno transatlantico e sei ore più tardi fu scaricata alla tentacolare periferia di Alonso-Saveedra, sul Rio Tanagra. Era ormai abbastanza certa d'essersi sganciata da ogni inseguitore, ma continuò a praticare trabocchetti per le microspie fluttuanti, si nascose in posti impensabili per individuare i pedinatori e scese all'improvviso da ogni mezzo pubblico su cui salì. Il quarto giorno un hovercraft la portò nella provincia di Biriguassu, e con un volo locale attraversò la pampa fino alla città mineraria di Nambucara. Prese una camera all'Hotel Stella d'Oro e cenò, con una bistecca di dimensioni stupefacenti e un vassoio di patate fritte in salsa di avocado su cui troneggiava un volatile – forse un pollo dell'Amazzonia – farcito di datteri.

Pombareales era ancora lontana verso sud, e il viaggio si presentava pieno di coincidenze del tipo prendi-quella-che-puoi. Il mattino dopo Wayness seguì il primo suggerimento che le parve buono e salì a bordo di un aerobus d'aspetto vetusto, che scricchiolando e gemendo si sollevò dalla pista e fece rotta a meridione, oscillando fra le raffiche di vento. Gli altri passeggeri sembravano trovare normali le allarmanti particolarità del velivolo, e si mostrarono preoccupati solo quando un vuoto d'aria fece rovesciare buona parte dei bicchieri di birra. Il viaggiatore seduto di fronte a Wayness, notando il suo pallore, le si presentò come un pendolare che da tempo aveva abbandonato ogni sciocca paura. L'uomo la informò che quel velivolo faceva servizio sulla stessa rotta fra il nord e il sud da molti anni, e che quindi non c'era motivo di supporre che proprio quel giorno avrebbe rinunciato a compiere il suo dovere collassando a mezz'aria. – Se anzi ci atteniamo ai fatti – spiegò – l'aereo diventa più sicuro a ogni giorno che passa, e sono in grado di dimostrarglielo con l'uso della statistica, l'unico meccanismo logico atto a valutare l'affidabilità dei meccanismi fisici. Lei ha un buon accento; posso ipotizzare che sia esperta nell'uso della logica?

Wayness ammise modestamente che l'ipotesi era esatta.

– Allora non avrà difficoltà a seguire il mio ragionamento. Supponiamo che un velivolo sia nuovo, e diciamo che esso funzioni bene i primi due giorni per schiantarsi poi il terzo giorno. Il suo indice di affidabilità non risulterebbe buono: un incidente su tre viaggi. Se invece un aereo vola da ventisette anni, come questo, ovvero da... – Fece un rapido calcolo. – Circa diecimila giorni, detraendo quelli di sciopero e i festivi, il suo indice di affidabilità prima di precipitare sarà al minimo di un incidente su diecimila voli, il che è ottimo! Inoltre, ogni giorno che passa fa salire questo indice di un punto, e di conseguenza il senso di sicurezza dei passeggeri non può che avere un aumento corrispondente.

Il velivolo fu investito da una ventata particolarmente maligna; ondeggiò, inclinandosi tutto di lato, e da sotto il pavimento provenne un terribile scricchiolio. L'uomo la rassicurò con un ampio sorriso: – Statisticamente siamo più sicuri a bordo dell'aereo che prima di esserci saliti, sulla pista, dove c'era il rischio d'essere investiti da un carrello portabagagli.

– La sua spiegazione è molto chiara, e la apprezzo – disse Wayness. – Mi sento ancora nervosa come prima, ma adesso non ne capisco il perché.

Nel tardo pomeriggio atterrarono all'aeroporto di Aquique e Wayness sbarcò, tenendo d'occhio i carrelli portabagagli, mentre l'aereo ripartiva subito per il Lago Angelina sulla costa orientale. Al banco automatico del terminal, dopo aver infilato mezzo sol nella fessura di un registratore, la ragazza seppe di aver perduto la coincidenza trisettimanale per Pombareales, situata circa duecento chilometri a sud-ovest quasi all'ombra delle Ande. Poteva scegliere fra partire l'indomani con un omnibus di superficie o approfittarne per fare un giro turistico nelle pampas, dov'era possibile cacciare lo struzzo armati di bolas.

Il miglior albergo di Aquique era l'Universal, un parallelepipedo di vetro e cemento a cinque piani adiacente all'aeroporto. Wayness era già stata informata che in quella città non esisteva personale di servizio umano, e fu un robot a scortarla in una camera all'ultimo piano, da cui si godeva l'intero panorama di Aquique: parecchie migliaia di blocchi rettangolari in vetro e cemento, allineati a griglia intorno a una vastissima piazza centrale. Più oltre la pampa si estendeva a perdita d'occhio.

Quella sera Wayness si sentì sola e piena di malinconia. Restò in camera e ingannò il tempo scrivendo una lettera ai suoi genitori, con un inserto per Glawen, augurandosi che fosse almeno tornato salvo a Stazione Araminta:

Ormai non spero più che tu mi raggiunga. Tempo fa da Fair Winds è passato Julian, che non ha fatto nulla per rendersi meno antipatico, anzi, il contrario. Tuttavia ci ha detto che eri partito in cerca di tuo padre, e ancor oggi io non so se tu sia vivo o morto. Spero che tu sia vivo. Vorrei che fossi qui con me, in questa regione così immensa e spoglia che deprime l'animo. Finora ho dedicato ogni mia energia a sventare intrighi e complotti, e mi sento come svuotata da questo. Ma farò di tutto per sopravvivere. Avrei molte cose da dirti. Il territorio in cui sto viaggiando è così poco simile al resto della Vecchia Terra che ho l'impressione d'essere su un altro pianeta. In ogni caso, ti mando tutto il mio affetto, e spero che presto saremo di nuovo insieme.

Il mattino dopo Wayness prese l'omnibus e fu trasportata a sud-est attraverso la pampa. Si rilassò sul sedile e, come ormai le veniva spontaneo e naturale, osservò di nascosto gli altri passeggeri. Nessuno si mostrò interessato ad attaccare discorso con lei, a parte un giovanotto con la fronte bassa e un volto ascetico pronto ad aprirsi in un sorriso bovino, che cercò di venderle il libro sacro della sua religione: "Le Milleottocento Virtù Erotiche di Zandra Vishnama".

– No, grazie – disse Wayness. – Non sono interessata alle vostre teorie.

Il giovanotto le spiegò che si stava recando sulle Ande per unirsi a una congrega che praticava ginnastica erotica ad altezze sempre maggiori, e che pochi eletti sarebbero riusciti ad arrivare alla massima quota, dove avrebbero potuto accoppiarsi con il Lama Bianco, l'animale prediletto dal Dio Zandra Vishnama. Poi aprì un sacchetto di carta. – Gradisce qualche caramella al loto? Sono particolarmente consigliate ai novizi.

– No, grazie – ripeté lei. – Se desidera mangiarle la prego di scegliere un altro sedile, perché mandano un odore che mi prende allo stomaco e potrei vomitare sul suo libro sacro.

Il giovanotto si spostò in fondo all'omnibus e succhiò in solitudine le sue caramelle al loto.

Il velivolo avanzava fra basse colline desolate, spunzoni di roccia e vasti tratti fangosi lungo i cui bordi allignavano stenti cipressi e cespugli di pencara scossi dal vento. Il territorio non mancava di una sua spoglia bellezza. Wayness rifletté che se avesse dovuto dipingere quel panorama le sarebbero bastati pochi colori. C'erano diversi toni di ocra per le ombre, giallo cromo e violetto minerale per le rocce, bruno e verde cinabro per la vegetazione.

Le montagne si facevano sempre più alte sullo sfondo di un cielo spruzzato di bianco, e solo il vento che soffiava da ovest dava al territorio qualche movimento e parvenza di vita.

Il sole, pallido nella foschia dell'atmosfera, si avvicinava allo zenith. In distanza apparve una distesa di case basse e bianche: la città di Pombareales. L'omnibus attraversò l'abitato fino a una vasta piazza quadrata e si fermò di fronte a un edificio a tre piani, l'Hotel Monopole. Wayness poté vedere che la città era molto simile a Nambucara, anche se in scala più piccola, con la stessa piazza centrale e le strade allineate secondo una pianta a griglia. Non sembravano esserci molte attrattive, pensò, salvo che probabilmente era l'ultimo posto dove l'Associazione Emblemi avrebbe cercato uno spacciatore di contraffazioni.

La ragazza portò la sua borsa da viaggio nel cavernoso atrio dell'Hotel Monopole. Al banco delle registrazioni l'impiegato le offrì una camera singola con vista sulla piazza, oppure una singola senza vista sulla piazza, o la possibilità di avere e non avere la vista della piazza, se avesse scelto un appartamento d'angolo. – Non c'è molto movimento in questa stagione – le disse. – Il prezzo è lo stesso: due sol a notte, colazione compresa.

– Sceglierò l'appartamento – rispose lei. – Negli alberghi capita raramente di avere tanto spazio.

– In questa parte del mondo lo spazio è un'importante risorsa economica – disse l'impiegato. – Può averne quanto vuole a poco prezzo, e il vento e il panorama delle Ande sono gratis.

Wayness scoprì che l'appartamento era decente sotto ogni aspetto. La stanza da bagno funzionava; quella da letto ne conteneva uno a due piazze che odorava appena un poco di schiuma antisettica, il soggiorno era ammobiliato con un grande tavolo di plastica nera, un tappeto blu lungo dieci passi, alcune sedie massicce, un divano, e una vecchia scrivania elettronica fornita di telefono. Lei soppresse la tentazione di chiamare Fair Winds e sedette su una sedia. Non aveva fatto alcun piano; le era parso inutile, in assenza di dati su cui basarsi. Avrebbe dovuto guardarsi intorno e scoprire quello che c'era da scoprire su Irena Portils.

Mancava un'ora a mezzogiorno; troppo presto per il pranzo. Wayness scese nell'atrio e si avvicinò con fare casuale all'impiegato seduto dietro il banco. La discrezione e la sottigliezza erano adesso di vitale importanza; per quel che ne sapeva, l'uomo avrebbe potuto essere il cognato di Irena Portils. Cautamente girò intorno all'oggetto del suo interesse: – Un amico mi ha chiesto di portare i suoi saluti a una persona, in via Madera. È lontano da qui?

– Via Madera? Non c'è nessuna via Madera a Pombareales.

– Mmh. Avrei dovuto scrivermi l'indirizzo. Potrebbe essere via Fordera? O Baduro?

– C'è Calle Maduro, a meno che lei non preferisca l'Avenida Onix Formadero.

– Credo che fosse Calle Maduro, sì. Una casa con due palle di granito nero sul portone d'ingresso.

– Non ricordo nessun portone del genere. Comunque, Calle Maduro non è troppo lontano. Vada dritta a sud lungo Calle Luneta, e alla fine incrocerà Calle Maduro. Una volta lì, se prende a sinistra arriverà alla Cooperativa Pollicultori, mentre a destra la strada finisce all'ingresso del cimitero. Scelga lei la direzione, io non potrò essere là ad aiutarla.

– Grazie. – Wayness si avviò alla porta.

L'impiegato la richiamò: – La strada è breve, ma il vento è pieno di polvere. Perché non scegliere il modo più comodo? Qui fuori troverà un'autopubblica rossa, quella di Esteban. Non le chiederà una tariffa oltraggiosa, se lei minaccerà di rivolgersi a suo fratello Ignatio, che guida un'auto verde.

Wayness uscì e s'incamminò verso la vettura rossa parcheggiata lì accanto. Sul sedile anteriore sonnecchiava un ometto magro, tutto gambe e braccia, con un volto scarno bruciato dal sole. Quando Wayness bussò al finestrino si svegliò all'istante. – Pronto ai suoi ordini! – esclamò, aprendo la portiera.

Wayness domandò: – È questa la macchina di Ignatio? Mi hanno detto che solo lui pratica tariffe oneste, molto basse.

– Che assurda calunnia! – dichiarò Esteban. – Si sono approfittati della sua ingenuità, signora mia. A volte Ignatio chiede una tariffa ridotta, ma è solo un trucco di quel demonio astuto, e alla fine i suoi sventurati passeggeri devono pagare il doppio. E io posso dirlo con conoscenza di causa, perché sono il suo unico concorrente.

– Questo potrebbe far supporre che lei non sia obiettivo nel fornire opinioni su di lui.

– Al contrario, io sono l'unico a poter dimostrare che Ignatio ha la coscienza di un rettile. Se una vecchietta moribonda volesse esser portata in chiesa per farsi dare l'estrema unzione, Ignatio prenderebbe la strada più lunga e fingerebbe di essersi perduto nella pampa. In tal caso, o riceverebbe dal municipio la tariffa speciale per il trasporto di cadaveri, oppure costringerebbe la poverina a tirar fuori il suo misero portamonete per pagargli un ladronesco sovrappiù.

– In questo caso le offrirò una possibilità, ma prima desidero essere informata della sua tariffa.

Esteban allargò le braccia. – Dipende da dove lei vuole andare. Un viaggio controvento richiede maggiore consumo di carburante. In certe strade le buche danneggerebbero le sospensioni. Comunque è giorno, e non dovrò chiederle un extra per il consumo dei fari.

– Non ho una destinazione precisa. Per cominciare desidero essere portata in Calle Maduro.

– È senz'altro possibile. Ha intenzione di visitare il cimitero? Io sono anche guida cimiteriale.

– No. Voglio solo guardare le case.

– Su Calle Maduro c'è poco da guardare, e la mia tariffa sarà quella minima: un sol ogni mezzora.

– Cosa? È il doppio di quello che chiede Ignatio!

Esteban emise un mugolio di disgusto e cedette subito, cosa da cui Wayness capì che la sua indignazione era giustificata. – D'accordo, tanto a quest'ora non ho molto da fare. Salti su. La tariffa sarà di un sol all'ora.

La ragazza salì sul sedile posteriore. – Badi bene che io non sto affittando la vettura per un'ora. Per una mezzora le pagherò mezzo sol, e in questo sarà inclusa la mancia.

Esteban batté un pugno sul volante e ruggì: – Perché non si mette lei alla guida e in Calle Maduro non ci porta me? Così sarà lei a guadagnarsi la miseria di mezzo sol, e io la mancia gliela darò!

L'emozione di Esteban era così genuina che Wayness capì di non poter più tirare sul prezzo. Gli sorrise. – Si calmi. Non può sperare di arricchirsi ogni volta che qualche povero ingenuo sale sulla sua vettura.

– Lei non saprà d'essere ingenua finché non sarà salita su quella di Ignatio – borbottò Esteban, chiudendo lo sportello. L'auto partì lungo Calle Luneta. – Dove vuole andare?

– Per cominciare, a Calle Maduro.

Esteban annuì. – Lei ha qualche parente al cimitero, suppongo.

– Non che io sappia.

L'uomo si volse a guardarla, inarcando un sopracciglio con aria perplessa. – E allora cosa vuole vedere? C'è poca differenza fra le strade di una città e quelle di un'altra. E l'unica attrattiva di Calle Maduro è che la sosta è permessa sui due lati.

– Lei conosce la gente che abita in quella strada?

– Io conosco tutti, a Pombareales. – Esteban arrivò all'incrocio e girò in Calle Maduro, rallentando a passo d'uomo sulle buche di cui era costellata la pavimentazione consunta. Una buona metà dei lotti edificabili erano ancora vuoti; quasi tutte le case erano separate da trenta o quaranta metri di terreno incolto. Ciascuna aveva intorno un cortiletto, a volte un recinto d'assi, nel cui interno qualche aiuola assetata o un paio di alberelli testimoniavano il tentativo di creare un giardino. Esteban gliene indicò una con le persiane chiuse, nel cui cortile spuntavano solo rami secchi. – Questa è una casa che lei potrebbe acquistare per una miseria.

– Sembra piuttosto abbandonata.

– Questo perché è frequentata dal fantasma di Edgar Sambaster, che si impiccò una notte in cui il vento spirava dalle montagne, a mezzanotte precisa.

– E da allora non ci abita nessuno?

Esteban scosse il capo. – I proprietari si sono trasferiti su un altro pianeta. Diversi anni fa il professor Solomon fu coinvolto in uno scandalo e si rifugiò in quella casa per qualche settimana, dopo di che nessuno ha più saputo niente di lui.

– Mmh. E qualcuno ha guardato nell'interno per vedere se ora la infesta anche il suo fantasma?

– Sì, ci pensarono. Il conestabile fece un'ispezione, ma non trovò niente.

– Strano. – La vettura passò di fronte a un'altra casa, simile alle altre salvo che per la coppia di statue a grandezza naturale ai lati dell'ingresso. Rappresentavano due angeli che guardavano il suolo, con aria affranta e benedicente. – Qui chi ci abita?

– Hector Lopez, che lavora al cimitero come becchino. Portò a casa quelle statue quando una fila di tombe fu spostata altrove.

– Fanno un effetto interessante.

– Può darsi. Alcuni dicono che Hector stia mettendo su delle arie. Lei che ne pensa?

– Non credo che offendano lo sguardo. Forse i suoi vicini sono soltanto invidiosi.

– È probabile, suppongo. Qui invece abita Leon Casinde, il macellaio. Se le interessa, posso farle avere un quarto di bue a prezzo di macello. Mi accontento di un paio di sol come giusta percentuale. Vuole che ci fermiamo?

– Andiamo avanti.

La vettura proseguì lungo Calle Maduro; Esteban le riferì i pettegolezzi di cui era a conoscenza e Wayness apprese diverse cose sulle abitudini della gente che risiedeva in quella strada. Infine giunsero di fronte al n° 31, Casa Lucasta: un edificio a un piano, un po' più grande degli altri, con un'inferriata metallica che recintava il cortile. Sul lato nord c'era un orticello, in un angolo abbastanza soleggiato e protetto dal vento. Dall'altra parte crescevano gerani, calendule, verbene gialle, ortensie e alcuni piccoli bambù. Davanti alle aiuole erano disposti mobili da poco prezzo: un tavolo, una panca e alcune sedie, un divano a dondolo da giardino, una bassa vasca piena di sabbia, e uno scatolone contenente paccottiglia elettronica fuori uso. Lì c'erano un ragazzo sui dodici anni e una ragazzina di due o tre anni più giovane, ognuno assorbito nel suo passatempo personale.

Notando l'interesse di Wayness, l'autista rallentò ancora. Si toccò una tempia con fare significativo. – Anormali, tutti e due. Un bel peso per la loro madre!

– Lo immagino – disse lei. – Si fermi un momento, per favore. – Osservò i due ragazzi con interesse. La femmina era seduta al tavolo e stava giocando con quelle che sembravano le tessere di un puzzle. Il ragazzino era intento a costruire un complicato castello di sabbia, aiutandosi con l'acqua contenuta in un secchio. Entrambi erano di corporatura sottile, più snella che fragile, con braccia e gambe lunghe. I loro capelli, castani chiari, erano tagliati corti e piuttosto rozzamente, come se a nessuno importasse del loro aspetto. Avevano lineamenti molto ben modellati, occhi grigi e pelle assai più chiara della media locale. Wayness pensò che erano attraenti, e con caratteristiche razziali piuttosto nordiche. Il volto della ragazzina mostrava più animazione di quello del fratello, che lavorava con aria pensosa. Nessuno dei due parlava. Ed entrambi, dopo un brevissimo sguardo alla vettura, non le prestarono più alcuna attenzione.

– Mmh – disse Wayness. – Sono gli unici bambini che ho visto in strada finora.

– Non c'è da meravigliarsene – rispose Esteban. – Tutti gli altri devono ancora uscire da scuola.

– Già, naturalmente. Cos'hanno che non va, questi due?

– È difficile dirlo. I dottori vengono regolarmente, e poi se ne vanno scuotendo la testa, mentre i bambini continuano a fare quello che hanno sempre fatto. La femmina ha accessi di rabbia selvaggia quando viene contrariata, e cade in terra con la bava alla bocca, al punto da far temere per la sua vita. Il ragazzo è chiuso in sé e non dice una parola, anche se pare che sia intelligente, a suo modo. C'è chi dice che per raddrizzarli ci vorrebbe qualche buona cinghiata. Altri dicono che è questione di ormoni o roba simile.

– A guardarli non sembrano deficienti, o staccati dalla realtà. La medicina può curare facilmente casi simili.

– Non questi due. C'è un dottore di un istituto di Montalvo che viene qui ogni settimana, ma sembra che non concluda niente.

– È un peccato. Chi è il padre?

– È una storia complicata. Le ho parlato del professor Solomon, no? Quello che fece nascere uno scandalo. Dicono che adesso sia su qualche altro pianeta, e nessuno sa dove, ma a parecchia gente piacerebbe rintracciarlo. Il padre è lui.

– E la madre?

– La madre è madame Portils, che va in giro orgogliosa come una contessa e non saluta nessuno. Sua madre Clara, che sta con lei, è nata a Salgas, e non è più aristocratica di me.

– E madame Portils di cosa vive?

– Lavora in biblioteca, al restauro dei libri vecchi o qualcosa del genere. Dato che ha due minorenni e una madre anziana a carico riceve un sussidio, e con quello e la sua paga tira avanti. Non ha niente di cui vantarsi, ma fa la superbiosa con tutti, anche con la gente che sta molto più in alto di lei.

– Si direbbe una donna singolare – commentò Wayness. – Forse ha delle doti segrete.

– Se è così, le tiene segrete come fossero dei delitti. Per me, comunque, può fare come le pare.

Dalla parte delle montagne si levò un vento improvviso, che fece stormire le fronde dei cespugli e trascinò refoli di polvere e di frammenti vegetali lungo la strada. Esteban indicò la ragazzina: – Guardi! Il vento la eccita!

Wayness vide che era balzata giù dalla sedia e stava rivolta verso il vento, coi piedi allargati al suolo. La sua testa andava su e giù come al ritmo di una lenta musica interiore.

Il ragazzo continuò a lavorare la sabbia, senza gettarle neppure un'occhiata.

Da dentro casa una voce secca gridò qualcosa. La bambina si rilassò e il suo corpo abbandonò quell'atteggiamento anomalo. Riluttante si volse a guardare la finestra da cui era uscito il richiamo. Intento alla sua elaborata operazione edilizia, il fratello sembrava lontano mille miglia.

Dall'interno della casa provenne un secondo richiamo, in tono ancora più brusco. La bambina si mosse, andò alla vasca della sabbia e con un piede schiacciò quello che il ragazzo aveva costruito. Lui restò irrigidito, con gli occhi fissi su quello sfacelo. La sorella attese. Dopo una ventina di secondi il ragazzo alzò la testa a guardarla. Da quel che Wayness poté vedere, il suo volto era del tutto privo d'espressione. La bambina gli diede le spalle e con aria distaccata e pensosa entrò in casa. Lui la seguì a passi lenti, tristemente.

Esteban rimise in moto la vettura. – Più avanti può ora vedere il cimitero, che deve considerarsi la meta turistica di maggiore attrattiva per chiunque visiti Calle Maduro. Nelle mie mansioni di guida cimiteriale posso fargielo visitare in mezzora, a tariffa ridotta...

Wayness rise. – Ho visto abbastanza, per oggi. Mi riporti all'albergo.

Esteban scrollò fatalisticamente le spalle e invertì la direzione di marcia. – Se le interessa, oggi potrei portarla su Avenida de las Floritas per mostrarle le case dei ricchi. E merita d'essere visitato anche il parco, con la fontana del Palladium e il palco dove ogni domenica pomeriggio si esibisce la banda municipale. La musica le piacerà; è molto orecchiabile e buona per tutti i gusti. Inoltre al parco potrà fare la conoscenza di un gentiluomo giovane e bello, o magari due, oppure... chissà, avere la lieta sorpresa di trovare marito!

– Sì, ammetto che questa sarebbe una sorpresa – disse lei.

Esteban le indicò una donna alta e magra che si avvicinava lungo il marciapiede. – Ecco là madame Portils in persona, di ritorno dal lavoro.

L'autista rallentò ancora. Irena Portils camminava a passi svelti, con la testa china, un po' curva contro il vento che le portava la polvere in faccia. Vista da lontano sembrava attraente, ma quasi subito quell'impressione si dissolse e svanì. Indossava una gonna di stoffa rosa, da poco prezzo, e una stretta blusa nera. Da sotto i bordi di un berretto anonimo i suoi capelli scuri svolazzavano disordinatamente qua e là. Doveva aver superato di poco i quaranta, ma gli anni l'avevano trattata male: i suoi occhi erano infossati in due orbite scure, ai lati di un naso sottile. Rughe verticali, marcate dal pessimismo e dall'ostilità verso il mondo, davano un'espressione cupa a quel volto sciupato.

Mentre l'auto la oltrepassava, Esteban si volse a guardarla. – Oggi non si direbbe, ma da giovane era un gran bel pezzo di femmina. Ma andò a una scuola per attori, e poi sentimmo dire che si era unita a una troupe di impressionisti comici, o drammatici, o comunque si chiamino quei commedianti. E nessuno pensò più a lei finché non tornò con l'uomo a cui s'era sposata, il professor Solomon, che diceva d'essere un archeologo. Restarono qui un paio di mesi, e poi partirono di nuovo per qualche altro pianeta.

Esteban rallentò ancora davanti a un edificio lungo e basso, ombreggiato da un filare di eucalipti. Wayness gli batté un dito su una spalla. – Questo non è l'Hotel Monopole!

– Sì, sto prendendo una scorciatoia – spiegò l'uomo. – Questa è la Cooperativa Pollicultori. Già che siamo qui, forse coglierà l'occasione di acquistare tre o quattro polli. Se mi dà due sol, glieli porto fuori già spennati e tutto. No? Allora la riporto in albergo a tutta velocità.

Wayness si appoggiò allo schienale. – Mi stava dicendo del professor Solomon.

– Ah, sì. Il professore e Irena tornarono qualche anno dopo e si stabilirono qui. Per un po' il professore frequentò gli ambienti dei ricchi e si fece la fama d'essere uno scienziato, un uomo istruito. Esplorava le montagne in cerca di rovine preistoriche. Poi dichiarò di aver dissepellito un tesoro nascosto, ma non era vero: imbrogliò molta gente e fu costretto ad andarsene su qualche altro pianeta. In seguito Irena tornò qui da sola, e disse che lei non aveva mai saputo niente degli affari del marito, ma pochi ci credono.

Esteban ripercorse Calle Luneta e si fermò nel posteggio di fronte all'albergo. – Resta da visitare tutta la metà orientale di Calle Maduro – disse. – Se non mi troverà qui fuori, il portiere conosce il numero di telefono della mia vettura.

7

Wayness sedeva in un angolo dell'atrio dell'albergo, con gli occhi socchiusi e il taccuino in grembo. Sotto l'intestazione "Irena Portils" aveva cominciato a organizzare alcune idee, ma l'argomento era elusivo e i suoi pensieri si stavano disperdendo. Aveva bisogno di riposo. Distrarsi per qualche ora l'avrebbe aiutata a chiarire il problema. Appoggiò la nuca allo schienale e cercò di non pensare.

Nell'atrio aleggiava un lieve mormorio. Era un locale vastissimo, con un soffitto alto sostenuto da enormi travi di legno. Sul lucido pavimento poggiavano mobili pesanti: poltrone e divani rivestiti in pelle scura, tavoli bassi e lunghi col piano composto da spesse lastre di chiriqui. Sul lato opposto alle scale un'arcata dava accesso al ristorante.

Alcuni eleganti proprietari di haciendas entrarono dalla piazza e sedettero al bar a discutere di affari e bere birra, in attesa di passare nel ristorante per il pranzo. Wayness scoprì che le loro voci energiche e gioviali interferivano con il suo sforzo di non pensare a niente. Inoltre uno di costoro aveva grossi baffi neri e lei non poté fare a meno di scrutarlo con attenzione e sospetto, anche se c'era da temere che l'uomo, accorgendosene, volesse indagare sul genere di interesse che aveva risvegliato.

Wayness decise che era tempo di mangiare qualcosa. Entrò nel ristorante e sedette in un punto da cui poteva vedere la piazza, anche se a quell'ora non c'era quasi nessuna attività.

Secondo il menu, la specialità del giorno era il ptarmigan, cibo che lei vedeva per la prima volta su una lista. Bene, si disse. Perché non provare? Elettrizzò le ordinazioni sfiorandole con un polpastrello, infilò il menu nella fessura del tavolo e da lì a poco una cameriera le servì il pranzo. Ma il ptarmigan risultò troppo piccante per i suoi gusti.

Dopo il dessert la ragazza indugiò a tavola, sorseggiando il caffè. Davanti a sé aveva tutto il pomeriggio, ma stabilì d'essersi rilassata abbastanza e tornò all'argomento Irena Portils.

La domanda essenziale era una: come indurre Irena a rivelarle l'indirizzo dell'uomo conosciuto come "professor Solomon"?

Wayness tolse il taccuino dalla borsetta e rilesse le note che aveva scritto poco prima:

Problema:	rintracciare Moncurio.
Soluzione 1:	raccontare tutto a Irena e chiedere la sua collaborazione.
Soluzione 2:	analoga alla 1, ma offrendole del denaro (forse occorrerà una forte somma).
Soluzione 3:	ipnotizzare o drogare Irena Portils, e farle così rivelare l'informazione.
Soluzione 4:	attendere che la casa sia vuota e penetrarvi in cerca di indizi.

Soluzione 5: interrogare la madre di Irena e/o i bambini. (?)

Soluzione 6: nessuna di quelle sopra.

Rileggere quello che aveva annotato non la incoraggiò affatto. La Soluzione 1, la più ragionevole, implicava un confronto diretto con una donna probabilmente assai emotiva, diffidente, e una parola sbagliata avrebbe potuto renderla più intrattabile che mai. Lo stesso valeva per la Soluzione 2. Le Soluzioni 3, 4 e 5 erano d'esito troppo incerto. La Soluzione 6, a quel punto, brillava per la sua logica.

Wayness tornò nell'atrio. Erano le due e qualche minuto, e il pomeriggio restava ancora tutto davanti a lei. Andò al banco e il portiere le spiegò come arrivare alla biblioteca municipale.

– A piedi bastano cinque minuti – disse, puntando il sigaro verso una finestra. – Prenda per Calle Luneta. Dopo un isolato giri a destra in Calle Basilio. Al primo angolo c'è una grossa acacia, lei svolti a destra e dopo cinquanta metri troverà la biblioteca.

– Sembra facile – annuì lei.

– Lo è. Non trascuri di ammirare la collezione di vasellame primitivo esposta nel museo della biblioteca. Anche qui in Patagonia, dove anticamente le orde di gauchos selvaggi aggredivano i treni dei minatori indios, la cultura è onorata come il tesoro più prezioso!

La porta di cristallo e bronzo scivolò di lato; Wayness entrò in un atrio che accoglieva i visitatori con le consuete informazioni. A destra e a sinistra si aprivano corridoi diretti ai vari settori.

La ragazza si aggirò qua e là, sbirciando gli impiegati in cerca di Irena Portils. Non aveva fatto alcun piano; tuttavia quello le sembrava l'ambiente più adatto ad avvicinare la donna con una scusa plausibile. Andò a esaminare lo scaffale delle riviste, dove c'erano pubblicazioni di tutta la Distesa Gaeana, finse di consultare un terminale delle informazioni, e si fermò a ponderare sull'orario della biblioteca e su altre avvertenze che scorrevano su uno schermo. Irena non si trovava in nessuno dei locali dove riuscì a guardare; forse per quel giorno era già andata a casa.

Nella Sala delle Arti e della Musica Wayness vide la collezione di vasellame primitivo che le era stata raccomandata dal portiere. Gli oggetti erano allineati su lunghi scaffali all'interno di bacheche trasparenti. C'erano dozzine di ceramiche grosse e piccole, incise o colorate, spesso di forma bizzarra; buona parte dei vasi risultavano restaurati partendo da cocci incompleti.

Una delle più interessanti tecniche costruttive che lei poté vedere, eseguita in un filmato da un gruppo di attori, era stata quella di premere l'argilla entro un cestino di rami e poi di cuocere il tutto, cestino compreso. Le etichette attribuivano quei reperti alle Tribù Zuntil, cacciatori e raccoglitori primitivi di razza bianca, giunti dallo Stretto di Bering insieme alle popolazioni mongole migliaia di anni prima dell'arrivo degli europei. I pezzi erano stati scoperti da archeologi del posto in scavi fatti sul fiume Azumi, a pochi chilometri da Pombareales.

Pensosamente Wayness esaminò i reperti, lasciando che l'idea nata nella sua mente prendesse forma. Era buona, e considerandola da ogni angolo non vi trovò punti deboli. Naturalmente richiedeva che lei diventasse una bugiarda, ipocrita e imbrogliona. Ma era giusto che la voce della coscienza la intralciasse tanto? Per fare la frittata bisognava pur rompere le uova. Gettò un'occhiata all'impiegato seduto a una scrivania in fondo alla sala: un giovanotto biondo dalla fronte ampia, col naso a becco e un volto ossuto. Anche lui la stava osservando, e quando lei si volse arrossì e si finse indaffarato. Ma poi cedette alla tentazione di guardarla ancora.

Wayness gli sorrise e si avvicinò alla scrivania. – Ha curato lei la mostra di questa collezione? – chiese.

L'impiegato si schiarì la voce. – Oh, sì. In buona parte, comunque. È il frutto del lavoro di mio zio e di un suo collega. Sono archeologi dilettanti, e anche piuttosto esperti. Io non sono molto portato a insinuarmi nelle grotte o a dormire all'addiaccio.

– Ma così si perde tutto il divertimento!

– Forse – ammise l'impiegato. E aggiunse, pensosamente: – L'altra settimana mio zio e il suo amico Dante sono usciti per uno scavo. Mio zio è stato morso da uno scorpione ed è rotolato nel fiume. Il pomeriggio stesso Dante è stato caricato da un toro. Anche lui ha dovuto buttarsi nel fiume.

– Mmh. – Wayness considerò il vasellame esposto. – Anche questa settimana sono usciti a scavare in qualche posto?

– No. Ora passano il tempo alla cantina col bicchiere in mano. Dopo ogni escursione hanno bisogno di parecchi giorni per raccontarla a tutti gli altri clienti.

La ragazza non fece commenti.

Accanto ai reperti erano esposte diverse mappe della regione. Su una erano indicati gli scavi del materiale Zuntil, un'altra su scala maggiore illustrava l'estensione dell'Impero degli Incas: i suoi primordi, la fase culminante, la decadenza. Wayness disse: – A quanto pare gli Incas non si sono mai spinti a sud fino a Pombareales.

– Probabilmente mandavano in questa zona gruppi armati, di tanto in tanto. Ma non si è mai trovato un loro insediamento più meridionale di Sandoval, che forse era soltanto un mercato di bestiame.

Tutto d'un fiato Wayness disse: – Penso che sia questo ciò che il direttore della nostra spedizione vuole stabilire, fra le altre cose.

L'impiegato fece una risata secca. – A Sandoval ci sono state più spedizioni di studiosi che di Incas. – Si passò una mano sul mento. – Lei è un'archeologa, allora?

Wayness rise. – Dopo anni in laboratorio a incollare cocci e ossa, la mia più grande ambizione è di spalare il fango con un badile. Solo allora sarò una vera scienziata. – Si guardò attorno. – Lei non ha troppo da fare per chiacchierare coi visitatori?

– Non c'è pericolo. Qui è sempre stagione morta. Ma si sieda, la prego. Io mi chiamo Evan Faures.

Lei spostò la sedia all'ombra. – Io Wayness Tamm.

La conversazione proseguì. Infine Wayness portò il discorso sulle caverne delle montagne e sui conquistadores che avevano cercato il leggendario oro degli Incas. – Sarebbe bello trovare qualcosa di quei tesori perduti.

– L'Eldorado era più a nord... ma c'è chi ha saputo trovarlo anche qui. – Evan gettò uno sguardo alla porta. – Non oserei parlare del professor Solomon se Irena Portils fosse a portata d'orecchio. Ma credo che ormai sia già andata a casa.

– Chi è questo Solomon, e chi è Irena Portils?

– Aha! – disse Evan. – Qui lei tocca uno dei nostri scandali più tristi.

– Me ne parli. Gli scandali sono la mia passione.

Evan guardò ancora verso la porta. – Irena Portils lavora qui in biblioteca. Da quanto ne so, una volta era una ballerina o qualcosa di simile, e lasciò la Terra con una troupe di attori. Quando tornò era sposata a un archeologo, il professor Solomon, che dichiarava d'essere conosciuto in ogni angolo della Distesa Gaeana. Tutti ebbero una buona impressione di lui, e divenne uno dei notabili della città.

«Una sera, durante una festa fra amici, il professor Solomon sembrò diventare un po' alticcio e indiscreto. In stretta confidenza rivelò agli amici di aver trovato un'antica mappa, su cui era segnata una caverna segreta in cui i conquistadores avevano nascosto una grossa quantità di dobloni d'oro appena coniati. "Probabilmente uno dei soliti falsi per gli allocchi" aggiunse il professore. "Ma stavolta l'intuito mi dice che c'è di più."

«Un paio di giorni dopo partì per le montagne. Appena seppero della sua assenza, i suoi amici misero da parte la riservatezza e dissero a tutti dell'oro del professor Solomon. Trascorse un mese, e l'uomo fece ritorno. Quando i suoi amici fecero pressione per sapere qualcosa, con gran riluttanza lui mostrò quattro dobloni d'oro, e poi disse che gli servivano attrezzi più pesanti per spostare le rocce che avevano sepolto un piccolo forziere, in una grotta. Subito dopo scomparve di nuovo. La notizia della scoperta destò interesse in vari ambienti, e allorché il professore tornò in città con quattrocento dobloni fu subito preso d'assedio dalle offerte dei collezionisti. Permise che qualche doblone fosse analizzato, ma questo ne rovinò il valore, così nessuno fu sorpreso quando rifiutò di lasciarne esaminare altri. Un giorno, a mezzogiorno preciso, mise all'asta i dobloni. Sciami di collezionisti disposti a spendere cifre folli soverchiarono i pochi emissari dei musei presenti, e l'asta fu breve. Il professor Solomon vendette i dobloni in lotti di dieci, ed entro un'ora tutto era finito. Lui ringraziò i collezionisti per il loro interesse, e dichiarò che intendeva esplorare subito altre caverne dove c'era la possibilità di trovare gioielli e oggetti sacri Incas. Partì subito dopo, fra strette di mano e congratulazioni. Stavolta portò con sé Irena Portils.

«A Pombareales tornò la tranquillità... ma non per molto. Pochi giorni dopo si seppe che i collezionisti avevano pagato una fortuna per dei dobloni in lega di piombo, ricoperti da una patina d'oro. Non valevano uno sputo.

«I ricchi collezionisti non sono gente che si rassegna. La loro rabbia fu molto più intensa e rumorosa del precedente entusiasmo.

– Che cosa accadde?

– Niente. Se il professor Solomon fosse stato in città lo avrebbero lapidato, appeso per i pollici, frustato, rosolato a fuoco lento, e poi crocifisso a testa in giù finché con l'ultimo alito di vita non avesse restituito il maltolto, più gli interessi: e in tal caso il furore si sarebbe placato. Ma era introvabile, anche se c'è gente che rinnova la denuncia ancor oggi per non far cadere quel reato in prescrizione. Irena Portils, invece, fece ritorno qualche anno dopo coi suoi due bambini. Disse che il professor Solomon l'aveva abbandonata. E dichiarò alle autorità di non aver mai saputo niente degli intrallazzi del marito. Nessuno poté dimostrare la sua complicità, nonostante che gli avvocati e gli investigatori di molti collezionisti cercassero di metterla alle strette. Dopo un po' Irena riuscì a farsi assumere qui alla biblioteca. E le cose stanno così ancora oggi.

– Ma dov'è il professor Solomon? Lei si tiene ancora in contatto con l'ex marito?

Evan fece una smorfia. – Non lo so. E non avrei certo il coraggio di chiederglielo. È una che non dà confidenza.

– E non ha amici?

– Nessuno, per quanto ne so. In biblioteca fa il suo lavoro, e se uno le parla risponde educatamente; ma sembra che abbia sempre la testa da qualche altra parte. A volte si legge sulla sua faccia una tensione così forte da innervosire chiunque le stia vicino. È come se stentasse a tenere sotto controllo una tempesta che continua a infuriare dentro di lei.

– Com'è strano.

– Strano, sì. Non sono ansioso d'essere presente quando quella tempesta esploderà.

– Mmh. – Le parole di Evans erano scoraggianti. Irena Portils era la sola pista che portava a Moncurio, e in un modo o nell'altro doveva essere avvicinata. Wayness azzardò: – Se tornassi domani, crede che potrei incontrarla?

Era una domanda sbagliata. Evan la guardò sorpreso. – Perché vuole incontrarla?

– A volte m'interessa conoscere persone insolite – cercò di metterci una pezza lei.

– Domani non la troverà. È il giorno in cui il dottore visita i suoi figli. Viene ogni settimana. E poi, Irena lavora nel retro. Non la vedrebbe in ogni caso.

– Oh, be', non è che m'importi molto.

Evan sorrise, speranzoso. – Ci sono altre cose interessanti qui in biblioteca, a parte Irena. Mi auguro che lei torni, comunque.

– Forse – disse Wayness. Probabilmente avrebbe avuto bisogno di aiuto, prima o poi. Ma... Evan? Illuderlo sarebbe stato crudele. E tuttavia, come aveva già fatto notare alla sua coscienza, per fare la frittata almeno un uovo bisognava romperlo. Si alzò.

– Se ne avrò l'occasione, passerò a salutarla.

Wayness tornò verso l'albergo. Uscendo da Calle Luneta vide che nel caffè all'aperto sul lato opposto della piazza c'erano adesso molti clienti: giovanotti e ragazze, gruppetti di signore ben vestite, e proprietari terrieri venuti a far compere in città con la moglie. Lei andò a sedersi a un tavolo libero e ordinò thè e biscotti. Il vento s'era placato; il sole pomeridiano scaldava l'aria. Ad ovest si vedevano le vette delle Ande. Se non fosse stato per le sue preoccupazioni Wayness avrebbe trovato aspetti gradevoli anche in quella città.

Non avendo di meglio da fare, spinse di lato il vassoio, prese carta e penna dalla borsetta e scrisse un'altra lettera ai suoi genitori.

Concluse dicendo: "*Mi sento coinvolta in un dramma teatrale dove recito a volte una parte, a volte un'altra, tutte spiacevoli. In questo momento ordisco intrighi contro una certa Irena Portils, che potrebbe condurmi a Moncurio (caso strano: un conoscente di zio Pirie. O forse non è strano per niente). Questa informazione, devo sottolineare, è confidenziale e può essere discussa solo con Glawen, per il quale accludo alcune righe a parte. Prima o poi, suppongo, scoprirò qualcosa di concreto.*"

In ciò che scrisse a Glawen fece ancora il nome di Irena Portils. "*Non so come potrò avvicinarla. Sembra che sia iper-nevrotica, qualunque cosa questo significhi.*

Vorrei che tutto questo finisse presto. Mi sento piena di perplessità e confusione, come se camminassi dentro un caleidoscopio.

Ma non mi lamento, dopotutto. Quando mi guardo indietro posso vedere qualche motivo d'incoraggiamento. Passo per passo, centimetro per centimetro, faccio dei progressi. Devo ripetere che non sono affatto tranquillizzata dall'arrivo di Julian. Può darsi che non sia un assassino, però è certamente altre cose.

Circa Irena Portils, dovrò usare la mia astuzia e trovare un modo per fare la sua conoscenza. Non sembra che la biblioteca mi offra quest'opportunità, ma è il suo solo contatto con il mondo esterno. A parte il dottore che visita i suoi figli ogni settimana. Mi chiedo se in questo non ci sia uno spiraglio sfruttabile. Dovrò pensarci. Come sempre, vorrei che tu fossi qui con me. Spero che questa lettera ti raggiunga."

Non osò dirgli altro. In lei c'era il timore che Glawen non fosse tornato a Stazione Araminta, dopo esserne partito alla ricerca di suo padre. Se gli era successo qualcosa, e se i suoi genitori avessero letto quelle parole, avrebbero sofferto per lei.

Wayness portò personalmente la lettera al più vicino ufficio postale, per accertarsi che fosse subito trasmessa al banco-dati della prima nave in partenza verso il Braccio di Perseo. Poi rientrò in albergo e salì in camera. Fece il bagno, mise in un cassetto la biancheria che le era stata rimandata dalla lavanderia, e quindi decise d'indossare uno degli abiti da sera che aveva acquistato a Shillawy: un morbido abito a gonna di sottilissima lana, nero e ocra, piuttosto scollato. Sentendosi elegante il suo umore migliorò, e scese al ristorante per cenare.

Mangiò senza fretta un consommé seguito da un cosciotto d'agnello in salsa d'asparagi. Fuori era appena il crepuscolo, l'ora della passeggiata serale per i giovani di Pombareales. Le ragazze giravano in senso orario intorno alla piazza; i giovanotti in senso antiorario, e i gruppetti si scambiavano saluti o battute di vario genere nell'incrociarsi. Alcuni giovanotti mostravano una galanteria riservata nei loro complimenti, ma non mancavano gli spiritosi che fingevano di cadere in convulsioni alla vista delle bellezze che venivano verso di loro. I più fervidi emettevano grida appassionate, come: "Ay-yi-yi!" oppure "Uhau! Mi sento male, portatemi via!" o "Sei troppo spietata! Se non mi guardi, mi ucciderò!". Le ragazze ignoravano tali eccessi, talvolta con disdegno. Ma continuavano a passeggiare con le amiche.

Wayness uscì e tornò a sedersi al caffè all'aperto, a un tavolino appartato. Ordinò un vermouth e guardò la luna che si alzava nel cielo della Patagonia. La sua presenza non passò inosservata: più volte fu avvicinata da uomini attratti dal suo aspetto e dalla sua eleganza. Uno le propose di andare a ballare e ad ascoltare musica alla Cantina La Dolorosità; un altro le fece portare al tavolo un Pisco Punch e poi le si presentò, dicendosi desideroso di parlare di filosofia; un altro ancora la invitò a una corsa nella pampa con la sua veloce vettura a cuscino d'aria. – La libertà di quello spazio sconfinato ci farà sentire ebbri di gioia! – le garantì.

– Sembra affascinante – annuì Wayness. – Ma che accadrebbe se la sua auto si guastasse, o se lei avesse un malore per la gioia? Dovrei tornare a piedi a Pombareales in piena notte?

– Bah! – grugnì il giovanotto. – Vedo che lei è una donna molto pratica, e che non apprezzerebbe il fascino della pampa sotto la luna. Sarò pratico anch'io, allora: ho un appartamentino a due passi da qui. Vogliamo andare?

Wayness lo salutò freddamente; pagò il conto e attraversò la piazza. Quando fu in camera sua andò subito a letto. Restò distesa senza riuscire a prendere sonno per un'ora, o forse più, guardando il soffitto e pensando a posti vicini e lontani, alle persone che aveva amato e a quelle che aveva odiato. Rifletté sulla vita, che era sempre così nuova e dolce, e che qualcuno aveva già cercato di rubarle, e alla morte, in cui non vedeva nulla che valesse la pena di analizzare con interesse. I suoi pensieri tornarono a Irena Portils. Aveva visto una sola volta quel viso sciupato, scostante e duro, dalla bocca stretta, ma già le sembrava di conoscerla bene.

Dalla finestra aperta il mormorio di chiacchiere nella piazza diminuì, mentre le ragazze di buona famiglia tornavano a casa e le altre si distribuivano nei locali notturni o nelle auto in partenza per la pampa.

Wayness si girò su un fianco e chiuse gli occhi. Aveva stabilito una linea di condotta. Era un metodo d'approccio incerto, che aveva forse una possibilità su dieci di riuscire; tuttavia non ne vedeva altri, e l'intuito le diceva che avrebbe funzionato.

Il mattino dopo si alzò presto, indossò una gonna di tweed, una maglietta bianca e una blusa azzurro scuro, abiti poco appariscenti che avrebbero potuto adattarsi a un'impiegata di poche pretese, o a una studentessa senza grilli per il capo. Scese al pianterreno e fece colazione al ristorante, poi uscì dall'albergo.

La giornata era serena, ma ventosa, e le ombre degli edifici si allungavano scure e fredde sul selciato della piazza. Wayness si avviò con andatura svelta per Calle Luneta, col vento che le faceva sbattere la gonna sulle ginocchia e sollevava refoli di polvere dall'asfalto consunto.

Quando fu in Calle Maduro proseguì fino a una cinquantina di metri da Casa Lucasta. Qui rallentò il passo e scrutò i dintorni. Sul lato opposto della strada c'era un piccolo edificio bianco e mal tenuto, circondato da un cortiletto spoglio; le sue finestre dai vetri rotti sembravano osservare il vicinato con lo sguardo vacuo di un ubriaco. Wayness controllò la strada a destra e a sinistra, cercando di apparire casuale. Nessuno la stava guardando. Aspettò il passaggio di un turbine di polvere trascinato dal vento, poi storse il naso e attraversò di corsa fin sul marciapiede opposto. Dopo un'altra occhiata furtiva alla strada salì sotto la piccola veranda della casa abbandonata e indietreggiò nel vano in ombra della porta. Da lì, al riparo dal vento, poteva spiare il traffico di Calle Maduro senza dare nell'occhio.

Si dispose ad aspettare con pazienza: tutto il giorno, se fosse stato necessario, dato che non aveva idea dell'ora in cui il dottore sarebbe arrivato a Casa Lucasta.

Non erano ancora le nove. Wayness cercò di mettersi comoda, per quanto possibile. Un camion a cuscino d'aria carico di materiali da costruzione passò, diretto al cimitero. Poi arrivò il furgoncino a ruote di un supermarket, che si fermò davanti a quasi ogni abitazione per consegnare scatole e pacchetti. In senso opposto transitò un giovanotto su un triciclo a induzione che sobbalzava sulle buche. I pedoni erano scarsi. Mezzora dopo il camion uscì dal cimitero col pianale vuoto. Wayness sospirò e cambiò posizione.

Mancavano pochi minuti alle dieci quando un'auto a ruote bianca e nera di medie dimensioni svoltò in Calle Maduro. Sopra la scritta rettangolare che aveva su un fianco c'era una croce azzurra, e lei pensò che doveva essere quella che aspettava. Uscì subito dalla veranda, attraversò di corsa il marciapiede e si fermò in mezzo alla strada, agitando le braccia per far fermare l'auto. Il conducente rallentò, accigliato, si guardò alle spalle e arrestò il veicolo. Con sollievo Wayness vide che la scritta sulla portiera diceva:

ISTITUTO DI SALUTE PUBBLICA
— Montalvo —
ASSISTENZA DOMICILIARE

Non aveva fermato la vettura sbagliata.

Il conducente s'era piegato di lato per esaminarla attraverso il finestrino laterale. Era un uomo di media statura, sui trentaquattro o trentacinque anni, robusto, con un volto squadrato e risoluto. Wayness lo giudicò di bell'aspetto, e anche ragionevole e di mente aperta (il che era positivo) sebbene la piega aspra della sua bocca indicasse una certa mancanza di senso dell'umorismo (il che era negativo). Vestiva in stile casual: pullover verde e marrone e pantaloni di velluto, cosa che non lo rendeva molto burocratico (e che lei giudicò, dal suo punto di vista, positivo). D'altra parte la stava scrutando con una sorta di analitica indifferenza (di nuovo: negativo) da cui la ragazza capì che sfoderare sorrisetti sensuali e atteggiamenti allusivi sarebbe servito a poco. Di conseguenza avrebbe dovuto affrontare la situazione usando solo la sua intelligenza. L'uomo aveva abbassato il finestrino.

– Sì, signora?

– Lei è il dottore?

L'uomo inarcò un sopracciglio. – Perché, lei è ammalata?

Wayness sbatté le palpebre. Umorismo? In tal caso era sarcastico. Capì che avrebbe dovuto pesare attentamente le parole.

– Io sto abbastanza bene, grazie. Ma ho qualcosa di importante da dirle.

– Mi sembra piuttosto strano. È sicura di aver fermato la persona giusta? Io sono il dottor Armand Olivano. Se ha intenzioni poco chiare la informo che non porto molto denaro con me.

Wayness gli mostrò le mani vuote. – Lei non corre alcun pericolo. Desidero solo chiederle un favore, e spero che voglia almeno dedicarmi un minuto per sentire di che si tratta.

Il dottor Olivano esitò un paio di secondi, poi scrollò le spalle. – Se la mette così, non posso rifiutarmi di ascoltarla. – Aprì la portiera. – Ho un appuntamento, poco più avanti, ma sono in anticipo di qualche minuto.

Wayness salì a bordo. – Vorrei pregarla di rimettere in moto e sostare da qualche altra parte, dove si possa parlare.

L'uomo non protestò. Eseguì un'inversione, percorse Calle Maduro fino all'estremità opposta e fermò la vettura sotto uno degli eucalipti di fronte alla Cooperativa Pollicultori. – Va bene qui?

Wayness annuì, poi disse: – Dal momento che desidero essere presa sul serio, bisogna che cominci esponendole alcuni fatti. Io mi chiamo Wayness Tamm, e questo naturalmente non significa nulla per lei. Ma lasci che le domandi questo: lei è un ambientalista, politicamente, o almeno nello spirito?

– Si capisce. Chi non lo è?

Wayness cercò d'ignorare la sua freddezza. – Conosce la Società Naturalistica, allora?

– Qui devo deluderla.

– Non importa. Non ne resta molto, ormai. Mio zio, Pirie Tamm, è il segretario della Società, e io sono la sua assistente. Ci sono altri sei o sette membri molto anziani, e praticamente questo è tutto. Un migliaio d'anni fa la Società era un'organizzazione importante. Ebbe in custodia il pianeta Cadwal, all'estremità dello Sciame di Mircea, nel Braccio di Perseo, e ne fece una Conservazione permanente. Io sono nata a Cadwal; mio padre è il Conservatore in carica.

Wayness parlò per alcuni minuti. Riassunse con la maggior chiarezza possibile la crisi di Cadwal, ciò che era accaduto alla Carta e alla Garanzia ed i suoi tentativi di ritrovare quei documenti. – Ho potuto seguirne le tracce fin qui.

Il dottor Olivano si accigliò, sorpreso. – Qui? A Pombareales?

– Non esattamente. Il prossimo gradino della scala è Adrian Moncurio, un ladro di tombe professionista. A Pombareales è meglio conosciuto come "professor Solomon", famoso grazie a certi dobloni di piombo.

– Ah! Ora comincio a capire. Siamo a due passi da Casa Lucasta.

– Infatti. Irena Portils potrebbe essere, anche se io non lo credo, la legittima moglie di Adrian Moncurio. Comunque è certo la sola persona sulla Terra che sa dove trovarlo.

Il dottor Olivano annuì. – Ciò che mi ha detto è interessante. Ma deve prendermi sulla parola se le assicuro che Irena Portils non glielo dirà mai.

– Questa è stata anche la mia impressione, quando l'ho vista. Mi è parsa una donna determinata, e sottoposta a una grande tensione.

– È dir poco. Io le ho portato dei moduli da riempire, cose banali sulla sua situazione familiare; la legge vuole sapere alcuni dati sul padre dei bambini. Però Madame Portils non ha voluto rivelare niente di lui, né il nome, né il luogo di nascita, né l'occupazione, né il suo attuale indirizzo. Le ho fatto notare che se insisteva in questo atteggiamento la legge avrebbe potuto toglierle i figli e metterli in un istituto, e lei ha reagito con estrema agitazione. "Questi dati non sono importanti per nessuno, salvo me" ha gridato. "Mio marito è su un altro pianeta, e tanto deve bastarvi. Se mi prenderete i miei figli io farò qualcosa di terribile!" Io le ho creduto, e ho detto che forse c'era il modo di evitarlo. Poi ho scritto sui moduli indirizzo e generalità false, e così ho potuto farle avere l'assistenza. Ma è chiaro che Madame Portils è quasi un caso clinico. Si nasconde dietro una maschera come può, specialmente quando io vengo qui, poiché bene o male ai suoi occhi rappresento le istituzioni. So che mi odia... ma non può metterci rimedio, anche perché sembra che ai bambini io piaccia.

– Possono essere curati?

– È difficile dirlo, dal momento che nessuno ha ancora saputo diagnosticare di cosa soffrono. Ed è uno stato fluttuante: a volte si direbbero praticamente normali, e da lì a pochi giorni sono di nuovo regrediti nella loro psicosi. La bambina, Lydia, è spesso molto razionale... salvo quando è sotto stress. Il ragazzo si chiama Myron; può guardare una pagina stampata e poi riprodurla su qualsiasi scala, lettera per lettera. Il disegno che esegue è esatto, e sembra provare soddisfazione nel finirlo... ma non sa leggere. E non parla.

– Può parlare?

– Lydia dice che può, ma non sono sicuro che non sia stato il vento a parlarle, come pare che accada spesso. Se di notte si alza il vento dev'essere sorvegliata, altrimenti cerca di uscire dalla finestra e correre via nel buio. È in queste circostanze che diventa difficile da trattare, e bisogna somministrarle dei sedativi. Sono una coppia affascinante, e mi fanno anche un po' di paura. Un giorno ho messo una scacchiera davanti a Myron; gli ho spiegato le regole e abbiamo cominciato a giocare. Lui guardava a malapena la scacchiera, come se pensasse ad altro, ma mi ha battuto in venti mosse. Abbiamo fatto un'altra partita. Stavolta, con aria sprezzante, ha vinto in diciassette mosse. Poi si è annoiato e ha perso interesse.

– E non sa leggere?

– No. Neanche Lydia.

– Qualcuno dovrebbe insegnargli.

– Sono d'accordo. Ma la loro nonna non ne avrebbe la pazienza, e Irena sembra avere tutt'altro per la testa. Le consiglierei un insegnante privato, se avesse i soldi per pagarlo.

– Che ne dice di me?

Il dottor Olivano annuì lentamente. – Immaginavo che saremmo arrivati a qualcosa del genere. Lasci che le spieghi come stanno le cose. Io voglio credere che lei sia sincera, e che meriti tutto l'aiuto possibile... ma il mio primo dovere è verso i bambini. Non intendo avallare nessuna iniziativa che possa danneggiarli emotivamente.

– Io non farò loro del male – disse Wayness. – Voglio solo la possibilità di muovermi in quella casa e trovare l'indirizzo di Moncurio.

– Questo è chiaro. – Il dottor Olivano aveva assunto un tono che Wayness avrebbe potuto definire "istituzionale". Malgrado ogni sforzo, la voce con cui gli rispose fu quasi stridula: – Non voglio darle l'impressione che io stia drammatizzando le cose, ma il destino di un intero pianeta e di migliaia di persone grava su di me.

– Già, così sembra. – L'uomo la guardò, soppesando cortesemente le parole. – Sempreché lei abbia descritto la situazione esatta.

Wayness deglutì saliva. – Lei non mi crede?

– Consideri la mia posizione – disse il dottor Olivano. – Nel corso dell'anno io parlo con dozzine di studenti e laureati in cerca d'impiego le cui perorazioni sono ancor meglio recitate della sua. Non sto affermando che non mi abbia detto la verità, almeno come lei la vede... o, quanto a questo, la immagina. Ma dal mio punto di vista non ho modo di saperlo, quindi dovrò soppesare la sua richiesta per un giorno o due.

Wayness guardava cupamente la strada. – È evidente che lei vuole verificare ciò che ho detto. Ma se chiamasse Pirie Tamm a Fair Winds la telefonata potrebbe essere intercettata. Io sarei localizzata a Pombareales, e probabilmente uccisa.

– Questa potrebbe essere un'illusione paranoica.

Wayness non trattenne una risata aspra. – Sono già sopravvissuta a un'aggressione, a Trieste. Ho sbattuto una bottiglia sulla testa di un uomo. Credo che il suo nome sia "Baro". Un mercante, Alcide Xantief, che mi ha dato delle informazioni, non ha avuto la stessa fortuna. È stato ucciso e gettato nel Canal Daciano. Queste sono illusioni paranoiche? Lei può telefonare alla polizia di Trieste. Meglio ancora, può venire con me in albergo, così chiamerò Pirie Tamm alla banca e lui risponderà alle sue domande su di me e sulla Conservazione.

– Non ora, comunque – disse il dottor Olivano. – Sul loro fuso orario è notte fonda. – Poggiò le mani sul volante. – Forse non sarà necessario. Oggi ho stabilito di tentare una soluzione, anche col rischio che sia quella sbagliata. Non ho un valido appiglio legale per far ricoverare i bambini; Irena non li maltratta. O almeno, li tiene puliti, li nutre, e a quanto pare non sono infelici. Ma che ne sarà di loro fra qualche anno? Lydia continuerà a giocare coi puzzle di cartone colorato fino alla vecchiaia? Myron sarà un adulto capace solo di costruire castelli di sabbia tutto il giorno?

Olivano fissò il tratto di pampa visibile da lì, oltre gli eucalipti, e scosse il capo. – Ed ecco che lei salta fuori dal nulla. Malgrado tutto, non credo che lei sia un'imbrogliona o una pazza. – Si volse a guardarla. – Oggi la porterò a Casa Lucasta, e la presenterò come una neolaureata appena assunta nel reparto pediatria psichiatrica. Dirò di averle assegnato il compito di assistere i bambini per un breve periodo, in via sperimentale.

– La ringrazio, dottor Olivano.

– Penso però che sarebbe meglio se lei non abitasse con loro.

– Anch'io lo credo – disse Wayness, ripensando al volto disperato di Irena Portils.

– Suppongo che lei non sappia molto di psicoterapia?

– Niente, in effetti.

– Non importa. Non dovrà fare niente di complicato. Ma si sforzerà di offrire compagnia e simpatia a Myron e a Lydia, e cercherà di portare la loro attenzione sul mondo che li circonda. Questo significa che dovrà fare qualcosa che li interessi. Sfortunatamente è difficile dire cosa li diverte oppure no, dato che fanno mistero di ciò che li riguarda. Soprattutto dovrà essere paziente, e non irritarsi o disprezzare quello che fanno, altrimenti perderebbero ogni fiducia in lei e il suo lavoro sarebbe inutile.

– Farò del mio meglio.

– E prima di tutto, più importante di ogni questione di vita o di morte, di onore e di verità, è indispensabile (c'è bisogno di dirlo?) la discrezione. Non coinvolga l'Istituto in uno scandalo. Non si faccia sorprendere da Irena mentre fruga nei cassetti o apre la sua posta.

Wayness sogghignò. – Non lascerò che mi scopra.

– Resta una difficoltà. Lei non è una psichiatra convincente. Penso che la presenterò come una mia studentessa della Scuola di Psicoterapia, con mansioni di assistente. Irena non ci troverà niente di strano; ho già portato qui altri membri del personale.

– Le è stato difficile lavorare con lei?

Olivano si strinse nelle spalle. – Sa tenersi sotto controllo, ma soltanto con un grande sforzo, o almeno dà questa impressione, e alla fine io mi trovo sempre sulla difensiva. La vedo come se stesse vacillando continuamente sull'orlo di un abisso, e nello stesso tempo facesse di tutto per sfuggire alle mani protese verso di lei. Appena la tocco in un punto sensibile prende fuoco come una miccia, e io devo affrettarmi a spegnerla prima che quello che c'è dentro di lei esploda.

– E la nonna?

– Sua madre, Madame Clara. È astuta e sveglia, e nota tutto. I bambini eludono il suo raziocinio, così è piuttosto brusca con loro. Penso che li accarezzi sul fondo della schiena con una canna, quando si arrabbia. Per me ha del rancore, e si mostrerà sprezzante verso di lei. Non le darà nessuna informazione, ma probabilmente non sa nulla di utile. Bene, allora, è pronta?

– Sono pronta, ma mi sento nervosa.

– Non c'è motivo. Il suo nome sarà Marin Wales, dato che ho una studentessa che si chiama così e che al momento è in vacanza.

Olivano fece girare l'auto e percorse Calle Maduro fino a Casa Lucasta. Wayness guardò la villetta bianca e provò un vuoto allo stomaco. Si era lambiccata il cervello sul modo di ottenere ingresso in quella casa; adesso che ne aveva il modo era più preoccupata che mai. Eppure... di cosa doveva aver paura? Se lo avesse saputo, pensò, non si sarebbe sentita così a disagio. Be', non poteva farci niente. Olivano era già sceso e la stava aspettando, con un cauto sorrisetto sul volto. – Non sia così tesa. È una studentessa, e nessuno si aspetta niente di speciale da lei. Per adesso, resti da parte e osservi.

– E più tardi?

– Giocherà con due bambini interessanti, benché anormali, ai quali lei probabilmente piacerà... e forse è questo il mio vero timore: che sviluppino un qualche attaccamento per lei.

Wayness si accorse che Irena s'era affacciata a una finestra del primo piano, e s'affrettò a uscire dall'auto.

I due attraversarono il cortile fino alla porta d'ingresso, che fu aperta da madame Clara. – Buongiorno – disse Olivano. – Madame Clara, questa è Marin, una mia assistente.

– Sì. Accomodatevi pure – disse la donna con voce piatta e rauca, facendosi da parte. Era piccola e nervosamente attiva, con spalle tozze e un collo un po' artrosico che la costringeva a inclinare la testa in avanti. I suoi capelli grigi – che sembravano assai poco puliti – erano annodati in un concio spettinato. Aveva occhi neri, acuti, e un angolo della bocca ritorto all'insù probabilmente a causa di un'alterazione muscolare o nervosa. Questo dava alla sua faccia un'espressione fra cinica e insospettita, come se fosse a conoscenza dei più vergognosi segreti di chi aveva davanti.

Wayness si fermò sulla soglia della sala da pranzo, sul lato destro dell'atrio, e scoprì che seduti al tavolo c'erano i due bambini, innaturalmente tranquilli e beneducati, ciascuno con un'arancia fra le dita sottili. Volsero appena la testa verso lei e Olivano, del tutto privi di curiosità, e tornarono subito ai fatti loro.

Dalle scale scese Irena Portils, eretta e magra. Indossava una blusa gialla e verde sopra una gonna rosa. I colori erano un pugno nell'occhio, e quello stile non le si adattava affatto. La blusa era troppo corta, e la cintura della gonna troppo alta metteva in risalto il suo addome sporgente. Malgrado ciò, quando Wayness la vide apparire la sua prima impressione fu quella di una tragica bellezza, ma così fragile che si dileguava nell'istante stesso in cui veniva percepita, lasciando al suo posto una realtà fatta di lineamenti distrutti dal tempo e disperati.

Irena guardò Wayness con sorpresa e senza alcuna cordialità. Il dottor Olivano non ci fece caso ed esibì un tono formale: – Madame Irena, questa è Marin Wales. È una mia studentessa dell'ultimo anno, e la impiego come assistente. Le ho chiesto di lavorare con Myron e Lydia su basi intensive; questo allo scopo di accelerare la terapia, che nelle attuali condizioni non sembra portare a nulla di concreto.

– Non capisco. Cosa significa?

– È abbastanza semplice. Marin verrà qui ogni giorno, almeno per un certo periodo.

– Apprezzo la sua premura – rispose lentamente Irena – ma non sono sicura che sia una buona idea. Sconvolgerebbe tutto l'andamento normale delle cose; non siamo abituati ad avere ospiti.

– In questo caso, dovrò procedere come le ho già spiegato. Non possiamo lasciare che gli anni passino senza far niente.

Sia Irena che madame Clara si volsero a esaminare Wayness da capo a piedi. Lei tentò un debole sorriso, ma era evidente che aveva già fatto un'impressione sfavorevole.

Irena guardò di nuovo Olivano. – Cosa si propone di ottenere, di preciso, con questo progetto così scomodo per noi? – domandò freddamente.

– Non vedo come possa essere di tanto disturbo – replicò Olivano. – Marin trascorrerà più tempo possibile coi bambini; sarà una compagna di giochi e cercherà di risvegliare il loro interesse usando qualunque metodo le sembri appropriato. Provvederà da sola ai suoi pasti, e non vi darà del lavoro in più. Voglio che studi la routine giornaliera dei bambini, dal momento in cui si alzano a quello in cui vanno a letto.

– Questo significa una grossa intrusione nella nostra intimità, dottor Olivano.

– Se è così, la vostra intimità sarà rispettata. Trasferirò subito Myron e Lydia all'Istituto per il genere di terapia che abbiamo già previsto. Se vuole preparare una valigia o due con le loro cose, li porterò con me seduta stante, e lei non dovrà sopportare nessun incomodo in casa sua.

Irena restò a fissare Olivano, pallida e immobile. Madame Clara, sorridendo del suo sogghigno nervoso, diede loro le spalle e ciabattò verso la cucina, come divorziando da ciò che gli altri avrebbero deciso. Lydia e Myron li guardavano, dalla sala da pranzo. Wayness pensò che sembravano vulnerabili e indifesi come uccellini in un nido.

Irena la esaminò di nuovo, prendendole le misure. – Non so cosa fare – mormorò. – I miei bambini devono restare con me.

– In questo caso, se ora ci lascia soli, li presenterò a Marin.

– No. Voglio restare. Voglio sentire cosa dite.

– Allora la prego di sedersi in un angolo e di non intervenire nella conversazione.

8

Erano trascorsi tre giorni. Prima di sera, com'erano rimasti d'accordo, Wayness telefonò al dottor Olivano nella sua abitazione presso Montalvo, una cinquantina di chilometri a est di Pombareales. Sullo schermo apparve il volto di una graziosa bionda. – Qui Sufy Jirou. Cosa desidera?

– Sono Wayness Tamm. Vorrei parlare col dottor Olivano.

– Un momento, prego.

Si avvicinarono dei passi, e la giovane donna lasciò il posto a Olivano. L'uomo salutò Wayness senza sorpresa. – Quella che ha appena visto è mia moglie – le disse. – È una musicista, e non ha alcun interesse per la psicologia pediatrica. A proposito della quale: che novità ci sono da Casa Lucasta?

– Dipende da chi le risponde. Irena direbbe: "Niente di buono", e Clara: "Io non ho novità; faccio il mio lavoro e ne odio ogni minuto". In quanto a me, non ho scoperto niente... neppure il posto migliore in cui cercare. Non mi aspetto confidenze da Irena; è chiaro che detesta la mia presenza, e non mi ha quasi rivolto la parola.

– Non ne sono sorpreso. E i bambini?

– Qui le notizie sono migliori... per ora. Sembra che io sia di loro gradimento, anche se Myron sta molto sulle sue. Lydia non mostra una grande intelligenza, ma ha un temperamento vivace ed espansivo, e il suo senso dell'umorismo è imprevedibile. Ride di cose che a me sembrano del tutto banali: un pezzo di carta straccia, un passero, o uno degli strani castelli di sabbia del fratello. Va in estasi quando stuzzico un orecchio di Myron con uno stelo d'erba; anzi questo è lo scherzo che ha più successo, e diverte perfino Myron.

Olivano fece un lieve sorriso. – Non sembra che lei si sia stancata di loro.

– Al contrario. Ma non posso dire che Casa Lucasta mi piaccia. A un certo livello subliminale quella casa mi spaventa. Ho paura di Irena e di Madame Clara; mi sembrano streghe in una caverna oscura.

– Lei si esprime in un linguaggio colorito ma poco scientifico – commentò seccamente Olivano.

Da fuori schermo la voce di Sufy disse: – La vita è percepibile come un flusso di colori. – Olivano si volse da quella parte. – Tu credi? Be', un tuo commento sul mio lavoro è comunque prezioso, Sufy.

– Non vale molto, temo. Pensavo di doverti far notare che la vita può essere considerata un flusso di colori, ma è un fatto già noto a molti e non risolve nessun mistero.

– Questo è un peccato – disse Wayness. – C'è un certo numero di misteri a Casa Lucasta. Non saprei dire quanti di preciso, perché alcuni possono essere sfaccettature dello stesso mistero.

– Misteri... di che genere?

– C'è Irena stessa, per dirne uno. La mattina esce di casa calma e composta, fredda come un iceberg. Quando il pomeriggio rientra è di umore terribile, con una faccia che promette grandine e tempesta.

– Ho notato qualcosa di simile. Date le circostanze, non ho creduto che stesse a me fare ipotesi. Potrebbe essere qualche suo problema secondario.

– E poi i bambini. In questi tre giorni, da quando sono con loro, hanno fatto un cambiamento sorprendente. Non posso esserne certa, ma sembrano più consapevoli della realtà che li circonda: più attenti, più reattivi. Lydia parla quando ha l'impulso di farlo, e io la capisco... credo. Sa quello che dice, almeno. Oggi, e questo lo considero un trionfo, ha risposto ad alcune mie domande con notevole raziocinio. Myron faceva finta di non notarlo, ma ascoltava e pensava. In genere lui preferisce isolarsi in una torre d'avorio e vagare con la mente nei suoi mondi privati. Ogni tanto, però, vedo la sua attenzione concentrarsi sulla nostra attività, e se questa lo interessa abbastanza prova la tentazione di unirsi a noi.

– Irena cosa pensa di questo?

– Oggi le ho parlato e le ho riferito più o meno quello che sto dicendo a lei. Ha scrollato le spalle, e ha risposto che passano attraverso fasi diverse, e che non devono essere iper-stimolati. A volte ho l'impressione che voglia tenerli così come sono, incapaci di lamentarsi e sottomessi.

– Non è un atteggiamento insolito.

– Ieri ho portato carta e matita, un abecedario infantile, e ho cominciato a insegnare a leggere ai due bambini. Myron ha afferrato subito l'idea, ma poi si è annoiato e si è fatto da parte. Lydia ha scritto "GATTO" quando le ho mostrato l'olografia di un gatto. Myron ha fatto lo stesso, visto che io insistevo, ma con indifferenza sprezzante. Irena ha detto che è una perdita di tempo, e che a loro non interessa leggere niente.

«Ho proposto di costruire un aquilone e lo abbiamo fatto volare, ed entrambi l'hanno trovato eccitante. Poi l'aquilone è precipitato, e questo li ha intristiti. Ho promesso che ne faremo presto un altro, a patto che prima imparino a leggere. Myron mi ha risposto con un grugnito, l'unico suono che finora gli ho sentito emettere. Quando Irena è tornata a casa ho cercato di convincere Lydia a leggerle qualcosa, ma la bambina era troppo occupata in un altro gioco. È stato allora che Irena ha affermato che perdevo tempo. Poi ha detto che domani è domenica, e che Clara andrà fuori per i fatti suoi; perciò lei potrà occuparsi dei bambini tutto il giorno, gli farà fare il bagno, poi dovrà preparare la cena della domenica e via dicendo. Stando così le cose, ha concluso, non ci sarà bisogno di me e io potrò fare a meno di farmi vedere a Casa Lucasta.

Il dottor Olivano si accigliò, sorpreso. – Bagno? Cena della domenica? Non mi sembra un programma impegnativo. Due o tre ore al massimo, e tutto il resto del giorno sola con loro... senza Marin lì attorno a vedere quello che fa. – Si passò una mano sul mento. – Non credo che riceva la visita di qualcuno; tutta la città lo saprebbe. È più probabile che non la voglia fra i piedi più del necessario.

– Io non mi fido di Irena. E non credo che sia la loro vera madre. Non le somigliano in nessun modo.

– Un'osservazione interessante. Possiamo accertarcene. – Olivano annuì fra sé. – Abbiamo preso ai bambini campioni di sangue per studiare le loro alterazioni genetiche. Non è stato trovato niente; la loro deviazione particolare è un mistero... uno dei misteri. Lei sta telefonando dall'albergo?

– Sì.

– La richiamo fra qualche minuto.

Lo schermo si spense. Wayness andò alla finestra e si distrasse guardando la piazza. Il sabato sera gli abitanti di Pombareales, di qualunque estrazione fossero, indossavano i loro abiti più eleganti. Per i giovanotti la moda prevedeva aderenti pantaloni neri, camicie a strisce dai toni smorti – marrone, verde mare, grigio, rosso sangue – stivaloni al ginocchio e larghe cinture in cuoio dello stesso colore. Molti portavano rigidi cappelli neri a tesa larga, inclinati sulle ventitré con geometrica precisione. Le ragazze sfoggiavano abiti a un pezzo dalla gonna corta, scollati e senza maniche, e fiori nei capelli. Dal caffè proveniva una musica allegra che dava ritmo ai loro passi. Wayness pensò che quel semplice modo di incontrarsi in piazza aveva qualcosa di eterno.

Una nota trillante la richiamò al telefono. La faccia di Olivano era accigliata e pensosa come prima. – Ho parlato con Irena. Non mi ha dato una buona ragione per ciò che ha deciso. Le ho spiegato che lei ha un tempo limitato da dedicare ai bambini, e che voglio che stia con loro il più possibile. Ha risposto che, se questa è la mia opinione, non si opporrà. Dunque lei potrà procedere con la solita routine.

L'indomani Wayness si presentò a Casa Lucasta poco dopo le otto. Ad aprirle fu Irena.

– Buongiorno, Madame Portils.

– Buongiorno – disse la donna con voce fredda e chiara. – I bambini sono ancora a letto. Non si sentono bene.

– Oh, questo mi dispiace. Hanno l'influenza?

– Credo che abbiano mangiato qualcosa di pesante. Ieri lei ha dato loro dei dolciumi o delle paste?

– Sì, avevo portato degli amaretti al cocco. Ne ho mangiati cinque o sei anch'io, ma oggi mi sento bene.

Irena annuì, prendendo atto della sua colpevolezza. – Oggi non saranno molto desiderosi di giocare, può starne certa. È una grossa seccatura per me.

– Posso vederli?

– Non so a cosa possa servire. Hanno passato una brutta nottata, e ora stanno dormendo.

– Capisco.

Irena non si scostò per farla entrare. – Il dottor Olivano ha detto che lei non ha molti giorni da dedicare ai bambini. Quanti giorni, di preciso?

– Non l'ho ancora stabilito – rispose educatamente lei. – Molto dipende dai risultati del mio lavoro.

– Dev'essere un impegno gravoso per lei – disse la donna. – Per me lo è. Bene, ora non la trattengo. Se domani i bambini staranno meglio, lei potrà riprendere il suo lavoro.

Irena Portils si ritrasse dalla soglia e chiuse la porta. Wayness si voltò lentamente e fece ritorno all'albergo.

Per mezzora restò seduta nell'atrio, accigliata e nervosa, tentata di telefonare a Olivano ma riluttante a farlo per un certo numero di ragioni. Prima di tutto era domenica mattina, e forse non avrebbe gradito essere disturbato. Poi... c'erano altre ragioni.

Tuttavia Wayness finì per cedere all'impulso e andò al telefono. Una voce registrata la informò che il dottor Olivano e la moglie non erano in casa. Frustrata e sollevata al tempo stesso la ragazza uscì in piazza e passeggiò senza meta per la città, irritata e offesa dal comportamento ostile di Irena Portils.

Lunedì sera Wayness telefonò di nuovo al dottor Olivano. Gli disse della sua visita del giorno addietro a Casa Lucasta, e proseguì: – Quando sono arrivata là, questa mattina, non sapevo cosa aspettarmi, ma certamente non quello che ho trovato. I bambini erano già alzati, vestiti e seduti a tavola per la colazione. Sembravano storditi, quasi in stato comatoso, e mentre li salutavo mi hanno appena guardata. Irena era sulla porta dietro di me. Io ho finto di non notare nulla d'insolito e mi sono seduta con loro. Dopo colazione di solito sono ansiosi di uscire in cortile, ma stamattina a nessuno dei due importava molto.

«Alla fine siamo andati fuori. Appena soli, ho rivolto la parola a Lydia, ma lei mi ha guardato come se non mi vedesse. Myron si è seduto sul bordo della vasca di sabbia e si è limitato a tracciare disegni con uno stecco. In breve, hanno perso tutto ciò che avevano acquistato. E non riesco a capire il perché.

«Quando Irena è tornata dal lavoro si aspettava che io facessi qualche commento, ma ho detto solo che i bambini sentivano l'influsso del tempo. Lei è stata d'accordo, e ha aggiunto: "Passano di continuo da un umore all'altro, e io ho imparato a non farci caso." Queste sono le novità da Casa Lucasta.

– Dannazione! – borbottò Olivano. – Avrebbe dovuto telefonarmi ieri mattina.

– L'ho fatto, ma in casa non c'era nessuno.

– Naturalmente. Io ero all'Istituto, e Sufy aveva un concerto.

– Mi spiace. Pensavo che vi avrei disturbato, visto che era domenica mattina.

– Mi ha disturbato questa sera. Comunque sia, abbiamo appreso qualcosa. Che cosa, non lo so. – Olivano rifletté un poco. – Io verrò mercoledì per la mia solita visita. Lei prosegua con la sua routine e domani sera mi richiami, se ci sono novità. Anzi, telefoni in ogni caso.

– Come vuole.

Il martedì fu tranquillo a Casa Lucasta. Wayness notò che i bambini erano meno assenti e vaghi, ma un elemento che aveva appreso a percepire in loro – la vitalità? l'immediatezza? – era stato soppresso.

Il pomeriggio fu freddo, col sole annebbiato da una foschia pallida ed un vento secco che soffiava dalle montagne. I bambini sedevano sul divano, in soggiorno. Lydia teneva in grembo una vecchia bambola di stoffa; Myron tormentava un pezzo di corda fra le mani. Madame Clara andò nella stanza di servizio con un cesto di indumenti da lavare; questo l'avrebbe tenuta occupata almeno cinque minuti, forse di più. Wayness si alzò in piedi e corse silenziosamente su per le scale. La porta della camera di Irena non era chiusa a chiave; con il cuore che le batteva forte lei aprì e guardò dentro. I mobili che vide erano semplici e privi d'individualità: un letto, un comò, un armadio, una scrivania. Wayness andò subito alla scrivania; aprì un cassetto, ne guardò il contenuto ma non osò un'esplorazione più dettagliata. Il tempo scorreva in fretta. Ne estrasse un altro; gli oggetti da esaminare erano troppi; la sua tensione continuò a crescere finché non riuscì più a sopportarla. Imprecando fra i denti la ragazza richiuse il cassetto e tornò subito al pianterreno. Myron e Lydia la guardarono senza curiosità; non c'era modo di capire cos'avessero in mente: forse nulla più di una nebbia colorata. Si gettò a sedere sul divano e raccolse l'abecedario, col cuore in gola e attanagliata da un'irosa frustrazione. Aveva osato avventurarsi in territorio proibito, e tutto per niente.

Quindici secondi dopo madame Clara venne a fermarsi sulla soglia. Wayness non le prestò attenzione. Esibendo il consueto sogghigno di cinico sospetto la donna percorse il soggiorno con uno sguardo acuto; poi si allontanò. Wayness si morse le labbra. Che madame Clara avesse udito i suoi passi sulle scale? Che un sesto senso l'avesse messa in allarme? Una cosa era certa: con quella donna sempre intorno, Casa Lucasta non poteva essere perquisita in modo efficiente.

Verso sera la ragazza telefonò a casa del dottor Olivano. Gli riferì che Myron e Lydia, benché sempre apatici, erano più o meno migliorati. – Qualunque cosa sia successa domenica sembra che il suo effetto stia svanendo, anche se molto lentamente.

– Domani li esaminerò con attenzione.

9

Mercoledì mattina il dottor Olivano fece la sua visita di routine a Casa Lucasta, verso le undici. Scendendo dall'auto trovò Wayness e i due bambini nel cortile, a lato dell'edificio. Myron e Lydia erano impegnati a plasmare animali di qualche genere con argilla artificiale, usando come modelli le olografie del libro che la giovane donna aveva aperto davanti a loro.

Olivano si avvicinò. I bambini gli gettarono un'occhiata e continuarono a lavorare. Lydia stava facendo un cavallo; Myron una pantera nera. Olivano pensò che il risultato era buono, anche se le loro dita si muovevano con molta lentezza.

Wayness lo salutò. – Come vede, Lydia e Myron sono occupatissimi. Credo che questa mattina si sentano un po' meglio. Ho ragione, Lydia?

La bambina alzò lo sguardo e mostrò il fantasma di un sorriso; poi si dedicò di nuovo al suo cavallo. Wayness le accarezzò la testa. – Farei a Myron la stessa domanda, ma vedo che in questo momento è troppo concentrato per rispondere. Tuttavia pensò che anche lui stia meglio.

– Stanno facendo un buon lavoro – annuì Olivano.

– Sì. Ma non buono come sarebbero capaci. Per oggi si limitano a manipolare l'argilla meccanicamente, ma appena saranno più svegli vedremo qualcosa di molto più notevole. E sia Myron che Lydia sono decisi a tornare più svegli. Non è così, ragazzi? – Wayness fece un sospiro. – Mi sento come se stessi facendo loro la respirazione artificiale.

– Hmf – disse Olivano. – Dovrebbe vedere alcuni dei tipi con cui lavoro dieci ore al giorno. Al confronto loro due sono vispi come fringuelli. – Accennò col capo verso la villetta. – Irena è in casa, suppongo.

Wayness annuì. – In effetti ci sta guardando da una finestra giusto in questo momento.

– Bene. Allora le mostrerò qualcosa d'interessante – disse Olivano.

Aprì la sua borsa e ne tolse un paio di provette da laboratorio. Poi strappò cinque o sei capelli da una tempia di Lydia, facendola sussultare di sorpresa, e qualcun altro dalla nuca di Myron, che si limitò a sbattere le palpebre rassegnato. Olivano li mise nelle provette, che erano etichettate.

– Perché tortura questi poveri bambini, adesso? – volle sapere Wayness.

– Non è tortura, è scienza – disse lui.

– Allora fra le due cose dovrebbe esserci una differenza.

– In questo caso c'è, non ne dubiti. I capelli crescono a strati, assorbendo varie sostanze dal sangue giorno dopo giorno, finché divengono in effetti vere e proprie registrazioni stratigrafiche. Io mi propongo di farli analizzare.

– Pensa di scoprire qualcosa?

– Non necessariamente. Certe sostanze non vengono assorbite dai capelli, o non stratificano in modo riconoscibile. Comunque vale la pena di tentare. – Olivano si volse a guardare la casa. Al di là di una tendina vide la figura di Irena trarsi indietro, come se fosse riluttante a lasciarsi individuare.

– Bene. È l'ora di fare due chiacchiere con Madame Portils.

– Posso venire anch'io? – domandò Wayness.

– Sì. Penso che la sua presenza sarà utile.

I due girarono sulla parte anteriore della casa, e Olivano suonò il campanello. Dopo una breve attesa Irena aprì la porta. – Sì?

– Possiamo entrare?

La donna li precedette in soggiorno e attese che sedessero, restando in piedi sulla soglia. – Perché ha preso dei capelli ai bambini?

Olivano le spiegò il motivo con le stesse parole che aveva usato poco prima. Irena Portils non ne fu affatto compiaciuta. – Lei crede che questa procedura sia necessaria? Perché?

– Non lo saprò finché non avrò il risultato delle analisi.

– Questa risposta non mi dà molte informazioni.

Olivano rise e scosse il capo. – Se avessi delle informazioni di qualche valore, lei sarebbe la prima a saperle. Ora, comunque, c'è un'altra faccenda, collegata alle disposizioni sanitarie. Come forse ha sentito dire, la settimana scorsa a Pombareales sono trovati casi di influenza da polivirus XAX-29. Non è pericolosa, ma se una persona manca dei necessari anticorpi può essere assai antipatica. Posso provvedere io stesso a una rapida diagnosi, se mi permette. – Olivano tolse dalla borsa un piccolo strumento. – Non sentirà nessun dolore – disse, e prima che Irena potesse protestare le premette lo strumento contro un avambraccio. – Molto bene. Avrò il risultato per domani. Nel frattempo non si preoccupi; il virus non è troppo infettivo. Comunque, le precauzioni non sono mai inutili. Irena si sfregò l'avambraccio, col volto sciupato privo di ogni espressione.

– Penso che per oggi sia tutto – disse Olivano in tono pacato. – Marin ha già avuto le sue istruzioni: essenzialmente, continuare come sta facendo.

Irena sbuffò. – Sembra che impieghi tutto il suo tempo a giocare con i bambini.

– Questo è proprio ciò di cui hanno bisogno; non bisogna permettere che si chiudano in se stessi, privi di stimoli esterni. Sembra che domenica abbiano avuto una ricaduta, ma io voglio fare in modo che non accada un'altra volta.

Irena non ebbe niente da dire, e il dottore si accomiatò.

La settimana andò avanti. Il venerdì sera Olivano telefonò a Wayness, all'albergo. – Quali sono le notizie da Casa Lucasta?

– Niente di nuovo, salvo che i bambini sono tornati quelli che erano al mio arrivo. Lydia parla di nuovo, e Myron manda segnali più o meno intraducibili. Tutti e due hanno imparato a leggere. Lydia con una certa lentezza; Myron invece sembra capace di leggere una pagina con un solo sguardo.

– È una capacità ben nota alla scienza.

– C'è anche un'altra cosa, questa molto curiosa. Ieri siamo usciti per una passeggiata nella pampa, e Lydia ha trovato una bella pietra bianca. Questa mattina l'ha cercata, ma io l'avevo gettata per sbaglio in uno degli scatoloni, nel cortile. La bambina ha guardato dappertutto e non è riuscita a trovarla. Allora ha detto a Myron: "La mia pietra bianca: qui non c'è!" Myron si è guardato attorno; poi è andato dritto verso quella scatola e ha gettato la pietra alla sorella. Lydia non mi è sembrata affatto sorpresa. Io le ho domandato: "Come ha fatto Myron a sapere che era nella scatola?" Lei ha scrollato le spalle e si è rimessa a guardare le fotografie di una rivista. Più tardi, quando sono rientrati in casa per il pranzo, ho preso la matita rossa con cui Myron stava disegnando e l'ho nascosta sotto la sabbia, in un angolo. Mezzora dopo i bambini sono usciti di nuovo. Myron ha ripreso a disegnare, e ha scoperto che la sua matita non c'era. Si è guardato intorno, è andato verso la vasca di sabbia e ha subito tirato fuori la matita dal punto dove l'avevo sepolta. Poi mi ha guardato con aria strana, perplesso o divertito, come chiedendosi cosa mi passava per la testa. Io ero stupefatta... così passo l'informazione a lei: Myron, che già conosciamo capace di cose assai insolite, è anche chiaroveggente.

Olivano era accigliato. – Questa facoltà è stata studiata da molti, anche se con estrema cautela. Si dice che raggiunga il suo massimo durante la pubertà, e che poi scompaia. – Rifletté per qualche secondo. – Non credo di avere la competenza per occuparmi di questo argomento, e preferirei che lei tenesse per sé ciò che ha scoperto. Mettere Myron al centro delle attenzioni degli esperti in materia lo renderebbe ancor più intrattabile.

Wayness non poté sorvolare su quel commento di Olivano, per quanto freddo e spassionato fosse. Anzi, era certa che tutti fossero troppo freddi e spassionati con quei bambini. – Myron non è affatto intrattabile! Malgrado la sua strana concentrazione e il suo riserbo, è gentile, e collabora, ed è un ragazzino dal carattere molto dolce!

– Aha! Mi chiedo se le loro piccole dita si siano strette intorno al cuore di chi non se l'aspettava.

– Sì, ho paura di sì.

– Allora potrà interessarle sapere che, sebbene Myron e Lydia siano senza dubbio fratelli, Irena non è la loro madre. Non hanno alcuna attinenza genetica con lei.

– Questo è esattamente ciò che sospettavo – disse Wayness. – Cosa le hanno detto le analisi dei capelli?

– Non ho ancora i risultati, ma mercoledì prossimo li avrò. Non so se Irena si sia lasciata ingannare dalla storia del virus, comunque meglio giocare la partita fino in fondo e dirle che non c'è più pericolo. Inoltre le farò sapere che la domenica lei deve proseguire il suo lavoro, e che la prossima volta che i bambini mostrano qualche segno di indisposizione, non importa quale, io dovrò esserne subito informato. Non voglio che ingeriscano ancora l'alimento il cui effetto è di farli regredire psicologicamente.

Il fine settimana trascorse senza incidenti, e così i due giorni successivi. Mercoledì mattina il dottor Olivano arrivò a Casa Lucasta verso le dieci. Era una giornata un po' fosca, col sole nascosto da un sottile strato di nuvole e un vento freddo che scendeva dalle pendici delle Ande. Nonostante questo Wayness era come al solito con Lydia e Myron nel cortile. Quel giorno i due bambini erano seduti accanto, e stavano guardando le illustrazioni di un libro in cui erano descritti animali di ogni specie, terrestri e no.

– Buongiorno a tutti! – esclamò Olivano. – Allora, cosa state facendo di bello, oggi?

– Abbiamo cominciato a esplorare l'universo – disse Wayness. – Da cima a fondo. Guardiamo le illustrazioni e parliamo. Lydia legge i libri che le ho comprato, e Myron, quando ne ha voglia, fa dei graziosi disegni.

– Myron può fare tutto – affermò Lydia.

– Non ne ho mai dubitato un istante – disse Olivano. – Ma anche tu sei molto brava.

– Lydia ha imparato a leggere – disse Wayness. Indicò una fotografia. – Che animale è questo, Lydia?

– È un leone.

– Oh? E come fai a saperlo?

La bambina le diede uno sguardo perplesso. – È la parola che c'è scritta qui: LEONE.

Wayness prese il libro, voltò pagina, coprì la fotografia con una mano e domandò: – Che animale c'è qui, adesso?

– Non lo so. La parola scritta è TIGRE, ma se non togli la mano non potremo esserne sicuri.

– Proprio così! – disse Wayness. – Potrebbe esserci stato un errore di stampa. Ma non stavolta. La parola dice TIGRE, e quella sotto la mia mano... sì, è proprio una tigre.

– E Myron? – volle sapere Olivano. – Anche lui sa leggere?

– Ma certo che sa. Probabilmente meglio di me. Myron, sarai così gentile da leggerci qualcosa?

Myron inclinò la testa con aria dubbiosa, ma non disse niente.

– Allora mostrami l'animale che ti piace di più.

Sembrò che il ragazzo ignorasse la richiesta, ma d'un tratto voltò alcune pagine e le indicò la fotografia di uno stallone, sullo sfondo di alcune colline verdi.

– Già, è un gran bell'animale – disse Olivano. Wayness cinse le spalle esili di Myron con un braccio e lo strinse a sé. – Myron ha buon gusto.

Il ragazzo piegò un angolo della bocca come a dire che non le dava torto. Lydia girò la testa a guardare le pagine. – Questo è un CAVALLO.

– Esatto. E cos'altro puoi leggere?

– Tutto quello che voglio.

– Dici davvero?

La bambina aprì un altro libro e lesse:

RODNEY, IL BAMBINO CATTIVO

– Benissimo – annuì Wayness. – E cosa ci racconta questa storia?

Lydia trasse il libro più vicino e lesse ancora:

> C'era una volta un bambino che si chiamava Rodney, e che aveva preso una brutta abitudine: riempiva di scarabocchi i libri di fotografie. Un giorno disegnò alcune linee a penna sul muso di una bella tigre dai denti a sciabola. Ma questo era stato un grave errore, perché il libro apparteneva a una fata. Allora lei disse: "Tu non ti sei comportato bene, Rodney, e ora avrai i denti della tigre che hai reso così brutta."
>
> Subito due denti grossi e pesanti crebbero dalla bocca di Rodney, così lunghi che quando abbassava la testa gli battevano sul petto. Il papà e la mamma di Rodney non furono contenti di questo, ma il dentista disse che i denti non erano cariati e così poteva tenerli com'erano. Il solo disturbo per Rodney fu che doveva lavarseli bene con lo spazzolino da denti, e asciugarseli con il tovagliolo dopo aver mangiato.

Lydia richiuse il libro. – Questo può bastare, per ora.

– È una storia interessante – disse Wayness. – Probabilmente Rodney non farà più lo stesso sbaglio, no?

Lydia annuì e tornò a guardare il libro degli animali.

Olivano disse a Wayness: – Sono sbalordito. Posso sapere cosa ha fatto?

– Niente di speciale. Tutto era già qui. Io ho cercato di farlo uscire. E ogni tanto con l'aiuto di una carezza o di un bacio, cosa che a loro non dispiace.

– Già, ovviamente – disse Olivano. – A chi dispiacerebbe?

– Può darsi che sapessero già leggere un poco. Myron, tu sapevi leggere prima che io venissi qui, e me l'hai tenuto segreto?

Il bambino stava disegnando qualcosa. Le gettò uno sguardo in tralice; poi tornò a ciò che stava facendo.

– Se non hai granché voglia di parlare, puoi scrivere la risposta su questo bel foglio verde. È la mia carta da lettere. – La ragazza gli mise davanti il foglio.

Di nuovo lui la guardò di traverso. Quando vide che Wayness stava sorridendo, prese un'altra matita e scrisse: "Noi non abbiamo mai saputo leggere prima d'ora. È più facile che giocare a scacchi. Ma ci sono molte parole che non conosco".

– Porremo riparo a questa lacuna, da oggi in poi. Ora mostra al dottor Olivano come sai disegnare bene. – Senza entusiasmo il bambino cominciò a disegnare con le matite colorate, passando rapidamente dall'una all'altra. Sulla carta apparve un cervo maschio con le corna ramificate, nella stessa posa del cavallo e sullo sfondo di un panorama abbastanza simile a quello della foto. I contorni erano tracciati con mano svelta e sicura, e le sfumature di colore che Myron usava come ombreggiature davano un effetto tridimensionale assai notevole.

– È assolutamente straordinario – fu costretto a commentare Olivano dopo un po'. – Myron, tu sei un artista.

– Anch'io so disegnare – disse Lydia.

– Certo che sai farlo – disse Wayness. – E sei anche una bravissima bambina, tanto buona e cara.

Voltandosi verso la casa Wayness vide che Irena li guardava da una finestra del primo piano. – Siamo osservati – mormorò a Olivano.

– Me ne sono accorto. Dobbiamo farle notare questi progressi.

Lydia incurvò le spalle. – Io non voglio più la medicina.

– Quale medicina? – chiese Olivano.

Lydia guardò verso le vette delle montagne. – Qualche volta il vento soffia, e io voglio correre, e allora ci danno la medicina. E dopo tutto diventa scuro, e siamo stanchi.

– Farò in modo che non vi diano più nessuna medicina – disse Olivano. – Ma tu non devi correre quando il vento soffia.

– Le nuvole corrono nel vento, e anche gli uccelli volano. E i cespugli rotolano e rimbalzano via nella pampa.

– Lydia pensa che dovrebbe unirsi alle nuvole, agli uccelli e ai cespugli – disse Wayness.

La bambina trovò divertente quell'idea. – No, Marin! Che sciocchezze dici!

– Allora perché vuoi correre?

– Prima viene il vento... – Lydia esitò. – E allora so che sta cominciando. Poi comincio a sentire le voci lontane. Loro mi chiamano. Dicono... – Fece la voce bassa e cavernosa: – Vieeeeni! Vieeeeni! Dove sei? Vieeeeni da noi! Mi chiamano dalle montagne, e io mi sento strana, e allora corro fuori nel buio.

– Sai chi è a chiamarti? – domandò Wayness.

– Forse sono gli uomini vecchi con gli occhi gialli – disse Lydia, dubbiosamente.

– E Myron sente le voci?

– Myron si arrabbia.

– Correre fuori di notte è una brutta abitudine, e dovresti farne a meno – disse il dottor Olivano. – Quando è buio, e soffia un vento forte, potresti cadere fra le rocce e i cespugli, e morire. E allora non ci sarebbe più nessuna Lydia, e quelli che ti vogliono bene soffrirebbero molto.

– Anch'io soffrirei – disse la bambina.

– Ci puoi scommettere. Allora, smetterai di correre fuori?

Lydia divenne ansiosa. – Ma loro continuerebbero a chiamarmi!

Wayness alzò un dito. – Io non corro fuori di notte ogni volta che qualcuno mi chiama.

– Questa è la cosa giusta da fare – aggiunse Olivano. – Tu dovresti agire nello stesso modo.

Lydia annuì lentamente, come se fosse d'accordo che valeva la pena di riflettere su quella soluzione.

Olivano si rivolse a Wayness. – È il momento di parlare con Irena. Oggi vanno chiarite un paio di cose importanti.

– Ha avuto le analisi dei capelli?

Olivano annuì. – Fra breve potrei essere costretto a prendere delle decisioni. E non saranno piacevoli. Wayness s'irrigidì. – Quali decisioni?

– Non ne sono ancora sicuro. Sto aspettando il risultato di alcuni test.

– Si avviò verso la porta principale. Irena venne ad aprire e li fece entrare, in silenzio.

Il dottor Olivano esibì i suoi modi più professionali. – Sono lieto di poterle confermare che quel virus non è più una minaccia. Non ci saranno altri casi.

Irena ne prese atto con un cenno del capo. – Oggi ho molto da fare. Se non c'è altro...

– In effetti ci sono diversi argomenti di cui è necessario parlare. Possiamo sederci?

Senza una parola la donna volse loro le spalle e li precedette in soggiorno. Olivano e Wayness andarono a sedersi sul divano; Irena restò in piedi.

Il dottore scelse con cura le parole. – Riguardo i bambini, posso definire senz'altro stupefacenti i loro progressi. È difficile individuarne il motivo, ma chiaramente hanno reagito in modo assai positivo a Marin, che è riuscita a rompere il loro isolamento.

– Può esserci stato un progresso – disse secca Irena – ma mi è già stato detto che i bambini hanno reazioni psicotiche imprevedibili quando vengono troppo stimolati.

– Questo non è esatto – disse freddamente Olivano. – Lydia e Myron sono individui intelligenti, disperatamente ansiosi di rientrare nella normalità. Non me n'ero reso conto finché Marin non mi ha fornito altri elementi di giudizio. Poi il problema ha cominciato a delinearsi da solo.

Irena gettò a Wayness un'occhiata ostile. – Non c'è mai stato nessun problema. I bambini vivevano tranquilli prima che la sua assistente apparisse sulla scena. Da allora hanno un comportamento erratico e strano.

– Proprio così – disse Olivano. – Stanno cominciando a rivelare capacità straordinarie, ben al di là di quelle considerate normali. Entro pochi anni queste doti potrebbero attenuarsi, o anche sparire, come accade in molti casi analoghi. Ma per ora il miglioramento della loro personalità è così notevole che dobbiamo fare di tutto per mantenere la spinta che l'ha generato. È d'accordo?

– Sì, naturalmente. Ma con certe riserve.

Olivano mise da parte con un gesto l'osservazione di Irena. – La settimana scorsa ho prelevato dei campioni di capelli. Essi ci hanno fornito informazioni che io, francamente, trovo quasi incredibili. Mi permetta di chiederle una cosa: lei ha somministrato ai bambini medicine o ricostituenti di qualche genere?

Gli occhi di Irena si strinsero. Rispose solo dopo alcuni secondi. – Non di recente. – Poi passò a un tono più leggero. – Da dove le è venuta questa idea? Di certo non dai capelli.

Olivano annuì gravemente. – Nei capelli dei bambini esistono strati di crescita in cui ricorre un evento settimanale. L'analisi non ne ha identificato la natura esatta, e ciò indica che si tratta di una sostanza, o di un miscuglio di sostanze, non visibile di per se stesso ma per le alterazioni che apporta. Perciò le chiedo di nuovo: quale medicina somministra ai bambini?

Irena esibì un tono discorsivo. – Soltanto il loro ricostituente, grazie al quale, secondo me, sono stati bene fino ad oggi.

– Perché non mi ha mai parlato di questo cosiddetto "ricostituente"?

La donna scrollò le spalle. – Non è nulla di importante. Il dottore che lo ha prescritto mi ha spiegato che rafforza il sistema nervoso e fa bene alla digestione.

– Posso vedere il ricostituente?

– Non ce n'è più – disse Irena. – Ho usato il poco che restava qualche tempo fa, e poi ho gettato via la boccetta.

– E non ne ha altro?

Irena esitò un attimo. – No.

Olivano alzò un dito. – Queste sono le mie istruzioni. Lei non darà più ai bambini nessuna medicina o ricostituente. Mi ha capito?

– Naturalmente. Ma i bambini hanno dei momenti difficili. Quando c'è vento, di notte, Lydia diventa intrattabile e fa di tutto per correre fuori nel buio. Durante questi attacchi, un sedativo è necessario.

Olivano annuì. – Capisco che lei lo ritenga un problema. Le prescriverò un sedativo adatto, ma lei non dovrà usarlo se non in circostanze estreme.

– Come crede.

– Devo ripetere, per evitare di essere frainteso, che lei non dovrà somministrare nulla ai bambini senza la mia approvazione. Questo li danneggerebbe, e io lo saprei per certo, e allora non avrei altra scelta che farli trasferire in un ambiente dove saranno protetti.

Irena s'irrigidì, cupa in volto e sconfitta. Fece per dire qualcosa, ma si trattenne.

Olivano si alzò in piedi. – Prima di andarmene vorrei parlare un momento coi bambini. – Salutò Irena con un cenno del capo e uscì. La donna si rivolse a Wayness, con voce bassa e aspra: – Io non riesco a capirla! Perché mi ha fatto questo?

Lei non riuscì a pensare a una risposta, e la disperazione di Irena acutizzò il senso di colpa che provava per essersi introdotta in quella casa sotto mentite spoglie. Infine disse, debolmente: – Io non intendevo farle niente di male.

– La mia vita non è più mia! – Irena strinse i pugni, ansimando pesantemente. – Soltanto un anno! Un altro maledetto anno! E poi avrei potuto andarmene! Andarmene... e potrei farlo ora, ma non ci sarebbe niente per me. Nessun sollievo, nessun rifugio! Questo è il destino che mi aspetta. E che ne sarà di me? Che cosa ne sarà? Ecco perché io devo aver paura!

– Madame Irena, la prego, si calmi! Sono sicura che non c'è niente di cui debba aver paura!

– Ah! Lei non sa un accidente, salvo che fingersi comprensiva e contrita! E ora io non so più cosa fare!

– Perché si preoccupa tanto? È a causa del professor Solomon?

Il volto di Irena si raggelò all'istante. – Io non ho detto niente! Mi ha capito? Niente!

– Naturalmente. Ma se lei volesse parlarne, io potrei capire.

Le sue parole andarono a vuoto, perché la donna le aveva già voltato le spalle e stava uscendo a passi rabbiosi.

Cupa e pensosa Wayness uscì in cortile, e cercò di riprendere il controllo di se stessa. Non poteva permettersi cedimenti; se la dissimulazione e l'inganno erano i soli compromessi a cui poteva ricorrere, doveva giocare quella partita lucidamente. E c'erano Myron e Lydia a cui pensare. Irena aveva parlato di un anno. Cosa doveva succedere da lì a un anno? Wayness era certa che non sarebbe stato nulla di buono per i due bambini.

Il dottor Olivano se n'era andato. Poco più tardi madame Clara chiamò i bambini in casa per metterli a tavola. Wayness sedette sul bordo della vasca di sabbia e mangiò il panino imbottito che si era portata dall'albergo.

Verso la metà del pomeriggio, dopo aver esitato, chiese a Irena il permesso di portare i bambini a fare una passeggiata. La donna annuì sgarbatamente, e lei li condusse in una pasticceria sulla piazza. Myron e Lydia, seduti a un tavolino con Wayness, spazzarono via un vassoio di tartine di cocco e paste alla frutta guarnite di panna, e nel guardarli lei si chiese cosa ne sarebbe stato di loro dopo che se ne fosse andata. Il dottor Olivano avrebbe provveduto al loro benessere fisico, ma i loro sentimenti... Le sfuggì un sospiro. Doveva indurirsi il cuore a quei pensieri. In quanto ai suoi affari personali, stavano andando nel modo peggiore. Non era vicina a Moncurio più di quanto lo fosse stata al suo arrivo in città. Non aveva avuto modo di frugare in quella casa... e non riusciva a immaginare cos'avrebbe trovato. Tutto ciò che la sosteneva era la speranza, perché non sapeva escogitare alcuna alternativa a ciò che stava facendo. Studiò Myron e Lydia, i quali, se ne accorse in quel momento, a loro volta stavano studiando lei. Vide che avevano ripulito il vassoio perfino dalle briciole. Poco più tardi li portò in una libreria, dove comprò un atlante della Terra, un grosso volume illustrato di storia naturale, un dizionario e un atlante astronomico.

I tre fecero ritorno a Casa Lucasta. Irena prese nota degli acquisti ma non fece commenti. Wayness si sarebbe sorpresa del contrario.

Il mattino dopo, arrivando verso le otto e mezzo, trovò Myron e Lydia già al lavoro su un grosso aquilone ideato da loro, con sottili strisce di bambù, fogli di carta azzurra e larghe strisce di nastro adesivo giallo. Era una struttura intricata lunga quasi due metri, con uno stravagante miscuglio di alettoni, superfici, timoni, vani interni e condotti d'aria stranamente orientati. Wayness lo trovò complicato e affascinante, ma dubitava che potesse volare.

L'aquilone non fu terminato che a metà del pomeriggio, quando il vento soffiava in raffiche instabili seguite da periodi di calma mortale. Nonostante ciò Myron e Lydia si apprestarono a farlo volare. Wayness, dopo un'indecisione, stabilì di non interferire, anche se era certa che la loro creazione fosse attesa dal disastro.

I due bambini attraversarono Calle Maduro e uscirono sul terreno incolto e cespuglioso a meridione di quel quartiere, seguiti da Wayness.

Lydia tenne la corda, e il fratello si spostò sottovento con l'aquilone sollevato sopra la testa lasciando frusciare e sbattere la lucida carta azzurra. Poi Myron si volse e, contrariamente alla pessimistica previsione di Wayness, il vento s'impadronì delle superfici portando l'aquilone in alto, più in alto ancora... sempre più in alto, mentre Lydia lasciava girare il rotolo di spago. La bambina si volse a indirizzarle un sorriso soddisfatto. Myron assisteva al decollo senza sorpresa né entusiasmo, con una serietà quasi analitica. L'aquilone saliva rapidissimo nel vento, e le strane forme delle superfici e dei vani sembravano governarne l'ascesa con sicurezza. Wayness osservava meravigliata.

Il vento s'indeboliva, si rinforzava, mutava direzione con raffiche imprevedibili, e l'aquilone si adattava a ognuno di quei cambiamenti girandosi a fronteggiarli con magica precisione, senza che la sua capacità di sostenersi cedesse alle impertinenze della natura. La creatura di Myron dominava il cielo come un condor!

Dalle montagne arrivò una raffica di vento più forte delle altre. Lo spago cedette e si afflosciò al suolo. L'aquilone, libero, si sollevò maestosamente e partì per la sconosciuta missione che il destino gli riservava, rimpicciolendo verso oriente.

Myron e Lydia restarono immobili per un po' di tempo a guardare l'aquilone che s'allontanava, con una piega triste sulla bocca ma senza mostrare altra emozione. Wayness pensò che l'esperimento era stato un successo; a suo avviso i due bambini potevano esserne soddisfatti. Myron si volse e le elargì una delle sue occhiate impenetrabili. Lei non fece commenti. Lydia cominciò doverosamente ad arrotolare lo spago. Appena ebbe finito, si avviarono di nuovo verso casa. Myron e Lydia erano pensosi, più che delusi dalla brevità con cui s'era conclusa una giornata di lavoro.

Per un po' i tre sedettero in soggiorno, esaminando i nuovi libri.

Wayness si accorse sorpresa che Myron leggeva il dizionario sfogliando una pagina dopo l'altra, attentamente ma senza mostrarsi affatto divertito o interessato. – Questo è abbastanza naturale – si disse. – Un dizionario non è una lettura eccitante.

Irena rientrò dal lavoro, più tesa e disfatta che mai. Salì subito in camera sua, senza una parola a nessuno. Mezzora dopo Wayness salutò i bambini e tornò all'albergo.

Quella sera telefonò il dottor Olivano. L'uomo volle sapere: – Allora, com'è andata oggi?

– Abbastanza bene. Lydia e Myron hanno costruito un bell'aquilone, e siamo andati a provarlo. Funzionava a meraviglia, ma lo spago si è rotto, e probabilmente l'aquilone sta ancora sorvolando la pampa. Quando sono uscita, Lydia stava guardando l'illustrazione di un dinosauro e Myron studiava una carta della Distesa Gaeana. Questo dopo aver letto un intero dizionario. Clara era scontrosa come al solito, e Irena mi ha ignorato.

– Una giornata normale a Casa Lucasta – annuì Olivano. – In quanto a me, oggi ho avuto il risultato dell'analisi del sangue di Irena. È come sospettavo: la donna assume una droga. Al laboratorio non ne conoscono il nome, ma pensano che sia di origine extraterrestre.

– Anch'io cominciavo a esserne certa – disse Wayness. – Al mattino, quando va al lavoro, è abbastanza calma e controllata. La sera, nel rientrare, sembra fuori di sé e incapace di trattenersi, e corre subito in camera sua.

Olivano assunse un tono rigido e professionale. – Ormai una cosa mi è chiara: Irena non è adatta a mantenere la custodia di Myron e Lydia. Intendo trasferirli in un ambiente migliore il più presto possibile.

Wayness ci mise qualche secondo ad afferrare le dure implicazioni di quella notizia. – Al più presto quando?

– Per il procedimento legale occorreranno due o tre giorni. Dipende dal mal di schiena del vecchio giudice Bernard, che si occupa dei minori. Poi non avremo motivo per ulteriori indugi. Credo che la cosa resterà più facile se in quel momento lei non ci sarà.

– Allora devo andarmene?

– Meglio domani che all'ultimo momento. Mi spiace.

– Ma lei ha detto che ci vorranno tre giorni. – insisté Wayness.

– Tre giorni è il massimo, secondo la mia stima. Questa faccenda mi sta rendendo ansioso, e sarò tranquillo solo quando sarà chiusa. La situazione a Casa Lucasta è decisamente instabile.

10

Wayness ricadde contro lo schienale della sedia e i suoi occhi restarono fissi sullo schermo, senza vederlo. Trascorsero i minuti; pian piano l'emozione si placò, lasciando in lei solo un substrato di risentimento diretto contro tutto e contro tutti, compreso il dottor Olivano e la sua inamovibile rettitudine.

Infine riuscì a criticare se stessa con una risata amara. Il dottor Olivano doveva sentirsi responsabile solo per i bambini, e la sua impressione d'esser stata tradita era irrazionale. Lui non era membro della Società Naturalistica, dopotutto.

Si alzò e andò alla finestra. La sua attività presentava un bilancio tutto al passivo; Moncurio era lontano come quando lei ne aveva iniziato le ricerche... forse di più, visto che ormai Irena Portils, la sua sola pista verso di lui, le era decisamente ostile.

Le restavano dunque al massimo tre giorni, e lei era incapace di stabilire una linea d'azione più costruttiva che frugare alla cieca in quella casa. Fino a quel momento non le era stato possibile: Irena Portils e Madame Clara non gliene avevano lasciato il modo. E Wayness sospettava che comunque una ricerca non avrebbe portato a niente, salvo a una scenata spiacevole se fosse stata colta sul fatto.

Ruminando i suoi pensieri lasciò vagare lo sguardo sulla piazza, quella sera quasi deserta. Il vento soffiava con forza, scuotendo gli ombrelloni chiusi del caffè all'aperto, e dalla periferia arrivavano turbini di polvere e foglie secche. Si augurò che Lydia non sentisse le solite voci chiamare "Vieeeeni! Vieni con noi!" e decidesse di correre via in piena notte.

L'idea di andare a letto non la attraeva molto. Indossò il mantello e uscì, incamminandosi in fretta per le strade silenziose fino a Calle Maduro. Le stelle brillavano nitide in un cielo nerissimo; a est si stava levando la Croce del Sud.

Quella sera la città era tranquilla; sui marciapiedi c'erano pochi passanti. Le cantinas erano quasi vuote, benché le loro vivaci insegne luminose sfidassero gagliardamente il buio. Dalla Cantina Las Hermosas proveniva un coro di voci non ancora ebbre, fra le quali le sembrò di riconoscere quella di Esteban, l'autista. Chissà che con lui non ci fosse anche Ignatio, pensò Wayness, e che dopo essersi fatti concorrenza durante il giorno i due fratelli non si rappacificassero con un bicchiere in mano.

Il vento che spazzava Calle Maduro portava con sé l'odore della polvere e dei cespugli della pampa. Wayness si fermò ad ascoltare, e le parve di udire nell'aria un mormorio luttuoso; ma la voce delle Ande non poteva essere così triste. Proseguì sul marciapiede. I piccoli edifici erano pallidi sotto la luna. Casa Lucasta aveva le finestre buie. Tutti erano già a letto e dormivano, o forse giacevano nell'oscurità pensando i loro pensieri.

Davanti alla casa abbandonata la ragazza rallentò il passo. Non c'era niente da vedere, niente da sentire fuorché il vento.

Per una decina di minuti restò dall'altra parte della strada, stringendosi nel mantello. Non sapeva neppure perché fosse venuta lì; anche se non l'avrebbe sorpresa vedere una figuretta scivolare fuori da Casa Lucasta e fuggire di corsa verso la periferia, verso la pampa.

Non accadde nulla di simile. Le porte e le finestre erano sbarrate, e nessuno le aprì. Infine Wayness si girò, ripercorse Calle Maduro fino all'incrocio con Calle Luneta e tornò all'Hotel Monopole.

Quando si svegliò, il mattino dopo, in lei stagnava ancora l'umore di quella notte. La giornata che vedeva fuori dalle sue finestre era nuvolosa, ma il vento s'era placato, e il cielo sembrava esercitare una strana oppressione sulla terra.

Mentre faceva colazione il suo morale cambiò, e cominciò a pungolarsi con fermezza: – Io sono Wayness Tamm di Casa Riverview! Mi è sempre stato detto che sono una persona piena di doti, perfino intelligente! Di conseguenza devo dar prova di queste capacità, o nel guardarmi allo specchio vedrò in me una sciocca. Finora sono stata troppo cauta; ho atteso che quell'informazione mi passasse davanti su un vassoio d'argento! Devo fare qualcosa di più drammatico! Ad esempio... ad esempio... – Wayness ci pensò. – Se solo potessi convincere Irena che non voglio affatto danneggiare Moncurio forse mi aiuterebbe... specialmente se le offrissi del denaro. – Considerò l'idea da tutti i lati. – Non oserei intavolare l'argomento. Questa è la triste verità... lo riconosco: io ho paura di quella donna.

Nonostante ciò, si avviò verso Casa Lucasta determinata a fare qualcosa. Arrivò proprio mentre Irena usciva per andare al lavoro. – Buongiorno – la salutò educatamente. – Sembra quasi che oggi pioverà, non è vero?

– Buongiorno – disse Irena. Alzò gli occhi, esaminando il cielo come se non l'avesse mai visto prima. – Di solito non piove molto in questa stagione. – Le elargì una specie di sorriso e s'incamminò lungo Calle Maduro.

Wayness la seguì con lo sguardo e scosse il capo, perplessa. Irena Portils era un tipo strano, senza dubbio!

Andò alla porta, suonò il campanello e attese. Dopo un intervallo gentilmente calcolato per comunicare che non era mai la benvenuta, la porta le fu aperta da madame Clara, che subito le diede le spalle e se ne tornò in cucina, limitandosi a lanciare un'occhiata critica al suo abbigliamento di quel giorno prima di sparire. – Messaggio ricevuto – pensò Wayness. – Non sono la favorita neanche di Madame Clara.

I bambini stavano facendo colazione nel tinello. Wayness li salutò affettuosamente, poi sedette all'estremità dal tavolo e aspettò che avessero finito la loro grossa tazza di caffellatte coi biscotti. Myron, come al solito, era serio e immerso nei suoi pensieri. Lydia sembrava un tantino più vivace.

– Questa notte c'era vento – disse Wayness. – L'hai sentito?

– L'ho sentito – annuì Lydia, e virtuosamente aggiunse: – Ma non ho cercato di uscire dalla finestra.

– Saggia decisione! E hai sentito le voci?

Lydia si agitò sulla sedia. – Myron dice che le voci non sono veramente là.

– Myron ha ragione, come sembra accadere spesso.

Lydia ritornò al suo caffellatte. Wayness approfittò di quella pausa per osservare la stanza. Dove avrebbe potuto trovare una notizia riguardante Adrian Moncurio, supponendo che ci fosse? Molto dipendeva dal comportamento di Irena verso un'informazione di quel genere. Se la riteneva di scarso valore, avrebbe potuto essere ovunque... perfino in un cassetto della credenza accanto alla porta, dove la donna teneva una miscellanea di vecchie ricevute, fatture e altri foglietti.

Clara uscì sulla veranda posteriore. Wayness balzò in piedi, corse alla credenza e aprì sportelli e cassetti, frugando qua e là nella speranza che il nome "Moncurio" o "Professor Solomon" le arrivasse sott'occhio.

Niente.

Myron e Lydia la guardavano senza la minima ombra di sorpresa o preoccupazione. Clara rientrò in cucina. Wayness tornò subito a sedere. Lydia domandò: – Perché hai fatto così?

In un mezzo sussurro lei rispose: – Stavo cercando una cosa. Te lo dirò più tardi, quando Clara non potrà sentirci.

Lydia annuì, trovando ragionevole quella misura precauzionale. Abbassò la voce anche lei. – Dovresti chiederlo a Myron. Lui può trovare tutto, perché sa sempre dove sono le cose.

Wayness sentì un fremito d'eccitazione. Guardò Myron; possibile che fosse davvero così? L'idea sorpassava la sua credibilità. Esitò un attimo, poi chiese: – Myron... tu puoi trovare le cose?

Il ragazzino storse il naso, come se deprecasse una sua capacità troppo irrilevante. Lydia disse: – Myron sa tutto. O quasi tutto. Credo che fra poco comincerà a parlare, in modo che tu sappia cosa ti vuole dire.

Myron non le prestò attenzione e spinse via ciò che restava del suo caffellatte.

Lydia lo scrutò gravemente; poi confidò a Wayness: – Cioè, credo che parlerà quando avrà qualcosa da dire.

– O quando potrà aiutarci a cercare qualcosa – disse lei. Piccoli rumori provenienti dalla cucina la informarono che l'attenzione di madame Clara era stata attratta verso di loro. – Bene, allora – disse ad alta voce. – Cosa vogliamo fare, oggi? Il cielo è nuvoloso, ma non fa freddo, e potremmo uscire in cortile. – Dove – pensò acremente – riusciremo a parlare senza che quella ficcanaso ci ascolti.

Ma giusto in quel momento i vetri cominciarono a spruzzarsi di pioggia, così i tre dovettero restare in soggiorno. Myron aprì l'atlante terrestre e la sorella si spostò al suo fianco.

Wayness spiegò il significato delle proiezioni Mercatore. – Grazie a questo stratagemma, su un foglio di carta piatto potete vedere l'intera superficie della Vecchia Terra. Le zone azzurro chiaro sono i fondali marini più bassi. Il verde, qui sui continenti, indica le pianure fertili. Voi sapete dove ci troviamo?

Lydia scosse il capo. – Nessuno ce lo ha mai detto.

Myron, dopo un breve sguardo, puntò un dito sulla Patagonia.

– Esatto! – esclamò Wayness. – Girò le pagine dell'atlante. – Come vedete, tutte queste terre sono diverse, e la carta ci dice molte delle loro caratteristiche. È bello poter viaggiare in questi posti, da una città all'altra, oppure esplorando le zone mai viste da nessuno; perché perfino sulla Vecchia Terra ci sono posti che non sono stati mai visti.

Lydia guardava dubbiosamente le carte. – Quello che dici sarà anche vero, ma questi disegni mi confondono la testa, e mi fanno sentire così strana. Non sono sicura che mi piacciano.

Wayness rise. – Conosco bene questa sensazione. È la meraviglia davanti ai luoghi sconosciuti. Quando avevo la tua età, la maestra di scuola mi diede un libro di poesie dei vecchi tempi. Una di quelle poesie mi fece provare come una nostalgia e una sofferenza per tutti i misteri che non conoscevo, e per molto tempo non volli più leggere quel libro. Volete sentirla? Non la ricordo tutta, ma io fui colpita da questi versi:

E cavalcammo avanti, gli altri ed io,
al di là delle Montagne Azzurre e oltre
il Fiume d'Argento e il Mare Sussurrante
e le foreste della Tartaria.

– È carina – disse Lydia. Guardò il fratello, che aveva inclinato la testa di lato. – Myron pensa che sia molto bella. Gli piace il suono che tu dai alle parole. Ne conosci un'altra?

– Lasciatemi pensare. Non ho una grande memoria per le poesie, ma ne so una che si chiama "La fanciulla del Lago Desolato". È un po' triste, perché dice:

Essi fecero una tomba troppo umida e fredda
per un'anima così brava e sincera.
Ma ella è partita sul Lago Desolato,
e sulla sua canoa di betulla, e il lume acceso
rema da sola nell'immensa notte.

Dopo qualche momento Lydia commentò. – Anche questa poesia è bella, più della prima.

La bambina si girò verso Myron, che stava guardando Wayness con un'espressione meravigliata sul volto. – Myron ha deciso di scriverti!

Il ragazzino prese carta e matita. Con calligrafia nitida e svelta scrisse: "La poesia è molto bella, e le parole mi piacciono. Dilla ancora".

Wayness scosse il capo con un sorriso. – Le parole non suonerebbero nello stesso modo, la seconda volta.

La smorfia di Myron fu così mesta che lei cedette. – D'accordo, lo farò, visto che me lo chiedi. – E ripeté i versi.

Myron ascoltò con attenzione, poi scrisse: "Mi piace. Le parole dicono anche le cose che non dicono. Io scriverò una poesia, quando avrò il tempo".

– Spero che me la farai leggere – approvò Wayness – o che la leggerai tu ad alta voce.

Myron storse la bocca, non ancora pronto a spingersi a tanto.

Lydia domandò: – Tu conosci anche altre poesie?

Wayness ci pensò. – Ce n'è una che imparai quand'ero piccola, e allora mi sembrava molto graziosa. Penso che vi piacerà. – Li guardò in viso entrambi. Erano attenti e pieni di aspettativa. – I versi dicono così:

La gattina Mieu saltò su una brace
e nella sua pelliccia s'aprì un foro bruciato.
La povera Mieu piange, perché non avrà pace
finché il foro non sarà stato rammendato.

Lydia apprezzò le rime. – Questa è bella, però è molto triste.

– Può darsi – disse Wayness. – Però credo che la gattina si sarà affrettata a far rammendare la sua pelliccia. Questo è ciò che io avrei fatto al suo posto, a ogni modo.

– Anch'io – annuì la bambina. – Ne ricordi altre?

– In questo momento no. Forse potrai fare anche tu come Myron, e cercare di scrivere una poesia su qualcosa.

Lydia annuì pensosamente. – Scriverò una poesia sul vento.

– È una buona idea. E tu, Myron?

Il ragazzino scrisse: "Devo ancora deciderlo. I versi dovranno somigliare a quelli della Fanciulla del Lago Desolato, perché questo è un buon modo di scrivere le poesie".

– Le vostre idee sono entrambe interessanti – disse Wayness. Tese gli orecchi verso la cucina. Clara era di nuovo uscita sulla veranda posteriore. Wayness si guardò attorno nel soggiorno. Non era lì che Irena avrebbe tenuto le sue lettere, se pure ne aveva.

Lydia chiese di nuovo: – Cosa stai cercando?

– Un foglio con l'indirizzo di un uomo che si chiama Adrian Moncurio. Oppure con l'indirizzo di un certo professor Solomon, che è poi la stessa persona.

Clara ciabattò in corridoio. Dalla soglia gettò un'occhiata dentro; approvò con un breve cenno del capo ciò che vide, e se ne andò. I due bambini non s'erano neppure voltati a guardarla.

Myron riprese la matita e scrisse: "In casa non c'è nessun foglio con questi nomi". Dopo una pausa aggiunse: "Su uno scaffale, in un grande palazzo di Avenida de Las Floritas, ci sono dei fogli con il nome di Solomon".

– Già. Suppongo che sia il tribunale – mormorò Wayness. Si appoggiò all'indietro e scosse il capo. Poi le sfuggì un sospiro.

Il giorno trascorse. Fuori continuò a piovere senza sosta; grosse gocce che riportavano al suolo la polvere proveniente dalla pampa e riempivano d'acqua le buche della strada. Irena tornò a casa, e alle cinque e mezzo Wayness andò via. D'umore cupo, con un giornale in testa per ripararsi dalla pioggia, tornò in albergo.

Il giorno dopo le nuvole erano ancora più basse e opprimenti su tutta la regione. Quando arrivò a Casa Lucasta, Wayness scoprì che Irena non era andata al lavoro. La donna non le diede alcuna spiegazione, ma evidentemente non si sentiva molto bene, e dopo aver parlato sottovoce con Clara salì in camera sua. Mezzora dopo Clara si mise il suo soprabito nero, prese un ombrello e la borsa della spesa, e uscì di casa.

Stava cadendo una pioggerellina fitta come pulviscolo, e Wayness e i due bambini dovettero restare in soggiorno.

Al pianterreno non c'erano rumori. Wayness restò in ascolto, ma anche dal piano di sopra non si udiva nulla. A bassa voce si rivolse ai bambini: – Devo dirvi una cosa di me. L'ho tenuta segreta a tutti. Ma poiché mi serve il vostro aiuto, è un segreto che ora dovrò dire anche a voi.

«Io sono nata su un pianeta che è ancora allo stato selvatico. Nessuno ci abita, salvo gli animali delle foreste e poche persone che devono sorvegliare che tutto resti così. Ma c'è altra gente, e questa vuole lasciar morire gli animali e costruire grandi città, e distruggere la bellezza del pianeta.

Myron scrisse: "Sono stupidi".

– Anch'io lo credo – annuì Wayness. – Ma alcuni di loro sono molto malvagi, e hanno cercato di uccidermi.

Lydia la guardò a occhi sbarrati. – Come possono fare una cosa tanto brutta!

– Sono decisi a tutto. Ma io sto facendo tutto ciò che posso per fermarli e salvare il mio mondo. C'è un uomo che può essermi utile. Il suo nome... – Wayness s'interruppe e guardò verso la porta. Aveva sentito qualcosa? Ma il rumore, qualunque fosse, non si ripeté. Lei abbassò la voce: – Il suo nome è Adrian Moncurio. E penso che voi lo abbiate conosciuto. – Deglutì saliva, quasi senza fiato per la tensione. Di nuovo tese gli orecchi. Poi continuò: – Moncurio si faceva chiamare anche professor Solomon. Forse l'avete conosciuto sotto questo nome. Venne a Pombareales, e si mise nei guai. Raccontò di aver trovato un tesoro nascosto in una caverna segreta. Ma non diceva la verità. La caverna non esisteva, e i dobloni d'oro che mostrò a tutti erano in realtà di piombo. Ne vendette molti, e infine, quando il suo imbroglio fu scoperto, fuggì dalla Terra. Ora io devo rintracciarlo. Voi sapete dove potrebbe essere?

I due bambini l'avevano ascoltata in silenzio, a disagio. Lydia disse: – Myron lo sa, naturalmente. Lui sa tutto.

Wayness si volse al ragazzino e fece per parlare, ma non ne ebbe il tempo: sulla soglia della stanza era apparsa Irena, con i capelli scompigliati e la faccia arrossata dall'ira. La donna si precipitò dentro, e la aggredì con voce aspra: – Di che sta parlando? Credeva che non avrei sentito? Questa è una cosa intollerabile! Che sta succedendo qui dentro? Mi risponda!

Wayness era così sbalordita che non riuscì a dir niente. Fu Myron che si alzò in piedi e parlò, con voce nitida: – Ho composto una poesia. Volete sentirla?

Irena lo guardò a bocca aperta, le linee che segnavano il suo volto sciupato ancor più profonde per la tensione. – Tu stai parlando!

– Voglio dire la mia poesia.

Irena ansimò qualcosa con voce strangolata e incomprensibile. Lydia la interruppe con energia: – Ascolta Myron! Ha deciso di parlare!

– La poesia è questa. L'ho intitolata: "Il Mondo delle Diciannove Lune".

– Basta con queste assurdità! – gridò Irena. Si girò verso Wayness. – Chi è lei? Cosa vuole, qui? Lei non è un'assistente pediatrica! Deve andarsene subito da questa casa. Qui lei ha fatto soltanto dei danni!

Wayness la fronteggiò furiosamente. – Non sono stata io a fare dei danni! Non è contenta che Myron stia parlando, e che dimostri d'essere sano di mente? Lei è una donna terribile!

– La poesia è questa – ripeté Myron. – L'ho composta proprio ora. – E dando intonazione alla sua voce, recitò:

Tutti lui imbrogliò con le monete rare
che nelle grotte aveva finto di trovare.
Ora è sul Mondo delle Diciannove Lune,
e nel Deserto delle Pietre Immote,
le Tombe Sacre depreda e lascia vuote.

Lydia commentò: – Bravo, Myron. È una bella poesia.

Irena fece per sbottare qualcosa; poi si controllò e disse, con strana calma: – Sì, sì, dovremo pensarci sopra. È meraviglioso che Myron stia migliorando così. Ora devo fare una cosa, aspettate un momento qui. Dobbiamo parlarne ancora. – Si volse e uscì in corridoio, girando verso la cucina.

Wayness fece subito alzare i bambini. – Presto! – mormorò. – Dobbiamo andarcene immediatamente. Seguitemi. – Li spinse verso la porta.

Irena tornò indietro di corsa ed entrò in soggiorno, brandendo un grosso coltello da cucina. – Ora pagherai per tutti i tuoi inganni! – urlò, gettandosi addosso a Wayness. La ragazza balzò di lato e il coltello le sfiorò una spalla. Vacillò all'indietro e cadde contro il divano. La donna le fu sopra, sollevando l'arma.

– No! No! – gridò Lydia. La bambina si aggrappò con tutto il suo peso al braccio di Irena, che ne fu storto all'indietro. Il coltello le sfuggì dalle dita e rimbalzò sul pavimento.

Wayness aggirò il tavolo e corse alla porta. – Scappate! – gridò. – Lydia, Myron! Venite via, presto!

Irena raccolse il coltello e avanzò verso di lei. Wayness indietreggiò nel corridoio e nell'atrio. – Scappate dalla porta posteriore! Subito, bambini, subito! – Alzò le mani davanti a sé. – Irena, lei deve...

La donna emise un grido inarticolato e si precipitò avanti. Wayness annaspò con la serratura dell'ingresso, ma proprio in quel momento la porta si aprì e lei cadde quasi addosso a Madame Clara, che rientrava con la borsa della spesa. Vacillò fuori e sentì alle sue spalle rumori di lotta. Voltandosi vide, da sopra una spalla di Irena, la faccia di Clara, contorta dal suo sogghigno lupesco. La porta sbatté con forza. Dall'interno provennero voci acute e grida furibonde. Wayness raggiunse il marciapiede e corse alla casa più vicina. Suonò il campanello, batté i pugni sulla porta, e quando questa le fu aperta da una donna anziana dall'aria sbalordita lei la scostò ed entrò a viva forza. Nell'ingresso c'era un telefono. La ragazza chiamò la polizia, e chiese che mandassero subito anche un'ambulanza.

11

Era tardo pomeriggio. Le nuvole si stavano diradando, e gli ultimi raggi del sole illuminavano di una pallida luce obliqua la piazza davanti all'albergo. Nel vento c'era un odore autunnale di pioggia e di asfalto bagnato.

Wayness giaceva sul letto in camera sua. La ferita sulla spalla sinistra le era stata curata, e il medico le aveva detto che alla peggio le sarebbe rimasta una cicatrice sottile come un capello; era parso assai più ansioso di placare i suoi nervi scossi.

Poco prima del tramonto l'effetto del sedativo si dissolse del tutto, e la giovane donna trovò l'energia di alzarsi a sedere e guardò l'orologio. Stava andando nel bagno quando il telefono suonò. Sullo schermo apparve la faccia del dottor Olivano. L'uomo esaminò il suo aspetto. – Sono qui nell'atrio. Se la sente di ricevere visite in camera?

– Naturalmente.

– Farò portare su una tazza di thè.

Pochi minuti dopo i due sedettero davanti al tavolino in un angolo del soggiorno. Olivano disse: – Irena è morta. Si è tagliata la gola. Prima ha cercato di ammazzare Myron e Lydia. È stata Madame Clara a salvarli: ha tenuto Irena inchiodata al muro fino all'arrivo della polizia. È una vecchia dalla scorza dura. Ma quando ha dovuto andare ad aprire la porta, Irena ne ha approfittato per correre in sala da pranzo. Poi si è gettata al suolo con il coltello fra le mani, piantandoselo in gola. Hanno cercato di farle una trasfusione ma la ferita era troppo grave.

Wayness lo sapeva già. Con voce debole domandò: – E i bambini?

– Come avrà visto, non c'è niente di grave. Myron ha quattro lievi ferite da taglio alle braccia; si era gettato avanti per difendere sua sorella. Lydia si è procurata un paio di lividi cadendo contro la credenza. Ora stanno benissimo. Vogliono vederla.

Wayness guardò il cielo fuori dalla finestra. – Non sono certa che sia una buona idea.

– Perché dice questo?

– Mi sono molto affezionata a loro. Se potessi tornare a casa mia, cercherei di averli in affidamento e li terrei con me. Ma io non ho una casa, almeno per ora. Che ne sarà di loro? Se lei pensa che sia meglio così, potrei portarli a casa di mio zio e lasciarli lì per un po' di tempo.

Olivano scosse il capo, con un mezzo sorriso. – C'è già chi se ne prenderà buona cura. A dire il vero anch'io mi sono affezionato a loro, malgrado i precetti della mia professione.

– Capisco.

Olivano si appoggiò allo schienale e sorseggiò il thè. – Ho fatto due chiacchiere con Clara. Ha assunto un atteggiamento stoico, e dichiara di aver sempre saputo che sarebbe successa una tragedia. Ma era angosciata; ha continuato a divagare, e mi è occorsa un'ora per tirarle fuori ciò adesso riferirò a lei... in molto meno di un'ora, stia tranquilla.

«Per cominciare dall'inizio, deve sapere che Irena da giovane era molto bella, ma anche inquieta, capricciosa e imprevedibile. Amava il lusso sfrenato, e odiava il destino che l'aveva fatta nascere in una famiglia povera. Comunque studiò danza, e fece per un po' la ballerina in qualche locale. Poi si unì a una troupe che faceva una tournée su altri pianeti. Su uno di essi, anni dopo (Clara è molto vaga riguardo alle date e ai luoghi), conobbe Moncurio e si mise con lui. In seguito i due tornarono insieme a Pombareales, dove il professor Solomon mise in atto la sua truffa dei falsi dobloni. Fatto ciò, i due lasciarono di nuovo la Terra.

«Trascorsero gli anni, e Irena ricomparve a Pombareales con un paio di bambini apparentemente subnormali. Raccontò di esser stata abbandonata dal marito, e di non aver mai saputo nulla degli aspetti illegali della sua attività, e poiché a suo carico non c'era niente le fu permesso di vivere più o meno in pace. Irena rivelò a Clara che i bambini non erano suoi, e che dovevano essere allevati secondo un metodo particolare finché non avessero raggiunto l'adolescenza, quando certi loro poteri mentali avrebbero raggiunto il massimo della funzionalità. A questo punto, disse Irena, i bambini sarebbero stati impiegati nelle ricerche di oggetti preziosi sepolti o nascosti. Sia Moncurio che Irena erano convinti che grazie a loro sarebbero arricchiti. Di tanto in tanto Moncurio mandava a Irena una somma di denaro, ma soprattutto le forniva il "ricostituente" che la donna prendeva per sé e somministrava in piccole dosi ai bambini. In effetti le loro facoltà mentali andavano attutite, anche se non con metodi così brutali. Ora dovranno essere disintossicati.

– Drogata o non drogata, era una donna cinica e malvagia.

– Non si può negare. Be', in sintesi è tutto qui. Mi spiace che lei non abbia trovato le notizie che cercava; ma lei è una persona piena di risorse, e penso che troverà un'altra soluzione.

– Sì, è probabile – disse freddamente Wayness. Non gli aveva ancora perdonato di aver fatto precipitare le cose con la sua decisione.

– I bambini ora stanno riposando. Lei, naturalmente, è libera di vederli quando vuole. – Il dottor Olivano depose la tazza e si alzò. – Ma potrei dir loro che lei era venuta a vederli, e poi è stata chiamata altrove da altri affari urgenti.

Wayness annuì cupamente. – Sì, penso che sia la cosa migliore.

PARTE VIII

1

AGNES AVEVA LASCIATO Fair Winds per le sue vacanze estive a Tidnor Lido, con un intenso programma di due settimane di fanghi e sabbiature per l'artrosi. Durante quel periodo a svolgere le mansioni di governante sarebbe stata sua nipote Tassy, una vivace ragazza di diciott'anni.

Pirie Tamm aveva accettato quella soluzione senza entusiasmo. Tassy era rotondetta e graziosa, con biondi capelli riccioluti, fossette sulle guance, innocenti occhi azzurri e un'indomabile fiducia nella sua capacità di vedersela col mondo. Prima di partire, Agnes aveva assicurato a Pirie Tamm che la ragazza era forse un po' troppo esuberante, ma coscienziosa e premurosamente decisa a fare del suo meglio per compiacerlo.

E così era stato. Tassy aveva subito diagnosticato in Pirie Tamm il tragico caso di un vecchio gentiluomo solitario, che sopportava con mesto coraggio le ultime ore della sua vita. S'era quindi accollata il nobile compito di portare almeno un po' di colore e di avventura nella routine quotidiana del padrone di casa. A colazione Tassy gli restava accanto, pronta ad aprire il vasetto di marmellata fresca, ansiosa di imburrargli il toast, insistendo gentilmente per fargli mangiare le prugne appena colte, che lui detestava, e raccomandando che non usasse sale e pepe, per ragioni che in quel momento non poteva esporgli scientificamente ma che le erano state chiarite dall'articolo di una rivista. Gli faceva rapporto sul tempo atmosferico, sulle vicissitudini sentimentali dei suoi attori preferiti, e gli raccontava con vivacità la trama del film che la sera prima andando a letto presto lui s'era perso.

Quel mattino gli descrisse l'ultimo ballo in voga fra i giovani della sua età, il Tulky-Tulk, la cui musica era composta da raffiche di grugniti e squittii bio-elettronici. Era un esercizio catartico affascinante, dichiarò Tassy saltellando attorno al tavolo per illustrargli come andavano agitate le varie parti del corpo: forse al Signor Pirie sarebbe piaciuto imparare i passi? Pirie Tamm disse che, sebbene la prospettiva catartica lo attraesse, poi sarebbe stato imbarazzante spiegare al dottore i motivi di una tale imprudenza. E dove diavolo erano il sale e il pepe? Un uomo non poteva mangiare il suo uovo senza il sale e il pepe!

– Oh, certo che può. Anzi, deve – affermò Tassy. – È importante per la sua salute. Giusto ieri, durante l'Ora del Dietologo, un dottore ha detto che il sale, anabizzando o qualcosa di simile l'assorbimento del glico... cogeno... si dice glicogeno, no?

Pirie Tamm alzò gli occhi al cielo e si chiese se, immersa nei fanghi di Tidnor Lido, Agnes si divertisse quanto lui.

Nel tardo pomeriggio, mentre Pirie Tamm sorseggiava il suo sherry, Tassy venne a dirgli che qualcuno lo desiderava al telefono. Lui borbottò un'imprecazione fra i denti. – Non è questa l'ora in cui una persona civile possa disturbare un'altra persona civile che sta bevendo il suo aperitivo. Chi è?

– Non mi ha detto il nome, così, per delicatezza, non l'ho chiesto. È un giovanotto di bell'aspetto, anche se troppo severo e compunto per i miei gusti. Tuttavia il suo oroscopo di oggi le raccomanda di essere aperto verso le novità, perciò ho deciso che avrebbe potuto parlare con lui.

Pirie Tamm la guardò a bocca aperta. Alla fine disse: – Non sapevo che tu fossi informata sul mio oroscopo quotidiano.

– Sono abbonata a Sotto le Stelle – disse fieramente lei.

Pirie Tamm si alzò in piedi. – Quand'è così, sentiamo cosa vuole questa persona.

La faccia che lo guardò dallo schermo era, come aveva diagnosticato Tassy, sobria e severa. Alcuni sottili particolari suggerivano l'idea che non fosse di origine terrestre. – Sono Pirie Tamm – si presentò lui. – Non credo di conoscerla, signore.

– Buonasera, signore. Penso che sua nipote Wayness le abbia fatto il mio nome. Sono Glawen Clattuc.

– Ah, ma certo! Ma certo! – esclamò lui. – Da dove chiama?

– Dallo spazioporto di Shillawy. Wayness è sempre con lei a Fair Winds?

– No. Mi spiace doverle dire che al momento non è qui. È andata a Bangalore, e da allora non ho più avuto sue notizie. Lei sta per venire a Fair Winds, mi auguro?

– Soltanto se non la disturba ricevermi questa sera.

– Anzi, è un piacere! – Pirie Tamm gli diede le indicazioni necessarie. – La aspetto per l'ora di cena.

Glawen arrivò a Fair Winds con l'omnibus che fermava poco distante, percorse a piedi l'ultimo tratto e fu ricevuto sulla porta da Pirie Tamm, mentre Tassy era in cucina ad aiutare la cuoca. I due cenarono nella sala da pranzo tappezzata con pannelli di legno. Pirie Tamm riferì a Glawen tutto ciò che Wayness gli aveva fatto sapere fino a quel momento. – La sua ultima chiamata è stata da Trieste. Non ha potuto dirmi molto, perché temeva che qualcuno stesse intercettando la linea dal mio telefono. Io ero scettico, ciò malgrado ho chiamato due esperti. Hanno trovato tre microspie, e un dispositivo più complesso applicato al telefono. Wayness ed io siamo convinti che a installarlo sia stato Julian Bohost. Lei lo conosce?

– Fin troppo bene.

– Ora come ora la casa è "pulita" e possiamo parlare liberamente... anche se, dato l'accaduto, provo sempre un certo disagio.

– Lei non sa, per caso, se Wayness ha trovato qualcosa di utile?

– Sfortunatamente non mi ha ancora aggiornato. Simonetta ci aveva preceduti alla Galleria Gohoon, asportando la registrazione della vendita. Di conseguenza Wayness ha dovuto operare da un diverso punto di partenza. Ha usato come analogia una scala, con la Carta e la Garanzia sui gradini centrali. Simonetta, sapendo chi aveva acquistato quei documenti, ha potuto salire verso di essi. Noi, sapendo solo la destinazione ultima del materiale Naturalistico, abbiamo dovuto procedere a ritroso verso il primo acquirente.

– È stata fatica sprecata – disse Glawen. – Io sapevo già chi fosse il primo acquirente. Il suo nome era Floyd Swaner, e abitava a Idola, sulle Grandi Pianure. Simonetta apprese la sua identità dal registro della Galleria Gohoon (o almeno lo presumo, da quanto lei mi ha appena detto) e si concentrò fin da allora su Floyd Swaner. Probabilmente era sicura che la Carta e la Garanzia Perpetua fossero parte dell'eredità di Swaner, poiché si è introdotta furtivamente in casa sua e ha anche cercato di farsi sposare da suo nipote.

Pirie Tamm ebbe un sospiro sconsolato. – E Julian come entra in questo quadro? È in combutta con Simonetta?

– A quanto ne so, ognuno dei due cerca di usare l'altro, e ognuno ha i suoi piani privati. Hanno già previsto ogni eventualità, e sono pronti a controbatterla. Temo che ci aspettino tempi duri.

– E lei che progetti ha?

– Partirò subito per Idola, e se la Carta e la Garanzia non sono là comincerò a salire la scala verso il gradino centrale.

2

Glawen attraversò in volo l'Atlantico fino a Vecchia Tran, ora conosciuta come Division City, nel cuore del continente Nord Americano. Un'aviolinea locale lo portò trecento chilometri più a ovest, a Largo, sul Fiume Sippewissa. Arrivò al tramonto e prese alloggio in un'antica locanda sulla riva del fiume. Telefonò a Pirie Tamm, ma non seppe niente di nuovo; Wayness non aveva chiamato.

Il mattino dopo affittò un aeromobile e sorvolò le Grandi Pianure verso settentrione. Un'ora gli bastò per giungere a Idola, una città di provincia che, come altri piccoli centri della Vecchia Terra, aveva mantenuto intatta la sua identità attraverso i millenni.*

Accostò in volo una pattuglia della polizia e domandò la strada per la Fattoria Chilke. Il risultato fu che dovette atterrare per un controllo. Il poliziotto lo avvertì che avrebbe fatto meglio a comprare una carta della zona, e per tre sol gli vendette un kit che comprendeva le leggi per lo spazio aereo locale e un'assicurazione contro i danni ai branchi

* Estratto da *Riflessioni sulla Morfologia dei Luoghi Colonizzati – Vita*, Vol. 11, di Baron Bodissey: «Sotto molti aspetti le città si comportano come organismi viventi, i quali, col trascorrere del tempo, finiscono per adattarsi al territorio, alle condizioni climatiche e alle necessità degli abitanti al punto di non lasciare più molto spazio ai cambiamenti. In parallelo a questo effetto, ve n'è uno simile esercitato dalla forza delle tradizioni sul carattere degli abitanti. In effetti, più antica è la città e maggiore è la sua tendenza verso l'immutabilità.»

di anatre selvatiche. Poi gli disse: – Prosegua a nord per altri otto chilometri e troverà un fiumicello; quello è Fosco Creek. Lo segua fin dove il corso fa una doppia ansa, prima a est e poi a ovest. Guardi in basso: vedrà un granaio con il tetto verde, e una casa circondata da un filare di querce. Lì abitano i Chilke.

Glawen decollò di nuovo nell'aria sgombra e luminosa del mattino, passando su vaste distese di campi appena mietuti. Seguì la verde linea dei cipressi e degli ontani che crescevano lungo Fosco Creek, e arrivò alla doppia ansa. Poco più a destra c'erano due o tre edifici e alcuni recinti ben tenuti: la fattoria dove Eustace Chilke aveva trascorso l'infanzia.

Quando atterrò sul cortile anteriore fu accolto da un paio di cani di razza imprecisabile e tre ragazzini dai capelli biondi, che stavano giocando con una paccottiglia di rottami elettronici e una quantità di piastre di materiale verde come la giada.

Glawen scese dalla vettura, con un gesto di scusa per la polvere che aveva sollevato. Il più grande dei ragazzini lo salutò rispettosamente: – Buongiorno, signore.

– Buongiorno. Voi siete i ragazzi Chilke?

– Io sono Clarence Earl Chilke. Loro sono Lisa e Micky.

– Piacere di conoscervi – disse Glawen. – Io sono un amico di vostro zio Eustace.

– Sul serio? E dov'è, adesso?

– Molto lontano, fra le stelle, in un posto che si chiama Stazione Araminta. Be', forse sarà meglio che mi presenti ai vostri genitori. Sono in casa?

– No, adesso c'è soltanto Nonna. Nostra madre e nostro padre sono andati a Largo.

Glawen si avviò verso la porta della veranda frontale, dove una donna sui sessantacinque anni lo stava aspettando. Era robusta e ossuta, con una faccia cordiale la cui somiglianza con quella di Eustace Chilke era inconfondibile. – Buongiorno, signora. Io sono Glawen Clattuc – disse lui. – Ho qui una lettera di suo figlio Eustace, per lei.

La signora Chilke aprì la busta e lesse ad alta voce:

Cara Ma,
ti scrivo per presentarti il mio buon amico Glawen Clattuc,

che è un tipo come si deve, a differenza di un bel po' di altra gente che ho conosciuto. Lui e io stiamo cercando certa roba di Nonno, su cui diversi mascalzoni hanno già cercato di mettere le grinfie. Ti farà qualche domanda, almeno credo, e forse vorrà dare un 'occhiata nel granaio. Lascia che faccia quello che vuole. Io non so quando tornerò da quelle parti, ma giuro che ho una gran nostalgia di casa, e avrei voluto fare una scappata lì quando ho saputo che Simonetta Clattuc è venuta a rimestare nel torbido. Se la vedi dalle un pugno sul naso e dille: "Questo da parte di Eustace." Ma poi scappa a gambe levate, perché quella strega è robusta. Io vedrò di tornare presto, se posso. Non lasciare che i cani dormano sul mio letto. Tutto il mio amore a te e agli altri, a parte Andrew, e lui sa perché.

Il tuo figlio devoto,
Eustace

La signora Chilke sbatté le palpebre e si asciugò gli occhi con una manica. – Non so neanche perché mi commuovo. Quel furfante non si fa vedere qui da Dio sa quanto tempo. "Figlio devoto", scrive. Non è sfacciataggine, questa?

– Eustace è uno che non riesce a stare fermo in nessun posto, non si può negare – disse Glawen. – Però a Stazione Araminta ha un buon lavoro, ed è considerato importante.

– In questo caso gli dica che resti dov'è, e ne ringrazi Iddio, perché in altri posti è stato capace soltanto di mettersi nei guai. Non dovrei dire questo, per la verità. Eustace è un bravo ragazzo, anche se non è mai riuscito a starsene tranquillo. Suppongo che le abbia detto di suo Nonno Swaner.

– Sì, mi ha raccontato alcune cose.

– Lui era mio padre, e con rispetto parlando era una testa balzana. Ma si accomodi, si sieda! Le scaldo un po' di caffè. Ha fame?

– Non in questo momento, grazie. – Glawen sedette al tavolo di cucina. La signora Chilke spense uno schermo che stava trasmettendo qualcosa, fece salire dallo sportello del tavolo un vassoio con caffè caldo e biscotti, e avvicinò per sé una sedia più comoda. – Mio padre buonanima era un tipo strano, con tutta quella bigiotteria e gli animali impagliati che collezionava. Non sapevamo proprio cosa farcene di lui... e neanche di Eustace, a dire il vero. Sembrava che la sua bizzarria avesse saltato una generazione e fosse finita pari pari nel povero Eustace. Non so se lamentarmene o no; qui dentro c'era sempre un gran parlare di posti straordinari e di pianeti lontani, e di meraviglie e cose rare. Eustace ne andava matto, e non ne aveva mai abbastanza. Qualche volta Nonno Swaner esagerava. Una volta gli promise che per i suoi dodici anni gli avrebbe regalato uno yacht spaziale, e quello sciocco di Eustace era così eccitato che non parlava d'altro. Io lo avvertii di non vantarsi di quello yacht coi suoi compagni di scuola, o avrebbero pensato che aveva qualche rotella fuori posto; ma Eustace s'era già fatto la fama d'essere strambo, e non gli importava niente. Nonno Swaner gli aveva dato un grosso atlante della Distesa Gaeana e lui se lo studiava per ore; faceva progetti di dove sarebbe andato col suo yacht, elencava i pianeti più lontani e sognava di atterrarci sopra, per lasciarci un cartello: "Eustace Chilke è stato qui, e se n'è andato."

«Be', Nonno Swaner non glielo comprò mai quello yacht. Però a volte lo portava in viaggio con sé di qua e di là, e questo era abbastanza per mettere a Eustace la febbre di vedere altri posti. Risultato: è già tanto se si degna di mandarmi una cartolina all'anno dai buchi più sperduti dell'universo. – La signora Chilke fece un sospiro e batté una mano sul tavolo. – Così adesso lei è venuto a frugare nella roba di Nonno Swaner, come tutti gli altri. Dovrei far pagare il biglietto d'ingresso!

– Quanti sono venuti a frugare in quel granaio?

– Anche troppi. E a tutti gli ho chiesto: "Cos'è che state cercando? Se lo sapessi, potrei darvi un'indicazione." Anche se quel che dicevo fra me era: "Se lo sapessi, lo cercherei io."

– Nessuno gliel'ha detto?

– Nessuno. E suppongo che lei farà lo stesso.

– Glielo dirò, se manterrà il segreto.

– Siamo d'accordo.

– È un documento: la Carta di Cadwal, che è stata perduta. Chi la trova può controllare il pianeta Cadwal. C'è diversa gente che la cerca; gente buona e gente cattiva. Eustace e io pensiamo d'essere fra i buoni. Questo per dirlo in parole semplici.

– Ecco perché abbiamo avuto tanti guai con quel granaio. I ladri lo hanno visitato almeno tre volte. Una decina d'anni fa venne una donna, un tipo pesante e molliccio. Era vestita come se volesse trascinarsi dietro tutti gli scapoli del paese, e aveva un cappello largo come il coperchio del pozzo, così pensai che fosse un'attrice o una persona importante. Disse che si chiamava Madame Zigonie, e che voleva comprare l'alce imbalsamato di Nonno Swaner. Io le dissi che quell'alce lì non era mio, ma che il proprietario forse non avrebbe detto niente se lo avessi venduto per un migliaio di sol.

«Madame Zigonie sbuffò, e disse che anche lei aveva un sacco di paccottiglia che avrebbe venduto volentieri per mille sol.

«Io le chiesi di fare un'offerta, ma lei disse che prima voleva esaminare l'alce. Io le risposi che era un alce come tutti gli altri, con le corna e un muso lungo e peloso, e che non avevo tempo di portarla nel granaio. Allora lei alzò il naso e se ne andò tutta tronfia. Una settimana dopo vennero i ladri, e quando andammo a vedere cos'avevano fatto trovammo che l'alce era squartato, con tutte le sue budella di cotone per terra. Io lo richiusi con una cucitura.

– Cosa rubarono?

– Niente, a quanto mi parve di vedere. Avevano buttato all'aria delle scatole piene di carte. A dire la verità non credo che una donna come Madame Zigonie avesse il fegato di rubare in un granaio. Pensai che era stato un dispetto di qualche vicino.

– Non penso che sia stato un vicino dispettoso – disse Glawen. – Quella donna stava cercando la Carta. Floyd Swaner l'aveva comprata a un'asta, e se qui non c'è suppongo che l'abbia rivenduta. Il che mi porta alla domanda: con chi commerciava, di solito?

La signora Chilke mandò un mugolio di disgusto. – Quando ripenso a quella gente mi chiedo come facessi a sopportarli! Sensali, bottegai, commercianti, collezionisti, fanatici sempre in cerca delle cose più strampalate, anche gente di fuori. Li sentivo all'odore da un miglio di distanza. Tutti tipi che entrano con un sorrisetto, come se avessero paura di sporcarsi le scarpe sul pavimento, e che prima di avvicinarsi a quello che gli interessa ti sbirciano per vedere se li stai guardando. Negli ultimi tempi mio padre aveva spesso a che fare con un uomo di nome Melvish Keebles. Il suo indirizzo? Non ne ho idea. Un'altra persona è venuta qui a domandarmi la stessa cosa, pochi giorni fa, e gli ho dato la stessa risposta.

– Chi era questa persona?

La signora Chilke si strinse nelle spalle. – Bolst? Boster? Non ho fatto molto caso al nome. Era uno che chiacchierava a ruota libera, con una voce liscia come l'olio. Boster? Qualcosa del genere.

– Julian Bohost?

– Sì, proprio lui. È un vostro amico?

– No. Cosa gli ha detto?

– Di Keebles? Gli ho detto quello che sapevo, e cioè niente, salvo che mi pare che fosse l'agente di qualcun altro a Division City.

– Ha guardato nel granaio?

– Gli ho fatto pagare due sol per il privilegio; poi sono entrata con lui, e questo gli ha fatto storcere il naso. Ha curiosato qua e là e ha sfogliato i libri contabili di Nonno Swaner, anche quelli di quarant'anni fa. Poi ha tastato la pancia dell'alce, e quando ha visto che era già stata aperta deve aver capito che stava perdendo tempo. Ha voluto sapere se c'erano altre carte e documenti nascosti in casa, dicendo che se gli trovavo fuori qualcosa d'interessante poteva pagarlo bene. Io ho risposto che in solaio non c'era niente, perché il soffitto fa acqua. Allora lui ha detto, come un gran signore che parlasse a una contadina: "Vada a frugare in casa, buona donna, e può darsi che ci siano altri due sol per lei."

«Io gli ho ripetuto che non c'era altro, e che quando Nonno Swaner aveva documenti o libri antichi li rivendeva a Melvish Keebles. Lui ha chiesto subito l'indirizzo di Keebles, naturalmente. Io gli ho risposto: "Che donna crede che sia, per conoscere dove stanno di casa dei furfanti di quel genere?" Lui ha borbottato che non voleva offendermi, e io ho detto: "Allora badi a come parla, perché qui siamo gente onesta e non ci piacciono gli intriganti di città." Lui mi ha chiesto scusa e ha voluto darmi un altro sol, e io ho ripetuto che qui in giro non sapevamo niente di questo Keebles, salvo che è un furfante di qualche specie. Così Bohost mi ha salutato e se ne è andato via. Ma poi io ho cominciato a pensare ai vecchi tempi, e mi sono ricordata di Shoup.

– Chi è Shoup?

– Non lo so, ma ho idea che fosse un altro dei commercianti con cui mio padre aveva a che fare, a Division City, perché quando lui e Keebles parlavano li sentivo sempre dire Shoup-questo e Shoup-quello. – La signora Chilke sbuffò e scosse il capo. – Non mi piace pensare al passato; mi dà la malinconia. Quando Nonno Swaner era vivo c'era sempre movimento in questa casa, e roba nuova che andava e veniva. Quel vaso rosso lì sopra, ad esempio, e le piastrine verdi che ho applicato al battiscopa, come quelle con cui giocano i ragazzi; mi sembra che a vendergliele fu proprio Keebles, e che lui ci tenesse molto. Nel granaio ce ne sono due o tre scatole piene, e anche anfore e soprammobili strani. E l'alce impagliato, naturalmente.

Glawen fece ritorno a Division City e prese alloggio all'albergo dell'astroporto. Dopo cena studiò l'elenco telefonico della città, e trovò quasi subito ciò che cercava:

SHOUP & COMPANY

TUTTO PER L'ARTISTA – ULTIME NOVITÀ
IMPORTAZIONE ED ESPORTAZIONE
TRATTIAMO OGNI GENERE DI MANUFATTI ESOTICI
SPEDIZIONI INTERSTELLARI – SCONTI SPECIALI
5000 WHIPSNADE PARK, BOLTON

Il mattino dopo Glawen prese un mezzo pubblico per andare a Bolton, un sobborgo semi-industriale alla periferia nord, dove trovò senza difficoltà il 5000 di Whipsnade Park. L'edificio di fronte al cancello dello zoo, una struttura di plastischiuma a cinque piani, era interamente occupato dalla Shoup & Company.

Sul marciapiede due proiezioni olografiche – attraenti fanciulle, collegate a sensori per individuare i clienti – lo invitarono a entrare nel vasto atrio. Il salone da esposizione comprendeva l'intero piano terra; su decine di tavoli, scaffali, banconi e rastrelliere erano in mostra strumenti e utensili per ogni tipo di lavoro d'arte, in vendita o in affitto. Sulla sinistra c'erano un ufficio e un bancone di vendita.

I commessi della Shoup & Company portavano una vistosa uniforme grigia. Glawen si avvicinò a uno che sul petto aveva un largo medaglione dorato con la scritta:

D. MULSH
Al vostro servizio

D. Mulsh, un giovane biondo e tozzo con un volto da cherubino e un'espressione di compiacente buonumore, era intento a trasferire su uno scaffale oggetti sulla cui funzione Glawen poteva solo fare ipotesi. Gli articoli sembravano pistole di grosso calibro, con una canna d'aspetto minaccioso e un grosso caricatore a tamburo. Lui ne sfiorò una e domandò: – Che genere di armi sono? Credevo che Shoup vendesse solo forniture per artisti.

Mulsh sorrise educatamente. – È una domanda lecita: perché dovremmo mettere in vendita pistole, oltre a pennelli e colori? Qualcuno potrebbe pensare che l'omicidio sia stato riconosciuto come una nuova forma d'arte. Altri sospetterebbero che pittori d'umore bizzoso vogliano farne uso contro chi non apprezza le loro opere.

– Qual è la teoria giusta?

– Nessuna delle due. Le pistole consentono a chiunque di ottenere deliziosi pannelli di vetro colorato. L'uso è semplice. Osservi! Io inserisco queste sei cartucce di colorante nel caricatore, e poi non ho che da scegliere un vetro come bersaglio. Quando si preme il grilletto, la sostanza metamolecolare si fonde al vetro là dove colpisce. È possibile creare effetti complicati e affascinanti, se l'artista ha una buona mira. Vuole provare? Il kit completo costa solo ventisei sol.

– Grazie, ci penserò – disse Glawen. – Ma al momento sto cercando qualcos'altro.

– Se una cosa si può avere, noi l'abbiamo. Questo è il motto di Shoup & Company. Solo un momento, mentre mi occupo di questo kit. – Mulsh prese una delle scatole, la portò al bancone e disse a una collega: – Mettici un'etichetta con l'indirizzo di Iovianes Faray, su Anacutra, e spediscila. – Tornò da Glawen. – Dunque, signore! In cosa posso servirla? Vuole un set di scalpelli termici per la scultura sul ghiaccio? Pennelli a setole tropiche sensibili all'umore dell'artista? Una confezione di siero immobilizzante e due modelle in carne e ossa disposte a farselo iniettare? Un blocco di dieci tonnellate di Marmo Canova? Cinquanta chili di polvere lunare? Un busto Leon Beiderbecke per ornare il giardino, con il volto che si acciglia severamente quando piove? Questi sono gli articoli che oggi posso vendere a prezzo scontatissimo.

– In questo momento mi occorre qualcosa di meno complicato.

– Ad esempio cosa?

– Un'informazione. Uno dei vostri clienti è Melvish Keebles. Devo pagargli una parcella, ma ho perso il suo indirizzo. Se lei fosse così gentile da guardare nel vostro archivio... – Glawen gli porse una moneta da un sol.

Mulsh inarcò un sopracciglio e scostò gentilmente la sua mano. – È strano. Giusto ieri un altro signore è entrato qui con la stessa richiesta. Io ho potuto dirgli soltanto che non ho mai sentito menzionare questo Keebles, e che poteva andare di sopra e domandare all'Ufficio Clienti. E anche a lei non so dire di più.

Glawen annuì. – Questo signore venuto ieri: che tipo era?

– Oh, non fuori del comune. Un po' più alto di lei, all'incirca della sua età, di bell'aspetto e con una parlantina elegante. Un tantino spocchioso, se posso usare questo termine.

– Lo userei anch'io. E lo ha mandato di sopra?

– Al quinto piano, alla Contabilità. Se vuole può salire anche lei e domandare della signorina Shoup. Dirige l'Ufficio Clienti.

– Ah. Non è la proprietaria della ditta?

– No di certo! Ben sei Shoup la precedono sulla linea ereditaria, anche se lei potrebbe essere l'ultima della discendenza... e pochi si meraviglierebbero di questo. – Mulsh si guardò cautamente attorno. – Le darò un consiglio: non la chiami Flavia, e non si prenda delle familiarità con lei, o le darà un pugno sul naso.

– Lo terrò presente – disse Glawen. – A proposito dell'uomo venuto qui ieri: lui è riuscito ad avere quell'indirizzo?

– Non saprei. È uscito dopo la fine del mio orario.

Glawen salì in ascensore al quinto piano. La Contabilità era un unico locale vasto quanto l'atrio del pianterreno, con la differenza che nessuno s'era preso la briga di ricoprire la plastischiuma delle pareti. Il soffitto era sostenuto da travi metalliche, e un semplice strato antiscivolo copriva il pavimento. Su dieci o dodici scrivanie sparse apparentemente a caso c'erano cartellini: "Ufficio legale", "Ufficio del Personale", "Vendite", "Agenzie Extraterrestri" e altri. I numerosi impiegati dei due sessi, tutti vestiti con la grigia uniforme di Shoup & Company, svolgevano il loro lavoro in silenzio. Glawen fu quasi subito avvicinato da una giovane donna il cui medaglione dorato diceva:

"T. Mirmar – al vostro servizio", che gli si rivolse in un sussurro: – Sì, signore?

Lui tolse di tasca il taccuino e scrisse: "Melvish Keebles", quindi strappò il foglietto e glielo mostrò. A bassa voce aggiunse: – Ho dei libri che dovrei spedire a questo signore. Potrebbe essere così gentile da scrivermi il suo indirizzo esatto?

T. Mirmar lo guardò alcuni secondi, poi scosse il capo. – Come mai tutti si interessano tanto a questo Keebles? Lei è il secondo che chiede di lui, in due giorni.

– Sì, immagino che sia passato di qui anche un mio conoscente. Un giovanotto distinto, poco più alto di me. Ha avuto l'indirizzo?

– No. L'ho mandato dalla signorina Shoup. È lei che si occupa dei clienti. Non so cosa gli abbia detto. Comunque anche lei per questo genere di informazioni dovrà chiedere alla signorina Shoup.

Glawen sospirò. – Speravo di non dover trattare con lei. Mi è stato detto che ha un carattere difficile. Crede che potrei semplificare la cosa con, diciamo, dieci sol?

– A me? Che idea! No, grazie.

Lui sospirò ancora. – Be', d'accordo. Dov'è la signorina Shoup?

– Laggiù. – T. Mirmar indicò una scrivania all'altro capo del largo locale. Dietro di essa era seduta una donna alta e ossuta, di un'età indefinibile ma non più giovanile da un pezzo.

Glawen la guardò un momento. – Non è come mi aspettavo – disse. – Sono io che sbaglio, o è arrabbiata per qualche motivo?

T. Mirmar aveva gradito poco il suo tentativo di corruzione. – Non spetta a me fare questi commenti, signore – disse freddamente.

Glawen rimise il taccuino in tasca e scrutò ancora la signorina Shoup. La natura l'aveva favorita assai meno della media, e non occorreva molto per capire perché la discendenza Shoup avrebbe potuto finire con lei. Indossava una versione a mezze maniche dell'uniforme Shoup, che enfatizzava l'assenza di rilievi pettorali e la magrezza delle braccia lentigginose. La larga cupola della sua fronte era sovrastata da una breve frangia di capelli grigio-topo. Sotto di essa c'erano due occhi infossati, un sottile naso a punta, una boccuccia pallida e un piccolo mento sfuggente. Sedeva rigida, con un'espressione che sembrava esprimere assoluta contrarietà per chi le stava attorno. Se non era arrabbiata, pensò Glawen, detestava l'idea che gli altri la sospettassero d'essere di buonumore.

Non c'era niente da fare. Doveva avvicinare la signorina Shoup, e il più cortesemente possibile. Si volse di nuovo a T. Mirmar. – Posso andare alla sua scrivania?

– Naturalmente. Si aspetta forse che lei venga qui?

– Non vorrei che mi credesse poco formale.

– Alla Shoup & Company trattiamo con gente di ogni provenienza. È sufficiente un minimo di buone maniere.

– Capisco. Farò del mio meglio. – Glawen attraversò il salone. La donna stava leggendo qualcosa, e non alzò gli occhi neppure quando lui fu di fronte alla sua scrivania. – La signorina Flavia Shoup?

– Sì?

– Io sono Glawen Clattuc. Posso sedermi? – Si guardò attorno in cerca di una sedia. La più vicina era a venti metri da lì.

La signorina lo squadrò con occhi che sembravano appena tolti dal frigorifero. – Di solito, quando un visitatore non trova sedie alla mia scrivania, ha l'intelligenza di capire cosa significa.

Glawen cercò ugualmente di sorridere, come se apprezzasse una battuta. Ma, pensò, era strano: in contrasto con la cortesia che la Shoup & Company sembrava ansiosa di esibire coi clienti. Che fosse davvero una battuta di spirito? – Certo, è ovvio! Non voglio farle perdere tempo. Se preferisce che io stia in piedi, va bene.

La signorina Shoup scrollò le spalle. – Faccia come le pare.

Lui andò a prendere la sedia e la piazzò davanti alla scrivania. Prima di sedere eseguì un mezzo inchino che parve ammorbidire la donna, anche se la sua voce restò piuttosto secca: – Io sono una persona di spirito, ma non mi piace che si scherzi durante il lavoro.

– Sono dello stesso avviso – annuì Glawen. – Non vorrei dare l'impressione d'essere entrato qui perché mi è venuto l'improvviso desiderio di scherzare con qualcuno.

La Signorina Shoup alzò le sopracciglia grigie di una frazione di millimetro, ma non fece commenti. Glawen si chiese perché Mulsh avesse consigliato di non tentare familiarità con quella donna. Gli sembrava un avvertimento del tutto superfluo. La pausa di silenzio si fece subito pesante. – Io vengo da un altro pianeta, come forse lei avrà intuito – disse.

– Naturalmente. – La voce di lei era impersonale, ma conteneva una sfumatura di disgusto.

– Sono un Naturalista di Stazione Araminta, su Cadwal. Il pianeta è una Conservazione, come probabilmente saprà.

La signorina Shoup lasciò trapelare con indifferenza che lo sapeva. – Lei è molto distante da casa sua.

– Sì. Sto cercando di rintracciare alcuni documenti che sono stati rubati alla Società Naturalistica.

– È venuto nel posto sbagliato. Non abbiamo merce di questo genere in magazzino.

– L'avevo supposto. Tuttavia uno dei vostri clienti potrebbe aiutarmi. Il suo nome è Melvish Keebles... ma non ho il suo attuale indirizzo, ed è per questo che mi sono rivolto a lei.

La bocca della donna si contorse in un sorrisetto freddo. – Non possiamo dare queste informazioni senza esplicita autorizzazione del cliente.

– Ma è una pratica lecita se il motivo lo giustifica – disse lui. – Speravo che in queste circostanze particolari foste più disponibili. Le assicuro che non intendo disturbare Melvish Keebles. Devo solo chiedergli come posso rintracciare documenti che sono importanti per il futuro della Conservazione.

La signorina Shoup si appoggiò allo schienale. – Io sono più che disponibile, infatti. Sono l'incarnazione stessa della disponibilità della Shoup & Company; lo dimostra il fatto che non proibisco ai commessi di lasciar salire i clienti quando ne hanno bisogno. In quanto al disturbo per Keebles, lei direbbe la stessa cosa anche se avesse intenzioni del tutto opposte, quindi la sua assicurazione non ha alcun valore.

– Sì, temo che la sua logica sia ferrea – ammise Glawen. – Ma è palese che lascio giudicare a lei se questo sia il caso.

– Io so qualcosa di Keebles. È un truffatore. Molta gente vorrebbe sapere dove trovarlo, incluse cinque ex mogli nessuna delle quali ha mai avuto il piacere di divorziare da lui prima che sposasse la successiva. I membri della Società Shoto gli metterebbero volentieri le mani addosso. Di tutti i nostri clienti, Keebles sarebbe quello che protesterebbe con maggior furore se io comunicassi a qualcuno il suo indirizzo.

Glawen si chiese se quel sorrisetto storto significava che rispondergli picche la divertiva. Mantenne un atteggiamento contegnoso. – Se per lei i fatti contano qualcosa, posso...

– I fatti non hanno la minima importanza per me. – La signorina Shoup si piegò in avanti e poggiò i gomiti sulla scrivania, intrecciando le dita.

Glawen stabilì che così stando le cose tanto valeva farle perdere un po' del suo prezioso tempo. Sorrise e annuì. – In tal caso, posso chiederle cos'ha importanza per lei? Qualcosa di più convincente?

– Non c'è niente di convincente. Lei potrebbe fare appello al mio altruismo, e io le riderei in faccia. Lusinghe e adulazioni? Provi quelle che vuole, e la ascolterò con interesse. Fosche previsioni? Io non le temo. Minacce? Una parola ai miei dipendenti e loro la getteranno fuori dal retro, non senza averle versato addosso qualche lattina di vernice indelebile. Una bustarella? Ho già più denaro di quello che potrei spendere in cento anni. Cos'altro resta?

– La semplice decenza umana.

– Ma io sono tutt'altro che semplice, non l'ha notato? E non è per mia scelta che sono umana. In quanto alla decenza, la parola è stata coniata senza la mia partecipazione, e non ne sono responsabile.

Glawen rifletté un momento. – Mi è stato detto che ieri qualcun altro le ha chiesto l'indirizzo di Keebles. Glielo ha dato?

La signorina Shoup parve raggelarsi. Le sue dita ebbero un fremito. I muscoli del collo si tesero come corde. Infine rispose: – Sì. Gliel'ho dato.

Glawen la fissò. – Che nome ha usato con lei?

La donna strinse i pugni. – Era un nome falso. Ho controllato al suo albergo. Non sapevano niente di lui. Quell'uomo mi ha preso in giro. Non accadrà mai più.

– Non sa come rintracciarlo?

– No. – La voce di lei era piatta, gelida. – Si è seduto dove sta lei adesso e mi ha raccontato che veniva da fuori, dicendo che suo padre intendeva aprire un salone di vendita come il nostro; così lui era stato mandato sulla Terra per studiare i metodi della Shoup & Company. Disse che s'era aspettato di annoiarsi a morte, ma che ora, dopo aver conosciuto me, vedeva d'essersi sbagliato. Disse che l'intelligenza era il tratto più affascinante di una donna, e che noi avremmo dovuto cenare insieme. Io risposi che sarebbe stato delizioso, e anzi, visto che lui non conosceva la città, forse avrebbe preferito venire a casa mia. Questa gli parve un'ottima idea. Prima di accomiatarsi disse che suo padre desiderava un certo Melvish Keebles come agente, ma non ricordava il suo recapito, e chiese se io avessi un suggerimento da dargli. Risposi che per caso Keebles era uno dei nostri clienti, e che avrei potuto accontentarlo subito. Fu quello che feci. Lui mi ringraziò e uscì. Io andai a casa e feci preparare una cena per due, con pietanze e vini di prima scelta. Il tavolo era apparecchiato sulla terrazza; avremmo cenato guardando il lago, al lume di candela, con una musica di violini in sottofondo. Io indossai un abito lungo, da sera, che non avevo mai messo prima, e sedetti ad aspettare. Aspettai a lungo. Alla fine accesi le candele, ascoltai la musica, bevvi il vino e cenai da sola.

– È stata un'esperienza sgradevole.

– Soltanto all'inizio. A metà della seconda bottiglia di vino ero perfino allegra. Oggi sono di nuovo nel mio mondo quotidiano, anche se ho sviluppato per gli uomini giovani e attraenti un'antipatia che si estende anche a lei. Io posso vedere in voi. Siete una classe zoologica di animali cinici e brutali, viziati, orgogliosi della maestà dei vostri organi genitali. C'è gente che ha un'avversione patologica per i ragni, c'è chi ha orrore dei serpenti. Io detesto gli uomini giovani.

Glawen si alzò in piedi. – Signorina Shoup, potrei cercare di farle cambiare opinione sui ragni e sui serpenti, ma in quanto agli uomini giovani lei è più competente. Perciò le auguro il buongiorno.

La signorina Shoup non gli diede alcuna risposta.

Glawen si allontanò fra le scrivanie, fece un cenno di saluto a M. Mirmar e scese al pianterreno. Prima di uscire dal salone si fermò davanti allo scaffale dov'erano esposte le pistole per la pittura su vetro. Da lì a poco fu avvicinato da D. Mulsh, che gli domandò: – Com'è andato il suo colloquio?

– Bene, grazie a lei – rispose Glawen. – La signorina Shoup è una donna notevole.

– Lieto d'esserle stato utile. Vedo che è ancora interessato ai colori meta-molecolari per vetro. Pensa di acquistarne un kit?

– Sì, – disse Glawen. – Ho riflettuto che può trattarsi di un articolo molto utile.

– Sono certo che si divertirà – annuì Mulsh. – Potrà decorare le finestre di casa sua con splendidi effetti cromatici.

– Per la verità, desidero regalare la confezione a un amico. Potete spedirgliela voi?

– Non c'è nessun problema. Tuttavia dovrò addebitarle il costo della spedizione.

– Sì, naturalmente.

Mulsh prese una scatola e la portò al bancone. – Può dare alla signorina il nome del suo amico – disse. Prese il denaro di Glawen e andò alla cassa. Lui si volse all'impiegata. – La indirizzi a Melvish Keebles. Il suo recapito è nel vostro archivio.

La ragazza premette alcuni pulsanti, e la macchina delle etichette le fornì un rettangolo di carta, che lei applicò sulla scatola. Glawen si grattò il mento, con aria incerta. – Ripensandoci, forse sarà meglio che gliela porti di persona.

– Come preferisce, signore.

Glawen uscì dalla sede della Shoup & Company. Sul marciapiede lesse l'etichetta:

> Spett. sig. Melvish Keebles
> Forniture Artistiche Argonaut
> Viale Crippet, Tanjaree, Nion
> Pharisse VI ARGO NAVIS 14-AR-366

Glawen tornò al suo albergo, all'aeroporto di Division City. Una volta in camera telefonò a Fair Winds, ma tutto ciò che seppe fu che Wayness non aveva ancora dato notizie.

– Non riesco a immaginare dove sia andata! – si lamentò Pirie Tamm. – Niente nuove, buone nuove, è vero. Ma potrebbe anche essere il contrario.

– La penso anch'io così – annuì Glawen. – Ma il peggio è che non posso spendere giorni alla sua ricerca. Le circostanze ormai non me lo permettono. Devo lasciare la Terra al più presto.

– In quanto a me, non mi resta che aspettare – sospirò cupamente Pirie Tamm.

– Qualcuno deve pur stare qui – disse Glawen. – Quando Wayness chiamerà, le dica che ho dovuto salire un altro gradino della scala, e che sarò di ritorno sulla Terra al più presto.

3

Allo spazioporto Tammeola, presso Division City, l'integratore di percorsi computò rotte e scali, coincidenze e possibili alternative, e fornì a Glawen il programma di viaggio più rapido per il pianeta Nion. La sua validità era garantita per un'ora, dopodiché una o più delle situazioni considerate avrebbero potuto cambiare. Acclusa c'era una lista di modifiche del percorso a cui sarebbero conseguite modifiche nel prezzo del biglietto. In sintesi, il programma era controllato dai capricci della Dea Bendata. L'avversario di Glawen aveva un giorno di vantaggio, il che poteva significare molto o niente, e lui rifiutò di speculare sulla possibilità.

Una navetta lo portò a bordo della Modelle Azenour, che l'avrebbe condotto allo scalo di Star Home su Aspidiske IV, all'inizio del Settore Argo Navis. A Star Home sarebbe passato su un trasporto locale fino al Mondo di Anthony Pringle, dove un'altra coincidenza l'avrebbe portato più oltre, attraverso le Risonanti, nelle zone più remote della Distesa Gaeana e finalmente alla città di Tanjaree su Nion, un pianeta illuminato dalla stella bianco-gialla Pharisse.

Sulla Modelle Azenour il tempo scorreva lento ma piacevolmente, senza nulla da fare se non studiare il menu dei pasti, osservare le stelle e divertirsi con tutte le strutture ricreative a disposizione dei passeggeri. Glawen studiò i suoi compagni di viaggio con attenzione, poiché c'erano forti probabilità che il suo avversario fosse a bordo della stessa nave. Alla fine decise che il giovanotto da cui la Signorina Shoup era stata illusa così spietatamente aveva scelto un'altra rotta o stava seguendo un piano diverso dal suo.

Dal MANUALE DEI MONDI ABITATI Glawen seppe che Nion era stato esplorato in un passato lontano, durante la prima grande espansione dell'uomo attraverso lo spazio. La spinta alla colonizzazione lo aveva dapprima superato, poi s'era ritratta fino al lato opposto delle Stelle Risonanti, lasciando Nion e altri avamposti nel più completo isolamento per migliaia d'anni.

Il MANUALE forniva i dati di Nion: un pianeta di media grandezza dal diametro di 24.000 km, con una gravità di 1, 3 G e un giorno siderale di 37 ore e 26 minuti standard. Il clima era genericamente definito mite, ma la topografia aveva aspetti diversi e le regioni abitabili erano separate da deserti, altopiani aridi e scoscesi, foreste selvaggiamente belle e "campi acquatici". Questi ultimi erano sospensioni di pollini provenienti dalle foreste, che il vento portava a saturare le acque di laghi o mari interni dove finiva per sedimentarsi un materiale chiamato "padulo".

La fauna, rappresentata principalmente da insetti, non era molto degna di nota.

Il MANUALE spiegava:

> Allo scopo di capire la complessità della vita su Nion, il visitatore deve disporre di alcune informazioni basilari sul padulo. Ci sono paduli di centinaia di specie e sottospecie; ma essenzialmente si suddividono in paduli "secchi" (derivati da pollini e spore trasportati dal vento sul terreno argilloso, e qui assorbiti e compattati) e paduli "umidi" creati da depositi vegetali nelle distese aperte irrigate da fiumi, o nei laghi e mari. Le sottospecie di paduli si originano col trascorrere delle epoche, o col miscelarsi delle varie sostanze, o con l'azione di agenti morfotici, nonché con migliaia di altri procedimenti segreti o sconosciuti. Il padulo è ovunque. Il suolo consiste in questa o quella varietà di padulo. La birra locale è estratta dal padulo. Allo stato naturale il padulo è molto spesso nutriente, ma non sempre: alcuni depositi sono velenosi, narcotici, allucinogeni oppure dotati di un sapore ripugnante. I Vagantici delle Terre Curve sono degli esperti; hanno costruito una complessa società sull'arte di manipolare e trattare il padulo. Altre popolazioni non arrivano a tanto e si nutrono del padulo come fosse un pane, o un budino, o un sostituto della carne. Il sapore del padulo dipende, ovviamente, da moltissimi fattori. Spesso è insipido, o acidulo, o salato, o dolce e molle come formaggio non stagionato.
>
> Grazie al padulo, reperibile ovunque, su Nion la fame è sconosciuta.
>
> Il turista troverà difficile evitare di vedersi servito il padulo

a pranzo e a cena, sia nei ristoranti costosi che nelle bettole, per la semplice ragione che abbonda ed è facile da cucinare, e sarà vano lamentarsi.

È necessario inserire qui un avvertimento. Data l'universale disponibilità di padulo commestibile, l'etica del lavoro ha aspetti diversi che altrove, e il turista dovrà essere preparato ad attendersi un servizio scadente anche nei principali alberghi. "Il modo più facile è il modo migliore": questa è la premessa basilare della società di Tanjaree. Siate pronti a questo, e controllate il vostro temperamento! Il rango sociale è importantissimo, ma fondato su sottigliezze e condizioni abbastanza incomprensibili per i visitatori. Per fare una rozza generalizzazione, si può dire che il rango deriva dalla capacità di evitare il lavoro e (tramite verbose astuzie retoriche) di persuadere qualcun altro ad accollarsi un incarico. Di conseguenza, se si reca a cena in un ristorante di periferia, il turista può rivolgersi a un primo e poi a un secondo e a un terzo cameriere, ciascuno dei quali lo ignorerà ostentatamente, finché il cliente esasperato griderà per ottenere attenzione e comincerà a fare una scenata. Essere coinvolto in un alterco di questo genere è poco dignitoso, e significa perdere terribilmente la faccia, cosicché il più vicino dei camerieri accetterà con gran riluttanza di accontentare il cliente; ma il servizio sarà lento, e i piatti verranno infine portati da uno sguattero di cucina mentre il cameriere si aggirerà attorno con le mani in tasca, assorbendo rango sociale a spese del cliente, degli altri camerieri e dello sguattero, i quali a loro volta perderanno rango in percentuale equivalente.

Un altro avvertimento, ancor più importante, può essere doveroso: Tanjaree è l'unico centro cosmopolita di Nion. Nelle altre regioni vigono usi e costumi che il turista troverebbe strani, a volte spiacevoli e non di rado pericolosi, qualora un incauto cercasse d'imporre la propria mentalità alla popolazione locale. Su Nion la vita umana (specialmente quella degli stranieri) non è considerata un bene sacro. Il turista è quindi avvisato di non avventurarsi in spedizioni solitarie nell'interno senza l'aiuto di una guida del posto. Molte centinaia di stranieri, ignorando questa precauzione, sono stati vittime di eventi peculiari.

Date le caratteristiche dell'ambiente, fin dall'inizio i coloni svilupparono piccole comunità isolate, senza molti contatti reciproci. In questo processo si sono formate società dai caratteri considerevolmente diversi. Fra i primi abitanti di Tanjaree c'era un gruppo di biologi che si dedicarono alla creazione di una super-razza tramite la manipolazione genetica.

I discendenti di quei cosiddetti "Ultraumani", fuggiti nella Grande Foresta di Tangting, sono oggi esseri bizzarri o mostruosi, dotati di un'intelligenza distorta e di abitudini orripilanti.

Il MANUALE continuava:

Attualmente, queste bestie sono oggetto di attrazione per i turisti, e non corrono più pericolo d'essere sterminate. Una strada tubolare dalle pareti di vetro attraversa per quaranta chilometri la Foresta di Tangting, e lungo di essa i vagoncini scoperti dei visitatori possono transitare senza alcun rischio, mentre gli Ultraumani impazzano all'esterno e praticano ogni genere di oscenità sessuale per provocare i turisti.

In ogni altro luogo, le varie popolazioni di Nion seguono ancora ciascuna le proprie antiche usanze, incuranti delle stranezze dei turisti che vengono per meravigliarsi, comprare, barattare, rubare o comunque ottenere in ogni modo i loro oggetti, sacri o d'uso comune che siano. Certe comunità sono divenute ostili agli stranieri, e ne impediscono l'accesso. Altre sono assai più pericolose, come gli Artigiani della Roccia, di Eladre, che hanno scavato la loro immensa e labirintica città nelle viscere di una montagna. Gli Uomini Ombra si dedicano all'omicidio durante certe fasi lunari. I Vagantici non solo vivono del padulo, ma lo trasformano in misteriose sostanze nuove dall'imprevedibile effetto psichico. Per molti secoli i Vagantici hanno tenuto asservita una sotto-casta di schiavi formata da estranei rapiti altrove, turisti caduti nelle loro mani e altri, sperimentando su di essi le droghe ottenute dal loro padulo. Questa particolare abitudine ha fatto sì che oggi godano dì una cattiva reputazione. Malgrado i loro modi apparentemente simpatici vengono guardati con sospetto, e ai turisti viene fortemente sconsigliato di avvicinarsi da soli alle loro comunità; troppe volte è accaduto che un ingenuo straniero abbia accettato l'ospitalità offerta da una sorridente fanciulla, solo per scoprire che gli è stata propinata una droga sperimentale; quindi i Vagantici studiano il malcapitato per scoprire gli effetti della nuova sostanza sull'organismo.

Ci sono tuttavia molte popolazioni che, per quanto bizzarre, non costituiscono una minaccia per nessuno, ad esempio i clan di nomadi scherzosi che girano il mondo su vagoni gaiamente decorati, eseguendo danze e recite farsesche, virtuosismi musicali, ballate comiche, operette e qualunque cosa vi sia nel loro repertorio.

Il MANUALE riassumeva dicendo che in effetti Nion era un pianeta d'interesse unico per i turisti, benché mancasse di molte comodità elementari e il visitatore dovesse prepararsi a fare concessioni, in specie riguardo al padulo. Tanjaree, sede dell'astroporto e quartier generale per i turisti, era una città piccola e senza molte attrattive, dove vigevano comunque le leggi e le convenzioni della Distesa Gaeana; altrove gli indigeni erano così strani e la loro condotta così incomprensibile che avrebbero potuto appartenere a una o più razze aliene. Queste erano le informazioni fornite dal MANUALE.

Dopo due settimane di viaggio la Modelle Azenour atterrò a Star Home, su Aspidiske IV. Quello era il primo e più importante scalo del Settore, e subito il programma di viaggio, così accuratamente calcolato a Tammeola, si rivelò in completo disaccordo con gli orari e le navi in partenza da quella località. Ma due giorni dopo Glawen riuscì a comprare un passaggio su una nave da carico diretta a Mersey, sul Mondo di Anthony Pringle, e una volta ai margini delle Risonanti trovò un traffico più vivace del previsto. Una piccola linea privata aveva in partenza il postale *Argo Pilot*, e su di esso Glawen attraversò le Risonanti, una regione di stelle bianche e azzurre, nubi di gas, sciami di comete dal nucleo composto di neutroni metallici, pianeti vaganti e lune alla deriva nello spazio, all'estremità della quale Nion sembrava galleggiare in una zona tranquilla. Il postale atterrò presso Tanjaree.

L'astroporto occupava una striscia di terreno lungo il bordo superiore di un altipiano, mentre la città si trovava più in basso, alla base del versante, distesa intorno a un piccolo lago.

Glawen sopportò doverosamente le formalità d'ingresso, che includevano iniezioni di profilattico universale, fungicida, antivirus e vaccini contro le proteine vegetali tossiche vaganti nell'atmosfera. Fu anche sottoposto a un'accurata visita doganale, il cui risultato fu l'asportazione della pistola a raggi dalla sua valigia. – Le armi di questo genere non sono permesse su Nion – lo informò il funzionario. – Ci sono troppe situazioni in cui l'autocontrollo può volatilizzarsi in un batter d'occhio, e i coltelli e i kukris fanno già abbastanza danni.

– È una buona ragione perché mi sia lasciata un'arma da difesa.

Lamentarsi gli servì a poco. Tutto ciò che ebbe fu una ricevuta. – Al momento della partenza potrà richiedere la pistola a questo ufficio.

Uscito dal terminal portuale Glawen si trovò esposto alla luce cruda di Pharisse. Il cielo, una smagliante cupola senza nuvole dai riflessi ultravioletti, incombeva tremendo su un orizzonte che da quell'altezza appariva lontanissimo. Andò alla ringhiera, sul bordo dell'altipiano, e guardò Tanjaree. Era una città di modeste dimensioni, cresciuta sulla riva di un lago circolare intorbidito dagli scarichi fognari. A ovest c'erano i quartieri più antichi, un caos di edifici a cupola immersi fra altre costruzioni spiraliformi, orizzontali, il tutto sovrastato da una dozzina di immensi dendroni che giganteggiavano sulle case. Glawen stimò che gli alberi raggiungessero i settanta metri di altezza. Dai poderosi tronchi neri sporgevano rami massicci, incurvati dal peso dei frutti larghi due o tre metri che crescevano alla loro estremità.

La città nuova, sul lato orientale del lago, mostrava una pianta edilizia solo di poco più comprensibile e razionale dell'altra. Il lago era costeggiato da una strada. Di fronte agli alberghi e ai locali frequentati dai turisti si allargava, e quel tratto era conosciuto come "il Viale". Vicoli e stradicciole serpeggiavano via in ogni direzione fra i quartieri più lontani dallo specchio d'acqua. Gli edifici, larghi o stretti che fossero, erano costruiti in materiale grigiastro e senza alcun riguardo per l'esattezza delle misure e delle forme. Non si vedevano angoli retti, né spigoli o linee orizzontali, se non in punti dove la regolarità sembrava essersi sviluppata come un incidente casuale. L'effetto era quello di una crescita organica, più che architettonica, poco piacevole per un occhio abituato ad altro. La maggior parte degli edifici erano a due piani, anche se gli alberghi per turisti di fronte al lago raggiungevano i tre o quattro.

Glawen volse le spalle al panorama. Su una piccola costruzione fuori dal terminal c'era l'insegna:

INFORMAZIONI TURISTICHE

Lui attraversò lo spiazzo ed entrò. All'interno c'erano un lungo tavolo, un paio di schermi, alcune sedie e uno scaffale pieno di opuscoli. Dietro il tavolo sedevano due giovani donne vestite con abiti bianchi senza maniche e sandali ai piedi. Brune e ricciolute, pallide, con lineamenti delicati, si somigliavano notevolmente, e Glawen pensò che erano deliziose. Entrambe avevano un nastro nei capelli; rosa la ragazza di sinistra, celeste quella di destra. Presero nota del suo ingresso con educata aria d'attesa. La ragazza col nastro celeste domandò: – In cosa possiamo servirla, signore?

– Prima di tutto – disse lui, – vorrei trovare un albergo. Potreste consigliarmene uno e, se possibile, prenotarmi una camera?

– Ma naturalmente! Non è forse questo il nostro incarico? – Le due ragazze si scambiarono un sorrisetto, come per uno scherzo privato. Nastro Rosa disse: – A Tanjaree ci sono venti alberghi. Sei di prima categoria, cinque di seconda. Gli altri sono alquanto meno comodi. Ci sono anche ricoveri notturni per i poveri.

Nastro Celeste disse: – Prima di darle un consiglio utile dobbiamo conoscere meglio i suoi gusti. Lei quale categoria preferisce?

– Se devo ascoltare i miei gusti preferisco il meglio – rispose Glawen. – Ma la domanda è: posso permettermelo?

Nastro Celeste gli consegnò un foglio. – Questi sono gli alberghi, ciascuno con i prezzi che fa.

Lui esaminò la lista. – Non vedo niente di allarmante. Qual è il migliore?

Rosa e Celeste si scambiarono un sorriso. – Questa è una domanda difficile – disse Celeste. – I turisti in partenza, di solito, hanno un'idea molto precisa di quale sia il peggiore.

– Mmh – annuì Glawen. – Forse avrei dovuto chiedere: quale albergo provoca il minor numero di aspre lamentele?

Rosa e Celeste ci pensarono, quindi si consultarono fra loro.

– Tu che ne dici del Cansaspara? – suggerì Rosa.

– Sì, anch'io avrei consigliato questo – disse Celeste – ma sfortunatamente negli ultimi giorni sono arrivate tre astronavi, e non ne è partita nessuna. Il Cansaspara è al completo.

– È un peccato – sospirò Rosa. – Il Cansaspara Arcade mi è sempre piaciuto. A te no?

– È simpatico – ammise Celeste. – Zelphine dice che nell'atrio hanno messo un distributore di esquig-verde. Lo sapevi?

– Oh! Dici davvero? E Zelphine prende quella roba, scommetto!

Glawen spostava lo sguardo dall'una all'altra. Erano fanciulle affascinanti, pensò ancora, anche se un po' languide e indirette nello svolgimento delle loro mansioni. Si schiarì la voce. – Avrei alcuni affari di cui devo occuparmi al più presto, perciò indirizzatemi pure dove credete.

– Il Superbo e il Guerriero Haz sono più o meno alla stessa altezza – disse Rosa. – A parte l'arredamento. Lei preferisce qualche ambiente in particolare?

– Non proprio. Il Superbo forse ha qualcosa di più rilassante del Guerriero Haz. Ho indovinato?

– Temo di no. Ma al momento...

– Gli Haz sono quasi estinti – intervenne Rosa. – Ne restano pochi, giù a Curva Croo, ma non navigano più nel deserto coi loro carri a vela. Ai vecchi tempi catturavano i turisti e li sfidavano a duello. Gli uomini. Alle donne facevano altre cose.

Celeste scrollò le spalle. – Oh, questa è roba passata! I fuochi da campo nella notte, le danze selvagge, il terribile onore Haz!

– Molto pittoresco – disse Glawen. – Ma immagino che questo abbia scoraggiato il turismo.

Rosa e Celeste risero. – Oh, no, proprio per nulla! Il turista non era costretto a duellare. Allora il Guerriero Haz lo sbeffeggiava, gli pizzicava il naso, e si offriva di duellare bendato o con le mani legate. Se il turista rifiutava ancora lo chiamavano "canaccio" o "ladro di padulo" o "turista". Poi le donne gli tagliavano a pezzi i pantaloni e lo facevano palpeggiare dai groofer. Ma poteva tornare a Tanjaree vivo... e con molte cose da raccontare.

– Interessante – disse Glawen. – Comunque, fra il Superbo e il Guerriero Haz, quale...

– C'è poca differenza – disse Celeste. – Al Guerriero Haz suonano musica Haz e fingono di disprezzare i turisti, ma non commettono atti di violenza.

Glawen disse: – Penso che sarà meglio il Superbo. Se foste così gentili da...

– Sia il Superbo che il Guerriero Haz sono al completo, comunque – disse Rosa. – Le prenoteremo una camera al Novial.

– Sono certo che andrà bene, dato che ho un po' di fretta.

– Un istante solo! – annuì Celeste. – Noi siamo famose per la velocità con cui accontentiamo tutti!

– Ma questo signore sarà contento al Novial? A mio avviso il loro padulo è troppo piccante, poco classico.

– Per me, non c'è problema – disse Glawen. – Io non sono ancora un intenditore di padulo. Potete prenotare al Novial.

– Va bene – disse Celeste. – Se poi vorrà assaggiare del buon padulo potrà uscire e andare a un chiosco. Le ricette Vagantiche sono le migliori.

Rosa sporse fuori la lingua. Su di essa c'era una pasticca nera. – In questo momento – disse, ritraendola – sto succhiando un wafer di tikki-tikki. Li facciamo noi Vagantici. Il sapore è un po' aspro, ma sottile, e il suo effetto è di addolcire il mio umore.

Celeste aggiunse: – Il tikki-tikki allevia molto le difficoltà del nostro lavoro.

Glawen alzò una mano. – Be', allora è meglio che io vada, prima di darvi troppo disturbo.

– Ma non ci dà nessun disturbo! – dichiarò Rosa. – A noi piace chiacchierare con lei, e non abbiamo niente di meglio da fare.

Celeste aprì un foglio. – Questa è una carta di Tanjaree. – Segnò un circoletto a penna. – Ecco, noi abitiamo qui. Se dovesse annoiarsi venga a farci visita, e le faremo assaggiare il nostro padulo alle spezie.

– Oppure – disse Rosa – potremmo passeggiare sul lago e contare le lune, e recitare le poesie adatte a ciascuna.

– O visitare il serai – aggiunse Celeste – e guardare gli arlequini folli che danzano e suonano le loro concertinas.

– Sono sopraffatto da tante possibilità di scelta – disse Glawen. – Tuttavia dovrò prima occuparmi dei miei affari, che sono urgenti.

– Se vuole, posso darle un wafer di tann-ging – disse Rosa. – Ha l'effetto di minimizzare l'importanza degli affari urgenti, e permette di vivere senza tensioni e preoccupazioni.

Lui scosse il capo con un sorriso. – Lei è molto gentile. – Guardò la carta. – Dov'è il Novial?

Celeste tracciò un altro circoletto a penna. – Prima però dobbiamo chiedere se hanno una camera libera, altrimenti rischierebbe di andare là per niente.

– È vero, ci penso io! – esclamò Rosa. – Avevo quasi dimenticato la richiesta di questo signore.

Glawen attese, intanto che Rosa parlava al telefono. Poi la ragazza si girò verso di lui. – Ecco, la prenotazione è fatta. Ma bisogna che lei vada subito al Novial, o daranno la camera a qualcun altro. Qui a Tanjaree, come ha visto, siamo molto rapidi a prendere decisioni.

– Sì, e di una solerzia confortante – annuì lui. – Ah, già che c'è, può segnarmi viale Crippet sulla carta, e anche la sede della Forniture Artistiche Argonaut?

Celeste meditò un poco, segnò un paio di crocette e Rosa controllò e approvò l'indicazione. Glawen le ringraziò ancora, pagò la tariffa di due sol e uscì.

4

Una lunga funicolare portò Glawen giù lungo il versante, sulla riva del lago. In strada si fermò a guardare il sole, Pharisse. A giudicare dalla sua altezza, quella doveva essere la prima ora del pomeriggio. La durata del giorno di Nion, oltre trentasette ore standard, avrebbe finito per mettere sottosopra il suo metabolismo, e si chiese come si fosse adattata l'umanità locale.

Si avviò sul lungolago e pochi minuti dopo giunse all'Albergo Novial.

Entrò nell'atrio, un locale anonimo, né elegante né spazioso, e si avvicinò al banco. Dietro di esso il portiere si stava dedicando a un'animata discussione telefonica. Era un giovane di due o tre anni più anziano di lui, con spalle grassocce e guance piene, lunghi capelli neri, fini sopracciglia arcuate e occhi blu dallo sguardo espressivo. Indossava pantaloni verdi rigonfi alle caviglie e una blusa gialla ornata da due rettangoli fitti di disegni rossi e neri. Sulla testa inalberava un cappello conico di velluto a fiori rosa, evidentemente l'ultimo grido della moda in città. Dopo avergli gettato un breve sguardo con la coda dell'occhio era subito tornato alla sua conversazione. Sullo schermo Glawen vide un giovanotto della stessa età con un cappello uguale, fieramente inclinato sulle ventitré.

Trascorse un lento quarto d'ora e Glawen continuò ad attendere, mentre la sua buona volontà si tendeva come un elastico. Il portiere parlava e ascoltava, mandando ogni tanto un'esclamazione o una risatina. Glawen gli fece sentire un colpo di tosse, poi un sospiro impaziente. Cominciò a tamburellare sul bancone con le dita. Ogni minuto perso poteva avere la sua importanza. Il portiere inarcò un sopracciglio, quindi lo gratificò di uno sguardo seccato e decise di mettere fine alla conversazione. Si alzò, venne al banco e sfogliò il registro con aria distratta. – Sì, signore? Cosa desidera?

Glawen controllò la voce. – Una camera, naturalmente. Sono Glawen Clattuc.

– Purtroppo, signore, l'albergo è al completo. Dovrà rivolgersi altrove.

– Cosa? Ma se l'impiegata dell'ufficio turistico ha appena fatto la prenotazione!

– Davvero? – Il portiere si strinse nelle spalle. – Perché non vengono dette a me le cose importanti? Probabilmente quell'impiegata ha telefonato a qualcun altro. Si è già rivolto alla pensione Bon Felice, qui accanto?

– No di certo. Ho fatto la prenotazione al Novial e sono venuto al Novial. Questo le sembra irragionevole?

– Non sono io a essere irragionevole – disse l'altro. – Questa parola descrive la persona che, informata dell'inesistenza di una certa cosa, continua a discutere e a pretenderla. Tale persona, dalle nostre parti, viene definita "irragionevole".

– Mi stia a sentire – disse Glawen. – Quando l'ufficio per le informazioni turistiche telefona per prenotare una camera, qual è la vostra procedura?

– È molto semplice. Il funzionario di turno, che tanto per fare un esempio potrei essere io, scrive con cura il nome del cliente sulla lavagna qui a destra, cosicché non accadano errori.

Glawen indicò la lavagna. – Qual è il nome scritto in bianco dentro quel rettangolo azzurro?

Il portiere si voltò stancamente a guardare. – Nel rettangolo? Al momento sono annotate due parole: Glawen Clattuc. E con ciò?

– Non sono due parole. È il mio nome. Io sono Glawen Clattuc.

Per qualche secondo il portiere si grattò il mento; poi disse: – Lei è fortunato. Il rettangolo azzurro significa che le ho assegnato la Suite Imperiale. In futuro si prenda la briga di spiegare con più cura le sue richieste; noi non possiamo funzionare in assenza di fatti precisi.

– Sì, certo – disse Glawen. – Vedo che avevo sottovalutato la vostra efficienza. Ora mi mostri la Suite Imperiale, prego.

Il portiere lo fulminò con uno sguardo oltraggiato. – Il mio rango è elevato, caro signore! Il sono il funzionario ufficiale delegato alle registrazioni, nonché vice-presidente onorario di questo albergo! Non spetta certo a me scortare i clienti su e giù per le scale!

– In questo caso, chi è l'addetto?

– Al momento, nessuno. L'aiuto-portiere non si è fatto vedere, e non ho idea di quali siano gli orari dell'altro personale, oggi. Lei può aspettare qui fino all'arrivo dell'aiuto-portiere, oppure seguire quel corridoio fino in fondo ed entrare dall'ultima porta a sinistra. Il codice della serratura è tac-tac-tac.

Glawen andò in fondo al corridoio e batté tre colpetti sulla piastra della serratura. La porta scivolò di lato con una serie di scossoni, aprendosi solo per un terzo, e lui entrò di traverso tirandosi dietro la valigia. La camera in cui si trovò era larga appena quattro metri, con un tavolo pentagonale e un letto disposto obliquamente in un angolo. Nell'angolo opposto, dietro una tenda, c'erano il cesso e il lavandino. Si guardò attorno, accigliato. Che avesse sbagliato camera? Possibile che la Suite Imperiale fosse quella?

Per il momento avrebbe potuto accontentarsi; i pensieri che lo preoccupavano erano altri. Quel lungo viaggio era finito; il Destino lo aspettava a poca distanza da lì, in viale Crippet. Gettò la valigia sul letto e uscì di nuovo.

Nell'atrio, il portiere sentì arrivare i suoi passi e inarcò le fini sopracciglia voltandosi ostentatamente in direzione opposta: quando il turista fosse venuto a esporre le sue lagnanze lui avrebbe potuto girarsi a squadrarlo con un'indifferente alterigia che, facendo infuriare lo straniero, avrebbe incrementato la stima che lui aveva di sé.

Glawen non gli prestò la minima attenzione. Senza voltarsi a destra né a sinistra attraversò l'ingresso e uscì dall'albergo. Il portiere lo seguì con uno sguardo cupo, mentre il suo auto-apprezzamento si sgonfiava di qualche punto.

In strada Glawen rallentò il passo per esaminare i dintorni. Pharisse non s'era spostata molto nel cielo; prima del lungo crepuscolo restavano almeno altre otto ore di luce. Nella foschia ultravioletta dell'atmosfera si scorgevano sei o sette pallide falci di luna, alcuni dei satelliti di Nion nelle loro varie fasi. L'aria era immobile, e nel lago si riflettevano gli edifici della Vecchia Tanjaree sulla riva opposta.

Glawen si concentrò sulla sua missione cercando di isolare la mente contro le speranze e le aspettative troppo facili... cosa difficile, dato l'incombere delle domande sull'uomo che l'aveva preceduto dalla signorina Shoup: dove poteva essere?

Seguì una strada curvilinea fino all'inizio di viale Crippet, voltò l'angolo e subito avvertì il passaggio fra il quartiere degli stranieri e l'ambiente dove la popolazione locale si accentrava sulle sue abitudini quotidiane. Era gente tranquilla che sembrava vivere secondo un bioritmo più languido, quasi che le trentasette ore del giorno inserissero nel subconscio umano l'impressione che ci fosse più tempo per fare le cose. I passanti erano di piccola statura, come Rosa e Celeste, con lineamenti delicati e capelli castani. La strada aveva un corso irregolare: talvolta si restringeva, quasi cedendo alle bizzarrie di alcuni edifici che avevano voluto invaderla; talvolta s'allargava in piazze ricurve su cui incombevano gli immensi tronchi e rami dei dendroni.

In Glawen penetrò il sospetto che ci fosse qualcosa di strano: viale Crippet era innaturalmente silenzioso. Non si udivano voci alte o musica o rumori di traffico, ma soltanto lo scalpiccio dei passi e qualche lieve rumore dalle bancarelle e dalle botteghe.

Dopo dieci minuti arrivò alla Forniture Artistiche Argonaut: un edificio a due piani, più piccolo di quelli che gli sorgevano attorno. In un paio di vetrine ai lati della porta erano esposti senza pretese oggetti vari: cere sintetiche, plastiche e argille per modellare, un forno per la cottura delle ceramiche, utensili di rifinitura per la fonderia, solventi, vernici, scatole di colori e di pennelli, e numerosi piccoli strumenti e regoli. L'insieme aveva un aspetto polveroso e trascurato, come se nessuno si occupasse di quelle vetrine da molto tempo.

Glawen spinse la porta ed entrò. L'interno era silenzioso: uno stanzone in penombra, con un soffitto altissimo e pareti verniciate in marrone scuro. Non c'era nessuno, salvo una donna di mezz'età dai capelli biondo-grigi che sedeva dietro una scrivania e leggeva un giornale. Era minuta, di pelle chiara, vestita con una tuta da lavoro azzurra.

Solo quando Glawen fu di fronte alla scrivania la donna distolse lo sguardo dal giornale, con espressione di cortese indifferenza. – Sì, signore?

Lui s'accorse di avere la gola secca. Il momento era arrivato, e un'improvvisa tensione lo stava afferrando allo stomaco. Si schiarì la voce. – Posso parlare col signor Keebles?

La donna lasciò vagare lo sguardo per il locale, come se ponderasse sulla domanda. Poi si decise a rispondere: – Il signor Keebles? Non è qui.

Glawen ebbe una stretta al cuore. La donna aggiunse: – Non in questo momento. – Lui lasciò uscire il fiato.

Avendo risposto alla domanda, la donna tornò al suo giornale. Glawen non si mosse: – Sa dirmi quando tornerà?

Lei rialzò lo sguardo. – Quando avrà finito ciò che è andato a fare, o almeno credo.

– È una questione di minuti? Di ore? Giorni? Mesi?

La donna fece un sorrisetto blando. – Ma via, che strana cosa da dire! Il signor Keebles è uscito poco fa per andare al cesso!

– Allora stiamo parlando in termini di minuti – disse Glawen. – Posso presumerlo?

– Certamente non di mesi o di giorni – rispose lei, perplessa. – E neanche di ore.

– In questo caso, lo aspetto qui.

La donna annuì e ricominciò a leggere. Glawen si girò e diede un'occhiata più attenta al vasto locale. Sul retro c'era una rampa di scale, con poche linee che avrebbero potuto definirsi orizzontali – neppure il pavimento lo era – e sulla destra un lungo banco di vendita su cui il suo sguardo colse alcuni riflessi verdi. Si avviò da quella parte e vide che su un piccolo scaffale c'era una dozzina di piastre o spille di giada, larghe fino a una dozzina di centimetri, molto simili a quelle che aveva trovato nella cucina e nel cortile dei Chilke a Idola, con la differenza che queste erano scheggiate o incrinate, o logorate dall'uso. Strano, pensò. Si rivolse alla donna e chiese: – Cosa sono questi pezzi di giada?

– Quelli? – Lei parve rifletterci, inclinando la testa. – Ah, sì, quelli sullo scaffale. Sono emblemi, così si chiamano. Provengono dal Deserto delle Pietre Immote, all'altro capo del mondo.

– Sono oggetti di qualche valore?

– Oh, sì. Ma è pericoloso collezionarli, a meno che uno non sia un vero esperto.

– E il signor Keebles è un esperto?

La donna scosse il capo, con un sorrisetto vago. – Non lui, no. – Li ha avuti da un amico. Ma gli emblemi sono diventati rari, ed è un peccato, perché si vendono a un prezzo molto elevato. – Si volse. – Ecco che arriva il signor Keebles.

Dalle scale stava scendendo un ometto con un ciuffo di scompigliati capelli bianchi. Era tozzo e pesante, dai movimenti cauti, e avvicinandosi scrutò Glawen con due occhi azzurri in cui c'era una sfumatura di sospetto. – Buongiorno, signore. Desidera qualcosa?

– Lei è Melvish Keebles?

Lo sguardo dei pallidi occhi azzurri si fece più freddo. – Se lei è un venditore o l'agente di qualche produttore sta sprecando il suo tempo... e, peggio ancora, il mio.

– Non sono un venditore né un agente. Il mio nome è Glawen Clattuc. Vorrei scambiare due parole con lei.

– A proposito di cosa?

– Non potrò spiegarglielo finché non le avrò fatto un paio di domande.

Keebles ebbe una smorfia. – Devo dedurne che lei vuole qualcosa ma non è disposto a pagare per averlo.

Glawen sorrise e scosse il capo. – Penso che lei potrà trarre un certo profitto, se non altro, dalla nostra conversazione.

L'uomo commentò quella frase con un grugnito. – Quando vedrò entrare un cliente capace di farsi capire da una persona normale? – Agitò una mano verso di lui. – Venga. La ascolterò, ma non posso dedicarle più di qualche minuto. – Si volse, precedette Glawen a una porticina a lato delle scale e lo fece entrare in una stanza di vaste dimensioni, oscura e anonima come l'altro locale. Sei finestre fra cui non ce n'erano due uguali davano su un cortile posteriore. – Questo è il mio ufficio – disse Keebles. – Possiamo parlare qui.

Glawen si guardò attorno. I mobili erano scarsi: quattro scolorite sedie di legno, un tappeto a quadri rossi e neri, una fila di scaffalature in metallo, una scrivania ingombra di fogli, piccoli oggetti d'arte e un telefono. Su uno scaffale c'era una dozzina di statuette in ceramica alte circa mezzo metro, raffiguranti mostri umani della Foresta di Tangting. Glawen ne fu colpito e, suo malgrado, distratto; erano eseguite con superba abilità, e se quelle creature esistevano davvero si trattava dei più orridi e disgustosi umanoidi che lui avesse mai visto.

Keebles girò intorno alla scrivania e sedette. – Creazioni molto interessanti, vero?

Glawen scrollò le spalle. – Come fa a lavorare con queste statuette davanti agli occhi?

– Non ho scelta – borbottò Keebles. – Non posso venderle.

– I turisti gliele strapperebbero di mano – disse Glawen. – Comprano tutto, e più una cosa è orribile, meglio è.

L'uomo sbuffò aspramente. – A mille sol ciascuna?

– Be', questo sembra un prezzo elevato.

– Non tanto. Uno dei mostri di Tangting è un artista. Anni fa gli ho venduto un forno per la ceramica, e lui esegue questi fedeli ritratti dei suoi compagni. Ho idea di portarli sulla Vecchia Terra e venderli a un museo, come esemplari antropologici di mutazioni inquietanti per la scienza. – Gli indicò una sedia. – Si accomodi e mi spieghi quello che desidera. La prego d'essere breve. Fra poco ho un appuntamento.

Glawen sedette. Suo padre Scharde diceva che evitare la verità per prudenza poteva essere la più imprudente delle scelte, se si voleva essere creduti. Tuttavia Melvish Keebles aveva l'aria di chi non crede a niente, e quindi raccontargli menzogne o verità era probabilmente la stessa cosa. Decise di restare vicino alla verità. Ma non troppo, dato che Keebles avrebbe potuto trovare preoccupanti certi fatti.

– Sono appena arrivato dalla Terra, per negoziare certi accordi per conto di un cliente. Questo non ha niente a che fare con lei, sia chiaro, ma mentre guardavo la lista dei commercianti d'arte mi è caduto l'occhio per caso sul suo nome. Visto che non possono esistere molti Melvish Keebles in questa professione, mi è tornata in mente una faccenda di qualche anno fa, e così ho deciso di passare da lei.

L'uomo lo ascoltava senza molto interesse. – Continui.

– È lei il Melvish Keebles che una volta trattava spesso affari con Floyd Swaner?

Keebles annuì. – Quelli erano bei tempi, e dubito di vederli tornare. – Si appoggiò allo schienale. – Da chi ha sentito parlare dei nostri affari?

– Dalla figlia di Swaner. Abita ancora nella loro fattoria, presso Idola.

Keebles lasciò vagare lo sguardo sul soffitto, come alla ricerca degli anni perduti. – Mi sembra di ricordarla, sì. Ma ora il suo nome mi sfugge.

– La signora Chilke. Non credo di aver mai saputo il suo nome di battesimo.

– Chilke, sì. E com'è successo che lei l'ha conosciuta? Idola è un buco sperduto nelle Grandi Pianure.

– È semplice. Come lei, io faccio anche l'agente commerciale, e fra i miei clienti c'è la Società Naturalistica. A dire il vero, mi occupo dei loro interessi per amicizia; non è un cliente che dia molto profitto. Lei è mai stato uno dei membri?

– Della Società Naturalistica? – Keebles scosse il capo. – Credevo che avesse chiuso i battenti da un pezzo.

– Non ancora. Ma lasci che le chieda questo: lei sostiene gli scopi della Società?

L'uomo fece un debole sorriso. – Tutti siamo nemici del peccato. Così, chi vorrebbe avversare quei bravi Naturalisti?

– Nessuno... salvo che uno non ci veda un tornaconto.

Keebles ridacchiò senza voce, in una serie di ansiti sfiatati. – Questo è lo scoglio su cui la barca umana si spacca il fondo.

– In ogni caso, la Società sta cercando di riorganizzarsi. Parecchi anni fa... e credo che lei l'abbia saputo, un segretario di nome Nisfit vendette ogni bene della Società, compreso il contenuto degli archivi, e fuggì col denaro. Il segretario attuale sta cercando di riavere soprattutto i documenti, e mi ha pregato di recuperarli se appena me ne capita l'occasione. È stato lui a parlarmi di Swaner, e il mese scorso, visto che ero a Division City, sono passato dalla fattoria Chilke nella speranza di trovare qualcosa. È stato lì che ho avuto il suo nome.

Keebles ebbe un gesto d'indifferenza. – Sono cose successe molto tempo fa.

– A quanto dice la signora Chilke, Floyd Swaner vendette a lei un pacco di questi documenti. Sono ancora in suo possesso?

– Dopo tutti questi anni? – Keebles rise ancora della sua risata sfiatata. – E poco probabile, no?

Glawen sentì una fitta di scoraggiamento. S'era accollato quel viaggio faticoso nella speranza che Keebles avesse la Carta e la Garanzia Perpetua. – Non ne ha tenuto almeno qualcuno?

– Neppure uno. Libri e documenti non sono la mia specialità.

– Cos'è successo di quel materiale?

– Ha lasciato le mie mani molto tempo fa.

– Sa dirmi dove si trova oggi?

Keebles scosse il capo. – So a chi li ho venduti. Cosa ne sia stato in seguito, non posso immaginarlo.

– È possibile che l'acquirente li abbia ancora in suo possesso?

– Tutto è possibile.

– Be', in tal caso può dirmi a chi li ha venduti?

Appoggiato allo schienale, l'uomo appoggiò i calcagni sopra un angolo della scrivania. – Finora ci siamo mossi su un terreno sicuro dove parlare non fa male a nessuno. Ora lei entra in un altro, dove anche camminare in punta di piedi è pericoloso.

– Nel nostro lavoro qualche rischio capita, no? – disse Glawen. – E tutti noi sappiamo camminare a passi felpati.

Keebles ignorò l'osservazione. – Io non sono un uomo ricco, e le informazioni sono una merce di scambio. Se per lei hanno un valore, deve pagarle.

– Se le sue parole hanno un valore, può dirlo soltanto lei. Che tipo di informazione può darmi?

– So a chi ho venduto i documenti della Società Naturalistica, e so dove trovare questa persona. Questa è l'informazione che vuole, no? Dunque, quanto vale per lei? Una discreta cifra, immagino.

Glawen scosse il capo. – Lei ha troppa fantasia. I Naturalisti non sono certo in grado di riempirmi le tasche, e io non voglio buttare via soldi dietro un'ipotesi. Il suo cliente potrebbe aver rivenduto quei documenti a chissà chi altri.

– La vita è imprevedibile, signor Clattuc. Per guadagnare qualcosa, bisogna rischiare qualcosa.

– Un uomo assennato calcola le probabilità. In questo caso non sono buone. Il suo cliente potrebbe aver perso ogni traccia di quei documenti, oppure rifiutarsi di venderli per una ragione o per l'altra. In altre parole, la sua informazione non mi offrirebbe nulla di certo. Anzi, potrebbe darmi solo un altro modo di sprecare tempo e denaro.

– Bah – mugolò Keebles. – Lei si preoccupa troppo. – Tolse i piedi dalla scrivania e si raddrizzò. – Restiamo ai fatti. Quanto è disposto a pagare per l'informazione?

– Se è valida, intende? – domandò Glawen. – Facciamo così: lei telefoni al suo cliente, e gli chieda se ha ancora quei documenti, o in caso contrario a chi li ha rivenduti e dove. Io le pagherò cinque sol per la telefonata, e aspetterò la risposta.

Keebles mandò un ruggito d'indignazione. – Il tempo che ho sprecato finora con lei vale già il doppio!

– Non voglio darle torto; anzi mi accingo a pagarglielo. – Glawen mise cinque sol sulla scrivania. – Telefoni, si faccia dare la risposta e intaschi qualcosa per il suo tempo. Preferisce che io aspetti di là, in negozio?

– Non posso telefonare subito – grugnì Keebles. – Questa è l'ora sbagliata del giorno. – Guardò l'orologio da mignolo. – Inoltre adesso ho un appuntamento, come le ho detto. Torni stasera, al tramonto o anche un po' più tardi. Anche quella non sarà l'ora più comoda per il mio cliente, ma non c'è niente di comodo su questo maledetto pianeta, a cominciare dalla sua stupida giornata di trentasette ore.

5

Tornando indietro lungo viale Crippet, Glawen ripensò al colloquio con Melvish Keebles. Tutto considerato s'era svolto come meglio non si poteva pretendere, anche se il commerciante lo aveva lasciato in una nervosa situazione di attesa.

A conti fatti quello doveva esser considerato un passo avanti. Keebles aveva accettato di telefonare all'altra parte in causa nella transazione, e ciò significava che questi si trovava su Nion, in una zona con un fuso orario abbastanza lontano da quello di Tanjaree. Glawen si chiese se Keebles non si fosse pentito di averglielo lasciato capire. Quella noncuranza non era certo una sua caratteristica abituale... oppure testimoniava che Keebles lo considerava un affare di poco conto e con scarsa prospettiva di profitto, il che sembrava la spiegazione più ovvia. In quanto all'acquirente, era probabile che fosse uno degli strani tipi dello stampo di Floyd Swaner con cui Keebles commerciava da sempre, magari quello che cercava gli emblemi di giada nel Deserto delle Pietre Immote... un affare pericoloso, se era questo il significato dell'osservazione della commessa del negozio (o moglie che fosse, data la facilità con cui il commerciante convolava a nozze).

Viale Crippet si dilatò in una piazza, poi tornò a restringersi. C'erano più passanti di prima, per lo più gente dai lineamenti delicati tipici di Tanjaree, ma ogni tanto anche un uomo o una donna originari di altre zone, con caratteri fisici e abiti diversi, venuti a Tanjaree per acquistare merce d'importazione. Nessuno gli elargiva più di uno sguardo distratto; per l'attenzione che destava, avrebbe potuto essere invisibile.

Davanti a lui c'era un lungo pomeriggio d'ozio. Decise di tornare all'Albergo Novial. Vedendolo entrare nell'atrio, il portiere gli indicò una porta sulla destra. – La mensa è pronta per la refezione di mezzo pomeriggio. Devo dire al cuoco che prepari un po' di ottimo padulo anche per lei?

Glawen si fermò. Refezione di mezzo pomeriggio? Com'erano suddivisi i pasti in una giornata di trentasette ore? Colazione, pranzo, cena, uno spuntino a metà della mattina e uno a metà del pomeriggio, c'era da supporre. E durante le diciannove ore di quelle lunghe notti?* Per il momento Glawen mise da parte quelle domande. In effetti aveva un certo appetito. – Dubito che il mio stomaco si adatterebbe al padulo – disse. – I menu standard sono disponibili?

– Naturalmente. Alcuni turisti non vogliono nient'altro, ed è un peccato, perché il nostro cibo gratifica, sostiene e lubrifica l'apparato digerente. Oggi, ad esempio, abbiamo Lische di Padulo alla Salsintruglia e Pastapadula in Guazza Mista. Il distributore odorifero sul tavolo può fornire sedici odori diversi. Come dessert ci sono Saporetti Anticarie e Gustine Lassative. Da bere serviamo mosto effervescente di nostra produzione e un'ottima tisana. Scartare cibo così sano è un rischio per l'organismo. Comunque, lei può mangiare quello che vuole.

– In questo caso, correrò il rischio.

In sala mensa, dopo aver guardato fisso una cameriera per dieci minuti, forse col risultato di innervosirla, Glawen ottenne che gli fosse portato il menu turistico. Evitò testardamente di sollecitare il servizio e gli fu infine servita una minestra di verdura, a cui seguì pollo in salsa con contorno d'insalata. Era probabilmente tutta roba in scatola, ma condita con ingredienti locali dal sapore dolciastro. Una coppia di turisti seduta al tavolo accanto fu d'accordo con lui nel definire atroce il caffè. Dopo aver mangiato, depresso dall'atmosfera della mensa, uscì di nuovo in strada a fare quattro passi. Nel cielo, Pharisse sembrava sempre nella stessa posizione di prima. A est e a ovest pallide falci di luna si spostavano più veloci del sole nelle loro orbite. Al di là del lago, le cupole e le spirali della Città Vecchia si stagliavano basse e chiare su un orizzonte velato di foschia.

Glawen andò a sedersi su una panchina. Il Deserto delle Pietre Immote, a quanto la commessa di Keebles aveva detto, era dall'altra parte del pianeta. Il mezzogiorno di Tanjaree corrispondeva più o meno alla mezzanotte di quella località, dunque al tramonto laggiù sarebbe stata un'ora del primo mattino. Era abbastanza probabile,

* In alcune società di Nion, compresa quella evolutasi nella zona di Tanjaree, i pasti notturni e la loro particolare composizione sono basati sulle fasi delle lune presenti a quell'ora. Un individuo che mangiasse, ad esempio, tortine di padulo dolce mentre la luna Zosmei è calante, commetterebbe una ridicola volgarità e da quel momento sarebbe considerato un cafone di campagna.

rifletté, che il cliente a cui Keebles avrebbe telefonato si trovasse laggiù.

Glawen tirò fuori gli opuscoli che aveva acquistato all'ufficio turistico dell'astroporto e aprì la carta geografica, una proiezione Mercatore stampata in una varietà di sfumature policrome. Le linee verticali la dividevano in trentasette zone corrispondenti ai fusi orari. La fascia numerata zero – mezzogiorno o mezzanotte – era quella di Tanjaree.

La superficie di Nion era almeno il triplo di quella della Terra o di Cadwal, una differenza accentuata dalla mancanza di oceani e di mari veri e propri. I colori indicavano le caratteristiche del territorio: grigio per gli antichi fondali marini, verde oliva per i campi-acquatici, azzurro per le distese d'acqua, rosa per le steppe desertiche. Molti piccoli insediamenti attorniavano le tre città principali: Tanjaree, alla base dell'Altipiano Centrale; Sirmegisto, un migliaio di chilometri a sud-est; Tyl Toc, settecento chilometri a ovest. C'erano dozzine di città minori sparse per tutto il pianeta, e quasi tutte erano indicate come destinazioni turistiche: Cittàcurva, al bordo della Foresta di Tangting, Lunagrifa nel Deserto delle Pietre Immote, Campo Frusta sotto il Burrone Scintico, e una quantità di villaggi grandi e piccoli. Le linee nere che collegavano le località abitate venivano definite "piste dei nomadi".

Il Deserto delle Pietre Immote era attraversato dal fuso orario 18, esattamente dalla parte opposta del pianeta. Lì sorgeva la città di Lunagrifa, con Colle Shulz a nord e Ponte Gerhart a sud.

Glawen studiò la carta per qualche minuto, poi la ripiegò e se la mise in tasca. Lasciò la panchina e s'incamminò sul lungolago finché vide una libreria, accanto all'Albergo Cansaspara. All'interno c'era poco materiale su disco o su cubi di memoria; lui acquistò una guida per turisti stampata su carta, dal titolo:

NION: DOVE ANDARE, COSA FARE!
E inoltre: dove **NON** andare e cosa **NON** fare
se volete salvare la vostra vita e la vostra mente.
(Sì, la mente! Vedere il capitolo sui Vagantici)

Non distante c'era un bar all'aperto. Glawen andò a sedere a un tavolino laterale. Gli altri clienti erano per lo più turisti, e quasi tutti stavano discutendo sulle contraddizioni di Tanjaree, paragonandola ad altre località sperdute, esotiche e incomprensibili della Distesa Gaeana. Alcuni raccontavano le loro esperienze con questa o quella varietà di padulo; altri parlavano eccitati delle loro escursioni nella Foresta Tangting, e dei suoi abitanti folli o mostruosi. Nel cielo, Pharisse sembrava immobile fra i vaghi bagliori ultravioletti dell'atmosfera, come un pendente nella sua collana di lune.

Glawen cominciò a leggere la guida turistica, ma fu interrotto dall'arrivo di un cameriere vestito in una livrea marrone, con una cravatta a palloncino. – Cosa ordina, signore?

Lui richiuse il libro. – Avete qualcosa di analcolico?

– Ci sono molte ottime bevande, signore. Le può vedere elencate nel menu. – Il cameriere accese lo schermo del tavolo e gli indicò la lista, poi attese.

– Un momento! – esclamò Glawen. – Cos'è il "Tonico Auricolare"?

– Un liquore locale, signore, dagli stimolanti effetti auditivi.

– È un derivato del padulo?

– Sì, signore. Lo si distilla in alambicchi di canna.

– E questo, il "Carburante Meteora"?

– Un altro stimolante, signore. Lo si prende prima delle corse a piedi.

– Anch'esso distillato da...

– Da una diversa varietà di padulo, signore.

– Senta, cosa sta bevendo questa ragazza qui accanto?

– È lo "Svegliacadaveri". Una ricetta segreta dei Vagantici, assai popolare fra i turisti di moderne vedute.

– Capisco. E questo "Sherry importato dalla Terra"? Ha qualcosa a che fare con il padulo?

– Non che io sappia, signore.

– Allora mi porti uno sherry, se non le spiace.

Glawen riaprì la guida e trovò un capitolo intitolato: "Il Deserto delle Pietre Immote". Lesse:

> Non si può parlare delle Pietre Immote senza un ampio cenno agli Uomini Ombra, che ancor oggi vivono nella zona. È un nome che si adatta loro, se non altro perché ormai sono appena

l'ombra dei loro notevoli progenitori, ciascuno dei quali lottava incessantemente per il suo onore e dedicava la vita all'esecuzione di portentose attività. Gli Uomini Ombra odierni sono sobri, taciturni, estremamente superstiziosi, e così introversi da risultare impenetrabili. L'etichetta regola ogni fase della loro esistenza, cosicché essi sembrano sempre soverchiati dai particolari minuti, e si comportano in modo imprevedibile. Il turista in visita a Lunagrifa a cui accadesse d'incontrare un Uomo Ombra nel corso di una passeggiata, vedrebbe una persona stolida come la roccia e del tutto imperturbabile. Ma che il turista non si lasci ingannare: quel flemmatico gentiluomo gli taglierebbe la gola senza esitazione se lo scoprisse nell'atto di sfiorare un oggetto sacro. Ciò tuttavia non deve distogliervi dal visitare le Pietre Immote; sono cimeli di notevole interesse storico, e finché non infrangerete le usanze locali sarete al sicuro.

Gli Uomini Ombra odierni devono essere visti entro la prospettiva della loro storia. Appartengono a una malinconica categoria: quella delle colonie gaeane isolate che, nei secoli, sviluppano società di carattere unico fornite di elaborate convenzioni. Tali convenzioni divengono sempre più complicate e generano serie di regole sempre più anomale, le quali alla fine immobilizzano e poi strangolano la comunità, che in seguito agonizza penosamente. Il procedimento non manca mai di stupire gli studiosi che paragonano quei discendenti impoveriti e squallidi ai loro antenati dell'Età dell'Oro. Molto spesso tale decadenza è associata a una religione trasformata in fanatismo da un clero irrazionale. Nel caso degli Uomini Ombra, questa spinta fu il desiderio di gloria e la terribile volontà dì eccellere nelle loro Grandi Gare.

Fu duemila anni fa che questa società raggiunse il suo zenith. La popolazione era divisa in quattro Tribù: la Nord, la Sud, la Est e la Ovest. Circa cinquemila monoliti di pietra furono eretti dai campioni per segnare le loro tombe. Ci si può chiedere chi sia venuto prima: le Gare o le Tombe? Ma questo è materia di congetture, e in ogni caso irrilevante. Le Gare ebbero inizio come dimostrazioni di velocità e di destrezza, durante le quali i giovani di sesso maschile si cimentavano in corse pericolose sulla sommità delle Pietre, saltando dall'una all'altra. In seguito a ciò si aggiunse il contatto fisico fra i partecipanti (gli urti, i pugni, la lotta) come valido espediente per raggiungere la vittoria. Più tardi venne in uso la Corsa d'Acciaio, che non era più una semplice gara di velocità sulla cima delle Pietre quanto un insieme di strategie complicate, comprendenti fughe, attacchi e duelli alla spada. La micidiale abilità nell'uso delle armi diventò importante quanto le capacità atletiche. Le Gare avevano sempre eccitato forti passioni; da allora le quattro Tribù furono divise da faide sanguinose, vendette e uccisioni a catena che tennero impegnate le energie di molti.

Ma non di tutti. Le regole del combattimento furono perfezionate. Al compimento del quattordicesimo anno il giovane aveva il permesso di lasciarsi allungare le chiome, e poteva scolpire in un nodulo di giada fine la sua spilla per capelli. Questi "emblemi" come furono poi chiamati, erano più che ornamenti: in essi si accumulava il "mana" di un individuo, rappresentavano il suo passaggio all'età adulta, la personalità, e diventavano l'oggetto più prezioso da lui posseduto. Dopo aver inciso e sottoposto all'approvazione degli anziani il proprio emblema, il giovane era pronto per le Gare.

Innanzitutto doveva attendere la giusta concatenazione delle lune; questo era di vitale importanza. Le lune, con le loro fasi, i cicli e le posizioni relative, controllavano la vita degli Uomini Ombra. Quando infine si verificava la congiunzione favorevole, il giovane poteva salire sulle Pietre. Se era di carattere cauto faceva le sue prime corse contro altri come lui proprietari di un solo emblema. Alla peggio sarebbe stato gettato al suolo senza riportare ferite mortali, anche se avrebbe dovuto cedere il suo emblema al vincitore. Ciò accadeva nel corso di una cerimonia pubblica, grazie alla quale il vincitore vedeva esaltarsi le sue doti e il perdente sminuiva vergognosamente le proprie. Umiliato e afflitto questi doveva allora costruirsi un altro emblema e addestrarsi nuovamente a lungo per arricchirlo con capacità maggiori che in precedenza.

A tempo debito, se diveniva abbastanza forte e audace, poteva cominciare a vincere gli emblemi altrui, che portava infilati in una treccia di capelli dietro la nuca. Se in seguito gli accadeva d'essere sconfitto, o gettato giù dalle pietre, o ucciso, perdeva la treccia con tutti i suoi emblemi. Quando un giovane dimostrava d'essere un forte campione, all'età di vent'anni poteva associarsi con altri come lui, in un gruppo di dieci. Insieme essi tagliavano le Pietre in una cava di quarzite situata un centinaio di chilometri più a sud. Una volta sgrezzate, le Pietre venivano trasportate attraverso il deserto, scolpite e quindi erette. Dopo questo rito il giovane diventava uomo pienamente adulto, e un giorno o l'altro sarebbe stato sepolto ai piedi della sua Pietra, con gli emblemi che aveva saputo meritare e conquistare.

Ecco dunque cosa furono le Gare: dapprima corse a piedi, e infine sfide gravide di passioni e di sangue, vendette e faide. Le conseguenze genetiche furono gravi; le quattro tribù s'indebolirono sempre più, riducendosi a poche centinaia di individui.

Gli odierni Uomini Ombra non portano emblemi; tuttavia scolpiscono imitazioni e le vendono ai turisti, raccontando di averle trovate in una tomba segreta scoperta per caso. Fate attenzione! Questi oggetti sono falsi! Un Uomo Ombra non venderebbe mai un emblema autentico, se davvero ne trovasse uno: vi ucciderebbe prima di lasciarvelo soltanto toccare! Gli emblemi autentici hanno un grande valore, e ciò ha sempre allettato ladri e avventurieri di ogni provenienza. Di solito (intendetelo pure come "sempre") questi individui vengono trovati fra le Pietre con la gola tagliata.

A occidente delle Pietre Immote c'è la città di Lunagrifa, così battezzata per alcune delle superstizioni che governano tutt'ora la vita degli Uomini Ombra. Più che un centro abitato, Lunagrifa è un villaggio ampliato da un insieme di esercizi commerciali di vario genere e installazioni turistiche. I suoi tre alberghi (Il Luna Grifo, l'Emblema di Giada, e lo Spettro Lunare) sono della stessa categoria e all'incirca equivalenti. Al Luna Grifo sembra che ci siano maggiori precauzioni contro le pulci della sabbia, ma non è detto che siano sufficienti. Portatevi un buon insetticida e usatelo sul vostro letto prima di coricarvi, altrimenti le pulci vi copriranno di morsicature da capo a piedi.

NOTA: Gli Uomini Ombra sono apparentemente miti e pazienti. Questa è un'impressione erronea, come scoprirete se oserete molestarli, toccarli fisicamente o guardare in modo irritante una donna calva. In questo caso sappiate che la donna ha dedicato i suoi capelli a una combinazione di lune per lei importantissima, e si trova in uno stato di tensione tale che potrebbe tagliarvi la gola per qualunque motivo le passi per la testa. Non sorridete mai a un Uomo Ombra: vi restituirebbe subito il sorriso, e poi il suo braccio scatterebbe verso di voi e vi trovereste a sorridere con due bocche. Inoltre, nessuno sarà lì a proteggervi o a punire il colpevole, perché lo straniero deve considerarsi avvisato dalle informazioni contenute in pubblicazioni come questa. Qualora abbia trascurato di informarsi il colpevole è lui, e se sopravvive può essere denunciato.

Buono a sapersi, rifletté Glawen. Si rilassò sulla sedia e osservò il traffico dei pedoni sul lungolago: forestieri alloggiati negli alberghi, gente comune di Tanjaree, Vagantici dai lineamenti più fini e delicati: gli uomini vestiti con pantaloni al ginocchio e magliette colorate, le donne in abiti a un pezzo per lo più bianchi, con nastri colorati nei capelli.

Dopo un po' si rese conto che lo sherry non gli era ancora stato servito. Il cameriere che aveva preso la sua ordinazione era appoggiato alla porta a braccia conserte e guardava oziosamente il lago. Glawen si chiese se fosse il caso di protestare e redarguirlo. L'altro avrebbe reagito voltandosi a gratificarlo di un'occhiata pigra e sprezzante, mentre lui sarebbe apparso un ridicolo estraneo dalla faccia arrossata capace solo di battere cocciutamente la testa contro le usanze locali. Considerò le sue scelte e stabilì che la più facile si basava sul fatto che lui non ci teneva a bere uno sherry. Adottò quest'ultima con un sospiro di rassegnazione, e in quel preciso momento il liquore gli fu servito da uno sguattero di cucina. – Aspetta – disse Glawen. Sollevò il bicchiere e ne annusò il contenuto: da quando lo sherry d'importazione terrestre era di colore giallo? Che contenesse qualcosa estratto dal padulo? L'odore sembrava quello dello sherry, di una marca o dell'altra. – Va bene – disse al ragazzo. – Può darsi che sia sherry.

– L'esperto è lei – disse il ragazzo.

Glawen lo fissò negli occhi, poi decise che il sarcasmo era troppo impercettibile per contenere un'intenzione offensiva. – Va bene – disse austeramente, e gli diede un intero sol di mancia. – Puoi andare. – Lo sguattero intascò la moneta con un sorriso incredulo. Il cameriere sbarrò gli occhi stupefatto e si scurì in volto. Prima o poi, pensò Glawen, i tanjareesi avrebbero finito per capire che incrementare il proprio rango a spregio dei clienti paganti aveva anche un lato negativo.

La sua attenzione fu attratta da uno spettacolare e raffazzonato veicolo che arrivava sul lungolago: una sorta di scatolone lungo una ventina di metri e alto cinque o sei, coperto di scritte e disegni colorati. Veniva avanti su dieci ruote fra cui non ce n'erano due uguali, ovalizzate o distorte, che lo facevano traballare in una serie di assurdi scossoni laterali. Il conducente era un ometto grasso con due mustacchi cespugliosi e un larghissimo cappello nero, appollaiato su una piattaforma posta in alto, che manovrava una ruota di timone affiancata da leve lunghe un braccio. La parte superiore del carrozzone, sotto di lui, era circondata da uno stretto terrazzo su cui stavano una dozzina di passeggeri di sesso indeterminabile, vestiti con gonnellini cortissimi e vari indumenti bislacchi pieni di buchi, al limite della decenza. Altri cinque o sei si sporgevano dalle finestre, agitando le braccia a salutare i passanti. L'ometto grasso dai baffi neri gettò tutto il suo peso sulle leve; il veicolo accostò al marciapiede e si fermò con un ultimo sussulto che fece buffamente perdere l'equilibrio ai suoi passeggeri. Un pannello lungo quanto l'intera fiancata si abbassò come un ponte levatoio appeso a due catene, trasformandosi in un palcoscenico chiuso sul retro da un sipario rosso, e dalla tenda uscì un individuo magro e allampanato. Aveva un volto lungo e scarno, una patata gialla al posto del naso e gli angoli della bocca esageratamente ricurvi in basso; la faccia di un cane triste e supplichevole. Indossava un vecchio abito da cerimonia rappezzato con stoffe di colori diversi, di parecchie misure troppo largo per lui, e le sue scarpe erano bocche spalancate da cui sbucavano le dita dei piedi. Il clown si mise a sedere nell'aria, ma fu salvato appena in tempo da una mano che sbucò dalla tenda per piazzare uno sgabello sotto di lui. Lui sorrise ai clienti del bar all'aperto; si levò il cappello, e finse un disperato imbarazzo quando insieme a esso gli venne via dalla testa anche la parrucca. Poi tese un braccio di lato e la mano di poco prima ricomparve, mettendogli fra le dita il manico di una grossa chitarra. Il clown provò un paio di accordi orribilmente stonati, gemette, regolò le corde, e quindi cantò una ballata che narrava le tribolazioni della sua vita vagabonda. Mentre suonava le ultime note, dalla tenda ballonzolarono fuori due grasse matrone di mezz'età che cominciarono a danzare una specie di can-can, e il clown le accompagnò passando a un ritmo più energico. A lui si aggiunse un giovanotto elegante e di bell'aspetto che sull'altro lato del palco attaccò a suonare una concertinas: le due matrone accolsero la sua comparsa con gridolini di adorazione e raddoppiarono i loro sforzi, gettando le braccia da tutte le parti e facendo ondeggiare le voluminose mammelle. Scalciavano così in alto che sembravano sul punto di rovesciarsi all'indietro, ma ogni volta si raddrizzavano con sorprendente agilità. Alla fine le due donne agguantarono il clown e lo scaraventarono di peso verso i clienti del bar, che alzarono le braccia spaventati; ma dal carrozzone era uscito un palo orizzontale e il clown restò sospeso al cavo che aveva fissato alla cintura, senza smettere di suonare la chitarra e agitando i piedi a pochi centimetri dai tavolini degli avventori. Quando il giovanotto l'ebbe tirato di nuovo sul palcoscenico, le due matrone fuggirono dinnanzi alla sua ira e tutti scomparvero.

Il loro posto fu preso da tre ragazze attraenti, con corte gonne nere e blusette dorate, che dopo pochi passi di danza furono raggiunte da un giovanotto mascherato da demone-satiro avido di abbrancarle. Il demone diede loro la caccia lungo il palcoscenico fra salti e contorsioni acrobatiche, facendo di tutto per strappar loro le vesti e rovesciarle al suolo. I suoi tentativi non erano privi di un certo successo. Mentre l'azione raggiungeva il climax, con le tre ballerine ormai a seni nudi e sempre più preda dell'erotismo del demone, Glawen colse un movimento con la coda dell'occhio; si girò di scatto e afferrò per un polso la bambina di otto o nove anni che gli era scivolata accanto. La mano di lei era già in una tasca della sua giacca. In silenzio Glawen la guardò negli occhi, grigi e freddi, da un palmo di distanza, e le strinse più forte il polso. Lei aprì le dita, lasciando ciò che aveva preso. Glawen si accorse che stava per sputargli in faccia. La lasciò subito andare e la bambina si allontanò con tutta calma, voltandosi appena un attimo per gettargli un'occhiata sprezzante.

Sul palcoscenico entrò un giocoliere e per qualche minuto si diede da fare con una dozzina di anelli. Fu seguito da una donna anziana, che suonava un grosso corno d'ottone e con le dita dei piedi nudi azionava i tasti di un plectrum: l'accompagnamento col piede sinistro, il ritornello con il destro. Al termine della prima esecuzione alla donna si unì un altro clown, un vecchietto rachitico che manovrava una specie di controfagotto alto quanto lui e soffiava in un'armonica a bocca stretta fra i denti, e i due si produssero in una musichetta allegra. Il finale dello spettacolo fu rappresentato da quella che sembrava la compagnia al completo, una dozzina di adulti e sei bambini di diversa età riuniti in un'orchestra piuttosto eterogenea e rumorosa; al termine dell'esecuzione questi ultimi saltarono giù dal palco e si avviarono fra i tavolini del bar, protendendo piccoli vassoi di legno per le offerte. I turisti non si fecero pregare. La bambina che avvicinò Glawen era la stessa che aveva appena cercato di derubarlo. Senza dir parola lui mise un paio di monete nel suo vassoio; senza dir parola lei passò oltre. Qualche minuto dopo il carrozzone ripartì traballando, e andò a fermarsi un centinaio di metri più avanti di fronte al bar all'aperto dell'Albergo Cansaspara.

Glawen alzò lo sguardo verso Pharisse, ora di qualche grado più a ovest lungo il suo arco. Riaprì la guida e cercò il capitolo in cui si parlava dei teatranti nomadi che giravano fra le città di Nion a bordo dei loro fatiscenti veicoli. Si calcolava che esistessero circa duecento gruppetti di quel genere, ciascuno con le sue tradizioni e il suo particolare repertorio.

> Si tratta di esseri umani selvatici, animati da un irrefrenabile istinto nomade!" *diceva la guida.* "Niente può convincerli a mettere un limite alla loro libertà. Hanno un rango sociale irrilevante. Gli altri abitanti di Nion li considerano mentecatti e li trattano con sprezzante tolleranza, ignorando il fatto che le loro prestazioni rivelano uno sforzo creativo artistico e originale, per non parlare di un virtuosismo spesso ammirevole.
>
> Malgrado l'avventurosa vivacità con cui li si vede apparire e

mettere in scena i loro spettacoli, la vita nomade è tutt'altro che un romantico idillio. In genere all'arrivo sono di umore allegro solo per essere sopravvissuti a un lungo viaggio in zone desertiche, ma ben presto diventano inquieti e si affrettano a ripartire verso qualche altra destinazione. Non vanno tuttavia giudicati frivoli e superficiali; in effetti, sottoposti anch'essi al giogo delle tradizioni secolari, hanno un carattere alquanto malinconico. Da bambini apprendono questa o quella delle loro arti appena sono in grado di camminare. La loro vita adulta è guastata dalle gelosie meschine fra un gruppo e l'altro, dal desiderio di eccellere e dal disprezzo per chi conduce un'esistenza sedentaria. La loro vecchiaia è tutt'altro che tranquilla. Appena un uomo o una donna anziani cominciano a smarrire la capacità di contribuire efficacemente allo spettacolo incorrono nel malumore dei compagni e cominciano a perdere il loro rispetto. Quando ciò accade l'anziano sfida i membri del gruppo a criticarlo e orgogliosamente esegue il suo numero dinnanzi a loro, sfoderando il massimo della destrezza. La prima volta può andargli bene; la seconda un figlio o un nipote possono perorare la sua causa presso gli altri; ma viene inevitabilmente il giorno in cui l'anziano fallisce, e allora la sua prestazione si chiude in un imbarazzato silenzio. Durante il viaggio successivo il loro carrozzone si ferma brevemente, nel mezzo della notte, con le lune che brillano nel firmamento gelido. L'anziano viene fatto scendere dal veicolo; qualcuno gli mette in mano una bottiglia di vino e poi i compagni ripartono. Il vecchio artista nomade resta solo, e non può far altro che gettarsi a sedere sul terreno spoglio. Guarda le lune e cerca di leggere in esse la sorte che lo attende, suona la canzone che si è preparato per quell'occasione, poi beve il vino e si distende per addormentarsi di un sonno da cui non si sveglierà mai più, perché nella bottiglia è stato aggiunto un soporifero velenoso dei Vagantici.

Glawen richiuse la guida; aveva già letto più di quanto gli servisse – e gli interessasse – conoscere. Si appoggiò allo schienale della sedia e si chiese se fosse il caso di ordinare una pasta al carrello automatico che si stava aggirando fra gli avventori. All'altro lato del bar all'aperto un giovanotto, alto e atletico, si alzò dal tavolino a cui era stato seduto e se ne andò. Prima che lo sguardo di Glawen fosse attratto da qualcosa di familiare nella sua andatura era già lontano una trentina di metri. Lui fece in tempo a vedere che indossava un paio di aderenti pantaloni verdi, una mantellina blu cobalto e uno dei cappelli conici in voga fra la gioventù di Tanjaree.

La sua figura scomparve in fondo alla strada a passi svelti e sicuri, un tantino ondeggianti. Glawen cercò di richiamare alla mente il particolare che lo aveva colpito; gli sembrava di aver guardato verso di lui qualche minuto prima, e di aver visto una faccia giovane dai lineamenti regolari, incorniciata da corti capelli corvini; ma non poteva esserne sicuro. Tuttavia, malgrado quell'assenza di indizi, in lui restò una mezza impressione di aver già visto l'individuo da qualche parte.

Scrollò le spalle e controllò il suo orologio. Aveva il tempo di fare un pisolino prima del suo incontro con Keebles. Si alzò, pagò la consumazione al cameriere senza lasciare la mancia e fece ritorno all'albergo Novial.

Al banco dell'atrio c'era un altro portiere, un uomo anziano con pochi capelli e una barbetta color sale e pepe. Glawen gli chiese se avrebbe potuto svegliarlo alle ventisette in punto, perché quella sera aveva un appuntamento importante. Il portiere annuì, ne prese nota sulla lavagna e tornò al giornale di moda che stava leggendo. Glawen andò in camera, si spogliò, controllò la morbidezza del letto e in pochi minuti si addormentò.

Trascorse il tempo. Qualcosa d'indefinibile s'insinuò nei suoi sogni, e a un tratto un dolore pungente a una gamba lo svegliò. Accese la luce e scoprì d'essere stato morso tre volte da alcuni insetti neri grossi come scarafaggi. Ma il grugnito che gli uscì di bocca fu per la cifra che lesse sull'orologio: le ventotto e dieci. Fuori della finestra il cielo era buio. Balzò giù dal letto, schiacciò tutti gli insetti che trovò nelle vicinanze, si lavò la faccia e dopo essersi vestito in fretta uscì di camera. Quando lo sentì arrivare nell'atrio il portiere distolse lo sguardo dallo schermo di un televisore, e si alzò, con aria fra contrariata e stupefatta. – Signor Clattuc! Stavo giusto per venire a svegliarla, ma vedo che ci ha pensato da solo!

– Non esattamente. Sono stato svegliato dagli insetti. La stanza è piena di pulci della sabbia. Io starò assente un paio d'ore; nel frattempo la prego di farla disinfestare.

Il portiere tornò a sedersi. – Evidentemente il mio collega ha dimenticato di usare l'insetticida, quando lei ha preso alloggio. Stia certo che gli riferirò le sue severe rimostranze.

– Non è abbastanza. Dovete occuparvi di quegli insetti subito.

L'uomo inarcò un sopracciglio. – Sfortunatamente adesso il mio collega è fuori servizio. Le assicuro che domani la cosa sarà risolta con sua completa soddisfazione.

Glawen lo guardò dritto negli occhi. – Quando tornerò in albergo esaminerò la stanza. Se troverò degli insetti li porterò qui, e in quanto a ciò che ne farò... lei potrà solo augurarsi che abbiano un buon sapore.

– Questo non è un linguaggio educato, signor Clattuc.

– Neppure i vostri insetti sono educati. Tenga a mente la mia promessa!

Glawen lasciò l'albergo. Pharisse era sotto l'orizzonte, e su Tanjaree continuava a stagnare un crepuscolo fatto di misteriosi riflessi ultravioletti. Al di là del lago la Città Vecchia, in quella strana luce pallida, sembrava reale solo a metà: un paese di candidi palazzi fatati. Nel cielo galleggiavano undici o dodici lune dai colori diversi: grigio-crema, avorio, bianco-argento, rosa pallido, giallo con sfumature azzurre. I loro raggi si riflettevano nel lago. A quanto diceva la guida, Nion era anche noto come "Il Mondo delle Diciannove Lune"; ciascuna aveva il suo nome, e ogni abitante del pianeta li conosceva tutti meglio del proprio.

Glawen si avviò su viale Crippet, e fu sorpreso di scoprire che grazie all'illuminazione serale la strada era adesso molto più attraente, addirittura allegra. Evidentemente ogni proprietario di appartamento aveva ordine di mettere fuori da una finestra una luce di una certa potenza, e il risultato era una luminaria colorata come se si celebrasse una festività. Lui si rendeva conto che gli impulsi estetici erano l'ultima cosa che li preoccupasse; l'effetto che ne risultava era dovuto al fatto che quella era parsa la soluzione più facile.

In giro c'era ancora molta gente, ma non tanta come nel pomeriggio. Alcuni erano del posto, altri erano turisti che passeggiavano e guardavano le vetrine, o si fermavano nei piccoli bar del lungolago. Glawen, in ritardo di un'ora per l'appuntamento con Keebles, li oltrepassava a un'andatura molto più rapida. A un tratto si fermò. Un uomo con una mantellina blu e i pantaloni verdi lo aveva appena incrociato, lasciandogli di sé l'immagine di un volto giovane e attraente irrigidito in un'espressione dura. Si girò a cercarlo con lo sguardo, ma la mantellina blu si stava già perdendo fra le luci e le figure in movimento. Glawen ripercorse la strada di quel mattino e arrivò alla Forniture Artistiche Argonaut. Nell'interno era accesa la luce, e quando spinse la porta la trovò aperta, benché l'orario di chiusura fosse passato e l'impiegata non si trovasse più dietro la sua scrivania.

Glawen entrò e chiuse la porta. Per qualche momento si guardò attorno nel vasto locale dalle pareti scure; niente era cambiato dalla sua precedente visita. Non si sentivano rumori e non c'era traccia di Keebles.

Andò alla porta che dava nell'ufficio del commerciante. Si fermò e tese gli orecchi. Poi bussò e chiamò: – Signor Keebles? Sono Glawen Clattuc... c'è nessuno?

Il silenzio gli sembrò più profondo di prima.

Con una smorfia si mosse verso le scale e salì qualche gradino. Sul pianerottolo vide che al piano di sopra le luci erano spente. – Signor Keebles? – chiamò ancora.

Nessuna risposta. Glawen scese di nuovo, aprì la porta dell'ufficio e guardò nell'interno. Sul pavimento giaceva un corpo umano. Era Keebles. Aveva ferite da taglio sulle gambe e sulle braccia; dalla bocca gli era colato un filo di bava sanguigna. I suoi occhi erano sbarrati in un'espressione di sofferenza e di orrore. Aveva i pantaloni aperti sul davanti e inzuppati di sangue. Il suo assassino lo aveva torturato con bestiale ferocia.

Glawen si chinò a toccare il collo del cadavere. Era ancora caldo. Sul pavimento c'erano il coltello usato dal suo aguzzino e un paio di guanti neri. Keebles era stato ucciso da poco. Se il portiere dell'albergo non avesse dimenticato di svegliarlo, forse lui sarebbe arrivato lì in tempo per salvargli la vita.

Per qualche momento guardò il cadavere, a denti stretti; da quella bocca non sarebbero più uscite le informazioni che lui aveva tanto sperato di ottenere.

Perché era stato ucciso? Nell'ufficio non si vedevano tracce di effrazione; i cassetti della scrivania erano chiusi, gli scaffali intatti. In fondo all'ufficio una porticina metallica dava sul cortile posteriore. Era ancora chiusa, con un semplice e robusto catenaccio; l'assassino era entrato dalla parte del negozio.

Glawen accese la lampada sulla scrivania e cercò un taccuino o un elenco di indirizzi dei clienti di Keebles. Attento a non lasciare impronte digitali aprì i cassetti e rovistò fra il contenuto, senza trovare nulla d'interessante. Non c'erano terminali di computer; Keebles teneva la sua contabilità per iscritto in alcune cartelle rivestite in cuoio, ma dopo aver sfogliato i pochi documenti che vi trovò dentro le rimise al loro posto, deluso.

Si passò una mano sulla faccia e cercò di riflettere. Keebles si era detto disposto a fare una telefonata; sulla scrivania c'erano lo schermo e la tastiera del telefono. Usando una penna Glawen sfiorò il tasto "Opzioni", e quando a schermo apparve il menu premette il CR per la "Lista delle Chiamate Recenti".

L'ultima era stata fatta all'Albergo Luna Grifa, a Lunagrifa. Le altre erano chiamate locali, tutte con la data di quel giorno ma con la sola indicazione di "Tanjaree – città".

Dalla parte del negozio provenne un rumore. Glawen si mosse in punta di piedi, rigido e teso, e sbirciò cautamente. Fuori dalla porta a vetri, in strada, due poliziotti in uniforme stavano parlottando fra loro. Uno di essi aveva una mano sulla maniglia e con l'altra impugnava un'arma.

Per un attimo la sorpresa gli mozzò il fiato. Poi corse in silenzio alla porta del retro, tirò il catenaccio e uscì nel cortile, un rettangolo di terra battuta che si apriva su un vasto e oscuro lotto edificabile, vuoto a eccezione di un triciclo a motore del tipo usato per le consegne. Glawen chiuse la porta e si avviò verso la strada: ci fu un rumore di passi che si avvicinavano. Ansimando un'imprecazione fra i denti balzò via da lì e si acquattò nell'ombra dietro il triciclo. Pochi secondi dopo altri due poliziotti girarono l'angolo dell'edificio, diedero al cortile un'occhiata rapida e poi entrarono nell'ufficio di Keebles dalla porta posteriore.

Appena furono scomparsi Glawen raggiunse il lotto di terreno vuoto e si allontanò verso le luci visibili al di là di esso, inciampando fra rottami, erbacce, spazzatura e pozzanghere piene di fanghiglia puzzolente.

Il terreno incolto confinava con un vicolo su cui si affacciavano piccoli edifici a un piano. A una trentina di metri da lì la strada era ravvivata dall'insegna luminosa di un bar. Dall'interno del locale provenivano un mormorio di voci, una musichetta fioca e lamentosa, e ogni tanto alcune risa maschili e femminili. Glawen lo oltrepassò in fretta, e dopo aver sbagliato strada tre o quattro volte riuscì finalmente a sbucare sul lungolago.

Nel camminare rifletté sull'accaduto. L'arrivo dei poliziotti a così breve tempo dal suo ingresso nel negozio sembrava troppo tempestivo per essere una coincidenza. Erano stati avvertiti, e da qualcuno che sapeva della morte di Keebles. Glawen mise insieme una sequenza di eventi che, dando per certe alcune sgradevoli ipotesi, appariva probabile. Ipotesi Numero Uno: il giovane di bell'aspetto con la mantellina blu era lo stesso che s'era fatto gioco della signorina Flavia Shoup. Due: era sbarcato a Tanjaree appena poco prima o insieme a lui. Tre: lo aveva aspettato, pedinandolo fin dal suo arrivo, ed aveva avuto l'astuzia di non avvicinare Keebles prima di lui, per non metterlo in allarme. Date per scontate queste tre premesse, l'accaduto si spiegava. Dopo averlo visto entrare alla Forniture Artistiche Argonaut il giovanotto era tornato indietro con lui; forse aveva pagato il portiere dell'albergo Novial per conoscere le sue intenzioni; forse lo aveva pagato perché omettesse di svegliarlo prima dell'ora di chiusura dei negozi; e forse aveva intuito proprio da quel particolare che lui intendeva tornare da Keebles. Comunque fosse, di questo se n'era accertato interrogando il disgraziato per estrargli l'informazione che desiderava. Una volta uscito dal negozio, l'assassino era rimasto ad attendere il suo passaggio in viale Crippet, e quindi aveva avvertito la polizia in modo che lui fosse sorpreso sulla scena del delitto. I guanti avrebbero spiegato perché sul coltello non c'erano le sue impronte digitali.

Anche se queste ipotesi erano vere soltanto in parte, la sua unica scelta restava quella di raggiungere la città di Lunagrifa alla massima velocità possibile.

Glawen tornò all'Albergo Novial. Il portiere lo accolse con un cenno di saluto in cui non c'era la minima traccia di cordialità. Nella sua stanza, scoprì che il letto era stato sostituito da un'amaca di corda appesa alle pareti; evidentemente disinfestare il materasso s'era rivelata un'impresa impossibile.

Si cambiò d'abito, prese la valigia e tornò nell'atrio. Il portiere s'era prudentemente eclissato in attesa che quell'insopportabile cliente si rassegnasse all'idea di una nottata sull'amaca. Glawen uscì e cercò un telefono pubblico. Dopo quattro chiamate a cui rispose solo uno schermo vuoto scoprì che l'Agenzia di Viaggi Halcyon, con sede all'Albergo Cansaspara, era ancora aperta e non avrebbe chiuso fino alle trentadue.

Parte IX

1

L'Agenzia Halcyon aveva sede in un ufficio dalle pareti di vetro nell'atrio dell'Albergo Cansaspara. Una targa diceva:

UFFICIO VIAGGI HALCYON

Servizi turistici di ogni genere

GITE, ESCURSIONI, SPEDIZIONI

Visitate le terre più remote in tutto conforto e sicurezza. Ammirate il vero Nion! Studiate le usanze di popolazioni misteriose e osservate i loro riti orgiastici! Cenate nell'incanto delle lune al Festival dei Mille Paduli, o godetevi un sontuoso pasto con le specialità della cucina a voi più amiliare!

Un'occasione unica nella vostra vita!

INFORMAZIONI SUI TRASPORTI LOCALI

Glawen entrò nell'ufficio. Alla scrivania era seduta una ragazza alta dai capelli neri, snella, attraente, evidentemente originaria di qualche altro pianeta. In un angolo c'era una targhetta col suo nome:

T. DYTZEN
Agente in servizio

– Sì, signore? Posso esserle utile?

– Lo spero – disse Glawen. Sedette su una poltroncina a destra della scrivania. – Qual è il modo migliore per andare a Lunagrifa? Vorrei arrivare là al più presto... possibilmente subito, anzi.

T. Dytzen sorrise. – È da poco su Nion, vero?

– Sono arrivato questa mattina.

La ragazza annuì. – Prima della fine della settimana dimenticherà il significato di parole come "presto" e "subito". Be', vediamo cosa si può fare. – Consultò lo schermo del suo terminale. – C'è un certo numero di servizi per merci e passeggeri, ma nessuno di grosse dimensioni o ben organizzato. L'aerobus della Semi-Express è il solo che rispetta un orario, ma lei lo ha appena perduto. Il volo serale parte alle ventinove e venti, fa una tappa a Porto Frank Medich e arriva a Lunagrifa alle dodici. Le dodici di Tanjaree, intendo; a Lunagrifa è il crepuscolo. Lo dico per darle un'idea dei tempi di viaggio.

– Capisco. Ci sono altri mezzi disponibili?

T. Dytzen consultò ancora lo schermo. – Alle trentadue e quaranta parte il volo giornaliero della Freccia Azzurra. Ma fa sei soste in altre città e arriva a Lunagrifa domani alle ventisei, ora di Tanjaree.

– Non c'è niente di più rapido?

La ragazza gli elencò altri mezzi di trasporto che prima o poi toccavano la città di Lunagrifa. – Questi sono per lo più aero-vagoni, non troppo veloci, con spazio al massimo per trenta o quaranta passeggeri. Consumano poco carburante e danno un buon profitto ai loro proprietari, ma non c'è abbastanza traffico da giustificare un collegamento rapido con i paesi o gli accampamenti dell'interno. Solitamente si finisce per usare quello che capita e chiamarla "un'avventura". I turisti non se ne lamentano molto.

– Potrei affittare un aeromobile? In un modo o nell'altro, devo arrivare a Lunagrifa senza perder tempo.

T. Dytzen scosse il capo, incerta. – Non so cosa dirle. C'è poca scelta fra la Murk DeLuxe e la Waftlinea. Non posso raccomandarle nessuna delle due. I velivoli della Murk, a quanto sento dire, usano pezzi di ricambio di altri modelli e non sono affidabili. Quelli della Waftlinea hanno il record degli atterraggi di fortuna in zone sperdute. Inoltre nessuno affitta un aeromobile senza pilota, per timore che il turista sia così sciocco da atterrare nella Foresta di Tangling. Comunque, se vuole, posso chiamare la Murk e domandare cos'hanno a disposizione.

– Gliene sarei grato.

T. Dytzen compose un numero telefonico, e pochi momenti dopo

Glawen sentì una voce insonnolita grugnire: – Mmpf… che cosa vuole, a quest'ora? Stavo dormendo?

– Strano! – disse T. Dytzen. – La vostra pubblicità dice: "Servizio clienti notte e giorno. Noi non dormiamo mai!"

– Questo solo quando ho dei velivoli da affittare.

– E oggi non ne ha neanche uno?

– Ne ho due, ma sono in servizio.

– La vostra pubblicità dice anche che la Murk Deluxe ha una flotta di dodici velivoli di tutti i tipi.

– Quella è una pubblicità vecchia. Chiami un altro giorno, se vuole. – Lo schermo si spense.

– Non mi aspettavo di meglio – disse T. Dytzen a Glawen. – Per non scartare nessuna possibilità sentiremo anche la Waftlinea. – Compose un altro numero, attese, ma non ebbe risposta. – Sembra che la Waftlinea oggi sia chiusa – commentò. – Domani chiederò loro cosa significano le parole "SERVIZIEVOLI!" "SEMPRE VIGILI!" "NON CONOSCIAMO RIPOSO!" che hanno pagato per inserire nella pubblicità dell'elenco telefonico. – Rifletté qualche secondo. – Forse la sua alternativa migliore è il Servizio Postale Provinciale, domattina alle undici. Fa un certo numero di fermate, almeno sette o otto, e arriva a Lunagrifa a mezzogiorno ora locale… vale a dire verso le trentasette di Tanjaree.

– E non ci sono altri aerei? Magari privati, oppure trasporti merci che facciano viaggi saltuari per piccole ditte.

– Certo che ci sono – disse T. Dytzen. Chiamò a schermo un altro elenco. – I loro uffici saranno quasi tutti chiusi, a quest'ora.

– Ma devono aver consegnato all'aeroporto il loro programma di volo per domani.

T. Dytzen annuì senza convinzione e batté un numero. Parlò con una centralinista, fu messa in linea con un ufficio, parlò ancora, attese che arrivasse un terzo individuo. Dopo una breve conversazione si girò verso Glawen. – Lei è fortunato. La Trans Cargo ha del materiale da portare nella zona di Lunagrifa. Come ha sentito, l'aerovagone decolla dalla Pista 14 fra mezz'ora. Quello con cui sto parlando è il pilota. Mi sembra che venti sol non siano molti. È all'incirca quello che lei pagherebbe con la Semi-Express. Le va bene?

– Il costo è accettabile. Ma l'ora d'arrivo?

T. Dytzen aveva ancora sullo schermo il pilota e lo chiese a lui. Poi si volse a Glawen. – Arriva appena un'ora dopo il volo di linea della Semi-Express.

– Gli dica che fra mezz'ora sarò a bordo.

T. Dytzen riferì la sua conferma, poi chiuse la comunicazione. – Vada direttamente alla Pista 14 e aspetti dietro l'aerovagone. Non si faccia notare, e non dica niente a nessuno del suo accordo privato col pilota. A proposito, la mia tariffa è cinque sol.

2

Ripassando davanti all'Albergo Novial, Glawen entrò per saldare il conto. Il portiere era dietro il banco e, nel vederlo con la valigia in mano, assunse un'espressione indignatissima. – Così, tutto il mio faticoso e sollecito lavoro è stato fatto per niente?

– Non ho tempo per spiegarle – disse lui. – Ma due cose al mondo sono certe: Pharisse sorgerà domani all'alba, e l'Albergo Novial non mi vedrà mai più.

Glawen prese subito la funicolare e salì sul bordo dell'altipiano. A un distributore acquistò pane biscottato, formaggio, due scatolette di pesce, cioccolata e quattro lattine di birra d'importazione, poi uscì in cerca della Pista 14. La trovò grazie alla presenza di un aerovagone lungo una ventina di metri che era stato appena caricato e preparato al decollo. Girò nell'ombra dietro la cupola della cabina e attese.

Cinque minuti dopo, un uomo alto e magro vestito di una tuta verde a mezze maniche arrivò con un'andatura ondeggiante che Glawen, rifiutando l'ipotesi che fosse ubriaco, giudicò sintomo di un carattere espansivo. L'individuo si fermò davanti a lui. – Io sono Rak Wrinch, il pilota di questo cassone. Ha qualcosa per me?

– Soltanto del denaro.

– È la merce che trasporto più volentieri.

Glawen gli pagò venti sol. Wrinch perlustrò gli hangar con un'occhiata. – Salti su in cabina, e si tenga fuori vista.

Dieci minuti più tardi l'aerovagone decollò dalla pista e salì di quota nella notte, fino a raggiungere la sua velocità di crociera. L'altipiano era una distesa grigia illuminata dalle molte lune di Nion, falci e globi di luce pallida distribuiti nel cielo lungo le orbite più diverse, talora così vicini da sembrare in gara. Glawen rifletté che non era difficile subirne il fascino e attribuire significati speciali a quel loro gioco cosmico.

Wrinch gli confermò ciò che lui aveva già intuito: non era di Nion. Proveniva da Porto Kyper, su Sylvanus. Lo guardò in tralice. – Mai stato da quelle parti, amico?

– Mai – disse Glawen. – Sylvanus è uno dei molto pianeti di cui non so niente, salvo che si trova da qualche parte nel Settore della Vergine.

– Vero. Non è un posto malvagio, confronto ad altri. Ogni anno il Festival degli Uccelli-Bang attira turisti da ogni angolo della Distesa. Avrà sentito parlare delle corse degli Uccelli-Bang.

– Temo di no.

– Sono chiamati uccelli solo per bontà d'animo. Lei metta insieme un drago, un'ostrica e un cespuglio e avrà un Uccello-Bang. Sono alti fino a quattro metri, con lunghi colli scagliosi e teste triangolari, e la cosa più accettabile del loro aspetto è che camminano con due zampe. Hanno un carattere schifoso, a meno che non vengano addestrati a lungo, però non sono affatto stupidi. I primi coloni scoprirono che li si poteva usare come animali da sella, e così ogni anno vengono fatti gareggiare nella Grande Corsa a Porto Kyper. I cavalieri sono una casta speciale, molto religiosi, questo perché non di rado durante la gara vengono uccisi dai loro uccelli. Ma il cavaliere che vince la Grande Corsa diventa una celebrità, fa un sacco di soldi... e non sale mai più in groppa a un Uccello-Bang, se vuole goderseli.

– Queste corse devono essere uno spettacolo interessante.

– Può scommetterci, amico. Ci sono sempre due o tre cavalieri che ruzzolano a terra, e in questo caso i loro uccelli si fermano per calpestarli a morte. Odiano i cavalieri. Questo ha un grosso effetto sui turisti. Lei da dove viene?

– Stazione Araminta, su Cadwal, in fondo al Braccio di Perseo.

– Mai sentito nominare. – Wrinch rifiutò con un gesto la cioccolata che Glawen gli offriva. – Io mangio sempre prima di partire.

– A che ora prevede di arrivare a Lunagrifa?

– Lei ha fretta?

– Vorrei essere là prima dell'aereo della Semi-Express, se è possibile.

– Non se ne parla neanche. Devo atterrare a Porto Klank per scaricare tre pompe per un impianto idrico. Dopo Porto Klank, di regola, dovrei fare una deviazione per Fioregiallo e da lì decollare per Lunagrifa; ma suppongo di poter deviare prima per Lunagrifa e poi andare a nord per Fioregiallo. Questo le risparmierà un'ora e mezzo di volo, forse due.

– Ora prevista di arrivo?

– Intorno alle quattordici. Le va bene?

– Dovrà andarmi bene per forza.

Wrinch lo guardò con curiosità. – È mai stato da quelle parti?

– No.

– È un posto affascinante. Per i turisti, le Pietre Immote sono monumenti eretti dagli antichi eroi, ma sono molto di più: ciascuna rappresenta un eroe, una personalità che non è mai morta del tutto. Durante certe combinazioni lunari gli eroi vengono fuori e giocano ancora le vecchie gare. In quelle notti, i turisti che si aggirano fra le Pietre vengono subito uccisi, anche se di solito gli Uomini Ombra sono tipi che non danno troppo fastidio a nessuno. Ma le loro emozioni sono controllate dalle lune. I turisti che non danno retta agli avvertimenti vengono ritrovati con la gola tagliata.

Glawen si accorse che gli si chiudevano gli occhi. Il pisolino di quel pomeriggio non era bastato a recuperare il sonno perduto. Sul retro della carlinga c'erano due comode cuccette, e lui andò a stendersi su una di esse. Wrinch inserì il pilota automatico e si gettò sull'altra. I due dormirono, mentre l'aerovagone sorvolava territori semidesertici immersi nelle tenebre.

Glawen fu svegliato dal ronzio del motore elettrostatico e da uno scossone. Dai finestrini entrava la luce viva di Pharisse, già alta sull'orizzonte. L'aerovagone era atterrato su un piccolo spiazzo molle e spugnoso, soprelevato rispetto al panorama circostante. A nord, a est e a sud, tratti di terreno dello stesso genere si levavano a perdita d'occhio su quello che era stato un fondale marino. A est, poco distante dal velivolo, una fila di edifici bianchi fronteggiava quello che sembrava un campo sperimentale per la coltivazione di piante non indigene.

Wrinch era già uscito dalla cupola per occuparsi del suo carico. Insieme ad altri tre uomini girò sul retro dell'aerovagone; il portello fu aperto e numerosi oggetti imballati vennero trasferiti al suolo con l'aiuto di un carrello robotizzato. Poi il pilota richiuse il portello con un tonfo, e dopo aver parlato con un paio di persone del posto salì a bordo. Scrisse qualche nota su una lavagna elettronica, inserì un'altra rotta nella console e decollò di nuovo.

– Questo è Porto Klank – disse. – Alcuni agronomi terrestri, gente che secondo me non ha il cervello a posto, stanno cercando di far crescere piante terrestri su un terreno composto praticamente da padulo puro. Dicono che la chimica di questa zona va bene, e che non c'è niente di tossico; solo le macro-molecole tipiche del padulo morfico. Così loro usano dei batteri per spezzare queste molecole, insieme a qualche virus di Nion, e ottengono un suolo sperimentale. A sentir loro, fra qualche anno questa regione sarà una foresta di piante ad alto fusto.

– E l'acqua?

– Nel sottosuolo ce ne sono falde enormi. Gli ho appena consegnato tre pompe ad alta pressione e seicento metri di tubi. Anche il padulo contiene molta acqua. Alcuni scienziati parlano di piogge artificiali, di fiumi che ritornano e mari riempiti di nuovo. Ma io spero che non se ne faccia di niente... gli ingegneri planetari mi rendono nervoso.

Le ore trascorsero. Pharisse si mosse verso ovest a una velocità che lo spostamento dell'aerovagone, diretto a est, faceva sembrare maggiore del normale. Alle dieci Pharisse sparì sotto l'orizzonte. Il tramonto dai riflessi ultravioletti fu seguito da un breve crepuscolo e poi tutti i colori sparirono, lasciando la notte ai raggi delle lune. Davanti alla prua del velivolo ce n'erano solo tre, e Wrinch le indicò per nome: – Lilimel, Garuun e Seis. Ormai io le conosco tutte. Ma i veri esperti sono gli Uomini Ombra. Stanno lì seduti, e poi a un tratto uno di loro indica l'orizzonte, e in quel preciso istante proprio lì sorge una luna. Oppure guardano le fasi e le eclissi, e cominciano a mugolare lamentosamente o cadono tutti quanti in ginocchio. Una sera, mentre scaricavo generi alimentari, ci fu non so che combinazione di lune, ed ecco che alcuni di loro arrivarono, si guardarono attorno e all'improvviso aggredirono un turista grassoccio, che se ne stava seduto sulla veranda dell'albergo e non faceva niente di male a nessuno. L'uomo corse dentro e si nascose in ufficio. Gli Uomini Ombra dissero al direttore che il turista aveva orinato su una Pietra, e che se non fosse partito subito lo avrebbero tagliato in otto pezzi. Il turista ammise che durante una gita alle Pietre Immote s'era appartato per orinare, ma giurò che nessuno lo aveva visto. Il direttore disse che erano state le lune a rivelare il fatto e a indicare il colpevole agli Uomini Ombra.

La notte si approfondì. Altre tre lune salirono nel cielo: Zosmei, Maltasar e Yanaz, a detta di Wrinch.

Glawen non gli badò quasi, immerso in altri pensieri. – Si rilassi – consigliò il pilota. – Siamo abbastanza in orario. Non posso ottenere di più da questo vecchio cassone, ma ormai manca poco.

Lui guardò il territorio che stavano sorvolando. – È questo il Deserto delle Pietre Immote?

– Non ancora. – Wrinch indicò a est. – Ecco che sorge Sigil. Gli Uomini Ombra credono che quando Sigil eclisserà Grifa l'universo cesserà di esistere, in quel preciso istante. Ma possiamo stare tranquilli, perché l'orbita di Sigil è molto più esterna di quella di Grifa.

Trascorse il tempo. Glawen cambiò posizione più volte, guardando fuori. Finalmente Wrinch disse: – Ora siamo sul Deserto delle Pietre Immote. Vede quelle luci a sinistra? È l'accampamento della Tribù Ovest. Fra un minuto vedremo anche quelle di Lunagrifa. Ci sono tre alberghi, e il migliore è il Luna Grifa. Lei ha prenotato?

– No.

– Al Luna Grifa è più difficile trovare una camera libera, ma vale la pena fare un tentativo. Ecco, quelle sono le luci, laggiù.

– E lei? Si trattiene fino a domani?

– Il mio programma di volo non lo permette. Devo andare a Fioregiallo, e poi mi conviene tornare per un'altra rotta.

– Forse ci rivedremo all'aeroporto di Tanjaree.

– Lo spero. Lei sa dove trovarmi.

L'aerovagone si abbassò verso la cittadina. Wrinch gli indicò l'Albergo Luna Grifa. – È quello grosso, nel centro. Le luci colorate sono carrozzoni di teatranti nomadi. Ce ne sono sempre tre o quattro da queste parti. Fanno spettacolo per i turisti, così gli albergatori li tollerano.

Il velivolo atterrò. Appena Wrinch ebbe spento il motore, Glawen prese la valigia e scese dalla cabina. – Buon viaggio. E grazie.

– È stato un piacere, amico.

3

Un po' camminando e un po' correndo Glawen s'avviò verso l'Albergo Luna Grifa, un edificio di vetro e cemento assai regolare a paragone dei canoni architettonici di Nion, che sembravano accettare le linee verticali solo perché in loro assenza la struttura sarebbe crollata. A destra e a sinistra si allargavano due ali residenziali, mentre sul tetto centrale c'era un giardino pensile dove i clienti cenavano sotto festoni di lampioncini colorati verdi e azzurri. Non lontano dall'ingresso erano posteggiati tre carrozzoni di nomadi, non meno pittoreschi di quello passato sul lungolago di Tanjaree. Lì vicino alcuni teatranti sedevano a bere birra di padulo da grossi boccali sbertucciati, e un paio di donne mescolavano il contenuto di un pentolone appeso a un tripode sopra un fuoco di sterpi. Alla vista di Glawen sei o sette ragazzini si fecero avanti, e scambiando il suo passo accelerato per desiderio di esercizio fisico gridarono: – Signore, faccia una corsa con noi! Un sol a chi arriva primo in fondo alla strada! Guardi, abbiamo i soldi per pagare!

– No, grazie – rifiutò lui. – Non sono in vena di gareggiare.

– Io sono zoppo, signore! Mia sorella è orba da un occhio, e gli altri correranno senza scarpe sui sassi! Lei non può perdere!

– Io ho già il fiato grosso. Correte coi ragazzi del posto.

– Sono dei prepotenti. Quando perdono non pagano, oppure si vendicano e ci picchiano.

– Peccato – ansimò Glawen.

– Faremo una corsa fra noi! Metta un premio di un sol per chi è più svelto! Scommetta su chi arriva primo, e vincerà sicuramente. – Il più alto lo prese per un braccio, mentre dalla parte opposta un altro ne approfittava per infilargli una mano in tasca. Glawen lo allontanò agitando la valigia, ma lui si accostò di nuovo.

– Volevo solo aiutarla! Lasci che le porti il bagaglio!

– Non ho bisogno di aiuto. Andate a giocare da un'altra parte.

I ragazzini ignorarono il suo rifiuto. Lo circondarono, cercarono di fermarlo e lo agguantarono per la giacca o per la valigia, ridendo e sfidandolo: – Codardo! Hai paura di perdere? Fai vedere quello che vali! Guardatelo, cammina come una donna grassa! Questi stranieri sono proprio degli smidollati! Ha i piedi piatti, ecco perché va in giro con due scarpe così buffe!

Uno dei nomadi che bevevano birra si alzò e venne verso di loro. – Smettetela, furfanti maleducati! Via di qui! Non vedete che state dando fastidio a questo nobile gentiluomo? – Rivolse a Glawen un ampio sorriso. – Li perdoni, eccellenza. I bambini di oggi non conoscono la buona creanza. Basta che lei dia loro qualche moneta e la lasceranno in pace... altrimenti tutte le volte che passa di qui la chiameranno "codardo" e "piedi piatti", e questo non sarebbe dignitoso per lei.

– Per quel che m'importa, possono comporre una ballata sulla mia codardia e cantarla in coro a tutti i turisti – disse Glawen. – Ora mi scusi, ma ho fretta. – Proseguì verso l'albergo. Il nomade scrollò le spalle, allungò un calcio al ragazzino che non era riuscito a pescargli niente in tasca e tornò alla sua birra.

Entrato al Luna Grifa, Glawen si trovò in un atrio spazioso dal soffitto alto. Dietro il banco delle registrazioni un impiegato giovane e snello, probabilmente non del posto, prese nota del suo aspetto tutt'altro che elegante inarcando un sopracciglio. La sua voce fu però impeccabilmente cortese: – Mi spiace molto, signore, ma se lei non ha prenotato temo di non poterla accontentare. Siamo al completo. Provi agli altri alberghi, o alla Pensione Maudley o alla Giada Magica, qui dietro.

– Cercherò un alloggio più tardi – disse Glawen. – Ciò che ora mi servirebbe è soltanto un'informazione. – Mise un sol sul banco. Il portiere fece finta di non notarlo. – Forse lei sarà così gentile da essermi d'aiuto.

– Farò il possibile, signore.

– Tenete una registrazione delle telefonate in arrivo? Ce n'è stata una da Tanjaree, questa mattina.

– Non registriamo le chiamate, signore. Ai nostri clienti questo non interessa e, oso dire, non farebbe piacere.

– Già – annuì Glawen. – C'era lei in servizio questa mattina verso le dieci?

– No, signore. Il mio turno comincia alle ventuno pomeridiane.

– Chi c'era in servizio a quell'ora?

– Probabilmente il signor Stensel, signore.

– Vorrei scambiare due parole con lui. È una questione piuttosto urgente.

Il portiere andò al telefono, scambiò qualche parola sottovoce con l'interlocutore apparso sullo schermo, poi si volse a Glawen. – Il signor Stensel sta finendo di cenare. Se intanto vuole accomodarsi su quel divano, accanto all'orologio, il signor Stensel la raggiungerà fra poco.

– Grazie. – Glawen andò a sedersi sul divano.

Malgrado la pesante architettura delle pareti, l'atrio era arioso e accogliente. Sul pavimento c'erano tre lunghi tappeti a strisce bianche, rosse, azzurre e verdi. Il soffitto, alto una decina di metri, era decorato con motivi appartenenti alla cultura degli Uomini Ombra: scene barbare di agonismo appassionato e di lotta. Un pannello mobile appeso sopra il banco delle registrazioni mostrava i dischi delle lune visibili per quella notte, ciascuna disegnata sul semicerchio della sua rotta celeste.

Trascorsero tre minuti. Un ometto grassoccio e calvo, dai movimenti rapidi, vestito con minore formalità dell'impiegato al banco, attraversò il locale verso Glawen. – Sono il signor Stensel. Mi sembra di aver capito che lei ha un problema urgente.

– Solo alcune domande. Si sieda, la prego.

Stensel esitò, poi sedette. – Domande di che genere, signore?

– Lei era di servizio questa mattina alle dieci?

– Sì. Il mio turno termina alle ventuno.

– Ricorda una telefonata da Tanjaree, circa a quell'ora?

– Mmh. – Stensel si accigliò, cogitabondo. – Questo è il genere di particolare che un portiere d'albergo tende a dimenticare...

Glawen gli diede due sol, e l'ometto sorrise. – Strano come il denaro lubrifica i meccanismi della memoria. Adesso ricordo bene, poiché all'apparecchio c'era Melvish Keebles, una persona che telefona spesso.

– Proprio lui. Con chi ha parlato?

– Con uno dei nostri ospiti permanenti, il professor Adrian Moncurio, l'archeologo. Ne avrà sentito parlare. È ben noto nel suo campo.

– Non ha un'idea di cosa abbiano detto?

– No, signore. Indugiare nei pressi del telefono non sarebbe molto educato, le pare? Un'altra persona mi ha fatto esattamente la stessa domanda, un'ora fa, e la mia risposta è stata identica.

Glawen sentì un tuffo al cuore. – Quest'uomo le ha dato il suo nome?

– No, signore.

– Che aspetto aveva?

– Un giovanotto elegante e atletico, che ho trovato, devo dire, molto attraente.

Glawen gli diede altri due sol. – Lei mi è stato d'aiuto. Sa dove posso trovare il professor Moncurio?

– Alloggia nella Suite A, che si apre direttamente sulla veranda anteriore. Esca dall'atrio e giri a destra; la Suite A è in fondo. Può darsi che il signor Moncurio non ci sia, poiché fa strani orari di lavoro e si reca fra le Pietre quando le lune sono favorevoli. È un vero esperto in materia e sa sempre come regolarsi con le lune; in caso contrario sarebbe stato ucciso molto tempo fa.

– E le lune sono favorevoli, in questo momento?

Stensel guardò il pannello murale. – Quando a questo, non saprei dirlo. Io non ho mai studiato l'argomento.

– La ringrazio. – Glawen uscì dall'atrio, girò a destra e corse fino all'estremità della veranda, dove trovò la. targhetta della Suite A. Nell'appartamento doveva esserci qualcuno, perché fili di luce filtravano dalle imposte chiuse. Rincuorato da quella vista sfiorò la placca del campanello.

Trascorse un minuto, mentre la sua tensione saliva. Poi all'interno ci fu un lentissimo scalpiccio. La porta scivolò di lato, e sulla soglia comparve una donna bruna, attraente, di mezz'età ma flessuosa e ancora capace di polarizzare lo sguardo di un uomo. I suoi occhi neri, ben truccati, guardarono Glawen con blando interesse. – Sì? Cosa desidera?

– C'è il professor Moncurio? – La nota ansiosa che gli incrinava la voce lo seccò. Ma quando la vide scuotere il capo sentì un vuoto allo stomaco.

– È fuori, per il suo lavoro archeologico. – La donna sporse la testa e guardò a destra e a sinistra sulla veranda. – Non capisco questa sua improvvisa popolarità. All'improvviso tutti chiedono del professor Moncurio, e nessuno vuole aspettare fino a domani.

– Dove posso trovarlo? È molto importante!

– È fra le Pietre, da qualche parte. Questa è una delle poche notti in cui le lune lo permettono. Suppongo che sia nella Fila Quattordici. Anche lei è un archeologo?

– No. C'è qualcuno che possa aiutarmi a trovarlo?

La donna ebbe una smorfia amara. – Non io di certo, con le mie povere gambe. Ma non può essersi allontanato molto, perché deve rientrare prima che Grifa cominci a tramontare, fra meno di due ore. – Gli indicò una pallida luna azzurrina a occidente. – Appena Grifa toccherà l'orizzonte gli Uomini Ombra usciranno in cerca di gole da tagliare, e la loro sete di violenza cesserà solo quando la luna sarà scomparsa.

– Dov'è la Fila Quattordici?

– È semplice. Vada alla Quinta Corsia, laggiù... vede? Quello è il passaggio centrale. Conti quattordici file, poi volti a sinistra e prosegua per qualche decina di metri. Adrian sarà nelle vicinanze. In caso contrario non si azzardi a cercarlo; di notte le Pietre sembrano tutte uguali e lei finirebbe col perdere la strada. E il padulo è già nero di sangue umano.

– Grazie. Farò come ha detto. – Glawen si avviò in fretta. La donna gli gridò dietro: – Guardi se ci sono altri, e li avverta che Grifa sta per tramontare!

Poco dopo Glawen era di fronte al vasto schieramento delle Pietre Immote. Alti tre o quattro metri i monoliti torreggiavano su di lui, verdastri e massicci nella luce lunare. Entrò nella Corsia Cinque a passo di corsa. Dinnanzi a lui le Pietre erano una muraglia indistinta da cui ogni fila sembrava staccarsi per venirgli incontro da sola, mentre le altre si mescolavano in un'oscurità spettrale.

D'un tratto si accorse che la vista gli si confondeva, e rallentò. Aveva contato otto file. Alla nona si fermò ad ascoltare. L'unico rumore era quello del sangue che gli pulsava negli orecchi. Proseguì muovendosi con più cautela, ombra fra le ombre. Alla fila Dodici si fermò di nuovo, teso, alla ricerca di qualche indizio che gli facesse da guida.

Che i sensi lo stessero ingannando? Aveva davvero sentito una voce? In tal caso era poco più di un sussurro diffidente, come se qualcuno fosse stato costretto a chiamare qualcun altro malgrado il timore d'essere udito da un avversario. Strano!

Invece di proseguire Glawen voltò a sinistra lungo la Fila Dodici e corse avanti in punta di piedi, superando due corsie perpendicolari, e alla Corsia Otto si fermò ancora. Silenzio assoluto! Brutto segno, pensò. Se Moncurio era stato raggiunto da un amico avrebbero dovuto far conversazione, o almeno era presumibile. Continuò a camminare. Pochi istanti più tardi il richiamo si fece udire di nuovo, sempre teso e sussurrante come prima. I monoliti attutivano e distorcevano i suoni; Glawen non riuscì a stabilire la distanza né la direzione della voce. Tuttavia doveva essere vicina.

Sulla Corsia Nove girò a destra. Altre due file e sarebbe arrivato sulla Quattordici. Non doveva rischiare di perdersi in quel labirinto! Ma nell'avanzare sentì che intorno a lui c'erano delle presenze, consce del suo passaggio ma così rapide che riusciva a scorgerle appena con la coda dell'occhio. Qualcuno sopraggiunse di corsa nel buio e gli sfiorò la schiena. Si girò con un balzo. Non c'era nessuno. I suoi nervi gli avevano giocato uno scherzo. Guardò in tutte le direzioni e protese i sensi alla ricerca di un movimento o di un rumore. Soltanto i toni verdastri della tenebra.

E a un tratto lo sentì: da pochi metri di distanza un'improvvisa risata ruggente, derisoria, predace. A essa seguirono un flusso di parole incomprensibili, un tonfo sinistro e, dopo qualche istante mozzafiato, un ringhio di furia bestiale.

Glawen mise da parte ogni cautela e corse verso quei rumori. Dopo una dozzina di metri fu però costretto a fermarsi; lì non c'era niente. Poi ci furono dei passi frettolosi, e guardando lungo la corsia vide un'ombra umana. Procedeva verso di lui a strani saltelli e vacillando goffamente. D'un tratto, mugolando di frustrazione, si accovacciò e fece qualcosa al livello del suolo. Subito dopo, libera dal legame che le aveva impastoiato i piedi, l'ombra corse avanti e sbatté con violenza addosso a lui. Nove delle diciannove lune illuminarono un viso femminile stravolto dalla paura, e la voce di Glawen fu un grido incredulo e rauco, sbigottito: – Wayness!

La giovane donna alzò lo sguardo, dapprima pallida e sotto shock, poi con un ansito di gioia. – Glawen! Non posso credere che tu sia davvero qui! Possibile? – si girò, tremando, e guardò indietro. – C'è Baro, laggiù! È un assassino! Ha gettato Moncurio in una tomba, e lo ha lasciato là perché lo trovino gli Uomini Ombra. Poi mi ha preso, e ha detto che a me avrebbe pensato lui, e ha cominciato a spogliarmi. Io l'ho colpito con un pugnale, e mentre si spostava lui è caduto. Allora sono scappata via, ma con i pantaloni intorno alle caviglie non potevo correre. – Di nuovo si guardò alle spalle. – Meglio andare a cercare aiuto! Baro è un mostro, un demonio!

Fra le Pietre sbucò una forma umana più scura di ogni altra ombra, che nel pallore lunare si mosse da quella parte. Glawen riconobbe l'uomo che aveva intravisto al bar del Cansaspara e su viale Crippet.

– Troppo tardi! – gemette disperatamente Wayness.

L'uomo venne avanti a passi lenti e si fermò a una decina di metri di distanza. Qualcosa nel suo atteggiamento o nella forma del volto a malapena visibile fece scattare un ricordo nella mente di Glawen, e in quell'istante seppe chi era. – Benjamie! Dunque sei tu… Benjamie la spia, traditore e assassino!

L'altro rise. – Proprio io. E tu sei il nobile e puro bamboccio di cui ho spedito il paparino a crepare sullo Shattorak. Non dirmi che sei arrabbiato con me!

– Lo ero. Ma adesso ti ho trovato.

Benjamie fece un passo avanti. Glawen si chiese cosa impugnasse nella mano che teneva dietro la schiena. – Bene, bene, Clattuc, ora siamo qui – disse l'individuo. – Tu e io, così vedremo chi arriva alla posta in gioco, se il bravo poliziotto di Stazione Araminta o il cattivo Benn Barr! E quella succulenta brunetta per addolcire la vittoria di chi ne uscirà vivo!

Glawen lo studiò con una smorfia. Benjamie era parecchi centimetri più alto e forse una dozzina di chili più pesante, ma molto agile e con una superba coordinazione fisica.

Prese Wayness per un braccio. – Corri all'albergo. Appena ti sarai allontanata io penserò a questo individuo. Poi ti raggiungerò.

– Ma Glawen! Se… – La ragazza non riuscì a finire la frase.

– Se fai in fretta, dovrebbe esserci il tempo di soccorrere Moncurio prima che Grifa tocchi l'orizzonte.

Benjamie latrò una risata sprezzante. – Non muoverti da qui! – ordinò a Wayness. – Se scappi ti prenderò e sarà peggio. – Si mosse verso di loro, e Glawen vide che aveva in pugno un coltello. – Non ci metterò molto a sistemare il tuo amichetto! – Fece una finta di lato, poi sferrò una violenta coltellata verso la gola di Glawen.

Lui si scostò con un salto e indietreggiò con la schiena contro una delle Pietre Immote. Benjamie eseguì un altro paio di finte veloci, agitando l'arma; Glawen fu svelto a piegarsi a sinistra, e la lama del coltello impattò nella roccia. Con una contorsione lui riuscì ad afferrarlo per il manico, e i due lottarono per il suo possesso vacillando da una parte e dall'altra. D'un tratto la facilità con cui l'avversario si lasciava spostare disse a Glawen che questi gli preparava una sorpresa. Il braccio di Benjamie cedette di colpo e lui quasi cadde in avanti, sbilanciato, esponendo la faccia alla ginocchiata con cui l'altro s'era preparato a spaccargli il naso. Poiché se lo aspettava Glawen riuscì a bloccare il colpo con una spalla; poi gli afferrò la gamba con entrambe le mani e si raddrizzò, proiettandolo all'indietro. Ma Benjamie non cadde. Glawen tuttavia poté afferrarlo per il polso della mano armata; glielo storse contro l'altra spalla e il coltello si piantò nel deltoide di Benjamie, che ringhiò di dolore. Con forza decuplicata dalla furia l'individuo spinse indietro Glawen per cinque o sei passi, facendogli sbattere la nuca contro una Pietra. Il colpo lo stordì e gli fece piegare le gambe, tuttavia non lasciò andare la mano con cui l'altro impugnava l'arma. Benjamie gli sferrò un pugno su uno zigomo. Lui replicò tenacemente con una ginocchiata al ventre; gli parve di aver colpito un muro di mattoni.

Per qualche interminabile momento restarono avvinghiati, mugolando per lo sforzo, cercando di colpirsi con la testa e coi gomiti o di mordersi le mani a vicenda, ognuno teso a liberarsi dalla stretta dell'altro e di fargli il più male possibile. Benjamie cercò di schiacciargli i testicoli con una ginocchiata. Glawen gli afferrò la scarpa e si spostò di lato, costringendolo a voltarsi ballando su una gamba sola: poi fece una capriola a sinistra senza lasciargli il piede. Ci fu uno schiocco appena udibile e Benjamie si abbatté al suolo con la caviglia destra spezzata. Il suo coltello rotolò via. Ma anche Glawen era caduto, e malgrado il dolore l'altro ebbe la forza di alzarsi e fu più svelto di lui, cogliendolo sbilanciato. Lo afferrò da dietro e gli passò un avambraccio sotto il mento, attanagliandolo in una presa destinata a fratturargli la trachea. Lui rantolò, incapace di fargli allentare la stretta. Con un ansito di belluina soddisfazione Benjamie strinse sempre più, finché lui si sentì gli occhi sporgere dalle orbite e i polmoni completamente vuoti d'aria.

Glawen lasciò andare l'avambraccio dell'avversario e sporse la mano destra dietro di sé in cerca della sua faccia, graffiandolo selvaggiamente. Benjamie si limitò a spostare la testa dall'altra parte, ma alzando anche la mano sinistra lui riuscì a infilargli un dito in un occhio. Per qualche istante la stretta di Benjamie si allentò. Glawen lo colpì al naso con la nuca e si voltò, mandandolo a zoppicare poco più in là. Entrambi ansimavano pesantemente. Prima che l'altro recuperasse l'equilibrio Glawen lo colpì alla laringe con un pugno violento; sentì le cartilagini cedere. Con un gemito simile a un guaito Benjamie sbatté di schiena contro una Pietra e cadde a sedere nella polvere. I suoi occhi erano vacui come pezzi di vetro.

Col fiato mozzo Glawen si chinò a raccogliere il coltello; poi guardò l'avversario. – Ricorda lo Shattorak! – ansimò.

Benjamie mosse un braccio e lo lasciò ricadere. Lui vide che si trattava di un tentativo di risposta; non era del tutto svenuto come sembrava.

Wayness gli venne accanto e guardò l'individuo, affascinata e inorridita. – È... morto? – balbettò.

– Non credo. Penso che sia in stato di shock.

– Ma sopravvivrà?

– Con la laringe fratturata? Direi di no. Fra poco verrà qualcuno a tagliargli la gola. Forse dovrei farlo io, per sicurezza.

Wayness lo afferrò per un braccio, tremando. – No, Glawen, no! – Poi deglutì un groppo di saliva. – Voglio dire, so che non merita di vivere ma...

– Sta morendo. In ogni caso non può camminare, e gli Uomini Ombra lo troveranno. Dov'è Moncurio?

– Laggiù. – Wayness lo condusse fino a uno scavo, accanto a un mucchio di padulo friabile come terriccio fresco. La buca era stata coperta da una grossa lastra di pietra. – È sotto quella pietra. È molto pesante.

Scavando col pugnale sotto un angolo e usando tutta la sua forza Glawen riuscì a spostare il lastrone di qualche palmo. Guardò nel buco sottostante. – Moncurio! Mi sente?

– Sono qui, sono qui! Tiratemi fuori! Mio Dio, credevo che foste gli Uomini Ombra!

– È ancora presto per loro.

Con l'aiuto di Wayness, un centimetro dopo l'altro, Glawen allargò il varco finché Moncurio non riuscì a tirarsene fuori. – Ah! Spazio, aria, libertà! Che sensazione meravigliosa. Credevo che fosse arrivata la mia ora! – L'uomo si spazzolò la polvere di padulo dalla tuta da lavoro. Nel chiarore delle lune Glawen vide un uomo alto e robusto sulla sessantina, non molto sovrappeso, con due baffi neri che contrastavano con l'argento dei capelli ben curati. Una mascella robusta e un lungo naso dritto davano un tocco di dignità al suo volto. Gli occhi tuttavia, appesantiti da palpebre rigonfie, erano quelli di un uomo avvezzo a riconoscere e sfruttare i vizi degli altri a vantaggio dei propri.

Moncurio finì di riassettarsi e raddrizzò le spalle. – Un vero miracolo! – esclamò, senza alcuna emozione. – Avevo ormai rinunciato a ogni speranza, e mi stavo affidando all'Onnipotente! È una fortuna che siate passati per caso da queste parti.

– Non è stato un caso – lo corresse Glawen.

Moncurio lo guardò senza capire.

Wayness disse: – Io ero venuta a cercare lei. Sono arrivata proprio quando Benjamie la stava gettando nella fossa. Poi lui si è accorto di me, e mi ha aggredito. Glawen è giunto in tempo per salvarci entrambi. Ora Benjamie è qui vicino. Credo che sia moribondo.

– Non lo compatisco affatto! – dichiarò Moncurio con un lampo negli occhi. – Voleva delle informazioni da me; io gli ho detto ciò che sapevo, e per tutto ringraziamento mi ha sepolto vivo nello scavo archeologico a cui stavo lavorando. Lo considero un individuo assai poco cortese.

– Su questo non c'è dubbio.

Moncurio guardò il firmamento. – Grifa è molto bassa! – consultò l'orologio. – Ci restano venti minuti. Presto – disse, con improvvisa energia – aiutatemi a richiudere lo scavo, altrimenti gli Uomini Ombra potrebbero irritarsi e avvelenare l'acqua della città.

I tre si misero al lavoro. Infine Moncurio pressò il terreno coi piedi e controllò l'opera. – Così dovrà bastare, visto che Grifa sta per tramontare e Res è sotto Padhan all'ultimo quarto. Gli Uomini Ombra sanno già cos'è successo, e staranno delirando di rabbia. Da qui all'albergo ci sono sette minuti di buon passo, e ne restano nove prima che Grifa sfiori l'orizzonte.

Si avviarono in fretta fra le silenziose file di monoliti verdastri e da lì a poco sbucarono sulla spianata. Moncurio continuava a guardare a ovest.

– Non fermatevi! – li esortò. – Abbiamo ancora cinque minuti, ma qualche giovanotto esuberante potrebbe decidere di farsi una reputazione a tutti i costi e tagliarci la gola ugualmente, per mettersi poi in pace con le lune più tardi.

– Questo non è un posto tranquillo per viverci – osservò Glawen.

– Per certi versi le do ragione, caro signore – disse Moncurio. – Ma un vero archeologo ignora le avversità. L'amore per la scienza ci induce a fare ogni sacrificio!

I tre continuarono a camminare verso le luci della cittadina, e sulla strada girarono verso l'albergo. – Moncurio fece udire un gran sospiro. – L'archeologia non è romanticismo e gloria, tenetevelo pure per detto! Poche professioni sono altrettanto ingrate. Un solo errore, e la reputazione di un'intera vita è distrutta. In quanto al lato finanziario, meglio non parlarne.

– Credevo che un bravo ladro di tombe se la passasse bene – buttò lì Wayness in tono piatto.

– Riguardo a quegli individui, non ho opinioni – disse Moncurio con dignità.

Erano ormai nel posteggio dei veicoli dell'albergo, al sicuro. A occidente, il pallido disco azzurro di Grifa sfiorò le alture. Dall'oscurità che avvolgeva le Pietre Immote provenne un coro di grida selvagge, feroci e trionfanti.

– Sembra che abbiano trovato Benjamie... o Benn Barr, qualunque sia il suo nome – disse Moncurio. – Evidentemente era ancora vivo. Be', speriamo che questa efferata vendetta li plachi. – Salì sulla veranda e davanti alla porta della Suite A si voltò a guardarli. – Bene, consentitemi di ringraziarvi di nuovo per il vostro aiuto. Forse domani ci vedremo ancora, così berremo qualcosa insieme. Nel frattempo, vi auguro la buonanotte.

– Un momento, la prego – disse Wayness. – Anche noi vorremmo farle alcune domande.

Lui fece una smorfia. – Sono molto stanco. Presumo che le vostre domande possano aspettare, no?

– E se un complice di Benjamie la uccidesse durante la notte?

Moncurio ridacchiò aspramente. – In tal caso le vostre curiosità sarebbero l'ultima delle mie preoccupazioni.

– Non le faremo perdere molto tempo – disse Wayness. – Se è stanco, avrà modo di riposare mentre parliamo.

– Mmh. Non posso dedicarvi più di cinque minuti – grugnì l'uomo. Aprì la porta e li fece entrare in uno spazioso tinello. Dalla camera da letto la voce di una donna chiese: – Adrian? Sei tu?

– Sì, mia cara. Con me ci sono due amici. Una questione di affari; resta pure a letto, non c'è bisogno che tu venga.

La voce della donna assunse un tono querulo: – Potrei servire qualcosa da bere, o farvi il thè.

– Come preferisci.

Moncurio si mise a sedere e accennò a Wayness e a Glawen di accomodarsi su un divano. – Suppongo che sappiate già che io sono Adrian Moncurio, archeologo e storico di professione. Mi sembra di non aver afferrato i vostri nomi.

– Io mi chiamo Glawen Clattuc.

– Io sono Wayness Tamm. Penso che lei conosca bene mio zio, Pirie Tamm. Abita a Fair Winds, presso Shillawy.

Per un momento Moncurio parve preso di contropiede. Questo dava al colloquio una dimensione nuova. Le sue palpebre si socchiusero quando scrutò Wayness come per analizzarne le possibili intenzioni. – Sì, naturalmente! Conosco il signor Tamm abbastanza bene. Sentiamo: in cosa posso esservi utile?

Glawen domandò: – Lei ha parlato con Melvish Keebles, questa mattina?

Moncurio si accigliò. – Perché me lo chiede?

– Se vi conoscete, lui avrebbe potuto informarla che qualcuno la stava cercando.

Moncurio scrollò le spalle. – So che Keebles ha telefonato, e ha lasciato detto di richiamarlo. Ma io ero al lavoro sullo scavo. Quando sono rientrato ho fatto il suo numero, ma non mi ha risposto nessuno. – Si appoggiò allo schienale. – Forse sarete così gentili da spiegarmi cosa significa tutto questo.

– È presto detto. Anni fa, Keebles le vendette una certa quantità di documenti della Società Naturalistica. Dice che potrebbero essere ancora in uso possesso.

Moncurio inarcò un sopracciglio grigio. – Keebles è in errore. Li ho rivenduti a un certo Xantief, un mercante di Trieste.

– Lei ha esaminato quelle carte, prima di darle via?

– Naturalmente. Io sono scrupoloso in queste cose.

– E non ne ha trattenuta nessuna?

– Tutt'al più un'olografia malridotta. Nient'altro.

– E Keebles? Potrebbe aver tenuto qualcosa per sé?

Moncurio scosse il capo. – Non era materiale del tipo che lui tratta. Keebles ebbe alcuni pacchi di documenti da un certo Floyd Swaner, il quale commerciava con lui e altri mercanti interessati a oggetti di artigianato locale. – Allungò una mano a prendere una scatoletta da uno scaffale e la aprì. – Trattavano oggetti come questo, ad esempio. È un emblema. Una spilla di giada che gli antichi Uomini Ombra usavano per rappresentare la gloria dei loro campioni. Oggi hanno un certo successo presso i collezionisti. – Rimise la scatola sullo scaffale. – Sfortunatamente non si trovano più con la facilità di un tempo.

– E i documenti dei Naturalisti? – domandò Glawen. – Lei non sa dove si trovano quelli non pervenuti a Xantief?

– So soltanto ciò che vi ho detto. Nient'altro.

Wayness sospirò, depressa. – Io ho seguito la scala al contrario, uno scalino dopo l'altro: la Galleria Gohoon, il Museo Funusti, Mirky Porod, Trieste, Casa Lucasta, e da ultimo il Mondo delle Diciannove Lune.

– Io invece l'ho risalita partendo da Idola, sulle Grandi pianure; poi Division City, Tanjaree, e infine Lunagrifa.

– Lunagrifa è lo scalino di mezzo, dove avremmo dovuto trovare quello che cerchiamo... ma non è neanche qui.

– Cosa state cercando? – domandò Moncurio. – Si tratta per caso della Carta e della Garanzia di Cadwal?

Wayness annuì mestamente. – Sono diventate necessarie, oggi. Addirittura vitali, se Cadwal vuole restare una Conservazione.

– Lei sapeva della loro scomparsa? – chiese Glawen.

– Quando esaminai quei documenti dei Naturalisti, mi resi conto che non c'erano i due più importanti. Keebles non li ha mai visti, ne sono certo. Ciò significa che Floyd Swaner non glieli ha venduti.

– Anche Smonny Clattuc era di questo parere – disse Glawen. – Fece perquisire più volte il granaio dei Chilke; arrivò al punto di sventrare il loro alce impagliato, ma non ottenne niente.

– Allora cosa può esserne stato della Carta e della Garanzia? – domandò Moncurio.

– Questo è il mistero che speravamo di risolvere qui – sbottò Wayness, seccata.

Glawen le poggiò una mano su una spalla. – Nonno Swaner lasciò tutto a suo nipote Eustace Chilke. Capisci? Smonny ha cercato di impadronirsi dell'eredità di Swaner con ogni stratagemma, compreso il matrimonio, destino che Chilke ha preferito scansare. La sua vita, dice, era già troppo complicata. Ora sembra che nessuno, né Chilke, né Smonny, né voi ed io, né altri, sappia dove sono finiti quei documenti.

– Un problema singolare – concesse Moncurio. – Purtroppo io non posso offrirvi la soluzione. – Si accarezzò i baffi e gettò uno sguardo verso la camera da letto. La porta era semiaperta. Si alzò, andò a chiuderla e tornò a sedere in poltrona. – Meglio non disturbare Carlotta, la mia signora, con le nostre chiacchiere. Ah... mmh. Sembra che vi siate dati molto daffare con questa ricerca. – Si volse a Wayness. – Sbaglio, o mi è parso di sentirle nominare Casa Lucasta?

– Non sbaglia.

Moncurio parve pesare con cura le parole. – Interessante! Stiamo parlando di Casa Lucasta a... come si chiama quella città? Mi sono dimenticato il nome.

– Pombareales.

– Sì, naturalmente. E come vanno le cose in quell'angolo sperduto della Vecchia Terra?

Wayness si strinse nelle spalle. – Gli abitanti della Patagonia hanno la memoria lunga. Stanno ancora cercando le tracce di un sedicente archeologo, un certo professor Solomon.

– Bah! – L'uomo rise aspramente, a disagio. – Lei si sta forse riferendo a un progetto promozionale che si rivelò inadatto alle risorse economiche della zona. L'idea era di costruire un nuovo complesso turistico, ma all'ultimo momento i miei soci fecero marcia indietro e io mi trovai in una brutta posizione. È una storia vecchia, dalla quale trassi però un utile insegnamento, glielo assicuro!

Wayness scoppiò a ridere suo malgrado. – Un complesso turistico nella pampa, col vento che riempie di polvere gli occhi dei cercatori di dobloni d'oro a vantaggio dei venditori di piombo?

Moncurio alzò dignitosamente una mano. – Vedo che lei ha sentito anche questa malignità. Io mi ero opposto a quel progetto economico, e quando esso crollò gli altri soci mi accusarono di ogni più incredibile malversazione. Fui fortunato a fuggirne vivo.

– Questa è anche la loro l'opinione – disse Wayness.

Moncurio ignorò il sarcasmo. – Lei è stata a Casa Lucasta?

– Spesso.

– E come sta Irena?

– Irena è morta.

Il pomo d'adamo di Moncurio si mosse su e giù. – Cos'è successo?

– Si è uccisa, dopo aver cercato di accoltellare i due bambini.

L'uomo parve ripiegarsi su se stesso. – E i bambini... cosa ne è stato di loro?

– Sono al sicuro. Madame Clara dice che lei e Irena li tenevate sotto l'effetto di una droga.

– Questa è una spudorata travisazione dei fatti! Io ho reso un immenso servizio a quei bambini, strappandoli alle grinfie dei Vagantici. Su Nion la vita umana non vale uno sputo.

– E perché riempirli di droga sulla Terra? Non ha l'aria di quel gran favore che lei dice!

– Era per il bene di tutti! Sono certo che lei capirebbe, se fosse disposta ad ascoltare. Lei dico questo: io so qualcosa delle droghe dei Vagantici... non molto, solo un'infarinatura. Ce n'è una capace di sopprimere certe funzioni del cervello umano e di esaltarne altre. La chiaroveggenza è una delle doti che possono svilupparsi a questo modo, se coltivata nei giovani.

«E ora, badi bene! Io sono un archeologo con una reputazione da difendere, e non tollero la maldicenza altrui! – Moncurio si erse, con espressione nobile e indignata. – La mia prima responsabilità è verso la scienza, e su questo sono inflessibile! Di tanto in tanto ho la fortuna di scoprire tesori nascosti, il che mi consente di finanziare le mie ricerche.

– Zio Pirie dice che lei è un ladro di tombe – replicò Wayness.

– Questa è un'opinione cinica – disse Moncurio. – Comunque

io sono un uomo pratico, e non vedo cosa ci sia di male. Gli antichi Uomini Ombra venivano sepolti con le loro spille. Una treccia di capelli con una decina di emblemi vale una fortuna. Ma solo in una tomba su sessanta c'è un tesoro del genere, e solo una su cento contiene le spoglie di un eroe. Aprire questi sepolcri è faticoso e pericoloso. Più di una volta ho evitato la morte per miracolo. Con un chiaroveggente capace di trovare le tombe degli eroi, in un mese di lavoro chiunque potrebbe avere di che vivere agiatamente per il resto della vita. Ecco perché chiesi a Irena di drogare i bambini. Lei amava il denaro più di qualsiasi altra cosa, e sapevo che mi sarebbe stata fedele fino alla morte.

La porta della camera da letto si spalancò con un tonfo, e Carlotta avanzò nel tinello. – Ho sentito abbastanza! Credi che io sia sorda e cieca? Non lo sono! E non sono neanche una ladra, né una torturatrice di bambini, né fedele fino alla morte! Se fossimo soli ti direi ancor più chiaramente quello che penso di te!

– Carlotta, mia cara! Stai calma, cerchiamo di comportarci da persone civili.

– Sono calmissima. Sapevo che non eri un uomo onesto, Adrian, ma non avrei mai creduto che tu fossi uno sciacallo umano! Ecco cosa ti dico da persona civile. Domani manderò a prendere la mia roba! – Carlotta andò alla porta d'ingresso, uscì sulla veranda e richiuse con un colpo che fece vibrare i muri.

Moncurio s'era alzato. Camminò avanti e indietro, a testa bassa e con le mani dietro la schiena. – Sono sopraffatto dalle avversità; dev'essere il mio destino. Dopo anni di fatiche, di viaggi e di pazienti preparativi, per non parlare delle spese ingenti, i miei piani finiscono in pezzi! – Si girò a guardare Wayness. – Chi le ha dato il mio indirizzo? È stata Clara? Non mi sono mai fidato di quella donna.

– Me lo ha detto Myron.

– Myron? E lui come lo ha saputo?

Wayness scrollò le spalle. – Per chiaroveggenza, forse.

Moncurio ricominciò ad andare avanti e indietro. Wayness e Glawen si alzarono, lo salutarono con un cenno del capo e uscirono nella notte arida e calda di Lunagrifa.

Sulla veranda si appoggiarono alla balaustra e guardarono le fantomatiche schiere delle Pietre Immote, sulla piana deserta.

– Mi sento ancora stordita – mormorò Wayness. – Ero sicura che sarei stata uccisa.

– C'è mancato poco. Non avrei dovuto lasciarti partire da sola. – Glawen le circondò la vita con un braccio. Wayness gli poggiò le mani sulle spalle e si strinse a lui.

Dopo un poco la giovane donna sospirò: – E ora, cosa facciamo?

– In questo momento non riesco a pensare a niente. È come se tutte le idee mi fossero uscite dalla testa. Vorrei solo sedermi con te davanti a una buona cena e a una bottiglia di vino. In tutto il giorno ho mangiato appena un panino col formaggio, e una birra che sapeva di padulo. Non ho neppure un letto per dormire.

– Per questo non c'è problema – disse Wayness. – Mi sembra di averne visto uno, nella mia camera.

Parte X

1

Da Tanjaree nel sistema di Pharisse attraverso le Risonanti fino a Mersey, quindi a Star Home su Aspidiske IV, poi verso il centro della Distesa Gaeana: questo fu il viaggio, senza nulla di notevole o movimentato. C'era poco da fare salvo guardare le stelle che scorrevano via e perdersi in speculazioni su quell'interrogativo: dov'erano la Carta e la Garanzia Perpetua?

Glawen e Wayness persero ore e ore in riflessioni e ipotesi, ma alla fine tornarono a quelli che sembravano essere gli unici fatti basilari. La Carta e la Garanzia erano stati venduti da Frons Nisfit insieme ad altro materiale della Società Naturalistica. Questo era dimostrato dal comportamento di Smonny alla Galleria Gohoon. La donna aveva trovato una nota che confermava la vendita di ciò che le interessava a Floyd Swaner, e dopo aver tagliato la pagina del registro aveva concentrato i propri sforzi su Eustace Chilke e sulla fattoria dove sospettava fossero rimasti i documenti.

Questo era il Fatto Basilare A. Il Fatto Basilare B consisteva nella deduzione che la Carta e la Garanzia non avevano mai lasciato le mani di Floyd Swaner. Moncurio sapeva che Swaner e Keebles avevano commerciato in emblemi, dunque li aveva tenuti d'occhio con particolare attenzione; se diceva che i due documenti non erano stati oggetto di scambio, non c'era motivo di dubitarne. Il Fatto Basilare C era che Floyd Swaner aveva lasciato tutto ciò che possedeva, senza eccezioni, a suo nipote Eustace Chilke. Ma in più di un'occasione Chilke aveva dichiarato di non aver mai visto documenti di quel genere, e che la sua eredità consisteva in una quantità di anticaglie, vasi purpurei e animali imbalsamati.

– La conclusione è chiara – disse Wayness. – Malgrado ogni tentativo di Smonny per localizzare la Carta e la Garanzia, esse sono ancora da qualche parte fra le cose di Swaner... cioè, fra gli oggetti che ha lasciato a suo nipote Eustace.

I due sedevano nel ponte di passeggiata della classe turistica, di fronte agli schermi su cui brillavano le stelle del Settore di Orione. Glawen annuì. – Sembra che dovremo mettere ancora alla prova la pazienza della signora Chilke. Probabilmente ormai non ne può più di questa faccenda.

– Non si arrabbierà, se le spiegheremo che gli emblemi sono oggetti di valore.

– Questo può farle piacere. Scommetto che i documenti sono nel posto più ovvio, dove nessuno ha mai pensato di cercarli.

– È una buona ipotesi, salvo che nella fattoria Chilke non sembra esserci nessun posto "ovvio" dove i ragazzini o qualcun altro non abbiano già messo le mani da anni.

– Forse sono fra le cose di Eustace Chilke stesso. Sua madre le avrà messe da parte: vecchie lettere, testi di scuola e roba simile. Magari li troveremo in una scatola di libri e album da disegno della sua infanzia chiusa col nastro adesivo, oppure... – Glawen tacque, mordicchiandosi pensosamente un labbro.

– Oppure cosa? Che stavi dicendo?

– Pensavo che mi è venuto in mente un oggetto dentro cui guardare. E non mi riferisco all'alce impagliato.

2

Glawen e Wayness uscirono dallo spazioporto di Tammeola nella luce del primo mattino. Presero subito la monorotaia per Division City, e poi un'aviolinea locale li portò a Largo, sul Fiume Sippewissa. Qui Glawen affittò un aeromobile, come la volta precedente, e volarono a settentrione nel cuore delle Grandi Pianure, sorpassando Idola e lungo il corso di Fosco Creek, fino alla doppia ansa accanto alla quale c'era la fattoria dei Chilke.

I ragazzini non si vedevano da nessuna parte, probabilmente perché erano ancora a scuola. Glawen e Wayness scesero dal velivolo e si avviarono attraverso l'aia polverosa. La signora Chilke uscì sulla porta e li attese con le mani sui fianchi; salutò Glawen con educata cordialità e diede a Wayness una lunga occhiata d'ispezione che lei sostenne con la maggior dignità possibile. Poi la donna si volse di nuovo a Glawen, inarcando sardonicamente un sopracciglio. – Invece di cercare Mei Keebles per occuparsi di affari, sembra che lei abbia trovato una compagnia molto più divertente.

Glawen sogghignò. – Potrei spiegarle il perché, se proprio lei volesse saperlo.

– Se lo risparmi – replicò la signora Chilke. – Lei se ne va in giro come un'acqua cheta e con la sua faccia da bravo ragazzo, ma scommetto che non gliene scappa una. Be', ha intenzione di presentarci?

– Signora Chilke, questa è la signorina Wayness Tamm.

– Piacere di conoscerla. – La donna entrò in casa. – Venite dentro. Le mosche si sono accorte che ho aperto la porta, e sanno che questa è l'unica casa senza quelle tende elettriche per tenerle fuori.

I due la seguirono oltre la cucina, nel salotto buono. Glawen sedette sul divano, Wayness accanto a lui. La signora Chilke adagiò le sue ossa su una sedia imbottita e si massaggiò la schiena con una smorfia. – Allora, cosa c'è questa volta? Lo ha poi trovato, quel furfante di Keebles?

– Sì. C'è voluto un po' di tempo. Era andato su un pianeta lontano, dall'altra parte della Distesa.

La donna scosse il capo con aria di disapprovazione. – Certa gente non la capisco. Cosa può esserci laggiù di più interessante di quello che hanno a casa loro? Molte volte uno va a stare peggio e basta! Ho sentito dire che c'è un posto dove uno non può uscire dalla porta senza che uno strato di fango nero lo ricopra da capo a piedi. Vi sembra divertente, questo?

– No – disse Wayness. – Decisamente no.

La signora Chilke annuì. – Io non sono il tipo di persona che sta tranquilla quando guarda dalla finestra e vede un drago lungo sessanta metri che si sta mangiando i panni stesi ad asciugare. Questo genere di cose non mi piace per niente.

– Non è facile spiegare perché la gente se ne va fra le stelle – disse Glawen. – Può essere la curiosità, o l'amore dell'avventura, o la prospettiva di un guadagno economico. E ci sono quelli a cui piace vivere secondo le loro regole. Qualche volta sono dei misantropi, e qualche volta sulla Vecchia Terra cominciava a fare troppo caldo per i loro gusti.

– Come Adrian Moncurio – osservò Wayness.

La signora Chilke aggrottò le sopracciglia. – Adrian chi?

– Moncurio. Può darsi che lei abbia già sentito questo nome, dato che era un conoscente di Floyd Swaner e di Melvish Keebles.

– Sì, ora me lo ricordo – disse la donna. – Non lo sentivo nominare da anni. Mio padre ne parlò quando arrivò a casa con quei vasi rossi pieni di pezzi di giada verde.

– Questa è una delle ragioni per cui siamo qui – disse Glawen. – I vasi purpurei sono urne sepolcrali, molto valutate dai collezionisti.

– Lo stesso si può dire per le piastre di giada – aggiunse Wayness. – Si chiamano "emblemi". Prima di andar via, la metterò in contatto con una persona che la aiuterà a venderli per una grossa somma.

– È gentile da parte sua – disse la signora Chilke. – A dire il vero sono cose di Eustace, ma credo che non gli importerà se le vendo. Un po' di soldi fanno sempre comodo.

– Tanto per cominciare, metta gli emblemi in un posto sicuro. E non ci lasci giocare i suoi ragazzi. I collezionisti li pagano molto di più se sono convinti che nessuna mano umana li ha mai toccati. È una specie di superstizione.

– Grazie del consiglio! – La donna era alquanto più allegra, adesso. – Gradite una tazza di thè? O un bicchiere di limonata fredda?

– Un po' di limonata lo berrei volentieri – disse Wayness. – Posso aiutarla?

– No, grazie. Ci metto solo un minuto.

Prima che arrivasse alla porta, Glawen la fermò. – Senta, potremmo dare un'occhiata all'Atlante dei Mondi Gaeani che suo padre regalò a Eustace?

La donna gli indicò uno scaffale. – È proprio dietro di lei. Quel grosso libro messo di traverso, nello scomparto in basso. – Uscì e andò in cucina.

Glawen tirò fuori il pesante volume e se lo appoggiò sui ginocchi. Era largo una settantina di centimetri, e alto un palmo. – Cerchiamo Cadwal. – Guardò l'indice e poi sfogliò le pagine. Le carte dei pianeti erano per lo più proiezioni Mercatore che occupavano due pagine ciascuna. Sul retro c'erano dati storici, fisici, geografici, statistiche sulle risorse, cenni sulle città e sull'ecologia. A molte di queste pagine qualcuno, presumibilmente il giovane Eustace o suo nonno, aveva aggiunto note sul bordo o attaccato fogli pieni di appunti con delle graffette.

Glawen aprì il volume alla carta planetaria di Cadwal. Dietro la pagina di sinistra era stata fissata una grossa busta. Alzò lo sguardo verso la porta. La signora Chilke era ancora in cucina. Staccò la busta, la aprì e ne osservò il contenuto. Poi, dopo un'occhiata imperscrutabile a Wayness, la ripiegò e se la infilò in una tasca interna della giacca.

– Ci sono? – sussurrò lei, tesa.

Con voce rauca Glawen rispose: – Ci sono.

La signora Chilke fece ritorno con tre grossi bicchieri di limonata su un vassoio. Lo protese davanti a Glawen e a Wayness, e mentre loro si servivano abbassò lo sguardo sull'atlante. – Questo che pianeta è? – domandò.

– Cadwal – disse Glawen. – È molto lontano da qui. – Indicò un rettangolo rosso sulla costa orientale di Deucas. – Questa è Stazione Araminta, dove noi abitiamo. E dove ha messo su casa anche Eustace. È considerato una persona importante.

– Strano, a pensarci! – si meravigliò la donna. – Quand'era ragazzo tutti pensavano che non avrebbe combinato niente di buono nella vita. A dir la verità era una testa balzana, e quando gli altri andavano a sinistra si poteva star sicuri che lui sarebbe andato a destra. Ma una cosa l'aveva: riusciva sempre a farmi ridere, anche quando ero lì per spaccargli la scopa sulla schiena. Mio padre prendeva sempre le sue parti, naturalmente; erano grandi amici loro due. Buffo come cambiano le cose qualche volta! Eustace che diventa un uomo importante, dopo tutti questi anni!

Dopo aver sospirato fra sé al ricordo del passato, la signora Chilke riportò lo sguardo sull'atlante. – Ma dove sono le strade e i paesi e le città?

– Non ne troverà altre su Cadwal – spiegò Wayness. – I primi esploratori lo giudicarono un mondo troppo pieno di vita e di bellezze naturali per lasciarlo rovinare dalle industrie, così ne fecero una Conservazione. La gente viene a visitarlo e si gode i panorami, ma nessuno ha il permesso di rovinare l'ambiente naturale o di scavare in cerca di gemme vulcaniche o di dar fastidio agli animali, per quanto strani e ripugnanti siano.

– Per me, le vostre bestie selvagge potete tenervele – dichiarò la donna. – Io ne ho già anche troppo delle talpe che ci scavano buchi sotto tutti i recinti.

Wayness si alzò in piedi. – Questa sera telefonerò ad Alvina, una mia amica che sta a Trieste. È una commerciante specializzata in emblemi, e le dirò di mettersi in contatto con lei. Può fidarsi della sua onestà; comunque se le parlo io sarà meglio.

– Questo è molto gentile da parte sua.

– È il meno che io possa fare, dopo averle dato disturbo.

– Ha poi incontrato quel tipo, quel damerino?

– Julian Bohost? – chiese Glawen. – No. Ma ci ha mandato dietro uno dei suoi amici, e questo è stato assai peggio.

Glawen e Wayness si accomiatarono da lei, impegnandosi a portare i suoi saluti a Eustace. L'aeromobile si sollevò dal suolo; la fattoria dei Chilke si allontanò nella foschia pomeridiana.

Glawen estrasse la busta e la diede a Wayness. – Controlla tu. Io ho paura di guardare.

La giovane donna aprì la busta e ne tirò fuori due larghe pergamene e un foglio più piccolo. – Questa è la Carta! – disse – La Carta di Cadwal originale!

– Ottimo. E l'altra?

– Questa è la Garanzia Perpetua. Sembra autentica. – Wayness lesse in fretta alcune righe. – È un semplice attestato. Attribuisce la proprietà del pianeta Cadwal, dandone le coordinate astronomiche, a nome della Società Naturalistica, dietro pagamento di una piccola tassa annuale. Sì... il trasferimento a un altro nominativo può essere fatto con gran facilità, a quanto pare, ma Nisfit non l'ha fatto, né nessun altro dopo di lui.

– Questa è una buona notizia!

– Sì... con delle complicazioni, comunque, di cui dovremo parlare. Il terzo foglio è una lettera indirizzata a Eustace Chilke, con la firma di Floyd Swaner. Te la leggo.

Caro Eustace,

Con mia grande sorpresa, in un lotto di incartamenti che avevo acquistato all'asta ho trovato questi due certificati. Si tratta di documenti d'incalcolabile valore. In effetti, chi ne dispone può entrare in possesso del pianeta Cadwal, nello Sciame di Mircea.

L'attuale proprietario è la Società Naturalistica, e se fosse un ente attivo e responsabile io avrei immediatamente restituito questi certificati a chi ne ha il possesso legale. Ma ho fatto un'indagine, e sono stato costretto a constatare che questa sarebbe la cosa meno saggia. La Società è moribonda, i suoi membri sono persone senili che qualcuno ha imbrogliato con ridicola facilità. In breve, questo ente non sembra più capace di badare ai suoi stessi interessi.

La Conservazione di Cadwal è un'organizzazione senza scopo di lucro di cui io approvo l'esistenza. Tuttavia, mentre scrivo, la morte sta per prendersi cura di me non meno che della Società Naturalistica. Di conseguenza ti affido in custodia questi documenti, che dovrai tenere al sicuro finché non potranno essere restituiti a una nuova e rivitalizzata Società Naturalistica... o a chi ne erediterà i resti, a patto che costoro assicurino l'integrità e la continuità della Conservazione di Cadwal.

Le mie sole istruzioni specifiche sono queste: non permettere che benintenzionati ma dilettanteschi teorici esercitino un qualche controllo su di te; assicurati che gli individui a cui consegnerai i certificati siano esperti, tolleranti, senza ideologie fanatiche in attesa d'essere messe in pratica.

Se pensi che il compito che ti ho imposto sia al di sopra delle tue possibilità, scegli con prudenza una persona matura la cui dedizione agli ideali ambientalistici sia indiscutibile, e affida a lui questi documenti.

Conoscendoti, sono certo che tu abbia ben altri pensieri (e altri guai) di cui occuparti, e che non darai molta importanza a una faccenda che infine non ti riguarda in prima persona, a dispetto delle mie raccomandazioni.

Ho scelto questo espediente per trasferire i due certificati nelle tue mani per diverse ragioni, una delle quali è che dopo il mio funerale, e in tua completa assenza, ogni oggetto che lascio a te sarà allegramente venduto o buttato via dai tuoi fratelli, cugini, zii, cognate, madre, padre o chiunque altro. Nel caso migliore ammucchieranno tutto a marcire nel granaio, con gli animali imbalsamati. Ti ho scritto a diversi dei tuoi saltuari indirizzi per informarti di cercare le poche cose di valore nei posti che tu sai. Una di tali lettere ti avrà raggiunto, presumo, per guidarti a questi documenti. Temo di non poterti dire arrivederci, Eustace, e dunque: addio. Non ho paura della morte, ma ti confesso che mi dà molto fastidio.

FLOYD SWANER

Wayness si volse a Glawen. – Non c'è altro.

– Le idee di Nonno Swaner sono molto simili alle nostre, perciò penso che sia lecito assumere la custodia dei documenti.

– Il che rende le cose più facili per tutti – disse Wayness – compreso Chilke, dato che possiamo dare per scontata la sua collaborazione e presumere che metterebbe subito la Carta e la Garanzia nelle nostre mani.

– Chilke sarà felice di vedersi sollevato da questo incarico così facilmente. Tuttavia sarebbe onesto dare il suo nome a qualche località del pianeta: una palude, una varietà di uccelli, una montagna, o magari il nuovo campo di lavoro per i forzati, a Capo Journal. Che ne pensi di "Penitenziario Eustace B. Chilke"?

– Se fra i reclusi ci fossero quelli che lo gettarono in una buca sullo Shattorak, forse gli sembrerebbe un'idea affascinante.

– Può darsi – ridacchiò Glawen.

A Largo i due presero alloggio alla Locanda Vecchio Fiume, sulla riva del Sippewissa. Wayness telefonò subito a suo zio, a Fair Winds.

– Wayness! – esclamò Pirie Tamm. – Santo cielo, si può sapere cosa aspettavi a chiamarmi? Dove sei?

– Sono a Bangalore, ma partirò domani. I miei studi antropologici si sono conclusi bene. Ho appreso importanti dati culturali.

Pirie Tamm si fece subito più cauto. – Sono sicuro che ti saranno molto utili. È così?

– Il Pandit si è detto lieto dei miei progressi. È abbastanza sicuro che potrò dare gli esami con buon esito, o almeno possiamo sperarlo.

– Conoscendo il Pandit, lo considero un elogio – disse sobriamente Pirie Tamm. – Stai per tornare a Fair Winds, allora?

– Sì, con un amico. Ho pensato di preavvisarti. Non ti scomoda avere un ospite, vero?

– Naturalmente no. Chi è il tuo amico?

– È una lunga storia, e tanto vale che te la racconti di persona. Come vanno le cose lì a Fair Winds?

Pirie Tamm indugiò qualche secondo e parve soppesare le risposta. In tono accuratamente casuale disse: – Il tempo è buono, e pare che i miei dolori mi diano un po' di tregua. I rododendri hanno avuto una fioritura spettacolare. Challis, che si riteneva la suprema esperta sull'argomento, è verde dall'invidia. Da quel tuo amico Julian Bohost non ho avuto notizie, e non me ne lamento, perché ti confesso di averlo trovato insopportabile. Cos'altro posso dirti? Vediamo... ah, per qualche strano motivo la Società sta raccogliendo un rinnovato interesse. Nell'ultimo mese ho accettato l'iscrizione di ben venti nuovi membri.

Wayness studiò la sua espressione, poi con entusiasmo disse: – È davvero una bella notizia, zio Pirie! Possiamo solo sperare che questo interesse dia buoni frutti!

– Proprio così – annuì Pirie Tamm. – È una cosa abbastanza inconsueta, e dovrò sentire il nostro ufficio legale su un paio di particolari. Quando pensi di arrivare a Fair Winds?

– Un attimo, zio Pirie, che consulto il mio amico. Abbiamo alcune faccende da sbrigare lungo la strada. – Wayness uscì dallo schermo e Pirie Tamm la sentì parlare sottovoce con un'altra persona. Attese. La ragazza ricomparve. – Zio Pirie? Abbiamo deciso di fermarci un paio di giorni a Shillawy, e vorrei pregarti di raggiungerci là. Così potremo fare spese insieme.

– Non c'è problema – disse l'uomo. – Sarà un divertimento, per cambiare. Dove ci troveremo, e quando?

– Noi partiamo domani, così saremo là dopodomani. Pensiamo di fermarci al tuo albergo preferito... al momento non ne ricordo il nome, ma non importa; mi verrà subito in mente. A dopodomani, allora, in mattinata!

– Benissimo. Sono ansioso di rivederti. A presto!

3

Glawen e Wayness arrivarono a Shillawy in piena notte. Presero subito alloggio all'Albergo Sheldon e dormirono fino alle nove, quando furono svegliati dal telefono. Era Pirie Tamm, che chiamava dall'omnibus. – Forse è presto per voi. O forse no, perché non so cos'avete in mente. In ogni caso ho preferito sbagliare per eccesso di prudenza.

– Hai fatto bene, zio Pirie! – sbadigliò Wayness, stiracchiandosi. – Ci sono molte cose di cui parlare, e molte altre da fare. Ma per ora ti basti sapere che la nostra ricerca ha avuto successo. Abbiamo con noi tutto ciò che speravamo.

– Questo è un vero sollievo! Ma a chi altro ti riferisci con quel "noi"?

– Con me c'è Glawen Clattuc.

– Aha! Ecco come si spiega l'espressione che ti tonifica il volto. Be', non ne sono affatto sorpreso. In ogni caso, rivederlo sarà un piacere. – Pirie Tamm si volse a mezzo. – L'omnibus sta entrando in città. Sarò lì fra poco.

– Aspettaci nell'atrio. Scenderemo fra dieci minuti.

I tre fecero colazione insieme e parlarono a lungo. Glawen e Wayness diedero un resoconto delle loro avventure; Pirie Tamm espose i suoi timori e le sue ipotesi.

– È chiaro che Julian ha ripiegato su qualche piano alternativo – sospirò Wayness. – Non possiamo rilassarci.

– Specialmente se sta lavorando in combutta con Smonny.

Wayness non represse una smorfia di preoccupazione. – Questo però è ancora tutto da dimostrare... o no?

– A mandare Benjamie a Stazione Araminta possono esser stati solo Namour o Smonny. Qui sulla Terra, Julian è stato alla fattoria dei Chilke e alla Shoup & Company. Ma quello che si è fatto gioco della signorina Shoup era Benjamie, e su Nion c'è andato lui, da solo. Questo ci dice che c'è un accordo fra Julian e Smonny. Può essere temporaneo, visto che Smonny e il VPL hanno obiettivi diversi; ma per ora immagino che ciascuno miri a far uso dell'altro.

Wayness si alzò in piedi. – Perché stiamo a perdere tempo qui? Facciamo quel che abbiamo stabilito, prima che uno di loro cerchi di impedircelo.

– Il tuo nervosismo è contagioso – sospirò Glawen, imitandola. – Sistemiamo tutto al più presto, allora.

– Molto bene – disse Pirie Tamm. – Oggi assisteremo alla fine di un periodo oscuro.

4

Era ormai pomeriggio inoltrato quando Pirie Tamm, Wayness e Glawen fecero ritorno a Fair Winds.

– È troppo tardi per festeggiare con un banchetto – disse Pirie Tamm, mentre scendevano dalla vettura – e l'occasione non merita di meno. Ma dovremo accontentarci di una buona cena.

– Sarà sufficiente, puoi credermi, dopo tutti gli strani menu degli ultimi tempi – sorrise Wayness. – Però dovrai far mangiare Glawen in cucina, dato che gli è rimasto soltanto l'abito che indossa.

Agnes li attendeva sulla porta. Pirie Tamm tagliò corto ai suoi saluti. – Questo è Glawen Clattuc. Abbiamo in guardaroba degli abiti decenti della sua misura?

– Sono certa che qualcosa abbiamo, signore. Se il suo ospite vuole seguirmi, daremo subito un'occhiata.

– Informa il cuoco che a cena saremo in tre. Forse avrà il tempo di preparare un'anatra arrosto, con contorno di patate in salsa, o qualche ottima bistecca. Niente di troppo complicato, comunque.

– Molto bene, signore. Gli darò istruzioni.

Glawen e Wayness fecero una doccia e indossarono biancheria e indumenti freschi di bucato. Quando scesero trovarono Pirie Tamm ad attenderli in salotto. – È un po' freddo per uscire sulla veranda, e il sole è già tramontato da mezzora. Prenderemo qui il nostro sherry. Se ben ricordo, Wayness, tu hai una predilezione per il Corona Vecchia Riserva.

– A quest'ora una marca vale l'altra, zio Pirie.

– Questa è anche la mia opinione. A lei, Glawen, piace lo sherry? O preferisce un aperitivo più classico?

– Lo sherry andrà benissimo, grazie.

I tre si misero a sedere coi bicchieri in mano. Pirie Tamm alzò il suo. – Mi sembra giusto chiudere la giornata di oggi con un brindisi alla nobile Società Naturalistica, che per tanti secoli ha operato con encomiabile altruismo ospitando fra i suoi membri innumerevoli personaggi geniali e straordinari! – Fece una pausa significativa, seguita da un lungo sospiro. – Forse è un brindisi un po' lugubre, ma nonostante ciò lo propongo, con lo spirito riverente degli antichi druidi che cantavano peana di catarsi.

– Segnalaci quando possiamo bere – lo esortò Wayness.

– Ora! – esclamò Pirie Tamm. – Alla Società Naturalistica!

Glawen propose un secondo brindisi: – All'intrepida, superlativa e incomparabile Wayness!

– Potrà essere di cattivo gusto, ma mi associo – disse la ragazza. – A me stessa!

Pirie Tamm riempì di nuovo i bicchieri. Stavolta fu Wayness a chiedere un brindisi: – A Glawen Clattuc e a mio zio Pirie Tamm, che io amo entrambi. E anche a un uomo di nome Xantief, e a Nonno Swaner, e a Myron e Lydia, e alla Contessa e ai suoi otto cani, e a molti altri!

– Quand'è così, lasciami includere la signorina Shoup e Melvish Keebles – disse Glawen – anche se non c'è un motivo particolare.

Pirie Tamm insisté per sollevare il bicchiere una quarta volta. – Noi abbiamo celebrato il passato, le sue grandezze e i suoi eventi, ma ci sono nuove sfide da affrontare, nuove imprese da compiere, nuovi misteri da risolvere e, sì, nuovi nemici da sconfiggere! Il futuro ci attende con tutte le sue...

– Ti prego, zio Pirie! – protestò Wayness. – Sono ancora acciaccata dalle percosse del passato. Per quel che riguarda me, il futuro può aspettare finché non ci saremo goduti un bel po' di questo comodo e tranquillo presente.

Pirie Tamm assunse un'aria contrita. – Naturalmente, mia cara. E così sia! Temo d'essermi lasciato trasportare dal vento ruggente della mia stessa retorica. Pregheremo il futuro di attendere un momento più opportuno.

Agnes apparve sulla soglia. – Se in questo futuro è compresa la cena, il consommé attende in tavola.

Il mattino dopo scesero a far colazione senza fretta. Glawen trovò Pirie Tamm già seduto e alle prese col suo uovo sodo. – È sicuro che non le siamo di troppo disturbo? So che le sue abitudini...

– Non lo dica neppure. Quando ve ne sarete andati, io sarò solo. Vorrei vedervi restare il più a lungo possibile.

– C'è del lavoro da fare – disse Wayness. – Dovremo far approvare una Carta temporanea, legale a tutti gli effetti, per tutelare la nuova Conservazione finché le cose non si saranno stabilizzate.

– Forse è una buona idea – disse Pirie Tamm. – In questo momento vedo diversi modi in cui la Conservazione potrebbe esservi tolta di mano, e senza troppe difficoltà... anche se dovrebbero uccidervi per evitare la vostra testimonianza.

– Se Benjamie fosse vivo mi sentirei molto più vulnerabile – disse Wayness. – Lui uccideva senza scrupoli. Non credo che Julian si spingerebbe a commettere un omicidio.

– La prospettiva di lavorare qui sarebbe piacevole – disse Glawen. – Ma mi preoccupa ciò che può succedere su Cadwal. Sono sicuro che non sarà niente di buono.

Suonò il telefono. Pirie Tamm uscì e andò a rispondere. – Sì? – lo sentirono chiedere.

– Buongiorno, signore. Sono Julian Bohost – disse una voce.

– Oh, Julian. Cosa posso fare per lei?

– Se non le spiace, vorrei passare da Fair Winds per discutere questioni di una certa importanza. Quale momento sarebbe più agevole per lei?

– Un'ora vale l'altra, oggi.

– In tal caso sarò lì fra trenta minuti, con i miei soci.

Mezzora dopo davanti a Fair Winds si fermò una lunga vettura nera e ne scese Julian Bohost, seguito da due uomini e due donne. Julian indossava un completo azzurro a righe bianche, camicia color cenere con una cravatta a fiocco in seta azzurra e un cappello bianco a tesa larga. Gli altri quattro erano persone giovani dall'aria efficiente, vestite come ricchi professionisti di città, e due di loro avevano eleganti cartelle portadocumenti.

Pirie Tamm fece passare il gruppo nel salotto grande, dove Glawen e Wayness li attendevano seduti su un divano. Nel vederli Julian si finse piuttosto sorpreso, ma i suoi sforzi non parvero convincenti. Presentò subito quelli che aveva definito i suoi "soci": – La signora Spangard e il signor Spangard, il signor Fath, la signorina Trefethyn. Questi sono il signor Pirie Tamm, e inoltre Wayness Tamm e Glawen Clattuc, di Cadwal.

Pirie Tamm chiese: – Gradite qualcosa? Posso farvi portare un caffè, un aperitivo?

– Niente, grazie – disse Julian. – Non siamo qui in visita, ma per urgenti questioni di affari.

– In vista di un mutuo profitto, voglio sperare.

– Quanto a questo, non spetta a me dirlo. Il signore e la signora Spangard sono ragionieri commercialisti. Il signor Fath e la signorina Trefethyn sono avvocati specializzati in diritto civile. Tutti e quattro sono membri iscritti a pieno titolo della Società Naturalistica. Come, voglio precisarlo, sono io stesso.

Pirie Tamm allargò cortesemente le mani. – Mi congratulo con voi. Ma non restate in piedi, prego. Mi sembra che ci siano sedie per tutti. Accomodatevi.

– Grazie. – Julian scelse una poltroncina imbottita e sedette rigidamente. Poi parlò tenendosi eretto, con voce leggermente nasale. – Mi consenta innanzitutto un necessario preambolo: tutti noi abbiamo studiato il regolamento della Società Naturalistica nei più minuti dettagli.

– Ottima cosa – disse cordialmente Pirie Tamm. – Questo è un buon esempio per i futuri membri.

– Senza dubbio – annuì Julian. – A proposito, lei ha accettato l'iscrizione di un certo numero di nuovi membri, di recente, oltre alla mia e a quella dei professionisti di Shillawy – e indicò i suoi compagni – che avevano ampie qualifiche per ottenerla.

– Sì, certo. Altri ventidue, il mese scorso, se ricordo bene. È stata una novità sorprendente, e di buon auspicio per il futuro.

– I membri della Società a quanti ammontano, oggi, in totale?

– Contando i simpatizzanti, i sostenitori e i membri senza diritto di voto?

– Solo i membri con diritto di voto.

Pirie Tamm scosse malinconicamente il capo. – Non troppi, temo. C'è Wayness, poi altri due piuttosto anziani, e io stesso. Purtroppo negli ultimi sei mesi ne sono morti tre. Ventidue più quattro, più lei e i suoi quattro amici, fa trentuno.

Julian annuì. – Questo è anche il mio calcolo. Io ho qui le deleghe dei membri non presenti, che mi nominano loro procuratore. Salvo le due persone anziane che lei ha menzionato, l'intera Società è rappresentata legalmente in questa stanza. Vuole esaminare le deleghe?

Pirie Tamm sorrise e allontanò con un cenno la busta che il signor Spangard gli stava porgendo. – Sono certo che le deleghe siano valide.

– Sono state controfirmate anche in tribunale, per regolarità – disse Julian. – Di conseguenza, qui abbiamo il numero legale per un'assemblea.

– Così sembrerebbe. Cosa vi proponete di fare? Una verifica dei conti di cassa? In tal caso devo chiedere un rinvio per informarne anche il mio commercialista.

– I conti di cassa non sono in discussione. La prego di dichiarare che questa è un'assemblea plenaria della Società Naturalistica, com'è previsto dall'Articolo Sei Comma Due del regolamento.

– D'accordo. Nelle mie vesti di segretario, e come più anziano dei membri presenti, dichiaro aperta un'assemblea plenaria e ne assumo la presidenza. Ora dovrete attendere qualche minuto finché troverò il verbale scritto dell'ultima riunione che, com'è usanza della Società, io vi leggerò personalmente.

Julian si alzò in piedi. – Signor presidente, devo presentare una mozione: chiedo che la lettura degli ultimi verbali sia per questa occasione evitata.

– Appoggio la mozione – disse il signor Spangard.

Pirie Tamm guardò i presenti. – Tutti d'accordo? Nessuno desidera opporsi? Allora la mozione è accolta e il verbale non sarà letto. Il che è un sollievo per me, devo dire. Ci sono delle vecchie questioni che qualcuno considera in sospeso?

Non si levarono voci in risposta.

– Nessuna? Nuovi argomenti da mettere all'ordine del giorno?

– Sì – disse Julian Bohost.

– La presidenza cede la parola al signor Bohost.

– Desidero che il presidente prenda nota dell'Articolo Dodici del regolamento, in particolare dove dice, al Comma Tre, che il segretario può essere rimosso dalla sua carica in ogni momento, in seguito a un voto dei due terzi dell'assemblea plenaria.

– Grazie, signor Bohost. Questa è una precisazione interessante e, come lei mi chiede, ne prendo nota. Vedo ora che uno dei membri alza la mano. La presidenza lascia la parola al signor Fath.

– Propongo che il signor Pirie Tamm sia rimosso dalla sua carica di segretario, e sostituito dal signor Julian Bohost.

– Qualcuno appoggia la mozione?

– Io la appoggio – disse la signorina Trefethyn.

– Tutti i membri a favore della mozione alzino la mano.

Julian e i suoi quattro compagni alzarono la mano. Il signor Fath disse: – Il rappresentante dei membri non presenti ha votato "sì". Qui ci sono le loro ventidue deleghe.

– La mozione è accolta. Signor Bohost, lei è ora il nuovo segretario della Società Naturalistica. Può mettere all'ordine del giorno gli argomenti che crederà opportuni. Mi congratulo con lei e le auguro una lunga e soddisfacente permanenza in carica. In quanto a me, sono vecchio e stanco; assisterò con piacere all'opera dei giovani che infonderanno energia e linfa vitale nella Società.

– Grazie – disse Julian. Gettò uno sguardo insospettito a Glawen e a Wayness, cominciando a stupirsi del loro atteggiamento tranquillo e indifferente.

Pirie Tamm disse: – Gli archivi della Società sono nel banco-dati del mio studio. La prego di prelevarli a suo comodo, insieme alla documentazione scritta. I beni della Società sono ridotti ai pochi sol presenti in cassa. Solitamente provvedevo alle spese d'ufficio di tasca mia. I signori Spangard studieranno senza dubbio i dettagli della contabilità, una volta che ogni documento sarà trasferito nei loro uffici.

Julian si schiarì la gola. – Un momento, prego. Va fatta chiarezza sui beni della Società. Il suo unico e principale possedimento è il pianeta Cadwal, anche se lei non lo ha menzionato poiché l'atto legale che ne stabilisce la proprietà è andato smarrito anni fa.

– Infatti. Non abbiamo mai dato pubblicità alla cosa, per ovvie ragioni.

– In tal caso sarà lieto di sapere che oggi è possibile rimediare a questa perdita. Il signor Fath e la signorina Trefethyn mi dicono che la Società può inoltrare alla Corte Planetaria della Distesa Gaeana la richiesta di dichiarare "perduta, introvabile e annullata" la vecchia Garanzia Perpetua, e ottenerne subito una nuova. Si tratta di una pratica consueta, e che i miei legali assicurano di poter ottenere senza difficoltà. Questo lo dico specialmente a beneficio della signorina Tamm e del signor Clattuc, che da tempo avversano il Partito Vita Pace e Libertà di Cadwal, affinché sappiano che il Partito metterà ora in pratica i suoi progetti di rinnovamento di quella cosiddetta Conservazione.

Glawen scosse lentamente il capo. – Temo che tu stia sbagliando, Julian. Se i vielpini vogliono un pianeta da rinnovare dovranno cercare altrove.

– Non chiamarci "vielpini"! – sbottò Julian. – Tu non avresti neppure il diritto d'essere presente. Appena la nuova Garanzia Perpetua sarà rilasciata nelle mie mani...

– Ma non potrà esserti rilasciata.

– Ah, no? E cosa te lo farebbe credere?

– Il fatto che quella vecchia non è da considerarsi perduta. Noi l'abbiamo trovata.

Julian lo fissò, ammutolito. Il signor Fath si alzò e gli disse qualcosa in un orecchio. Julian protese una mano. – In questo caso, la Garanzia appartiene alla Società. Dove si trova? Consegnamela seduta stante!

Glawen andò a uno scaffale sul fondo del salotto, frugò fra numerosi documenti, ne estrasse uno e lo diede a Julian. – Eccoti accontentato.

I due avvocati esaminarono subito la Garanzia. Dopo qualche secondo il signor Fath batté un dito sul foglio. – Allora è questo il vostro gioco!

Julian si protese in avanti. – Quale gioco? Cos'hanno fatto?

– La Società ha venduto il pianeta Cadwal per la somma di un sol, "ricevuta del quale è acclusa a questo documento, in fotocopia legalizzata". È firmata "il segretario, Pirie Tamm", con la data di ieri.

– Troverete la somma di un sol doverosamente registrata fra le entrate della Società Naturalistica – disse Pirie Tamm.

– Questa è una frode! – gridò Julian. Rilesse furiosamente la fotocopia della ricevuta. – Venduto per un sol a... a una società che si fa chiamare CONSERVAZIONE DI CADWAL! Assurdo! – Julian la agitò davanti al volto del signor Fath. – Possono farlo?

– In parole semplici: sì. L'hanno già fatto. Questa Garanzia, come lei può notare, reca un timbro del Tribunale di Shillawy: ANNULLATA DA NUOVO ATTO DI PROPRIETÀ.

Julian si volse a Glawen. – Dov'è la nuova Garanzia?

Lui indicò lo scaffale. – Se ci tieni, posso dartene una copia. È già stata registrata. L'originale è depositato al sicuro.

– Tu resti sempre segretario della Società Naturalistica – osservò Wayness. – È una carriera che ti offre buone prospettive!

– Do le dimissioni! – gridò Julian con voce stentorea. Si girò verso i suoi compagni. – Qui non abbiamo altro da fare! Questo è un covo di biechi reazionari, che strisciano come serpenti e mordono con denti pieni di veleno! Andiamocene! – Si calcò il cappello in testa e uscì, seguito dagli altri quattro. Dall'esterno provenne il ronzio della loro aeromobile che decollava.

– E ora – domandò Wayness a suo zio – chi sarà il nuovo segretario della Società?

– Non io – disse Pirie Tamm. – Temo che non ci sia più una Società Naturalistica. Ormai è morta e sepolta.

FINE

La vicenda continua in

THROY

L'autore

Jack Vance (1916-2013) è stato uno dei più grandi autori di fantascienza e fantasy, e certamente tra i più amati dal pubblico. Dopo una serie di lavori di ogni genere, durante la Seconda guerra mondiale, Jack si arruola nella marina mercantile e gira il mondo. In questo periodo comincia a scrivere il ciclo della *Terra Morente*.

Tra gli Anni cinquanta e settanta viaggia, in Europa e nel resto del mondo, traendo da queste esperienze esotiche gli spunti per i suoi romanzi: *Il pianeta gigante, I linguaggi di Pao,* il ciclo di *Durdane*. Nella sua carriera ha scritto decine di romanzi di fantascienza, fantasy e gialli, per un totale di oltre sessanta libri; tra i titoli più famosi ricordiamo i cicli di *Lyonesse,* dei *Principi demoni,* di *Alastor*. Storie ricche di fascino, di personaggi indimenticabili, narrate con uno stile elegante e immaginifico.

Per la sua opera Jack Vance ha ottenuto tre premi Hugo, un Premio Nebula, un Premio Edgar e due Premi World Fantasy. Nel 1997 la Science Fiction and Fantasy Writers of America lo ha nominato Grand Master ed è stato inserito nella Science Fiction Hall of Fame. Vance ha ispirato generazioni di altri autori: Michael Moorcock, Neil Gaiman, Gene Wolfe, Dan Simmons, Ursula Le Guin hanno tutti riconosciuto Vance tra i propri mentori letterari.

Colophon

Questo libro è stato stampata utilizzando il carattere
Adobe Arno Pro per il testo e il carattere NeutraFace per i titoli.

I MONDI DI JACK VANCE
in collaborazione con

DELOS DIGITAL

Impaginazione: Joel Anderson

Editing: Elena di Fazio

Grafica e quarta di copertina: Silvio Sosio

A cura di John Vance e Koen Vyverman

www.ingramcontent.com/pod-product-compliance
Lightning Source LLC
Chambersburg PA
CBHW020634020726
47494CB00001B/187
9781619473690